BASTEI LÜBBE
Paperback

Das große Marion Zimmer Bradley Buch

Erzählungen 1950–1980

Herausgegeben von
Helmut W. Pesch

BASTEI
LÜBBE
Paperback

BASTEI-LÜBBE-PAPERBACK
Band 28174

Erste Auflage: Februar 1989

Deutsche Lizenzausgabe 1986/89
Bastei-Verlag Gustav H. Lübbe GmbH & Co., Bergisch Gladbach
Originaltitel, Quellen- und Übersetzernachweis im Anhang
Titelillustration: Albert Belasco, Kunstverlag Reich's British Art, Baden-Baden
Umschlaggestaltung: Quadro Grafik, Bensberg
Satz: ICS Communikations-Service GmbH, Bergisch Gladbach
Druck und Verarbeitung: Clausen & Bosse, Leck
Printed in Germany
ISBN 3-404-28174-8

Der Preis dieses Bandes versteht sich einschließlich
der gesetzlichen Mehrwertsteuer.

Inhalt

Vorwort des Herausgebers

Als die Redakteurin einer großen deutschen Frauenzeitschrift vor einigen Jahren nach Berkeley, Kalifornien, fuhr, um die Autorin von *Die Nebel von Avalon* in den eigenen vier Wänden aufzusuchen, war ihre erste Reaktion bei der Begegnung mit Marion Zimmer Bradley eine gewisse Verwunderung darüber, daß diese rein äußerlich so gar nichts von der großen Magierin der Worte an sich hatte, die man in der Erzählerin jenes mythisch-feministischen Romans vermuten mochte. Eine kleine, untersetzte amerikanische Hausfrau in einem geblümten Kattunkleid, die mit fester Stimme feste Meinungen von sich gab und die sich allenfalls dadurch von anderen Frauen unterschied, daß in ihrem Arbeitszimmer ein Textcomputer stand, wie er bei den meisten amerikanischen Bestsellerautoren inzwischen die Schreibmaschine ersetzt hat.

Und wirklich würde Marion Eleanor Breen, geborene Zimmer, geschiedene Bradley, heute wohl das unauffällige Leben einer amerikanischen Ehefrau und Mutter in einer Kleinstadt im mittleren Westen führen, wäre da nicht das Schreiben gewesen, und zwar nicht einmal so sehr von vornherein mit dem Ziel, Schriftstellerin zu werden, als vielmehr als Ausdruck ihrer Persönlichkeit, verbunden mit dem Traum von den Sternen und dem Willen, sie zu erreichen.

Dies mag wie ein Märchen klingen, aber es liegt – wie in jedem Märchen – zumindest ein Stückchen Wahrheit darin. Geboren 1930 und aufgewachsen auf einer Farm in Albany im Staate New York, träumte das Mädchen Marion zunächst davon, Opernsängerin zu werden. Irgendwann mußte sie dann erkennen, daß ihr Talent wohl doch nicht ausreichte, um es in dieser Kunst zur Weltspitze zu bringen. Daß sie während der ganzen Zeit Geschichten schrieb, empfand sie als etwas ganz Natürliches; es kam ihr nie in den Sinn, damit aufzuhören.

Die frühen Versuche waren hauptsächlich historische Abenteuer, obgleich Marion Zimmer auch phantastische Geschichten wie die von H. Rider Haggard oder Robert Chambers gelesen hatte. In eine bestimmte Richtung kanalisiert wurde diese Tätigkeit erst, als sie im Alter von etwa fünfzehn Jahren die Science-fiction-Romane von Autoren wie Henry Kuttner und C. L. Moore entdeckte: eine rationalisierte Form der Fantasy, in der mythologischen und märchenhaften Motiven wie z. B. dem Gedankenlesen, der Gestaltwandlung oder dem Fliegen mit eigener Kraft eine quasi-wissenschaftliche Erklärung unterlegt wurde, ohne ihnen jedoch den romantischen Nimbus, den ›sense of wonder‹, zu nehmen. Sie begann, selbst Romane zu schreiben, die in einem imaginären Land, Al-Merdin, angesiedelt waren, das von der telepathischen Kaste der Siebener beherrscht wurde und in dem sich die Grundelemente ihres später so populären ›Darkover‹-Romanzyklus abzuzeichnen beginnen.

Zur gleichen Zeit entdeckte Marion ›Astra‹ Zimmer, wie sie ihre Briefe unterzeichnete, das Science Fiction Fandom, jene verstreute Gruppe von Gleichgesinnten, die sich darin einig fühlten, daß sie, indem sie sich für Science-fiction interessierten, ›anders‹ waren als die anderen. Sie begann ihr eigenes ›Fanzine‹, eine Amateurzeitschrift, herauszugeben und entwickelte eine umfangreiche Korrespondenz. Da dies kaum eine Basis für einen Lebensunterhalt zu bieten versprach, ging sie aufs College, um Lehrerin zu werden. Sie brach aber schon bald ihr Studium wieder ab und heiratete im Alter von neunzehn Jahren den um dreißig Jahre älteren Eisenbahnangestellten Robert A. Bradley. Sie zog mit ihm nach Texas, und im Jahr darauf wurde ihr erster Sohn, David, geboren.

Für die junge Marion Bradley war diese ungewöhnliche Heirat wohl auch ein Schritt der Emanzipation vom Elternhaus, aber sicherlich nicht zuletzt verbunden mit der Hoffnung, hier einen Partner mit ähnlich verrückten Hobbys gefunden zu haben – Robert Bradley befaßte sich mit UFOs und Astrologie –, der ihr Raum für die eigene persönliche Entfaltung lassen würde. In diesen Jahren begann sie, Geschichten an Science-fiction-Magazine zu schicken, erhielt eine Vielzahl von Ablehnungsbriefen, konnte aber auch die eine oder andere Erzählung verkaufen – zuerst in kurzlebigen, zweitklassigen Magazinen, die sich die besseren Autoren finanziell nicht leisten konnten, später auch im angeseheneren *Magazine of Fantasy and Science Fiction*.

Die Geschichten dieser frühen Zeit sind mitunter eher gut gemeint als gut geschrieben. Ein Beispiel ist die erste Erzählung des vorliegenden Bandes, ›Jackie sieht einen Stern‹, die wir trotz ihrer eklatanten physikalischen Unstimmigkeiten – das Licht eines explodierenden Sterns könnte die Erde erst Jahrzehnte, wenn nicht Jahrhunderte später erreichen, gemessen an der Gleichzeitigkeit, die die gedankliche Kommunikation und der Flug durch den ›Hyperraum‹ suggerieren – hier wiedergegeben haben, weil sich darin nicht nur die Stimme einer nicht unbegabten Erzählerin artikuliert, sondern auch der kindliche Traum, einen ›Spielgefährten von den Sternen‹ zu haben, der die eigene Andersartigkeit überwinden hilft.

Gegen Ende der fünfziger und Anfang der sechziger Jahre fällt auch Marion Zimmer Bradleys Entdeckung eines weiteren Autors, in dessen Werk sie eintaucht wie seinerzeit in die ›Science Fantasy‹ der alten Magazin-Autoren, nämlich des englischen Oxford-Professors und Mythenschöpfers J. R. R. Tolkien. Zunächst schlägt sich dies in einem langen Essay nieder, der sich mit dem Rollenbild in Tolkiens *Der Herr der Ringe* befaßt und der im wesentlichen auf einer einfühlsamen Lektüre des Textes beruht. Erst in den siebziger Jahren, bereits als etablierte Science-fiction-Autorin, setzt sie sich mit Tolkiens Werk auch auf einer fiktionalen Ebene auseinander, in einer Reihe von Pastiches, die sie für einen Kleinverlag schreibt. Es ist bezeichnend, daß sich ihre Phantasie an einem Motiv entzündet, das auch für ihre eigenen Werke zu einem Kristallisationspunkt wird: den ›Sternsteinen‹ Tolkiens, in denen das Licht der Sterne in einer greifbaren Form eingefangen ist und so dem Träger Trost und Hoffnung gibt. Diese Sternsteine finden sich wieder in den ›Matrix-Juwelen‹ von Marion Zimmer Bradleys ›Darkover‹-Zyklus.

Eher ein Kuriosum aus jener frühen Zeit, aber insofern von Bedeutung, als sie die relative Nähe der Konzepte und Denkweisen verdeutlicht, ist jene Episode, die hier als ›Begegnung in den Hyaden‹ wiedergegeben ist, in welcher Aragorn, der Waldläufer und noch unerkannte König aus dem ›Herrn der Ringe‹ – der Name ›Speranzu‹ ist offensichtlich eine Anspielung auf den Elbennamen ›Estel‹, Hoffnung, den er in seiner Jugend getragen hat –, in Bradleys Proto-Darkover-Welt hinüberwechselt und dort auf ihren Protagonisten Regis-Rafael Hastur trifft. Es ist der einzige Teil eines längeren Romans, der seinerzeit veröffentlicht wurde – und auch dies nur in einem Amateurmagazin.

Denn mit dem Schreiben war Marion Bradley zu jener Zeit an einem toten Punkt angelangt, verstärkt durch eine wachsende Entfremdung zwischen den Eheleuten, die Robert Bradley schließlich veranlaßte, auf seine junge Frau einzuwirken, doch zumindest ihren College-Abschluß nachzuholen und ihre Berufsausbildung abzuschließen. Was Marion Bradley zu dieser Zeit schrieb, waren weniger Science-fiction-Romane als ›Gothics‹ und ›Confessions‹ unter verschiedenen Pseudonymen, zum Teil mit einem milden voyeuristischen Einschlag, mit Titeln wie *I am a Lesbian* oder *My Sister, My Love*. Lehrerin wollte sie immer noch nicht werden, aber sie war von der Angst besessen, daß ihre Fähigkeiten nicht ausreichen und der Science-fiction-Markt für sie versiegen könnte. Die Schundromane, die sie selbst als solche betrachtete, schrieb sie, um zu überleben und sich zumindest noch die psychologische Stütze der Professionalität zu geben, indem sie bewies, daß sie einen Roman fertigschreiben und einen Termin einhalten konnte.

Das Thema Sexualität freilich hatte in Bradleys Werken immer eine Rolle gespielt, insbesondere, was das Rollenverhalten der Geschlechter betraf. In den Geschichten der fünfziger und frühen sechziger Jahre allerdings, wie in ›Die Stimmen des Windes‹ oder ›Adams Rippe‹, reduziert es sich im wesentlichen auf ein naturwissenschaftliches Problem, wobei die Wissenschaft zumindest im Detail eher fragwürdig bleibt. Zwar artikulieren in diesen Erzählungen die Protagonisten auch soziokulturelle Vorbehalte, aber ihre schockierte Entrüstung ist kaum mehr als ein vorgefaßter Standpunkt; eine wirkliche psychologische Entwicklung findet bei ihnen nicht statt. Erst in den reiferen Erzählungen der siebziger Jahre verschiebt sich das Interesse von der Physik zur Psychologie und später, in den Achtzigern, zur Mythologie und Parapsychologie als stärker symbolisch operierenden Modi der Problem- beziehungsweise Lebensbewältigung.

1964 schloß sie ihr Studium mit dem ›Bachelor of Arts‹ ab und reichte die Scheidung ein. Im gleichen Jahr heiratete sie ihren zweiten Mann, Walter Breen, mit dem sie bis heute zusammenlebt; auch er ein Buchautor, wenn auch ganz anderer Art. Breen ist Numismatiker, der in seinem Bereich als Kenner von internationalem Rang gilt. Mit ihm zog sie nach Berkeley, an die Westküste, wo sie ihre eigentliche Heimat finden sollte. Noch im gleichen Jahr wurde ihr Sohn Patrick geboren.

In dieser Zeit des Umbruchs schrieb sie unter vielen Mühen auch ihren ersten wichtigen Roman, *Die blutige Sonne*, der zum Kernstück des ›Darkover‹-Zyklus wurde. Es ist zugleich der erste Roman innerhalb der Science-fiction, in dem eine Frau ein Sexualleben führt, das nicht von einem Mann in der Geschichte abhängig ist. Und es ist der Roman, mit dem die Autorin den Schritt zur professionellen Schriftstellerin schaffte, die eben nicht nur Schundliteratur schrieb, um sich ihr Studium zu verdienen, sondern die im Schreiben ihre Begabung und eine echte Lebensaufgabe sah.

Zunächst gab es freilich Rückschläge zu verkraften. Ein weiteres Kind kam hinzu, und ihr Mann erkrankte schwer, so daß sich Marion Bradley Breen gezwungen sah, unter erschwerten Bedingungen den Lebensunterhalt nicht nur für sich, sondern für ihre Familie mit dem Schreiben zu verdienen. Sie schrieb Schauer- und Kriminalromane, Liebesromane und Artikel über Astrologie, wobei ihr die in ihrer früheren Ehe erworbenen Kenntnisse gelegen kamen, und gab sogar zeitweise ein Astrologie-Magazin heraus. Im Science-fiction-Bereich freilich, wo sie sich inzwischen als Taschenbuch-Autorin etabliert hatte, wurden ihr die Grenzen des Genres immer stärker bewußt. Wie sie ihrer Autorenkollegin Anne McCaffrey auf einem Science-fiction-Treffen um 1970 anvertraute, kam es ihr vor, als würde sie immer nur dieselben Geschichten schreiben, immer nur dieselben Geschichten lesen, während sie die neuen Autoren der sechziger Jahre mit ihren formalen Experimenten als unlesbar empfand.

McCaffrey drückte ihr zur Antwort Ursula K. Le Guins *Winterplanet* in die Hand, einen vielfach preisgekrönten Roman um eine Rasse androgyner Wesen auf einem fremden Planeten, und dessen Lektüre wurde wiederum zu einem Schlüsselerlebnis. Es war also doch noch möglich, andere Science-fiction zu schreiben! Ihre Antwort auf Le Guin war *Die Weltenzerstörer*, der Titel eine liebevolle Hommage an die großen alten SF-Autoren, von der Idee her aber die Geschichte einer sehr subtilen Liebesbeziehung zwischen einem Menschen und einem nichtmenschlichen Wesen. Der Traum vom Spielgefährten von den Sternen hatte einen neuen Ausdruck gefunden.

Auch die Kurzgeschichten der siebziger Jahre sind reifer als ihre Vorgänger. Man merkt ihnen nach wie vor die Schule der frühen Science-fiction-Magazine an; eine Story ist demnach nicht einfach gut, weil sie gut geschrieben ist, sondern weil sie einen Plot hat, eine greifbare Idee, ein vordergründiges Problem, das bewältigt werden muß. Doch die rationalistische Legitimation des unglaublichen Geschehens, wie in ›Der Tag der Schmetterlinge‹, ist nicht mehr als eine Verbeugung vor den Konventionen des Genres; von viel zentralerer Natur ist das psychologische Problem. In einem sehr ursprünglichen Sinne sind alle diese Geschichten ›stories of initiation‹, Geschichten, in denen die Hauptfigur durch ihr Handeln eine Erfahrung macht, die ihr Leben oder zumindest ihre Lebenseinstellung von Grund auf verändert.

Auch fällt auf, daß es jetzt viel häufiger Frauen sind, die im Mittelpunkt der Erzählungen stehen. Während früher die Science-fiction eine von Männern beherrschte Domäne war, ist es nicht zuletzt Bradleys Verdienst, hier einen Wandel in die Wege geleitet zu haben. Bereits in ihren ›Darkover‹-Geschichten hat sie insbesondere durch die Idee einer ›Schwesternschaft der freien Frauen‹ ein Modell für ein selbstbestimmtes Leben geschaffen, das manche ihrer Leserinnen sogar in die Realität umgesetzt haben. Aber erst ein neuer, für sie ungewöhnlicher Stoff sollte das Potential ausschöpfen, das in dieser für die Unterhaltungsliteratur neuen literarischen Perspektive steckte.

Bradley hatte auch schon in ihren Science-fiction-Romanen der siebziger Jahre aufgrund der wachsenden Komplexität ihrer Stoffe mit längeren Romanen zu experimentieren begonnen, was seinerzeit die Grenzen des üblichen Taschenbuchs sprengte. Der erste lange Roman dieser Art war *Hasturs Erbe*, zugleich der erste Science-fiction-Stoff, in dessen Mittelpunkt eine homosexuelle Beziehung stand, wie Bradley sie später in *Trapez* zum Thema eines nicht-phantastischen Romans machte. Der kommerzielle Erfolg dieser längeren Stoffe gab ihr den Mut und den Rückhalt, einmal ein völlig anderes Thema ohne finanziellen Druck auszuloten. Hieraus entstand *Die Nebel von Avalon*, das ihr auch außerhalb der Science-fiction zum literarischen Durchbruch verhalf.

Dieser Roman, der erstmals die Artus-Sage aus der Sicht der beteiligten Frauen schildert, die zudem als Vertreterinnen einer heidnisch-matriarchalischen Kultur auftreten, ist von der Kritik oft als ein Bekenntnis zum Feminismus mißverstanden worden. Tatsächlich hat Bradley eine vorwiegend weibliche Anhängerschaft; sie hat auch viele ihrer Leserinnen selbst zum Schreiben gebracht und damit zu deren persönlicher Emanzipation beigetragen. Doch sie ist alles andere als eine militante Feministin; Apartheid jeder Art, sagt sie, sei ihr fremd, und sie sei es bisweilen leid, auf Podiumsdiskussionen immer nur über ihre Rolle als Frau in einer von Männern beherrschten Literaturwelt zu reflektieren. Vielmehr kommen hier vor allem zwei spezielle Interessen Marion Zimmer Bradleys zum

Tragen: zum einen ihre Mitwirkung in der ›Society for Creative Anachronism‹, einer kalifornischen Gesellschaft, die sich um die Wiederbelebung von mittelalterlichen Kampf- und Kulturtechniken bemüht, zum anderen ihr Interesse an neo-paganen Bewegungen, wie sie ebenfalls in Kalifornien einen reichen Nährboden gefunden haben, die ein Bedürfnis nach sinnhaftem Ritus erfüllen, ohne den überkommenen patriarchalischen Strukturen anzuhängen wie die etablierten Religionen. Hier kann auch die Frau noch Priesterin sein, und die folgende Hinwendung Bradleys zu okkulten Themen wie *Das Licht von Atlantis*, in dem sie den Stoff einer ihrer frühen, unveröffentlichten Erzählungen wieder aufgreift, ihn aber nun mit der neugewonnenen Reife und Selbstsicherheit umsetzt, oder *Tochter der Nacht,* dem die Mozart-Oper *Die Zauberflöte* mit ihrem freimaurerischen Substrat als Vorlage dient – womit wiederum ein Stück der Faszination ihrer Jugend in einer gewissen Weise Erfüllung findet –, mag hier ihren Ursprung haben.

Man sollte aber auch diese Hinwendung nun wiederum nicht mißverstehen und annehmen, Marion Zimmer Bradley habe nun die Science-fiction ihrer Lehrjahre abgelegt und sei zu einer ernsthaften Vertreterin der ›mainstream‹-Literatur geworden (wie man in Fan-Kreisen früher all das zu bezeichnen pflegte, was eben nicht Science-fiction war). Auch *Tochter der Nacht* mit seinen durch Genmanipulation gezüchteten Tiermenschen ist im Grunde ein Science Fantasy-Roman; nur die Untertöne haben sich geändert, sind reicher und vielschichtiger geworden. Beispielhaft für die heutige Marion Zimmer Bradley sind darum auch die beiden Geschichten, die den vorliegenden Band abschließen, ›Das Geheimnis des Blauen Sterns‹ und ›Der unfähige Magier‹. Die letzte Erzählung erschien erstmals in dem von ihr selbst herausgegebenen Band *Geschichten aus dem Haus der Träume*, der nach ihrem Haus Greyhaven in den Hügeln von Berkeley benannt ist und in dem sie nun den Autoren ihres Freundeskreises die Gelegenheit bieten kann, mit ihren Geschichten an die Öffentlichkeit zu treten. Im Vorwort zu dieser Geschichte schreibt sie, daß sie, obwohl sie immer mit der Fantasy-Renaissance der siebziger und achtziger Jahre in Verbindung gebracht werde, eigentlich nie eine richtige Fantasy-Story geschrieben habe. Und diese Geschichten sind nichts anderes: richtige Fantasy-Stories, mit einem Magier als Hauptfigur, mit Kämpfen und Intrigen und phantastischem Dekor und einem Humor, der gelegentlich die Grenze zum Klamauk überschreitet. Aber es sind auch Geschichten von einer Frau, die unter schweren Bedingungen ihre eigene Identität zu behaupten sucht, die einem Stern folgt, von dem sie einst geträumt hat und den sie nicht mehr losläßt – und die bei allem doch versucht, menschlich zu bleiben. Darin mag das Geheimnis der Marion Zimmer Bradley liegen.

Fragt man sie selbst nach dem Geheimnis ihres Erfolgs, so reagiert sie wie viele Bestsellerautoren mit jener Mischung aus Verwunderung, die nur halb Pose ist, und Freude darüber, daß so viele Menschen das gerne lesen wollen, was sie gerne schreibt. Etwas von dieser Freude kommt auch in den Geschichten zum Ausdruck, in denen sich ihr Leben spiegelt.

Bergisch Gladbach
August 1986
Helmut W. Pesch

Jackie sieht einen Stern

Die erste Geschichte dieses Bandes mag für viele Leser nur noch historisches Interesse haben. Aber trotz ihrer physikalischen Unstimmigkeiten – wie bereits im Vorwort erwähnt – spiegelt sie doch in selten eindringlicher Weise den Traum eines jeden jungen Science-fiction-Fans wider. Denn, Hand aufs Herz, wer hat sich nicht irgendwann zwischen zwölf und vierzehn Jahren einmal des Nachts gewünscht, eine Botschaft von den Sternen zu erhalten – ganz persönlich und nur für sich selbst?

Hier ist die Geschichte von Jackie, für den dieser Traum wahr wurde.

Sie wollen also etwas über den kleinen Edwards hören? Oh nein, *damit* haben Sie kein Glück! Setzen Sie nur ruhig Ihren Hut wieder auf und gehen Sie die Treppe schön wieder hinunter, Mister. Hier sind schon zu viele Psychologen und Besserwisser aufgetaucht, wir haben die Nase voll davon.

Oh – Sie kommen von der Universität? Entschuldigen Sie, Professor. Es tut mir leid. Aber wenn Sie *wüßten,* was wir alles erlebt haben mit Reportern und Spinnern aller Art . . . und Jackie tut das auch nicht gut. Er wird furchtbar verzogen. Wenn Sie wüßten, wie viele Ohrfeigen ich diesem Kind allein in der letzten Woche geben mußte.

Seine Mutter? Ich? Oh nein! Nein, ich bin nur Jackies Tante. Seine Mutter, meine Schwester Beth, arbeitet im Finanzamt. Jackies Vater starb, als der Junge erst eine Woche alt war . . . er war '64 bei der Großen Bombardierung dabei und hat sich nie richtig davon erholt. Es war ziemlich schlimm.

Jedenfalls kümmere ich mich um den Jungen, wenn meine Schwester arbeitet. Er ist ein braves Kind – ein bißchen verwöhnt, aber welches Kind ist das heutzutage nicht?

Ich war es übrigens auch, die als erste davon erfuhr. Wissen Sie, ich bin viel öfter mit Jackie zusammen als seine Mutter.

Eines Morgens machte ich gerade Jackies Bett, als er hinter mich trat, mich um die Taille faßte und ganz ernsthaft fragte: »Tante Dorothy, sind die Sterne *tatsächlich* andere Sonnen, so wie unsere, und haben sie auch Planeten?«

»Ja, sicher, Jackie«, antwortete ich. »Ich dachte, das wüßtest du.«

Er umarmte mich. »Danke, Tante Dorothy. Ich dachte, Mig würde mich auf den Arm nehmen.«

»Wer ist Mig?« erkundigte ich mich. Ich kannte die meisten Kinder des Blocks, wissen Sie, aber an der Ecke war ein neues Mädchen eingezogen. »Ist es die Kleine von Jacksons?«

»Mig ist kein *Mädchen*«, erklärte er dann, »Mig wohnt nicht hier in der Gegend. Sein richtiger Name ist Migardolon Domier, aber ich nenne ihn Mig. Er spricht nicht wirklich mit mir. Eigentlich nur in meinem Kopf.«

Ich sagte »Oh!« und lachte auch ein bißchen, denn Jackie ist eigentlich kein Kind mit besonders lebhafter Phantasie. Aber vermutlich gibt es bei allen Kindern diese Phase, in der sie eingebildete Spielkameraden haben. Ich hatte auch so eine eingebildete Freundin als Kind. Ich nannte sie Bitsy – na, jedenfalls lief Jackie dann zum Spielen nach draußen, und ich dachte nicht mehr daran, bis er mich eines Tages fragte, wie ein Raumschiff aussieht.

Also nahm ich ihn mit ins Kino – wissen Sie, in diesen Film mit Paul Douglas über die Reise zum Mars –, aber würden Sie's für möglich halten, der Junge rümpfte nur die Nase.

»Ich meine ein echtes Raumschiff!« sagte er. »Mig hat mir eins gezeigt, das viel besser ist als *das da*!«

Darauf fuhr ich ihn ein bißchen scharf an. Wissen Sie, ich mag nicht, wenn er unverschämt wird. Und er sagte: »Also, Migs Vater baut ein Raumschiff. Es fliegt durch die ganze Gal-. . . die Gallazzis, glaube ich, und durchquert – Tante Dorothy, was ist eigentlich der Hyperraum?«

»Ach, frag doch Mig danach!« schimpfte ich; ich war jetzt richtig böse auf ihn. Sie wissen ja, wie das ist, wenn ein Kind so neunmalklug daherredet.

Der nächste Tag war ein Samstag. Betty war zu Hause bei Jackie, und ich blieb bei meiner Mutter. Aber als ich am Montagmorgen hinüberkam, fragte sie mich: »Dorothy, wo um alles in der Welt hat Jackie diesen Raumfahrerjargon aufgeschnappt? Und was hat diese Geschichte mit *Mig* zu bedeuten?«

Ich erzählte ihr, daß ich ihn in DIE REISE ZUM MARS mitgenommen hatte, und sie war ziemlich entrüstet. Betty glaubt immer noch, daß Raketen etwas für Comic-Hefte sind, und sie hielt mir einen langen Vortrag über Schundfilme und daß sie ihn zu sehr aufregten und seine kindliche Phantasie überforderten und so weiter.

Dann berichtete sie mir von den neuesten Entwicklungen in der Affäre Mig. Offenbar hatte Jackie ihr einige Einzelheiten preisgegeben. Mig war ein kleiner Junge, der auf einem Planeten irgendwo auf der anderen Seite der ›Gallazzis‹ lebte, und sein Vater war Raumschiffbauer.

Na ja, Sie wissen ja, wie verrückt die Kinder auf Raumschiffe sind. Jackie war noch nicht einmal sechs, aber er war seinem Alter immer ein bißchen voraus. An dem Nachmittag begann er mich zu bestürmen, ich solle mit ihm ins Planetarium gehen. Er ließ nicht locker, bis ich ihn endlich am Abend, nachdem Beth nach Hause gekommen war, dorthin mitnahm.

Es war schon ziemlich spät, als wir wieder herauskamen. Die Sterne standen schon am Himmel, und auf dem Heimweg fragte ich ihn, auf welchem Stern Mig wohnte. Und wissen Sie, was das Kind mir antwortete, Professor? Er sagte: »Man kann nicht auf einem *Stern* wohnen, Dummie! Da würde man doch verbrennen! Er lebt auf einem *Planeten,* der zu einem Stern gehört!« Dann deutete er in Richtung Norden, fuchtelte eine Weile mit dem Finger herum und sagte schließlich: »Na ja, irgendwie sieht der Himmel dort, wo Mig wohnt, anders aus. Aber ich glaube, es ist irgendwo da oben.« Damit zeigte er zum Großen Bären.

Ich habe ihn in der Sache mit Mig nicht ermutigt, aber er brauchte auch wahrhaftig keine Ermutigung. Ich glaube, es war zwei oder drei Tage danach, als Jackie mir erzählte, daß Migs Sonne explodieren würde, daß sein Vater darum ein Raumschiff baute und daß sie kommen würden, um hier zu leben.

Ich verzog keine Miene. Aber ich fragte mich unwillkürlich, was passieren würde, wenn Jackie seinen Mig sozusagen auf die Erde herunterholte. Ich kam zu dem Schluß, daß es seine Phantasie beruhigen und daß danach die Phase allmählich abklingen würde.

Eines Abends im August wollte Beth mit ein paar Kolleginnen aus ihrem Büro ins Kino gehen, und ich blieb bei Jackie. Ich las unten im Wohnzimmer, als ich ihn oben plötzlich weinen hörte – nicht sehr laut, aber ganz unglücklich und jämmerlich.

Ich rannte nach oben und nahm ihn in den Arm, weil ich dachte, er hätte schlecht geträumt. Er zitterte wie Espenlaub, bis er sich endlich beruhigte und nur noch von Zeit zu Zeit aufschluchzte.

Und dann sagte er mit ganz unglücklicher Piepsstimme: »Mig muß seinen – seinen *Erling* auf dem Planeten zurücklassen, und er wird mit der Sonne explodieren! Er ist nur ein kleines Ding, wie ein Hündchen, aber sein Daddy sagt, in dem Raumschiff ist kein Platz für ihn! Aber er hat ihn zum – ich glaube, es ist so eine Art Geburtstag – bekommen, und er wollte ihn mir zeigen, wenn er kommt!«

Na gut!

Der Vortrag, den ich ihm daraufhin über Phantasie und Einbildung hielt, muß wohl gewirkt haben; jedenfalls hörte ich eine ganze Zeit lang nichts mehr von Mig. Beth hielt er allerdings auf dem laufenden. Er erzählte ihr, wann das Raumschiff starten und wann Migs Sonne explodieren oder wo man es sehen würde oder sonst etwas in dieser Richtung. Ich weiß es nicht so genau. Jedenfalls brachte er sie dazu, das Datum im Kalender zu notieren. Es war der 5. November.

Im September ging ich wieder zum College, und – also, ich rede gewöhnlich nicht über solche Dinge mit Fremden, aber mein Freund Dave gehörte fast zur Familie, und er hatte in diesem Jahr eine Stelle bei Professor Milliken im Observatorium bekommen.

Sie kennen sicher Professor Milliken, oder? Das dachte ich mir. Ich erzählte Dave also von Jackies Freund Mig, und eines Abends, als Dave mit mir bei Beth war, bat er den Jungen, ihm mehr davon zu erzählen. Er war sehr geduldig mit Jackie, nahm ihn sogar mit ins Observatorium und ließ ihn durch das große Teleskop schauen. Natürlich versorgte Jackie Dave mit den neuesten Einzelheiten über Mig.

Das Raumschiff war offenbar schon gestartet, darum hatte er in letzter Zeit nicht viel von Mig gehört, denn – »Sein Vater hat ihn in einer kleinen Kapsel eingeschlossen, damit er nicht aufwacht, bevor sie weit draußen im Hyperraum sind. Weil das Raumschiff nämlich schneller und immer schneller und *entsetzlich* schnell wird, und wenn er nicht eingeschlossen ist und schläft, wird es ihm irgendwie *furcht-*

bar wehtun!« Und Dave ermutigte Jackie, indem er mit ihm über Beschleunigung und den Hyperraum und Abkürzungen durch die Galaxis sprach, und Jackie saß da und nahm alles gierig in sich auf, als würde er jedes Wort verstehen. Dave notierte sich sogar den Tag, an dem Migs Sonne explodieren sollte, und versprach, ein Auge darauf zu haben.

Ungefähr zu diesem Zeitpunkt kam Jackie in den Kindergarten, und ich dachte, daß er die ganze Sache mit Mig vergessen hätte. Mindestens sechs Wochen lang hörte ich nichts mehr davon. Aber eines Abends – ich paßte wieder für Beth auf das Kind auf – klingelte das Telefon, und Dave war am Apparat.

»Dorothy! Erinnerst du dich an Jackies kleinen Galaxisbewohner, dessen Welt heute in Rauch aufgehen sollte?«

Ich warf einen Blick auf den Kalender. Es war der 5. November. »Hör zu, Dave«, sagte ich streng. »Du wirst das Kind nicht so enttäuschen. Er hat die dumme Geschichte völlig vergessen. Außerdem liegt er im Bett.«

»Dann weck ihn eben auf!« rief Dave. »Dorrie, du wirst es nicht glauben! Gerade ist im Norden die größte Supernova aufgetaucht, die ich je gesehen habe. Bring Jackie hierher! Ich will ihm ein paar Fragen stellen!«

Er meinte es ernst, das merkte ich sofort. Ich rannte nach oben und wickelte Jackie in eine Decke – ich hielt mich nicht einmal damit auf, ihn anzuziehen, warf einfach nur eine Decke über seinen Schlafanzug – und fuhr im Taxi mit ihm zum Observatorium.

Sie hätten das Bild sehen müssen! Jackie im Schlafanzug auf einem Tisch, wie er Professor Milliken alles über Mig, das Raumschiff, die kleine versiegelte Kapsel, den *Erling* und all das erzählte.

Sie können sich sicher nicht vorstellen, was wir in der folgenden Woche durchgemacht haben. Wissenschaftler, Reporter, Psychologen, Parapsychologen und bloße Besserwisser. Und dann noch die Verrückten. Ach ja, die Verrückten. Und dann haben sie die Berichte über Jackies Vater herausgekramt.

Sie konnten dem armen Mann nicht einmal im Grab seine Ruhe lassen, und als sie die Sache mit dem Bombenangriff herausfanden, redeten sie über Strahlenschäden und Mutationen, bis ich drauf und dran war, den Verstand zu verlieren, und Beth ihre Stellung kündigen mußte.

Sie redeten sogar von Telepathie. Als wäre Jackie ein Monster. Wir mußten den armen Jungen aus dem Kindergarten nehmen. Er war wütend darüber – es tat ihm so gut, und es machte ihm soviel Spaß, mit den anderen Kindern zu spielen und zu malen und diese süßen kleinen Körbchen zu flechten, und er hatte gerade gelernt, die Uhr zu lesen und all das.

Und dann landete das Raumschiff, und ich kann Ihnen sagen, seitdem hatten wir keine ruhige Minute mehr.

Oh, *das* geht schon in Ordnung! Ich wollte sie ohnehin in ein paar Minuten zum Essen hereinrufen. »Jackie! *Jackie* –kannst du ein paar Minuten mit Mig hereinkommen? Ein Freund von Onkel Dave möchte sich mit euch beiden unterhalten.«

Verbrechenstherapie

Ein Psychologe mag darüber theoretisieren, welche ehelichen Zwänge die junge Marion Bradley dazu getrieben haben mögen, diese Geschichte zu schreiben. Dabei ist sie ein Musterbeispiel für einen bestimmten Typ von Science-fiction, in dem uns durch die Technik der Zukunft die Mittel an die Hand gegeben werden, Dinge, die man höchstens im übertragenen Sinne meint, in die Tat umzusetzen. Daß diese Geschichte auch die üblichen Science-fiction-Details aufweist, belegt ihre Herkunft aus den fünfziger Jahren.

Aber um zum Thema zurückzukehren: Haben Sie schon einmal zu Ihrer Frau (oder Ihrem Mann) gesagt: »Ich könnte dich umbringen!« Im 26. Jahrhundert haben die Außerirdischen dies alles möglich gemacht – gesellschaftlich sanktioniert.

Der Rigelianer namens Rhoum zischelte: »Es ist Ihnen doch klar, Mr. Colby, daß es sich um ein illegales Unternehmen handelt?«

Colby fuhr sich verstohlen über die Stirn. »Ja. Ich dachte, wir hätten das Thema bereits ausgiebig diskutiert.«

Unglaublich, daß ein solches Institut überhaupt existierte, hier auf der fortschrittlichen Erde, wo man die Möglichkeit hatte, in Kalifornien Krabben zu essen und zwanzig Minuten später – nach einer Fünfzig-Cent-Reise – in Boston seinen Kaffee zu trinken, wo man mit einem Dionit-Raumschiff innerhalb zwei Wochen Theta Centaurus erreichen konnte und innerhalb von zwei Monaten den vierten Planeten des Antares. Hier, wo Kindererziehung gleichbedeutend war mit sorgsamer gesellschaftlicher Anpassung und wo es Verbrechen einfach nicht gab.

Und doch gab es dieses Institut. Das Schild an der Tür verkündete schlicht:

Dr. med. Rhoum (E. T.)
Staatl. gepr. Verbrechenstherapeut

»Ich wollte es nur noch einmal unmißverständlich klarstellen«, zischelte der kleinwüchsige Extraterrestrier und fixierte dabei die kümmerliche Gestalt im Relaxo-Sessel. »Bedauerlicherweise erkennen Ihre Psychotherapeuten bis jetzt noch nicht an, daß verbrecherische Impulse eine ›normale‹ Form der Unzurechnungsfähigkeit darstellen – falls mir dieses kleine Paradoxon gestattet ist. Sie betrachten Kriminelle als von der gesellschaftlichen Norm abweichende Individuen, nicht als Psychoneurotiker. Und sie sind noch nicht zu der Erkenntnis gelangt, daß sich bei einer bestimmten Kategorie diese Impulse nicht durch herkömmliche Rehabilitationsmethoden neutralisieren lassen. Man kann sie auch nicht unterdrücken; sie brauchen ein Ventil.«

Rhoum schwieg. Colby lehnte sich nach vorn. Im Vorgefühl dessen, was ihn erwartete, brach ihm schon jetzt ein wenig der Schweiß aus.

Rhoum nahm den Faden wieder auf. »Vor einigen Wochen hatte ich einen Brandstifter als Patienten. Besser gesagt, sein Krankheitsbild war das eines Brandstifters. Durch die gesellschaftliche Formung seiner Persönlichkeit war er unglückseligerweise in einen Zustand geraten, der von ständiger Sublimierung und Frustration geprägt war. Aufgrund seines sozialen Bewußtseins kam er zu der Überzeugung, daß sein Hang zur Brandstiftung ein asozialer Impuls sei – ganz abgesehen davon, daß heutzutage die meisten Häuser feuersicher gebaut sind. Er befand sich am Rande des völligen Zusammenbruchs. Zum Glück wurde er uns noch rechtzeitig zur Behandlung überwiesen.«

»Sagten Sie nicht, Ihr Unternehmen sei illegal?« knurrte Colby mißmutig.

»*Wir* unterstehen nicht den terranischen Gesetzen.« Rhoum lächelte. »Die Bestimmungen des Terranischen Weltreichs gewährleisten, daß wir uns hier niederlassen können. Die Terraner handeln allerdings rechtswidrig, wenn sie unsere Behandlungsmethoden unterstützen.« Wieder lächelte er. »Aber es ist auch im Interesse unserer Patienten, es nicht an die große Glocke zu hängen. Trotzdem gibt es viel Mundpropaganda. Es sprich sich herum.«

Nach einer kleinen Pause fuhr Rhoum fort: »Aber ich wollte Ihnen noch von meinem Patienten erzählen. In unserem Therapiezentrum bauten wir ein riesiges Gebäude aus leicht brennbarem Material auf. Als ihm danach zumute war, brannte er es nieder. Ein fantastisches Feuerchen – sehr hübsch, wirklich. Sehr erfolgreiche Behandlung.«

». . . Und was macht er jetzt?« fragte Colby. In seinen kleinen, eng zusammenstehenden Augen war ein erregtes Funkeln.

Rhoum runzelte ein wenig die glatte Stirn. »Nun, es handelte sich um einen ganz eigenartigen Fall, Mr. Colby. Der Mann zog sich bei dem Feuer schwere Verbrennungen zu, an denen er starb. Aber *er starb geistig gesund* – und glücklich, Mr. Colby.«

Colby rieb sich die knochigen Hände. »Ach so,« brummte er, in sich hinein lachend. »Operation gelungen, Patient tot.«

Rhoum bemühte sich, die heftige Abneigung in seinem Blick zu verbergen. »So könnte man es ausdrücken.«

Plötzlich schoß Colby auf seinem Relaxo in die Höhe und setzte seine Füße auf den pneumatischen Bodenbelag. Seine Zunge glitt über die dünnen Lippen. »Das – ich meine – besteht die Gefahr, daß mir etwas ähnliches passiert?« flüsterte er, verstohlen um sich blickend.

»Um Himmels willen, nein! Die Natur Ihres Leidens ist völlig anders gelagert, wenn ich mir die Bemerkung erlauben darf. Aber ich verstehe Ihre Bedenken. Brandstifter sind Fanatiker, während es sich bei Mördern um eine relativ leichte Psychose handelt, sozusagen. Der Brandstifter oder Pyromane, von dem ich sprach, hat auf ziemlich aufwendige Weise Selbstmord begangen. Er hatte den Wunsch, zu sterben, verstehen Sie? Seine gesellschaftsfeindliche Neurose hat sich zu einem Selbstzerstörungskomplex entwickelt. Als er das Gebäude den Flammen übergab, meinte er im Grunde sich selbst.«

»Hm.« Colby langweilte die Sache inzwischen. Er scharrte ungeduldig mit den Füßen. »Sagen Sie, haben Sie *oft* mit Mördern zu tun?«

»Oh ja. Es gibt eine Menge Mordsüchtiger – besonders seit die Möglichkeit besteht, innerhalb drei bis vier Wochen völlig lebensechte Androiden anzufertigen. Bis vor ungefähr zehn Jahren brauchte man nämlich oft mehrere Monate für ein einziges Modell, und selbst dann war man noch nicht sicher, was dabei herauskommen würde. Das neue centaurische Verfahren ist äußerst effizient. Zu jener Zeit, als wir noch so lange Lieferzeiten für Androiden in Kauf nehmen mußten, hatte die Therapieverzögerung oft verheerende Folgen für den Patienten. Wissen Sie, im Fall von Mordlust ist eine sofortige Behandlung oft unumgänglich. Letzte Woche, zum Beispiel – oh, jetzt langweile ich Sie, Mr. Colby.«

Mit einem erwartungsvollen Glitzern in seinen winzigen Äuglein lehnte sich Colby vor. »Nein, nein. Sie langweilen mich doch nicht, Dr. Rhoum. Ganz bestimmt nicht. Bitte erzählen Sie weiter,« forderte er nachdrücklich. Die emotionslosen Augen des Außerirdischen beobachteten ihn interessiert.

»Also gut. Letzte Woche hatten wir einen Patienten, der als Sadist bekannt war, und eine psychiatrische Untersuchung ergab, daß sich hinter dieser Neigung ein überaus frustrierter potentieller Mörder verbarg. Glücklicherweise hatte gerade ein anderer Patient seinen Behandlungstermin wegen sadistischer Gewalttaten abgesagt, denn bisweilen ergeben sich auch spontane Erfolge, die eine Therapie überflüssig machen, und zudem hatten wir sechs junge Androidenmädchen an der Hand – makellose Modelle –, die zum größten Teil für Triebtäter angefertigt worden waren. Nur eines war als Standardmodell für Mörder konzipiert. Dafür war sie auch ziemlich teuer – keine solchen Fließbandprodukte, die kaum besser sind als die alten Plastostahl-Modelle. Es handelte sich um echt weibliche Androiden, mit sämtlichen Details – wenn Sie wissen, was ich meine.«

Colby grinste. »Nicht schlecht!«

Rhoums gekonnte gehobene Augenbraue ließ ihn verstummen. »Innerhalb der ersten Behandlungswoche hatte er sie alle ermordet, Mr. Colby. Sein Vorgehen – ich fürchte, ich muß Ihnen weitere Einzelheiten vorenthalten.« Der Rigelianer übersah Colbys enttäuschtes Stirnrunzeln. »Berufsethos, Sie verstehen.«

»Was – war war mit *ihm*?«

»Gestern morgen war er alle seine Sorgen los – *als geheilt entlassen*.«

Colby konnte einen zufriedenen Seufzer der Erleichterung nicht unterdrücken. »Natürlich,« sagte er, wieder grinsend, »bin ich nicht geisteskrank im eigentlichen Sinne, verstehen Sie, Dr. Rhoum? Aber mir wäre es lieber, wenn ich mich von dem Druck befreien könnte. Diese ständigen kleinen Frustrationen gehen mir an die Nerven.«

»Sicher.« Rhoum wirkte sachlich und gelassen. »Nun zu Ihrem Fall. Ein ernstzunehmender Haßkomplex –«

»Na, so ernst auch nicht –« schwächte Colby protestierend ab.

Rhoum lächelte nur. »Wenn ich Sie recht verstehe, Mr. Colby, dann verspüren Sie doch den Drang, Ihre Frau zu ermorden.«

»Also, äh – ja. Sie – nun, sie zieht sich so schlampig an. Und sie trägt diese altmodischen Morgenmäntel aus Neonylon. Und sie besteht absolut darauf, mit einem Weckohrring ins Bett zu gehen; fünfmal hat er im vergangenen Monat schon losgepiepst und mich vor zehn Uhr aufgeweckt. Als ich ihr dann eins übergezogen habe – kaum mehr als einen kleinen Klaps –, drohte sie, mich zu verlassen. Dabei sind wir erst fünf Jahre verheiratet. Aber es ist einfach nicht auszuhalten. Ja, und – äh – na ja, wie Sie mir sagten, werden Sie dafür sorgen, daß ich sie nach – nach allem nie mehr zu Gesicht bekomme. Und – äh – da ist dieses Mädchen im Sky Harbor Hotel – «

»Ich verstehe«, erklärte Rhoum mit seiner Lispelstimme. »Aber muß es gleich Mord sein, Mr. Colby? Eine ganz schön drastische Methode. Wie wär's mit Körperverletzung? Sie könnten zum Beispiel eines unserer Modelle eine Woche lang täglich ein paar Stunden durchprügeln – oder einfach die Scheidung beantragen –«

Colby griente erneut. »Ja, also – sehen Sie mal, ich bin zwar nicht direkt geisteskrank, aber mich beunruhigt die Sache. Außerdem habe ich bereits ein- oder zweimal versucht, sie zu erwürgen, und sie – also, *sie* hat mir das Versprechen abgenommen, mich bei Ihnen behandeln zu lassen. Daraufhin habe ich mich entschlossen, die Sache gleich gründlich zu erledigen, und zwar durch einen sauberen Mord!« Er starrte Rhoum einige Sekunden lang an und brüllte dan plötzlich los: »Verdammt nochmal, was geht Sie das an? Ich bezahl schließlich dafür! Und wenn ich meine Frau umbringen will, dann ist das doch meine Angelegenheit! Sie müssen mich doch nicht umstimmen, oder?«

In ruhigem Ton erwiderte Rhoum: »Natürlich nicht. Wir verlegen uns jedoch grundsätzlich nicht gern auf drastische Methoden, wenn auch eine weniger einschneidende Maßnahme Erfolg verspricht. Es gehört zu meinen beruflichen Pflichten, Sie auf die einfachste aller möglichen Therapien hinzuweisen. Wenn Sie jedoch das Gefühl haben, Ihre Frau umbringen zu *müssen*, nun . . .«

»Es ist das einzige, was mich wieder zu einem normalen Menschen machten könnte«, sagte Colby theatralisch.

Rhoum gönnte ihm einen Blick aus seinen scharfen Augen und zwinkerte ihm zu. »Ich fürchte, Sie haben recht«, bemerkte er leise. »Ich sehe, daß ihr Zustand ernst ist. Natürlich. Wir können sofort einen Termin festlegen.« Er unterbrach sich, um seinen Kalender zu konsultieren, und fragte schließlich: »Würde Ihnen der dritte Einstein passen? Wir haben heute zwar erst den fünften Freud, aber bis zum dritten Einstein ist es nur noch fünf Wochen hin. Sie halten es doch sicher noch fünf Wochen aus?«

»Ach, wahrscheinlich schon«, murmelte Colby.

»Eventuell könnten wir Sie noch Ende dieses Monats einschieben, aber wenn alles so hoppla-hopp geht, beeinträchtigt das in den meisten Fällen den Behandlungserfolg. Sollten Sie natürlich Ihren Sinn ändern und auf eine einfache Therapie mit Körperverletzung zurückgreifen wollen, dann wäre das nur eine Sache von drei oder vier Tagen –«

Colby winkte bescheiden ab.

Rhoum nickte bedeutungsvoll. »Haben Sie eine neuere 3-D-Aufnahme Ihrer Frau bei sich?«

Colby zog sie aus seiner Tasche hervor. »Zufällig ja –«

»Hmm, ja – sie ist sehr hübsch . . . Nun, Mr. Colby, Sie werden sicher verstehen, daß Sie sich bis zu Ihrem Termin als Gast in unserem Therapiezentrum aufhalten müssen. Damit soll vermieden werden, daß der reizvolle Vorgeschmack auf das, was Ihnen bevorsteht – äh –, unter Kontrolle bleibt.«

Er machte eine kleine Pause. »Ich bin überzeugt, Sie werden sich hier wohlfühlen. Die Unterhaltungsmöglichkeiten für unsere Patienten sind überaus vielfältig. Und nun zum finanziellen Teil –«

Sämtliche Einzelheiten wurden geklärt; ein Scheck in astronomischer Höhe wechselte den Besitzer.

»Bitte unterschreiben Sie hier, Mr. Colby.«

Auf einem Formular bestätigte Colby durch seine Unterschrift, daß er sich der Behandlung aus freiem Willen unterzog. Rhoum drückte einen Knopf, und eine exquisite Centaurierin in einem Hauch von Neonylon trat ein.

»Schwester, bitte zeigen Sie Mr. Colby sein Apartment. Ich hoffe, Sie werden sich hier wohlfühlen, Mr. Colby. Wenden Sie sich bitte an Demella, falls Sie irgendeinen Wunsch haben.«

Als der kleine Mann bereitwillig und grinsend den Raum verlassen hatte, wählte Dr. Rhoum sorgfältig einen Stift aus und machte einen Eintrag in das entsprechende Krankenblatt.

Danach griff er zum Telefon.

Der Therapeut sagte: »Hallo. Mrs. Helen Colby? Dr. Rhoum am Apparat.«

Die helle Frauenstimme am anderen Ende klang verstört. »Oh, Frank erzählte mir, daß er Sie aufsuchen wollte.« Und nach einer Pause: »Sagen Sie, Dr. Rhoum – ist es etwas Ernstes?«

Dr. Rhoum bemühte sich um einen beruhigenden Ton: »Leider ja, Mrs. Colby. Es steht sehr schlecht. Sie müssen versuchen, tapfer zu sein. Wissen Sie, er hat sich für die Mordtherapie entschieden. Sicher haben Sie nichts dagegen, als Mordopfer zu dienen?«

»Keineswegs, nur – es ist so drastisch!«

»Drastische Krankheiten, Sie wissen, Mrs. Colby. Wann hätten Sie denn Zeit, uns aufzusuchen? Wäre es Ihnen morgen nachmittag recht? Wir brauchen eine Blutprobe, ein paar Haare von Ihnen und so weiter, um ein Androidenmädchen zu schaffen – so bald wie möglich. Der Fall ist ernst.«

Mrs. Colby war einverstanden.

Der fünfte Einstein dämmerte hell und klar herauf. Colby erwachte, schaltete sein Schlaflerngerät aus und aß mit großem Appetit das Frühstück, das das blauhaarige Mädchen von Aldebaran V ihm brachte. Letzte Woche hatte Dr. Rhoum ihn aus Demellas Obhut entlassen; sie war unerträglich aufsässig gewesen. Außerdem hatte er nie etwas für Centaurier übrig gehabt – zu mager. Hamilda, na, das war was ganz anderes.

Dr. Rhoum kam pünktlich um neun, um ihn abzuholen. Sein Gesicht hatte einen strengen und schrecklich ernsten Ausdruck. »Sind Sie sicher, daß Sie dabei bleiben wollen?« fragte er leise. »Noch haben Sie Zeit, Ihre Meinung zu ändern. Wir können dies in eine einfachere Therapie umwandeln – Körperverletzung oder verbale Auseinandersetzung –, oder Sie können noch heute nach Hause gehen, sich scheiden lassen und die ganze Sache vergessen. Das Honorar erhalten Sie selbstverständlich rückvergütet.«

Colby starrte ihn aus eng zusammengekniffenen Äuglein an. »Ich bleibe dabei«, knurrte er. »Haben Sie nicht gesagt, Sie würden keinen Versuch machen, mich umzuerziehen oder zu rehabilitieren?«

Dr. Rhoum hob die Schultern. »Also gut«, meinte er leise. »Erstens, machen Sie sich folgendes klar: Wenn Sie Ihre Frau ermorden, wird sie tot sein – unwiderruflich. Wenn Sie hier weggehen«, er lächelte leicht, »werden Sie sie niemals wiedersehen. Wir sind da sehr strikt – denn es würde natürlich die ganze Therapie zunichte machen und Sie vielleicht in eine schwere Psychose treiben, wenn Sie die Frau wiedersähen, die Sie ermordet haben. Das ist einer der Gründe, weshalb die Mordtherapie so teuer ist.«

Colby lächelte ebenfalls. »Die Sache ist es mir wert«, meinte er.

Rhoum hob nur wiederum die Schultern. »Gehen Sie den Flur entlang und in den Raum dort«, sagte er zu ihm. »Und – ich sehe Sie dann nachher in meinem Büro.«

Colby stand einen Augenblick still, und Rhoum, der ihn genau beobachtete, sah, wie seine Hände ein wenig zitterten, wie seine Lippen schmal wurden. Dann drehte sich Colby um und ging den Korridor entlang. Rhoum kehrte in sein Büro zurück.

Die Fernsehkameras waren so angeordnet, daß Rhoum und die Frau auf dem großen Schirm jeden Winkel des Raumes einsehen konnten. Colby hatte soeben die Tür hinter sich geschlossen. Auf dem Diwan saß eine junge, hübsche Frau in einem weiten Neonylo-Morgenmantel. Mrs. Colby zuckte zusammen, als sie die Fremde sah.

»Es – es ist schrecklich –« flüsterte sie entsetzt. »Sie – das bin ja *ich*, Doktor –.«

»Sie brauchen nicht zuzusehen, Mrs. Colby, wenn es zu schmerzlich für Sie ist, aber darin liegt auch für Sie eine Katharsis-Therapie. Immerhin werden Sie ihn nie wiedersehen. Wenn Sie jetzt mit ansehen, wie er Sie kaltblütig ermordet, werden Sie nicht um ihn trauern«, meinte Rhoum sanft. »Vergessen Sie nicht, er ist wahnsinnig. Ein Mann, der einen kaltblütigen Mord begehen kann – selbst wenn er weiß, daß es nur ein Roboter ist –, ein Mann, der hierher kommen kann, im Wissen, daß alles nur eine Vorspiegelung ist, und der sich nach fünf Wochen Wartezeit immer noch an die Vorstellung klammert, daß er töten muß, um frei zu werden – ein solcher Mann ist sehr krank, Mrs. Colby.«

»Ich – ich weiß – *oh*!« Mrs. Colby stieß einen leisen Schrei aus, als die beiden Gestalten auf dem Bildschirm zu kämpfen begannen. »Oh! Oh!« Sie bedeckte ihr Gesicht mit den Händen.

Rhoums Stimme war leise und besänftigend. »Bitte, versuchen Sie hinzuschauen, Mrs. Colby –.«

»Wird es – wird es ihn heilen?«

»Völlig. Man wird ihn noch heute als vollkommen gesund entlassen.«

Helen Colby schloß schaudernd die Augen. »Oh, nein –«, stöhnte sie, »Frank, Frank – nicht! Habe ich dich dazu getrieben?«

Rhoums glatte kalte Augen folgten dem Geschehen auf dem Schirm mit klinischer Distanziertheit. »Ein schwerer Fall, Mrs. Colby, ein schwerer Fall. Sadistisch und unbeherrscht – Sie haben sehr gut daran getan, ihn zu uns zu schicken. Er hätte die Nerven verlieren können, und« – seine Stimme wurde plötzlich hart – »dann lägen Sie jetzt tot im Zimmer!«

Er drückte den Knopf auf seinem Schreibtisch. Zu den zwei kräftigen Pflegern, die hereinkamen, sagte er knapp, mit einer Kopfbewegung zum Bildschirm: »Holen Sie den Patienten dort raus – aus dem Mordkabinett –, und räumen Sie die Androidin weg. Und schicken Sie mir Demella mit einem Beruhigungsmittel für Mrs. Colby«, fügte er mit einem Blick auf die schluchzende jung Frau hinzu.

Er stand auf und ging um die Couch zu Helen Colby und legte ihr leicht die Hand auf die Schulter.

»Versuchen Sie, tapfer zu sein«, sagte er. »Ich gebe Ihnen etwas zur Beruhigung. Die Schwester wird Sie nach oben bringen. Legen Sie sich hin, bis Sie sich besser fühlen, und dann wird ihnen jemand ein Taxi rufen und Sie nach Hause bringen.«

Er nickte dem centaurischen Mädchen zu, das mit einem Glas Wasser und ein paar Kapseln hereinkam; dann verließ er das Büro und ging den Flur entlang auf das Mordkabinett zu.

Colby hing schlaff und erschöpft zwischen den beiden Pflegern. An seinen Händen klebte Blut; er war schweißbedeckt, und sein Mund stand offen; sein Atem ging stoßweise, fast schluchzend. Aber der Blick in seinen kleinen Augen war klar und hellwach.

Er verstand die Technik. Vollständige Katharsis der Impulse. Er fühlte sich kühl und sauber und befreit, bereit zu allem . . . wieder Herr seiner selbst. Er blickte zu Rhoum auf, der hochgewachsen in seiner weißen Kleidung vor ihm stand. Und er wunderte sich, daß seine Stimme so fest klang: »Nun, Doktor?«

Rhoums Stimme war hart. »Ausgezeichnet, Mr. Colby. Man wird Sie bald als geheilt entlassen können.«

Colby blickte auf seine blutbefleckte Kleidung. »Kann ich – kann ich mich vorher ein bißchen saubermachen?«

»Gleich, Mr. Colby.« Rhoums Stimme war glatt und besänftigend. »Wenn Sie erst bitte mit mir kommen wollen. Kommen Sie.«

Als Colby zögerte, packten ihn die beiden Pfleger fester und schleppten ihn mit sich. Er wehrte sich. »Was soll das – wohin bringen Sie mich? Die Behandlung ist zu Ende, oder? Ich bin wieder gesund . . .«

Rhoum stieß eine Tür auf; die Pfleger zerrten Colby mit Gewalt hindurch. Colby wußte sofort, wohin man ihn gebracht hatte. Hart, real und anachronistisch in einer Welt ohne Verbrechen – ein elektrischer Stuhl ist überall unverkennbar.

»Nicht ganz«, sagte Rhoum sanft zu dem zusammengesunkenen hilflosen Colby. »Denn auf Mord steht die Todesstrafe.« Er machte eine Pause. »Sehen Sie, Ihre Therapie ist noch nicht ganz zu Ende. Man kann kein Verbrechen begehen, ohne bestraft zu werden, und die Strafe muß der Schwere des Vergehens gerecht werden.«

Colby begann sich in seinen Fesseln zu winden. »Aber ich – ich habe niemanden – es war nur ein Roboter, eine Androidin . . .«

Rhoum trat zu ihm und kniete sich neben den Stuhl, um die letzten Elektroden anzubringen. »Ein Test«, sagte er. »Ein Test für das Ausmaß Ihrer Abweichung. Ein letzter Test, sozusagen. Die Absicht, die Mittel und die Methode, einen Mord auszuführen. Ließen wir Sie ohne« – er lächelte – »ohne diese letzte Therapie, könnten Sie nicht geheilt werden. Entweder würde Ihr Temperament Sie dazu bringen, mehr Morde zu begehen, oder Sie würden einen solchen Schuldkomplex entwickeln, daß Sie am Ende mehr dem Wahnsinn verfallen wären als jetzt.« Er stand auf und trat zu dem großen Schalthebel. »Es gibt nur ein Heilmittel für einen Mörder, Mr. Colby.«

»Aber das können Sie nicht tun!« schrie Colby mit heiserer, kaum erkennbarer Stimme. »Es war ein Roboter – ich habe unterschrieben – es ist Mord – Mord – Mord . . .«

Rhoum legte den Hebel um.

Er warf nur einen kurzen Blick auf den Toten, als man ihn an seinem Büro vorbeitrug.

»Ja«, sagte er zu Mrs. Colby, als er seine Unterschrift unter das Formular setzte, »er starb als normaler Mensch.« Er reichte ihr den Scheck mit einer kleinen zeremoniellen Verbeugung. »Bitte schön. Abzüglich der Kosten für den Roboter und einige kleinere Auslagen.«

Ihre Stimme versagte beinahe, und sie verließ das Büro mit einem erstickten, leisen Gruß. Rhoum blickte ihr einen Moment nach, nahm dann einen Stift und schrieb in sein Notizbuch: *»Colby, Frank. Als geheilt entlassen –«* er blickte auf seine Uhr –, *»11:52, 5. Einstein 2467.«*

Dann nahm er den Telefonhörer auf, um den Polizeipsychologen Bericht zu erstatten.

Verbannte der Zeit

Auch die folgende Geschichte handelt von Beziehungsproblemen und der Suche nach der eigenen Identität – ein Thema, das sich durch Marion Zimmer Bradleys Werk wie ein roter Faden hindurchzieht. Ein Ausgestoßener zu sein, außerhalb seiner Zeit zu stehen, das war für Science-fiction-Fans jener Tage geradezu ein Lebensgefühl, waren doch sie, in einem gewissen Sinne, selbst Kinder der Zukunft.

Zeitreisegeschichten gehören seit H. G. Wells' *Die Zeitmaschine* zum festen Repertoire der Science-fiction. Während jedoch häufig, wie in Robert A. Heinleins klassischer Zeitreisegeschichte ›Im Kreis‹ (›By His Bootstraps‹, 1941), am Ende ein unlösbares Paradoxon verbleibt, läßt sich hier der Knoten auflösen – wenn auch auf drastische Weise.

»Etwas sehr Merkwürdiges geschah, als ich geboren wurde«, eröffnete mir Carey Kennard.

Er unterbrach sich und füllte sein Weinglas von neuem, während seine jungen und sehr blauen Augen mich seltsam abschätzend ansahen. Ich erwiderte seinen Blick so unbefangen wie möglich und fragte mich dabei, warum er plötzlich beschlossen hatte, sich mir anzuvertrauen.

Ich kannte Carey Kennard erst seit wenigen Wochen, soweit man von Bekanntschaft reden kann: ein paar Worte in der Hotelhalle, eine gemeinsame Tasse Kaffee im Frühstücksraum, ein paar Gläser Bier im ruhigeren Hinterzimmmer einer Bar. Er war intelligent, und wir hatten uns nett unterhalten. Aber bis jetzt hatten wir ausschließlich über oberflächliche Dinge geredet. Heute schien er ein wenig aus sich herauszugehen.

Er hatte mir von sich aus mitgeteilt, daß er der Sohn eines bekannten Physikers sei und hier in Chicago nach seinem Vater suche, der vor einer Woche auf geheimnisvolle Weise verschwunden sei. Dennoch schien sich der junge Kennard über das Schicksal seines Vaters keine allzu großen Sorgen zu machen. Aber ich freute mich, daß er seine Zurückhaltung allmählich aufzugeben schien.

Wie gesagt, Carey Kennard hatte etwas Ungezwungenes an sich, und er gab mir Rätsel auf. Irgendwie schien er gefühlsmäßig nicht im Einklang zu stehen mit dem hektischen Tempo des ruhelosen Zeitalters, in dem er aufgewachsen war.

»Nun«, meinte ich unverbindlich, »Kindheitserinnerungen lassen oft ganz normale Ereignisse sehr merkwürdig erscheinen. Was war es denn?«

Das Abschätzende in seinem blick war jetzt offenkundiger. »Mr. Grayne, lesen Sie schon mal Science-fiction?«

»Eigentlich nicht«, sagte ich, »oder zumindest nur ganz selten.«

Er wirkte ein wenig geknickt. »Oh. Aber von dem Begriff der Zeitreise in der Science-fiction haben Sie doch sicher schon einmal gehört.«

»Ein bißchen.« Ich trank mein Glas aus und wünschte mir, der Kellner würde uns noch eine Flasche Wein bringen. »Soviel ich weiß, gibt es da ein paar größere Schwierigkeiten mit Paradoxien. Ich denke dabei an den Mann, der in die Zeit zurückreist und seinen eigenen Großvater umbringt.«

Er rümpfte die Nase. »Das ist allenfalls eine sehr laienhafte Vorstellung.«

»Nun, ich bin ein Laie«, meinte ich achselzuckend. Die Arroganz junger Leute empfinde ich immer als bemitleidenswert und weniger als beleidigend. Kennard war nach meiner Einschätzung kaum älter als neunzehn oder zwanzig. »Sie wollen mir damit doch wohl nicht sagen, junger Mann, daß Sie tatsächlich eine Zeitmaschine erfunden haben?«

»Aber nein!« Er lachte so spontan, daß ich mitlachen mußte. »Nein, es ist nur eine Idee, die mich interessiert. Ich bin der festen Überzeugung, daß es bei der Zeitreise keine größeren Paradoxien geben kann.« Er machte eine Pause, sein Blick war immer noch auf mein Gesicht gerichtet. »Sehen Sie, Mr. Grayne, ich würde Ihnen gerne – nun, sind Sie willens, sich eine ziemlich fantastische Geschichte anzuhören? Ich bin nicht betrunken, aber ich habe einen guten Grund, weshalb ich ich Ihnen anvertraue. Denn, wissen Sie, ich weiß eine Menge über Sie, wirklich.«

Ich war nicht überrascht. Genau genommen hatte ich etwas Ähnliches erwartet. Ich lächelte ein wenig gezwungen. »Nein, fahren Sie fort«, sagte ich. »Ich höre Ihnen gern zu.« Ich lehnte mich zurück in meinen Sessel, um ihm zuzuhören.

Denn, wissen Sie, ich wußte, was er mir erzählen würde.

Ryn Kenner saß in seiner Zelle, die Hände vor das Gesicht geschlagen.

»O Gott«, flüsterte er immer wieder.

Es gab so viele unkalkulierbare Risiken. Obwohl er Cara in den letzten drei Jahren sorgfältig geschult und sie gegen alle Eventualitäten gewappnet hatte, war ein Fehlschlag doch nicht auszuschließen. Wenn er nur die psychische Sperre entfernen könnte! Aber das war natürlich das Risiko, auf dem seine ganze Rechnung beruhte.

Trotz seiner humanitären Erziehung fand Ryn manchmal, daß die primitiven alten Sicherheitssysteme besser gewesen waren. Die Hinrichtung von Mördern und das Einsperren von Verrückten war bestimmt weniger grausam als die neue Methode, Menschen in die Verbannung zu schicken. Ryn Kenner wußte, daß er lieber gestorben wäre. Zwei- oder dreimal hatte er daran gedacht, sich vor Vollstrekkung des Urteils die Pulsadern mit einer Rasierklinge aufzuschneiden. Einmal hatte er die Klinge sogar angesetzt, aber die Erziehung war zu stark gewesen. Schon das Wort *Selbstmord* löste einen ganzen Komplex von Nervenreaktionen aus, die sich jeder Kontrolle entzogen.

Die Tragödie lag darin, daß die Menschheit zu aufgeklärt war. Kenner dachte niedergeschlagen über dieses Paradoxon nach. Eine Zeitlang war man der Ansicht gewesen, daß eine Reise in die Vergangenheit das Geflecht des Geschehenen zerreißen und die Zukunft verändern würde. Doch das hatte sich als unzutreffend erwiesen; denn heute, im Jahr 2543, war die gesamte Vergangenheit bereits abgelaufen, und der gegenwärtige Augenblick enthielt in sich alles bereits Geschehene, einschließlich aller Versuche von Zeitreisenden, es zurechtzurücken.

Kenner schauderte, wenn er daran dachte, daß auch seine künftigen Handlungen bereits der Vergangenheit angehörten. Ryn Kenner war bereits gestorben – vor sechshundert Jahren.

Zeitreise – die perfekte, humane Methode, Verbrecher aus dem Weg zu schaffen. Er hatte all die Argumente bis zu ihren letzten Spitzfindigkeiten gehört. Starke Individualisten waren im aufgeklärten sechsundzwanzigsten Jahrhundert eindeutig Störenfriede. Zu ihrem eigenen Nutzen mußten sie in Epochen verbracht werden, die ihrem Temperament besser entsprachen. Viele von ihnen waren in das Kalifornien des Jahres 1849 gesandt worden. So gelangten sie in ein Zeitalter, wo Mord kein Verbrechen war, sondern eine gesellschaftliche Notwendigkeit, ein ehrenwertes Geschäft. Religiöse Fanatiker wurden ins frühe Mittelalter zurückgeschickt, wo sie den ruhigen Materialismus der Gegenwart nicht störten, und allzu aggressive Atheisten ins dreiundzwanzigste Jahrhundert.

Kenner stand auf und wanderte durch die Zelle. Man sah es dem Zimmer nicht an, daß es ein Gefängnis darstellte. Vor dem breiten Fenster spielte sich das geschäftige Leben von Nyor Harbor ab, und der Raum war luxuriös eingerichtet. Doch er wußte, daß ein starkes Schlafgas ihn überwältigen würde, sobald er einen Fuß über die Markierung jenseits der Tür setzte. Er hatte es einmal versucht, und die Folgen waren scheußlich gewesen.

Diese Stunde der Entscheidung war seine letzte im sechsundzwanzigsten Jahrhundert. In fünfzig Minuten, in seiner eigenen persönlichen, subjektiven Zeit, würde er irgendwo im zwanzigsten Jahrhundert aufwachen, jener Epoche, welche die Psycho-Polizei für ihn ausgesucht hatte, nachdem er bei dem Versuch ertappt worden war, die legendären Atom-Isotope wiederzuentdecken. Und er würde sich nicht hinreichend genug erinnern, um einen Rückweg in seine eigene Zeit zu finden. Er durfte sein gesamtes Wissen, sein Gedächtnis behalten – mit einer schwerwiegenden Ausnahme.

Während seines ganzen restlichen Lebens würde sich Kenner nie mehr daran erinnern können, daß er aus der Zukunft gekommen war. Er hatte nun drei Wochen in dieser Zelle zugebracht, und täglich war der gleiche Befehl ausgestrahlt worden, ohne Unterlaß. Und so sehr sein Verstand sich zunächst dagegen zur Wehr gesetzt hatte, mußte er doch gegen die schleichende Macht der Suggestion am Ende kapitulieren.

Seine Gedanken verwirrten sich bereits, und er wußte, daß die Zeit kurz war. Er holte tief Atem, als er Schritte im Korridor hörte. Ein Pfeifton zeigte an, daß das Schlafgas zwischenzeitlich ausgeschaltet worden war.

Er blieb stehen.

Abrupt ging die Tür auf, und ein Psycho-Wärter betrat die Zelle. Hinter ihm im Türrahmen . . .

»Cara!« Kenner stieß das Wort beinahe schluchzend aus. Mit ein paar Schritten war er bei seiner Frau und preßte sie heftig an sich. Sie weinte lautlos. »Ach, Ryn, es dauert nicht mehr lange . . .«

Auf dem Gesicht des Wärters spiegelte sich Mitleid. »Kenner«, sagte er, »Sie können zwanzig Minuten mit Ihrer Frau allein bleiben. Niemand wird Sie überwachen.« Die Tür schloß sich hinter ihm.

Kenner führte Cara zu seinem Sessel. Sie versuchte die Tränen zurückzuhalten und sah ihn aus großen, angstvollen Augen an. »Ryn, Liebling, ich dachte . . .«

»Pst, Cara«, flüsterte er. »Vielleicht hört doch jemand zu. Du mußt alles in Erinnerung behalten, was ich dir gesagt habe. Du *darfst* nicht riskieren, daß man dich in ein anderes Jahr schickt. Du weißt, was du zu tun hast?«

»Ich – ich werde dich finden«, versprach sie.

»Sprechen wir nicht darüber«, sagte Kenner sanft. »Wir haben nicht mehr viel Zeit. Grayne hat versprochen, sich um dich zu kümmern, bis . . .«

»Ich weiß. Er war sehr gut zu mir, während du hier festgehalten wurdest.«

Die zwanzig Minuten verflogen im Nu. Der Wärter sah zu Boden, als Cara sich noch einmal an Kenner klammerte. Ryn wischte ihr sanft die Tränen aus dem Gesicht.

»Also – auf Wiedersehen im Jahre 1945«, flüsterte er und ließ sie los.

»Die Verabredung gilt«, erwiderte sie. Dann folgte sie dem Wärter hinaus.

In den letzten Sekunden vor dem Tiefschlaf versuchte Kenner sich verzweifelt das Wenige ins Gedächtnis zu rufen, was er über das zwanzigste Jahrhundert wußte.

Sein Gehirn fühlte sich dunkel und schwer an, als habe jemand seinen Kopf in dicke Watteschichten gepackt. Vage kam ihm zum Bewußtsein, daß die Zelle noch nicht gebaut sein würde, wenn er erwachte. Und doch – für den Rest seines Lebens war er eingesperrt – in einem geistigen Gefängnis, das ihm jede Möglichkeit nahm, je die Wahrheit zu sagen.

» . . . und natürlich würde diese hypothetische psychische Sperre auch verhindern, daß die Gefangenen sich mit jemandem aus der Vergangenheit vermählten«, schloß Carey Kennard. »Die Verbannten durften keine Kinder haben. Aber wenn nun besagter Mann aus der Zukunft sich tatsächlich mit seiner Frau in der Vergangenheit traf, dann hinderte ihn keine Sperre daran, sich mit *ihr* zu verheiraten.« Er machte eine Pause und sah mich ruhig an. »Was wäre, wenn die beiden ein Kind bekämen? Was würde mit ihm geschehen?«

Mein Glas war leer. Ich winkte dem Kellner, aber Kennard schüttelte den Kopf. »Danke, für mich nichts mehr.«

Ich zahlte. »Möchten Sie mich zum Hotel begleiten, Kennard?« fragte ich. »Sie haben da eine faszinierende Theorie entwickelt, mein Junge. Ausgezeichneter Stoff für eine Science-fiction-Story. Sind Sie Schriftsteller? Der Höhepunkt der Geschichte müßte natürlich das Schicksal des Kindes sein.« Wir traten in die grelle Sonne hinaus.

»Natürlich.« Kennard nickte.

Wir benutzten die Unterführung. Über uns donnerten die Straßenbahnen vorbei. Auf der anderen Seite zündete sich Carey eine Zigarette an.

»Rauchen Sie?« fragte er.

Ich schüttelte den Kopf. »Nein, danke. Sie sagten, daß Sie einen besonderen Grund hätten, mit mir über diese Dinge zu sprechen. Darf ich ihn erfahren?«

Er betrachtete mich neugierig. »Ich glaube, Sie kennen ihn, Mr. Grayne. Sie wurden nicht im zwanzigsten Jahrhundert geboren. Sie sind wie Dad und Cara ein Verbannter der Zeit, nicht wahr?«

Ich weiß, daß Sie wegen der psychischen Sperre nichts *sagen* können. Aber Sie müssen es auch nicht leugnen. Dad hat mir die Sache ganz genau erklärt. Er gab mir Science-fiction zu lesen. Dann brachte er mir bei, gezielte Fragen zu stellen – und antwortete nur mit Ja oder Nein.« Der junge Kennard machte eine Pause. »Ich besitze die psychische Sperre nicht. Dad wollte mir helfen, die Zeitreise-Maschine zu entdecken. Er kam bis nach Chicago, und hier verschwand er. Aber ich bin jetzt auf der richtigen Spur, das glaube ich ganz fest. Irgendwie gelang Dad die Rückkehr.«

Obwohl ich gewußt hatte, was er sagen würde, schluckte ich.

»Es geschah tatsächlich etwas sehr Merkwürdiges, als Sie geboren wurden«, sagte ich. »Sie verdehnten das ganze Zeitgewebe. Es war etwas, das nie hätte geschehen dürfen . . . Meine Stimme schwankte. »Nicht umsonst verbot die – die psychische Sperre, jemanden aus der Vergangenheit zu heiraten.«

Carey Kennard betrachtete mich aufmerksam. »Schwer, über die psychische Sperre zu sprechen, nicht wahr? Dad hat es nie fertiggebracht.«

Ich nickte wortlos. Wir betraten gemeinsam die Stufen zum Hotel. »Kommen Sie auf mein Zimmer«, lud ich ihn ein. »Sehen Sie, Carey – ich darf Sie doch so nennen –, Kenner war mein Freund.«

»Ich frage mich immer nur, ob Dad heim ins sechsundzwanzigste Jahrhundert gelangte.«

»Ja. Er hat es geschafft.«

Carey starrte mich an. »Mr. Grayne! Geht es ihm gut?«

Bedauernd schüttelte ich den Kopf. Der Liftboy öffnete die Tür zum vierten Stock. Ich fragte mich, ob auch er ein Zeitverbannter war. Ich fragte mich, wie viele Menschen in Chicago als Verbannte der Zeit lebten. Sie konnten es nicht verraten, denn die psychische Sperre verschloß ihnen unerbittlich die Lippen, wenn sie versuchten, die Wahrheit zu sagen.

Ich fragte mich, wie viele Männer und Frauen mit dieser Lüge lebten, tagaus und tagein, einsame, elende Ausgestoßene des eigenen Morgen, verurteilt zu einem Schicksal schlimmer als der Tod. Kein Wunder, daß sie *alles* tun würden, um diesem Schicksal zu entkommen.

Ich schloß die Tür meines Zimmers. Während Carey mit großen Augen den Apparat anstarrte, der drohend in einer Ecke des Raumes stand, ging ich an meinen Schreibtisch und holte die glänzende Scheibe hervor. Ich trat vor den jungen Mann. »Das hier ist von Ihrem Vater«, sagte ich. »Sehen Sie es sich genau an.«

Er nahm die Scheibe mit leuchtenden Augen entgegen. Er schien zu spüren, daß sie aus der Zukunft kam.

Im nächsten Moment war er tot.

Ich haßte mein Tun, ich haßte die Zeitreise. Ich haßte die ganze Kette von Ereignissen, die mich zu einem Werkzeug der Justiz gemacht hatte. Ich betrat die Maschine, die mich zurück ins sechsundzwanzigste Jahrhundert bringen würde.

Carey Kennard hatte die Wahrheit gesagt. Bei seiner Geburt *war* etwas sehr Merkwürdiges geschehen. Wie ein freies Elektron, das ein instabiles Isotop bombardierte, hatte er die Bindung zerrissen, die das Zeitgewebe zusammenhielt. Seine Geburt hatte eine Kettenreaktion hervorgerufen, die für mich vor einer Woche geendet hatte – im Jahre 2556, als Kenner und Cara wieder im sechsundzwanzigsten Jahrhundert auftauchten und in panischer Angst von den Psycho-Wärtern ermordet wurden. Mir, dem bereits die Verbannung drohte, hatte man eine Begnadigung versprochen, wenn ich diesen Auftrag erfüllte. Ich würde lediglich einen leichten Tadel erhalten und meine Stellung verlieren. Es war eine schmutzige Arbeit, und ich haßte sie, denn Kenner und Cara *waren* meine Freunde gewesen. Aber ich hatte keine andere Wahl. Alles war der Verbannung in der Zeit vorzuziehen.

Alles, alles.

Außerdem war es notwendig gewesen.

Es ist ungesetzlich, wenn Kinder vor ihren Eltern geboren werden.

Tod zwischen den Sternen

Zaghaft werden in dieser Geschichte zum erstenmal Rollenprobleme angedeutet: daß zwei Angehörige verschiedener Spezies nicht in der gleichen Kabine von Stern zu Stern reisen, mag zunächst übertrieben klingen, ist aber angesichts der Rassenkonflikte auf unserem Planeten – in den fünfziger Jahren wie heute – gar nicht so weit hergeholt. Wirkliche intime Beziehungen zwischen Wesen verschiedener Arten zu schildern galt damals in der SF noch als Tabu, mit dem nicht zuletzt in Marion Zimmer Bradleys späteren Werken, etwa in *Die Weltzerstörer (The World Wreckers*, 1971), auf eindringliche und sicherlich literarisch anspruchsvollere Weise gebrochen wurde.

Natürlich hatte man mich gefragt, bevor ich an Bord des Sternenschiffs ging. Im gesamten westlichen Bereich der Galaxis gibt es keine strengeren Vorschriften als die, welche eine Trennungslinie zwischen Menschen und Nichtmenschen ziehen, und der kleine Kapitän der *Vesta* – selbst Terraner und stolz auf die schwarze Lederuniform der Handelsflotte des Weltreichs – wand sich wie ein Aal, ständig darauf bedacht, seine Würde als Raumfahrer nicht aufs Spiel zu setzen.

»Bedenken Sie, Miss Vargas«, erläuterte er, und zwar nicht nur einmal, sondern bis zum Erbrechen, »genaugenommen ist das eigentlich kein Passagierschiff. Es ist nur für den Frachtverkehr bestimmt. Unsere Konzession sieht allerdings vor, daß zwischen den entfernteren Planeten in Ausnahmefällen auch Personen zu befördern sind. Nach den Bestimmungen ist jegliche Diskriminierung untersagt, und der Theradiner hat für diesen letzten Flug auf unserem Schiff einen Platz reserviert.«

Er machte eine Pause und betonte anschließend von neuem: »Wir haben ja nur diese eine Kabine. Wir sind ein Frachtschiff, und wir haben Anweisung, keinen Passagier zu benachteiligen.«

Offensichtlich paßte ihm das nicht. Leider war ich mit einer derartigen Einstellung schon häufiger konfrontiert worden. Einige Terraner lehnen es sogar ab, gemeinsam mit Fremdwesen auf dem gleichen Schiff zu reisen, und zwar selbst dann, wenn sie getrennt von ihnen am anderen Ende des Schiffs untergebracht werden.

Ich hatte mehr Verständnis für seine mißliche Lage, als er dachte. Die Theradiner begeben sich nur äußerst selten auf interstellare Reisen. Kein Mensch hätte voraussehen können, daß ausgerechnet Haalvordhen, ein Theradiner aus Samarra, der für einen Zeitraum von achtzehn Zyklen auf dem gottverlassenen Planeten Deneb gelebt hatte, sich gerade dieses Schiff zum Rückflug in seine Heimatwelt auserkoren hatte.

Andererseits blieb mir keine Wahl. Ich mußte unbedingt einen Planeten des Imperiums erreichen – ganz egal, welchen –, um von dort aus nach Terra zurückzukehren. Im Prokyon-Sektor drohte Krieg, und ich mußte mich auf die Heimreise machen, bevor sämtliche Verbindungen unterbrochen waren, sonst – nun, ein galaktischer Krieg kann bis zu achthundert Jahren dauern. Wenn es dann zum Wiederaufbau einer regulären Verkehrsverbindung kam, brauchte ich mir wohl über einen Flug in die Heimat kaum mehr den Kopf zu zerbrechen.

Mit der *Vesta* konnte ich dem gefährlichen Sektor entrinnen und die ganze Strecke bis Samarra – Sirius Sieben – zurücklegen – bildlich gesprochen, bis fast vor die Haustür des irdischen Sonnensystems. Trotzdem war es eine fragwürdige Lösung. Es gab sehr strenge Bestimmungen über Rassentrennung, die nur noch von den Anti-

Diskriminierungsgesetzen übertroffen wurden, und der Theradiner hatte schließlich als erster reserviert.

Der Kapitän der *Vesta* konnte ihm die Passage nicht gut verweigern, selbst wenn fünfzig Terranerinnen auf Deneb IV versauert wären. Und überdies war es aus ethischen, moralischen und gesellschaftlichen Gründen ausgeschlossen, die Kabine mit dem Theradiner zu teilen. Haalvordhen war Telepath, und noch dazu kein Mensch; niemand, der seine fünf Sinne beisammen hatte, hätte sich auch nur in die Nähe eines menschlichen Telepathen begeben – und erst recht nicht in die Nähe eines nichtmenschlichen.

Aber – gab es eine Alternative?

Der Kapitän sagte zögernd: »Eventuell könnten wir Sie in den Mannschaftsquartieren unterbringen . . .« Er machte eine verlegene Pause und warf mir einen Blick zu.

Stirnrunzelnd biß ich mir auf die Lippe. Das war ja noch schlimmer. »Sie haben angedeutet«, sagte ich langsam, »daß dieser Theradiner – Haalvordhen – bereit ist, seine Kabine mit mir zu teilen.«

»Das ist richtig. Aber, Miss Vargas . . .«

In Windeseile kam ich zu einem Entschluß. »Ich nehme sein Angebot an«, erklärte ich. »In Anbetracht der Umstände ist es das beste.«

Beim Anblick seines schockierten Gesichts tat mir mein Entschluß beinahe leid. Ich war im Begriff, einen interplanetarischen Skandal auszulösen, dachte ich in einem Anflug von Ironie. Eine Terranerin, die auf ihrer Vierzig-Tage-Reise durch das All die Kabine mit einem Fremdwesen teilte – unmöglich!

Den Theradinern mit ihrer männlich anmutenden Gestalt fehlte jegliches Attribut, das auch nur im entferntesten als Geschlechtsmerkmal gedeutet werden konnte. Fremden Rassen war es strengstens untersagt, Beziehungen zur menschlichen Bevölkerung zu unterhalten. Die terranischen Sitten und Tabus kannten keine Ausnahme, und ich machte mich notgedrungenerweise mit dem Gedanken vertraut, daß ich mich nach meiner Ankunft auf Terra in Gesellschaft nicht mehr blicken lassen konnte.

Aber – so sagte ich mir trotzig – die Galaxis war groß. Im übrigen herrschten augenblicklich keine normalen Zustände, und das gab den Ausschlag. Ich unterschrieb einen horrenden Scheck für die Passage und traf Vorkehrungen für die Verschiffung der wenigen Besitztümer, die sich ohne größere Probleme durch das All befördern ließen.

Trotzdem war mir noch etwas mulmig zumute, als ich am nächsten Tag an Bord ging – so mulmig, daß ich meine flaue Stimmung durch eine Reihe kleiner Annehmlichkeiten, die ich mir gönnte, wieder zu heben versuchte. Zum Glück atmeten die Theradiner Sauerstoff, so daß keine Schwierigkeiten in bezug auf das Luftgemisch oder den erforderlichen Kabinendruck zu erwarten waren. Zudem gehörte ihre

Rasse zum Typ 2 nichtmenschlicher Wesen, was bedeutete, daß mein Kabinengefährte durch den Schub unseres hyperschnellen Raumkreuzers in einen äußerst kritischen Zustand versetzt werden würde. Vermutlich mußte er sogar den größten Teil der Strecke mit Drogen vollgepumpt in seiner Schwebekoje verbringen.

Die einzige Kabine befand sich ganz vorn im Bug des Raumschiffs – ein uriges kleines kugelförmiges Nest, dessen Wände im Innern durchgehend mit Schaumstoff gepolstert waren, weil es den Passagieren niemals gelingt, in der Schwerelosigkeit ihre Körper so perfekt zu beherrschen wie die professionellen Raumfahrer. Die Ausstattung der Kabinen war aus diesem Grunde so konzipiert, daß ein Passagier selbst bei unkontrollierten Bewegungen nicht in Gefahr geriet, sich an einer ungepolsterten Stelle den Schädel einzuschlagen. In der Kugel waren drei Schwebekojen angebracht – frei auf Drehzapfen lagernde Schlafnester, in die sich der Passagier während der Startphase hineinkuschelte, geschützt durch stoßdämpfende Schaumstoffschichten und eine komplizierte Garensen-Druckvorrichtung, wodurch er in die Lage versetzt wurde, ungestört zu schlafen und nicht davonzuschweben.

Einige Schraubbehälter trugen die Aufschrift GEPÄCK. Ich schraubte sofort einen Verschluß auf und verstaute meine Sachen in dem Container. Anschließend schraubte ich den Deckel wieder drauf und befestigte sorgsam das Schutzpolster. Zum Schluß ging ich in dem winzigen Kabuff auf Entdeckungsreise, in dem Bestreben, mich vor Eintreffen meines ungewöhnlichen Mitbewohners damit vertraut zu machen.

Das Kugelnest hatte einen Durchmesser von ungefähr vier Metern. Eine Sphinkter-Luke führte hinaus auf den engen Gang zu den Ladedecks und den Mannschaftsquartieren; durch eine zweite gelangte man in die Toilettenzellen der Kabine. Die Planetenbewohner sind immer überrascht und auch ein wenig schockiert, wenn sie die sanitären Einrichtungen eines Raumschiffs zu Gesicht bekommen. Haben sie jedoch erst einmal den Versuch unternommen, ihre Notdurft im schwerelosen Raum zu verrichten, dann haben sie durchaus Verständnis für die eigentümlich anmutenden Apparaturen.

Im Verlauf von sechs Zyklen habe ich ebensoviele Flüge durch die Galaxis hinter mich gebracht. Ich bin praktisch ein alter Hase, und ich kann mir sogar bei Null-Gravitation das Gesicht waschen, ohne dabei zu ertrinken. Im großen und ganzen habe ich jedoch vollstes Verständnis, wenn sich Raumfahrer zwischen den Planeten ein bißchen ungepflegt präsentieren.

Ich streckte mich auf den Polstern des Wohnteils der Kabine aus und wartete mit wachsendem Unbehagen auf das Auftauchen des fremden Wesens. Glücklicherweise dauerte es nicht lange, bis sich die

Scheidewand der Sphinkter-Luke öffnete und ein seltsames, kränkliches Gesicht zum Vorschein kam.

»Vargas Miss Hel-len?« sagte der Theradiner heiser zischelnd.

»Ja, die bin ich«, erwiderte ich hastig. Ich richtete mich auf und fügte völlig unnötigerweise hinzu: »Sie sind bestimmt Haalvordhen.«

»Solcherart ist meine Identität«, bestätigte der Außerirdische, während sich sein langer, schlanker, eigenartig geformter Körper hinter dem bläßlichen Kopf aus der Luke schob. »Es ist sehr freundlich, Vargas Miss, die Unterkunft in dieser Zwangslage mit mir zu teilen.«

»Es ist sehr nett von *Ihnen*«, erklärte ich spontan. »Wir wollen ja alle nach Hause, bevor der Krieg ausbricht.«

»Ich hege große Hoffnung, daß dieser Krieg vermieden werden kann«, erwiderte er. Er drückte sich verständlich in der Standardsprache der Galaxis aus, allerdings ohne jegliche Modulation; die Stimmbänder der Theradiner sitzen an ihren Innenlippen, was dazu führt, daß ihre Stimmen für menschliche Ohren brüchig und resonanzlos klingen.

»Doch Sie müssen wissen, Vargas Miss, man hätte mich von Bord geworfen, um Platz für einen Bürger des Weltreichs zu machen, wären Sie nicht so freundlich gewesen, mit mir vorliebzunehmen.«

»Um Himmels willen!« rief ich schockiert. »Das wußte ich nicht.«

Ich starrte ihn ungläubig an. Nach geltendem Recht wäre dem Kapitän ein derartiges Verhalten nicht möglich gewesen – er hätte so etwas nicht einmal ernstlich in Betracht ziehen dürfen. Ob er wohl versucht hatte, den Theradiner einzuschüchtern, damit dieser seine Reservierung rückgängig machte?

»Ich – ich wollte eigentlich *Ihnen* danken«, stotterte ich, um meine Verwirrung zu kaschieren.

»Dann lassen Sie uns gegenseitig danken, in Achtung voreinander«, tönte die brüchige Stimme.

Ich betrachtete den Außerirdischen, unfähig, meine Neugier völlig zu verbergen. Der Körperbau des Theradiners kam dem der Menschen einigermaßen nahe – aber wirklich nur einigermaßen; denn seine plumpen Arme endeten in unförmigen Handschuhen, und das lange, spitze Gesicht wirkte koboldhaft mit seinem beständigen Grinsen.

Die Theradiner besitzen praktisch keine Gesichtsmuskeln, so daß sie weder ihren Gesichtsausdruck noch ihre Stimmlage verändern können. Wenn man natürlich berücksichtigte, daß sie mit telepathischen Fähigkeiten ausgestattet waren, erübrigten sich solche Kleinigkeiten wie sichtbare oder hörbare Äußerungen.

Bis jetzt spürte ich noch nichts von dem Abscheu, den allein die Gegenwart eines Theradiners angeblich hervorrufen sollte. Er kam mir nicht viel anders vor als ein großes Tier. Das fremde Wesen hatte nichts Beängstigendes an sich. Aber ich hatte es hier mit einem Telepathen zu tun, noch dazu aus einer fremden Rasse, die meine Brüder und Schwestern schon seit über tausend Jahren fürchteten.

Ob er meine Gedanken lesen konnte?

»Ja«, sagte der Theradiner von seiner Kabinenhälfte aus. »Sie müssen mir verzeihen. Ich versuche zwar, eine Barriere aufzubauen, doch es ist sehr schwierig. Ihre Gedanken strömen so stark auf mich ein, daß ich sie nicht fernhalten kann.« Der Außerirdische schwieg einen Moment. »Es braucht Ihnen nicht peinlich zu sein. Ich finde es auch ärgerlich.«

Bevor ich mir eine passende Bemerkung hierzu überlegen konnte, steckte ein Besatzungsmitglied in schwarzem Leder unangemeldet seinen Kopf durch die Sphinkter-Luke und ordnete in amtlichem Ton an: »Bitte begeben Sie sich in die Schwebekojen.« Daraufhin trat er selbstsicher in die Kabine. »Miss Vargas, kann ich Ihnen beim Anschnallen behilflich sein?«

»Nein, danke. Ich komme schon klar«, entgegnete ich.

Voller Hast kletterte ich in meine Schwebekoje und zog die Innengurte an; sodann befestigte ich die Saugrohre der komplizierten Garensen-Druckvorrichtung über Brust und Bauch. Das fremde Wesen zog seine Hände umständlich aus den schützenden Handschuhen und kämpfte mit den entsprechenden Einzelteilen seiner Apparatur.

Bedauerlicherweise haben die Theradiner einen Doppeldaumen, wodurch für sie der Umgang mit der auf terranische Größenverhältnisse zugeschnittenen Ausrüstung zum beinahe unlösbaren Problem wird. Die Dinge werden noch komplizierter durch die Tatsache, daß ihre »Hände« hauptsächlich aus dünnen Schleimhäuten bestehen, die im Umgang mit Leder und Metall leicht zerreißen.

»Helfen Sie lieber Haalvordhen«, drängte ich den Mann von der Schiffsbesatzung. »Ich habe das schon einige Dutzend Male hinter mir.«

Ich hätte mir genausogut meinen Atem sparen können. Der Mann kam und prüfte pedantisch, ob meine eigenen Gurte und Rohre und Kissen an Ort und Stelle waren. Er brauchte dazu meines Erachtens übermäßig lange und fummelte für meinen Geschmack zuviel an mir herum. Ich lag unter dem schweren Garensen-Gerät und war innerlich zu wütend, um ihm auch nur die Genugtuung eines Protests zu gönnen.

Bis er sich endlich aufrichtete und zu Haalvordhens Schwebekoje hinüberging, war bereits zuviel Zeit verstrichen. Er zupfte nur ein bißchen an den Außengurten des Theradiners herum und sah mich dann mit einem völlig deplazierten Grinsen plump-vertraulich an.

»Start in neunzig Sekunden«, verkündete er, bevor er sich rasch durch die Luke wand.

Haalvordhen entströmte ein Wortschwall auf Samarranisch, den ich nicht verstehen konnte. Die Vehemenz seiner Äußerungen ersetzte jedoch mit Leichtigkeit jedes Wörterbuch. Aus irgendeinem unerfindlichen Grund teilte ich seinen Zorn. Der ganze Vorgang war einfach beschämend. Schließlich hatte der Theradiner ja für seinen Flug bezahlt, und davon abgesehen verdiente er jedenfalls ein Mindestmaß an korrekter Behandlung.

Ich sagte spontan: »Geben Sie nichts auf diesen Idioten, Haalvordhen. Sind Sie richtig festgeschnallt?«

»Ich weiß nicht«, erwiderte er leicht verzweifelt. »Die Ausrüstung ist mir fremd . . .«

»Hören Sie –« Ich zögerte, doch der Anstand gebot es einfach, diese Geste zu machen. »Wenn ich meine Garensen-Druckvorrichtung Punkt für Punkt genau überprüfe, könnten Sie dann meine Gedanken lesen und feststellen, wie sie funktioniert?«

Er äußerte, er wolle es probieren, und ich konzentrierte mich sofort auf das Gerät.

Einen Augenblick später hatte ich ein ganz eigenartiges Gefühl, ungefähr so, als würde ich sacht und auf unangenehme Weise – gegen meinen Willen – von einem widerwärtigen Unbekannten berührt und manipuliert.

Ich versuchte, gegen den Anflug beinahe körperlichen Abscheus anzukämpfen. Kein Wunder, daß sich die menschlichen Rassen so weit wie möglich von diesen Telepathen fernhielten . . .

Und dann sah ich – sah ich es wirklich, oder war es eine direkte telepathische Beeinflussung meiner Wahrnehmungen? –, wie die Vorrichtung, an die ich gegurtet war, von einem genau gleichen Abbild überlagert wurde. Diese Feststellung verblüffte mich derart, daß ich darüber völlig das Unbehagen vergaß, das die telepathische Verbindung bei mir ausgelöst hatte.

»Sie sind bei weitem nicht ausreichend gesichert«, warnte ich ihn. »Ihre Saugrohre sind ja überhaupt nicht angelegt – oh, dieser gottverdammte Kerl! Allein aus Gründen der Menschlichkeit hätte er schon –« Ich brach unvermittelt ab und nestelte in verzweifelter Erbitterung an meinen eigenen Gurten. »Ich glaube, wir haben gerade noch Zeit . . .«

Aber das war ein Irrtum. Mit erschreckender Plötzlichkeit erfüllte ein schmerzliches Gedröhn meine Ohren – das letzte Warnsignal vor dem Start. Ich biß die Zähne zusammen und ermutigte ihn verbissen: »Nicht aufgeben! Achtung, jetzt!«

Und dann traf uns der Rückstoß mit voller Wucht. Nach Luft ringend, versuchte ich mit aller Gewalt, mich aufrechtzuhalten. Das fremde Wesen gab einen eigentümlichen Würgelaut von sich, der sich weit schrecklicher anhörte als ein menschlicher Schrei. Dann überfiel uns die zweite Stoßwelle mit solcher Vehemenz, daß ich vor verständlicher Panik laut aufschrie. Ich schrie – und sank in Ohnmacht.

Meine Bewußtlosigkeit währte nicht lange. Ich hatte noch nie während eines Starts das Bewußtsein verloren, und meine erste verschwommene Empfindung, als ich mich in meiner vertrauten Umgebung wieder zurechtfand, war Verlegenheit. Was war mit mir geschehen? Beinahe im gleichen Moment erkannte ich dann die beruhigende Tatsache, daß wir uns im Zustand der Schwerelosigkeit befanden und der Mannschaftsangehörige, der uns auf den bevorstehenden Start hingewiesen hatte, in der Nähe meiner Koje frei in der Luft schwebte. Er sah besorgt aus.

»Geht's wieder, Miss Vargas?« erkundigte er sich, eifrig bemüht. »Beim Start ging es ein bißchen stürmisch zu, aber nicht schlimmer als üblich . . .«

»Mir fehlt nichts«, versicherte ich ihm benommen. Meine Schultern zuckten, und die Garensen-Druckvorrichtung quietschte, als ich mich dagegenlehnte und die Halterungen mit bebenden Fingern löste. »Wie hat's der Theradiner überstanden?« fragte ich ungeduldig. »Sein Garensen-Gerät war nicht ordnungsgemäß befestigt. Sie haben ja kaum einen Blick darauf geworfen.«

Der Mann entgegnete langsam und ruhig, jedoch mit eindeutigem Unterton: »Moment mal, Miss Vargas. Sie haben das doch sicher nicht vergessen. Ich habe *jede einzelne Minute* hier in der Kabine dazu genutzt, den Theradiner anzugurten und sein Druckgerät zu befestigen.«

Er reichte mir die Hand, um mir aufzuhelfen, doch ich schob sie so wütend von mir, daß ich auf der anderen Kabinenseite gegen die Polsterung taumelte. Ängstlich griff ich nach dem Handlauf und sah dann auf den Theradiner hinab.

Haalvordhen lag platt unter den umfangreichen Apparaturen. Sein spitzes Koboldgesicht wirkte eingefallen und gespenstisch, um den Mund zeigten sich massive Blutergüsse. Ich beugte mich weiter hinunter und fuhr dann so vehement zurück, daß ich quer durch die Kabine katapultiert wurde und beinahe in den Armen des Mannschaftsangehörigen landete.

»Sie müssen die Gurte gerade erst angezogen haben«, versetzte ich anklagend. »Vor dem Start waren sie *nicht* fest! Es handelt sich um eine böswillige und sträfliche Schlamperei, und wenn Haalvordhen stirbt . . .«

Der Mann gönnte mir ein leises, verächtliches Lächeln. »Damit stände Aussage gegen Aussage, Schwester«, rief er mir ins Gedächtnis.

»Allein schon aus Gründen des Anstands, aus reiner Menschlichkeit –« Ich bemerkte meine heisere und schwankende Stimme und brach mitten im Satz ab.

Der Mann sagte humorlos: »Ich dachte, Sie wären froh, wenn die Mißgeburt beim Start draufginge. Anscheinend sind Sie ja äußerst besorgt um dieses Monstrum – und das kommt mir schon *sehr* verdächtig vor.«

Ich erwischte den Rahmen der Schwebekoje und hielt mich daran fest. Vor Schwäche bekam ich fast kein Wort heraus. »Was hatten Sie vor?« fragte ich schließlich gepreßt. »Wollten Sie den Theradiner etwa *ermorden*?«

Der bösartige Blick des Schwarzuniformierten ließ mein Gesicht nicht los. »Sie sollten lieber den Mund halten«, sagte er – ohne jegliche Bosheit, aber mit einer unterschwelligen Drohung, die viel beängstigender wirkte. »Wenn Sie das nicht schaffen, werden wir dafür sorgen, daß er Ihnen gestopft wird. Ich halte nicht viel von Menschen, die mit solchen Monstren fraternisieren.«

Ich rang etliche Male nach Luft, bevor es mir schließlich gelang, etwas zu entgegnen. Doch dann sagte ich nur: »Ihnen ist natürlich klar, daß ich mich beim Kapitän beschweren werde.«

»Tun Sie, was Sie nicht lassen können.« Er wandte sich um und schritt mit einem verächtlichen Blick zur Luke. »Wir hätten Ihnen einen echten Gefallen getan, wenn dieses Scheusal beim Start umgekommen wäre. Aber wie ich schon sagte: tun Sie, was Sie nicht lassen können. Ich glaube allerdings, daß Ihr Schätzchen trotzdem noch am Leben ist. Sie sind schwer totzukriegen.«

Zu keiner Bewegung fähig, klammerte ich mich an der Koje fest, während er seinen Körper durch die Sphinkter-Luke wand und sie sich hinter ihm wieder schloß.

Nun, dachte ich nüchtern, ich hatte ja gewußt, was mir blühte, als ich die Sache guthieß. Und nachdem ich mich einmal darauf eingelassen hatte, konnte ich genauso gut prüfen, ob Haalvordhen tot oder lebendig war. Entschlossen beugte ich mich über seine Schwebekoje, wobei ich arge Verrenkungen machen mußte, um mit der Schwerelosigkeit fertigzuwerden.

Er war nicht tot. Unter meinem Blick zuckten die blutunterlaufenen und blutenden »Hände« spasmodisch. Plötzlich gab der Außerirdische ein eigentümlich krächzendes Geräusch von sich. Ich fühlte mich hilflos, und aus irgendeinem Grund regte sich in mir das Mitleid.

Ich beugte mich noch weiter hinab und legte zögernd eine Hand auf die Garensen-Vorrichtung, die jetzt ordnungsgemäß und sachgerecht angelegt war. Mich erbitterte die Tatsache, daß ich zum ersten Mal in meinem Leben das Bewußtsein verloren hatte. Wäre mir das nicht passiert, so hätte der Mannschaftsangehörige sein Versäumnis nicht so geschickt kaschieren können. Aber ich durfte nicht vergessen, daß Haalvordhen davon auch keinen wesentlichen Nutzen gehabt hätte.

»Ihre Gefühle gereichen Ihnen zur Ehre.« Die brüchige, matte Stimme war nicht mehr als ein Flüstern. »Dürfte ich Ihre Freundlichkeit noch einmal in Anspruch nehmen und Sie bitten, mich von dieser Maschine zu befreien?«

Ich beugte mich nieder, um ihm diesen Gefallen zu tun, und fragte ihn dabei hilflos: »Haben Sie wirklich alles heil überstanden?«

»Keineswegs«, äußerte der Theradiner mühsam und ausdruckslos.

Mir kam es so vor, als sei es für ihn eine Zumutung, seine Gedanken auszusprechen, aber ich war mir nicht sicher, ob ich seine telepathischen Kontakte noch einmal ertragen konnte. Die glanzlosen Schlitzaugen des fremden Wesens beobachteten mich beim Entfernen der Saugrohre und Schutzpolster.

Aus der Nähe erkannte ich, daß seine Augen ihre Farbe verloren hatten und seine grobgeformten »Hände« schlaff und kraftlos waren. Auch an Hals und Kopf entdeckte ich übel zugerichtete Stellen. Mit ungeheurer Anstrengung preßte er hervor: »Mir hätte ein Betäubungsmittel gespritzt werden müssen. Nun ist es dafür zu spät. *Argha maci . . .«* Die Worte verebbten in undeutlichem Samarranisch, aber die blutunterlaufene Stelle an seinem Hals pulsierte nach wie vor heftig, und seine Hände flatterten in geheimer Qual, die um so schlimmer anmutete, weil sie stumm erlitten wurde.

Ich klammerte mich an die Schwebekoje, verstört durch die Intensität meiner Gefühle. Ich war der Meinung, Haalvordhen habe erneut gesprochen, als mein Gehirn den scharfen, gebieterischen Befehl registrierte: *»Procalamin!«*

Einen Augenblick lang empfand ich nur Schock – Schock und einen unaussprechlichen Widerwillen gegen die telepathischen Kräfte, die diesmal kein Zaudern erkennen ließen und keine Rechtfertigung, denn der Theradiner kämpfte um sein Leben. Und erneut kam der harte, ungestüme Befehl: *»Geben Sie mir Procalamin!«*

Mit plötzlicher Bestürzung erinnerte ich mich daran, daß die meisten Fremdwesen dieses Mittel benötigten, welches auf sämtlichen Raumschiffen vorrätig war, um sie im Stadium der Schwerelosigkeit am Leben zu erhalten.

Nur wenige nichtmenschliche Rassen haben das zähe und widerstandsfähige Herz der Erdmenschen, das allein durch Muskelkontraktion zum Schlagen gebracht wird. Der Kreislauf der Theradiner und vergleichbarer Rassen ist schwerkraftabhängig; nur so können die Körpersäfte pulsieren. Procalamin hält die Blutversorgung durch künstliche Muskelspannung aufrecht.

Unverzüglich katapultierte ich mich in Richtung »Bad«, quetschte mich voller Hast durch die Membrane und schraubte den Deckel von einem Behälter, der die Aufschrift ERSTE HILFE trug. Unter durchsichtiger Plastikfolie sauber angeordnet, fanden sich sterile Verbände, antiseptische Lösungen mit der deutlich sichtbaren Kennzeichnung NUR FÜR MENSCHEN BESTIMMT, und in einem gesonderten Fach

– getrennt nach den drei Haupttypen nichtmenschlicher Rassen – die kleinen Plastikbällchen mit den lebenswichtigen Stimulanzien.

Ich wählte zwei rot fluoreszierende aus – kleine Kapseln mit der Bezeichnung *Procalamin* – und las den in erhabenen Lettern aufgedruckten Hinweis. Er lautete: AUSSCHLIESSLICH DURCH QUALIFIZIERTES RAUMFAHRTPERSONAL ANZUWENDEN. Ein Anflug von Panik zog mir das Zwerchfell zusammen. Sollte ich den Kapitän der *Vesta* zur Hilfe rufen oder jemanden von der Besatzung?

Doch in diesem Moment wurde mir auf erschreckende Weise eines klar: Wenn ich das tat, würde Haalvordhen sein lebenserhaltendes Stimulans nicht bekommen. Ich suchte noch eine fluoreszierende Nadel zur Verwendung bei fremdartigen Lebewesen heraus, stieß sie in die Kapsel und zog die Spritze auf. Die Nadel ließ ich noch in der Kapsel stecken, bis ich mich wieder sicher zu der Koje vorgearbeitet hatte, in der der Theradiner nun nur noch lose von seinen Innengurten gehalten wurde.

Der beinahe belustigende Gedanke, daß ich ja gar nicht wußte, an welcher Körperstelle die Injektion zu erfolgen hatte, versetzte mich erneut in Panik. Zudem war der Umgang mit einer hypodermischen Injektionsnadel im All keine leichte Sache; nur Leute mit Raumerfahrung konnten sich so etwas zutrauen. Aber trotz aller Bedenken griff ich behutsam nach einer der nicht mehr behandschuhten »Hände«. Ich machte mir keine Gedanken, woher ich wußte, daß die Injektion an diesem Körperteil erfolgen mußte; ich wurde einfach zu sehr von heftigem körperlichem Abscheu überwältigt.

Ein Urinstinkt aus grauer Vorzeit flüsterte mir ein, den fremdartigen Körper loszulassen und mich zitternd und jammernd zu verkriechen. Die empfindlichen Häutchen waren fieberheiß und fühlten sich unangenehm schleimig an. Ich unterdrückte eine aufsteigende Übelkeit und zerbrach mir den Kopf, wie ich die »Hand« während des Einstichs in Position halten könnte.

Im Zustand der Schwerelosigkeit gibt es keine Stabilität, keine Fallrichtung. Die Injektionsnadel funktionierte natürlich durch Druck, aber beim Einstich in die Haut würden sich Schwierigkeiten ergeben. Überdies spürte ich, wie ich allmählich von der typischen Benommenheit ergriffen wurde, die sich bei Flügen in Null-Gravitation einstellt, und mir war völlig klar, daß ich ihm die Spritze nie mehr geben würde, falls ich die Sache nicht innerhalb der nächsten paar Minuten hinter mich brachte.

Einen Augenblick lang war mir das egal, da sich in meinem Innern der primitive Gedanke einnistete, daß ich einen abscheulichen Wohngenossen loswerden und eine angenehme Zeit zwischen den Sternen verbringen würde, wenn der Theradiner starb.

Dann überwand ich trotzig diese Versuchung. Ich packte die Nadel fester und versuchte gleichzeitig, meinen Richtungssinn wieder unter Kontrolle zu bekommen, der mir im Augenblick weismachte, daß ich zu dem fremden Wesen sowohl hinauf- als auch hinunterblickte.

Mein eigener Schwerpunkt schien in meiner Magengrube angesiedelt zu sein; ich kämpfte gegen den üblichen Raumfahrerdrang an, sich in Fötuslage zusammenzurollen und einfach dahinzuschweben. Statt dessen rückte ich dichter an den Theradiner heran. Ich mußte versuchen, so nahe wie möglich an ihn heranzukommen, damit unsere beiden Körper ein gemeinsames Schwerkraftzentrum bilden konnten und ich wenigstens kurzzeitig während der Injektion meine Orientierung wiederfand.

Es handelte sich um ein widerwärtiges Unterfangen, denn das fremde Wesen war anscheinend bewußtlos, so kraftlos und unbeweglich lag es dort. Allein schon seine körperliche Nähe stieß mich ab. Als ich die feuchte »Hand« schwach pulsierend in meiner eigenen spürte, machte mich die Intimität der Berührung beinahe krank. Doch schließlich gelang es mir, mich nahe genug heranzumanövrieren, um mit ihm ein einheitliches Schwerkraftzentrum bilden zu können – eine Achse, über der ich für Augenblicke zu schweben schien.

Ich zog Haalvordhens »Hand« in diesen Bereich von wenigen Zentimetern zwischen uns, stabilisierte die Spritze und stieß tapfer zu.

Die Bewegung zerstörte das kurzfristig entstandene künstliche Schwerkraftfeld; Haalvordhen hob und senkte sich ein wenig in der Schwerelosigkeit seiner Koje. Seine »Hand« entglitt mir, und die Nadel prallte harmlos davon ab. Laut fluchend und unverhältnismäßig aufgebracht, wurde ich durch meine eigenen unbeherrschten Bewegungen wieder ein Stück in den Kabinenraum abgetrieben.

Als ich mich langsam wieder heranpirschte, unternahm ich den Versuch, mit den Zähnen zu knirschen, aber alles, was dabei herauskam, war ein Zuschnappen, das mir beinahe den Schädel spaltete. Voller Wut packte ich Haalvordhens »Hand«, deren fieberhaftes Pulsieren nun fast zum Stillstand gekommen war, und mit abgezirkelten, langsamen Bewegungen, die verhindern sollten, daß ich im Rückstoß erneut durch die Kabine getragen wurde, klemmte ich die »Hand« unter einen der Gurte.

Sie zuckte leicht; offensichtlich war der Theradiner noch schmerzempfindlich. Durch das schwache Lebenszeichen wurde mir ganz flau im Magen. Trotzdem verankerte ich meine Füße unter dem Rahmen der Schwebekoje und griff mit meinem freien Arm über den Außerirdischen hinweg, um mich an den Sicherungsgurten festzuhalten, unter denen er lag.

Nachdem ich ihn auf diese Weise eingekeilt hatte, stieß ich erneut mit der Nadel zu. Sie traf auf und prallte zurück, und mir wurde jetzt voller Verzweiflung klar, daß sie ohne entsprechenden Druck das Körpergewebe des Theradiners nicht durchdringen konnte.

Ich war inzwischen derart mit diesem Problem beschäftigt, daß es mir gar nicht mehr darauf ankam, auf welche Art ich es schließlich löste, und so stürzte ich mit einer ruckartigen Bewegung los und wurde quer über seinen Körper geworfen. Trotz meiner eigenen Schwerelosigkeit gelang es mir durch die Wucht der Stoßkraft, die Injektionsnadel tief in das Gewebe seiner »Hand« zu versenken.

Nachdem ich die Spritze geleert hatte, richtete ich mich behutsam auf und bemerkte, daß der Mannschaftsangehörige, dessen Hohn ich mir gefallen lassen mußte, wieder seinen Kopf durch die Luke gesteckt hatte und mich mit der gleichen Abneigung ansah, die der Theradiner bereits von Anfang an zu spüren bekommen hatte. In seinen Augen stand ich noch unter dem Theradiner, weil ich mich durch engen Kontakt mit einem fremdrassigen Wesen erniedrigt hatte.

Unter diesem kalten, verachtungsvoll starrenden Blick war es mir unmöglich, mich zu äußern. Ich konnte nur schweigend die Injektionsnadel herausziehen und in die Höhe halten. Sein strenger Blick, mit dem er mich verurteilte, veränderte sich geringfügig. Er sah mich weiterhin stumm an; aus seinen Zügen sprachen Abscheu und Verdammung.

Jahre, Jahrhunderte, ja Ewigkeiten schien er mich anzusehen. Sein Gesicht balancierte wie eine längliche Ellipse über dem eng anliegenden Kragen seiner schwarzen Lederuniform. Ohne auch nur ein einziges Wort zu sagen, zog er schließlich seinen Kopf zurück, die Luke schloß sich, und ich blieb allein mit dem unerträglichen Gefühl, mich besudelt zu haben, sowie einem nahezu an Hysterie grenzenden Schuldbewußtsein.

Ich ließ die Spritze einfach in der Luft hängen, rollte mich zusammen und begann – völlig entnervt – wie verrückt zu schluchzen.

Es muß eine ganze Weile gedauert haben, bis es mir gelang, mich zusammenzureißen, denn bevor ich auch nur nachsehen konnte, ob Haalvordhen noch am Leben war, hörte ich das leichte Summen, das »Essenszeit« signalisierte und kundtat, daß durch das Versorgungssystem eine Mahlzeit in unsere Kabine befördert worden war. Lustlos entfernte ich die Schutzhüllen und entnahm die hitzeversiegelten Container – je einen farblosen Satz und einen fluoreszierenden, für den Theradiner.

Während mir im nachhinein zu Bewußtsein kam, wie dumm ich mich benommen hatte, transportierte ich meine Ration hinüber zu meiner Koje und verankerte sie in den dafür vorgesehenen Mulden, damit die Behälter nicht davonschwebten. Nach einem Blick auf die bewegungslos unter dem Sicherungsgurt der zweiten Koje ausgestreckte Gestalt zuckte ich die Achseln, glitt erneut durch die Kabine und brachte die fluoreszierenden Container zu Haalvordhen hinüber.

Er gab einen müden, höflichen Laut von sich, den ich als Dank interpretierte. Da mir inzwischen das ganze Theater gründlich zum Hals heraushing, stellte ich sie mit einem absoluten Minimum an Freundlichkeit vor ihn hin und zog mich zu meiner eigenen Schwebekoje zurück, wo ich mich dem immer wieder heiklen Problem widmete, im Zustand der Schwerelosigkeit zu essen.

Schließlich erhob ich mich, um die leeren Container wieder zum Versorgungsschacht zurückzubringen. Mir war klar, daß wir unsere Kabine während des gesamten Fluges nicht verlassen würden. Der verfügbare Raum auf einem Sternenkreuzer ist äußerst knapp bemessen. Es ist einfach unvorstellbar, daß sich die Passagiere an Bord eines vollbeladenen Raumschiffs frei bewegen und vielleicht noch in gefährliche Nähe überaus empfindlicher Instrumente gelangen könnten. Die Besatzungsmitglieder sind viel zu beschäftigt, um sich noch um neugierige Touristen zu kümmern.

Auf halbem Weg zur Koje Haalvordhens blieb ich abrupt stehen. Seine Container waren unberührt, was mich zu der Frage veranlaßte: »Wollen Sie nicht versuchen, etwas zu essen?«

Als er antwortete, war seine Stimme noch matter und keuchender geworden; seine präzise Sprechweise hatte sich verzerrt. Worte aus seiner samarranischen Muttersprache mischten sich mit eigentümlichen Wendungen und Sprachbildern, die er vermutlich direkt aus seiner geistigen Vorstellungswelt bezog.

»Herzensgut von Ihnen, *thakkava* Vargas Miss, aber zu spät. Haalvordhen-ich dankt Ihnen zutiefst . . .« Es folgte ein undeutlich artikulierter Schwall von Samarranisch, bis er schließlich wie zu sich selbst flüsterte: »Wir Theradiner sterben nur auf Samarra, und seit kurzer Zeit weiß Haalvordhen-ich, daß es sterben muß und heimkehren auf meinen Planeten. *Saata.* Ich weiß, ich muß zurück und dort sterben, wo meine Brüder sind . . .« Die Worte wurden erneut unverständlich, während sich seine kraftlosen »Hände« zuckend zusammenkrampften und wieder öffneten.

Schließlich äußerte der Außerirdische in merkwürdigem, klarem Ton: »Doch Haalvordhen-ich wird bei meiner Rückkehr nicht mehr leben, obwohl Sie, Vargas Miss, alles für mich getan haben. Ich bedauere, daß Ihre Brüder Sie im Stich gelassen haben . . .« Er schwieg erneut und fuhr nach einer Weile seltsam schnarrend fort: »So ist es nun erforderlich, daß Haalvordhen-ich Ihnen, Vargas Miss, ein Vermächtnis hinterläßt.«

Der schlaffe Körper des Theradiners versteifte sich plötzlich und blieb starr. Die welken Augenlider zogen sich zurück und gaben seine Augen frei, und in einem Anflug von Furcht versuchte ich, davonzustürzen. Aber ich schaffte es nicht. Ich war unbeweglich und gebannt in stummer Faszination.

Plötzlich überlief es mich eiskalt, und ich wurde wieder von überwältigendem körperlichem Unbehagen ergriffen, als der Außerirdische unwiderstehlich und auf widerwärtige Weise von meinem Wesen Besitz ergriffen, diesmal nicht in Worten, sondern auf viel intimere Art – so abscheulich, daß ich spürte, wie mein Körper schlaff und hilflos wurde vor schauderndem Entsetzen über den intensiven hypnotischen Kontakt.

Dann stürzte eine Welle beinahe greifbarer Dunkelheit über mich herein. Ich versuchte zu schreien: *»Aufhören! Aufhören!«* Panikartig durchzuckte ein letzter bewußter Gedanke mein Gehirn: *Das ist es also. Deshalb gehen die Menschen den Telepathen aus dem Weg . . .*

Und dann öffnete sich ein großes dunkles Tor unter mir, durch das ich in Bewußtlosigkeit fiel.

Vermutlich dauerte es nur wenige Sekunden, bis sich das Dunkel lichtete und ich mich hilflos in der Luft schwebend fand, den Blick seltsam unbeteiligt auf die Koje des Theradiners gerichtet. Die erschreckende Schlaffheit seines Körpers brachte mich sogleich wieder voll zur Besinnung.

Ein fester Reif, der sich um meine Brust gelegt hatte, nahm mir den Atem, als ich zu ihm hinunterschwebte. Ich hatte zwar noch niemals einen toten Theradiner zu Gesicht bekommen, doch es war klar, daß ich jetzt einen vor mir hatte. Der beengende Reif drückte trockene Schluchzer aus meiner Kehle, und in einem hysterischen Anfall schoß ich wie wild durch die Kabine und hämmerte kreischend und schluchzend und schreiend auf den Alarmknopf . . .

Sie setzten mich für den gesamten weiteren Flug unter Drogen. Ich erinnere mich, daß ich zweimal aus der Betäubung erwachte und Dinge herauskreischte, die ich selbst nicht verstand, bevor ich durch eine neue Injektion in meine Armvene wieder in angenehme Träume versank. Gegen Ende der Reise, als mein Gehirn noch umnebelt war, mußte ich ein Dokument unterschreiben, in dem ich etwas in der Richtung bestätigte, daß die Besatzung am Tod des Theradiners keine Schuld traf.

Es spielte keine Rolle. Hinter meiner Benommenheit sagte mir eine klare, nüchterne und kluge geistige Stimme, daß ich genau das tun mußte, was sie von mir verlangten, um nicht mit den Behörden auf Terra erhebliche Schwierigkeiten zu bekommen. Zu jener Zeit war mir das egal, was ich auf die Beruhigungsmittel zurückführte. Inzwischen kenne ich natürlich die Wahrheit.

Bei der Landung auf Samarra mußte ich die *Vesta* verlassen, um mich nach Terra einzuschiffen. Der kleine Kapitän schüttelte mir die Hand und vermied dabei, mir in die Augen zu sehen; auch den toten Theradiner erwähnte er nicht. Seltsam, mit welcher Deutlichkeit ich es empfand – aber ich hatte das Gefühl, als betrachte er mich wie eine Art Zeitbombe, die jeden Augenblick explodieren konnte.

Ich wußte, daß er darauf bedacht war, mich schnellstens an Bord eines Raumschiffs nach Terra zu verfrachten. Zu diesem Zweck bot er mir einen außerplanmäßigen Platz auf einem Linienkreuzer an, wobei er mir vorflunkerte, er sei geschäftlich daran beteiligt. Abwesend hörte ich mir seine fadenscheinigen Lügen an, fügte selbst noch eine oder zwei hinzu und ignorierte die Hand, die er mir entgegenstreckte. Er war aufgebracht. Natürlich wollte er verhindern, daß ich länger auf Samarra verweilte.

Auf alle Fälle war er zunächst einmal froh, mich los zu sein.

Als ich schließlich die endlosen Formalitäten in der terranischen Landezone erledigt hatte, durchquerte ich rasch den Raumhafen und winkte einem Theradiner-Taxi. Dessen Fahrer sah mich eigenartig an und informierte mich mit säuselnder Stimme, daß die Beförderungsmittel für Menschen an der gegenüberliegenden Straßenecke zu finden seien. Erstaunt überlegte ich, was mir eigentlich in den Sinn gekommen war. Und dann . . .

Ja, dann identifizierte ich mich auf eine Art, bei der es auf seiten des Theradiners kein Mißverständnis geben konnte. Er war beinahe so überrascht wie ich selbst. Ich stieg in das Fahrzeug, und er brachte mich zu einem sonderbaren, kastenförmigen Gebäude, das ich nie zuvor gesehen hatte, das mir jedoch so vertraut schien wie der blaue Himmel von Terra.

Während ich die gewundene Rampe hinaufstieg, wurde ich zweimal aufgehalten, und zweimal antwortete ich auf die richtige Weise.

Zum Schluß stand ich einem Theradiner gegenüber, dessen Geisteskräfte sich mit den meinen kreuzten wie zwei zuverlässige, scharfe Schwerter; das Resultat war überwältigend. Der Theradiner Haalvamphrenan beugte sich zweimal ehrerbietig zurück und sagte – ohne Worte –: »Haalvordhen!«

Ich antwortete ihm auf gleiche Art. »Ja. Aufgrund verschiedener Zwischenfälle konnte ich nicht zu unserem Heimatplaneten zurückkehren und war gezwungen, den Körper dieses fremden Wesens zu benutzen. Obwohl ich den Transfer gegen meinen Willen vornehmen mußte, aus einer Zwangslage heraus, erkenne ich nun gewisse Vorteile. Jetzt, nachdem ich von diesem Körper Besitz ergriffen habe, finde ich ihn überhaupt nicht mehr abstoßend; außerdem ist der Wirt hochintelligent und verständnisvoll.

Ich bedauere, das Gefühl haben zu müssen, daß ich Ihnen widerlich erscheine, lieber Freund. Aber bedenken Sie folgendes: Ich kann

Ihnen nun meine Dienste als Botschafter und Kurier anbieten, ohne Diskriminierung von seiten dieser geistesblinden Terraner befürchten zu müssen. Die gesetzlichen Bestimmungen, die dem Theradiner verbieten, auf anderen Planeten zu sterben, sollten nun geändert werden.«

»Ja, natürlich«, stimmte mir der andere zu, der mich sofort verstanden hatte. »Doch nun zu Ihren persönlichen Angelegenheiten, mein lieber Haalvordhen. Um Ihre Besitztümer haben wir uns selbstverständlich gekümmert.«

Ich nahm davon Kenntnis, daß mir auf dem Planeten fünf herrschaftliche Anwesen gehörten, dazu ein bewegliches Vermögen, das mich finanziell unabhängig machte. Die Erbfolge bei den Theradinern ist gebunden an den geistigen Fortbestand der Persönlichkeit, ganz gleich, welcher Abstammung derjenige ist, der den Geist als nächster beherbergt. Beim Tod eines Theradiners gingen sein gesamter Besitz sofort auf den neuen Wirt seines Geistes über.

Mein Erinnerungsvermögen war natürlich perfekt. Als Helen Vargas, Bürgerin von Terra, genoß ich gewisse Rechte und Privilegien, ich besaß etwas Vermögen, bestimmte Persönlichkeitsrechte, und ich konnte die Annehmlichkeiten des Imperiums genießen. Und als Haalvordhen stand mir auch Samarra offen.

Mein unbeirrbarer Gerechtigkeitssinn veranlaßte mich, Haalvamphrenan zu »erzählen«, auf welche Weise der ursprüngliche Haalvordhen ums Leben gekommen war. Ich nannte ihm den Namen des Kapitäns. Er war nicht zu beneiden, wenn die *Vesta* das nächste Mal auf Samarra landete.

»Wenn ich mir's recht überlege«, meinte Haalvamphrenan gedankenverloren, »wäre es am sinnvollsten, einfach in seiner Gegenwart Selbstmord zu begehen.«

Nach Lage der Dinge hatte Helen-Haalvordhen-ich einen langen und interessanten Lebensweg vor sich.

Wie alle Theradiner.

Die Sterne warten

Die folgende Geschichte, die der ersten, gebundenen Fassung dieser Sammlung ihren programmatischen Namen gab, ist zugleich die letzte der Reihe, welche in relativ obskuren Science-fiction-Magazinen wie *Fantastic Universe*, *Future Science Fiction* oder wie hier *Saturn Magazine of Fantasy and Science Fiction* erschien. Sie zeigt, was Kurt Vonneguts fiktiven Mr. Rosewater so an der SF begeisterte: daß dort noch die Probleme der ganzen Welt gelöst wurden, auf wenigen, holzhaltigen Seiten in einem billigen Heft. Hier wirft der Übermensch aus den Geschichten eines A. E. Van Vogt seinen langen Schatten; hier sind die globalen Probleme noch von einzelnen lösbar, und sei es nur in dem klassischen Schlußsatz dieser Geschichte.

Leider ist die Wirklichkeit nicht so, und die Naivität jener Jahre ließ sich nicht bewahren. Eine Desillusionierung mit manchen Formen der Science-fiction, wie sie auch Marion Zimmer Bradley in der Folge wiederfuhr, läßt sich daher auch als Reifeprozeß deuten – selbst wenn man sich noch gern nostalgisch an die literarische wie gedankliche Naivität jener Jahre zurückerinnert.

In einer gewissen Straße in Washington steht ein gewisses Gebäude, mit dem verglichen das Pentagon wie ein Durchgangslager wirkt. Ich werde Ihnen noch nicht einmal sagen, wie die Straße heißt, in der dieses Gebäude steht. Wenn ich das täte, würde eine gewisse, äußerst geheime Abteilung des FBI mich einen Kopf kürzer machen, noch bevor Sie ›Sicherheit‹ sagen könnten. Also, in dieser gewissen Straße in diesem gewissen Gebäude ist ein gewisses Zimmer, und darin schlafe ich.

Mein Name ist David Rohrer, und ich bin Doktor der Medizin, mit noch ein paar zusätzlichen Qualifikationen. Wenn diese Andeutungen Sie langweilen, lesen Sie weiter; in ein oder zwei Minuten werde ich mich schon deutlich genug äußern.

Es war in einer Dienstagnacht im Jahr 1964; das sollte als Datum genügen. Falls Sie noch mehr wissen wollen, es war genau sechs Monate nach dem Tag, an dem Indien seine Grenzen geschlossen hatte. Natürlich haben Sie nichts darüber in den Zeitungen gelesen, aber wenn Sie damals als Tourist oder Missionar nach Indien wollten, haben Sie es am eigenen Leib erfahren.

Wie schon gesagt, Dienstagnacht 1964, ungefähr um halb zwölf, klingelte plötzlich das Telefon in meinem Zimmer. Ich fluchte, setzte mich auf, griff nach dem Ding und hielt es an mein Ohr. Ich wußte, es mußte wichtig sein; dieses Gebäude besaß außer einer eigens verlegten Direktleitung zum Weißen Haus und einer weiteren, die zu einem Zimmer in der obersten Etage des Pentagons führte, keine Leitung nach draußen. Die Telefone auf den Zimmern waren an ein internes Netz angeschlossen, das war einfacher und privater als das öffentliche Fernsprechsystem.

»Rohrer«, sagte ich knapp.

Ich erkannte die Stimme am anderen Ende der Leitung sofort. Auch Sie würden sie erkennen; Sie haben sie oft genug bei Übertragungen aus dem Senat gehört. »Kommen Sie sofort herunter, Doc. *Flanders ist wieder da.*«

Ich verschwendete noch nicht einmal Zeit auf eine Antwort. Ich warf den Hörer auf die Gabel, schlüpfte in meine Schuhe, zog eine Hose über meinen Pyjama, griff nach meiner Tasche und rannte hinunter.

Das Zimmer des Senators lag im zweiten Stock. Durch den Spalt unter der Tür schimmerte Licht, und ich hörte gedämpfte Stimmen von drinnen. Ich stieß die Tür auf.

»Da ist der Doc!« sagte jemand, als ich mich durch die Menge drängte.

Der Senator saß in einem gestreiften Pyjama, der einem Filmstar besser zu Gesicht gestanden hätte, auf der Bettkante, und um ihn herum stand eine Gruppe von Männern, die selbst der Präsident nicht erkennen würde. In dem Bett, in dem offensichtlich vor nicht allzu langer Zeit der Senator gelegen hatte, lag ein Mann. Er war vollständig angekleidet – Socken, Mantel, nur die vor Schmutz starrenden Schuhe hatte ihm jemand ausgezogen. Sein Kopf hing auf dem Kissen. Aus dieser Entfernung konnte ich sehen, daß er nicht tot war; sein Brustkorb hob und senkte sich mühsam, und seine Atemzüge erfüllten den Raum mit röchelnden Geräuschen. Ich schob ein paar Polizisten beiseite und ergriff seine schlaffe Hand.

»Was ist hier passiert? Was ist los?« Ich stellte die Frage niemand Bestimmtem, und eigentlich erwartete ich auch keine Antwort, aber eigentümlicherweise antwortete mir von allen Leuten zuerst der Senator. »Nichts. Er ist über die Vordertreppe hereingekommen. Bagley hat ihn in der Diele erkannt und zu mir geschickt. Er hat geklopft – das vereinbarte Code-Klopfzeichen –, deshalb bin ich aufgestanden und habe ihn hereingelassen. Und dann ist er zusammengebrochen.«

Während ich den dumpf pochenden Puls fühlte, schaute ich mir seinen Mantel an. »Er ist knochentrocken. Draußen schüttet es wie aus Eimern. Selbst wenn er in einem Taxi hierher gekommen wäre, wie ist er dann ins Haus gekommen, ohne daß seine Haare naß geworden sind?«

»Das möchte ich auch gerne wissen«, brummte einer der Männer.

»Irgend etwas Komisches geht hier vor . . .«, murmelten ein paar.

»Verdammt komisch.« Ich ließ die Hand des Mannes fallen und öffnete meine Tasche.

Nach einer kurzen Untersuchung richtete ich mich auf. »Er hat nirgendwo eine Verletzung. Nicht mal eine Beule oder eine Gehirnerschütterung. Entweder steht er unter Schock – was nach seinem Puls und dem Herzschlag unwahrscheinlich oder zumindest atypisch erscheint –, oder man hat ihn unter Drogen gesetzt. Aber ich kenne keine Droge, die einen solchen Zustand hervorrufen würde.« Ich zog sein Augenlid hoch. Das Auge wirkte normal, die Pupillen waren weder erweitert noch verengt.

Während ich noch verwirrt darüber nachgrübelte, öffnete der Mann plötzlich die Augen. Er sah sich einen Augenblick lang völlig klar um, dann blieben seine Augen auf mir ruhen.

Ich fragte leise: »Wie fühlen Sie sich jetzt?«

»Ich . . . ich weiß nicht.«

»Wissen Sie, wo Sie sind?«

»Sicher.« Er machte einen Versuch, sich aufzurichten, gab aber auf.

»Wie heißen Sie?« fragte ich leise weiter.

»Julian Flanders.« Er lächelte und fügte hinzu: »Selbstverständlich.«

Der Senator schaltete sich mit einer Frage ein. »Wie sind Sie hierher gekommen, ohne naß zu werden?«

Ein leichter Ausdruck von Qual huschte über Flanders' Gesicht. »Ich weiß nicht.«

Ein anderer Mann, der eine Art Interimsautorität besaß, warf ein: »Wann haben Sie Indien verlassen, Flanders?«

»Ich weiß nicht.«

»Amnesie«, sagte ich leise, »partielle Aphasie.«

Der Mann mit den zeitweiligen Befugnissen griff nach meinem Arm. »Rohrer, hören Sie zu! Können Sie ihn da herausholen? Sie müssen ihn da herausholen!«

Ich antwortete: »Ich weiß nicht. Jetzt bestimmt noch nicht. Der Mann ist in keiner guten Verfassung . . .«

»Er muß in guter Verfassung sein.«

Ich erwiderte einigermaßen scharf: »Sein Herzschlag bewegt sich so weit über den Normalwerten, daß es sogar gefährlich sein könnte, ihn zum Sprechen zu bringen. Ich werde ihm ein Beruhigungsmittel geben –« damit beugte ich mich über meine Tasche und begann, eine Spritze aufzuziehen, »– und er *muß* ein paar Stunden in Ruhe gelassen werden. Danach können wir ihm vielleicht Fragen stellen. Möglicherweise hat er anschließend sein Gedächtnis auch vollkommen wiedererlangt, falls sein Herz nicht versagt.«

Ich gab ihm eine Injektion. Flanders' Atem beruhigte sich nach und nach ein bißchen, auch der Herzschlag wurde geringfügig schwächer, blieb aber immer noch gefährlich schnell.

Ein Arzt hat gewisse Privilegien. Es gelang mir, alle aus dem Zimmer zu werfen, abgesehen von dem Spitzenmann der Geheimpolizei, und ich bat den Senator, nach oben zu gehen und sich in mein Bett zu legen; ich würde bei Flanders bleiben. Allmählich kehrte wieder Ruhe im Haus ein. Um es kurz zu machen, ich saß bis zum Morgengrauen bei Flanders, rauchte und dachte nach. Er schlief, atmete mühsam und lag bis zum Morgen völlig bewegungslos da. Mir war klar, daß das an sich schon seltsam war; ein normaler Schläfer, selbst derjenige, der von sich behauptet, er schlafe wie ein Stein, dreht sich in einer normalen Nacht mindestens achtzehn Mal um. Flanders aber rührte sich nicht. Er lag da wie eine Leiche, abgesehen von den rasselnden Atemzügen und dem gleichmäßigen Pochen seines Herzens, das ich hörte, wenn ich mich über ihn beugte und ihn mit dem Stethoskop abhorchte.

Es wäre dumm und auch sinnlos, würde ich niederschreiben, was in den darauffolgenden Tagen geschah. Bedeutende Männer kamen und gingen, am Mittwoch, am Donnerstag und am Freitag. Ich mußte immer wieder sagen: Noch keine Änderung. Flanders wachte ab und zu auf. Er wußte seinen Namen, beantwortete einfache Fragen über sein früheres Leben, erkannte seine Frau, die ein Geheimpolizist heimlich in das Gebäude einschleuste, fragte nach seinen Kindern. Aber immer, wenn jemand eine Frage nach dem stellte, was von dem Tag an geschehen war, an dem er dieses Haus mit einem falschen Paß, der ihn nach Indien hineinschmuggeln sollte, verlassen hatte, reagierte er mit einem Ausdruck heftiger Qual, beschleunigter Atmung und einem verwirrten, gestammelten: »Ich . . . ich weiß nicht.«

Am Samstagmorgen rief mich der Senator aus dem Zimmer. »Der Chef möchte Sie unten sehen, Rohrer«, sagte er zu mir. Ich murrte: »Ich kann meinen Patienten nicht allein lassen.«

Der Senator sah mich empört an. »Sie wissen so gut wie ich, daß Sie keinen Grund haben, hierzubleiben. Ich werde selbst auf ihn aufpassen.« Er gab mir einen Schubs. »Los, Doc. Ich glaube, es ist wichtig.«

Der Konferenzraum im Erdgeschoß war so hervorragend schallisoliert, daß er ebensogut auf dem Mond hätte liegen können. Das hatte natürlich seine Gründe. Aber es machte mich trotzdem immer nervös.

In diesem Raum sind Geheimnisse besprochen worden, für die zwanzig Regierungen gut und gerne ihren gesamten Plutoniumvorrat geben würden. Als ich eingetreten war, verriegelte eine Wache hinter mir wieder sorgfältig die Tür, und ich wandte mich um, um einen Blick auf die Tischrunde zu werfen.

Ein paar der Männer kannte ich mit Namen. Andere kannte ich aufgrund ihres Rufs oder weil sie häufig in den Zeitungen abgebildet waren. Der Mann am Kopfende des Tisches, der anscheinend den Oberbefehl hatte, war eine der Spitzen des FBI, und er war es auch, der zuerst sprach.

»Setzen Sie sich, Dr. Rohrer«, sagte er höflich. »Können Sie uns etwas über Mr. Flanders sagen?«

Ich setzte mich und erzählte ihnen kurz, was ich über den Fall wußte. Ich gab ganz offen zu, daß die Umstände mich vor ein Rätsel stellten. Als ich fertig war, räusperte sich der Chef und schaute in die Runde. »Ich wollte nur noch hinzufügen«, sagte er unaufdringlich, »daß es keinen Sinn hat vorzuschlagen, weiteren medizinischen Rat einzuholen.« Er hustete. »Dr. Rohrer ist wahrscheinlich qualifizierter als jeder andere Mann zur Zeit in den Vereinigten Staaten, und jeder an diesem Tisch wird einsehen, daß es unmöglich ist, noch jemanden von außen hinzuzuziehen.«

Er wandte sich wieder an mich. »Besteht irgendeine Möglichkeit, daß Mr. Flanders' Gedächtnis und seine Fähigkeit zu sprechen in den nächsten Tagen wiederkehren?« fragte er unverblümt. »Ich muß noch hinzufügen, Doktor, daß wir unter diesen Umständen Mr. Flanders selbst als entbehrlich ansehen müssen. Wenn Sie sein Gedächtnis und seine Sprechfähigkeit rechtzeitig wiederherstellen können – und das müssen Sie, um etwas zu verhindern, was unserer Ansicht nach zu einer großen militärischen Katastrophe führen könnte –, dürfen Sie auf die eventuellen Konsequenzen hinsichtlich Mr. Flanders' Gesundheit keine Rücksicht nehmen.«

Das gefiel mir nicht. Das hätte keinem Arzt gefallen. Zugleich war mir aber klar, daß der Chef das, was er sagte, auch meinte. Der kalte Krieg, den Amerika in den letzten zweiundzwanzig Jahren mehr oder weniger heftig geführt hatte, hatte sich ausgeweitet. Unsere Soldaten trugen keine Uniformen, und sie waren nicht mit Panzerfäusten und Maschinengewehren bewaffnet; sie operierten, wie Flanders, innerhalb und außerhalb der Intrigengeflechte. Flanders war kein gemeiner Soldat in dieser strategischen Hierarchie; tatsächlich besaß er wahrscheinlich den Rang eines Brigadegenerals, wenn man ihn hätte richtig einstufen können. Daher wußte ich, wie verzweifelt die Lage sein mußte.

Ich sagte langsam: »Wir können es mit Narkosynthese oder Hypnose versuchen, und wenn das mißlingt, mit Elektroschocks. Ich muß Sie jedoch warnen, Flanders' Herz kann jeden Augenblick versagen.«

»Das darf es nicht!« bellte ein Mann. »Nicht, bis wir wissen, was geschehen ist!« Er stand auf und hämmerte auf den Tisch, woraus man entweder auf blanke Wut oder auf echte Hysterie schließen konnte. »Chef, können Sie Rohrer nicht sagen, *warum* wir unbedingt herauskriegen müssen, was Flanders weiß, bevor er abkratzt?«

Der Mann am Kopfende des Tisches wandte sich zu ihm und erwiderte beruhigend: »Natürlich. Ich habe bereits gesagt, daß wir Dr. Rohrer gänzlich vertrauen können.«

Minutenlang herrschte Schweigen, dann begann der Chef zu reden.

Ich hatte natürlich erfahren, daß Indien seine Grenzen geschlossen hatte. In diesem gewissen Haus in Washington werden solche Nachrichten ganz selbstverständlich bekannt, auch wenn die Zeitungen, ja selbst das Pentagon, nicht das Geringste darüber erfahren. Aber ich hatte nicht gewußt, daß Indien zuerst alle seine Munitionsaufträge storniert hatte.

Das erfuhr ich nun zum ersten Mal. Vor knapp acht Monaten hatte Indien ganz plötzlich alle bestehenden Rüstungsaufträge in England und den Vereinigten Staaten für Munition, Waffen und die ganze übrige Flut von Kriegsmaterial zurückgezogen, die die Vereinigten

Staaten im Namen einer Freien Welt, einig und gerüstet gegen einen plötzlichen Vorstoß der Länder jenseits des Eisernen Vorhangs, produziert hatten. Abgesehen von einer plötzlichen Rezession auf den Tickern der Wall Street hatte das aber auf die Welt nur geringe Auswirkungen gehabt. Einer der Vertreter Indiens in den Vereinten Nationen hatte eine der endlosen Abrüstungsreden gehalten, die man von Indien gewöhnt war. Die Resolution war ohne Abstimmung niedergeschlagen worden. Dann hatte Indien ganz ruhig seine Grenzen geschlossen.

Amerikaner, Engländer, alle Ausländer wurden höflich gebeten, das Land zu verlassen. Zuerst hatten wir gefürchtet, dies bedeute, daß Indien nun auf einmal unter den Einfluß der russisch-chinesischen Koalition geraten sei; es wurden jedoch verärgerte Radiomeldungen aufgefangen, aus denen hervorging, daß russische, chinesische und koreanische Staatsbürger sogar noch weniger höflich aus dem Land verjagt worden waren.

Dann hatte man plötzlich keine Nachrichten mehr empfangen. Indien zog sich nicht von den Vereinten Nationen zurück, obwohl alle indischen Truppen, die noch an den verschiedenen Kriegsschauplätzen auf der Welt standen, abgezogen wurden. Auf ärgerliche Fragen gaben Hindu- und Moslemdiplomaten zweideutige Antworten; sie hätten beschlossen, Waffenlosigkeit sei der einzige Weg zum Weltfrieden. Natürlich war dies zur Aufrechterhaltung der Moral nicht in den Zeitungen veröffentlicht worden; man heckte heuchlerische Reden und Fotografien aus, um die wahre Situation vor der unruhigen Öffentlichkeit zu verschleiern. Flugzeuge, die die indische Grenze überflogen, wurden zur Rückkehr aufgefordert, gewaltlos zwar, aber mit unbestreitbarer Drohung. Die Seehäfen wurden geschlossen, und aus dem Norden kam die Nachricht, die nördlichen Zufahrtsstraßen nach Indien seien durch Sprengung der felsigen und gefährlichen Himalayapässe blockiert worden.

Indien hatte sich in jeder Beziehung schlicht und einfach vom Planeten Erde losgelöst.

Jedem Politiker, so fuhr der Chef fort, war klar, was tatsächlich geschehen war. Indien hatte einfach irgendeine große Geheimwaffe entdeckt und plante nun die Beherrschung der Welt mit einem großen Schlag. Wenn die gehirnlosen Dummköpfe in den Vereinten Nationen, sagte er weiter, auch nur ein bißchen Verstand hätten, hätten sie sich mit Rußland zusammengetan, um diese für die Freie Welt und die russisch-chinesische Koalition gleichermaßen große Bedrohung auszuradieren. Indien, ereiferte er sich, übe ganz offensichtlich Verrat an der Freien Welt und müsse wie ein Verräter bestraft werden. Er blickte finster in die Runde und redete dann etwas leiser weiter; in der öffentlichen Meinung gäbe es immer noch ein paar Dummköpfe, die in lautstarker Idiotie weiterhin behaupteten, Indien sei nur von einer Art Wiederkehr der Hindulehre von der Gewaltlosigkeit und des Neo-Gandhiismus gepackt und rüste eigentlich hinter seinem Vorhang des Schweigens nur ab. Und während wir noch herumrätselten, schrie er, hatte auch Norwegen plötzlich alle Waffenaufträge zurückgezogen. Man müßte jeden Tag damit rechnen, daß das Land die Grenzen dicht machte, und schon jetzt drohte der Rückgang in der Rüstungsindustrie eine ernste Weltwirtschaftskrise heraufzubeschwören!

Nach einem furchtbaren finsteren Blick wandte er sich direkt an mich, nun nicht mehr wie ein Redner, sondern wie ein ernsthaft besorgter Mann. »Jetzt können Sie vielleicht verstehen, Doktor, warum wir unbedingt wissen müssen, was Flanders zugestoßen ist. Wir haben ihn im Geheimauftrag nach Indien geschickt, damit er herausfindet, was wirklich geschehen ist. Montag vor einer Woche gelang es ihm, uns die verschlüsselte Botschaft zu übermitteln, er sei unterwegs. Heute ist Sonntag. Man hat mir gesagt, er sei Dienstagnacht hier aufgetaucht. Flanders weiß, was in Indien passiert ist.«

Er stand auf, zum Zeichen, daß die Unterredung beendet sei. Ich blieb schweigend sitzen und starrte ihn erschrocken an. Ich hätte nicht im Traum daran geglaubt, daß so etwas möglich war! Heiser sagte ich: »Ich werde mein Bestes tun, Chef!«

Ich versuchte alles, was ich wagte. Es wäre zwecklos, die Dinge, die wir probierten, genau erklären zu wollen, weil all diese Einzelheiten einem Laien nicht viel sagen und außerdem die meisten dieser Methoden immer noch als *Streng geheim* gelten. So etwas mag jetzt nicht mehr so wichtig sein, aber ich möchte nicht gern in einem staatlichen Gefängnis sein, wenn der Tag kommt.

Dienstagnacht schließlich – wieder ein regnerischer Dienstag, fast genau einen Monat nach der Nacht, in der Flanders in trockener Kleidung und schmutzigen Schuhen im Schlafzimmer des Senators aufgetaucht war – wußte ich jedenfalls, daß er reden würde. Ich gab dem Chef und dem Senator, die bei allen Tests dabeigewesen waren, ein Zeichen, ein Tonband einzuschalten. Möglicherweise würden wir nicht genügend Zeit haben, um Fragen zu stellen, und ganz gewiß gab es keinen Spielraum, um bei Themen, die Flanders oberflächlich abhandelte, nachzuhaken. Wir würden das, was er sagte, solange er dazu in der Lage war, Wort für Wort aufnehmen müssen.

Das Tonband begann zu summen. Ich gab Flanders die Injektion und stellte ihm ein paar einleitende Testfragen. Fast abrupt hörte sein rasselndes Atmen auf, seine Atemzüge wurden normal und ruhig, das heftige Herzklopfen hielt allerdings an, ein ständiges Donnern in meinem Stethoskop. Er würde diese Dosierung nicht lange aushalten. Aber er würde sich erinnern, und wir könnten seine Geschichte festhalten.

Er begann zu sprechen . . .

Im Zimmer herrschte Stille. Man hörte nur das mühsame Schlagen des Herzens in den Stethoskopen und das gelegentliche Knarren, wenn einer der Zuhörer sein Gewicht verlagerte. Flanders war normalerweise ein großer, magerer Mann, und inzwischen hatte er soviel Gewicht verloren, daß er aussah wie ein Skelett. Sein Gesicht war eine wachsgelbe Totenmaske, und seine Lippen bewegten sich kaum, als sein gequältes Flüstern die Stille durchbrach.

»Chef – Senator – Doc. Ich habe etwas zu sagen – unterbrechen Sie mich nicht – wichtig. Ich habe nicht mehr lange zu leben. Ich bin eine . . . eine Art Scherzartikel. Ein Puzzle. Sie haben mich zurückgeschickt – ein durcheinandergebrachtes Puzzle – wenn Sie mich wieder zusammenlegen könnten, wären Sie bereit für die Antwort. Eine Art abschließender Test.«

Das Flüstern hörte einen Augenblick auf, und dann begann er wieder, als hätte es keine Pause gegeben. ». . . fuhr nach Indien, wie man mir aufgetragen hatte, und fand heraus, wo jetzt die Regierung ist. Chef, es gibt gar keine Regierung mehr. Nur lauter glückliche Menschen. Keine Regierung. Kein Hunger. Helle Farben . . . Essen, das Sie noch nie gegessen haben, und die Schiffe, die jeden Tag an- und ablegen . . . Schiffe . . .«

Ich glaubte, er deliriere, und fühlte seinen Puls. Er zog ärgerlich seine Hand weg, und ich sagte freundlich: »Was für Schiffe, Flanders? Alle Seehäfen sind geschlossen.«

Da lächelte der Mann, ein seltsam süßes Lächeln, und murmelte: »Nicht solche Häfen. Ich meine Schiffe aus dem Weltall.«

Der Senator murrte: »Der ist vollkommen übergeschnappt!«

»Nein, Doc, Chef . . . hören Sie zu«, fuhr Flanders mit seinem brüchigen Flüstern fort, »ich hab' sie gesehen. Große Schiffe, die in den Ebenen niederrauschen. Großer Raumflughafen, nördlich von Delhi. Ich habe einen der Männer aus dem Weltall gesehen. Ich bin ein . . .« Er machte eine Pause und seufzte schmerzlich. »O Gott, bin ich müde . . . ich bin ein Freiwilliger. Er fragte mich, ob ich es auf mich nähme zu sterben, um die Botschaft zu überbringen. Er sagte, ich könne nicht einfach zurückgehen und weiterleben, denn wenn sie mir nicht glaubten – ich meine, wenn unsere Leute mir nicht glaubten –, dann könnten sie niemanden gebrauchen, der Geschichten verbreitet. Kann ich Ihnen die Botschaft mitteilen? Wollen Sie sie aufnehmen? Dann kann ich . . . gehen . . . und ich bin so müde . . .«

Der Chef wollte aufstehen. Befehlend, mit der Autorität des Arztes, wies ich ihn scharf zurück. »Bleiben Sie sitzen!« Zu Flanders sagte ich freundlich: »Sagen Sie sie uns. Wir haben ein Tonbandgerät hier.«

Er murmelte in diesem schrecklichen, abgehackten Flüstern: »Zeigen Sie es mir . . . muß es sehen . . . aufgenommen . . . meine eigenen Worte.«

Ohne mich um die ärgerlichen Gesten des Chefs zu kümmern, zeigte ich Flanders das Tonbandgerät.

Er lehnte sich lächelnd in die Kissen zurück. Noch nicht einmal auf dem Gesicht eines Kindes habe ich je ein glücklicheres Lächeln gesehen. Er bewegte sich etwas und streckte seine Hand aus, und unglaublicherweise spürte ich, wie die schrecklichen hastigen Herztöne langsamer und leichter wurden. Und plötzlich richtete sich auch der ausgemergelte Körper auf, und Flanders sprach nun mit einer neuen, einer kräftigen und scharfen Stimme.

»Menschen Amerikas, auf dem Planeten, den ihr Erde nennt«, sagte er laut, »dieser Mann Flanders ist ein Freiwilliger, den wir benutzen, um euch unsere Botschaft zu bringen. Und das haben wir euch zu sagen. Die Sterne warten auf euch, die Sterne warten.«

Einen Augenblick lang war es still; dann fuhr diese scharfe, kräftige und unbeugsame Stimme fort: »Vor hunderttausend Jahren lebten die Vorfahren der Menschen auf dieser Welt und waren Teil eines großen Reiches, das sich von Sonne zu Sonne erstreckt und schon groß war, bevor euer Planet aus dem Schoß eures kleinen gelben Sterns entstanden ist. Große Naturkatastrophen zerstörten euren Planeten. Viele wurden evakuiert, aber viele wollten lieber in ihrer heimatlichen Welt bleiben, mit dem Hochwasser, den versunkenen Kontinenten, den Überschwemmungen und den Flutwellen. Dafür zahlten sie einen Preis. Sie wurden wieder zu Wilden. Und Wilde kennen den Weltraum nicht.«

Wieder eine lange Pause, bis der Senator in das lastende Schweigen sagte: »Unmöglich! Das ist . . .«

»Halten Sie den Mund!« schnappte der Chef, denn Flanders oder vielmehr die seltsame Stimme aus Flanders redete bereits weiter.

». . . zugegeben, ihr habt die größte Strecke aus der Primitivität zurückgelegt, und die Sterne warten auf euch. Wir haben euch beobachtet. Wir sind bereit, eure Welt wieder zurückzunehmen. Wir stellen nur eine Bedingung: im Weltall gibt es keinen Krieg. Wir bestehen auf Vertrauen und Duldung. Wir bestehen darauf. Wir zeigen uns nicht, bevor wir nicht wissen, daß ihr bereit seid.

Das Land, das alle Zerstörungswaffen vollständig entfernt und vernichtet, das Land, das seine Grenzen schließt und sich vollständig von einer von Kriegen erschütterten Welt zurückzieht, dieses Land und seine Bürger werden in die Vereinigung der Sterne aufgenommen. Das ist der Fall bei dem Land, das ihr Indien nennt. Und es ist der Fall bei dem Land, das ihr Norwegen nennt, denn seit heute hat es seine Grenzen geschlossen.

Die Einladung gilt für alle gleichermaßen. Legt eure Waffen nieder. Ihr werdet auf eine Weise beschützt werden, wie ihr es euch nicht vorstellen könnt. Ihr braucht keine Angst vor euren Feinden auf dieser Erde zu haben, denn sie und nicht ihr sind die wirklichen Isolierten.

Zeigt euer Vertrauen und euren Willen zum Frieden. Entwaffnet euch. Legt die Waffen nieder. Die Sterne warten.«

Die Stimme verhallte, dann schwieg sie. Wieder begann das Donnern im Stethoskop. Flanders sank zurück. Das gequälte, rasselnde Atmen drang durch den Raum, dann hörte es auf.

Ich ließ meine Hand von seinem Handgelenk sinken.

»Er ist tot, Sir«, sagte ich.

Noch bevor ich zu Ende gesprochen hatte, griff der Senator schon nach dem Telefon.

»Geben Sie mir den Präsidenten!«

Die Stimmen des Windes

Ungewöhnlich für ihre Entstehungszeit (1959) ist an dieser Geschichte der Entschluß einer Frau, nur auf sich allein gestellt zu überleben, ihr Kind allein zur Welt zu bringen und es aufzuziehen. Und selbst die Moral, die sich daraus ziehen läßt, daß es eben nicht gut ist, daß der Mensch allein sei, führt hier nicht zu der häufigen Bestätigung der bestehenden gesellschaftlichen Verhältnisse. Romantisch verklärt im vagen Licht einer fremden Welt, wie die Geschichte erscheinen mag, besteht doch kein Zweifel daran, daß für die Autorin die Gesellschaft der ›Stimmen des Windes‹ denen ihrer Mitmenschen in mancher Beziehung vorzuziehen sei, selbst wenn die Handlung, von außen betrachtet, tragisch endet. Von den frühen Erzählungen dieses Bandes ist dies gewiß eine der reifsten.

Es war ein langer Aufenthalt für die Besatzung der *Starholm* gewesen, bloß um schwere Elemente für Treibstoff zu suchen – acht Monate in einem idyllischen grünen Paradies von Planeten; eine sanfte, windwispernde Welt, nur mit Bäumen und steter Luftbewegung. Aber zu guter Letzt wartete sie mit einem einzigartigen Problem auf.

Genauer gesagt, sie bescherte Kapitän Merrihew das Problem Robin, männlichen Geschlechts, Vater unbekannt, von dem Dr. Helen Murray gestern, einen Monat zu früh, entbunden hatte.

Merrihew fand sie in der Laborbaracke bleich und ruhig im Bett liegen, mit dem Neugeborenen neben sich.

Die kleine Baracke, aus grünen Planken grob zusammengezimmert, bot einen Blick auf die Lichtung, die die *Starholm* sich als Operationsbasis während des Aufenthalts ausgewählt hatte; ein malerisches Fleckchen auf der Sohle eines weiten Tals, genau dort, wo ein breiter, tiefer Fluß eine Biegung beschrieb. Die des Schiffslebens müde Besatzung hatte im Lauf dieser acht Monate ein halbes Dutzend ähnliche Unterkünfte gebaut.

Merrihew blickte Helen von oben an und schnaubte: »Das ist ja eine feine Bescherung! Ausgerechnet Sie von dieser ganzen verdammten Besatzung – die Schiffsärztin! Das ist – das ist . . .« In seinem Ärger fiel ihm nur eine lächerlich unzulängliche Phrase ein. »Das ist – kriminelle Fahrlässigkeit!«

»Ich weiß.« Helen Murray, zu jung und viel zu hübsch, um als Schiffsoffizier eine 10-Jahres-Fahrt mitzumachen, war immer noch geschwächt und bleich, und ihre Stimme ein sanfter Hauch ihres üblichen festen Selbst. »Ich fürchte, vier Jahre im Raum haben mich sorglos gemacht.«

Finster grübelnd schaute Merrihew auf sie hinunter. Etwas an den Schiffsgravitationsbedingungen, obgleich sie die Potenz nicht beeinträchtigten, machte eine Empfängnis unmöglich. Kein Kind war je im Raum gezeugt worden, und es würde auch nie dazu kommen. Bei Aufenthalten auf Planeten ließ die Wirkung nur langsam nach. Erst nach drei Monaten auf dieser Welt hatte Dr. Murray angefangen, den zweiundzwanzig weiblichen Besatzungsmitgliedern, sich selbst eingeschlossen, Empfängnisverhütungsmittel zu geben. Zu diesem Zeitpunkt war Helen ihre Schwangerschaft noch nicht bewußt gewesen.

Draußen wisperte und rauschte der Laubwald, und Merrihew bemerkte, daß Helen seine Anwesenheit wieder vergessen hatte. Das Neugeborene war in einen ihrer Overalls gewickelt an sie geschmiegt. Merrihew fand, daß es wie ein gehäuteter Affe aussah, aber Helens Augen glänzten, während sie zärtlich über das runde Köpfchen strich.

Merrihew lauschte dem Wind und sagte, was ihm gerade einfiel: »Spätestens in einem Monat werden diese Buden einstürzen. Aber das spielt keine Rolle, bis dahin sind wir längst wieder gestartet.«

Dr. Chao Lin, eine etwas eckig wirkende Frau von fünfunddreißig, trat ein. »Ah, Besuch, Helen? Wird ja auch Zeit. Komm, laß mich Robin für ein Weilchen nehmen.«

In schwachem Protest murmelte Helen: »Du verwöhnst mich, Lin.«

»Das wird dir gut tun«, antwortete Chao Lin. Frustriert brauste Merrihew auf: »Verdammt, Lin! Sie machen alles noch schlimmer. Er wird sterben, wenn wir in den Overdrive gehen. Das wissen Sie genausogut wie ich!«

Helen setzte sich auf und drückte Robin schützend an sich. »Haben Sie vielleicht vor, ihn wie eine Katze zu ersäufen?«

»Helen, ich habe gar nichts vor. Ich habe lediglich eine Tatsache festgestellt.«

»Aber er wird nicht im Overdrive sterben, weil er gar nicht an Bord ist, wenn das Schiff in den Overdrive geht.«

Merrihew blickte Lin hilflos an, doch sein Gesicht wirkte weicher, als er fragte: »Sollen wir – ihn einschläfern und hier begraben?«

Das Gesicht der jungen Frau wurde weiß. »Nein!« rief sie in leidenschaftlichem Protest. Lin beugte sich zu ihr, um ihren verzweifelten Griff zu lockern.

»Helen, du tust ihm weh. Leg ihn nieder. Da!«

Besorgt schaute Merrihew sie an. »Aber wir können ihn doch nicht einfach zurücklassen, so daß er langsam zugrunde geht!«

»Wer sagt denn, daß ich ihn verlassen werde?«

Zögernd sagte der Kapitän: »Haben Sie etwa vor zu desertieren?« Nach einer Minute fügte er hinzu: »Mit ein bißchen Glück überlebt er. Schließlich war ja auch seine Geburt gegen jegliche medizinische Präzedens. Vielleicht . . .«

»Käpt'n . . .« Helens Stimme klang verzweifelt. »Selbst unter Anwendung aller medizinischen Hilfsmittel hat kein Kind unter zehn je den Übergang in den Hyperraum überlebt. Ein Neugeborenes würde innerhalb von Sekunden sterben.« Sie drückte Robin wieder an sich und sagte: »Es ist die einzige Möglichkeit . . . Sie haben Lin als Ärztin, und Reynolds kann meine anderen Pflichten mit übernehmen. Dieser Planet ist unbewohnt, das Klima mild, wir werden nicht verhungern.« Ihr sonst so sanftes Gesicht war plötzlich hart wie Stein. »Tragen Sie mich im Logbuch als tot ein, wenn Sie wollen.«

Merrihew blickte von Helen zu Lin und sagte: »Helen, Sie sind verrückt!«

Sie entgegnete: »Selbst wenn ich jetzt nicht verrückt wäre, würde ich es bald werden, wenn ich Robin aufgeben müßte.« Der hysterische Ton war verschwunden, und ihre Stimme klang nun ruhig, aber unerschütterlich. »Kapitän Merrihew, um mich an Bord der *Starholm* zu kriegen, würden Sie mich entweder betäuben oder Gewalt anwenden müssen. Freiwillig gehe ich ganz bestimmt nicht. Und wenn Sie es tun – und Robin zurückgelassen wird oder im Overdrive stirbt, nur weil Sie auf meine Dienste als Arzt beharren –, dann werde ich mich bei der erstbesten Gelegenheit umbringen, das schwöre ich Ihnen.«

»Mein Gott!« keuchte Merrihew. »Sie *sind* wahnsinnig!«

Helen zuckte kaum merklich die Schulter. »Wollen Sie eine Wahnsinnige an Bord?«

Chao Lin sagte ruhig: »Käpt'n, ich sehe keine andere Möglichkeit. Wir hätten es auch so eintragen müssen, wenn Helen bei der Geburt gestorben wäre. Von zwei unbefriedigenden Lösungen müssen wir die weniger schmerzliche wählen.« Und Merrihew erkannte, daß er keine wirkliche Wahl hatte.

»Ich bin nach wie vor der Meinung, daß Sie beide verrückt sind«, platzte er heraus. Aber er hatte aufgegeben, und Helen wußte es.

Zehn Tage nachdem die *Starholm* den Planeten verlassen hatte, beging der junge Techniker Colin Reynolds Selbstmord, indem er sich die Halsschlagader aufschnitt, wodurch – in der Schwerelosigkeit – mehrere Liter Blut in großen Kugeln in seiner Kabine verteilt herumschwebten. Er hinterließ ein paar wirre Zeilen.

Diesen Zettel verbrannte Merrihew, während Chao Lin das Blut in die Blutbank des Schiffes gab. Sie stellten den Vorfall als Unfall hin und vertuschten ihn, so gut es ging. Aber Merrihew hatte das dumpfe Gefühl, daß ihr Aufenthalt auf dem grünen, windigen Planeten zur Legende würde, von der Besatzung flüsternd verbreitet. Das war auch der Fall, doch das ist eine andere Geschichte.

Robin war zwei, als er zum erstenmal die Stimmen im Wind vernahm. Er zupfte am Arm seiner Mutter und summte leise mit.

»Was ist denn, mein kleiner Schatz?«

»Hübsch.« Wieder summte er zu dem fernen Säuseln.

Helen lächelte vage und tätschelte die runden Bäckchen. Robin, dessen kindliche Phantasie bereits wieder abgelenkt war, erklärte: »Hunger, Robin Hunger, Beeren.«

»Beeren erst nach dem Essen«, sagte Helen abwesend und hob ihn hoch. Robin zupfte wieder an ihrem Arm.

»Mami auch hübsch.«

Sie lachte, eine rosige und lächelnde junge Diana. Sie war glücklich auf dem einsamen Planeten. Sie lebten recht zufrieden in einer der größeren Baracken, und nur die kleinen Fältchen zwischen den Augen zeugten von den Schrecken der ersten Monate, als jeder Tag ein neuer Kampf gewesen war – gegen ihre Schwäche, gegen noch unbekannte Geräusche, gegen Einsamkeit und Furcht; von den Nächten, als sie oft lange wachgelegen hatte, schweißgebadet, während der Wind heulte und ihre Phantasie ihm Stimmen verlieh; von den Tagen, da sie benommen in der Baracke herumgewandert war oder düster auf Robin gestarrt hatte. Es hatte auch Augenblicke gegeben – nur flüchtige und gebüßt durch Stunden der Scham und Reue –, in denen sie gedacht hatte, daß selbst der Schrecken, Robin in diesen ersten Tagen zu verlieren, nicht so schlimm gewesen wäre wie die schreckliche Vorstellung, den Rest ihres Lebens allein hier verbringen zu müssen; Augenblicke, in denen sie sich gefragt hatte, warum Merrihew nicht erkannt hatte, daß sie aus dem Gleichgewicht geraten war, und sie nicht einfach gezwungen hatte mitzugehen; inzwischen wäre Robin nur noch ein Augenblick schmerzlicher Erinnerung.

Obwohl immer noch nicht stark, doch in dem Wissen, daß sie stark für Robin sein mußte, sollte er nicht genauso sterben, als wenn sie ihn im Stich gelassen hätte, verbrachte sie die ersten Monate wie in einem endlosen Traum. Manchmal wanderte sie tagelang in diesem Traum dahin und fand beim Erwachen Nahrung, die sie sich nicht erinnern konnte gesammelt zu haben. Irgendwie hatten die Traumstimmen ihr bewußtes Handeln übernommen; der wispernde Wind war voll von Stimmen, ja sogar Händen gewesen.

Sie war krank geworden, hatte tagelang im Delirium gelegen. Dabei hatte sie eine Stimme gehört, die wohl kaum die ihre gewesen sein konnte; sie hatte gesagt, wenn sie stürbe, würden die Windstimmen sich Robins annehmen. Der Schock darüber und die Verrücktheit des Ganzen hatten sie schmerzgequält und zitternd aus dem Fieberwahn gerissen. Sie hatte sich aufgesetzt und »Nein!« hinausgeschrien.

Das Schimmern von Augen und der Hauch von Stimmen waren allmählich verschwunden, bis nur noch die Sonne sich auf den Blättern spiegelte und Robin, pausbäckig und nackt, im Sonnenschein strampelte und die Hände nach den raschelnden Blättern und den Schatten ausstreckte.

Da war ihr klargeworden, daß sie gesund werden mußte. Von da an hatte sie die Windstimmen nie wieder gehört, und ihr scharfer wissenschaftlicher Verstand lehnte die phantastische Theorie ab, daß sie lediglich an die Windstimmen zu glauben brauchte, um ihre Gestalten zu sehen und ihre Worte deutlich zu hören. So sehr lehnte sie sie ab, daß sie sie aus ihrem Verstand verbannte, wenn sie sie hörte. Und nach einer Weile hörte sie sie auch gar nicht mehr, außer in ihren unruhigen Träumen.

Inzwischen hatte sie sich an die Einsamkeit und an die Schönheit dieser Welt gewöhnt und begonnen, Robin ein glückliches Leben zu schaffen.

Mangels einer anderen Beschäftigung im vergangenen Sommer – obwohl der Winter mild war und es selbst da genügend Früchte und Wurzeln gab – hatte Helen geduldig kaninchenähnliche kleine

Tiere beiderlei Geschlechts eingefangen, und nun hatte sie ein ganzes Gehege davon. Sie boten ein wenig Abwechslung in ihrem Speiseplan, und nach einigen übelriechenden, erfolglosen Experimenten hatte sie eine Möglichkeit gefunden, die pelzigen Felle geschmeidig zu kriegen. Sie strengte sich nicht an, einen Garten anzulegen, aber wenn Robin erst älter war, würde sie es vielleicht tun. Gegenwärtig genügte es, daß sie gesund, sicher und geschützt waren.

Robin *lauschte* wieder, Helen spitzte die Ohren, geschärft durch die Stille, hörte jedoch nur das Rascheln von Wind und Blättern, sah lediglich schmeichelnde Helligkeit auf einem silbrig glänzenden Stamm.

Wind? Wenn sich keine Zweige rührten?

»Lächerlich!« sagte sie scharf, hob den kleinen Jungen hoch und drückte ihn an sich, ehe sie ihn spreizbeinig auf ihre Hüfte setzte. »Mammi meint nicht *dich,* Robin. Wir suchen jetzt Beeren.«

Doch bald bemerkte sie, daß er den Kopf zurücklehnte, daß er wieder lauschte – auf etwas, das sie nicht hören konnte.

An dem Tag, von dem sie sagte, daß es Robins fünfter Geburtstag sei, hatte Helen in einem anderen Zimmer der Baracke ein eigenes Bett für ihn gemacht. Ihm fehlte die Wärme von Helens Körper und ihr beruhigendes Atmen, denn er hatte schon seit seiner Geburt einen sehr unruhigen Schlaf.

Und doch fühlte Robin sich in seiner ersten Nacht allein seltsam befreit. Er tat etwas, was er noch nie zuvor gewagt hatte aus Angst, Helen aufzuwecken: er schlüpfte aus seinem Bett, stellte sich an die Tür und blickte in den Wald hinaus.

Der Wald war der Tür jetzt näher, Robin konnte sich vage erinnern, daß die Lichtung breiter gewesen war. Nun wuchsen neue Schößlinge außerhalb der Beete, die Helen angelegt hatte und pflegte. Selbst der »verbrannte Fleck«, wie Robin ihn nannte, war mit kärglichem Gras bewachsen.

Robin war es gewöhnt, tagsüber allein zu sein – selbst in seinem ersten Lebensjahr hatte Helen ihn allein lassen müssen, sicher im Haus versorgt oder in einem gut eingezäunten Gartenstück. Aber nachts allein zu sein war er nicht gewöhnt.

Aus der Tiefe des Waldes konnte er das Wispern der anderen Leute hören. Helen sagte, es gäbe keine anderen Leute, aber Robin wußte es besser; denn er konnte ihre Stimmen im Wind hören, wie Bruchstücke der Lieder, mit denen Helen ihn in den Schlaf sang. Und manchmal konnte er sie in den schattigen Stellen fast sehen.

Einmal, als Helen krank gewesen und Robin hilflos zwischen dem abgezäunten Garten und dem Zimmer hin und her gelaufen war, hungrig und schmutzig und wütend, weil Helen nur mit geschlossenen Augen auf dem Bett gelegen und sich dann und wann aufgerichtet hatte, um zu wimmern, wie er es tat, wenn er gefallen war und sich die Knie aufgeschlagen hatte – da waren der Wind und die Stimmen ins Haus gekommen. Robin erinnerte sich vage an die tröstenden Stimmen, an Hände, die ihn sanfter berührten als Helens. Aber es war nur eine sehr verschwommene Erinnerung.

Nun, da er sie so deutlich hören konnte, wollte er gehen, um diese anderen Leute zu finden. Und wenn dann Helen wieder einmal krank war, würde es jemand anders geben, der mit ihm spielte und sich um ihn kümmerte. Freudig dachte er: *Wird Helen nicht staunen?* Und schon rannte er über die Lichtung.

Nicht ein Geräusch weckte Helen, sondern die Stille. Sie konnte Robins sanften Atem nicht mehr aus dem Vorraum hören, und nach einer Weile wurde ihr noch etwas anderes bewußt:

Der Wind war verstummt.

Vielleicht braut sich ein Sturm zusammen, dachte sie. Eine Veränderung des Luftdrucks mochte dieses Stille verursachen – aber Robin? Auf Zehenspitzen schlich sie zum Nebenzimmer. Sein Bett war leer, wie sie vermutet hatte.

Wo konnte er sein? Auf der Lichtung? Und wenn nun ein Sturm kam? Sie schlüpfte in ihre selbstgemachten Sandalen und rannte ins Freie. Ihr zittriger Ruf schallte durch den stillen Wald:

»Robin – oh, Robin!«

Schweigen. Und weit entfernt ein ominöses Wispern. Zum ersten Mal seit diesem ersten Jahr der erschreckenden Einsamkeit fühlte sie sich verlassen, allein in einer fremden Welt. Sie rannte über die Lichtung, schaute sich um, überlegte, in welche Richtung er sich gewandt haben mochte. War er in den Wald gelaufen? Und wenn er sich an den Fluß verirrt hatte? Es gab da eine Stelle nahe den Stromschnellen, wo das Ufer abbröckelte . . . Ihre Kehle schnürte sich zusammen, und als sie wieder einen Laut hervorbrachte, war ihr Ruf fast ein Krächzen:

»O Robin! Robin, Liebling! Robin!«

Sie rannte über die Pfade, die ihre Füße getreten hatten, hörte Fetzen vom Rauschen des Windes und dem Rascheln der Blätter, die plötzlich in dem kalten Mondschein um sie laut wurden. Es war das erste Mal, seit das Raumschiff sie verlassen hatte, daß Helen sich in die Nacht ihrer Welt wagte. Sie rief erneut, und ihre Stimme brach vor Panik fast:

»Ro-bin!«

Ein verirrter Mondstrahl fiel auf etwas Weißes, und ein Kind stand mitten auf dem Weg. Helen schrie vor Erleichterung auf und rannte los, um ihren Sohn in die Arme zu schließen – und blieb verstört stehen. Es war nicht Robin, der da stand. Das Kind war nackt, etwa einen Kopf kleiner als Robin und außerdem ein Mädchen.

Es war etwas Merkwürdiges an diesem nackten, schimmernden Geschöpf, als könnte sie es nur im direkten Mondschein sehen. Ein rundes, fast ausdrucksloses Gesichtchen war von langem bleichem Haar, genau von der Farbe des Mondscheins, umgeben. Helens eigenes Keuchen erschreckte sie, daß sie abrupt stehenblieb. Krampfhaft kniff sie die Augen zusammen, und als sie sie wieder öffnete, war der Pfad schwarz und leer, und Robin kam auf sie zugerannt.

Mit einem erstickten Schrei zog Helen ihn an sich, drückte ihn an ihre Brust und rannte so mit ihm den Pfad zurück zu ihrer Baracke. Sie verschloß die Tür hinter ihnen, legte Robin in ihr eigenes Bett und warf sich zitternd neben ihn, zu erschrocken, um zu sprechen, zu erschrocken, ihn zu schelten, und zu verängstigt, ihm Fragen zu stellen.

Es war eine Halluzination, sagte sie sich, eine Halluzination, wieder so ein Traum, ein Traum . . .

Ein Traum, wie der andere TRAUM. Für sie war er der TRAUM, großgeschrieben, weil sie nie zuvor einen Traum wie diesen gehabt hatte. Sie hatte ihn zum ersten Mal vor Robins Geburt geträumt, und sich geschämt, zu Chao Lin davon zu sprechen, weil sie die vernünftige Skepsis der Älteren gefürchtet hatte.

In der zehnten Nacht auf dem grünen Planeten (die *Starholm* war jetzt nur noch eine vage Erinnerung), als Merrihews Wissenschaftler überzeugt waren, daß es keine wilden Tiere oder Krankheiten oder barbarische Eingeborene hier gab und sie infolgedessen sicher waren, hatte die Besatzung gebeten, in der Tallichtung beim Fluß ein Lager aufschlagen zu dürfen. Nach erteilter Genehmigung hatte sie sich verstreut, paarweise wie üblich. Selbst jenen, die momentan keine anhaltende Bindung gehabt hatten, war es nicht schwergefallen, einen Partner für die Nacht zu finden.

Es mußte in jener Nacht gewesen sein . . .

Colin Reynolds war zwei Jahre jünger als Helen, und ihre Verbindung, über ein paar Monate Schiffszeit hinweg, beruhte weniger auf gegenseitiger Leidenschaft als auf einer Art jungenhafter Bedürfnisse seinerseits und einer Art unpersönlicher, weiblicher Fürsorge ihrerseits. Alle ihre Liebesbeziehungen waren so gewesen: kameradschaftlich, angenehm, doch nie leidenschaftlich. Seltsam genug, denn Helen war durchaus einer Leidenschaft und tiefer Zuneigung fähig, doch die hatte nie ein Mann geweckt, und nun würde es auch nie einer mehr tun. Nur Robins Geburt hatte ihre tiefen Gefühle aufgewühlt.

Aber in jener Nacht, als Colin Reynolds eingeschlafen war, hatte Helen sich ruhelos herumgewälzt und dem Rascheln des Windes in den Blättern zugehört. Nach einer Weile war sie zum Fluß spaziert, jedoch nicht direkt ans Ufer, da dies sichtlich abbröckelte, und hatte sich auf den Rücken gelegt, um den Windstimmen zu lauschen. Nach einer Weile war sie eingeschlafen und hatte den TRAUM gehabt, der sie auch danach immer wieder heimgesucht hatte.

Helen betrachtete sich als Wissenschaftlerin, für die es keine Phantastereien gab, deshalb nannte sie es auch mit aller Heftigkeit einen Traum; einen Traum, der einem unerkannten Konflikt in ihr entsprang. Sie wollte sich gar nicht ganz an ihn erinnern.

Da war ein Mann gewesen, und er war ihr wie ein Teil dieser grünen, windbewegten Welt erschienen. Er hatte sie schlafend am Fluß entdeckt. Selbst in ihrer Schläfrigkeit hatte sie vermutet, daß er ein Besatzungsmitglied war, den die Schlaflosigkeit wie sie zu dem schimmernden Wasser gezogen hatte, wo er sie dann bemerkte. Bei dem Verhalten und der Moral unter den Sternenschiffbesatzungen war, was geschehen war, nicht von der Hand zu weisen.

Aber für sie, in ihrem Halbtraum, war etwas Merkwürdiges an ihm gewesen, das verhinderte, daß sie ihn zu deutlich in dem leuchtenden grünen Mondschein sah. Kein Traum und kein Mann waren ihr je zuvor so lebendig erschienen, und ihre heftige vernunftsmäßige Rechtfertigung ihres Traums verschloß ihr Monate später den Mund, als sie (zu ihrem Entsetzen und zu ihrer heimlichen Verzweiflung) feststellte, daß sie schwanger war. Sie hatte befürchtet, es würde dem Traum den Schleier und ihr die heimliche Freude daran rauben, wenn sie offen bestätigte, daß Colin der Vater des Kindes war.

Doch zunächst – an dem kühlen, grünen Morgen, der folgte – war sie gar nicht so sicher, daß es ein Traum gewesen war. Aber da sie ringsum nur Sonnenschein und Laub sah, hatte sie sich mit Äußerungen zurückgehalten; sie wollte sich ja schließlich nicht lächerlich machen. Oder hätte sie vielleicht jeden Mann auf der *Starholm* fragen sollen: »Bist du in der Nacht zu mir gekommen? Denn wenn nicht, gibt es noch andere Männer auf dieser Welt, Männer, die man selbst im Mondschein nicht deutlich sehen kann.«

Streng gemahnte sie sich, daß Merrihews Wissenschaftler die Welt für unbewohnt erklärt hatten, also mußte sie auch unbewohnt sein. Fünf Jahre später, mit ihrem Sohn fest an sich geschmiegt, erinnerte sich Helen an diesen Traum; sie ließ sich diese Phantasterei durch den Kopf gehen und wiederholte zitternd: »Ich hatte eine Halluzination. Es war bloß ein Traum. Ein Traum, weil ich allein war . . .«

Als Robin vierzehn war, erzählte Helen ihm die Geschichte von seiner Geburt und vom Schiff. Er war ein großer, schweigsamer Junge, kräftig und robust. Er hörte sich die Geschichte fast wortlos an und blickte Helen danach noch eine lange Weile stumm an, ehe er schließlich leise sagte: »Du hättest sterben können – du hast viel für mich aufgegeben, Helen, nicht wahr?«

Er kniete vor ihr nieder und nahm ihr Gesicht in seine Hände.

Sie lächelte und wich ein wenig zurück. »Warum schaust du mich so an, Robin?«

Der Junge konnte seine Gedanken nicht sofort in Worte kleiden; Ausdrücke für Gefühle gehörten nicht zu seinem Wortschatz. Helen hatte ihn alles gelehrt, was sie wußte, doch ihre Gefühle hatte sie vor ihrem Sohn immer verborgen. Schließlich fragte er: »Warum ist mein Vater nicht bei dir geblieben?«

»Ich glaube, daran hat er gar nicht gedacht«, entgegnete Helen. »Er wurde auf dem Schiff gebraucht. Mich zu verlieren war schon schlimm genug.«

Robin rief leidenschaftlich: »Ich wäre geblieben!«

Unwillkürlich lachte die Frau. »Nun – du *bist* geblieben, Robin.«

Er fragte: »Bin ich wie mein Vater?«

Helen blickte ihren Sohn ernst an und versuchte die halbvergessenen Züge des jungen Reynolds im Gesicht des Jungen zu sehen. Nein, Robin ähnelte Colin Reynolds genausowenig wie ihr selbst. Sie nahm seine Hände in ihre. Trotz seiner robusten Gesundheit bekam Robin keine Sonnenbräune; seine Haut war von perliger Blässe, so daß sie in dem grünen Sonnenlicht mit dem Wald zu verschmelzen schien. Seine Hand lag in der Helens wie ein Schatten. »Nein«, sagte sie endlich. »Du siehst ihm gar nicht ähnlich. Aber das war unter dieser Sonne auch nicht zu erwarten.«

Überzeugt sagte Robin: »Ich bin wie die *anderen* Leute.«

»Die auf dem Schiff? Sie . . .«

»Nein«, unterbrach Robin sie. »Du hast mir immer versprochen, daß du mir von den anderen Leuten erzählen würdest, wenn ich älter bin. Ich meine die anderen Leute *hier.* Die im Wald. Die, die du nicht sehen kannst.«

Helen starrte den Jungen groß an. »Was meinst du damit? Es gibt keine anderen Leute hier, nur uns.« Da erinnerte sie sich, daß jedes phantasievolle Kind Spielgefährten erfindet. *Allein,* dachte sie. *Robin ist immer allein, ohne andere Kinder. Kein Wunder, daß er ein bißchen – merkwürdig ist.* Ruhig sagte sie: »Das hast du geträumt, Robin.«

Der Junge starrte sie befremdet an. »Willst du damit sagen, daß du sie auch nicht *hören* kannst?« Er stand auf und ging aus der Baracke. Helen rief ihm nach, aber er drehte sich nicht um. Sie rannte hinter ihm her, faßte ihn am Arm und hielt ihn fast mit Gewalt fest. »Robin,

Robin, sag mir, was du meinst! Es ist niemand hier. Ein- oder zweimal dachte ich, ich hätte – etwas im Mondschein gesehen, aber es war bloß ein Traum. Bitte, Robin – bitte . . .«

»Wenn es nur ein Traum ist, warum hast du dann Angst?« fragte Robin durch eine seltsam zugeschnürte Kehle. »Wenn sie dir nie wehgetan haben . . .«

Nein, sie hatten ihr nie weh getan. Selbst wenn in ihrem alten Traum einer von ihnen zu ihr gekommen war. *Und die Söhne Gottes sahen, daß die Töchter der Menschen schön waren* – eine Erinnerung aus einem vergangenen Leben auf einer anderen Welt widerhallte in Helens Gedanken. Sie blickte in das blasse, ungeduldige Gesicht ihres Sohns und schluckte schwer.

Ihre Stimme klang rauh, als sie sagte. »Habe ich dir schon einmal gesagt, daß es so etwas wie verstandesmäßige Rechtfertigung gibt? Wenn man sich so sehr wünscht, daß etwas wahr ist, daß man es dann selber für wahr hält?«

»Ist das nicht vielleicht auch bei etwas möglich, von dem man nicht will, daß es wahr ist?« entgegnete Robin mit rebellisch verzogenen Mundwinkeln.

Helen ließ seinen Arm nicht los. Flehend sagte sie: »Robin, nein, du vergeudest nur dein Leben und brichst dir das Herz, wenn du nach etwas suchst, das es gar nicht gibt.«

Der Junge blickte in ihr verstörtes Gesicht. Plötzlich übermannte ihn ein neues Gefühl. Er ließ sich vor ihr auf die Knie fallen und vergrub sein Gesicht an ihrer Brust. Er flüsterte: »Helen, ich werde dich nie verlassen. Ich werde nie etwas tun, was du nicht möchtest. Ich will niemanden außer dir.«

Zum ersten Mal seit vielen Jahren brach Helen in Tränen aus, ohne zu wissen, weshalb sie weinte.

Robin sprach nicht mehr von seinem Ausflug in den Wald. Viele Monate war er still und fügsam, blieb nahe der Lichtung und verließ tagelang, solange es hell war, Helens Seite nicht, um dann bei Einbruch der Dämmerung im Wald zu verschwinden. Gedämpft hörte er das Murmeln des Windes, doch er verschloß sich seinem Ruf.

Auch Helen war still und in sich gekehrt, spürte Robins Entfremdung gerade durch seine Willfährigkeit. Sie ertappte sich dabei, ihn anzufahren, weil er ständig vor ihren Füßen war, und doch empfand sie an jenen seltsamen Tagen, wenn er in den Wald verschwand und erst nach Sonnenuntergang zurückkehrte, eine quälende Unrast, die sie veranlaßte, ebenfalls auf den Pfaden umherzustreifen, nicht um ihm zu folgen, sondern einfach unruhig, solange sie ihn nicht in Rufweite wußte.

Einmal, im Zwielicht, kurz vor Sonnenuntergang, vermeinte sie einen Mann durch die Bäume gehen zu sehen, und einen Augenblick, als er sich ihr zuwandte, erkannte sie, daß er nackt war. Nur ein oder zwei Sekunden sah sie ihn, und nachdem er wieder in der Düsternis des Waldes verschwunden war, sagte ihre Vernunft ihr, daß es Robin gewesen war. Sie war ein wenig schockiert und verärgert; sie hatte fest vor, mit ihm zu sprechen, vielleicht ihn zurechtzuweisen, weil er unbekleidet herumlief und sich einfach so davonstahl. Irgendwie scheute sie sich dann aber doch, es zu erwähnen. Von da an betrat sie den Wald nicht mehr.

Robin war sich vage ihrer Gegenwart bewußt gewesen und bemerkte es, als die Überwachung dann aufhörte. Aber er gab sein eigenes zielloses Umherstreifen nicht auf, obgleich er nicht einmal mehr sich selbst gegenüber vom Suchen sprach oder von den traumgleichen Bewohnern des Waldes. Hin und wieder glaubte er jedoch in den Schatten eine halbverborgene Gestalt zu erspähen, und das ferne Murmeln wurde zu einer Stimme, die ihn verspottete, und ein weißer Arm offenbarte sich ihm oder ein schattenhaftes Gesicht, bis er den Kopf hob, um direkt darauf zu blicken.

In der Abenddämmerung sah er eines Tages ein plötzliches Schimmern zwischen den Bäumen. Er blieb wie angewurzelt stehen, während dieses vereinzelte Blinken sich zunächst zu einem weißen Gesicht mit schattenhaften Augen entwickelte, dann zu durchscheinenden Armen und schließlich zur Gestalt einer Frau, die sich kurz mit einer Hand gegen einen Stamm stützte. An dieser dämmrigen Stelle, auf die nur der letzte Strahl eines wolkenverschleierten Sonnenuntergangs fiel, war sie ganz deutlich; nicht nebelhaft oder unwirklich, sondern so klar erkennbar, daß er sogar einen kleinen Fleck oder Kratzer auf ihrer Schulter sehen konnte und ein loses Blatt, das sich in ihrem farblosen Haar verfangen hatte. Wie gelähmt sah Robin zu, wie sie stehenblieb, sich umdrehte und lächelte und schließlich mit den Schatten verschmolz.

Mit heftig pochendem Herzen stand er noch eine Sekunde still, nachdem sie verschwunden war, dann wirbelte er herum und rannte, aufgeregt über seine Entdeckung, den Pfad nach Hause zurück. Abrupt hielt er an, die Welt drehte sich um ihn und kippte, und er fiel kopfüber in ein Bett trockenen Laubes.

Er war sich der Art seiner Gefühlsbewegung noch nicht bewußt. Er verspürte lediglich fast unerträgliches Elend und die Überzeugung, daß er nie, nie zu Helen von dem sprechen durfte, was er gesehen hatte oder fühlte.

So lag er da, drückte sein brennendes Gesicht in das Laub, ohne sich des aufkommenden Windes bewußt zu sein, der aufwirbelnden Blätter, der zunehmenden Dunkelheit und des fernen Donnergrollens. Schließlich rüttelten ihn eisige Regentropfen auf. Frierend und benommen schleppte er sich heimwärts. Über seinem Kopf knarrten die Äste, und Robin verspürte im peitschenden Regen ihren Aufruhr als Echo seiner eigenen, stummen Qual.

Er war bis auf die Haut durchnäßt, als er die Barackentür öffnete und blindlings zum Feuer stolperte. Er hoffte nur, daß Helen bereits schlief. Aber sie richtete sich am Herd auf, den sie im vergangenen Sommer gemeinsam gebaut hatten.

»Robin?«

Todmüde schnaubte der Junge: »Wer sollte es *sonst* sein?«

Helen antwortete nicht. Sie kam auf ihn zu – eine kleine, flinke Gestalt im Feuerschein – und zog ihn in die Wärme. Fast verlegen sagte sie: »Ich hatte Angst – das Unwetter – Robin, du bist ja völlig durchweicht. Komm ans Feuer und trockne dich.«

Ihre Stimme beruhigte seine aufgewühlten Nerven ein wenig. *Wie winzig Helen ist,* dachte er. *Dabei kann ich mich erinnern, wie sie mich auf einem Arm herumgetragen hat. Jetzt reicht sie mir kaum noch bis zur Schulter.* Sie brachte ihm zu essen, und er schlang alles in sich hinein; dabei lauschte er dem gleichmäßig plätschernden Regen und fühlte sich unbehaglich unter Helens beobachtendem Blick. Vor seinen Augen war die Gestalt der Frau im Wald, und so lebendig war Robins Vorstellung, verstärkt durch seine Einsamkeit und unverfälscht durch irgendwelche Zufallseindrücke, daß er glaubte, Helen müsse sie ebenfalls sehen können. Und als sie sich neben ihn stellte, wurde das Bild in seinen Gedanken so scharf, daß er sich ihr entzog.

Der nächste Tag dämmerte grau und still und immer noch von langen Regenfäden durchzogen. Sie blieben im Innern am glimmenden Feuer. Robin, der leicht erkältet und fiebrig von dem gestrigen Regenguß war, lag neben dem Herd, zu müde, auch nur eine Bewegung zu machen. Nur sein Blick folgte Helens Kommen und Gehen, und er wußte nicht, weshalb der Anblick ihrer zierlichen, behenden Figur, die sich vom grauen Licht abhob, ihn mit solchem Schmerz und dieser seltsamen Schwermut erfüllte.

Das Unwetter hielt vier Tage an. Helen erledigte alle im Haus nur möglichen Arbeiten und blätterte danach ruhelos die paar Bücher durch, die sie in- und auswendig kannte – man hatte ihr erlaubt, alle ihre persönlichen Sachen aus dem Schiff zu holen, all die Dinge, die sie auf der fernen, fast vergessenen Erde für ihre zehnjährige Sternenfahrt ausgewählt hatte. Zum ersten Mal seit Jahren dachte sie wieder an das Leben, an die Zivilisation, der sie entsagt hatte, Robins wegen, der damals ein rosiges Bündel in ihrem Arm gewesen war und nun stumpf neben dem Herd lag und gleichgültig an einem Stock herumschnitzte, mit dem Messer (in einem Haufen Abfall von der *Starholm* gefunden), das sein kostbarster Besitz war. Und Helen spürte, wie ein leises Grauen sie beschlich. *Welche Welt, welches Vermächtnis gab ich ihm in meinem Wahn? Diese Welt hat uns beide in den Irrsinn getrieben. Nach irdischem Maßstab sind sowohl Robin wie ich nicht ganz normal. Wenn ich sterbe, und ich werde vor ihm sterben, was dann?* In diesem Augenblick hätte Helen ihr Leben gegeben, wenn sie an seinen alten Traum von seltsamen Leuten im Wald hätte glauben können.

Ruhelos warf sie ihr Buch von sich, und Robin, als hätte er nur auf dieses Signal gewartet, sagte: »Helen . . .«

Dankbar, daß er das tagelange Schweigen brach, lächelte sie ihn an.

»Ich habe deine Bücher gelesen«, begann er fast schüchtern, »und über die Sonne, von der du gekommen bist. Sie ist anders als diese. Angenommen – nur angenommen, es gäbe tatsächlich eine Art Menschen hier, und etwas an diesem Licht, oder vielleicht an deinen Augen, macht sie für dich unsichtbar.«

Helen fragte: »Hast du sie wieder gesehen?«

Er zuckte bei ihrem ironischen Ton zusammen. So sagte sie etwas weicher: »Es ist eine Theorie, Robin, aber sie erklärt nicht, weshalb *du* sie sehen kannst.«

»Vielleicht – bin ich besser an dieses Licht gewöhnt«, meinte er zögernd. »Und außerdem hast du gesagt, du glaubst, daß du sie ebenfalls gesehen und dabei gedacht hast, es sei nur ein Traum.«

Mit einer Mischung aus Gereiztheit und Mitleid argumentierte Helen: »Wenn deine anderen Leute wirklich existieren, warum haben sie sich dann in diesen sechzehn Jahren nicht bemerkbar gemacht?«

Der Eifer, mit dem er antwortete, war fast erschreckend. »Ich glaube, sie kommen bloß nachts heraus. Sie sind das, was dein Buch eine primitive Kultur nennt.« Er sprach diese Worte, die er gelesen, aber nie gehört hatte, mit seltsamem Zögern. »Sie sind gar nicht wirklich eine Zivilisation, glaube ich. Sie sind wie – ein Teil des Waldes.«

»Ein Waldvolk«, überlegte Helen, gegen ihren Willen beeindruckt, »und Nachtwesen. Es ist immer Mondschein oder dämmrig, wenn du sie siehst . . .«

»Dann *glaubst* du mir also – oh, Helen!« rief Robin, und plötzlich sprudelte er in kaum verständlichen Worten hinaus, was er gesehen hatte. Er schloß: »Und tagsüber kann ich sie hören, doch nicht sehen. Helen, Helen, du mußt es jetzt glauben! Du mußt mich versuchen lassen, sie zu finden und zu lernen, mit ihnen zu sprechen . . .«

Helen hörte mit immer schwererem Herzen zu. Sie wußte, daß sie sich nicht jetzt darüber unterhalten sollten, da fünf Tage erzwungener Nähe im Haus ihre Nerven dem Zerreißen nahe gebracht hatten, aber ihre unbewußte innere Anspannung ließ sie Robin scharfe Worte an den Kopf werfen: »Du hast eine Frau gesehen und ich – einen Mann. Das sind nur Träume! Muß ich dir mehr erklären?«

Finster schleuderte Robin sein Messer zur Seite. »Du bist so blind, so dumm!«

»Ich glaube, du hast wieder Fieber!« Helen stand auf, um zu gehen.

Zornig rief er: »Du behandelst mich wie ein Kind!«

»Weil du dich wie eines benimmst, mit deinen Märchen von Frauen im Wind.«

Plötzlich wurde Robin von seinem Kummer übermannt, und er griff nach ihr, legte die Arme um ihre Knie und klammerte sich an sie, wie er es seit früher Kindheit nicht mehr getan hatte, und seine Worte überschlugen sich.

»Helen, Helen, Liebling, sei mir nicht böse«, flehte er und umarmte sie so heftig, daß sie den Boden unter den Füßen verlor. Sie hatte nie geahnt, wie stark er war, und sie drückte ihn schnell an sich, als er ihr Gesicht mit kindlichen Küssen bedeckte.

»Weine nicht, Robin, mein Baby, alles ist gut«, murmelte sie, dicht neben ihm kniend. Langsam ließ die Heftigkeit seines leidenschaftlichen Tränenausbruchs nach. Sie berührte seine Stirn mit der Wange, um festzustellen, ob er noch Fieber hatte, und er griff nach ihr, um sie so festzuhalten. Helen gestattete ihm, sich an ihre Schulter zu schmiegen, und dachte, daß er nach seinem Ausbruch vielleicht erschöpft einschlafen würde. Sie selbst war schon halb eingenickt, als die Erkenntnis sie als plötzlicher Schock durchzuckte. Schnell versuchte sie sich aus Robins Armen zu lösen.

»Robin, laß mich los!«

Verständnislos klammerte er sich an sie. »Laß mich nicht allein, Helen. Liebling, bleib hier bei mir«, bettelte er und drückte ihr einen Kuß in die Halsgrube.

Helen, die Eiseskälte durchzog, erkannte, daß sie sich, wenn sie sich nicht schnell befreite, gegen einen kräftigen, erregten jungen Mann würde wehren müssen, dem nicht klar bewußt war, was er tat. Sie suchte Zuflucht in dem scharfen, mütterlichen Ton, dessen sie sich bis vor zehn Jahren bedient hatte und der seither in ihrem engen, inzwischen längst auf Gleichberechtigung beruhenden Verhältnis so gut wie in Vergessenheit geraten war. »Nein, Robin! Hör sofort auf! Hörst du?«

Automatisch ließ er sie los. Sie rollte schnell aus seiner Reichweite und stand auf. Robin, der zu intelligent war, ihren Ärger nicht zu spüren, und zu naiv, den Grund zu kennen, ließ den Kopf hängen und schluchzte hemmungslos. »Warum bist du so böse auf mich? Ich wollte doch bloß lieb zu dir sein.«

Bei diesen Worten, wie er sie als Fünfjähriger benutzt hatte, glaubte Helen, es müsse ihr das Herz vor Qual zerreißen. »Ich bin doch nicht böse auf dich, Robin«, gelang es ihr hervorzuquetschen. »Wir unterhalten uns später darüber, das verspreche ich dir.« Und dann, als ihre Fassung sie zu verlassen begann, drehte sie sich um und floh überstürzt hinaus in den strömenden Regen.

Eine lange Weile rannte sie blindlings durch den vertrauten Wald, in ihrem Elend keines klaren Gedankens fähig. Es war ihr nicht einmal richtig bewußt, daß sie schluchzte und murmelte: »Nein, nein, nein, nein!«

Sie mußte Stunden umhergeirrt sein. Der Regen hatte aufgehört, und die Dunkelheit schwand. Endlich wurde sie ruhiger und vermochte klarer zu denken.

Sie war blind gewesen, diesen Tag nicht vorherzusehen, als Robin noch ein Kind war. Nur wenn ihr Kind eine Tochter gewesen wäre, hätte es sich vermeiden lassen. Oder – sie erschrak über den hysterischen Klang ihres eigenen Lachens – wenn Colin hiergeblieben wäre und sie eine größere Familie gehabt hätten, wie Adam und Eva.

Aber was nun? Robin war sechzehn; sie noch keine vierzig. Helen hielt die schwindenden Erinnerungen an die menschliche Gesellschaft fest; die so tief verwurzelten Tabus, daß sie für sie instinktiv und unüberwindbar waren. Doch für Robin gab es nichts als diesen Wald und Helen – die einzige Person in seiner Welt oder, genauer gesagt, im Augenblick die einzige Frau seiner Welt. *Soweit also der Instinkt*, dachte sie bitter. *Aber habe ich das Recht, noch einmal von vorn zu beginnen? Schlimmer noch, habe ich das Recht, seine Existenz zu verleugnen und, wenn ich sterbe, Robin allein zu lassen?*

Sie war gestolpert und hatte angehalten, um zu verschnaufen, als ihr bewußt wurde, daß sie im Kreis gelaufen war und sich an einem wohlbekannten Uferstück befand, dem sie sechzehn Jahre ferngeblieben war. Und gleich darauf bemerkte sie, daß zum zweiten Mal, solange sie sich erinnern konnte, nicht das geringste Lüftchen sich regte.

Ihre vom Weinen geschwollenen Augen schmerzten, als sie den vom nahenden Sonnenaufgang lila gefärbten Nebel in Flußnähe zu durchdringen suchten. Durch die sich allmählich auflösenden Schwaden sah sie die verschwommenen Umrisse eines Mannes.

Er war hochgewachsen, und seine blasse Haut leuchtete in dunstigem Weiß. Erstarrt, mit aufgerissenem Mund, blieb Helen sitzen, und mehrere Sekunden blickte er reglos auf sie hinunter. Seine Augen, dunkle Flecken in dem bleichen Gesicht, wirkten unendlich traurig und mitfühlend, und sie glaubte, daß seine Lippen sich zu Worten bewegten, doch sie vernahm nur das dünne, vertraute Rauschen des Windes.

Hinter ihm vermeinte sie nebelhaft andere Gesichter zu sehen, die Fingerspitzen unsichtbarer Hände, die Umrisse einer weiblichen Brust, die Wölbung eines Kinderfußes. In ihrer Erschöpfung und Benommenheit schwand ihr innerer Widerstand, und sie dachte: *Dann bin ich gar nicht verrückt, und es war kein Traum, und Robin ist überhaupt nicht Reynolds' Sohn. Sein Vater war dies hier – einer von diesen*

–, und sie haben Robin und mich seitdem beobachtet. Robin hat sie gesehen; er weiß nicht, daß er einer von ihnen ist, aber sie wissen es. Ja, sie wissen es, und ich habe ihn ihnen die ganzen sechzehn Jahre vorenthalten.

Der Mann machte zwei Schritte auf sie zu. Dutzende von Farben wechselten sich auf dem durchscheinenden Körper vor ihren verschleierten Augen ab. Sein Gesicht wirkte seltsam vertraut – *vertraut!* –, und in plötzlichem Entsetzen dachte Helen: *Ich werde wahnsinnig, es ist Robin, es ist Robin!*

Seine Hand war nach ihr ausgestreckt, als ihr Schrei eisig durch den Wald schnitt und wilde Echos in den Windstimmen weckte. Sie wirbelte herum und rannte blindlings zu dem trügerischen, zerbrökkelnden Ufer. Ihr folgten Schritte, ein Schrei – Robin, der seltsame Dryadenmann, sie wußte es nicht. Das Grauen vor der Blutschande, der Sohn, Liebhaber und Vater plötzlich zu einem verschmolzen, überwältigte sie in ihrer Verwirrung, und sie floh zum Uferrand. Sie spürte eine Männerhand um ihre Schulter und hätte selbst jetzt noch zurückgerissen werden können, doch sie wehrte sich dagegen, entwand sich ihr und schrie gellend: »Nein, Robin, nein, nein . . .«, und stürzte sich das steile Ufer hinunter, rutschte und taumelte in die wirbelnde Strömung, in das Vergessen, in den Tod . . .

Viele Jahre später fälschte Merrihew, der im Raumdienst alt geworden war, eine Logbucheintragung, um mit seinem Schiff kurz in die Umlaufbahn eines winzigen grünen Planeten zu fliegen, den er ›Robins Welt‹ getauft hatte. Die alten Baracken waren zerfallen, die Planken verrottet. Zwei Monate lang durchforschte Merrihew die kleine Welt von Pol zu Pol, aber er fand nichts. Nichts als Schatten und Wispern und die unaufhörlichen Stimmen des Windes. Schließlich flog er wieder weg.

Begegnung in den Hyaden

Für die ›Darkover‹-Fans unter den Marion-Zimmer-Bradley-Lesern mag es als eine gewisse Enttäuschung kommen, daß die mächtigen Schneegebirge, die den Planeten ihrer späteren Romane bedecken, ihr Vorbild in den eher sanften Hügeln der Adirondacks haben, in deren Ausläufern sie aufwuchs. Und auch der Planet Darkover hat eine kleinere Vorstufe in einer Welt, über die sie bereits seit ihrer Kindheit Geschichten geschrieben hatte.

Die einzige dieser Geschichten, die in ihrer ursprünglichen Form gedruckt wurde, ist Teil eines Romans, den Bradley Mitte der fünfziger Jahre begann und ihrem Bruder Paul Edwin Zimmer in Kapiteln zu lesen gab. Sie entstand eigentlich als Scherz, nämlich als Antwort auf dessen Ermahnung, sie solle sich mehr den Stil eines J. R. R. Tolkien zu eigen machen (dessen *Der Herr der Ringe* beide in jenen Jahren entdeckt hatten). So begann sie davon zu schreiben, wie eine Figur aus Tolkiens Welt (die der Tolkien-Leser unschwer erkennen wird) den Weg in die Sieben Domänen von Al-Merdin fand. »Doch bald«, schrieb sie selbst später, »hatte ich den Scherz aus den Augen verloren, und die Geschichte begann mich um ihrer selbst willen zu interessieren.«

Die Geschichte steht somit hier nicht nur als ein literarisches Kuriosum und ein Übergangswerk; vielmehr hat sie eine erstaunliche, geradezu halluzinatorische Wirkung.

Der Kadarin lag hinter ihm, die niederen Hänge der Hyaden lagen hinter ihm, und am Abend des vierten Tages, seit er von Hochwinden aufgebrochen war, führte Regis Hastur sein Pferd müde einen Pfad entlang, der sich steil in ein vom Abendnebel erfülltes Tal hinabsenkte.

Er war erschöpft und ausgelaugt. Seine verwundete Hand schmerzte in der klammen Kälte, obwohl er Zügel und Dolch nun ohne Schmerzen halten konnte. Aber vor ihm versperrte die letzte Kette des Höllengebirges immer noch seinen Weg, ein Hindernis, das er überqueren mußte, bevor er die Burg von Des Trailles finden konnte.

Er hatte auf seinem Weg wenige Reisende getroffen; niemand verließ jetzt sein Heim, wenn er es nicht mußte, jetzt, da das Land im Süden zum Krieg aufstand, und Regis hatte die am wenigsten bekannten Pfade genommen. Manchmal hatten diese ihn zu verlassenen Hütten geführt, wo er ein paar Stunden unruhigen Schlafs gefunden hatte, von bösen Träumen heimgesucht und dem Schock eines schreckhaften Erwachens, da er im Geiste etwas wie lautlose Schreie in Danilos Stimme hörte. Aber ob dies echte Gesichte waren oder bloße Phantome, aus seinem Schrecken geboren, wußte er nicht.

Nur selten und wenn kein anderes Mittel half, ihm zu sagen, welcher von den verschiedenen Wegen ihn schneller an sein Ziel führen würde, zog er den Sternstein aus seiner Umhüllung hervor. In seinen Tiefen wirbelten Farben und kein echtes Gesicht, und er versuchte auch nicht, sich auf die Wirbel zu konzentrieren, um einen klaren Blick auf Danilo zu erlangen. Es reichte schon, daß er, wenn er den Stein wieder wegsteckte, den unmißverständlichen Zug verspürte – nach links oder rechts, nach vorn oder hinten –, der ihm sagte, in welche Richtung Danilo von seinen Entführern verschleppt worden war.

In der letzten Nacht hatte er, kalt und zusammengekrümmt, in einem kleinen Dickicht abseits der Straße geschlafen; vor Morgengrauen war er von Hufschlägen und Stimmen geweckt worden, und von seinem Versteck aus hatte er eine Gruppe von Männern vorüberreiten sehen. Es war Trockenstädter aus Ardcarran und Daillon; und ihre Gesichter waren mit barbarischen Farben nach der Art jener Stämme bedeckt, wenn sie in den Krieg zogen. Seit sie vorbeigezogen waren, war sein Weg verlassen gewesen, abgesehen von schweigenden Bauernhöfen, wo Hunde drohend bellten, als er vorüberritt, oder ein zerlumptes Kind von einer Hecke aus hinter ihm herspähte. Aber den ganzen Nachmittag über hatten selbst solche Lebenszeichen gefehlt; er ritt durch ödes Hügelland, menschenleer, ja bar jeglichen Lebens, als habe irgendein monströser Gärtner hier seine Ernte gehalten.

Er wagte es nicht, seine Gedanken nach Süden zu wenden, noch den Versuch, im Kristall zu sehen, wie die Waldläufer hinter ihm vorankamen; und seine Vorstellung sträubte sich beim Gedanken an den Zorn, der über ihn kommen würde, wenn Gwynn Leinier entdeckte, daß er allein in diese Hügel geritten war.

Aber in seinem Herzen stand er zu dem, was er getan hatte. Nachdem er in dem Gefecht von Hochwinden eine Wunde davongetragen hatte, hatte Gwynn ihn in Sicherheit schicken wollen; er war jetzt im Kampf nicht mehr von Nutzen, und die Gefangennahme Danilos hatte ihnen allen gezeigt, daß die Feinde noch mehr darauf erpicht waren, Siebener als Geiseln und Gefangene zu nehmen, als Tod und Verderben zu säen, so daß seine Gegenwart die Schar von Waldläufern in Wirklichkeit nur in Gefahr brachte. Aber bevor Gwynn ihn mit der Eskorte, die seinem Rang als Hastur gebührte, wegschicken konnte, war Regis heimlich zu Dyan Ardais gegangen.

»Ich bin kein Kind!« hatte er den *Seconde* angefaucht, »um in Kriegszeiten unter Bewachung hierhin oder dorthin geschickt zu werden! Und Gwynn kann die Männer auch gar nicht entbehren! Danilo ist allein von Syrtis nach Hochwinden geritten, um uns zu warnen – ich kann allein nach Edelweiss reiten, oder laßt mich einen Rock anziehen und mich Prinzessin und nicht Prinz von Hastur nennen!«

Dyan Ardais – hochgewachsen, hager, grausamen Auges und Herzens – sah ihm scharf ins Gesicht, und Regis fragte sich, ob der Siebener ihn durchschaut hatte; aber Dyan war nicht einer der telepathischen Leyniers, und am Ende sagte er nur: »Sei es so, junger Hastur. Gebt mir Euer Ehrenwort, direkt nach Edelweiss zu reiten, ohne von Eurem Pfad abzuweichen, außer in Not, wenn Ihr Bewaffneten begegnet, und Ihr könnt ohne Wache reiten. Ich werde dies vor Gwynn verantworten.«

Und Regis hatte sein Wort gegeben; und er war wirklich nach Edelweiss geritten – um sich Kleidung zu besorgen, die in den Bergen nicht auffallen würde, und um sich Proviant und ein Pferd zu beschaffen, das für Bergpfade besser geeignet war als seine geliebte Melusine und welches er notfalls unterwegs zurücklassen konnte. Und nicht zuletzt des blauen Kristalls wegen, den er um den Hals trug, den Sternstein, den ihm seine Schwester, die Zauberin, widerstrebend gegeben hatte. Aber Gwynn hätte ihn durchschaut. Gwynn hätte ihm befohlen, ohne Umwege nach Edelweiss zu reiten, aber Gwynn hätte ihm auch geboten, nicht ohne Befehl von dort aufzubrechen.

Jetzt, vier Tage später, fand er sich allein in den Bergen, allein und voll Angst.

Jetzt, am Grunde des Tales, hörte er das leise Rauschen eines

Baches; das Pferd hob die Ohren und wieherte leise, und Regis tätschelte seinen Nacken. »Ich habe auch Durst«, sagte er, »wir werden trinken, und du kannst ein wenig grasen, aber dann müssen wir weiter; es gibt keine Zeit für Schlaf heute nacht, *Chiya*.«

Er redete weiter leise und kindisch auf das Tier ein, weil es seine eigene Anspannung minderte, mit jemandem reden zu können. »Ja, und bald werde ich dich freilassen müssen, du kannst den Weg über die Heller nicht gehen. Du hast ein williges Herz, aber ich werde Hände und Füße brauchen, die gelenkiger sind als die deinen, Mädchen. Wohin wirst du gehen, frage ich mich. Zu irgend jemandem, hoffe ich, der dich so gut behandeln wird, wie du es verdienst. Du bist zu gut, um lange herrenlos in solch einem Land von Gesetzlosen herumzustreifen; aber selbst ein Ausgestoßener aus den Hellern dürfte nicht schlecht mit solch einem Geschenk der Pferdegötter umgehen.«

Er hielt ein, als die Stute ihren Kopf zurückwarf und witterte, wie bei einem unerwarteten Geruch. Regis roch ihn nun auch; Holzrauch. Er hielt an, zügelte das Tier mit einer Hand und blickte sich um.

Hier drunten im Tal war es schon völlig finster. Er konnte eben einen blassen Rauchstreifen sehen, der sich zur Linken hinter einem hohen kegelförmigen Felsen – nur ein schwärzlicher Umriß zu einer Seite des Pfades – erhob. Das Feuer war dahinter gut versteckt; selbst der verräterische Rauch hatte sich nun zu Nichts verflüchtigt. Augen weniger scharf als die Regis' hätten ihn überhaupt nicht gesehen; und es gab immer einen Brandgeruch in den Hügeln, die so oft von Buschfeuern heimgesucht wurden.

Regis zögerte. Alles und jedes konnte hinter dem Felsen liegen. Doch es war zu still, dachte er, für ein Lager von Gewappneten; kein Stampfen von Pferden, kein Klang menschlicher Stimmen und vor allem kein Anruf von der Wache, die ein solches Lager gewiß aufgestellt hätte. Schafhirten zweifellos, oder Köhler. Oder ein einsamer Gesetzloser, oder sogar ein unschuldiger Jäger – so unwahrscheinlich es erschien, daß irgend jemand hierher zum Jagen kommen würde.

Auf jeden Fall führte sein Pfad an diesem geheimnisvoll verborgenen Feuer vorbei, denn er wand sich um den Felsen. Es war eine ideale Stelle für einen Hinterhalt, und Regis hatte nicht den Wunsch, einem Pfeil oder Messer zu begegnen, das lautlos aus der Dunkelheit geflogen kam. Doch wenn er sich jetzt in die Büsche schlug, dann würde er womöglich in der Dunkelheit seinen Weg verlieren und lange umherirren, bis er ihn wiederfand. Plötzlich wußte er, was er tun würde. Er holte die Fußfesseln aus der Satteltasche und schlang sie um die Vorderfüße des Pferdes, so daß dieses nicht weit weglaufen konnte; es gab Gras, wenn auch hart und buschig, hier im Talgrund.

Vorsichtig kroch er auf das Felsmassiv zu. Von seiner Spitze aus, dachte er, könnte er ungesehen auf das verborgene Feuer hinabblicken und feststellen, wie viele in der Nähe waren und ob sie womöglich eine Gefahr für ihn darstellten.

Auch jemand, der erfahrener in der Waidmannskunst gewesen wäre als Regis, hätte diesen Fehler machen können – kundig war er zwar, in den Bergen seines eigenen Landes, aber er war nie zuvor in den Hellern gewesen; die Regelmäßigkeit des Hügels hatte für ihn keine weitere Bewandtnis als die, daß sie einen leichten Ausguck und einen leichten Aufstieg versprach. Er setzte seine Füße sorgfältig zwischen die losen Steine und sah in der Dunkelheit nicht das Netzwerk von Spalten und Löchern, das die Oberfläche überzog. Und selbst als er seinen Fuß in ein Loch stieß, dachte er nur daran, daß Schlangen zu einer Stunde wie dieser sich auch zum Schlafen zusammengerollt haben würden, und kletterte ruhig weiter, wobei er mit seinen Zehen festen Halt suchte.

Er erreichte den Gipfel und hielt inne, mit einem unguten Gefühl, als ob etwas auf seinem Körper herumkröche. Er wischte sich nervös über die Schenkel, setzte seinen Fuß in ein anderes Loch, fand sein Gleichgewicht wieder und blickte auf das Glimmen des Feuers unter ihm.

Nebel erhob sich von dem schmalen Bach, der über die Felsen rann; dahinter lag ein Dickicht von dunklen Bäumen, und in den Bäumen das kleine Feuer und eine dunkle, längliche Form, die ein schlafender Mensch sein konnte – oder auch nicht.

Das Krabbeln hielt an; Regis hob die Hand, um sich über den Hals zu wischen, dann keuchte er auf, als ein Schmerz wie Feuer durch seine Handfläche stach. Im nächsten Augenblick lief ein weiterer stechender Schmerz ihm durch den Knöchel oberhalb des Stiefels; er fuhr auf und stürzte, rutschend, die ausgezackten Löcher entlang. Ein Steinbrocken polterte hinab, und eine weitere heiße und schreckliche Nadel durchbohrte sein Handgelenk mit einem so scheußlichen Schmerz, daß er einen Schrei auch dann nicht hätte zurückhalten können, wenn augenblicklicher Tod die Folge gewesen wäre. Er hörte plötzliches Fußgetrampel und machte einen verzweifelten Satz, um über den Hügelkamm und nur weg zu kommen.

»Hier lang! Schnell!« Starke Hände zerrten ihn auf die Füße; er stolperte, fiel gegen jemand, und dann war ein Mann da, nur ein Schatten im Zwielicht, der schnelle, klatschende Hiebe auf seinen Körper und Kopf herabregnen ließ. Regis schrie auf und hob eine Hand, um sich zu schützen, aber der Mann schlug weiter auf ihn ein, während er ihn rauh den Hang hinab und auf festen Boden zerrte. Er bückte sich, um seine eigene Kleidung abzubürsten; dann kam er zu Regis zurück, klopfte ihn überall ab, zerrte ihn hin und her und stieß dann einen Seufzer der Erleichterung aus.

»Ich glaube, das ist alles . . .«, und als Regis schwankte und stolperte, hielt ihn der Mann mit starken Händen aufrecht. »Hier, komm hier lang – damit ich sehen kann, welcher blinde Narr bei Nacht versuchen will, einen Hügel von Skorpionameisen zu überqueren!«

Regis holte tief Luft, konnte aber immer noch nicht sprechen. Sie platschten durch den Bach und in das Licht des kleinen Feuers; in seinem Schein konnte er seinen Retter – oder seinen Bezwinger – deutlich sehen. Ein Mann, ungewöhnlich groß und langbeinig, dunkel und ungewohnt gekleidet; im Feuerschein wirkte sein Gesicht sonnengebräunt und wettergegerbt und grimmig, und seine Augen waren grau und streng. »Blinder junger Narr«, wiederholte er, immer noch keuchend von seinen Anstrengungen, »du warst nahe daran, einen schrecklichen Tod zu finden, wären nicht meine Ohren so scharf gewesen. Hätte ich dich nicht gehört, ehe du aufschriest, wärst du zu dem Zeitpunkt, als ich dich erreichte, schon von tausend Stichen übersät gewesen, und dein Körper würde nun wie ein verfaulter Apfel von ihrem Gift bersten.«

»Das – wußte ich nicht«, stammelte Regis. Der Mann drückte ihn am Feuer zu Boden – wo sich Regis, der sich todkrank und der Ohnmacht nahe fühlte, gern fallen ließ – und kniete neben ihm nieder, nahm seinen Arm und schob den Ärmel zurück und löste dann die oberste Schnalle von Regis halbhohen Stiefeln. Arm und Bein waren bereits feuerrot und schwollen zusehends an, und das Gesicht des Mannes war ernst, als er die Verletzungen mit starken, sanften Fingern berührte; dann seufzte er und richtete sich mit einem Ausdruck auf, der in einem weniger grimmen Gesicht ein Lächeln hätte sein können.

»Dein Glück ist besser, als du verdienst«, sagte er. »Drei Stiche, nicht mehr. Dein Arm und dein Bein werden anschwellen, aber am Morgen wirst du darum nicht viel schlechter dran sein. Vielleicht sogar besser, wenn dies dich lehrt, dich von solchen Dingen fernzuhalten. Hättest du einen Hund oder ein Pferd bei dir gehabt, so hätten sie Verstand genug gehabt, nicht einen Fuß auf den Hügel zu setzen!«

Regis setzte sich auf. »Seid Ihr nicht verletzt?« fragte er. »Ihr seid auch über den ganzen Hügel getrampelt –«

»Meine Stiefel sind dick; auch wußte ich, was ich tat, und ich bewegte mich zu schnell für sie«, sagte der Fremde. »Nun, eines ist gewiß, du kannst mit dem Fuß nicht weit laufen; so muß ich, scheint's, einen Gast an meinem Feuer haben. Obwohl Gesellschaft das ist, was ich zu vermeiden suchte. Nun sag mir, was du im Schilde führtest, als du im Stockfinstern auf einem Skorpionameisenhügel herumgekrochen bist.«

»Auch ich wollte Gesellschaft vermeiden«, sagte Regis.

Der Fremde warf seinen Kopf zurück und lachte, ein unerwartet fröhlicher Laut. »Aber diejenigen, die ich zu meiden suchte, wären kundig genug in den Weiten ihrer eigenen Wälder gewesen, um von der Barrikade fernzubleiben, die ich zu meinem Schutz erkoren habe! Doch was sucht ein Junge deines Alters – denn jetzt, wo ich dich recht ansehe, sehe ich, daß du nur ein Junge bist – in diesen Hügeln, allein und so spät bei Nacht?«

»Ich bin alt genug, um über Nacht wegzubleiben!« sagte Regis steif. »Ich war – auf Jagd.«

»Für diese Aufgabe bist du schlecht gerüstet«, sagte der Fremde, der nun beinahe drohend über ihm stand, »ohne Bogen, ohne Speer, ohne Schlingen – und ohne Waidmannskunst. Was immer deine Jagdbeute war, du hättest sie kaum mit weniger Geschick angehen können.« Er sah Regis einen Augenblick lang schweigend an. »Meine Jagd war besser, wie du siehst«, sagte er schließlich und deutete auf das Feuer. Regis konnte sehen, daß über dem Feuer ein improvisierter Spieß aus grünem Holz aufgesteckt worden war, an dem mit leisem Zischen ein großer Vogel briet. Es roch sehr gut. Der Fremde sagte: »Und da der bessere Jäger dem geringeren Gastfreundschaft erweisen muß – es gibt genug hier für uns beide.« Er zeigte auf eine Stelle, wo der rinnende Bach von den Felsen in einen kleinen Teich fiel, nur ein paar Fuß entfernt. »Zieh deinen Stiefel aus und bade deine Hand und deinen Fuß darin«, sagte er, »es wird die schlimmste Schwellung verhindern. Dann werden wir essen und –« fügte er hinzu, während seine Augen wieder den strengen Blick annahmen »– ein paar Worte reden.«

Regis fühlte sich verwirrt und seltsamerweise verärgert; es war offensichtlich, daß der Mann ihn als jemanden einschätzte, der zu unfähig war, um als ein möglicher Feind angesehen zu werden; ein harmloser Junge, dem man helfen mußte, einen tolpatschigen Fehler auszubügeln, aber niemand, deswegen man sich Sorgen oder Probleme machte. Es kam Regis in den Sinn, daß dies vermutlich die beste Maske war, die er tragen konnte – solange der Fremde ihn nicht ernst nahm, war er auch nicht geneigt, gefährlich zu werden.

Und doch war etwas an dem Mann – die Strenge, die in seinen Augen aufschimmerte, vielleicht –, was Regis warnte; dies war niemand, den man auf die leichte Schulter nehmen konnte. Er würde nicht leicht zu täuschen sein.

Bei allem glaubte Regis nicht, daß dies einer der Bergräuber war. Er warnte sich selbst, nicht allzu viel Vertrauen in einen Fremden zu setzen, aufgrund einer zufälligen Gefälligkeit; aber nach dem, was er von den Gesetzlosen der Hyaden gehört hatte, hätten sie eher, statt ihn von dem Hügel zu retten, dabeigestanden und mit Lachen und Johlen seinen Schmerzensschreien gelauscht oder ihn, wenn er durch Zufall entkommen wäre, zurückgestoßen.

Auch sprach der Fremde nicht den Jargon der Hügel, sondern redete Regis in der *Casta*-Sprache von Carcosa an, die er mit Leichtigkeit und Geschick sprach, wenn auch sein Akzent irgendwie fremd und die Wortwahl ein wenig anders war als bei den Tiefländern.

Der Mann sah ihn noch immer mit etwas wie Erheiterung in den grauen Augen an, und es kam Regis in den Sinn, daß, wie dem auch sei, angebotene Gastfreundschaft nicht mit Mißtrauen erwidert werden sollte. Und Höflichkeit war eine zweite Natur bei einem Siebener vom Tal.

Er sagte ruhig: »In meiner Satteltasche ist Wein und auch etwas zu essen. Auch mein Pferd wäre hinter dem Hügel sicherer. Wenn Ihr einen Augenblick wartet, werde ich es holen.«

»Bleib, wo du bist! Du wirst noch ein oder zwei Stunden lang keinen Stiefel an diesen Fuß kriegen«, sagte der Mann. »Ich werde dein Pferd aus der Reichweite irgendwelcher Langfinger bringen, die des Weges kommen könnten. Ich rate dir nun, deinen Fuß mit dem kalten Wasser da zu kühlen.« Er entfernte sich schnell, bewegte sich mit einer beinahe schattenhaften Lautlosigkeit, und Regis, beschämt durch die wiederholte Ermahnung, setzte sich nieder und badete seinen Fuß und seinen Arm, wie der Fremde es ihm empfohlen hatte. Zuerst war der Schock des eiskalten Wassers so schmerzlich wie die Stiche, aber nach einer Zeit spürte er, wie der Schmerz zurückging.

Er blickte sich auf der kleinen Lichtung um. Was er von seinem Aussichtspunkt aus für die Gestalt eines schlafenden Menschen gehalten hatte, war nur ein langer, aufgerollter Mantel aus dunklem Grau, ohne ein Ornament jedweder Art; daneben lagen ein Schwertgürtel und ein Schwert in einer Scheide, aber es gab kein Zeichen irgendwelchen anderen Packzeugs außer einer Seilschlinge, von der Regis annahm, daß sie wohl die Schlinge gewesen war, die er gebraucht hatte, um den Vogel zu fangen, der nun über dem Feuer brutzelte und bräunte.

Endlich erschien der Fremde wieder, Regis' Pferd an der Leine führend, und der Junge hörte, wie er leise auf das Tier einredete, in einer Sprache, die er nicht verstehen konnte, während er der Stute den Sattel abnahm. Seltsamerweise war die Art, wie er mit dem Pferd umging, für Regis beruhigender als seine grimme Gastfreundschaft. Er kam zum Feuer zurück, mit langen Schritten, die kaum ein Geräusch verursachten, und stocherte mit der Spitze eines langen, schön gearbeiteten Messers an dem bratenden Vogel herum.

»Auch ich habe nur wenig an Wegzehrung dabei«, sagte er, »und dies hier wird sich schlecht aufbewahren und tragen lassen. So laßt uns das aufsparen, was wir mit uns nehmen können, und gut von dem essen, was uns der heutige Abend gegeben hat.« Regis verbeugte sich, so gut er es im Sitzen konnte, und nahm das Angebot an.

Hungrig nach mehreren Tagen kalten Essens, erschien es ihm, daß ihm das Mahl auf wenigen glanzvollen Banketten je so gut gemundet hatte wie dieser Wildvogel, der über einem versteckten Feuer gebraten worden war.

Doch er ließ sich dabei Zeit genug, seinen Gastgeber näher in Augenschein zu nehmen. Seine Kleidung war abgetragen und zeigte die Spuren der Reise – wie auch Regis' eigene, ein alter Jagdanzug von Gabriel, der ein Stück zu groß für ihn war –, und sie wirkte grob und beinahe ärmlich; aber seine Stiefel waren aus gutem Leder, und die Lederhandschuhe, die er in den Gürtel gesteckt hatte, waren mit Pelz gefüttert. Das Messer, obgleich schlicht und abgegriffen, war kunstvoll aus einem silbrigen Metall geschmiedet. Er aß, obwohl nicht minder hungrig als Regis und so, als ob auch er ein paar Tage lang nur schlecht gespeist hatte, ohne ein Anzeichen von Unschicklichkeit oder Gier; und als sie beide soviel gegessen hatten, wie sie konnten, sammelte er ohne Aufhebens die Knochen zusammen, vergrub sie im Sand und säuberte seine Finger sorgfältig im Gras. Dann, als er an das Feuer zurückkehrte, seufzte er bedauernd.

»Am Feuer zu sitzen ist angenehm in der Wildnis«, sagte er, »doch ich habe das Gefühl, wir beide wären sicherer ohne das Licht. Ich finde keinen Geschmack an rohem Fleisch; nur deshalb habe ich gewagt, es anzufachen und es so lange brennen zu lassen. Es hat mich dir verraten und könnte andere anziehen. Wenn du nichts dagegen hast, würde ich es lieber ausmachen.«

»Es ist Euer Feuer«, meinte Regis, überrascht durch die stillschweigende Annahme, daß sie gemeinsame Feinde haben könnten. »Ihr braucht mich nicht zu fragen, ob Ihr es ausmachen dürft oder nicht.«

Mit lautlosem Lachen deckte der Fremde das Feuer mit Sand zu, bis kein Funke mehr zu sehen war, dann löschte er es mit Wasser. Einen brennenden Zweig legte er für einen Augenblick beiseite; dann ließ er sich ein Stück entfernt von Regis nieder und zog etwas aus einer Tasche. Zu seinem Erstaunen erkannte Regis es als eine Pfeife, die der Mann ungerührt zu stopfen begann.

»Möchtest du rauchen?«

»Nein, wie käme ich dazu!« sagte Regis, diesmal wirklich schokkiert. »Wofür haltet Ihr mich?«

Der Fremde lachte, laut diesmal.

»Vergib mir! Ich hatte im Augenblick beinahe vergessen, in welchem Land ich mich befinde! Nun; das sagt mir mehr über dich als hundert Fragen, junger Mann. Denn hier in den Bergen und in jedem anderen Land, das ich gekannt habe, rauchen Männer – wo der Brauch bekannt ist –, aber es ist unschicklich für Frauen. Nur in den Sieben Domänen von Carcosa habe ich ein Land gesehen, wo Frauen allein rauchen dürfen ohne Angst vor Spott oder Schlimmerem.* So, was tut ein Sohn der Siebener in diesen Bergen, die dein Volk zu recht das Höllengebirge nennt?«

»Ich brauche sicher nicht um Erlaubnis zu fragen, in meinen eigenen Bergen jagen zu dürfen.«

»Jagen? Gewiß nicht Kaninchen oder Vögel!«

»Sei dem, wie es sei«, gab Regis zurück, »aber wenn Ihr mir schon Fragen stellt, solltet Ihr wissen, daß Fremde selten in diesem Land gesehen werden, und selten geben wir ihnen die Erlaubnis, hier nach eigenem Gutdünken umherzustreifen. Wie ist der Name meines Gastgebers, daß ich ihm angemessen für seine Gastfreundschaft danken kann?«

Der Mann, eine dunkle Gestalt in dem kleinen Licht des glühenden Zweiges, füllte seine kleine Pfeife. Regis wußte – aus Gwynns Berichten –, daß dies jenseits des Kadarin nicht das Zeichen von Verweichlichung war, das es in den Domänen gewesen wäre; in der Tat hatte er Miguel Leinier rauchen sehen – obwohl er dies natürlich nicht in der Öffentlichkeit tat. Dennoch hatte er irgendwie ein unbehagliches Gefühl dabei.

»Mit deiner Erlaubnis, also?« sagte der Fremde, hob den Zweig und zündete seine Pfeife an. Sein Gesicht war wettergegerbt in der roten Glut und auch von Sorge gezeichnet; aber er wirkte freundlich, als er lächelte. »Nun, mein junger Jäger, der ohne Schlingen oder Bogen jagt, ich habe das Recht, in diesen Hügeln zu wandern; es wurde mir zu Carcosa verliehen. Doch bin ich jetzt auf dem Weg nach Hause und aus deinem Land heraus. Und was meinen Namen betrifft – nun, ich habe viele Namen, beinahe so viele wie die Länder, die ich gesehen habe. Und hier ist der Laut meines Namens ein Wort mit einer anderen Bedeutung. Aber wenn du willst, kannst du mich Speranzu nennen, was in deiner Sprache dem Namen entspricht, den ich in der Kindheit trug.«

»Und wo ist Euer Land?« fragte Regis, und wieder lächelte der Fremde und sandte einen blassen Rauchring in die Nacht.

»Es liegt fern im Norden von hier, und keiner innerhalb eurer Grenzen hat auch nur seinen Namen gehört, würde ich meinen.« Er sprach den Namen aus, aber es war für Regis nur eine Ansammlung harter Silben.

»Nein, ich habe kein Land gesehen außer meinem eigenen. Obwohl von den Hügeln bei Burg Hastur das Grenzland von Corandolis zu sehen ist.«

* In den Chroniken der Siebener wird berichtet, daß Varzil der Gute, als den Frauen Zauberei in die Hände gegeben wurde, ihnen das ausschließliche Recht an zwei Kräutern verlieh, *Cannabis* zur Prophetie, *Tabak* zum Trost.

»Corandolis ist ein schönes Land mit vielen Bergen«, sagte Speranzu. »Ich bin dort gewandert, und ich kenne es gut.«

»Ihr müßt ein großer Wanderer sein«, sagte Regis ein wenig wehmütig.

»Es gibt wenige Länder, die ich nicht gesehen habe, denn mein ganzes Leben bin ich seltsame Straßen gegangen. Obgleich dies fürwahr weit entlegen für mich ist. Doch es lag auf meinem Weg von Corandolis, und ich war in Eile, auf dem schnellsten Pfad zurückzukehren. Es dauerte mich, als ich kam, sehen zu müssen, daß Krieg in euren schönen Landen sich erhebt. Wäre ich nicht auf einer Suche gewesen, die keinen Aufschub duldet – und von der, verzeih, ich nicht sprechen darf . . . aber heute nacht sind wir fern vom Krieg, so laß uns nicht von solchen Dingen reden. Was bringt dich in dieses Bergland? Wenn du jagen mußt, warum nicht in den lieblicheren Hügeln des Südens, wo keine Skorpionameisen dem Achtlosen auflauern?«

»Ich denke, mit Eurer Erlaubnis«, sagte Regis höflich und ohne Absicht in die Redeweise des Fremden fallend, »daß wir auch nicht von meiner Suche sprechen sollten.«

»Sei es so«, sagte Speranzu entgegenkommend. »Wir sind Wanderer, die sich zufällig begegneten, nicht mehr, und ich habe keinen Wunsch, dir das Messer auf die Brust zu setzen. Denn dein Land ist schön und dein Volk freundlich zu Fremden, obwohl ich zu behaupten wage, daß sie sehr wenige sehen.«

»Nein, wir haben der Welt den Rücken gekehrt«, sagte Regis. »Unsere Berge schützen uns auf allen Seiten, so daß wir von der Außenwelt abgeschlossen sind.«

»Doch dies hat euer Land friedlich gemacht. Es gibt viele düstere Schatten außerhalb eurer Hügel. Ich hoffe, ihr werdet sie nie zu Gesicht bekommen.«

»Friedlich? Wenn Ihr durch den Krieg geritten seid?«

»So kleine Kriege wie dieser –« begann Speranzu, brach dann jedoch ab.

»Schatten oder nicht, ich würde gern eines Tages Eure Grenze überschreiten«, sagte Regis. »Habt Ihr unsere einzige Hafenstadt Temora gesehen? Im Sonnenuntergang sieht sie wie ein Fenster einer dunklen Festung aus, das sich auf die weite Welt da draußen öffnet. Schiffe kommen und gehen dort, und das Meer trägt Geschichten mit sich . . .«

»Ich bin in Temora gewesen«, sagte Speranzu, »und auf den Meeren jenseits von Carthon.«

Regis tat einen langen neidischen Seufzer. »Auf dem Meer! Dem Meer! Einen Sommer lang wohnte ich in Valeron nahe am Gestade – ich war damals ein Kind –, und ich verbrachte jeden Augenblick, den ich erübrigen konnte, um mich zu den Kais und Häfen fortzustehlen und den Geschichten der Seeleute zu lauschen . . .«

Speranzu lächelte wieder. »So liebst du das Meer? Die meisten deiner Landsleute scheinen es zu fürchten! Nimm dich in acht, mein Junge, denn die Liebe zum Meer ist eine seltsame Leidenschaft. Einmal erweckt, stirbt sie nie – oder so pflegt man bei meinem Volk zu sagen.«

Regis seufzte wieder, diesmal mit Resignation in der Stimme. »Ist das so? Doch den Hasturs ist es verboten, dieses Land zu verlassen, es sei denn, die Not ist groß, so habe ich wenig Hoffnung, ferne Länder zu sehen . . .«

»Aber ich sehe in deinen Augen, daß du nicht dazu geschaffen bist, zufrieden in einem großen Haus zu sitzen und deinen Träumen nachzugehen. Vielleicht wirst du ebensoweit reisen wie ich, obgleich ich hoffe, durch friedlichere Länder und Zeiten, bevor du dieses Leben hinter dir läßt.«

»Ich wünschte, ich könnte Eure Geschichten von fernen Ländern hören«, sagte Regis.

Speranzus Gesicht, grimmig in der Ruhe, wirkte freundlich, als er lächelte. »Dann leiste mir Gesellschaft auf meinem Weg durch die Berge, junger Jäger. Mich ruft die Pflicht in meinem eigenen Land, aber ich werde nicht so schnell sein, daß du mir nicht wirst folgen können, und mein Weg führt durch Nevarsin, von wo aus du einen sichereren Weg nach Hause finden magst.«

»Ich wünschte, ich könnte es«, sagte Regis ernst. »Aber meine eigene Aufgabe führt mich in die Heller, *Dom,* und ich bin in schrecklicher Eile. Ich hätte nicht einmal heute nacht ein Lager aufgeschlagen, wäre ich nicht durch ein Mißgeschick unter die Skorpionameisen geraten. Aber, Speranzu, vielleicht kann ich Euer freundliches Angebot mit einem eigenen erwidern, da ich in Eurer Schuld stehe. Morgen führt mich mein Weg auf Pfade, wo kein Pferd mehr Tritt fassen kann. Ich fürchtete, daß ich meine Stute einfach für den Nächstbesten, der vorbeikommt, zurücklassen müßte. Euer Weg führt durch Nevarsin, und Ihr könnt es auf normalen Pfaden erreichen; nehmt sie dann und laßt sie im Kloster von Nevarsin, im Namen von Regis Hastur. Wenn ich sicher zurückkehre, werde ich nach ihr schicken.«

»Regis Hastur«, sagte Speranzu, mit einem Ruck den Kopf hebend. »Also dies ist fürwahr seltsam, mein Freund; vielleicht werden sich unsere Wege doch nicht so schnell trennen, wie ich dachte!«

In einem Aufwallen plötzlicher Panik legte Regis die Hand an den Dolch und versuchte, auf die Füße zu kommen, aber Speranzu machte keine Anstalten, etwas zu unternehmen.

»Steck deinen Stahl weg, Junge«, sagte er. »Ich bin kein Renegat oder Gesetzloser – und nicht einmal so würde ich selbst das Mißgeschick eines Feindes ausnutzen, wenn er an meinem Feuer gegessen und mir Vertrauen geschenkt hätte. Setz dich wieder hin und höre meine Geschichte! Denn ich habe den Verdacht, daß deine verzweifelte Eile etwas damit zu tun haben könnte. Gestern spät lag ich versteckt und allein an einem Wasserlauf dort den Weg hinauf«, er zeigte mit dem Finger, »während einige von diesem dreckigen Volk ihre Ponys tränkten und die klaren Teiche aufwühlten und beschmutzten und miteinander stritten wie –« (er brauchte ein Wort, das Regis nicht verstehen konnte; es klang wie: *irrh),* »– und als sie so redeten, hörte ich sie sagen, daß Regis Hastur gebunden und als Gefangener im *Forst* von Des Trailles liege. Niemand kann in diesen Landen umherziehen, ohne von den Hasturs gehört zu haben, und ich fragte mich, ob ich in Eile nach Nevarsin reiten und ihnen diese Nachricht bringen sollte. Die Frage erübrigte sich, als sie mein Pferd entdeckten und Jagd auf mich machten, wobei sie das arme Tier mit ihren vergifteten Pfeilen töteten und ich gezwungen war, mit wenig mehr als meinem Messer und Schwertgehänge zu fliehen – obgleich ich beides gern mit ihrem Blut gefärbt hätte«, fügte er hinzu, und seinen Augen waren wieder kalt. »Du erweckst nicht den Anschein, einer solchen Gefangenschaft entronnen zu sein, aber du siehst auch nicht so aus wie jemand, der über seinen Namen oder seine Abkunft lügen würde. Bist du einer der Verwandten dieses unglücklichen Kindes? Denn aus ihrem Gespräch entnahm ich, daß dieser Regis Hastur nicht mehr als ein Kind war!«

»Ein Kind an Jahren, aber eines, das die Rolle eines Mannes gespielt hat«, sagte Regis und bedeckte sein Gesicht mit den Händen. »Er ist also im *Forst,* wie ich befürchtete . . .

Also gut, Speranzu«, sagte er schließlich, ohne aufzublicken, »ich werde Euch meine Geschichte erzählen, und vielleicht könnt Ihr mir den Rat geben, um den ich meine eigenen Vorgesetzten anzugehen fürchtete. Denn ich kann sehen, daß man Euch trauen kann. Ja, Speranzu, ich bin Regis-Rafael Hastur, und ihr Gefangener ist nur ein unglücklicher Knabe, der zu seinem Unglück meinen Mantel in die Schlacht trug. Und seine eigene Kühnheit –«

»Warte«, sagte Speranzu, »du erzählst deine Geschichte von der Mitte nach beiden Enden, *Dom* Regis; beginne am Anfang!«

So erzählte ihm Regis von der verbrannten Waldläufer-Station, von dem Hinterhalt und Danilos verzweifeltem Ritt, um Gwynns Abteilung zu warnen; und während er dies erzählte, konnte er nicht umhin, kurz zu erklären, warum Danilo nicht selbst ein Mitglied der Waldläufer war –

»Waldläufer?«

Regis wiederholte das *Casta*-Wort, *Arandruado,* wörtlich ›Grenzwache‹, und Speranzu nickte. Aber er unterbrach ihn nicht nochmals, obwohl ihm die Geschichte von Danilos Tapferkeit ein Lächeln entlockte und seine Nüstern sich verächtlich blähten, als Regis den Grund erwähnte, weshalb sich Danilo die Feindschaft Dyan Ardais' zugezogen hatte. Regis erklärte dann, wie er – zum Zeichen, daß Danilo unter dem direkten Schutz eines Hastur stand – seinen eigenen Mantel mit den Emblemen der Silberfichte des Hastur-Clans um Danilos Schultern gelegt hatte . . . und wie die Waldleute Danilo fälschlich für einen Hastur gehalten und ihn als Geisel fortgeschleppt hatten.

Zuletzt nickte Speranzu langsam. »Eine mutige Entscheidung hast du getroffen, deinen Freund zu retten, Regis-Rafael Hastur. Aber auch eine unkluge, fürchte ich.«

»Unklug fürwahr«, sagte Regis, »und nicht so mutig, wie Ihr sagt, *Dom*. Denn ich kann nicht zulassen, daß Danilo um meinetwillen gefoltert wird. Doch wie kann ich, allein, ihr verruchtes *Forst* erstürmen? Am wahrscheinlichsten ist, daß ich ihm als Gefangener Gesellschaft leisten werde. Aber selbst dies – wenn es sein muß, muß es sein. Besser dies, als daß er allein Leiden erdulden sollte, die nur für mich gedacht waren.«

»Gut und tapfer gesprochen«, sagte Speranzu. »Und verzweifle nicht, daß du ganz allein bist. Wahrlich, ein Mann mit Klugheit mag mitunter mehr erreichen als eine Gesellschaft von Bewaffneten. Denn wenn das, was ich höre, wahr ist, könnte Gewalt allein ihr *Forst* nicht einnehmen. Noch könnte eine Armee jenen Weg nehmen. Aber einer allein mag hineinfinden, und wenn einer hineinkann, können zwei herausgelangen. Du sprachst davon, daß du den Geist deines Freundes berühren kannst – kannst du ihn noch sehen?«

»Nicht ohne Hilfe; ich bin jung, und die Gabe der Hasturs erwacht nur langsam«, sagte Regis. »Aber ich habe dies hier.« Er zog den Kristall aus dem Beutel und ließ die Kette über seinen Kopf gleiten. Nur ein flüchtiges Bild von Danilo kam zu ihm, sein Gesicht verdreckt und schmutzig, in erschöpftem Schlaf, seltsam zur Seite gedreht. Regis schauderte und nahm den Kristall wieder ab. Dann, als er sah, daß Speranzu ihn neugierig beobachtete, hielt er ihm den Stein hin.

»Seht hinein, wenn Ihr wollt. Es ist der Hexenstein meiner Schwester. Er ist ungefährlich. Er wird Euch, wenn Ihr wollt, das Gesicht des einen Menschen zeigen, den Ihr gerne sehen möchtet. Möchtet Ihr nicht wissen, wie es denen, die Ihr liebt, in Eurem fernen Land ergeht?«

Der Mann blickte neugierig auf den Sternstein. »Solche Dinge sind in meinem Land alle dahingegangen oder im Meer versunken«, sagte er. Er blickte darauf, aber nur kurz; für einen Moment schien ein beinahe wehmütiges Sehnen in sein Gesicht zu treten; er wirkte jünger, lächelte wie in glücklicher Erinnerung.

»Schön sind die Wälder meiner Heimat«, sagte er, »und schön wie die Sterne im Abendlicht ist das Gesicht, das ich sehen wollte. Doch in solchem Trost liegt Gefahr für einen, der lange wandern muß. Nein, Regis, ich werde nicht in deinen sehenden Stein schauen. Für dich, der du ihn in großer Not gebrauchst, ist es gut; aber wenn derlei Dinge leichtfertig und zum bloßen Seelenfrieden gebraucht werden, erweisen sie sich oft als verderblich.« Er gab den Stein Regis zurück. »Steck ihn weg, mein Freund, ehe mein Vorsatz zunichte gemacht wird.«

Regis verbeugte sich ernst und gehorchte.

»Und nun laß uns schlafen«, sagte Speranzu. »Morgen werde ich die ersten paar Meilen Wegs mit dir gehen. Darüber hinaus darf ich meinen eigenen Weg nicht verlassen, und in der Tat würde meine Hilfe danach nur ein Hindernis sein. Doch solche Hilfe, wie ich sie geben kann, soll dir gewährt sein. Ich denke, ich kann dich ungesehen fast bis an ihre Tore bringen.«

Regis wollte ihm verwirrt danken, aber Speranzu schüttelte den Kopf. »Die Not aller Menschen von Ehre und Mut ist eine Not, mein Freund, und indem ich dir helfe, diene ich so meinen eigenen Zielen. Jeder Schritt gegen das Böse macht den Schatten leichter, der auf unserer Welt lastet. Sicherlich weißt du soviel.« Er stand auf und bedeckte die letzten Spuren des Feuers sorgfältig mit Erde, während er sprach: »Beurteile nicht einmal den Lord Ardais zu hart; einige Männer gibt es, die, wenn sie das verlieren, was sie am meisten lieben, eine Zeitlang versuchen, es mit niederen Mitteln zurückzugewinnen. Doch Menschen von hohem Blut und Ehre, außer im Wahnsinn, kommen am Ende zumeist dazu, das bessere Ding zu sehen und zu tun. Während ich in Nevarsin weilte, traf ich den Lord Ardais, obwohl in Verkleidung und unter einem anderen Namen, und ich erkannte ihn als einen stolzen und grausamen Mann; aber einen, der weise und in vielen Künsten bewandert und tapfer ist – eine Tugend, die viele Fehler entschuldigt, Regis Hastur. Ich habe viele von solcher Art gekannt . . . er mag sich zuletzt auf seine Ehre besinnen.«

»Mag er das wirklich?« meinte Regis. »Ich finde es schwer zu glauben.«

»Warte dann, bis es geschieht, ohne Vorverurteilung«, sagte Speranzu und streckte sich auf dem Boden aus und wickelte seinen Mantel um sich. »Nur die Jahre bringen Geduld, ein gutes Ende abzuwarten, ohne unweise danach zu trachten, es zu beschleunigen. Schlafe also, und finde Weisheit.«

Speranzu weckte ihn vor Tagesanbruch, und nachdem sie ein wenig von ihrem kalten Mahl hinuntergeschlungen hatten – ein Feuer anzuzünden war keine Zeit –, nahmen sie einen Pfad, der nach Norden führte, weit weg von dem Weg, den Regis eingeschlagen hätte. Sein geschwollener Arm war immer noch rot und schmerzte, aber er konnte seinen Stiefel anziehen und seine Hand ohne allzugroße Mühe gebrauchen. Da sein älterer Begleiter darauf bestand, ritt er auf dem Pferd, und Speranzu, der neben ihm entlanglief, hielt anscheinend ohne Mühe Schritt. Das Land war leer und der Pfad verlassen, und Regis, als sie so trabten, machte eine Bemerkung über den schnellen und doch nicht gehetzten Schritt des Mannes.

Speranzu lachte. »Andere haben dies vor dir gesagt; ein Name, den ich in meiner Heimat trage, wäre in deiner Sprache –« er zögerte, »*Andaruguari** . . . oder *Dom Zancaduilla*** . . . *ai*, deine Sprache schlägt mich. Aber lange Reisen haben mich wahrlich hart und schnell gemacht, wie alle meines Volkes.«

Und als sie so vor sich hin marschierten, begann er ihren steiler werdenden Pfad mit Geschichten von seinen Reisen zu verkürzen, in einem Kaleidoskop farbiger Worte und Namen, die einen Hauch von Zauber in sich trugen; Visionen von weißen, fernhin leuchtenden Städten und Türmen, weiten Ebenen, wo Pferdeherden umherstreiften – »nicht unähnlich den Landen eurer Leyniers, junger Hastur . . .« – und dunkel aufragenden Bergen, deren Namen selbst wie Zaubersprüche von Nebel und Schatten und düsteren Farben waren; von Kämpfen mit Wölfen und seltsamen Geschöpfen, die böser waren als die Waldleute, und dem endlosen Kampf zwischen Mächten, die einander auf ewig feind waren, denen, die Frieden suchten, und denen, die nur danach trachteten, ihn zu zerstören. Die Worte waren wie Fanfarenklänge, und als Regis lauschte, fühlte er in seinem Innern ein Verlangen sich regen, solche Länder zu sehen und Kämpfe wie diese auszufechten . . .

Speranzu lächelte, als läse er in seinen Gedanken. »Aber der Kampf liegt anderswo und nicht zuletzt hier, Regis. Und für einen ungereisten Mann aus meinem Land wäre das, was ich von Al-Merdin sagen könnte, Zauber über alle Magie hinaus, Feuerberge, schlanke Städte aus blauem Kristall, Seen aus tiefen Wolken und die seltsamen Vögel eurer Wälder.«

Sie waren nun zu einer Weggabelung gekommen, und er hielt an und sagte: »Nun führt unser Weg über einen Pfad, der zu steil für dein Pferd ist. Wir werden es hier lassen, und ich werde dich eine Meile oder so weiter führen und dir den weiteren Weg weisen; dann muß ich selbst meineş Weges gehen – obwohl deine großzügige Leihgabe fürwahr

* »Umherstreifer«
** »Meister Langbein«

meine Reise verkürzen wird, wage ich nicht, mehr Zeit zu erübrigen.«

»Ihr seid schon mehr als großzügig zu mir gewesen«, sagte Regis. Und wie er später erfahren sollte, hätte ihn der Weg, den er zu nehmen geplant hatte, bevor er Speranzu begegnete, zwei Tage mehr gekostet. Denn er führte zwar in die richtige Richtung, doch hätte er ihn zu einer glatten Felswand unterhalb des *Forst* gebracht, und er hätte umkehren und einen weiten Umweg machen müssen.

Speranzu versteckte das Pferd in einem Dickicht nahe der Straße, und sie begannen einen letzten Kamm zu einer messerscharfen Bergspitze emporzuklimmen. Es war ein harter Aufstieg, und bevor sie den Sattel erreichten, hatte Regis Grund, sich dankbar an seine Kletterferien in den Hügeln zu erinnern. Schließlich jedoch erreichten sie eine Stelle, wo sie aufrecht stehen und gehen konnten, und Speranzu führte ihn, schnell nun, eine enge Rinne entlang; dann zeigte er mit der Hand.

»Dort liegt dein Weg«, sagte er; und weit entfernt, eben sichtbar zwischen den Bäumen, konnte Regis die obersten Zinnen des *Forst* erkennen – der verruchten Waldfeste von Des Trailles. »Nimm diesen Weg, halte dich dabei immer links, und du wirst ihre Burg erreichen – die nicht ganz so unbezwingbar ist, wie es erscheint. Denke daran, sie halten sich für gut geschützt durch die Hänge und Felsen, die ihr *Forst* umgeben.«

Er stand einen Moment lang stumm und blickte in das lange Tal und schien zu zögern. Schließlich wandte er sich mit einem tiefen Seufzer zu Regis.

»Und nun muß ich dich verlassen. Es geht gegen mein Herz, inmitten solcher Gefahren Lebewohl zu sagen. Doch wahrlich, mehr Gefahr als Hilfe würde ein Gefährte dir auf solch einem Weg bringen, wie du ihn nun gehen mußt. Mögest du zu einem guten Ende kommen!« Und indem er seine Hände auf Regis' Schultern legte, blickte er ihm lang ins Gesicht.

»Ich will dir nicht Frieden wünschen«, sagte er schließlich, »denn das ist ein herabsetzender Wunsch, und auch nicht Mut, denn den hast du. Ich will dir nur sagen: gebrauche nur halb so viel Klugheit, wie du Mut besitzt, Regis, und du wirst dieses Unterfangen wirklich zum Erfolg bringen.«

»Viele Worte könnte ich Euch sagen, um Euch zu danken«, sagte Regis, »aber was ich fühle, läßt sich nicht in Worte menschlicher Sprache fassen. Ihr wißt, was ich sagen wollte, glaube ich.«

»Ich weiß«, sagte der Mann leise. »Es kümmert mich, daß ich so bald schon Lebewohl sagen muß. Ich wünschte, wir hätten uns getroffen, als deine Not weniger drängend war und meine Aufgabe in deinem Land noch etwas Zeit gehabt hätte. Denn ich ahne, daß wir uns in dieser Welt nie wieder begegnen werden; und von dem

Augenblick an, wo ich eure Grenzen überschritt, spürte ich, daß dieses Land in Raum und Zeit von dem meinen getrennt liegt. Hier bin ich ein Mensch aus einem anderen Zeitalter der Welt, und seltsam waren die Wege, die mich hierher führten. Aber lange wird mein Herz sich an den Wolkensee und die Türme von Carcosa erinnern und nicht zuletzt an den tapferen jungen Hastur-Lord. Wahrlich ehrenhaft sind die Siebener – obwohl ich nicht so dachte, als ich erstmals euer Land betrat.«

»Ja, wir sind zerstreut und im Niedergang begriffen«, sagte Regis, »doch ich wünschte, Ihr würdet den Lord Gwynn oder meinen Großvater oder die Lady Cassandra kennen und uns nicht nach dem Geringsten unseres Hauses beurteilen. Doch wenn ich so sagen darf, Herr, Ihr seid wie einer unserer Großen aus der Vergangenheit. Und ich werde immer danach streben, eines Tages so viel Weisheit und Mut zu besitzen wie Ihr – und so viel Freundlichkeit gegenüber ungeschickten jungen Narren und geringerem Volk.«

Speranzu lächelte. »Sprich nicht von geringerem Volk«, antwortete er, »denn von einer Art her sind wir gekommen, junger Regis, im Anfang der Welt; wenn auch unsere Wege fern voneinander liegen.«

»Wollt Ihr mir nicht Euren wahren Namen sagen, Herr?« flüsterte Regis, dessen Herz ein seltsamer Schauder erfüllte. »Seid Ihr wahrlich einer der Söhne des Herrn des Lichts?«

»Nein, nicht so hoch, noch bei dem Namen«, sagte der Mann, den er Speranzu genannt hatte, sanft. »Gern würde ich dir meinen wahren Namen anvertrauen, Hasturs Sohn, der du vom Geschlecht Aradors und Eldarions und der Söhne der Alten Geschlechter bist. Doch ich habe in Ehren geschworen, niemals meinen Namen oder meine Abkunft außerhalb der Grenzen meines eigenen Landes zu enthüllen, und selbst am Ende der Reise will ich dieses Gelöbnis nicht brechen. Doch mein Herz ist froh, daß ich dich gekannt habe. Denke manchmal an mich, Regis Hastur.« Er umarmte ihn und sprach ein paar Worte in einer seltsam fließenden, lieblichen Sprache, Worte, die wie die Melodie eines Liedes in Regis' Gedächtnis haften blieben. »Nun habe ich dir in der Art meines eigenen Landes Lebewohl gesagt.«

»Und ich Euch in der Art des meinen«, sagte Regis und erwiderte die Umarmung. »Lebt wohl, *Dom*, und welchen Gott Ihr auch verehrt, er möge Euch mit Eures Herzens Sehnsucht belohnen.« Mit Trauer im Blick sah er zu, als sein Freund sich umwandte und schnell, ohne auch nur einmal zurückzublicken, sich seinen Weg den steilen und felsigen Pfad hinab suchte und seinen Blicken entschwand, um erneut der Straße zuzustreben, die ihn nach Nevarsin und von dort auf noch seltsameren Wegen weiter führen würde, um nie mehr in Carcosa oder den Ländern der Sieben Domänen gesehen zu werden.

Dann wandte Regis Hastur entschlossen sein Gesicht dem Tal und dem letzten Abschnitt seiner verzweifelten Suche zu. Aber das letzte Abschiedswort des Fremden blieb, wie der Klang eines fremden Vogelrufs, auf immer in seinem Gedächtnis:

»Namarië.«

Schwarz und Weiß

Auf die Erde zurück bringt Marion Zimmer Bradley in der folgenden Geschichte das Problem, das sie bereits in ›Tod zwischen den Sternen‹ angesprochen hatte: die Begegnung zwischen den Fremden – Mann und Frau, Schwarz und Weiß, diesmal nicht isoliert durch die Weite des Raums, sondern durch eine von Menschen geschaffene Katastrophe, einen Krieg. Das Thema der letzten Menschen auf der Erde ist in der Science-fiction bis zum Überdruß behandelt worden, und so mag dies, trotz einiger überraschender Perspektiven, nicht die originellste Erzählung des Bandes sein, aber sie ist ebenso schlicht wie effektiv erzählt.

»Es ist immer wieder das gleiche Lied, seit Kain und Abel«, sagte der Mann resigniert. »Bruder gegen Bruder, Stadt gegen Stadt, Volk gegen Volk. Aber so etwas wie das hier wird sich zumindest nicht mehr wiederholen.«

»Nie mehr«, bestätigte die Frau, »wenigstens nicht auf der Erde.«

»Nein, auf der Erde kaum.«

In den Ruinen eines Stadtteils, der einst – als die Städte noch anspruchsvolle Namen trugen – unter der Bezeichnung Süd-Harlem bekannt war, saßen ein Mann und eine Frau in dem einzigen Gebäude, das nach dem Tag X übriggeblieben war. Es handelte sich um eine ehemalige Bierstube, deren Wände noch die nun sinnlos gewordenen Abbilder von Frauen in aufreizenden Posen zierten. Die Spiegelwände hinter der Bar waren mit solcher Vehemenz zerborsten, daß die beiden es auch jetzt noch nicht wagten, den Fußboden barfuß zu betreten; die Holzdielen waren mit Fragmenten zersplitterter Flaschen gespickt.

Hier hatten sie drei Monate lang gehaust – seit jenem Tag, an dem sie sich begegnet waren und ihnen zu Bewußtsein gekommen war, daß sie die letzten beiden Menschen in New York waren – vermutlich sogar auf dem gesamten nordamerikanischen Kontinent und mit einiger Wahrscheinlichkeit auf der ganzen Welt.

»Wenn ich an all die Adam-und-Eva-Geschichten denke, die ich gelesen habe –«, sagte die Frau mit einem trockenen Auflachen, »wäre es mir nicht im Traum eingefallen, daß ich einmal selbst an einer beteiligt sein könnte. Es ist absurd.«

»Keine Panik!« Der Mann sprach in beruhigendem Ton. Er hatte den Anflug von Hysterie erkannt, die noch leichter im Keim zu ersticken war als ein akuter Ausbruch. »Das muß ja nicht so sein.«

»Nein.« Ihre Stimme klang jetzt nachdenklich. »Das muß nicht sein.«

»Kathy«, sagte er sanft, »hast du schon mal den alten Spruch gehört, *Selbst wenn sie die letzte Frau auf der Welt wäre, würde ich sie nicht heiraten*?«

»Oh, Jeff –«

»Um Gottes willen!« explodierte der Mann und sprang auf, wobei seine Kinnmuskeln unter der dunklen Haut wulstig hervortraten. »Kathy, sprich es nicht aus, um Himmels willen! Halt mir einen Spiegel vor, wenn du in diesem verlassenen Rattenloch einen auftreiben kannst – aber sprich's nicht aus.«

Seine folgenden Worte zeugten von einer abgrundtiefen Verbitterung, die ihm selbst gar nicht zu Bewußtsein kam. »Kathy, ich würde gleich morgen hier verschwinden – aber dann müßte ich mich ja vor lauter Einsamkeit erschießen.«

»Ich mich auch.«

»Aber wir müssen vernünftig sein, Kathy. Ich war immer der Meinung, das sei ein für alle Mal geregelt. Ich dachte, unsere Vorfahren hätten hier vor dreihundert Jahren Klarheit geschaffen. Und – wir sind beide verhältnismäßig zivilisierte Menschen. Es ist eine sinnvolle Regelung, denn andernfalls –«

Er brach ab, öffnete seine zu Fäusten geballten Hände und warf sich wieder in einen Sessel.

»Ist die Regelung tatsächlich so sinnvoll?« fragte Kathy leise. Die grellroten Lämpchen über der Bar – auf mysteriöse Weise noch in Funktion, weil das zuständige Elektrizitätswerk offenbar seinen Geist noch nicht aufgegeben hatte – verliehen ihrem blonden Haar Glanz, als sie sich vorlehnte und ihm ins Gesicht sah. Der Mann beobachtete das Spiel der roten Lichter auf ihrem hellen Haar, kurzgeschnitten wie sein eigenes, und schloß kurz die Augen.

»Ich weiß nur, daß wir beide das Produkt unserer jeweiligen Kultur sind, Kathy. Ob sinnvoll oder nicht – was weiß denn ich. Spielt auch keine Rolle. Geh ins Bett, Mädchen! Es ist nach Mitternacht. Hatten wir übrigens nicht vereinbart, das Thema nicht ständig von neuem durchzukauen?«

Die Frau nickte. »Tut mir leid.« Sie erhob sich, die Augen mit der Hand beschirmend. »Jeff, könnten wir morgen nicht mal nachsehen, ob irgendwo andere Glühbirnen aufzutreiben sind. Diese roten Dinger machen mich noch wahnsinnig!«

Er lachte. »Finde mal eine Nadel in einem Heuhaufen! In der Lichterstadt New York muß ich nach einer Glühbirne suchen! Na gut, Kathy, ich treibe eine auf, und wenn ich auf eine Straßenlaterne klettern muß!«

»Gute Nacht, Jeff.«

»'Nacht, Kathy.«

Der Mann saß ganz still, bis er das Sicherheitsschloß innen an der Tür einrasten hörte. Ein altes Schild verkündete: HERREN OHNE DAMENBEGLEITUNG NICHT ERWÜNSCHT; dies war hier einmal ein renommierter Nachtklub gewesen. Jeff zog einen Gegenstand aus seiner Tasche und betrachtete ihn. Es war ein Schlüssel – der Schlüssel zu dem Sicherheitsschloß.

Er öffnete die Tür zur Straße und trat hinaus. Zu sperrigen Haufen ineinandergeschobene Autos blockierten die Gehsteige, und viele Straßenlampen waren zerstört, doch hier und da brannte noch eine einsame Lampe, wahrscheinlich so lange, bis es mit der Stromversorgung eines Tages aus war. An der Straßenecke tauchten ein weiterer Betonbrocken und zerrissenes Mauerwerk in einen silbrigen Lichterteich. Unterarmlange Gestalten warfen huschende Schatten um die alten Knochenhaufen auf der Straße. Der Mann beachtete sie kaum. Einst war ihm bei ihrem Anblick so speiübel geworden, daß er die

Straßen meiden mußte, in denen sie zu finden waren. Doch inzwischen stieß er sie achtlos beiseite. *Enttabuisierung*, ging es ihm durch den Kopf. Zu viele Tote, um sich groß Gedanken über sie zu machen.

Ob andere Tabus genauso leicht zu brechen waren?

Eines Tages würde wieder Gras sprießen und die Knochen überwachsen. Aber er würde es nicht mehr erleben. Gras – in Harlem!

Noch immer hielt er den Schlüssel in der Hand. Wußte Kathy, daß er ihn hatte? Vor zwei Wochen hatte sie ihm erklärt, sie habe ihn verloren, doch nachdem sie die Tür manuell durch eine Drehung am Türknopf von innen verriegeln konnte, hatte er sich nicht weiter darum gekümmert – bis er am nächsten Tag in der Nähe der Theke beinahe darüber gestolpert wäre. Ob sie ihn wohl mit Absicht »verloren« hatte?

Jeff runzelte die Stirn. Und wenn ja? Sie würden den Rest ihres Lebens damit fertig werden müssen.

Unsere Kinder würden es nie erfahren. Es wäre ihnen egal . . .

»O Gott«, murmelte der Mann und barg sein Gesicht in den Händen, beinahe wie ein Kind. »O heiliger Gott . . .«

Sich auf diese neuartige Weise mit Kathy zu beschäftigen grenzte fast an ein Martyrium. Er sah im Geiste Kathys Gesicht. Er fand es nicht besonders hübsch – weder jetzt noch vorher. Blond und blauäugig. *Ein verbotenes Objekt, für alle Zeiten tabu, jenseits aller Begierde. Sogar doppelt tabu und jenseits aller Begierde.*

Er kletterte auf einen Berg von Betonbrocken und blickte hinunter auf den Fluß. Sein Wasser war nun wieder rein, befreit von den toten Fischen, die ihn einen Monat lang verstopft hatten. Der Fluß und die Stadt, sie beide hatten ihre eigenen Ordnungshüter, um der Fäulnis Herr zu werden.

War Sünde das Problem? Gab es heutzutage überhaupt eine eindeutige Definition von Sünde? In Fragen der Moral lief es auf zwei Möglichkeiten hinaus – Schwarz oder weiß, Recht oder Unrecht –; Braunschattierungen jeglicher Art standen gar nicht zur Debatte, überlegte er mit zusammengebissenen Zähnen. Er fischte in seiner Hosentasche nach dem Schlüssel und warf ihn in hohem Bogen weit hinaus aufs Wasser. Nicht einmal ein leises Aufklatschen war zu hören.

»So, das wär's«, sagte er laut. »Klare Linie: Schwarz oder Weiß.«

Es war bereits entschieden, bevor ich mich mit Kathy einmal darüber unterhielt. Du weißt das, barmherziger Vater.

O Herr, führe uns nicht in Versuchung . . . O mein Gott, ich bereue von ganzem Herzen, daß ich wider dich gefehlt habe . . . Meine Missetaten sind mir ein Greuel . . .

Er führte die Hände an die Schläfen und spürte sein schwarzes krauses Haar. Wen willst du eigentlich hinters Licht führen – etwa

Gott? Er wandte sich um und ging zurück zu ihrer Behausung. Dort breitete er sein Bettzeug aus und entledigte sich seines Hemdes und seiner Hose. Unter dem Kopfkissen lag ein eigentümlicher weißer Gegenstand, den Kathy noch nie zu Gesicht bekommen hatte. Es war das einzige, was er vor ihr verborgen hielt, seitdem sie ihre Einsamkeit miteinander teilten. Gedankenverloren wog er ihn ein Weilchen in der Hand.

Bedeutet er dir noch irgend etwas? Du hast alles verloren, was damit in Zusammenhang steht.

Sei mal ehrlich: Hat er dir überhaupt je etwas bedeutet? Auch er hatte den Lauf der Ereignisse nicht beeinflussen können – der Ereignisse, die zum Ende der Welt führten!

Sein Blick fiel auf ein Spiegelfragment hinter der Theke, und in einem plötzlichen Wutanfall hob er die Faust, um es zu zertrümmern. Es machte den Unterschied zwischen ihm und Kathy nur noch deutlicher sichtbar. Dann hielt er inne. Frauen liebten Spiegel.

Sein eigenes Gesicht starrte ihm verbissen entgegen – seines Erachtens weder schön noch häßlich. Eben ein ganz normales dunkelhäutiges Gesicht, das Gesicht eines etwa dreißigjährigen Negers. Er schluckte und tat dann etwas Eigenartiges: Er hob das weiße Ding in seiner Hand in die Höhe und machte Anstalten, es sich um den Hals zu legen; doch dann zerknüllt er es wütend in der Faust. Schon wollte er ihn wegwerfen, seinen Priesterkragen, doch er besann sich und schob ihn wieder unter das Kopfkissen. Pater Thomas Jefferson Brown, Pfarrer ohne Gemeinde, fixierte sein eigenes Spiegelbild, bevor er sich unvermittelt abwandte, in sich hinein lachte, unter die Decke kroch und zu schlafen versuchte.

Jeff argumentierte: »Möglicherweise wäre es einfacher für dich, wenn du im Süden aufgewachsen wärst, Kathy. Du hättest dann eine ganz andere Einstellung.«

Kathy schüttelte lächelnd den Kopf. »Das hätte nicht viel geändert. Sei doch mal ehrlich, Jeff. Deine wahre Meinung ist doch sicher, daß es mit der Menschheit nicht weit her sein kann, wenn es ihr gelingen sollte, sich auf diese Weise zugrundezurichten.«

Er lachte laut heraus. »Zumindest lohnt es sich nicht, mit dem ganzen Schlamassel noch einmal von vorn anzufangen,« sagte er.

Sie sprach mit seltenem Ernst. »Ist dir je der Gedanke gekommen, Jeff, daß unsere Begegnung über eine solche Distanz hinweg eine *Fügung* war?«

Er lachte verbittert. »Du meinst, wie bei Lot und seinen Töchtern? Ehrlich gesagt, nein.«

Sie ließ sich kaum über das Thema aus, das ihnen ständig im Kopf herumging und daher selten den Weg über ihre Lippen fand. Doch jetzt äußerte sie: »Auf eine Art ist es erschreckend. Erst durch dieses Desaster ist mir überhaupt bewußt geworden, daß das Problem *existiert*. Hätte man mich je gefragt, so hätte ich die Ansicht vertreten, Zivilisation sei nur Tünche; und man brauche bloß einen x-beliebigen Mann und eine x-beliebige Faur aufeinander loszulassen – und schon würden sie sich wieder in unkultivierte Wesen zurückverwandeln.«

Bewahre mich vor dieser letzten Versuchung, o Herr . . .

Ob ich ihr sagen soll, daß ich Priester war? Nein. Sie war ja nicht katholisch, wie sie betont hatte. Und – verzeih mir, himmlischer Vater – um diese letzte Seele will ich nicht auch noch kämpfen. Du hast deine Ernte eingebracht und kein Körnlein in den Ecken vergessen, und ich werde sie *nicht* bekehren. Doch ich werde ihr auch nichts verraten, damit sie mich nicht in Versuchung führt, meine Gelübde zu brechen. *Priester auf ewig*. Wärst du auf Adam und Eva aus gewesen, Herr, dann hättest du eine andere Wahl treffen müssen. Von mir aus kann sie ruhig annehmen, daß unsere unterschiedliche Hautfarbe der Grund ist, aber ich will nicht riskieren, daß sie mich einen Narren schilt, weil sich meine Hoffnungen angesichts des Weltuntergangs nicht auf das Diesseits richten, sondern auf das Jenseits. *Amen*.

Nach einer langen Pause sagte er: »Hängen dir die Konserven nicht auch zum Halse heraus? Setzen wir uns doch ins Boot und rudern über den Fluß. Dort gibt es eine Menge wilder Kaninchen. Wir könnten ein paar fürs Abendessen schießen, als willkommene Abwechslung.«

Von den Bergen wehte eine reine, frische Brise den südlichen Hudson hinab. Obwohl ihnen der Anblick der zerstörten Stadt inzwischen nichts mehrt ausmachte, ertappte sich Jeff dabei, wie er erneut mit dem Gedanken spielte, weiter den Fluß hinaufzuziehen. Ihre wenigen Reichtümer – Licht, einige Vorratslager und Kleidung – konnten sie gegen den unschätzbaren Vorteil in die Waagschale werfen, nicht tagtäglich den Anblick der Ruinen ertragen zu müssen.

Er lachte kurz auf. Nur die fortlaufende Konfrontation mit dem Fiasko, das die *letzte* Zivilisation verursacht hatte, konnte ihn in seinem Entschluß bestärken . . .

Über den Ruinen, bis hinunter zum Fluß, begann das Gras zu sprießen; Hasen hoppelten zutraulich über die grasbedeckten Flächen. »Schau mal, wie zahm sie sind!« sagte Kathy voller Staunen. Sie hatte ihre Pistole durchgeladen, doch nun verstaute sie sie wieder in der Windjacke.

»Oh, Jeff! Wir können doch nicht auf sie schießen – nachdem sie jetzt vor niemand mehr Angst haben! Und es sind so süße kleine Kerlchen!«

»Ich könnte was Kaninchengulasch vertragen«, meinte der Mann unentschlossen; dann mußte er lachen. »Aber mach, was du willst, Kathy. Warum sollten sich auch die letzten Menschen bei der neuen herrschenden Spezies unbeliebt machen?«

»Es – es macht dir wirklich nichts aus?« Sie sah ihn mit einem Blick an, den er seit kurzem häufiger an ihr bemerkt hatte – halb beschwörend, halb verschämt.

Er schüttelte den Kopf. „Kein bißchen. Vielleicht treiben wir ein Schwein auf. Es müssen doch welche ausgerissen sein und herumstreunen. Na, egal, auf jeden Fall finden wir bestimmt etwas –«

»Jeff!« Die Frau stand stocksteif. *»Was war das für ein Geräusch?«*

»Ein Schuß«, sagte der Mann mit heiserer Stimme, »Ein Gewehrschuß! Kathy, es ist noch jemand hier!«

»Haben die etwa – auf uns geschossen?« fragte die Frau stockend.

»Das bezweifle ich. Kaninchen vermutlich, aber –«

»Ich feuere einen Signalschuß ab!«

Jeff lenkte das Boot bereits ans Ufer. Er sagte ruhig: »Nein, Kathy. Ich komme mir zwar ziemlich schäbig vor, wenn ich so mißtrauisch bin, aber es könnte Unannehmlichkeiten geben. Männer, allein in der Wildnis. Und du als Frau . . .«

Und nicht alle Männer sind wie ich . . . Mein Trieb wurde schon so früh unterdrückt, daß er keine Rolle mehr spielt . . .

Sie sah ihn stirnrunzelnd an. »Aber – es wird doch wohl keinen Ärger geben, nach allem, was passiert ist! Denk doch mal zurück, wie – wie froh wir waren, als wir entdeckten, daß wir nicht allein auf der Welt waren –«

»Trotzdem – halte lieber die Pistole versteckt«, riet Jeff in leicht drängendem Ton. »Sicher nehmen sie uns freundlicher auf, wenn wir nicht bewaffnet sind. Halte sie versteckt, bis wir die Gewißheit haben, entweder unter Freunden zu weilen oder uns unserer Haut wehren zu müssen.«

Folgsam verstaute die Frau die Pistole in der Tasche ihrer Windjacke. Jeff erhob sich und rief mit seiner resonanten Baßstimme: »Hallo! Hallo! Ist da jemand?«

Stille. Nach einer Ewigkeit kam ein schwaches Echo zurück: »Hallo!«

»Das war kein Echo«, brummte Jeff, »es brauchte zu lange. »Hallo! Hallo! Hört ihr uns?«

Drei Gewehrschüsse in rascher Folge waren die Antwort. Nach einer Weile erschien ein Mann auf der Anhöhe, blieb stehen und sah eine Zeitlang auf sie herab, bevor er einen Schrei ausstieß und sich in ihre Richtung in Trab setzte.

»Hallo!« keuchte er atemlos, als er sie erreichte. »Das darf doch nicht wahr sein! Da sind doch glatt noch mehr durchgekommen! Seid ihr Burschen denn schon lange hier? Ich bin – nein, Donner und Doria! Das ist ja ein *Mädchen!*« Seine Augen blieben an Kathy hängen. »Als ich sie von weitem gesehen habe, in den Hosen – und mit dir zusammen –« Sein Blick, merkwürdig verändert, lag nun auf Jeff. Der Neuankömmling war untersetzt und bärtig, seine Kleider hingen in Fetzen an ihm herab; Jeff mußte seine Abneigung gewaltsam unterdrücken. Natürlich verspürte ein allein in der Wildnis lebender Mann nicht den gleichen Drang, den Anschein von Normalität zu wahren, wie jemand, der mit einem anderen menschlichen Wesen zusammenlebte.

Er sagte ruhig: »Ich bin Jeff Brown, und das hier ist Kathy Morgan.«

»Ich bin Hank Nichols«, erwiderte der Mann. »Schön, euch hier zu sehen, Miss Morgan und Jeff.«

Jeff streckte ihm die Hand entgegen, doch der andere ignorierte sie, so daß Jeff sie nach einer Weile wieder sinken ließ. *Gesellschaftliche Formen waren im Augenblick sowieso leicht absurd.* Nichols' Augen waren wieder auf Kathy fixiert, doch Jeff entsann sich, daß er nach seiner eigenen langen Isolation vor Freude geweint hatte, nur weil er ein menschliches Gesicht erblickt hatte, und gab sich tolerant. Der arme Teufel, dachte er, halb verrückt vor Einsamkeit.

Nichols fragte: »Leben noch mehr von euch in der Stadt? Ich hatte gehofft –«

Jeff antwortete ihm, obwohl er Kathy angesprochen hatte. »Nein. Ich habe den ganzen Mittelwesten durchgekämmt und schließlich aufgegeben. Katherine ist durch Neu-England gezogen. Sie traf noch einen alten Mann – er starb aber, kurz bevor sie mich fand.«

»So, Katherine. Ich hab' auch keine Menschenseele gesehn. Denke, wir sind als einzige übriggeblieben.« Er starrte Katherine inzwischen ganz offen an und bedachte Jeff von Zeit zu Zeit mit einem Seitenblick. »Hab' grade 'ne Masse Kaninchen gefangen. Könnt gleich mit mir essen, ist genug da.«

Kathy betrachtete den Mann voller Bestürzung; bärtig und abgerissen war er, nicht gerade dreckig – aber ganz bestimmt nicht sauber gewaschen. Seine Augen, die ihr ständig folgten, lösten bei ihr ein Gefühl von Beklemmung aus. Sie griff nach Jeffs Arm und murmelte ihm etwas zu.

Er beruhigte sie lächelnd mit den Worten: »Keine Sorge, mein Mädchen. Er mag kein sehr anziehender Typ sein, aber auch er ist ein

Geschöpf Gottes. Im übrigen können wir uns keine Rassentrennungspolitik leisten.« Hierbei lächelte er sie gewinnend an.

Sie nickte zögernd, hielt aber weiterhin Jeffs Arm umklammert. Nichols, der sich gerade umwandte, beobachtete diese Geste mit zusammengezogenen Brauen und einem eigentümlichen Glitzern in den Augen.

Auf einer kleinen Lichtung in der Nähe hatte er sein Zelt aufgestellt. In der offenen Feuerstelle schwelte die Asche; Rauch hing über dem unordentlichen Lagerplatz. Auf seinen Fersen hockend, enthäutete der Mann geschickt die Kaninchen.

»Gefällt mir hier. Bin nie raus aufs Land gekommen – hab' in Kentucky in einer Autowerkstatt gearbeitet. Das einzige, was ich vermisse, ist das Kino. Eines Tages ziehe ich los und suche mir einen Filmprojektor – muß doch zu finden sein, sowas. Viel zu einsam sonst.«

»Stimmt«, bestätigte Jeff. »Aber möglicherweise gibt es irgendwo noch mehr Überlebende – in Europa, in Afrika. Wir haben ja keine Ahnung. Und keine Möglichkeit, es zu erfahren.«

Nichols warf ein Kaninchenfell zur Seite. Kathy hob das enthäutete Tier auf. »Kann ich Ihnen nicht helfen?«

»Klar, Schätzchen.« Er reichte ihr das Messer und hielt dabei ihre kleine Hand einen Augenblick in seiner Pranke. »Hab' doch nur auf jemand gewartet, der mir meine Karnickel ausweidet.« Er lachte und gönnte ihr einen lüsternen Blick. Dann nahm er ein zweites Kaninchen vom Stapel und begann, ihm fachgerecht die Pfoten abzuschneiden und das Fell abzuziehen. »Jeff, such uns doch noch ein bißchen Holz zusammen.«

Der völlig normale, bestimmende Ton brachte Jeff in Rage, doch er stand auf und sagte friedlich: »In Ordnung.« Er ging irritiert davon. *O Herr, deine Scherze übersteigen unser menschliches Fassungsvermögen.* Mann und Frau, und dazu ein Pfarrer zur Eheschließung. Kathy hatte sich vor dem Kerl gefürchtet – und doch lachte sie mit ihm und bot ihm ihre Hilfe an. Der Trieb. *Jeder nach seiner Art, Mann und Weib . . .* So grobschlächtig und verdreckt und unappetitlich Nichols auch aussah, er war ein Mann. Er war imstande, seinen und Kathys Paarungstrieb zu erkennen und ihm zu folgen.

Der Gedanke verursachte Jeff Übelkeit. Er schluckte mehrmals, weil er das Gefühl hatte, sich übergeben zu müssen. Kathy – mit dieser Kreatur!

Sei vernünftig. Er gibt ihr das, was sie will, und du nicht. *Verdammter Idiot . . . klammerst dich an ein Stück Aberglauben, an ein Gelübde, das du in einer Welt abgelegt hast, die es nicht mehr gibt . . .*

Du hast Kathy vor unzähligen Gefahren bewahrt. Vor einem Rudel ausgehungerter Hunde. Vor einstürzenden Mauern. Vor Ratten. Vor wilden, streunenden Katzen, gepackt vom Jagdfieber . . .

Und nun willst du sie einem Mann überlassen, der schlimmer ist als das alles zusammen?

Er ballte die Fäuste und knirschte mit den Zähnen, am ganzen Leibe zitternd, krank vor Übelkeit, und kämpfte gegen den Drang an, zur Lichtung zurückzulaufen und gegen Nichols um seine Frau zu kämpfen – leidenschaftlich und mit seinen Fäusten, wenn es sein mußte. Aber sie gehörte ihm ja nicht . . . *O Gott . . . lieber himmlischer Vater . . . Heilige Mutter Maria, du Gnadenreiche . . . erbarme dich meiner . . .*

Kathy schrie. Sie schrie noch einmal – qualvoll. »Nein! Nein! Jeff, hilf mir! Hilfe! Jeff! Nein!« Dann verstummte das Schreien wie abgehackt, so als hätte es eine rauhe Hand erstickt.

Jeff stieß sämtliche Überlegungen, Gottesfurcht und Gewissensbisse beiseite; als er losrannte, fielen die letzten Fesseln der Zivilisation von ihm ab. »Kathy! Kathy!« brüllte er. »Warte, Liebes, ich komme –«

Nichols' Kugel erwischte ihn voll in der Lunge. Er brach in der kleinen Senke zusammen.

Kathy schlug die Hände vor den Mund und starrte den Bärtigen mit grausigem Entsetzen an. »Sie – Sie haben ihn erschossen! Sie haben ihn *erschossen!*«

»Ja, erschossen habe ich den verdammten –« Kathy entnahm den Worten nur, daß sie unglaublich gemein waren; sonst hörte sie nichts. »Jedenfalls ist es damit jetzt vorbei. Dachte mir, daß du verdammt froh wärst, ihn vom Halse zu haben. Wie hat er's angestellt – hat er dich erwischt, als du alleine warst? Na, auf jeden Fall sind wir ihn jetzt los. Na komm schon, Süße, komm her – he! Was hast du vor?«

Kathy nestelte in der Tasche ihrer Windjacke. Bei der Jagd auf herumhuschende, ausgehungerte Ratten war sie eine Meisterschützin. *Noch eine Ratte,* sagte sie sich. Ihr Finger lag ganz ruhig am Abzug. Das Geschoß riß ihm das Grinsen aus dem Gesicht und löschte die ekelhafte Erinnerung an seine lüsternen Blicke für immer aus ihrem Gedächtnis. Erst als sie sich dabei ertappte, wie sie seinen schlaffen Körper unablässig mit den Füßen traktierte, kam ihr zu Bewußtsein, daß sie weinte. Sie rannte hinüber zu Jeff und kniete sich stammelnd neben ihn.

Mühsam öffnete er die Augen. »Kathy –«

»Ich habe ihn erschossen«, weinte sie, »getötet habe ich ihn, ich –«

»Das hättest du nicht tun sollen«, flüsterte er. Sein Kopf war nicht mehr klar. »Doch – wenn du bereust –«

Voller Grauen und in überraschendem, schmerzlichem Verstehen starrte sie auf ihn herab, während er langsam die furchtbare Qual in seinem Innern überwand. Mit klarem Blick und klarem Geist murmelte er schließlich: »Ich hatte – immer recht. Solange wir – so empfinden – besteht kein Grund – das Ganze – fortzuführen. Gut, daß er mir – in die Quere kam – sonst hätte ich – nachgegeben . . .« Er würgte an dem blutigen Schleim.

»Sprich nicht! Oh Jeff, Liebes – mein Liebes, sprich nicht –« Schluchzend bettete sie seinen Kopf auf ihre Knie. Seine Augen, schon blicklos, suchten sie verzweifelt in der hereinbrechenden Düsternis. Eine Zeitlang stammelte er unzusammenhängende lateinische Worte, und dann sagte er plötzlich ganz leise: »Kathy, Liebes . . . beug dich zu mir und verrate mir: . . . hast du den Schlüssel absichtlich verloren?«

Schluchzend beugte sich die Frau hinab, um ihm ihre Antwort zuzuflüstern; doch er konnte sie bereits nicht mehr verstehen. Pater Thomas Jefferson Brown verkündete laut und deutlich: »Tut mir leid, Herr, du mußt mit einem neuen Klumpen Erde beginnen.« Dann starb er. Kurz darauf richtete Kathy sich auf. Sie ließ den schlaffen Körper zu Boden gleiten.

»Er hatte von jeher recht«, sprach sie in die Luft, worauf sie ihre Pistole in die Tasche steckte, die beiden gehäuteten Kaninchen ergriff und mit bitterem Lächeln allein zum Boot zurückging.

Adams Rippe

Nicht das Interesse an medizinischen Themen ist an dieser Geschichte bemerkenswert, sondern der Zweck, dem die Medizin hier zugeführt wird: aus Männern Frauen zu machen, die zudem auch noch geschwängert werden. Daß Männer viel Weibliches in sich haben und umgekehrt, weiß die moderne Wissenschaft seit langem; daß sie einander lieben, war in der Science-fiction jener Zeit nur auf solche Weise möglich.

Tatsächlich hat sich Marion Zimmer Bradley auch außerhalb ihrer literarischen Werke schon früh für das Recht des Menschen auf Liebe, ganz gleich in welcher Form, eingesetzt. Bereits 1958 gab sie als Privatdruck eine erste Bibliographie lesbischer und homosexueller Literatur heraus, die später mehrfach erweitert wurde. Später sollte sie in *Hasturs Erbe* (*The Heritage of Hastur,* 1975) erstmals eine homosexuelle Beziehung zum Thema eines Science-fiction-Roman machen. Was daher in der folgenden Erzählung in einer verbrämten und sehr argumentativen Weise ausgetragen wird, ist ein grundsätzliches Anliegen, und für die Entstehungszeit (1963) ist es eine bemerkenswerte Geschichte.

»Denk dran, du hast es so gewollt«, murmelte Fanu. Die Aussprache des kleinen Außerirdischen war so klanglos wie immer, und doch vermittelte sie Mitgefühl und Kummer. »Es tut mir leid, John.«

John Everett sank vor dem Filmprojektor in die Knie. Schließlich beugte er sich widerstrebend vor und wagte noch einen zweiten Blick, der seinen Schock nur vergrößerte. »Wann – wann hast du das aufgenommen?« fragte er.

»Vor – ich kenne eure Wörter dafür nicht – vor einer Umdrehung. Möchtest du den augenblicklichen Stand sehen, mein Freund?«

»Nein! Um Gottes willen! Das hier ist schon schlimm genug! Bist du – bist du sicher, daß du die Position richtig bestimmt hast?«

Fanus dreifingrige Hand fuhr sachkundig über einen Bogen mit Koordinaten. Obwohl er am ganzen Leib zitterte, zwang Everett seine Augen und seinen Verstand zur Aufmerksamkeit und ging die Daten durch, wobei er von Zeit zu Zeit prüfend auf den Bildschirm blickte. Es gab keinen Zweifel. Das war Sol – früher einmal die Sonne – dieser riesige, strahlende Wirbel, der . . . o Gott, der einen Bereich bis über Pluto hinaus bedeckte!

Er merkte auf einmal, daß er sich minutenlang überhaupt nicht bewegt hatte, daß seine Muskeln steif und der Kreislauf verlangsamt waren. Fanu wartete.

Fanu wartete immer. Der Außerirdische wartete bereits seit Äonen. Natürlich nicht Fanu selbst, aber seine Rasse. Warten, immer nur warten auf andere Lebensformen, andere Intelligenzen, neue Kulturen – neuen Lebensmut. Sie hatten zu lange gewartet. Viele waren nicht mehr übrig.

»Sieht so aus, als ginge es uns jetzt wie euch«, murmelte Everett schließlich bitter.

»Ich verstehe nicht ganz –?«

»Du hast gesagt . . .«, er brach ab, suchte nach den richtigen Worten, »daß dein Volk langsam ausstirbt. Es sieht so aus, als sei meines schon ausgestorben.«

»Überlebende . . .«

Er sprang so schnell auf die Füße, daß er einen Stuhl umwarf und ein paar Minuten lang damit zubrachte, ihn wieder richtig hinzustellen. »Es gibt doch keine Überlebenden. Wir waren die erste Versuchsrakete. Auf zu den Sternen. Den ganzen Weg nach Proxima Centauri. Wozu? Um einen erdähnlichen Planeten zu suchen. Na schön, wir haben einen gefunden – aber wofür? Für wen? O mein Gott, für wen?«

»John«, sanft legte sich eine dreifingrige Hand auf seine Schulter, »du bist nicht allein. Nicht so allein wie ich. Du hast deine Freunde, deine – deine Mannschaft.«

Everett ging zum Fenster und starrte hinaus auf das Tal, in dem die kleinen Hütten standen. »Im Augenblick ja. Sechzehn Mann – eine gute Crew. Aber wir sind sterblich, Fanu. Das menschliche Leben ist, verglichen mit eurem, erbärmlich kurz. Wir sind sterblich – und wir sind nur Männer. Nach euren Maßstäben sind wir heute hier – und morgen fort.«

»Bist du dir da so sicher, daß das so sein muß, John?«

Everett drehte sich um und blickte in die großen, grünen Augen des Außerirdischen; er verfluchte die unvermeidlichen semantischen Verschiedenheiten, die Unmöglichkeit, sich rasch zu verstehen. Plötzlich schlugen der Schock und die Benommenheit in heftiges Entsetzen um. Er konnte nicht hier stehen und einem freundlichen Außerirdischen gewissenhaft die Unterschiede zwischen dem Wort *Mensch* und dem Wort *Mann* erklären, wenn er gerade erfahren hatte . . . erfahren hatte . . . Seine Stimme versagte. »Ich gebe dir mein Wort, Fanu«, sagte er erstickt, »in fünfzig Jahren wird der Homo sapiens gründlicher ausgestorben sein als dein Volk. Und jetzt muß ich gehen und – es ihnen sagen . . .«

Er stolperte blindlings vorwärts und machte sich an der Tür zu schaffen, wobei er sich der großen, grünen Augen bewußt war, die ihm voller Mitleid nachsahen.

Es war ihm gelungen, seine Fassung wiederzugewinnen und ganz ruhig zu sprechen, aber die Männer waren ebenso geschockt, wie er es gewesen war. Zuerst waren sie benommen vor schweigendem Entsetzen, dann rückten sie eng zusammen, als erhofften sie sich Trost von der Gruppe.

»Ist – ist ein Irrtum ausgeschlossen, Käpt'n?« fragte Chord schüchtern. Er redete immer so furchtsam, eigentlich paßte das gar nicht zu so einem Riesen.

»Ich habe die Aufnahmen und die Berechnungen selbst gesehen, Chord. Außerdem habe ich keine Veranlassung, die Daten Fanus anzuzweifeln. Nach dem, was ich mir zusammenreimen konnte, muß es ungefähr sechs Monate nachdem wir gestartet sind passiert sein. Seine Ausrüstung ist besser als unsere, aber schon bald werden wir es auch selbst sehen können.«

Irgendwo war unterdrücktes Schluchzen zu hören. Er konnte die Angst auf den anderen Gesichtern sehen, Männer, die mit der Vorstellung einer Zukunft haderten, die keine Zukunft mehr war. Der junge Latimer aus dem Cockpit – alle nannten ihn Tip – saß vornübergebeugt da und hatte sein Gesicht in den Händen vergraben. Tsen, der junge Navigator, stellte schließlich die Frage, die ihnen allen durch den Kopf ging.

»Dann sind – nur noch wir übrig, Sir?«

»Nur noch wir.« Everett wartete einen Augenblick lang, dann drehte er sich um und kehrte ihnen den Rücken zu. Große Reden waren hier fehl am Platz. Auf die eine oder andere Art würden sie damit fertig werden müssen. Jeder Mann für sich allein.

Er hörte das Rascheln von Fanus Kleidern und drehte sich mit einem Lächeln auf den Lippen um, um ihn zu begrüßen. Sie standen nebeneinander auf dem Gipfel des Hügels und schauten hinunter auf das kleine Tal, in dem die Männer arbeiteten. »Was soll das werden?« erkundigte sich Fanu schließlich.

»Das wird –« Everett konnte ein amüsiertes Schmunzeln nicht unterdrücken – »ein Krankenhaus für dich – und für Garrett, den Apothekergehilfen.«

»Oh?« Fanus Züge konnten kein Lächeln wiedergeben, aber seine Augen strahlten auf vor Vergnügen. »Das ist äußerst freundlich. Äußerst freundlich.«

»Wohl kaum. Es ist nur die Lösung deines Problems. Ihr beide könnt uns bei guter Gesundheit halten, davon bin ich überzeugt.«

»Eure Rasse ist so stark!« Fanus Stimme vermittelte trotz ihrer Tonlosigkeit einen Eindruck von Bewunderung und Ehrfurcht. »Wäre mein eigenes Volk in einer solchen Lage wie ihr, würde es sich der Verzweiflung hingeben.«

»Glaubst du, wir nicht?« Everetts Kinnmuskeln strafften sich, wenn er an die ersten Wochen dachte; die verstörten Männer, Garrett, den sie daran gehindert hatten, sich die Pulsadern aufzuschneiden. »Wir haben festgestellt, daß harte Arbeit ein gutes Mittel gegen Verzweiflung ist.«

»Ich verstehe«, bemerkte der Außerirdische, »das heißt, ich verstehe zumindest, daß es so sein könnte. Aber wie lange könnt ihr arbeiten? Wollt ihr das Tal mit euren großartig konstruierten Gebäuden füllen? Für sechzehn von eurer Rasse?«

Everett schüttelte bitter den Kopf. »Wir werden alle tot sein, bevor wir das Tal zubauen können. Aber wir wollen es uns zumindest bequem machen, bevor wir – gehen.«

»Ihr müßt nicht sterben.«

Everett drehte sich heftig zu dem Außerirdischen herum. »Das hast du in den letzten zwei Monaten immer und immer wieder angedeutet. Wenn es etwas gibt, das noch schlimmer ist als Verzweiflung, dann ist es falsche Hoffnung! Selbst wenn dein Volk unsterblich wäre, und das ist es nicht . . .«

»Ich wollte dich nicht erzürnen, John.« Die seltsame kleine Pfote hob sich entschuldigend.

»Dann laß diese Andeutungen und sag etwas Konkretes!«

»Säugetiere . . .« begann Fanu, hielt dann aber inne und suchte offensichtlich nach dem richtigen Ausdruck.

»Ja, technisch gesehen sind wir Säugetiere«, schnaubte Everett, aber Fanu ließ sich nicht beirren.

»Ich habe eure Rasse in unbekleidetem Zustand betrachtet, die Information von eurem Studienmaterial verglichen – von eurem Schiff –, das Material, das ihr mir liebenswürdigerweise mitgebracht habt – ich kann euch gar nicht genug dafür danken . . .«

»Ja, ja«, unterbrach Everett ihn. Fanu war so verdammt höflich. Er mochte den Außerirdischen, aber der einzige Mensch, der wirklich hervorragend mit ihm zurechtkam, war Tsen, der an all diese überflüssigen Höflichkeitsformeln gewöhnt war.

»Verzeih, ich meine nur, eure . . . eure beiden Geschlechtsgruppen sind so nahe beieinander . . .«

Everett riß die Augen auf. Dann lachte er verlegen. »Das mußt du mir näher erklären!«

»Eure beiden Geschlechtstypen sind so außerordentlich ähnlich . . .«

»O Gott, *vive la différence*!« Everett brach in lautes Gelächter aus, und ein paar Männer im Tal blickten neugierig auf, erfreut darüber, daß ihr Kapitän mit dem mächtigen, allwissenden Außerirdischen lachte. »Wenn du meinst, unsere – Weibchen hatten zwei Arme, zwei Beine und einen Kopf, ja, so gesehen waren wir uns schon ähnlich, aber . . .«

Fanu schaute John mitleidig an. »Nein, das meine ich nicht. Ich meine, daß im Vergleich mit unserer Rasse eure eigenen Geschlechtsunterschiede äußerst gering erscheinen. Es wäre ziemlich einfach, den einen in den anderen umzuwandeln. Ich erinnere mich an Aufnahmen, in denen diese Art Umwandlung auf natürliche Weise vor sich ging, und andere, in denen die Umwandlung von Ärzten vorgenommen wurde.«

Everett spürte, wie Ärger in seiner Kehle aufstieg. Er unterdrückte ihn. Fanu würde es nicht verstehen. Er konnte etwas über die Tabus einer anderen Rasse lesen, ohne sie voll einschätzen zu können . . . und daran würde auch seine heftige Reaktion nichts ändern. Er lachte rauh. »Ja, ja, ich verstehe deinen Standpunkt, Fanu. Es ist eine interessante Theorie, aber selbst wenn es funktionierte, na ja, so würde es nicht gehen.«

»Warum?«

»Na ja, weil – meine Männer würden das nicht mitmachen. Wir sind keine Meerschweinchen«, schloß er gereizt.

»Nein.« Wieder dieses Mitgefühl. »Ihr seid eine zum Aussterben verdammte Rasse, die aber noch eine Möglichkeit hat, diesem Schicksal zu entgehen. Meine Rasse hatte eine solche Möglichkeit nicht.«

Fanu glitt fort, auf das Laboratorium zu. Everett starrte ihm nach,

während es in seinem Kopf hämmerte: *Mein Gott! Das war keine bloße Theorie! Er . . . er hat es ernst gemeint!*
Ein schwaches Geräusch ließ ihn schließlich aufblicken. Er hatte niemanden hereinkommen hören und fuhr unwillkürlich zusammen, als er Chords massigen Körper vor sich sah.

»Tut mir leid, wenn ich Sie störe, Käpt'n.«

»Du brauchst dich nicht zu entschuldigen, Chord. Was kann ich für dich tun?«

Der große Mann lächelte einfältig. »Es ist schwer, seine Gewohnheiten zu ändern, Sir. Ich glaube, ich schaffe das nie.«

Trotz seiner Größe und seines Auftretens war Chord nicht dumm, er war nur gehemmt durch eine schlechte Erziehung und Scham über seinen riesigen, ungeschlachten Körper. Er murmelte: »Ich . . . ich bin zum Sprecher bestimmt worden, Sir. Für . . . für die Männer.«

»Eine Art Meckerkomitee? Sieh mal, Chord, ich bin nicht mehr wirklich euer Vorgesetzter. Wir sind jetzt alle gleich.«

»Ja, Sir, aber . . . Sie sind immer noch Kapitän.«

Everett seufzte und wartete darauf, daß der große Mann weiterredete. »Ein paar – ein paar von uns möchten sich gerne Privatunterkünfte bauen, Sir. Ich meine – keine Unstimmigkeiten oder so was, wir möchten nur – wir möchten nur einen gewissen Privatbereich – verstehen Sie – ein Zuhause, Sir, wie . . .«

»Wie auf der Erde?« Chord nickte stumm, und Everett sagte: »Nun, ich wüßte nicht, was dagegensprechen sollte. Ihr hättet mich nicht fragen müssen.«

»Es ist nur – na ja, Sir, ein paar von den Jungens dachten, Sie kämen vielleicht auf falsche Gedanken, Sir.«

»Falsche Gedanken?« fragte Everett verständnislos, überrascht, weil Chord so rot geworden war.

»Na ja, Sie wissen schon, wenn zwei Männer zusammenleben. Aber so ist es nicht, Sir. Ehrlich!«

Er wartete, bis Chord gegangen war, bevor er der verblüfften Erheiterung auf seinem Gesicht freien Lauf ließ; zugleich aber wußte er, daß die Erheiterung ein seltsames Unbehagen überdeckte, das an Furcht grenzte.

»Er hat sich wirklich Gedanken darüber gemacht«, lachte er, als er es später Fanu erzählte.

»Und sollte er das nicht?« fragte Fanu freundlich. »John, sieh mich nicht so entgeistert an. Ich kenne nicht genau das richtige Wort in eurer Sprache, aber ich glaube, deine Leute fühlen, daß du der Letzte wärest, der so etwas billigen würde.«

Everett stand ärgerlich auf. »Soll das heißen, meine Männer würden wirklich . . .«

»Du hast gesagt, es stünde ihnen frei, zu tun, was sie wollten. Du hast gesagt, es wären *nicht* ›deine‹ Männer.«

Everett wandte sich ab und rieb sich müde die Augen. »Ja, das habe ich gesagt. Gewohnheit.«

»Auch moralische Gewohnheiten, John?«

»Fanu! Sieh einmal, ich glaube, du kennst unsere Tabus nicht, sie sind wahrscheinlich auch idiotisch, aber – es sind nun mal *unsere*. Was die Männer angeht . . .«

»Kennst du sie, John?«

»Natürlich.«

»Wie lange wolltet ihr hierbleiben?«

Everett öffnete den Mund, schwieg aber dann, um nachzudenken, und rechnete im Geiste.

»Sechs Monate auf dem Planeten, acht Monate für den Herflug, acht Monate für den Rückflug.«

»Und wie lange seid ihr jetzt hier?«

»Achtzehn – Monate.« In seinem Gesicht arbeitete es, er dachte an das Material auf diesen verfluchten Studienaufnahmen. »Fanu, du bist mein Freund, aber was du annimmst, ist lächerlich. Du kennst die Erdenbewohner noch nicht lange genug, um sie richtig einschätzen zu können.«

»Nein?« Die Stimme klang sehr traurig. »Glaubst du nicht, daß wir auch Freunde haben? Aber ihr verfügt darüber hinaus über Körper, die es Freunden erlauben, ein Paar zu werden.«

»Hör auf!« Everett schrie die Worte heraus; er sah vor sich eine breite, weißverputzte Wand, die vor seinen Augen zusammenbrach; er sah sich, wie er versuchte, sie mit seinen bloßen Händen festzuhalten, sah seine Männer um sich herumstehen und ihn anstarren. Fanu machte wieder eine Handbewegung. Unwillkürlich folgten seine Augen der ausgestreckten Tatze.

Die Männer hatten irgendein spontanes Ballspiel begonnen, Radau, Gelächter, Geschrei, Stoßen und Drängen. Zwei von ihnen stolperten und fielen übereinander. Sie standen nur langsam wieder auf, und sie trennten sich widerstrebend und ein wenig schuldbewußt.

Er wandte sich hastig vom Fenster ab, versuchte, das Gesehene zu verdrängen. In der Wand waren große Löcher, die Schäden des Unvermeidlichen. Im Geiste arbeitete er fieberhaft mit Pinsel und Verputz; Kinder, Jungenspiele, ein Rückfall in pubertäre Verhaltensweisen . . .

»Frag deine Männer!« Zum ersten Mal schwang in Fanus Stimme Ärger mit. »Ihr *habt* eine zweite Chance, John. Sie haben das Recht, ihre eigene Wahl zu treffen. Du kannst nicht für sie alle entscheiden! Frag deine Männer, oder . . .« Everett wandte sich um und sah, daß der kleine Außerirdische wirklich zitterte, »oder ich werde es selbst tun.«

Everett hatte einen bitteren Geschmack im Mund. »In Ordnung«, schrie er, »ich werde sie fragen – aber mach mich nicht dafür verantwortlich, wenn sie dich hinterher in Stücke reißen!«

Der Ausdruck auf ihren Gesichtern war deutlich genug gewesen. Die Männer kannten Fanu, gewiß. Er war nun einer von ihnen. Sie kannten die tragische Geschichte seines Volkes, respektierten sein Wissen, liebten ihn sogar. Aber er war doch ein Außenseiter, und das hatte er jetzt bewiesen. Er verstand die Menschen nicht.

Das Klopfen an der Tür ging ihm durch Mark und Bein.

Es waren Chord und ein anderer Mann. Der junge Latimer, der Lehrling, den sie Tip nannten – ein Kind noch – du lieber Himmel! Vor seinen Augen, direkt vor seinen Augen!

»Käpt'n«, begann Chord, dann versagte ihm die Stimme. Der große Mann sah elend aus, betroffen, und Everett wurde sich bewußt, daß sein eigener Gesichtsausdruck wie eine offene Vorverurteilung wirken mußte. Er – der mächtige, tolerante, wohlwollende Kapitän. Wir sind jetzt alle gleich, was? Zum Teufel damit! Hielt er sich für Gott? Everett verabscheute sich plötzlich selbst, und er bemühte sich mit aller Gewalt, seinen Gesichtsausdruck wieder unter Kontrolle zu bekommen. Mit einer ganz neuen Bescheidenheit sagte er: »Komm herein, Chord. Du auch, Lat . . . Tip. Was kann ich für euch tun?«

»Es ist wegen dem, was Sie vor ein paar Tagen gesagt haben. Sie wissen schon, das . . . was . . . was Dr. Fanu vorgeschlagen hat. Hat er das ernst gemeint?«

»Wirklich ernst gemeint?« echote Tip. Everett wich seinem Blick aus. Er war jung, ja, aber er hatte nichts Affektiertes an sich. Offen und aufrichtig sah er dem Kapitän in die Augen; ein gut aussehender Junge, der athletische Typ, aber nicht *zu* gutaussehend. Schwielige Hände. Schwache Spuren alter Aknenarben am Kinn.

»Nun ja«, sagte Everett langsam, wobei er versuchte, seine Stimme unpersönlich klingen zu lassen, »er hat es jedenfalls so gesagt.«

»Dr. Fanu macht auf mich nicht den Eindruck eines Witzboldes«, fuhr der Junge fort. Der Außerirdische war für sie zum »Doktor« geworden, nachdem er in den letzten Monaten ein paar Rippenbrüche und einen Knöchel behandelt hatte.

»Nein, ich glaube nicht, daß er Witze gemacht hat.«

»Wie will er . . . ich meine . . .«

»Die Einzelheiten hat er mir nicht erklärt«, fiel Everett hastig ein. »Aber wenn er sagt, er kann es – seine Rasse ist biologisch weit genug –, dann kann er auch tun, was er sagt. Daß wir uns fortpflanzen.«

»Kinder bekommen«, berichtigte Tip. Seine Unverblümtheit schokkierte Everett. So hatte er es noch nicht einmal vor sich selbst sehen wollen. »Erlauben Sie – lassen Sie uns mit ihm reden, Kapitän?«

Chord mischte sich ins Gespräch, er redete so unzusammenhängend wie immer. »Tip und ich, wir haben lange darüber gesprochen. Komisch, wir haben schon immer – na ja – über so was nachgedacht, und dann kam Dr. Fanu und sagte – die Sache ist – na ja, wollen Sie uns zu ihm bringen, damit wir mit ihm reden können?«

Everett stand langsam auf und nickte. »Wenn ihr das wollt.« Sie nickten schweigend, und er ging vor ihnen her auf die Tür zu, dann drehte er sich, immer noch von Zweifeln erfüllt, um.

»Würdet ihr mir eine – ziemlich unverschämte – Frage beantworten? Habt ihr beiden – hat sich das zwischen euch erst hier auf Prox entwickelt, oder habt ihr – wart ihr schon so, bevor wir hier gelandet sind?«

Beide Männer sahen ihn plötzlich entsetzt und angewidert an, ihr Vertrauen in einen intelligenten Kommandeur brach mit einem Schlag zusammen. Chord kniff die Lippen zusammen, und der Junge stieß hervor: »Um Gottes willen, Sir, für was halten Sie uns?«

»Entschuldigt«, erwiderte er hastig, »ich . . . Entschuldigung. Es ist gut, daß ihr euch freiwillig meldet.« Er wandte sich um und brachte sie zu dem Labor oben auf dem Hügel, aber in seinen Gedanken hämmerte die unausgesprochene Antwort wieder und wieder. »Lieber Himmel, ich weiß es nicht! Ich weiß es wirklich nicht! Und das schlimmste ist, ich weiß nicht, was aus euch werden soll, und Gott weiß es auch nicht!«

»Vom chirurgischen Standpunkt aus betrachtet, ist es wirklich ein ganz einfacher Eingriff«, begann Fanu ganz nüchtern.

Everett wand sich, seine Augen irrten zur geschlossenen Tür des Krankenzimmers, als Fanu fortfuhr: »Chemisch gesehen befinden wir uns auf weit weniger sicherem Grund. Die Hormone müssen synthetisch erzeugt werden, durch schleimabsondernde Stimulation, das ist risikoreich. Glücklicherweise produziert ihr genug von beiden Geschlechtshormonen, so daß ich sie auf Synthese testen konnte. Aber es gibt eigentlich keinen Grund, warum es nicht klappen sollte.«

Everett funkelte den Außerirdischen an, ließ seiner Wut bei der wissenschaftlichen Kälte dieser Stimme freien Lauf. »Mit anderen Worten, sie sind nur Labortiere! Meerschweinchen!«

»Keineswegs. Es wird funktionieren. Es wird zwar seine Zeit dauern, bis ich das Drüsensystem eingestellt habe, und es hängt auch viel von der physischen Veranlagung ab. Wenn ich ihn jünger hier gehabt hätte, vor der Pubertät . . .«

»Warum Tip?« unterbrach Everett ihn, er wollte von diesen widerlichen medizinischen Belangen ablenken, das Ganze mit gesundem

Menschenverstand angehen. »Ich dachte, weil Chord so viel größer ist, wäre er besser geeignet, um . . .«

»Einen Fötus auszutragen? Keineswegs! Unglücklicherweise hängt dies von der Entwicklung der Hüften ab. Chord ist viel zu maskulin, seine Hüften sind viel zu schmal . . .«

Everett brach in hysterisches Gelächter aus. »Zu maskulin! Das ist ein harter Schlag, was? Zu maskulin!«

»Ich kann dir ein Beruhigungsmittel geben«, sagte der Außerirdische tonlos. »Du klingst so, als könntest du eins vertragen.« Aber seine Hand auf Everetts Schulter wirkte ein wenig tröstlich. Everett riß sich zusammen, und Fanu sagte: »John, es muß sein. Wenn eure Rasse überleben will . . .«

»Vielleicht sollten wir besser nicht überleben«, knurrte Everett. »Wäre es nicht anständiger zu sterben, sauber und menschlich, und als das, was wir sein sollen, anstatt als irgendeine – irgendeine obszöne Nachahmung von – *es ist einfach unnatürlich!*«

»Es ist auch unnatürlich, daß eure Rasse sich hier auf diesem Planeten befindet.«

»Das ist etwas anderes«, konterte er schwach. »Das ist Technik. Das . . .«

»Ihr habt Haustiere für euren Gebrauch in unterschiedlichen Phänotypen gezüchtet. Ihr habt sogar in gewissem Maß Menschen gezüchtet mit euren Heiratsbeschränkungen, der sozialen Isolierung bei mangelhaften Typen . . .«

»Das war etwas anderes«, verteidigte sich Everett schwach.

»Und genau das ist auch eure jetzige Situation – anders als alles, mit dem sich eure Rasse bis jetzt auseinandersetzen mußte«, fuhr der Außerirdische fort. Everett starrte ihn finster an, seine Vorurteile und seine Intelligenz kämpften miteinander. »Ich habe dich gebeten, deine Männer zu fragen, John. Das hast du getan. Du hast es nur als fair angesehen, daß sie ihre eigenen Entscheidungen treffen konnten. Sie haben es getan, und jetzt stellst du dich dagegen.«

»Ich habe sie hierher gebracht, oder etwa nicht?«

»Ja, und dafür danke ich dir. Eines Tages wirst du dir selbst dankbar dafür sein.«

»Das bezweifle ich. Oh, ich weiß, deiner Meinung nach bin ich ein Anachronismus, aber ich kann nicht . . .« Er brach ab und warf einen Blick auf die Tür des Krankenzimmers. »Warum eigentlich beide, wenn du doch nur einen – *umwandeln* kannst?«

Fanu zwinkerte überrascht. »Wegen ihres physischen Vergnügens, John. Ich verstehe, daß dieses für eure Spezies sehr wichtig ist, ob es nun der Fortpflanzung dient oder nicht. Bestimmte anatomische Veränderungen . . .«

»Verschon mich!«

»Oh«, murmelte Fanu entschuldigend, »ich dachte, du wolltest es gerne wissen.«

»Ich«, Everett schluckte, »ich wollte nur eine wissenschaftliche Erklärung haben. Verstehen kann ich es immer noch nicht. Ich meine, es gibt Männer, und es gibt Frauen, und so ist es eben.«

»Keineswegs, jedenfalls nicht bei eurer Spezies. Es gibt Mitglieder, wie deine Mannschaft, mit vorherrschend männlichen Organen und verkümmerten weiblichen Organen, und – ich vermute das, ich habe nur Filme gesehen – vorherrschend weiblichen Organen und nur rudimentären männlichen Organen.« Er hielt inne. »Soll ich fortfahren?«

Der Kapitän war zwar der Ansicht, er brauche etwas Ordentliches zu trinken, aber er nickte Fanu ermunternd zu.

»Es gibt, wie ich bereits gesagt habe, verkümmerte Organe und gewisse gemeinsame Elemente. Der DNS-Faktor kann durch Hormone und bestimmte Chemikalien stimuliert werden – das haben eure eigenen Wissenschaftler in gewissem Ausmaß schon vor langer Zeit gemacht.« Everett sah zu, wie der außerirdische Arzt eine Phiole nahm und ihren Inhalt gegen das Licht hielt. »Es ist ein sehr günstiger Umstand, daß deine Rasse mit beidem versehen ist, einschließlich der reproduzierenden Organe.«

»Dadurch sparst du dir die Ausgabe für ein Meerschweinchen.«

Wäre Fanu zu menschlichem Audruck fähig gewesen, hätte er wahrscheinlich gekränkt ausgesehen; Everett, der die Gesten und die Sprechweisen des Außerirdischen in wachsendem Maße verstehen konnte, wußte, daß er ihn verletzt hatte. Er blinzelte ernst. »Dadurch kann der Mensch, oder das Meerschweinchen, wenn du das lieber hörst, beide Geschlechter gleichzeitig sein. Man muß nur gewisse Veränderungen der Hirnanhangdrüse vornehmen, und deren Natur ermöglicht die Absonderung und erhöht die Erfolgschancen. Das übrige Gewebe kann man massiven Hormondosen und DNS-Mutationsmaterialien unterwerfen.« Everett wirkte offensichtlich skeptisch, denn Fanu eilte zu den Tierkäfigen des Labors und holte ein kleines, pelziges Säugetier, ungefähr so groß wie ein Eichhörnchen, heraus. »Es funktioniert, John. Es funktioniert. Das hier ist der Beweis. Nicht in der Kindheit oder in der Pubertät verändert, sondern als voll ausgewachsenes Männchen.«

Everett streichelte das Tierchen abwesend, mit finsterem Gesichtsausdruck. »Ja, aber es ist kein Mensch. Und – werden die beiden überhaupt noch Menschen sein?«

Fanu antwortete nicht. Aber Everett hatte auch gar keine Antwort erwartet.

Einige Bemerkungen waren obszön, wie er es erwartet hatte, aber die meisten Männer reagierten freundlich. Er war in die Erfrischungshalle hinuntergegangen, hatte ein Glas ihres selbstgebrauten Ale getrunken und hörte, im Hintergrund stehend, zu. Nur drei oder vier der Männer hatten ihre Witze darüber gemacht, und das waren die, die ohnehin immer über alles herzogen.

»Darf ich mich setzen, Sir?«

Es war Tsen. Everett machte eine einladende Handbewegung und sah zu, wie der kleine Navigator Platz nahm. Tsen wies mit einem Ausdruck des Mißfallens auf die Witzereißer. »Sie billigen auch nicht, was Chord und der Junge getan haben?«

»Es geht hier nicht um Billigung, Tsen. Es geht ums Überleben. Die beiden und auch Fanu sind der Ansicht, dies sei die einzige Möglichkeit.« Er gab ein kurzes, bitteres Lachen von sich. »Sie haben natürlich recht.«

»Aber Sie billigen es nicht.«

Er nahm einen tiefen Zug aus seinem Glas und murmelte: »Man hat mir beigebracht, es sei eine Sünde. *Die* Sünde.«

»Es? Homosexualität?« Everett zuckte zusammen, sah Tsens Gesichtsausdruck und versuchte so zu tun, als mache es ihm nichts aus. »Aber, Kapitän, bestand nicht das Sündige daran hauptsächlich in der Tatsache, daß sie sich nicht fortpflanzen konnten?«

Everett starrte ihn an. Er wußte, daß sein Mund offenstand, aber er schloß ihn nicht.

»Glauben Sie, Dr. Fanu würde mich als zweiten Freiwilligen akzeptieren?«

»Sie?« Er schaute sich rasch um und sagte dann leise: »Tsen, ich hätte niemals vermutet, daß . . .«

»Daß ich ein Mensch bin, Sir? Wir sind seit fast zwei Jahren hier, und wir sind keine Mönche, keine Asketen. Wenn jemand in der Tradition der Askese aufgewachsen ist, dann ich. Aber Zuneigung, physische Bedürfnisse – manche Leute werden davon überwältigt. Wir sind nicht alle mit Ihrer Selbstbeherrschung gesegnet, Sir. Manche versuchen, sich selbst zu befriedigen. Manche brauchen die Hinwendung zu anderen, und wenn die anderen unglücklicherweise das gleiche Geschlecht haben, dann ist das Pech, aber – unter diesen Umständen – nicht zu vermeiden, Sir.«

Everett fuhr zusammen. »Wer, wenn ich fragen darf?«

»Ginge es Ihnen wirklich besser, wenn Sie es wüßten, Sir, oder würde es Sie nicht nur noch mehr erbittern?« Everett, in seine eigenen Vorurteile verstrickt, konnte ihm nicht in die dunklen Augen blicken. »Würde Dr. Fanu mich in Betracht ziehen? Ist mit Chord und Tip – alles in Ordnung?«

»Fanu scheint zufrieden zu sein, und er ist ja wohl der Entscheidende.« Everett leerte sein Glas und setzte es heftig wieder ab. »Ja, ich bin sicher, daß Fanu Sie in Betracht ziehen wird. Sie denken richtig, modern. Sie müßten gut damit fertigwerden.«

Er hatte seit Wochen nicht mehr über die Situation nachgedacht. Tsen war aus dem Krankenhaus entlassen worden, und es gab andere Dinge zu überlegen. Die Vorräte aus dem Raumschiff gingen zur Neige. Everett wandte all sein Wissen und seine Energie darauf, sich Ersatzmethoden auszudenken, indem er ein paar Maschinen umfunktionierte und dabei einheimische Produkte benutzte. Die Männer überraschten ihn immer wieder mit Behelfsanlagen und regten kleinere Erfindungen an. Der Planet hatte ein mildes Klima und zwei Vegetationsperioden im Jahr. Als ihre Ausrüstung jedoch auseinanderfiel, mußten sie auf einheimische Lasttiere zurückgreifen und mehr manuelle Arbeit leisten.

Wie lange schon hatte Chord auf der Gemeinschaftsfarm für zwei gearbeitet? Eines Spätnachmittags hielt er das dem Riesen auf dem Weg zum Kasino vor.

»Mir macht das nichts aus, Käpt'n. Ich bin auf einer Farm großgeworden.«

»Darum geht es nicht, Chord. Wo ist Tip?«

»Zu Hause.« Keine Spur von Entschuldigung oder Ärger, nur reine Verwirrung.

»Chord, es ist nicht richtig, daß du diese Arbeit alleine machst. Es kümmert mich nicht, ob du hier der stärkste Mann bist. Er nützt dich aus!«

»Nein, Sir. Das stimmt nicht. Er ist krank. Dr. Fanu . . .« Aber Everett eilte schon zielstrebig auf die kleine Hütte zu, in der Chord und der junge Latimer wohnten. Der große Mann lief hinter ihm her und protestierte, aber der Kapitän konnte an nichts anderes denken als an die niederträchtige Faulheit des jüngeren Mannes, der seinen Liebhaber für sich arbeiten ließ und selbst untätig herumhing . . .

In der Hütte war es dunkel, und einen Augenblick lang konnte er die Umrisse der Dinge nicht wahrnehmen, hörte nur im Hintergrund Chords gemurmelte Worte. Er stieg über die hohe Schwelle und schaute sich um, bis er schließlich die Gestalt auf dem Bett in der Ecke ausmachte.

»Latimer!«

Der Junge drückte sich an die Wand, zog eine Decke fest um sich. Eine Decke? Du lieber Himmel, es mußten über dreißig Grad hier drinnen herrschen! »Was zum Teufel soll das – warum läßt du Chord deine Arbeit machen?«

»Sir, das stimmt nicht – ich kann nicht aufstehen!« Die Stimme klang mitleiderregend, und Everett mußte sich zu dem Gedanken zwingen, daß der Junge nur simulierte. »Hat Garrett schon nach dir gesehen?«

»N – nein, Sir, ich – ich . . .«

Everett zog an der Decke, aber der Junge hielt sie mit wilder Entschlossenheit fest und schrie: »Lassen Sie mich in Ruhe!« Dann brach er plötzlich in Tränen aus und sank zurück auf das Bett. Chord packte Everetts Arm. Die Stimme des großen Mannes bebte vor Zorn. »Lassen Sie ihn in Ruhe – Sir!«

Tips Schluchzen unter der Decke klang hoch, unterdrückt, hysterisch. Everett wand seinen gequetschten Arm aus Chords großen Händen und schaute auf die Gestalt unter der Decke, eine seltsam, unglaublich entstellte Gestalt . . .

»O mein Gott«, stieß er hervor und rannte aus der Hütte hinaus, auf Fanus Labor auf dem Hügel zu.

»Aber natürlich hat es funktioniert, John. Hast du mir etwa nicht geglaubt?«

Everett durchmaß den Raum mit großen Schritten, fuhr sich mit den Händen immer wieder durch die Haare. »Mein Gott, nein, nein, ich – ich habe es nicht geglaubt. Ich dachte, es sei irgendein grausamer, ungeheuerlicher Witz, ein – ein scheußlicher Alptraum, aus dem ich nicht erwachen konnte.«

»Möchtest du das gerne?«

»Ob ich das möchte? Lieber Himmel, Fanu, hast du mir nicht zugehört? Das ist ungeheuerlich, es ist – eine Gotteslästerung!«

»Das Wort bedeutet mir nichts, John. Und auch für die Männer, die wollten, daß ich das tue, ist es bedeutungslos.«

Everett hörte auf, hin und her zu laufen und setzte sich. »Wenn du so etwas tun kannst, warum kannst du dann nicht – Reagenzgläser – irgend etwas, aber nicht das!«

»Das ginge auch.«

»Und warum dann in Gottes Namen diese Monstrosität?«

»John, dieses Wort gibt es für mich nicht. Ich könnte auf diese Art und Weise ein befruchtetes Ei schaffen, aber außerhalb seiner natürlichen Umgebung wäre eine Austragung äußerst gefährlich. Während der gesamten Austragungszeit müßten drei oder vier Männer es ständig überwachen. Und selbst wenn wir so viele Männer zur Verfügung hätten . . .«

»Aber . . .«

»Laß mich ausreden, John. Tip war nicht gut geeignet als – erster. Normalerweise hätte ich nicht zugestimmt. Ich habe die beiden vor den Gefahren gewarnt, aber Tip bestand darauf. Chord hatte zwar Vorbehalte, aber der jüngere Mann hat sich durchgesetzt. Er wird Schwierigkeiten haben. Aber selbst unter diesen Umständen ist es viel sicherer, einen Fötus in seinen Körper einzupflanzen. Sicherer jedenfalls als alles, was ich im Labor machen könnte.«

»Sicherer für den Fötus?«

»Das stimmt.«

Everett sprang auf und stellte sich wütend vor den Außerirdischen. »Du spielst mit dem Leben des Jungen!«

»Ja, und er weiß das auch. Er sagte – er sagte, er wolle, daß Chords Erbanlagen mit seinen kombiniert werden.«

Everett wandte sich ab und schlug die Hände vor das Gesicht. »O Gott, wo bin ich da hineingeraten? Warum ist das Raumschiff nicht bei der Landung explodiert?«

»Frag deinen Gott, John.«

Everett wandte sich fassungslos um.

»Wenn du die Allmacht deiner Gottheit akzeptierst, mußt du dann nicht auch die Tatsache akzeptieren, daß er diese Entwicklung zugelassen hat?«

»Wenn der Junge stirbt – Fanu, wenn du ihn *gesehen* hättest!«

Der Außerirdische blinzelte. »Hysterie ist vielleicht ganz natürlich«, sagte er. »Obwohl er darauf vorbereitet ist, bleibt doch noch ein gewisser emotionaler Schock. Du mußt bedenken, da ist ein gewisses chemisches Ungleichgewicht. Tsen wird es leichter haben.«

John setzte sich gleich noch einmal. Der Alptraum schlug über ihm zusammen, zog ihn mit sich in entsetzliche, dunkle Gewässer. Er hörte nicht mehr, daß der Außerirdische den Raum verließ.

Die Witze hatten aufgehört. Sie betrafen jetzt zu viele Männer. Die Männer, die es anging und die noch arbeiten konnten, reagierten nicht allzu freundlich auf obszöne Bemerkungen über ihre Partner. Emotionale Beziehungsgeflechte entwickelten sich, Freundschaften wurden tiefer, die neue Lebensart setzte sich mehr und mehr durch. Everett dachte manchmal, daß er sich anhörte wie ein reaktionärer Prediger, der Selbstgespräche führte. Alle waren nun gegen ihn. Sie kannten seine Einstellung, und sie hatten aufgehört, über dieses Thema zu reden, wenn er dabei war. Sie machten ihre Meldungen, wenn sie mußten, und das war die einzige Gewohnheit, die sie noch nicht aufgegeben hatten.

Die Regenzeit zwischen den beiden Vegetationsperioden war gerade in vollem Gange, als eines Nachts jemand an seine Tür klopfte. Er murmelte: »Herein«, drehte sich aber nicht um.

»Sir!«

»Was? Chord, was ist los?« Der Riese sah wüst aus, sein Haar war zerzaust, seine Augen weit aufgerissen.

»Tip, Sir. Er ist schrecklich krank!«

»Ist er das nicht schon die ganze Zeit gewesen?«

»Dieses Mal . . . nein, Sir, dieses Mal ist es anders. Er . . . er stöhnt. Er hat entsetzliche Schmerzen.«

Everett holte tief Luft und mußte ein hysterisches Lachen unterdrücken. »Oh. Na ja, habt ihr darauf nicht gewartet? Daran hätte er denken sollen, bevor er auf Fanus Angebot einging.« Er überlegte wirr, ob er gratulieren sollte.

Der große Mann bohrte seine Daumen schmerzhaft in Everetts Schultern, sein Gesicht war fahl vor Zorn und Angst. »Sir, ich habe schon lange genug von Ihren . . .« Er unterbrach sich, schluckte und sagte, äußerst sanftmütig für seine Verhältnisse: »Sehen Sie, Sir, ich mache mir Sorgen. Es – es ist noch nicht an der Zeit. Erst in sechs Wochen. Und ich – ich habe Angst, Sir«, schloß er mitleiderregend.

Die beiden Männer liefen durch den heftigen Regen zu Chords Hütte, und Everett unterdrückte einen weiteren hysterischen Anfall. Wie ein kitschiger Videostreifen auf ihrer untergegangenen Welt! Regenschauer, die undurchdringliche Dunkelheit der Nacht, hastige Zurufe – unsinnige, lästerliche Gedanken über die mitternächtliche Entbindung eines . . . Kindes . . . von zwei Männern schossen ihm durch den Kopf.

Aber als sie die Hütte betraten, verflogen diese Gedanken, wurden verdrängt von der Qual des Jungen auf dem Bett. Er war unglaublich blaß, schwitzte stark und versuchte verzweifelt, sein Aufschreien zu unterdrücken, was ihm aber nicht sonderlich gut gelang. Seine Lippen waren weiß, blutig an den Stellen, in die er gebissen hatte. Everett spürte, wie sehr er betroffen war; was auch immer der Grund war, die Qual in dem jungen Gesicht konnte er nicht ignorieren. Tip schaute den Kapitän kurz an, dann wandte er sein Gesicht ab und schloß die Augen. »Konntest du nicht Garrett holen?« fragte er schwach und keuchend.

»Wann hat das angefangen?« fragte Everett und durchforschte sein Gedächtnis nach etwas, das helfen könnte, und zum ersten Mal wünschte er, er hätte Fanus Erklärungen aufmerksamer zugehört.

»Vor 'ner ganzen Weile schon.« Tip röchelte.

»*Wie* lange schon?« fuhr er ihn an, versuchte aber trotz seiner Sorge einfühlsam zu wirken.

»Vor . . . vor ein paar Stunden.« Der Junge warf plötzlich den Kopf zurück, unterdrückte ein Stöhnen und zitterte heftig. Everett blickte auf seine Uhr. Der Krampf dauerte fast zwei Minuten. Er vermied es, auf den geschwollenen Körper zu blicken, dessen Entstellung jetzt auch die Decke nicht mehr verbergen konnte. Tip atmete rasselnd und murmelte: »Wie haben unsere Frauen jemals . . .«, dann weiteten sich seine Augen, und er fiel bewußtlos auf das Bett zurück.

»Tip! Tip! Wach auf, Junge – bitte!« flehte Chord ihn an. Er beugte sich über den Jungen, rüttelte ihn sanft und strich ihm über die schweißnasse Stirn.

»Das nützt nichts.« Everett bekam es mit der Angst zu tun. Hier konnte nur Fanu helfen. Er *mußte*! Er konnte den Jungen nicht sterben lassen, nicht nach einem solchen – Opfer!

»Kannst du ihn tragen?« Er half Chord, die Decke um die bewußtlose Gestalt zu wickeln, die sich unter ihren Händen immer noch stumm in Krämpfen wand. Chord hob ihn hoch, und sie liefen durch den Regen auf die hellen Lichter aus dem Labor des Außerirdischen zu.

»Und bis dahin war er bei Bewußtsein?« fragte Fanu freundlich, während er um die stöhnende Gestalt herumging.

»Ja, die ganze Zeit über«, antwortete Chord. »Es ist doch noch gar nicht an der Zeit, oder? Davor hat er Angst gehabt. Er schämte sich, etwas zu sagen. Er meinte, es ginge vorüber . . . all diese Bücher und die Aufzeichnungen, die er gelesen hat . . . er . . . mein Gott, wenn er stirbt, bringe ich Sie um!«

»Ich bin nicht euer Gott«, erwiderte Fanu ruhig und traurig. »Leben und Tod liegen nicht in meiner Hand, aber ich will mein Möglichstes tun.«

»Fanu . . .«, begann Everett, der sich zwingen mußte, seine Augen von dem entsetzlich aufgequollenen Leib abzuwenden. Er hatte bis jetzt keines der . . . Experimente . . . so deutlich gesehen, und der Anblick überwältigte ihn, brachte ihm alles wieder mit brutaler Klarheit zu Bewußtsein. Vielleicht hatte er sich wie ein Idiot benommen. Warum hatte man ihn als einzigen im Dunkeln tappen lassen? Erst jetzt merkte er, daß es so etwas wie eine Verschwörung gegeben hatte, um Tip, Tsen und den jungen Reading von ihm fernzuhalten.

»Du mußt etwas unternehmen. Chord sagt, es ist noch gar nicht an der Zeit.«

»Siebeneinhalb Monate oder sogar noch etwas mehr nach eurer Schwangerschaftsberechnung. Besser, als ich gehofft habe.«

»Fanu . . . der männliche Mensch war nie dazu angelegt, um . . . das . . .« Ihn überkam das Verlangen zu kichern, mehr vor Entsetzen als vor Vergnügen. Tip kam wieder zu Bewußtsein, stöhnte leise, grunzte wie ein Tier. Garrett war da, in einem weißen Kittel, er legte seine Hand beruhigend auf Tips Hand, ruhig und seiner Sache sicher, als er den Bauch des Jungen kurz mit dem Stethoskop abhorchte.

»Der Herzschlag ist so weit in Ordnung, Dr. Fanu. Aber wir dürfen nicht zu lange warten.«

»Chord, trag ihn hier herein. Dieses Mal muß ich operieren, es tut mir leid.« Als Tips Augen sich auf ihn richteten, sagte der Außerirdische freundlich – und jetzt klang seine Stimme auch in Everetts Ohren nicht mehr tonlos: »Tut mir leid, Tip. Du bist zu maskulin gebaut. Erinnere dich, ich habe dich gewarnt.«

Der Junge nickte wortlos, biß sich auf die Lippen. Als Chord ihn hochhob, stöhnte er mit zusammengebissenen Zähnen: »Wenn Sie wählen müssen – denken Sie daran, was Sie mir versprochen haben, Doc . . .«

Everett sank in einen Stuhl und vergrub sein Gesicht in den Händen, und wieder wurde sein Bewußtsein von einem schwarzen Alptraum ausgelöscht. Das nächste, was er mitbekam, war, daß Chord aus der Tür zum Operationssaal hinausstolperte, und Everett sah, daß er sich aufführte wie ein werdender Vater.

»Weiblich«, verkündete Fanu, wobei sich sein kleiner Mund so breit, wie es ihm nur möglich war, zu einem Lächeln verzog. Chord packte den Außerirdischen an der Kleidung.

»Tip? Tip?«

»Es geht ihm gut. Er ist noch sehr schwach, aber in Ordnung. Sie können hineingehen und ihn sehen. Seien Sie aber ganz vorsichtig.«

Chords Gesicht wurde ganz weich. »Oh, Gott sei Dank«, murmelte er, »Gott sei Dank! Käpt'n, dieser idiotische Kerl hat dem Doc das Versprechen abgenommen – das Kind zu retten, wenn er sich entscheiden müßte . . .«

Er ging an ihnen vorbei in das andere Zimmer.

»Ein Mädchen?«

»Ein Mädchen«, bestätigte Fanu. »Ich habe die Dinge auf diese Weise arrangiert . . . bei allen.«

»Aber . . .«

»Dachtest du, das sollte ein Dauerzustand bleiben?«

»Na ja, nun, das habe ich gedacht.«

Fanu gab einen Laut außerirdischer Erheiterung von sich. »Das hat dir also Sorgen gemacht. Nein, John. In fünfzehn Jahren wird es auf eurem Planeten wenigstens vier oder fünf mannbare Frauen geben. Das Klima wird zur Frühreife beitragen. In zwei Generationen habt ihr eure Probleme überwunden. Eure Rasse ist intelligent, abgehärtet, einfallsreich, jung – alles Eigenschaften, die meiner Rasse fehlten. Tips Fall war der schwierigste. Er muß zwei Jahre warten, bevor er es noch einmal versuchen darf.«

»Noch einmal?« japste Everett.

»Auf seinen eigenen Wunsch. Ich hatte sogar Schwierigkeiten, ihn zum Warten zu überreden. Wenn die Frauen erwachsen sind, ist seine Aufgabe erfüllt.«

»Wenn die Frauen erwachsen sind – was wird dann aus den – den umgewandelten Männern? Den – Bindungen, den – den Paaren, Fanu?«

Fanu blinzelte traurig. »Das weiß ich nicht, John. Ich bin dann nicht mehr hier. Ich bin alt, John, sehr alt. Aber ich bin sicher, ihr werdet dieses Problem schon lösen.«

Everett wandte sich ab und trat ans Fenster, er starrte hinunter auf die flackernden Lichter in den Hütten, die Wiedergeburt des Homo sapiens. Irgendwo hinter sich hörte er ein Kind schreien. Der Regen hatte nachgelassen, und die Sterne traten hervor, die fremden Sterne einer fremden Welt.

»Na schön«, sagte er sanft, »ich hatte unrecht. Und jetzt, um Himmels willen, sag uns, was kommt als nächstes?«

Arwens Stein

Zwischen den vorangegangen und dieser Geschichte liegen mehr als zehn Jahre. Diese Lücke ist zum einen dahingehend zu erklären, daß Marion Zimmer Bradley zwischenzeitlich ihren Glauben an die Science-fiction verloren und nur noch, als professionelle Vielschreiberin, romantisch-gruselige Frauenromane verfaßt hatte, zum anderen, daß sie sich in den frühen siebziger Jahren zunächst auf Romane konzentrierte. Die beiden folgenden Erzählungen, ›Arwens Stein‹ und ›Arwens Abschied‹, sind auch insofern ungewöhnlich, als sie als Broschüren bei einem Kleinverlag erschienen und als sie Pastiches sind, das heißt, Versuche, einen anderen Autor stilistisch und inhaltlich zu imitieren.

»Nachahmung ist die aufrichtigste Form von Schmeichelei«, pflegte der verstorbene Lin Carter zu sagen, der diese Kunst serienweise ausübte. Dagegen lassen sich vor allem zwei Einwände ins Feld führen: ein moralischer und ein ästhetischer. Sofern kommerzielle Interessen dabei ins Spiel kommen, ist von der Imitation bis zur Leichenfledderei nur ein Schritt. Und natürlich ist es in mancher Beziehung einfacher, zu imitieren, als sich selbst etwas zu erarbeiten, und das Ergebnis hat aus diesem Grunde selten die Qualität des Vorbilds.

Der folgende Pastiche wurde aus Liebe und nicht um Geld geschrieben. Und er ist einer der besten.

Im Jahr nach dem Fall von Osgiliath erschienen große schwarze Orks aus Mordor, und schrecklich tobte der Kampf vor jener Stadt. Zu jener Zeit war Boromir, Denethors Sohn,* der elfte Truchseß von Gondor; und ein sehr großer Kriegsherr war er, weise und tapfer im Kampf, edel und schön von Angesicht, geliebt und gefürchtet. Es heißt, daß Boromir der erste gewesen sei, der dem schrecklichen Hexenkönig mit dem Schwert in der Hand im Kampf gegenübertrat.

Furchtbar war ihre Begegnung, so daß starke Männer wie Kinder flohen oder ohnmächtig zu Boden fielen vor Schrecken; aber Boromir floh weder noch wankte er, sondern tat einen kühnen Hieb und erschlug das grausige Roß des Schwarzen Reiters und fegte mit seinem Schwert den schwarzen Mantel hinweg, mit dem der Nazgûl sein scheußliches Nichts bedeckte. Und schließlich floh der Hexenkönig vor ihm; doch in jenem Kampf hatte Boromir eine Wunde von einer Morgul-Klinge davongetragen, und obgleich es zunächst nur ein kleiner Kratzer zu sein schien, verdorrte und verkrüppelte sein Arm von jenem Tag an unter großen Schmerzen, und er verfiel in eine zehrende Krankheit. Die ganze Weisheit der Heiler von Gondor konnte ihm nicht helfen, obgleich ihrer viele waren; aber während er in Minas Tirith krank darniederlag, kam Mithrandir, der Graue Pilger, in die Stadt.

Boromir, der Truchseß, hatte die seltenen Besuche dieses weisesten aller Ratgeber stets willkommen geheißen, und als Mithrandir hörte, daß Boromir dem Tode nahe sei, ging er hin, ihn zu sehen, und bat, einen Blick auf die Klinge werfen zu dürfen, die ihn verwundet hatte; aber als sie von dem Ort genommen wurde, wohin man sie gelegt hatte, siehe – nur das Heft war geblieben. Da wurde Mithrandirs Gesicht ernst, und er sagte: »Es gibt keine Macht in Gondor, diese Wunde zu heilen.«

Darob verzweifelten alle in Gondor, denn Cirion, Boromirs Sohn, war noch nicht alt genug, das Amt seines Vaters einzunehmen. Aber Mithrandir sagte, daß fern den großen Fluß Anduin hinauf, in dem Wald, der als Lothlórien bekannt war, es Wesen gebe, die Hilfe wissen mochten; so wurde Boromir in ein Boot gelegt, um mit nur einer Handvoll Männer aus seinem Gefolge den Strom hinauf zur Mündung des Nimrodel gebracht zu werden.

Und an der Mündung des Silberlaufs (denn sie sollten nie das Tal von Lórien betreten), lag Boromir wie ein bleicher Schatten, ohne Kraft, selbst den Kopf zu heben. Und dort empfing sie der Weiße Elbenherr.

Der Weiße Elbenherr entbot der Gesellschaft seinen Gruß und

* Dies war natürlich *nicht* der Boromir von den Ringgefährten, sondern sein Ahne, etwa vierzehn Generationen zuvor.

sagte, er sei von Lothlórien ausgeschickt worden, um ihnen zu helfen, worauf Verwunderung und Furcht sie ergriff. Doch so freundlich und so weise erschien er, daß sie schnell alle Furcht verloren und ihn zu Boromir führten, der wie ein Toter dalag und nicht zu wissen schien, was ihm geschah. Doch als der Weiße Herr ihn beim Namen rief, erhob er sich und sprach zu ihm, worauf sie alle überrascht waren; aber sie sahen, daß sein Gesicht ernst und bitter war. »Dies ist das Werk dessen, den ich mehr hasse als alle anderen in Mittelerde, außer dem großen Feind, und so tödlich ist diese Wunde, daß sie meine Fähigkeiten übersteigt, wenn ich auch diesem tapferen Mann ein wenig Linderung von seinen Schmerzen zu verschaffen vermag.« Und er behandelte ihn mit Heilkräutern und sang einen seltsamen Zauber, und Boromirs Beschwerden wurden geringer, und es schien ihm besser zu gehen. Dann sagte der Weiße Elbenherr: »Schwer ist der Weg nach Imladris im Westen und lang die Reise; kaum kann dieser verwundete Mann jene Fahrt überstehen. Doch ich rate ihm, sie auf sich zu nehmen, sonst wird er rasch dahinschwinden; nicht einmal in den Tod, den alle Menschen erdulden müssen, sondern zu einer bösen und bitteren Knechtschaft in den grausigen Schatten, woher dieses Ding zu ihm kam. Und er ist ein zu tapferer und edler Mann, um in jene Dunkelheit zu gehen; lieber sähe ich ihn erschlagen.«

Dann berieten die Männer von Boromirs Gefolge untereinander, und man beschloß, ihn nach Bruchtal zu bringen; und der Weiße Elbenherr ging einen Teil des Wegs mit ihnen, bis der Schattenbachsteig hinter ihnen lag, dann ritt er voraus, um ihr Kommen anzukündigen. Lang und beschwerlich war die Reise mit dem Verwundeten, doch Boromir war so beherzt, und es widerstrebte ihm so, in die Dunkelheit einzugehen, wovor der Weiße Fürst ihn gewarnt hatte (denn er hatte im geheimen mit ihm davon gesprochen), daß er es ohne Klagen ertrug. Und schließlich kam er dann nach Bruchtal, und dort brachte ihn Elrond, der mehr Geschick in solchen Dingen besaß als jeder andere Meister der Weisheit, ob Mensch oder Elbe, über das Maß dessen wieder zu Kräften, was irgendeiner geglaubt hätte, der ihn wie einen Schatten hatte darniederliegen sehen.

So weilte Boromir einige Monate im Hause Elronds und gewann langsam seine Kraft an Körper und Geist zurück; und in jenen Tagen erwuchs eine große Freundschaft zwischen ihm und dem Weißen Elbenfürsten, der seine Kühnheit gegen ihren gemeinsamen Feind bewunderte und ihn in den Tagen seiner langsamen Genesung wohl kennen zu lernen begann.

Aber schließlich kam der Tag, da der Herr Boromir sagte: »Meister Elrond, mein Dank an Euch übersteigt alle Worte. Ein Mann muß wahrhaftig schwer zufriedenzustellen sein, der nicht auf immer in diesem schönsten aller Häuser verweilen könnte, aber ich habe wider alle Hoffnung Heilung für meine Todeswunde gefunden; nun muß ich an mein eigenes Land denken und nach Gondor zurückkehren.«

Elrond blickte ihn ernst an und sagte: »In diesem Tal hast du Heilung gefunden, das ist wahr, aber das liegt nicht allein an meiner Kunst. Es gibt eine Kraft in Bruchtal, daß böse Dinge hier keine Macht haben. Während du hier verbleibst, ist das Böse gebannt, aber nicht vertrieben«, und hier sah er auf Boromirs Arm, der immer noch verkrüppelt und zur Größe eines Kinderarmes geschrumpft war, obgleich Boromir in jeder anderen Hinsicht wiederhergestellt war, »aber wenn du von hier gehst, wird es nicht so sein. Eine Weile magst du erdauern, aber deine Tage werden kurz sein und von Übel.«

Boromir sagte ohne Schwanken: »Wenn dies wahrhaftig mein Schicksal ist, Meister Elrond, dann muß ich es tragen, so gut ich kann. In Zeiten wie diesen kann ich mein Volk nicht vaterlos lassen. Solange ein Truchseß aus dem Hause Mardils in Gondor waltet, bis der König zurückkehrt, gibt es Frieden in unserem Land; und in meiner Abwesenheit, so sie kurz und aus Not ist, während ich Heilung suche, herrscht der Hauptmann der Wache an meiner Statt. Doch sollte es bekannt werden, daß ich meinen Stab allen Ernstes niederlegen und meine Tage anderswo beenden wollte, grausam würde der Streit sein, der dann entbrennen würde. Denn diejenigen, die dem Land Treue und Dienst gelobt haben, folgen mir, solange ich herrsche; aber wenn niemand zu Recht Macht waltet, wird es dort wieder einen großen Kampf zwischen denen geben, die sie zu erlangen suchen. Kraft wird mir gegeben sein, so denke ich nun, alles recht zu regeln; und was dann folgen wird, muß folgen.«

Elrond lächelte. »So sei es also«, sagte er. »Ihr Männer von Gondor, kann ich sehen, seid stark im Herzen, würdige Söhne der Getreuen von Westernis. Und wenn Furcht um dich selbst dich nicht von deiner Pflicht abhält, dann sollte ich dies auch nicht mit Worten versuchen.« Und er nahm Abschied von Boromir und segnete ihn und schickte ihn mit einer Eskorte seines Haushalts hinweg. Doch der Weiße Elbenherr begleitete die Gesellschaft eine Tagesreise lang in Freundschaft, und als er sich bereit machte, Lebewohl zu sagen, da verweilte er einen Augenblick und sprach unter vier Augen mit dem Truchseß.

»Meister Boromir«, sagte er, »es betrübt mich, von Euch zu scheiden, denn es ist unwahrscheinlich, daß Ihr in solchen Zeiten je wieder nordwärts kommen werdet, und heutzutage geht mein Volk nicht mehr nach Ithilien oder gen Süden. Ich habe lange nachgedacht, welchen Rat ich Euch geben könnte, der die Bürde erleichtern würde, die Euch, wie ich fürchte, in den künftigen Tagen bedrücken wird«, und er blickte hinauf zum Abendhimmel, wo tief die frühen Sterne hingen, Diamanten gleich. »Dies nur will ich sagen: Wenn Ihr im Hof des Weißen Baumes wandelt, denkt an die Erbstücke der Getreuen.«

»Ihr sprecht in Rätseln«, sagte Boromir, und der Weiße Herr meinte mit einem traurigen Lächeln: »Wißt Ihr noch nicht, daß dies die Art meines Volkes ist?« Mehr wollte er nicht sagen, und sie tauschten höfliche Worte des Abschieds und trennten sich, wobei jeder seinen Kummer verbarg.

So kehrte Boromir zu seinem Volk zurück und machte sich daran, sein Haus zu bestellen. Wahr waren die Worte Elronds gewesen, denn nachdem er das Tal verlassen hatte, kamen der Schmerz und die Dunkelheit oft über ihn – wenn er auch ein so mächtiger Mann gewesen war, daß sie nur langsam zurückkehrten. Er konnte nicht länger ein Schwert in seiner verkrüppelten Hand halten; aber er gab den Oberbefehl der Armeen seinem Hauptmann und setzte seinen Sohn Sirion, obgleich er noch ein Jüngling war, zu Aufgaben ein, die ihn lehren sollten, Macht weise zu gebrauchen. Weitsichtig war er, tapfer und edlen Sinnes, doch selbst in der ersten Zeit hatte er viel zu leiden. Da er sehr starken Willens war, dachte er wenig an sich selbst; doch eines Abends ging er in großer Müdigkeit in den Hof des Weißen Baumes, wo die Wassertropfen von den Zweigen fielen, und die Worte des Elbenherrn kamen ihm in den Sinn: *denkt an die Erbstücke der Getreuen.* Und als er zum Himmel aufblickte, kreisten dort tief die sieben Sterne des Netzes, und ein alter Reim der Weisheit von Westernis kam ihm in den Sinn, in der alten Sprache:

. . . sieben Sterne und sieben Steine,
Und einen weißen Baum.

»Erbstücke«, dachte er. »Was kann das bedeuten? Das Horn Mardils ist das höchste Erbstück unseres Hauses; doch es kann wenig Hilfe sein. Auch nicht mein Stab. Sieben Sterne und sieben Steine . . .« Und er dachte an den Stein von Minas Arnor, der an einem geheimen Ort verborgen lag, an den nicht einmal die Könige von Gondor zu rühren wagten. Groß war die Gefahr, die mit den Steinen des Sehens einherging. »Und der Weiße Herr würde mir nicht raten, solch einen schrecklichen Weg einzuschlagen«, dachte er. Dann, als seine Augen wieder auf die Sterne fielen, erinnerte er sich, wie auch der Weiße Herr zum Himmel geblickt hatte, und erinnerte sich an die Sieben Sterne, die Juwelen des Lichts, deren Helligkeit ein Schrecken für alle Dinge der Finsternis war. Der erste und größte von diesen war der Stern Elendils; getragen im Letzten Bündnis, als

Sauron niedergeworfen wurde, und seitdem im Norden verschwunden, wie man sagte. Und nun erinnerte er sich, daß in der Tat das Haus Mardils eines jener Häuser war, die in ihrer Obhut einen der Sieben Sterne hielten, kostbar gehütet als ein Ding, das zu hoch und hehr war, um es auch nur anzuschauen, und nun seit vielen Menschenleben nicht mehr ans Tageslicht gebracht, ja, seit den Tagen der Könige. Und plötzlich überkam ihn ein Verlangen, den Stern anzuschauen. So ließ er ihn sich bringen, ein strahlendes Juwel an einer feinen Kette aus Silber, und als er ihn einen Moment in seiner Hand hielt, erschien es ihm plötzlich, als sei sein Schmerz vergangen und die schattige Dunkelheit habe sich erhellt, als ob ein Schleier fortgezogen worden sei und er von einem hohen Ort auf einen klaren, wolkenlosen Himmel blicke. Er tat seinen ersten freien Atemzug seit vielen Tagen, und als er sich schließlich seinen vielen Pflichten zuwandte, die auf ihm lagen, war sein Herz frei von Sorge und Furcht.

Von jener Stunde an legte er das Juwel nie mehr beiseite, sondern trug es an seiner Kette um den Hals. Und die, die ihn kannten, merkten wohl, daß immer, wenn der Blick zehrenden Leides in seine Augen trat, er seine Hand darauf legte und ein wenig Ruhe fand.

Vielfältig und schrecklich fürwahr waren seine langen Leiden, und als die Jahre dahingingen, wurde er runzlig und ausgedörrt wie ein Mann von dreifachem Alter, doch wo er sich höchstens zwei oder drei Jahre erhofft hatte, um sein Reich in Ordnung zu bringen, siechte er noch elf Jahre nach seiner Rückkehr von Bruchtal dahin; und nicht in seinen größten Hoffnungen hatte er geglaubt, daß ihm so viel Zeit verbleiben würde. Müde fürwahr war er des Lebens, und lang vor dem Ende ersehnte er, es zu lassen, doch er hing daran mit seiner letzten verbleibenden Kraft, bis das Jahr kam, da sein Sohn das mündige Alter erreichte und er wußte, daß er über seine besten Hoffnungen hinaus sein Ziel vollendet hatte und daß es nicht länger eine Furcht vor Streit im Inneren zu geben brauchte, die ihre Einheit im Streit nach außen schwächen könnte. Und dann schwand er rasch dahin. Nicht länger brachte ihm das Juwel eine Erleichterung von der Pein in seinen verkrüppelten Gliedern, doch selbst jetzt kam ein wenig Frieden in sein Herz, wenn er darauf blickte.

Schließlich war er dem Tode nahe, und er rief seinen Sohn Cirion zu sich und gab ihm seinen Truchseßstab und das Horn, das das Erbstück ihres Hauses war. Dann, nachdem er ihm Rat gegeben hatte, wie das Land zu verwalten sei, legte er seine Hand auf das Juwel und sagte: »Ein kostbarer Schatz ist dies für unser Haus gewesen, obwohl nicht für seinen wahren Wert erachtet bis heute, außer als ein Ding der Schönheit und eine Erinnerung an unseren vergangenen Glanz. Aber mein letzter Wunsch an dich ist nun, daß du dies nicht für dich selbst behalten sollst; denn die Zeit ist gekommen, da es aus der Hand unseres Volkes hingehen soll. Ich wünsche, daß du es gen Norden sendest, durch den zuverlässigsten Boten, den du kennst, damit es schließlich in die Hände Meister Elronds von Imladris kommt.«

»So soll es geschehen«, sagte Cirion. »Aber warum?«

»Groß war sein Geschenk an mich und an dich und an Gondor, mein Sohn. Denn sonst hättest du nie regiert, noch hätte je ein anderer Truchseß hier gesessen, um die Rückkehr des Königs zu erwarten. Und mir ist, als würdest du diesen Stab viele Jahre lang tragen.* Doch kein Geschenk wollte Meister Elrond von mir annehmen, und wenige Geschenke der Menschen wären seiner würdig. Nun dünkt mir –« und hier kam die Vorausschau seiner Väter über ihn, »– daß die Zeit gekommen ist, da ein solches Geschenk nicht unangebracht sein mag; denn der Schatten wird selbst auf die Schönheit von Imladris und den Glanz des hehren Lothlórien fallen, und die Künste Elronds werden vergebens dagegen ankämpfen. Ach, daß ihm, der so viele Herzen von ihrem Kummer heilte, das grausamste Geschick von allen widerfahren muß, wo all seine Kunst vergebens sein wird!« Und mit diesen Worten starb er.

In jenen Zeiten ging dann und wann noch jemand im geheimen von Gondor nordwärts zu den Wäldern von Lórien; und den Händen eines solchen Mannes vertraute Cirion das Weiße Juwel an. So wurde es nach Lórien gebracht, um von Frau Galadriel nach Bruchtal gesandt zu werden, wenn sich die Gelegenheit bieten sollte. Doch das Juwel blieb viele Jahre der Menschen in Lórien (die für das Elbenvolk nur wie eine kurze Zeit waren), und dann weilten, durch Zufall, wie man sagt, die Söhne Elronds eine Zeitlang in Lórien; und als sie wieder westwärts ritten, reiste der Weiße Herr in ihrer Gesellschaft, und in seine Hände ward das Sternjuwel gegeben.

(Hier endet der erste Teil der Erzählung in der Übersetzung. Anderswo ist berichtet worden, daß weniger als zwanzig Jahre nach dem Tod Boromirs der Schatten wahrhaftig auf das Haus zu Imladris fiel. Ein Teil der folgenden Geschichte ist, wie es scheint, als ein Versuch geschrieben, ein Lied von der Form und dem Maß eines der wenigen überlieferten Elbenlieder in die Gemeinsame Sprache zu übertragen. Es soll hier nicht versucht werden, mehr als eine bloße Zusammenfassung dieses Liedes zu geben, und es werden keine Behauptungen hinsichtlich der Authentizität irgendeines Teils der Geschichte erhoben; es wird einfach dargeboten, bis jene, die mit der wahren Geschichte betraut sind, an die Öffentlichkeit treten. Anderswo ist erzählt worden, wie

* Er trug es genau achtundneunzig Jahre der Menschen lang; und in seiner Zeit kamen die Rohirrim in die Mark.

Frau Celebrían auf einer Reise nach Lórien im Rothornpaß von einem Sturm aufgehalten wurde, durch den ihre Tiere nicht hindurch konnten; und während sie dort auf ein Ende des Schnees warteten, wurden sie plötzlich und unerwartet von Orks aus Moria angegriffen, die ihre Begleiter verstreuten und niedermachten und die Frau in die Dunkelheit fortschleppten.)

Es heißt von den Söhnen Elronds, daß sie ihrem Vater gleich waren: schön und ernst, höflich und weise. Oft waren sie mit den Fürsten des Nordens in den Kampf geritten, und sie selbst waren große Führer von Männern und schrecklich im Krieg, doch weise im Rate und von sanfter Rede und vielgeliebt von denen, die sie kannten. Viele Freunde hatten sie unter den Menschen des Nordkönigreiches, und es gab sogar eine scherzhafte Redensart (so ähnlich war der eine dem anderen), daß ein äußerst langlebiger Stammesfürst einer war, der »lang genug gelebt hatte, um Elladan von Elrohir unterscheiden zu lernen«.

Und wahrlich waren sie einander gleich; außer daß, wenn einer in Gesellschaft sprach, ob im Ratschlag oder im Scherz, es dann am wahrscheinlichsten Elrohir war, denn Elladan war der schweigsamere, obgleich ebenso weise und tapfer.

Kunde war nach Lothlórien gekommen, daß Celebrían von Imladris aufgebrochen sei, und ihre Söhne machten sich zusammen mit dem Weißen Herrn auf, ihr entgegenzureiten, da ihnen die Verzögerung Sorge machte. Sie stießen schließlich auf einen von ihrer Begleitung, der dem Tode nahe im Schnee lag, und hörten die Geschichte; und in großer Bestürzung und Furcht faßten sie einen raschen Plan. Der Weiße Herr sollte auf Suche nach der verstreuten Begleitung ausreiten, um möglichst schnelle Rettung zu bringen. Elrohir zog derweil den Hauptteil der Orks durch einen gewagten vorgetäuschten Angriff ab – ein verzweifelter Plan und einer, bei dem er nur um Haaresbreite und durch Glück mit dem Leben davonkam. Elladan stieg indessen allein hinab in die Dunkelheit von Moria, um nach seiner Mutter zu suchen. Und neben dem Sieg über Sauron, den Gil-galad mit dem Leben bezahlte, ist dies eine der mutigsten Taten von einem des Elbengeschlechts genannt worden; aber in späteren Jahren war diese Erinnerung ein so großer Schmerz, daß das Haus Elronds niemals gestattete, daß ein Lied davon in Imladris oder in Lórien gesungen wurde.

Aber bevor die drei sich zu ihren schrecklichen Aufgaben trennten, gab der Weiße Fürst in Eile Elladan ein Juwel gleich einem Stern. »Es gibt keine Zeit, ein besseres Licht für jene grausige Dunkelheit zu bereiten, und dein Schwert allein wird dort nichts nützen«, sagte er. »Doch dies mag dir besser dienen als jedes andere Licht.« Und so war es; denn das Licht jenes Juwels, obgleich nicht groß, barg einen Schrecken für das Orkvolk, der noch größer war als der brennende Schmerz der Elbenklingen. Und wenn es ihnen aus ihrer vertrauten Dunkelheit entgegenstach, dann flohen sie vor ihm in Schrecken, geblendet, so daß für alle künftigen Zeiten im Geist jenes Volkes das Bild des Schreckens das eines großen Elbenkriegers war, der ein Schwert aus schmerzendem Licht und ein anderes, schrecklicheres Licht auf seiner Brust trug. So kam Elladan schließlich, nach einer Zeit, die er nie ermessen konnte (denn selbst Elben verlieren das Zeitgefühl in solchen Höhlen), zu Celebrían, erschlug ihre Peiniger und trug sie, lebend noch, wenn auch verwundet durch einen vergifteten Pfeil und von den Orks schrecklich gefoltert, ans Tageslicht in Sicherheit.

Schrecklich war jene Reise nach Imladris und die Heimkehr, und schrecklich fürwahr war der Schatten, der zu dieser Zeit über Imladris fiel. Elrond heilte zwar wirklich ihre Wunden; aber für die Herrin von Bruchtal, die ihr ganzes Leben in der Zurückgezogenheit von Imladris und des goldenen Lórien zugebracht hatte, gab es in ihnen keine außergewöhnliche Heilkraft. So überkamen sie die anderen Übel aus jener tödlichen Wunde und tödlichen Folter mit einer größeren Schnelligkeit, als es bei Sterblichen geschieht, und schnell verdüsterte sich ihr Sinn, und eine große Müdigkeit überkam sie. Und sie wußte, daß sie bald übers Meer in den Westen reisen mußte, um nicht auf ewig in eine größere Trennung zu entschwinden.

Doch sie selbst zögerte zu gehen, denn eine solche Trennung ist trauriger für die Elben, als es für Menschen je sein kann; und nahezu ein Jahr lang lebte sie unter ihnen fort, und sie litt schwer dabei. Und diese ganze Zeit trug sie das weiße Juwel, das sie sicher aus der Dunkelheit geführt hatte, und so begab es sich, wie Boromir von Gondor es vorausgesehen hatte, daß dies ein kostbares Geschenk für das Haus Elronds war. Denn dies war einer der Sieben Sterne, die in die Hände jener gegeben worden waren, die von Númenor entkamen, ehe es niedergeworfen wurde, und die von den höchsten der Edain im Exil gehütet wurden; und in ihnen war ein Funke des Wahren Lichts bewahrt.

Aber endlich, als die Blätter jenes Jahres zu fallen begannen, wollte Elrond es ihr nicht länger gestatten zu verweilen, und sie trugen sie zu den Anfurten. Schwer lag nun auf Elrond und Galadriel die Verpflichtung, den langen Kampf in Mittelerde zu erdauern, denn es erschien ihnen in jener Stunde, daß sie ihres Verweilens hier unsäglich müde waren. Und Elrohir und Elladan schworen, daß jeder Ork östlich der Berge den Schrecken der Söhne Elronds kennen sollte.

Am bittersten von allem war ihr Abschied von Arwen; denn obwohl noch kein Schatten von Lúthiens Schicksal auf Arwen Abendstern gefallen war, sah ihn doch Celebrían in jener Stunde voraus; obgleich sie von ihrem Geschlecht lange Jahre der Mittelerde Abschied nahm, sollte die Trennung von Arwen über das Ende der Welt hinausdauern. Größer noch war die Trauer Arwens; denn obgleich sie viele Jahre lang auf der grünen Erde gelebt hatte, war sie doch noch eine junge Maid nach der Rechnung ihres Volkes und hatte keinen Kummer gekannt; noch sah sie irgendwelche großen Aufgaben vor sich, die ihr in jener Stunde Kraft hätten geben können.

Und so bemühte sich Celebrían trotz ihrer mannigfachen Leiden leichten Herzens zu erscheinen, und zuletzt hielt sie in ihrer Hand das Sternjuwel, das ein Leuchten ausstrahlte, als könnten ihre Finger es wahrhaftig nicht verbergen, und sie sagte: »Ich werde dies nicht mehr brauchen, denn wohin ich gehe, da strahlt dieses Licht ungemindert. Seine Kraft ist geringer für unsere Art als für Menschen, die immer jenseits dieses Lichtes wohnen müssen und so selbst durch seinen blassesten Widerschein gestärkt werden; doch selbst für uns, Arwen, obwohl es uns wenig Heilung gibt, ist die Erleichterung des Herzens groß, die in seinem Schein liegt, wenn Trauer und Furcht und dunkle Gedanken und Erinnerungen auf dem Herzen liegen. Und von diesen, sehe ich voraus, wirst du ein volles Maß haben, und du wirst lang auf dein Glück warten; vielleicht so lange, wie ich warten muß, bis ich wieder gänzlich froh bin.« Dann blickte sie den Weißen Elbenherrn an, als bäte sie um Erlaubnis zu gehen, und er lächelte in Zustimmung, um so auch den Kummer zu verbergen, der ihn erfüllte; und sie sagte: »Sei getröstet, Abendstern; trage dies, das zuerst von einem tapferen Sterblichen getragen wurde, und denke daran, daß selbst die Kurzlebigen Mut finden, um ihr Leid ohne Hoffnung zu ertragen. Und wenn du darauf blickst, erinnere dich, daß ich in dem Licht wohne, von dem dies nur ein matter Abglanz ist, und daß dieser Schein meinem Herzen in diesem traurigsten aller Laubfalle Licht war.« Dann legte sie das Juwel um Arwens Hals, wo es einen Augenblick lang wie ein brennender Stern aufglühte, und dann, als ob sein Licht langsam in einer Wolke verschwinde, blasser und sanfter wurde. Und leise sagte sie, aber wie im Scherz: »Dies ist nicht der Elbenstein, der eines Tages zu dir kommen wird, Abendstern, so trag dies wohl, bis jener andere dein ist, um zu deines Herzens Frieden auf ihn zu schauen. Und in jener Stunde, wenn du durch die Schatten zum Licht gelangst und nach langem Zweifel und langer Traurigkeit endlich zur Freude gekommen bist, dann gebe dieses Juwel einem, dessen Not in jener Stunde größer ist als deine, wie ich es dir gegeben habe.« Aber Elrond blickte ernst und sagte: »Ich bitte dich, sprich nicht davon«, so sagte sie nichts mehr, und sie schieden.

So entschwand Celebrían übers Meer, und viele Jahre lang waren die Lieder Bruchtals stumm, und selbst die Halle des Feuers war dunkel . . .

Anderswo wird von Arwen erzählt, daß sie ebenso wie ihre Brüder an Anmut und Weisheit zunahm, hell und gesegnet unter den großen Frauen des Elbengeschlechts, und nur Frau Galadriel war schöner oder mehr geliebt als sie. Und es ist bekannt, daß sie in der Stunde, als sie schließlich ihres Herzens Sehnsucht erlangt hatte und in Freuden neben dem König Elessar saß, dem Ringträger in seiner Not das weiße Sternjuwel übergab.

Arwens Abschied

Die folgende Erzählung wurde entweder im gleichen oder im folgenden Jahr veröffentlicht wie die vorangegangene, ›Arwens Stein‹, und sie erschien möglicherweise sogar unter einem Pseudonym; die bibliographischen Quellen sind widersprüchlich. Thematisch hängen beide Erzählungen eng zusammen, vor allem durch die Gestalt der Elbenprinzessin Arwen. Während die erste Geschichte vor der Handlung des ›Herrn der Ringe‹ angesiedelt ist und Ereignisse aufgreift, die dort nur im Rückblick gestreift werden, ist hier eine Episode ausgestaltet, die im dritten Band von Tolkiens Werk in einem Nebensatz abgehandelt wird. In der hier vorliegenden Form wirkt sie wie eine Coda zu ›Arwens Stein‹ und zur Geschichte der Elben.

»Aragorn und seine Ritter und das Volk von Lórien und Bruchtal machten sich bereit, weiterzureiten; doch Faramir und Imrahil blieben in Edoras; und auch Arwen Abendstern blieb hier, und sie sagte ihren Brüdern Lebewohl. Niemand sah ihr letztes Zusammensein mit Elrond, ihrem Vater, denn sie gingen hinauf in die Berge und sprachen dort lange miteinander, und bitter war ihr Abschied, der über das Ende der Welt hinaus dauern sollte . . .«

DER HERR DER RINGE

»Schön ist die Goldene Halle«, sagte Elrond, »doch sie ist ein Haus der Menschen, Arwen. Und ich würde gern mit dir wieder im grünen Wald wandeln, ehe wir morgen scheiden.«

Da entließ Frau Arwen ihre Maiden und nahm einen Mantel von Elbengrau, und sie gingen unbemerkt und allein, ohne ein Wort. Zuletzt fanden sie tief im Wald eine Lichtung, wo Vögel sangen und grünes Sonnenlicht auf das grüne Gras fiel, das mit weißen Blüten von Immertreu übersät war; und durch eine Lücke in den Bäumen konnten sie die hohen weißen Bergspitzen sehen.

Zuerst sprachen sie von Gemeinplätzen, von ihrer Reise hierher, von Vögeln und Blumen und Wald und Bäumen, um zu verbergen, was schwer auf beiden lastete, daß sie zum letztenmal gemeinsam in den baumumwobenen Landen von Mittelerde wandelten. Und Arwen sang leise, als ob die Vögel in den Bäumen ein süßeres Echo in der Lichtung hervorgelockt hätten. Dann sprachen sie lange von den Tagen, die einst gewesen waren, und den Tagen, die dereinst sein würden; von Reichen der Menschen und Elben und von Königen, die gewesen waren und die da kommen sollten.

Aber als die Sonne vom Morgen zum späten Nachmittag gesunken war, setzte sich Elrond schließlich auf einen großen Felsen, der grau von Flechten war, und wollte seine Tochter zu sich ziehen, damit sie sich an seine Seite setze; aber mit einem leisen Schrei sank sie in das Gras nieder und bettete ihren Kopf auf seine Knie.

Er strich ihr mit der Hand übers Haar, das in ein Netz mit strahlenden Juwelen gefaßt war, aber sprach lange Zeit kein Wort.

»Viele Zeitalter ist es her, seit ich dieses Land zum letztenmal durchstreifte«, sagte er zuletzt.

»Ich bin niemals zuvor hier gewesen.«

»Nein, denn der Schatten lag schwer auf diesen Hügeln. Nun ist die Gefahr gebannt, aber, ach, ich werde sie nicht mehr in der Sonne erblühen sehen. Dies bleibt dir und deinen Kindern vorbehalten; ich muß ebenso weichen wie der Schatten.«

Sie lächelte wehmütig. »Mußt du so bald fort?«

»Bald?« Er lächelte, aber Kummer lag darin. »Vor langen Jahren hätte ich diese Lande verlassen, wäre ich nicht verpflichtet gewesen, den langen Kampf hindurch in Mittelerde auszuharren. Nun sind alle meine Aufgaben hier beendet, und ein neues Zeitalter beginnt, an dem ich keinen Anteil habe. Die Zeit für meinen eigenen Abschied ist nun gekommen; dorthin zu gehen, wohin jene, die ich liebte, schon lange gegangen sind, und mein Schicksal jenseits des Meeres zu erfüllen. So muß es sein.« Er hielt ihre Hand lang, ohne zu sprechen, und schließlich sagte er: »Ach! Lange habe ich geglaubt, dieser Tag, an dem ich zuletzt doch fortgehe, würde mir nur Freude bringen; aber ich sehe nun, es ist immer so, Arwen, daß keine Freude ohne Schmerz kommt. Denn ich lasse meinen liebsten Schatz zurück, und mein Lied kann nur von Tränen und nie ganz von Freude sein. Treffend nannte man dich Undómiel, meine Tochter.« Er beugte sein Haupt und weinte. »Lange schon habe ich diesen Abschied vorausgesehen, aber er ist darum nicht leichter zu ertragen, und es ist um so bitterer, daß er von den Händen derer kommt, die ich liebe, so daß ich mich nicht weigern kann, ihn hinzunehmen.«

»Du zerreißt mir das Herz«, sagte sie.

»Nein, so war es bestimmt. Wie bei Lúthien der Schönen, dem meistgeliebten aller Kinder dieser Welt, lag ein Verhängnis auf dir. Dies habe ich seit langem gewußt und auch jenes: wenn du es zurückweisen würdest, würde noch viel Schrecklicheres geschehen. Und doch ist es gut, daß einige Dinge selbst vor den Augen der Weitsichtigen verborgen sind, meine Tochter; denn selbst ich, den man weise nennt, hätte vor solchem Schmerz zurückscheuen können, wie groß die Not auch sein mochte.«

»Und ich ebenso.« Sie legte den Kopf in seine Hände, und auch sie weinte bitterlich.

»Trauerst du?« fragte er, und sein Gesicht war verquält. »Arwen, Arwen, bereust du deine Wahl?«

»Nein«, sagte sie, »meine Trauer gilt dir, mein Vater. Zu wählen war wahrhaftig schwer, und hätte ich gewußt – hättest du es verboten oder anderweitig geraten . . .«

Langsam schüttelte er den Kopf. »Weise nennt man mich, aber niemand darf einem anderen bei einer so ernsten Sache sicheren Rat geben. Du hast gelebt, und auch du bist weise – oder weise genug, um deine Welt zu regeln, wie es am besten erscheint. Ich war mir gewiß, daß deine Wahl weder leicht noch sorglos getroffen werden würde, noch achtlos aller Folgen. Und so sage ich, obgleich ich trauere und es bitter für mich ist, er, der dich gewonnen hat, ist dessen würdig, und du bist wohl vergeben.«

Ihr Lächeln war wie ein Regenbogen durch Tränen.

»Lang waren die Jahre der Entscheidung, mein Vater, und ich hatte niemanden, mir zu raten; denn auch Galadriel hielt ihren Rat zurück, als ich ihn suchte, und sagte nur, ich müsse es lang und gut bedenken und in meinem Herzen abwägen, was jede Entscheidung bringen würde, da mir jede sowohl mehr Freude als auch mehr Leid bringen würde, als ich ahnte. Und zuletzt erschien es mir, als ob Weisheit hier Torheit sei; denn es schien mir, und so erscheint es mir immer noch, daß selbst die Lande des Äußersten Westens mir nie gefallen könnten, wenn ich allein dort wandeln müßte. Und dann wußte ich, welches meine Wahl und mein Schicksal sein mußte, mein Vater, und von jenem Augenblick an stand mein Geschick fest. Selbst wenn mein Herr im Kampf gefallen und zu dem fernen Heim der Tapferen gegangen und alle unsere Hoffnungen vereitelt worden wären, selbst dann wäre ich in Mittelerde geblieben. Allein, wenn es nötig gewesen wäre, und bis ans Ende kämpfend und am Ende untergehend. Mein Schicksal liegt hier, zum Guten oder Bösen. Und vielleicht wäre es so gewesen, wenn ich den Sohn Aragorns nie getroffen hätte unter den weißen Bäumen deines Gartens; denn wenn wir alle von hier gingen, warum wäre deinen Kindern dann eine solche Wahl gegeben worden?«

»So mag es wohl sein«, sagte er. »Doch, meine Meistgeliebte, es erscheint mir nun, daß auch ich, als ich deine Wahl kannte, nun jener Gnade des Abschieds entsagen und hier bleiben müsse bis zuletzt, wie mein Bruder sich vor langer Zeit entschied, um schließlich in dieser Welt zu sterben. Arwen, erinnerst du dich an den Tag, als wir deine Mutter zu den Anfurten trugen?«

»Gut erinnere ich mich daran; lang waren unsere Herzen der Lieder leer. Und in den langen Jahren der Gefahr kam mir oft der Gedanke, wenn ich mich daran erinnerte, wie sie zu mir beim Abschied gesprochen hatte, daß auch sie dieses Verhängnis vorausgesehen hatte.«

»Sie sah es in der Tat voraus; in der Stunde deiner Geburt, glaube ich, wußte sie, daß das Schicksal Lúthiens auf dir lag«, sagte Elrond ernst, »wenn ich es auch nie ertragen konnte, es gesprochen zu hören. Es war ein Kummer für uns. Und als sie von uns genommen wurde, sehnte ich mich damals, mit meinem ganzen Hause übers Meer zu gehen, und es hätte uns diesen späteren Abschied erspart. Doch ich hatte die Verpflichtung auf mich genommen, von der du weißt, und ich konnte sie damals nicht ablegen; so mußte ich zwangsläufig jene lange Trennung auf mich nehmen, und ich gelobte damals, daß es nicht für immer sein solle. Und so ist mein Schicksal nicht mein zu entscheiden. Mein Weg liegt dort und deiner hier.«

Arwen weinte immer noch ohne Unterlaß. »Selbst damals erschien es, daß ich von ihr ohne Hoffnung und über die Kreise der Welt hinaus Abschied nahm, während es für dich ein Licht jenseits der Dunkelheit gab. Obgleich ich dachte, daß nur meine Jugend und Unweisheit mich trauern machten.«

Er richtete sie auf und blickte in ihr schönes Gesicht, und es schien, als ob seine Augen in ihrem Herzen läsen. Er seufzte mit leiser, aber von Pein durchdrungener Stimme: »Arwen Undómiel, sage mir, daß du es nie bereuen wirst, oder ich werde es nicht ertragen können.«

Sie hielt seine Hände an ihre Brust, und Tränen benetzten sie.

»Hart und kalt von Herzen wäre ich, härter als der Stein der Berge«, sagte sie mit vor Schmerz bebender Stimme, »wenn ich all meine Verwandten ohne Bedauern oder Trauer verlassen könnte, mein Vater. Niemals werde ich meine Wahl bereuen, aber niemals, solange die Sonne über meiner Welt aufgeht, werde ich aufhören, den Schmerz zu bedauern, den ich denen zufügen muß, die mich lieben. Niemals werde ich vergessen noch dich leicht in meinem Herzen halten, während ich ob meiner lang ersehnten Freude lache. Bitter war die Wahl, und nur als ich wußte, daß ohne den einen, an den mein Leben nun gebunden ist, alle Zeitalter der Welt für mich nur eine endlose Trübsal sein würden, selbst in den seligen Gefilden, habe ich sie getroffen, und dein Kummer hat mich beinahe davon abgehalten, bis zuletzt.«

»Ich hätte es nicht so gewollt«, sagte Elrond. »Selbst ich, meine Tochter, hätte dich nicht fortgeführt, um dich deine Jahre in endloser Erinnerung und vergeblichem Bedauern zubringen zu sehen. So ist unser Geschick.« Er wurde ruhig, und sie saßen so lange Zeit, Arwen seine Hände an ihr Herz haltend, sein Haupt über ihr schönes Gesicht gebeugt. So still waren sie, daß Vögel auf die Lichtung kamen und eine Familie von zierlichen Kaninchen das Gras zu ihren seidenbeschuhten Füßen zu äsen begann. Die ersten Schatten fielen, als er schließlich den Kopf hob.

»Morgen reiten wir los«, sagte er, »reitest du mit uns, Arwen?«

»Nein, obgleich ich für eine Zeitlang glaubte, daß ich es vielleicht tun sollte; und fürwahr hat mein Herr es mir freigestellt, und wenn ich es wollte, würde er mich Euch eine Zeitlang Gesellschaft leisten lassen, da sie so bald enden muß. Doch auch er hat lange gewartet, und nun sind unsere Pfade vereint.«

»Doch Aragorn selbst reitet mit seinen Rittern nach Orthanc«, sagte Elrond. »Du könntest so weit mit uns reisen und an seiner Seite zurückkehren.«

»Auch daran habe ich gedacht«, sagte sie. »Doch ist ein aufgeschobener Abschied nicht weniger schmerzlich, und ich bin kein Kind, daß ich mich bis zum letzten Augenblick an dich klammern und weinen würde, wenn man mich zuletzt von deiner Seite zerrte. Nein, mein Vater, ich bleibe hier, um nach Minas Arnor zu reiten und die Rückkehr meines Herrn zu erwarten.«

»Du bist wahrlich weise«, sagte Elrond. »Morgen müssen wir uns vor vielen Augen das letzte Lebewohl sagen, und du mußt dich als Königin zeigen. Wenn es Tränen geben muß, laß sie hier und im geheimen fallen. Ich wollte nicht, daß irgendeines Menschen Auge deinen Kummer sehen sollte – oder den meinen.«

Sie lächelte ernst. »Daher kommt es, daß die Menschen glauben, unser Volk kenne Leid nur als ein Motiv für schöne Lieder. Vielleicht ist es gut so. Sie, die so viele und so bittere Leiden kennen, sollten gern glauben, daß irgendwo in der Welt immer nur Freude herrscht. Wie es wahrlich sein mag, wenn sie auch nicht in den Herzen des Elbengeschlechts wohnt. Und sie kennen nicht zur Gänze den Trost von Erinnerung und Traum.«

Elrond stand auf. Hochgewachsen stand er, groß und schön und königlich über alle Menschen hinaus, und die untergehende Sonne berührte sein unbedecktes Haupt wie mit einer Krone von Gold aus dem Westen.

»So kommen wir hier, auf einem fremden Hügel, schließlich an das Ende unserer gemeinsamen Wege in dieser Welt«, sagte er, und indem er ihr die Hand gab, sagte er: »Steh auf, meine Tochter, die Tage werden kurz, und selbst diese letzten Augenblicke entschwinden.«

Er sah in ihr schönes Gesicht, als sie aufgestanden war.

»Die Zeit vergeht seltsam unter dieser Sonne, und ich werde alt, Undómiel; lange fürwahr hast du an meiner Seite in Bruchtal gesessen und mein Herz und mein Heim mit deiner Schönheit und Weisheit erfreut, und lange bist du eine große Herrin unseres Geschlechts gewesen. Doch nun erscheint es nur wie ein paar schnelle Sonnenumläufe, seit ich dich in den Gärten von Imladris singen und springen sah, ein kleines Mädchen mit Blättern im wehenden Haar, das lachte, weil die Welt durch die Regentropfen hindurch so seltsam erschien, oder das mit großen Augen auf die scharfen Schwerter seiner Brüder blickte.«

Sie lächelte traurig.

»Ich habe ihnen am Abend Lebewohl gesagt. Eine Zeitlang glaubte ich, auch sie, oder einer von ihnen, würden hier in Mittelerde zurückbleiben wollen; lang haben sie es so sehr geliebt. Doch sie wollten nicht voneinander getrennt werden, und ihr Werk hier ist vollendet, während das meine erst beginnt. Für sie, wenn ich auch ihre schönen Stimmen und ihre Gesellschaft vermissen werde, empfinde ich keinen großen Kummer. Noch für irgend jemand sonst, außer für dich allein, mein Vater.«

Dann warf sie sich an seine Brust, und er hielt sie fest in seinen Armen, und sie küßten sich zum letzten Mal. Und zuletzt löste er ihre Arme liebevoll von seinem Hals und nahm ihre Hand und blickte zum ersten hellen Glitzern am Himmel hinauf; Eärendils Stern leuchtet hinter ihrem dunklen Haupt im dämmrigen Zwielicht.

»Treffend nannte man dich Undómiel, Abendstern der Welt«, sagte er. »Abendstern in einer Welt, die dunkler wird. Lebewohl, mein Liebling. Wir scheiden über das Ende der Welt hinaus, und selbst wenn die Welt sich wandelt und die vergessenen Länder emporsteigen, werden sich unsere Wege nie mehr kreuzen, sondern immer weiter voneinander entfernen. Doch ich sage dir, Kind unserer Ahnin Lúthien, Tochter vieler schimmernder Könige, es war wahr gesprochen, daß unser Geschlecht nie aus dieser Welt aussterben, sondern ewig in Mittelerde weiterleben wird. So daß unsere Welten nie in Wahrheit getrennt sein werden. Lebewohl. Lebewohl, Liebling, und mögen die Sterne immer auf dich scheinen und auf die, die du liebst.«

»Mögen die Sterne dir nie fehlen«, flüsterte sie. »Mögen die Lande, die ich nicht erschauen werde, immer gesegnet und schön sein, weil du dort weilst. Möge das Licht Elbereths immer über dich leuchten.« Sie kniete vor ihm nieder. »Segne mich zum letzten Mal, mein Vater.«

Er legte seine Hand auf ihre Stirn, die wie mit Sternen bedeckt erstrahlte; dann stand sie auf, und Hand in Hand, ohne ein Wort, kehrten sie nach Edoras zurück. Und in jener Nacht in der großen Halle saß sie mit ihren Frauen neben Elrond und dem König Elessar; und ihre Lieder waren die freudigsten, und von allen war sie die Schönste.

Der Tag der Schmetterlinge

Vergleicht man die folgende Geschichte mit den Frühwerken der Autorin, so wird deutlich, daß die Marion Zimmer Bradley schriftstellerisch inzwischen einen langen Weg zurückgelegt hat. Der Wechsel zwischen den »realistischen« und der »phantastischen« Ebene wird effektiv gehandhabt, und während die früheren Erzählungen alle unter dem Diktat der Sciencefiction standen, daß alles Unerklärliche eine Erklärung finden muß, und sei sie auch noch so abstrus, kann die Erzählerin sich hier souverän darüber hinwegsetzen, ja, sogar mit solchen Erklärungen spielen.

Dabei handelt es sich nach wie vor um nichts anderes als eine Wunscherfüllungs-Phantasie, nicht mehr und nicht weniger.

Diana war ein Kind der Großstadt. Das war von jeher so gewesen, und sie hatte auch nichts dagegen einzuwenden.

Als sie um halb sechs durch die Drehtür trat, streifte sie ihre Glacéhandschuhe über. Das weiche Glacéleder bewahrte ihre Hände vor dem profanen Kontakt mit Türen und Wänden, so wie ihre in munterem Rhythmus klappernden Stöckelabsätze ihre Füße vor dem Kontakt mit dem harten und dreckigen Betonpflaster bewahrten. Obwohl der Smog ihre Augen reizte, empfand sie die Luft an diesem ganz normalen Sonnentag in der Stadt als erfrischend. Bei einem Straßenhändler erstand sie eine Zeitung, ohne ihm oder dem Blatt auch nur einen flüchtigen Blick zu gönnen, und danach schlug sie in flottem Tempo den Weg zur drei Querstraßen entfernten U-Bahn ein, mit dem sie sich ihre tägliche Bewegung verschaffte.

Und plötzlich – ja, plötzlich geschah es. Sie konnte nicht sagen, wie. Sie verspürte einen ganz winzigen, sonderbaren Ruck, so als habe sich der Gehsteig um eine Idee nach rechts oder links verschoben, und . . .

. . . die Sonne schien warm und honiggold; grünlich schimmerte das Licht durch ein zartes Blätterdach und lag wie Seide auf ihren nackten Schultern. Ein süß duftendes Lüftchen strich durch das Gras und liebkoste ihre bloßen Füße, und auf einmal fing sie an zu tanzen, einen wilden, ekstatischen Freudentanz inmitten einer Wolke karmesinroter und gelber Schmetterlinge, die ihre flatternden Haare wie leuchtende Funken umflirrten. Sie haschte mit den Händen danach, zerdrückte kühle, saftige Grashalme unter ihren Füßen, genoß den erfrischenden Duft der Hyazinthen, und als die Schmetterlinge sich von ihren Fingerspitzen in die Luft erhoben . . .

. . . stolperte sie über die erste Stufe der U-Bahn-Treppe, und zwar so heftig, daß ihr Fuß umknickte und sie sich am Geländer festhalten mußte. Eine fette, nach Knoblauch riechende Frau stampfte an ihr vorbei und motzte sie an: »Passense doch auf, wohinse ge'en!« Diana schloß die Augen, aber gleich darauf öffnete sie sie wieder mit leichtem Schaudern. Die düstere Beleuchtung des U-Bahnhofs verursachte ihr beinahe körperliches Unbehagen. Merkwürdig, dachte sie mit einem seltsamen inneren Zwiespalt, merkwürdig, daß mir vorher nie aufgefallen ist, wie *häßlich* so ein U-Bahn-Aufgang ist, wie verrußt und finster . . . Und urplötzlich – wenn auch verzögert – traf es sie wie ein Blitz.

Du lieber Himmel, dachte sie, ich muß nicht ganz richtig im Kopf sein! Ich war doch *dort* und habe *getanzt*, eine Minute lang! Ich habe es nicht nur gerochen oder gespürt oder gesehen, nein, ich habe es gerochen *und* gespürt *und* gesehen, ich hatte es unter meinen Füßen, habe es berührt! Natürlich handelte es sich um eine Halluzination. Ein Gedanke ließ ihre Wangen brennend erröten: hatte sie tatsächlich *getanzt*, hier auf der Lexington Avenue? Mechanisch steckte sie ihre Fahrkarte in den Automaten am Drehkreuz.

Ein goldener Schmetterling flatterte aus ihrer Hand.

Diana ließ sich von ihrem Hintermann durch das Drehkreuz schieben. Benommen blickte sie auf, während der funkelnde goldene Fleck durch den Lärm und den drückenden Mief tänzelte und verschwand. Ein kleines Kind quietschte: »Oh, schau mal, ein Schmetterling!« – doch keines der verbiesterten Gesichter, die sich der U-Bahn in den Rachen warfen, verriet Interesse oder sah nach oben.

Diana quetschte sich in das Abteil und griff wie betäubt nach einem Halteriemen. Das Rattern und Schütteln unter ihren Füßen bereitete ihr echte Qualen, obgleich sie es vorher nie bemerkt hatte. Ihre Zehen reckten und streckten sich ungeduldig und voller Sehnsucht nach dem kühlen Gras; sie holte Atem in der Hoffnung, den Hyazinthenduft zurückzurufen, und versank im Knoblauchdunst, im Mief schwitzender Körper, die nach Deodorants, Haarspray, billigem Parfüm und Dreck stanken.

Aber was war mit ihr geschehen? Sie überlegte irritiert, daß sie eigentlich nicht zu den Leuten zählte, denen solche Dinge zu passieren pflegten. Nein, ich habe es geträumt, die Schmetterlinge und alles andere. Oder mit meinen Augen stimmt etwas nicht.

Und als echtes Kind des zwanzigsten Jahrhunderts, das ausschließlich an das glaubte, was es *sah* – und aufgrund der heutigen technischen Möglichkeiten beim Fernsehen und in der Trickfotografie davon auch nur die Hälfte –, gelang es ihr, sich dieser unglaublichen Offenbarung zu verschließen.

Bis zum nächsten Mal.

Das nächste Mal befand sie sich an einem Samstagvormittag mitten im hektischen Getriebe der Penn Station. Körper drängelten, Menschen lärmten und verfolgten verbissen ein Ziel, das nur sie allein zu kennen schienen. Über die Lautsprecher kamen geheimnisvolle Geräusche, zu unmöglichen Lauten verzerrt. Ihre behandschuhte Hand fest in Petes Ärmelstoff eingehakt, schritt sie zügig aus; wild klappernd versuchten ihre Absätze, mit ihm Schritt zu halten. Im Grunde hatten sie es nicht besonders eilig, doch ihre gesamte Umgebung schien auf sie einzubrüllen, *schnell-schnell-schnell!*, so daß sie einfach gehorchten.

Gedankenschnell schwand die lärmerfüllte, stickige Luft und machte einer wohltuenden Stille Platz, die nur gestört wurde durch das sanfte Säuseln des Windes im hohen, trockenen Gras zu ihren

Füßen. Sie sprang umher, tanzte im Schwarm der buntglänzenden Schmetterlinge, wirbelte in stürmischer Ausgelassenheit mit den Armen, spürte das Spiel der kühlen Winde um ihre bloßen Beine und Füße . . .

. . . aber nein, sie hatte sich täuschen lassen. Die dumpfe Luft lag schwer in ihrer Lunge, und sie japste förmlich, als der Lärm über sie hereinbrach, einen Augenblick bevor sie bemerkte, daß Pete stehenblieb und sie stirnrunzelnd ansah.

»Stimmt irgendwas nicht, Di?«

Ihr lagen die Worte auf der Zunge, »Ja, alles stimmt nicht. Diese ganze scheußliche Stadt. Mir ist gerade aufgegangen, wie grauenvoll es hier ist . . .«; aber sie hielt sich zurück. Es hätte bedeutet, diesem . . . diesem Traum oder dieser Halluzination – was immer es auch sein mochte – Wirklichkeit zu verleihen, ja, ihr sogar den Vorzug zu geben. Sie bewegte ihre Füße in den engen Schuhen und stieß einen schwachen Seufzer aus.

»Nein, alles in Ordnung. Ich fühlte mich – es ist ein bißchen heiß und stickig hier, und ich war wohl etwas geistesabwesend.«

Geistesabwesend stimmt. Mein Körper war hier – sonst hätte es Pete ja bemerkt –, aber mein Geist nahm sich frei. Weiß Gott, *wo* sich mein Geist aufgehalten hat. Sie fragte Pete: »Wie kamst du darauf, Pete? Was hab' ich gemacht?«

»Na, du bist plötzlich stehengeblieben, und ich konnte nicht erkennen, was dich so faszinierte,« erklärte Pete nüchtern, »und dann bist du ein bißchen getaumelt, so als hättest du dir den Fuß verstaucht. Alles in Ordnung?«

»Natürlich«, erklärte sie, die Zärtlichkeit in seiner Stimme erwidernd. Oh, wie sie ihn liebte! Er war kein bloßer Verehrer, nein, er war der Richtige, der, mit dem sie ihr ganzes Leben verbringen wollte – aber war hier denn überhaupt etwas gut und richtig?

Stop. Solche Gedanken machten das Ganze zu realistisch . . . diese Halluzinationen . . .

»Hast du was am Schuh? Kaugummi oder Hundedreck?«

»Nein«, versetzte Diana und rieb ihren Fuß am Boden. Für sie war es keine Lüge; denn wer würde hier, mitten im Lärm der Penn Station, einen zerdrückten Grashalm bemerken oder für echt halten?

»Also, beeilen wir uns, damit wir unsere Bahn erwischen.«

»Haben wir es wirklich so eilig?« fragte sie in einem Anflug von Rebellion. »Vielleicht nur, um endlich aus diesem widerwärtigen, verdreckten Bahnhof rauszukommen. Hast du schon mal überlegt, wie *scheußlich* es fast überall in der Stadt ist?«

»Ich möchte an keinem anderen Ort leben«, entgegnete Pete

prompt, »und du auch nicht! Oder hast du etwa Sehnsucht nach den Getreidefeldern von Iowa oder sowas?«

»Pete, du Quatschkopf, du weißt doch, daß ich in Queens geboren bin!« Es läuft auch nicht auf Sehnsucht nach der wunderbaren und fernen Kindheit hinaus. Aber worauf dann? Wie kann ich Sehnsucht haben nach etwas, das ich nie erlebt oder auch nur geträumt habe? Vielleicht bin ich einfach übersättigt. Die Stadt ist bestimmt nicht übel. Hier hat man alles, was man sich nur wünschen kann – Kultur, Fortschritt, Gesellschaft, bisweilen sogar Schönheit, und Pete . . .

»Pete«, sagte sie, »müssen wir jetzt unbedingt noch einkaufen gehen?«

»Nein, ganz und gar nicht. Du warst doch diejenige, die es so eilig hatte, Handtücher und Pfannen und solches Zeug anzuschaffen und zu horten, bis wir Wohnung und Trauschein haben. Was willst du denn statt dessen tun?«

Schon bevor die Worte über ihre Lippen kamen, konnte sie sich nur allzu gut seinen erstaunten Gesichtsausdruck ausmalen. »Wir könnten im Park unter den Bäumen spazierengehen und uns die Blumen ansehen.« Aber sie wußte, er würde ja sagen, und er tat es dann auch. Viel war es nicht, doch es half. Wenigstens ein bißchen.

Seitdem war sie nie mehr sicher, ob ihre Augen beim nächsten Lidschlag die Stadt mit ihrem ohrenbetäubenden Lärm erblicken würden oder die grüne Lichtung mit den tanzenden Schmetterlingen. Irgendwo in ihrem Innern *wußte* sie, daß sie das Opfer einer Halluzination war, einer Fehlleistung von Augen und Geist, aber . . . wie kam es, daß sie dann hier und da einen Schmetterling in Händen hielt oder eine Blume oder einen Grashalm? Dennoch gab sie sich wegen der Gründe, die sie veranlaßten, ihren vorgesehenen Besuch bei einem Arzt, Optiker oder Psychiater immer aufs neue zu verschieben, keinen Illusionen hin. Das nächste Mal, schwor sie sich, das nächste Mal – ganz bestimmt. Sie wußte, weshalb es immer das nächste Mal heißen würde und niemals dieses Mal.

Falls es sich um eine Halluzination handelte, so würde sie der Arzt davon befreien.

Aber das will ich ja gar nicht!

Sie bildete sich ein, daß niemand davon wüßte, doch eines Tages, als sie sich nach einem verzückten Tanz zur fernen Panflöte zerzaust und mit schweißverklebten Haaren wieder in der Wirklichkeit fand, als sie – erschreckt zusammenfahrend – die Haarnadeln in dem straffen französischen Knoten an ihrem Hals spürte und ihre Finger über den Tasten der elektronischen Schreibmaschine schweben sah, bemerkte sie, daß das Mädchen am Nachbarschreibtisch sie anstarrte.

»Was ist los, Diana? Ich habe dich schon dreimal angesprochen.«

Sie nahm die Hände von der Tastatur. Diesmal trennte sie sich nur ungern von ihrem Traum, und überdies hatte sie bei dem Schriftstück in ihrer Maschine völlig den Faden verloren. ». . . wenn man davon ausgeht, daß es sich bei dem betreffenden Grundstück um die westliche Hälfte eines Teilstücks handelt, das am Schnittpunkt der Nordseite der Achtundvierzigsten Straße und der Ostseite der Raymond Street – vormals Beaver Street – beginnt (die betreffenden Straßen sind auf der Karte ausgewiesen und werden im folgenden als Parzellen 13, 14 und 15 bezeichnet), . . .«

Was für ein absoluter und unglaublicher Blödsinn! dachte sie sich, während sie das kleine blaue Blümchen kühl und zart in ihrer hohlen Hand spürte und ihre Finger die winzigen Blütenblätter streichelten. Sie verbarg es vor den Augen des anderen Mädchens, und sie wußte, daß ihre Stimme merkwürdig klang, als sie sagte: »Tut mir leid, Jessie. Eine – eine Art Tagtraum, vermutlich.«

»Muß ja was ganz Tolles gewesen sein«, sagte Jessie. »Du hast ganz sanft und strahlend ausgesehen. Wer war's denn? Michael Sarrazin – oder wer? Oder nur Pete? Wenn er dich *so* verzaubert, dann kannst du von Glück sagen!«

Diana lachte leise. »Wenn es überhaupt um einen Mann ginge, dann käme nur Pete in Frage. Nein, ich habe nur . . .« Es war schwierig, die richtigen Worte zu finden. »Ich hatte einen Tagtraum über – über einen Wald, eine Art Lichtung voller Blumen und Schmetterlinge.«

Sie hatte eine schnippische Bemerkung von der jungen Frau erwartet, aber sie kam nicht. Statt dessen nahm Jessies Gesicht einen träumerischen Ausdruck an. »Komisch. Klingt so wie das, was mir neulich passiert ist. Ich wollte meine Tante Marge in Staten Island besuchen. Auf der Fähre kam es mir plötzlich so vor, als würde ich über einen Strand laufen und Muscheln sammeln. Alles war so realistisch. Ich konnte die Möwen schreien hören und hatte den Salzgeruch in der Nase, und ich spürte sogar den Sand unter meinen Füßen, unter meinen *bloßen* Füßen. Aber der einzige Strand, den ich kenne, ist Coney Island, und der ist ganz anders; verstehst du, es war ein Strand wie im Kino.« Sie lachte verlegen. »Danach habe ich etwas Komisches festgestellt.«

»Ja?« Diana spürte einen harten Klumpen in der Kehle; auf ihren Oberarmen bildete sich eine Gänsehaut.

»Du wirst es mir nicht glauben«, sagte Jessie, »aber als ich heimkam und meine Schuhe auszog – das mache ich immer als erstes, wenn ich die Wohnung betrete –, da –«

»Ja –?«

»Du wirst es nicht glauben. Aber es war Sand in meinen Schuhen.«

»Sand?«

»Sand. Weißer Sand. Mein ganzer Teppich war voll davon.«

»Du hast recht«, bestätigte Diana. »Das kann ich nicht glauben.« Denn wo würde das sonst hinführen?

Sie hätte es als Frustrationserlebnis abtun können – denn als Kind des Freudschen Zeitalters gehörten »Verdrängung« und »Frustration« genauso zu ihrem Wortschatz wie »Computer« und »Schreibmaschine«. Doch beim nächsten Vorfall war weit und breit von Verdrängung oder Frustration nichts zu erkennen, denn sie und Pete lagen bei gedämpftem Licht und leiser Musik zusammengekuschelt auf dem großen Sofa in ihrer Wohnung. Aber Pete war still und in sich gekehrt. Einen Augenblick lang glaubte sie, er sei eingenickt, und versuchte ganz sacht und behutsam, ihren Arm freizubekommen, als er mit geschlossenen Augen murmelte: »Mein Gott, wie gut so ein Holzfeuer riecht . . .« Die Bedeutung seiner Worte elektrisierte sie und ließ sie hochfahren, als habe der Blitz neben ihr eingeschlagen.

»Pete – *du auch?*«

Als er sich aufrichtete, trug er den gleichen Ausdruck im Gesicht, den er – wie sie wußte – schon so oft bei ihr gesehen hatte, und sie ließ seine leisen Ausflüchte nicht gelten. »Wo warst du diesmal? Pete, ich habe ähnliches erlebt, allerdings ist es bei mir ein Wald, ein Wald mit Schmetterlingen und Gras . . . Pete, was ist los mit den Leuten? Erst dachte ich, ich sei die einzige, aber ein Mädchen aus meinem Büro, und nun du . . .«

»Langsam, langsam.« Seine Hände umfaßten und beruhigten sie. »Ja, mir ist es ungefähr ein dutzendmal passiert; plötzlich bin ich irgendwo anders. Ich weiß, daß es ein Traum ist, aber der Geruch ist so verdammt echt . . .« Er wirkte gedankenverloren. »Was ist das überhaupt, Realität? Vielleicht ist das hier nur *eine* Realität, oder vielleicht stimmt etwas mit unserer Realität nicht. Schau uns doch bloß an . . . zusammengedrängt wie in einem Bienenstock. Mag ja für Bienen ganz annehmbar sein, aber für Menschen? Sollen wir nach einer Entwicklungsperiode von Millionen Jahren wirklich so leben?«

Diana war von unterschwelliger Erregung erfüllt, fühlte sich jedoch verpflichtet, Zuflucht zur Logik zu nehmen. »Und du willst ein Großstadtmensch sein? Du hast doch stets behauptet, die Städte wären das Endresultat menschlichen Fortschritts und gesellschaftlicher Evolution . . .«

»Ich habe eine Menge blödsinniger Dinge behauptet. Ja, Endresultat stimmt sogar – nämlich das Ende einer Sackgasse.«

»Ja, leider«, seufzte sie, »mir ist das hier jetzt alles unglaublich zuwider. Möglicherweise war das schon immer so, und mir ist es bisher noch nicht so richtig bewußt geworden.«

»Vielleicht ist ein solcher Tagtraum oder eine solche Halluzination

– wie immer wir es auch bezeichnen wollen – ganz natürlich. Kann doch sein, daß uns unser Unterbewußtsein damit warnen will: ›Schluß mit der Stadt; seht zu, daß ihr rauskommt, wenn ihr nicht total verrückt werden wollt.‹«

»Möglich«, meinte sie, nicht überzeugt; und als er sich umdrehte, verlagerte sie ihr Gewicht und beugte sich hinab, um etwas aufzuheben, das ihm vom Schoß gefallen war.

Es war ein winziger, duftender brauner Tannenzapfen, kaum größer als ihr Daumennagel. Sie hielt ihn Pete hin, ihre Kehle vor Aufregung wie zugeschnürt.

»Pete, was ist nun Wirklichkeit und was nicht?«

Pete drehte den kleinen Tannenzapfen sacht zwischen den Fingern. Schließlich sagte er: »Nehmen wir einmal an, unser Erleben ist lediglich eine Art Übereinkunft, die Dinge zu sehen. Sogar die Wissenschaft ist inzwischen so weit, zu verkünden, daß Raum und Masse und vor allem Zeit nicht das sind, was nüchterne Physiker immer darunter verstanden haben. Hast du schon mal gehört, daß die gesamte Masse eines Planeten von der Größe unserer Erde in einer Kugel Platz hätte, die so groß ist wie ein Tennisball. Der verbleibende Rest ist der Raum zwischen den Atomen und Elektronen und ihren Kernen. Vielleicht sehen wir den materiellen Teil des Universums nur auf *diese* Art« – er umfaßte das Zimmer mit einer Handbewegung –, »weil wir eben *gelernt* haben, es so zu sehen. Und nun ist die Menschheit so übersättigt, und unsere Sinne werden so mit Reizen bombardiert, daß das Gefüge der Übereinkunft zusammenbricht und sich die kleinen Zwischenräume zwischen den Elektronen auf andere Weise zu einer neuen Übereinkunft arrangieren und wir feststellen, daß Eis nicht unbedingt mit Kälte in Zusammenhang steht und Feuer nicht unbedingt mit Flamme und uns die chemischen Bestandteile des Smogs unter Umständen als Schmetterlinge in der Luft erscheinen.«

»Aber was könnte das Gefüge der Übereinkunft zum Einsturz bringen, Pete?«

»Gott weiß was«, sagte er bedächtig; sie wußte, daß es keine hohle Phrase war. »Der Entzug von Sinneseindrücken kann sich auf die Sinnesorgane des Menschen sehr eigenartig auswirken – fünf Stunden unter Entzugsbedingungen, so fand man heraus, war das höchste, was ein Mensch aushalten konnte, ohne völlig durchzudrehen. Möglicherweise geschieht bei einer Übersättigung mit Sinneseindrükken genau das gleiche. Kann sein . . .«

Den Rest hörte sie nicht mehr; denn die Welt versank in einem grünen Strudel, und sie lief tanzend über die grüne Lichtung. Aber diesmal war auch Pete bei ihr . . .

Von dem Tag an begann sie, nach Signalen Ausschau zu halten. Ihr Chef wartete vor ihrem Schreibtisch auf einen Vertrag, den sie gerade tippte; bevor ihn Diana jedoch aus der Maschine nehmen konnte, legte er den Kopf auf die Seite, und Diana hörte ganz kurz das entfernte Zwitschern eines Vogels. Ihn überlief eine Art Frösteln, und er sagte kurz angebunden: »Ich komme später auf die Sache zurück.« Sie blickte ihm nach, als er wie benommen nach unten ging, um etwas zu trinken. In einem plötzlich hereinbrechenden Unwetter gelang es ihr einmal, als erste aus der Menge ein Taxi zu ergattern – und dann lag ein zart zusammengerolltes grünes Eichenblatt auf dem Sitz.

Also passiert es überall. Ob wohl jeder Betroffene der Meinung ist, er sei der einzige?

Sie ertappte sich dabei, wie sie die Zeitungen nach seltsamen Vorfällen durchblätterte. Eines Abends fühlte sie sich auf seltsame und aufregende Weise bestätigt, als ein Rundfunkreporter direkt von der derzeitigen »Front« – wo immer sie gerade sein mochte – in verstörtem Ton über ein Vorkommnis berichtete, das er mit dem Kommentar auf die leichte Schulter zu nehmen versuchte, die Gremlins hätten sich wieder selbständig gemacht. Anscheinend waren acht Panzer spurlos verschwunden, und das vor den Augen des gesamten Regiments. Man tippte auf Sabotage; aber wer würde sich wohl die Mühe machen, als Gegenleistung dafür ein halbes Dutzend Tulpenbeete anzulegen? Handelte es sich um einen überdimensionalen Streich?

Für Diana war es keine Überraschung – hielt sie doch selbst ganze Blumensträuße in den Händen, die sie an einem unbekannten Ort gepflückt hatte . . .

In der folgenden Woche machte ein Ereignis Schlagzeilen in der *Time*: Nach längerer Jagd wurde ein entlaufener Verbrecher, der eine Gefängnisstrafe wegen bewaffneten Raubüberfalls verbüßte, nur knapp zwei Kilometer von der Strafanstalt aufgefunden. Bei seinem Verhör gab er an: »Ich war in einer Stimmung, in der ich einfach vergaß, daß ich eingesperrt war. Ich bin aufgestanden und gegangen.« Dagegen schworen die Wachen wiederholt – durch Lügendetektor-Tests untermauert –, es habe nichts und niemand den Ausgang passiert, weder in die eine noch in die andere Richtung – noch nicht einmal der Lieferwagen der Wäscherei. Und dem Augenschein nach hätte der Gefangene zudem noch einen Supermarkt beraubt haben müssen – abgesehen davon, daß es in dieser Gegend keine gab –; denn er trug die Arme voller ausgefallener tropischer Früchte.

Petes ganzer Kommentar, als sie ihn auf die Geschichte hinwies, war: »Das Gewebe unserer gegenwärtigen Realität wird immer fadenscheiniger. Ich wette, der Tag ist nicht mehr weit, an dem tagtäglich mehr Zellen leer sind und sie die meisten der Davongegangenen nie mehr finden. Schließlich ist *ihre* Realität ja noch viel unerträglicher als die aller übrigen.«

Er legte die Stirn in Falten und starrte ins Leere. Sie dachte, er habe sich wieder aus der Wirklichkeit entfernt, aber er sinnierte nur. »Der Boden der Realität wird immer brüchiger. Ich frage mich, wie lange er so noch trägt und wann er endgültig zusammenbricht.«

Sie klammerte sich angstvoll an ihn. »Oh Pete! Ich will dich nicht verlieren! Wenn nun tatsächlich alles zusammenbricht, und wir werden getrennt, oder einer von uns beiden findet nicht mehr zurück!«

»Aber, aber!« Er drückte sie tröstend an sich. »Ich habe das Gefühl, daß das, was uns verbindet, Teil einer Wirklichkeit ist, die sowieso auf einer anderen Ebene liegt als das hier. Möglicherweise müssen wir uns wieder neu finden, aber falls unsere Beziehung echt ist, wird sie auch von Dauer sein – ganz gleich, welche Form die Realität annimmt.« Er wirkte etwas verlegen, als er hinzufügte: »Ich weiß, es klingt kitschig heutzutage, aber ich liebe dich, Diana, und wenn Liebe nichts Wirkliches ist – was sonst?«

Es verwunderte sie kaum, daß sie – immer noch in seinen Armen liegend – wieder kühles Gras unter sich spürte und grünliches Licht durch die Zweige schimmern sah. In das Säuseln des Windes hinein flüsterte sie: »Laß uns nie mehr zurückgehen!«

Doch das war unmöglich.

Trotzdem lichtete sich der Schleier immer mehr. Als sie eines Tages in East Village Holzperlen für ein Reklameprojekt einkaufen wollte, fiel ihr der Ausdruck verzückter Ekstase in den weichen, abwesenden Gesichtern der bärtigen jungen Männer und der barfüßigen, langhaarigen Mädchen auf, die ganz woanders zu sein schienen. *Sicher stehen sie nicht alle unter Drogen*, dachte sie. *Das ist etwas anderes. Ich glaube, ich weiß, was es ist.*

Ein zartes, schmächtiges Wesen mit hüftlangen Haaren und einem bis zum Boden reichenden verblichenen Kleid sah zu Diana auf. Und Diana wurde sich ihrer eigenen kunstvoll aufgesteckten Frisur bewußt, ihrer armen Füße auf den modisch hohen Plateausohlen, ihrer kribbelnden Beine, gefangen in Nylon. Sie dachte wehmütig an den grünen Glanz der Wälder und an funkelnde Schmetterlinge und an barfuß über die Lichtung stürmende Füße . . . *Nein. Nein, ich bin hier in der Stadt und muß mich damit abfinden. Sie scheinen an einem andern Ort zu leben . . .*

Das Hippiemädchen lächelte Diana an und reichte ihr eine Blume. Diana hätte schwören können, daß sie vorher keine Blumen bei sich hatte. Das Mädchen flüsterte: »Du weißt davon, stimmt's? Geh deinen Weg, solange du noch kannst, falls es wirklich dein Weg ist. Es dauert nicht mehr lange.« In ihren Augen sah Diana den Widerschein eines fremden Himmels, sie hörte das ferne Rollen der Brandung und von weither Möwengeschrei . . . Kam es von Jessies Strand? Sie sagte leise: »Ich weiß, wo du jetzt bist.«

Das Geräusch der Brandung verebbte. »O nein«, meinte das Mädchen voller Bedauern. »Dann weißt du sicher auch, wo wir sein *sollten*. Es wird nicht mehr lange dauern. Weißt du, sie versuchen alles zuzupflastern. Wollen einen einzigen riesigen Parkplatz daraus machen. Aber das gelingt ihnen nicht. Selbst wenn sie den ganzen Planeten zubetonieren würden, wäre es eines Tages so weit. Der große Pan würde von seinem Denkmal im Central Park herabsteigen und mit seinem Huf aufstampfen, durch den Beton hindurch, und dann . . . dann würden Veilchen sprießen auf dem toten Land . . .«

Ihre Stimme verlor sich. Sie lächelte und schlenderte davon. Ihre bloßen Füße berührten das schmutzige Pflaster in einer Weise, als wandele sie bereits jetzt auf dem verheißenen Veilchenteppich. Diana wollte ihr nachlaufen, zu dem Ort, an dem sie unverkennbar so viel Zeit verbrachte, doch sie zwang sich dazu, ihren eigenen Geschäften nachzugehen. Sie und das Mächen lebten in unterschiedlichen Zeitebenen, fast sogar in unterschiedlichen Welten; nur durch einen überraschenden magischen Trick hatten sie auf Sprechdistanz zueinandergefunden – so wie zwei Schiffe im Nebel, die zufällig auf Rufweite aneinander vorüberzogen, oder wie zwei von verschiedenen Bäumen herabfallende Blätter, die sich im Fall berührten. Sie sah die Straße durch einen Tränenschleier und versuchte zum ersten Mal völlig bewußt, den Vorhang zu zerreißen und ihre Hand nach jener anderen Welt auszustrecken, die stets so unvermutet in ihr Dasein drängte, aber nie, wenn man es sich am sehnlichsten wünschte . . .

Selbst als Kind der Großstadt hatte Diana eine Abneigung gegen die Wall Street. Zur Mittagszeit herrschen dort Lärm und Chaos; robotergleich und ziellos hasten austauschbare Menschen durch das Gewühl wie in einem Ameisenhaufen, von Marionetten bevölkert, deren stereotyp gemusterte Anzüge und Krawatten mit ihren pseudomenschlichen Körpern verwachsen zu sein scheinen. Die Hetze und der Tumult stürzten mit solcher Wucht auf sie ein, daß sie konsterniert stehenblieb und die insektenähnlichen Marionetten – denn um Menschen konnte es sich kaum handeln – zwang, einen Bogen um sie zu machen, so als sei sie ein Fels in ihrem Strom.

Lärm und Scheußlichkeit um sie herum! Entsetzlich! Sie dachte verstört, diese Welt ist ein *Irrtum*, ein gigantischer kosmischer Fehlschlag, ein planetarischer Scherz! Wenn nun jeder Wissende, jeder, der die *wahre* Welt zu Gesicht bekommen hatte, nun einfach *NEIN* zu dem Ganzen sagen würde, wenn alle sich vereinen würden in dem Ruf: *Wir haben genug! Wir können und wollen es nicht mehr ertragen . . .*, dann würden sich diese häßlichen Wolkenkratzer vielleicht in Nichts auflösen und an ihrer Stelle Veilchen sprießen . . .

So *hört* doch, flehte sie innerlich, Körper, Geist und Sinne angespannt auf ein einziges Ziel gerichtet, *so hört doch!* Würden sie doch nur zur Besinnung kommen und den Tatsachen ins Gesicht sehen, würden sie doch endlich erkennen, wie den Leuten zumute ist, die das Ganze für die Realität halten und glauben, damit leben zu müssen!

Zeit und Raum sind nur so geworden, weil wir sie dazu gemacht haben, und wir haben alles verdorben! Fangen wir doch noch einmal von vorn an und vermeiden wir die alten Fehler!

Sie wußte nicht, wie lange sie hier gestanden hatte, denn solche unwichtigen Dinge wie Zeit und Raum existierten für sie nicht mehr. Sie wußte nur, daß ihr ganzes Wesen aufging in dem einzigen verzweifelten, leidenschaftlichen und flehentlichen Wunsch: *so hört doch!* Plötzlich bemerkte sie, daß ihre Stimme nur eine unter vielen war in einem gewaltigen, anschwellenden Chor. Als ihre überreizten Sinne die Umgebung allmählich wieder in sich aufnahmen, sah sie diese strenggekleideten Gestalten eine nach der anderen stehenbleiben, Schirm und Aktenkoffer von sich werfen und sich dann wie ein Insekt aus dem Kokon schälen, um zu neuen Menschen zu werden. Der Schleier der Illusion zerriß in seiner ganzen Länge; Wolkenkratzer verschwammen zu durchsichtigen Gebilden, fielen zusammen und verschwanden, und hinter ihren wabernden Konturen konnte man bereits die mächtigen hohen Bäume erkennen. Durch das tote, berstende Betonpflaster lugte ein erster scheuer Grashalm, wiegte sich leicht im Wind und bedeckte dann in grüner Ausgelassenheit explosionsartig die gesamte betonierte Fläche.

Riesige Rasenflächen erstreckten sich von Horizont zu Horizont, rasch klärte sich der Himmel auf und erstrahlte in überwältigendem Blau. Stille senkte sich herab, durchzogen von lieblichem Vogelgezwitscher; eine einzige, verlorene Taxihupe schien noch verwundert, erschrocken und fragend zu verweilen, bevor auch sie für immer verstummte; in den Schluchten von Manhattan, des *echten* Manhattan, das gerade im Entstehen war, tummelten sich nackte Männer und Frauen auf dem Rasen, die Hände voller Blumen und Girlanden im Haar, während die funkelnden Schmetterlinge lohfarben und golden im Sonnenschein tanzten.

Aufschluchzend vor Wonne stürmte Diana in das Gewimmel. Sie wußte, daß auch Pete hier irgendwo zu finden war, aber auch Jessie und das Hippiemädchen, Kinder und Gefangene und alle, die der Illusion entflohen waren. Sie lief weiter und weiter, und die Schmetterlinge vermehrten sich mit jedem ihrer Schritte, und sie fragte sich – ein einziges Mal nur, dann nie wieder –, ob die andere, unwirkliche Welt überhaupt noch für jemanden existierte. Aber im Grunde war es ihr egal . . . für *sie* war sie jedenfalls nicht mehr vorhanden, und außerdem wartete Pete hier auf sie. Sie wußte, sie würde ihn finden.

Heldenmond

Erschienen im renommierten *Magazine of Fantasy and Science Fiction,* ist dies eine Geschichte, die fast von Robert A. Heinlein hätte stammen können – die Geschichte einer spannenden Rettungsmission auf einem fernen Vorposten irgendwo im Weltraum. Es spielen dabei ausschließlich Männer eine Rolle, und die Geschichte hat auch eine »männliche« Moral – eine Moral, die so rigoros ist, daß man fast geneigt wäre, sie wieder in Zweifel zu ziehen. Und so gesehen steckt vielleicht doch mehr dahinter, als auf den ersten Blick scheinen mag.

»Das könnte er jetzt sein«, sagte Feniston.

Der junge Rawlins beugte sich über das wirbelnde Flackern auf dem Radarschirm und versuchte, im »Schnee« und im Chaos der Interferenzen irgend etwas Klares zu erkennen. »Ja«, sagte er schließlich, »es könnte aber auch wieder ein Sonnenfleck sein. Ich tippe auf den Sonnenfleck.«

Es war still in der Kuppel, daß selbst das Knirschen ihrer Schuhe auf dem Fußboden oder das schabende Geräusch von Fenistons gestärkter Uniform am Stuhl laut klang, ebenso wie das leise mechanische Summen, Brummen, Klicken, Piepsen und Ticken der Instrumente; im Hintergrund das Rasseln und Rauschen der Atmosphäre von den Bildschirmen und Relais. Aber damit lebten sie, und sie hatten es noch nie wahrgenommen. Gehört hätten sie nur, wenn dieses mechanische Ticken und Piepsen sich plötzlich verändert oder aufgehört hätte. Aber solange alles mechanisch perfekt arbeitete, hörten sie nichts.

Feniston war ein schlanker, hochgewachsener Mann in den Fünfzigern; seine ganze Persönlichkeit wirkte so gekämmt, gebürstet und gestärkt wie seine Uniform, aber die gestärkte Oberfläche wies allmählich ein Muster feiner, dünner Risse als Folge von Abnutzung und Ermüdung auf. Er antwortete Rawlins nicht, beobachtete den jüngeren Mann mit einem seltsamen Gefühl des Losgelöstseins, als ob keiner von ihnen mehr ganz der Wirklichkeit angehöre. *Die psychologische Abteilung würde behaupten, das sei nur Erschöpfung. Aber da bin ich mir nicht so sicher.*

Die Ereignisse der letzten Tage, so kam es Feniston vor, hatten etwas von dem Neuen, das Rawlins umgab, aufgezehrt. Rawlins war immer noch gebräunt von seinem Urlaub auf der Erde, und nichts konnte seinen elastischen Gang beeinträchtigen, aber er bewegte sich jetzt mit einem Zögern, das vorher nicht da gewesen war, und in seinen Augen lag ein neuer Ausdruck. Nicht Furcht, das noch nicht. Und doch *irgend etwas.*

Über ihren Köpfen war ein schmaler Horizont aus getöntem Glas, und draußen war die Hölle los.

Auf Charmides gibt es keine Luft und deshalb auch keinen Regen, keinen Wind und keinen Donner. Von Zeit zu Zeit spürten sie eine leichte Erschütterung unter ihren Schuhsohlen, oder das Licht in der Kuppel wurde kaum merklich heller. Ansonsten sahen sie nur an dem unruhigen Huschen und Flackern auf ihren Skalen und Bildschirmen, dem epileptischen Zucken der Anzeiger, die ohne erkennbare Gesetzmäßigkeit vor und zurück ausschlugen, daß draußen ein wilder elektrischer Sturm tobte. Das grelle Funkeln und der ewige, bewegungslose Staub waren unverändert. Menschen denken bei Sturm an heulenden Wind, an Lärm, an hör- und sichtbares Getose.

Deshalb fällt es einem so schwer, das hier als Sturm anzusehen. Aber anders kann man es nicht nennen. Und diese geräuschlose Hölle da draußen hatte die empfindlichen elektrischen Impulse, die die Relais zusammenhielten, außer Betrieb gesetzt und die Kuppel, aus der die Relais-Station zwölf bestand, in ein privates Universum verwandelt, das nicht größer war als eine Grabkammer.

Und es ist eine Grabkammer . . .

In diesem Grab befand sich auch noch ein dritter Mann, aber er zählte nicht mehr. Tote Männer zählen nicht, und in Rubichek war mit Gewißheit kein Funken Leben mehr. Er war mit einem Laken zugedeckt, denn schon als er noch lebte, war an ihm nicht viel zu sehen gewesen, und nachdem ein vierhundert Pfund schwerer Felsen auf seinen Raumanzug gestürzt war, gab es noch weniger an ihm zu sehen. Allerdings hatte er nicht mehr gelebt, als der Felsen auf ihn stürzte. Vorher war er bei lebendigem Leib gebraten worden, als die Isolierung an seinem Sturmanzug ausfiel.

Feniston drehte der mit dem Laken bedeckten Gestalt den Rücken zu und begann mit seinem Rundgang durch die Kuppel, wobei er ab und zu stehenblieb, um kurze Bemerkungen auf das Notizbrett, das er in der Hand hielt, zu schreiben. Rawlins beobachtete mit kaum verhüllter Wut, wie er geduldig die Kuppel durchmaß, und schließlich explodierte er.

»Ablesen – dieses – Instruments – unmöglich – gemacht – durch – elektrische – Interferenz. Ablesen – dieses – Instruments – unmöglich – gemacht – durch – elektrische – du lieber Himmel, Sir, wie oft in den letzten Tagen haben Sie das alles Wort für Wort festgehalten? Wie oft mußte ich das alle zwanzig Minuten hinschreiben? Jedes Instrument, Tag oder Nacht, alle zwanzig Minuten – verdammt, Feniston, *warum?«*

»Dienstvorschriften«, erwiderte Feniston, der genau wußte, daß das einen weiteren Wutausbruch zur Folge haben würde, und so war es auch. Rawlins drehte sich heftig um und gab ihm laut und deutlich zu verstehen, was er mit seinen Dienstvorschriften machen könne. Feniston hörte schweigend zu, das Arsenal des Jungen an unanständigen Ausdrücken bestürzte und erheiterte ihn zugleich. *Sie haben ein paar neue Ausdrücke auf der Erde; ich dachte immer, Fluchen sei nicht originell.* Rawlins schloß mit der Frage ab: »Gibt es keinen Paragraphen soundso, Absatz daundda, Regel wasauchimmer, in der man erfährt, was man mit einem toten Mann machen soll, wenn man noch nicht einmal eine Verbindung kriegt, um Bericht über seine Leiche zu erstatten?«

»In der Tat«, erwiderte Feniston und steckte das Notizbrett in seine Hülle zurück, »so etwas gibt es. Absatz neun-vier-Alpha. Man bewahrt besagte Leichte unter Wahrung der notwendigen Schicklichkeit und der religiösen Glaubensvorstellungen des Dahingeschiedenen, sofern besagte Vorstellungen einem bekannt sind, auf, bis eine solche Aufbewahrung eine Gefahr für Gesundheit, Sicherheit oder Moral darstellt, in welchem Fall der rangälteste Offizier, der anwesend ist, nach persönlichem Ermessen besagte Leiche beerdigen, verbrennen oder sonstwie darüber verfügen soll, ohne weitere . . .«

»Oh, *verdammt!*« schrie Rawlins, »Sie wissen aber auch auf alles, auf jede gottverdammte Kleinigkeit eine Antwort, und die ganze Zeit über liegt Rubichek tot da, nur wegen Ihnen und Ihren verdammten Dienstvorschriften . . .«

Feniston seufzte, nahm Stift und Notizmappe wieder zur Hand und kehrte zu der sinnlosen Aufgabe zurück, die Instrumente zu überprüfen. *Armer Rubichek,* dachte er, aber es war unpersönliche Trauer. Keiner von ihnen hatte den toten Mann länger als ein paar Stunden gekannt; als der Sturm losbrach, war er draußen gewesen und hatte auf einer regelmäßigen monatlichen Runde den Luftversorgungsmechanismus gewartet. Feniston machte sich ein wenig Sorgen über das Belüftungssystem. Rubichek hatte die Wartung noch nicht abgeschlossen, als er verunglückte. Und da waren auch noch all die anderen Relais-Stationen, die er in diesem Monat nicht mehr hatte überprüfen können. *Jetzt kommt er nie mehr dahin. Armer Rubichek.*

Und armer Rawlins. Armer Tommy. Wie all die anderen blauäugigen Jungen, wenn sie zum ersten Mal in das Alpha-Centaurus-System kamen, alle erfüllt von großäugigem Staunen über den Traum ihres Lebens, und dann geriet er bei seiner ersten Zuweisung in so etwas.

Und der Junge war, obwohl er die Ruhe eines Erwachsenen vorgetäuscht hatte, über seine erste Station im Dienst so aufgeregt gewesen. Fenistons kantiges, diszipliniertes Gesicht wurde weich. *Wie Mike.* Feniston und sein Sohn hatten sich bei seinem letzten Urlaub auf der Erde über ihre Pläne unterhalten. Mike hatte an sich dem Raumdienst beitreten wollen. Aber seine Augen waren nicht gut genug gewesen. Gut genug hieß eben ein bißchen besser als vollkommen, und das waren Mikes Augen nicht, nicht ganz jedenfalls. *Deshalb ist er seinem alten Herrn in die Comm-Sektion gefolgt. Und in diesem Monat kommt er auf der* Astraea *heraus. Er wird nicht der erste von der zweiten Generation im Dienst sein. Nicht ganz. Aber so viele sind nun auch wieder nicht dabei.*

Er ließ Rawlins hin und her laufen, obwohl es ihm auf die Nerven ging. *Manchmal muß man mit den Burschen rauh umspringen, und manchmal muß man sie in dem Glauben lassen, sie kämen mit etwas durch.* Rawlins Ausbruch hatte nicht ganz der Art und Weise entsprochen, in der ein Mann im ersten Jahr mit seinem Vorgesetzten zu reden hatte, und die Disziplin in der Sektion war zwar nicht militärisch, aber sie war ihr doch sehr ähnlich; auf einem Planeten wie Charmides mußte das auch so sein. Deshalb fuhr Feniston Rawlins auch meistens, wenn er sich so benahm, scharf über den Mund, so wie er es mit Mike gemacht hatte, als sein Sohn noch jünger war. Aber heute hatte er das Gefühl, der Ausbruch habe ihnen beiden irgendwie gut getan, und daher ließ er Rawlins eine Weile herumlaufen und wütend vor sich hinschnaufen, bis er ihn schließlich so ungezwungen wie möglich bat, er solle damit aufhören.

»Es wird ganz schön hell hier drinnen. Wollen Sie nicht die Verdunkler einstellen?«

Rawlins ging zu den Kontrollschaltern, mit denen man Dichte und Dunkelheit der undurchsichtigen Flüssigkeiten zwischen den beiden Außenhäuten der Kuppel einstellte, und schaltete das Mittagslicht ab. Wenn der Mittag, der nach Erdrechnung dreizehneinhalb Stunden dauerte, auf dem Höhepunkt angelangt war, würden das Rauchglas und die dunkle Flüssigkeit von Stahljalousien unterstützt, die die Kuppel wie der Panzer eines Insektes umgaben.

Er ist immer noch wütend. Aber nicht zu wütend, nicht zu tun, was man ihm sagt. Er weiß, daß mein nächster Bericht für seine Karriere in Comm entscheidend ist. Deshalb lernt er – langsam zwar, aber er lernt – sein Temperament im Zaum zu halten. Und so sollte es auch sein. Ohne Kontrolle kann man es in der Sektion zu nichts bringen. Ob es nach den Maßstäben auf der Erde nun Sinn hat oder nicht.

»Es ist Essenszeit, Tom, aber ich möchte an der Schalttafel bleiben – es könnte für eine Minute aufklaren, und ich könnte vielleicht über Siebzehn und Vier eine Botschaft herausgeben. Würden Sie uns etwas zubereiten? Wir wollen zur Abwechslung mal die Schokolade und den Dosenschinken anbrechen.« Er wußte, es war an der Zeit für ein paar kleine Genußmittel, die die Moral wieder aufbauten. »Ich bin diese Instantbrühe, die die Zuteilungsbehörde Kaffee nennt, leid.«

Rawlins grinste. »Sie wollen mir doch nicht etwa erzählen, daß Sie nach dreißig Jahren immer noch sagen können, wie wirklicher Kaffee schmeckt?«

Später übernahm er die Schalttafel, damit Feniston essen konnte. Der ältere Mann beobachtete, daß sein Gesichtsausdruck sich veränderte, als er sich in den Monitorsessel schwang. Er wurde ernst, aufmerksam, *verantwortungsbewußt.* Der ältere Mann löffelte sich Pfirsichmarmelade auf ein Biskuit und betrachtete ihn mit aufrichtiger Zuneigung. *Eines Tages wird er ein guter Relais-Mann werden!*

»Ich esse, so schnell ich kann, Tom, und dann gehe ich wieder an die Instrumente.«

»Lassen Sie sich Zeit.« Rawlins wendete die Augen nicht vom Monitor. »Es hat keinen Sinn, Magengeschwüre zu bekommen; das Leben hier ist schon so hart genug.«

Feniston lächelte. »Ich werde kaum Zeit haben, jetzt noch ein Magengeschwür zu bekommen.«

»Tut es Ihnen leid, daß Sie sich jetzt zur Ruhe setzen, Sir? Daß Sie auf die Erde zurückkehren?«

»Wie soll ich das jetzt schon wissen? Dreißig Jahre sind eine lange Zeit.«

»Sie hätten sich vor zehn Jahren einen bequemen Schreibtischposten sichern sollen, Sir. Auf der Erde oder zumindest in Port Major.«

Feniston setzte seine Tasse heftig ab. »Und wer sagt Ihnen, daß ich das wollte? Sicher, ich hätte einen Schreibtischjob bekommen können, ich hätte mich auch fünf Jahre früher bei voller Rente pensionieren lassen können, aber es gibt immer noch zu wenig geeignete Männer, und sie haben sich gefreut, als ich nicht anfing, von Pensionierung zu zetern. Außerdem mußte ich Schulden machen, damit Mike auf die Technikerschule gehen konnte und beim Dienst angenommen wurde.« Seine Gedanken wanderten zu seiner Familie. »Ich werde mich erst zur Ruhe setzen, wenn er hochkommt und mich ersetzt. Sie wissen ja, diesen Monat ist es soweit . . .«

»Das haben Sie mir schon gesagt«, erinnerte Rawlins ihn lachend, »mindestens ein halbes dutzendmal. Ich werde froh sein, wenn Ihr Sohn endlich wirklich hier ist!«

Feniston stimmte in sein Lachen ein und löffelte den letzten Rest Marmelade aus. »Ich übernehme jetzt die Wache; Sie legen sich besser ein bißchen aufs Ohr, bevor Ihre Schicht wieder anfängt.«

Rawlins hatte geschlafen und war wiedergekommen, und die Verdunkler waren zweimal gegen den heller werdenden Tag eingestellt worden, als Rawlins, der am Monitor saß, Feniston aus einem kurzen Nickerchen auf der Liege in der Kuppel riß. »Ich glaube, das ist er jetzt wirklich. Schauen Sie einmal, Sir.«

Feniston kam barfuß über die kalten Fliesen gelaufen und blinzelte auf den Schirm. »Ja, da draußen ist etwas«, sagte er schließlich. »Versuchen Sie, es deutlicher zu bekommen.« Rawlins drehte an den Knöpfen; verschwommene geometrische Muster jagten über den Bildschirm, und sekundenlang sah man deutlich das Gewirr von Staub, Schotter und Felsen draußen. Dann löste sich alles in Wellenlinien auf.

»Man kann nichts erkennen.«

»Aber ich hatte ganz bestimmt etwas auf dem Schirm, das nicht dahin gehörte«, wandte Rawlins ein. »Genau auf dieser Seite des spitzen Felsens, den Sie immer als Aussichtspunkt benutzen. Achten Sie noch einmal darauf, wenn das Bild klar wird.«

Sie beugten sich nebeneinander über den Bildschirm, und Rawlins hantierte an den Skalen; dann wurde der Schirm einen Augenblick lang klar. Drei Sekunden später verschwamm das Bild bereits wieder, aber Fenistons geübte Augen hatten genug gesehen.

»Sieht aus wie ein Zwölf-B, Tom.«

Rawlins stieß einen geräuschvollen Seuzfer auf. »Gott sei Dank!«

»So sehr freuen Sie sich, daß wir Gesellschaft bekommen? Auch wenn es ein Sonderbeauftragter ist, der nach irgendwelchen Fehlern sucht?«

»Sir, nach den letzten Wachen, mit Rubichek da, würde ich mich sogar freuen, wenn ein Polizist käme und mich als seinen Mörder verhaften würde.« Rawlins brach ab und blickte wieder auf den Schirm. »Wann wird er hier sein?«

»Schwer zu sagen, bei diesem Ding.« Der Zwölf-B – Oberflächen-Einzeltransporter, Modell 12-B, wie er in den Handbüchern hieß – war nicht viel mehr als ein Raumanzug mit Raupenketten und Motor; er kroch dahin, angetrieben von billigen, unbearbeiteten Rohstoffen, den Rückständen aus den Minen, die es überall auf dem Planeten gab. »Bei gutem Wetter in zwanzig Minuten.«

Aber es dauerte noch zwei Stunden, ehe das kleine, blasenförmige Fahrzeug in die Luftschleuse kroch und Signal gab. Da das Licht unten nicht funktionierte – der Notstromgenerator deckte nur die Minimalleistungen ab, ohne die kein Mensch auch nur einen Augenblick lang auf Charmides hätte überleben können –, ging Feniston mit einer Handlampe hinunter. Durch das dicke Glas des Dekompressionsraumes sah Feniston, wie ein mit Tentakeln bewehrtes Monster aus dem Zwölf-B ausstieg und zur Tür gewankt kam. Schwerfällig, mühsam darauf bedacht, das Gleichgewicht zu halten, hob es eine Hand, die in zugeschraubte Druckhandschuhe verpackt war, um Ösen und Klemmen zu lösen; dann tauchte ein beruhigend menschlicher Kopf aus dem Ungeheuer auf, ein Kopf mit kurzgeschnittenem, ergrauendem Haar und mit Zügen, die von Jahren harten Lebens, harten Nachdenkens und harter Disziplin geprägt waren. Er reichte seinen gewaltigen Tageslichthelm an Rawlins weiter, der hinter Feniston durch die Luke heruntergekommen war.

»Lieber Himmel, was für eine Fahrt!« Er schüttelte seinen Kopf, lockerte die verkrampften Halsmuskeln. »Was für ein Glück, daß ich meinen Tageslichthelm im Zwölf-B hatte, sonst hätte es mir die Augen verbrannt. Als ich startete, hatte ich eigentlich geglaubt, hier anzukommen, bevor Centaurus über den Horizont war. Draußen ist die Hölle los, wußten Sie das?«

»Wir freuen uns, daß Sie heil angekommen sind, Sir«, sagte Feniston knapp. »Mein Name ist Feniston, erster Offizier in Relais-Station zwölf . . .«

»Würden Sie mich, zum Teufel noch mal, erst einmal aus diesem entsetzlichen Anzug steigen lassen, bevor Sie hier mit den Formalitäten loslegen?«

»Wie Sie wünschen«, erwiderte Feniston steif. »Rawlins wird Ihnen aus dem Anzug helfen. Einer von uns sollte an der Schalttafel sitzen bleiben.« Er verschwand über die Eisentreppe nach oben; der Fremde hob die Augenbrauen, sagte aber nichts dazu. Immer noch innerlich kochend, fragte Rawlins: »Was ist in Sie gefahren, Sir, daß Sie an einem solchen Tag von Port Major aufgebrochen sind?«

Der Mann bedachte ihn mit einem kühlen Blick. »Das habe ich nicht getan. Ich bin aufgebrochen, bevor der Sturm Port Major erreicht hatte.«

»Aber – lieber Himmel, Sir, das heißt ja, daß Sie mehr als siebzig Stunden für eine Fünf-Stunden-Fahrt gebraucht haben!«

»Genau. Und in einem Zwölf-B kommt man sich vor wie in einem Sarg. Ich bräuchte jetzt eine Dusche, einen weichen Platz zum Sitzen und etwas anderes zu essen als Nahrungspillen.«

Rawlins half dem Mann aus dem Raumanzug. »Fühlen Sie sich wie zu Hause, Sir. Meine Räume sind da vorne. Seit der Hauptstromgenerator ausgefallen ist, kann man nicht mehr duschen, aber ein bißchen heißes Wasser ist da, und ich werde Ihnen etwas zu essen machen.«

»Danke.« Ohne seinen Anzug war er ein großer, dünner Mann um die Vierzig, in einem schweißgetränkten, schmutzigen Overall. »Ich bin Sonderbeauftragter Martell – Paul Martell, Dienstgrad Major. Und ich erlöse Sie von dem Ganzen, sobald ich alles überprüft habe. Glauben Sie, Ihre Gastfreundschaft ginge so weit, daß Sie mir frische Sachen borgen könnten?« Mit schleppenden Bewegungen begann er mit der Überprüfung, die vorgeschrieben ist, wenn man den Raumanzug ausgezogen hat – auf einer luftlosen Welt wie Charmides weiß man nie, ob man nicht ganz plötzlich wieder hineinschlüpfen muß. Deshalb muß er sofort gewartet werden, man muß Desinfektionsmittel in die körperbedeckenden Teile sprühen, die Luftschläuche überprüfen und die Gummiösen mit Schutzmittel abwischen. Aber Rawlins sah, daß der Mann sich kaum noch auf den Beinen halten konnte. »Gehen Sie hinein und machen Sie sich frisch, Major«, sagte er rauh, »ich kümmere mich schon um das verdammte Ding. Bringen Sie sich selbst in Ordnung.«

Eine Stunde später lag Major Martell gebadet, rasiert und in abgelegten Kleidern von Rawlins auf der Liege in der Hauptkuppel und trank seinen Kaffee aus.

»Bevor wir anfangen, Sir, was gibt's Neues in Port Major? Wir sind hier seit Tagen abgeschnitten«, sagte Feniston. Der Major schüttelte den Kopf. »Nicht viel. Sie müssen bedenken, ich war selbst tagelang unterwegs. Ach ja, die *Astraea* ist gelandet, mit einer frischen Ladung von der Erde – das grünste Bündel verängstigter Kinder, das ich je gesehen habe. In ein paar hundert Fuß Höhe ist ihre Fähre vom schwarzen Mann in Bedrängnis gebracht worden, aber bevor ich aufgebrochen bin, standen sie alle wieder auf ihren Füßen und marschierten in Richtung Orientierung eins. Mittlerweile sind sie wahrscheinlich alle auf dem Weg zu ihren ersten Stationen – es sei denn, der Sturm hat Port Major vorher erreicht.«

Feniston bemühte sich gar nicht, seine Erregung zu verbergen. »War mein Sohn unter ihnen? Michael Feniston Junior?«

»Tut mir leid, ich habe sie nur als Haufen wahrgenommen. Namensschilder habe ich keine gesehen. Ist das Ihr Sohn?« Er nahm den Bilderrahmen von Fenistons Schreibtisch und betrachtete das Bild einen Augenblick lang, dann schüttelte er den Kopf, aufrichtig bemüht, sich zu erinnern. »Nein, tut mir leid. Ich habe mindestens ein halbes Dutzend von diesen schlaksigen, dunkelhaarigen Burschen gesehen; vermutlich war er dabei, aber ich könnte es nicht mit Sicherheit sagen.« Feniston stellte den Rahmen wieder hin. »Pech, daß dieser Sturm Sie gerade jetzt abgeschnitten hat, wo er hochkommt. Selbst wenn er versucht hätte, Sie von der Zentrale aus zu erreichen, hätte er gemerkt, daß alle Relais hier herauf vom Sturm unterbrochen worden sind. Jetzt werden Sie wahrscheinlich erst wieder von ihm hören, wenn er auf seiner ersten Station angekommen ist.«

»Na ja, so ist das eben«, sagte Feniston und bemühte sich, seine Enttäuschung zu verbergen. »Nun, Major, ich denke, Sie wollen sich jetzt ein Bild über den Unfall machen.«

Es dauerte nicht lange. Als Martell fertig war, legte er das Laken wieder über Rubichek und sagte mit unpersönlicher Trauer: »Armer Teufel. Wo wir gerade dabei sind, ich habe mit der Aufzeichnungsabteilung gesprochen, bevor ich Port Major verlassen habe. Er hat nie ein Formblatt A-14 ausgefüllt. Deshalb besteht kein Anlaß, auf die Raumumladung zu warten; wir können das erledigen und über die Leiche verfügen. Ich nehme an, Sie können das hier abwickeln?«

»Natürlich. Auch wenn der Hauptstromgenerator nicht funktioniert.« Feniston sah, wie Rawlins zusammenzuckte. »Was ist los, Junge? Kommt es Ihnen zu kaltblütig vor?«

»Ich dachte zumindest, er würde zur Beerdigung nach Port Major zurückgebracht.«

»Nur wenn seine Familie oder er es vorher so festgelegt hätten. Wie ich schon sagte, ich habe es überprüft. Und auf jeden Fall ist es ein reichlich dummes Gesetz«, erwiderte Martell, »das wertvollen Laderaum an tote Körper verschwendet, die in Beseitigungseinheiten gehören. Alles nur gut für die Werbung!« Feniston blickte ihn zustimmend an. Nach der unausgesprochenen Verdammung, die in den letzten Tagen wie ein Strom verbrauchter Luft, kalt und sauer, von Rawlins ausgegangen war, tat es gut, bei Martell Unterstützung zu finden. Er sah, wie sich die Muskeln an Rawlins' Kehle verkrampften, aber der Junge warf Feniston nur einen eisigen Blick zu und beugte sich über seine Arbeit.

Die Beseitigung der Leiche war eine schmutzige, aber glücklicherweise kurze Angelegenheit. Danach aßen sie in der Kuppel zu Abend, wobei Feniston alle paar Minuten aufstand, um nach den Instrumenten zu sehen. Rawlins aß nur wenig, und Feniston, der ihn mitleidig beobachtete, wünschte, er könnte ihm etwas Tröstliches sagen. Schließlich lehnte Martell sich in seinem Stuhl zurück und seufzte: »Ich habe mich völlig überfressen. Ihr Jungs in den Kuppeln lebt ganz gut, was? Ja, ja, das war wenigstens etwas Erfreuliches gegen diese wunderbare Reise, die ich vor mir habe. Ob ich wohl noch ein paar Stunden schlafen kann, bevor ich mich wieder auf den Weg mache? Angeblich soll man ja in einem Zwölf-B auch schlafen können, aber ich frage mich wirklich, ob der Kerl, der das in die Betriebsanleitung geschrieben hat, es jemals ausprobiert hat.«

»Da habe ich auch so meine Zweifel.« Feniston zog das Notizbrett herunter und nahm seine Runde wieder auf. Rawlins grinste höhnisch. »Das geheiligte Ritual geht wieder los. Sie könnten alles aufschreiben, ohne sich von Ihrem Stuhl zu rühren – im Augenblick funktioniert sowieso nichts, und das wissen Sie auch!«

»Das kann man nie sagen, bevor man's nicht überprüft hat.« Feniston drehte an einer nutzlosen Skala. »Major, warum bleiben Sie nicht, bis der Sturm nachgelassen hat? Wenn Sie jetzt aufbrechen, sind Sie wieder drei Tage unterwegs; warten Sie aber, bis es aufklart, dann schaffen Sie es in fünf Stunden.«

Rawlins Mund zuckte. »Wäre das nicht gegen Ihre kostbaren Dienstvorschriften?«

Feniston setzte zu einer Antwort an, aber Martell stand mit einer raschen Bewegung auf und blickte Rawlins an. »In Ordnung, Mister, raus damit! Warum sind Sie so wütend? Seit ich hier bin, brennen Sie darauf, etwas zu sagen. Sagen Sie es jetzt endlich, oder halten Sie den Mund!«

Rawlins sprang auf. Heftig wandte er sich von Feniston weg zu Martell, mit verzweifeltem Ernst. »Verdammt noch mal, wir hätten ihn *retten* können, diesen Rubichek, diesen armen Teufel, den wir gerade losgeworden sind und die Einheit heruntergejagt haben«, brach es aus ihm hervor. »Wir hätten ihn retten können, und wir haben es nicht getan! Feniston hätte ihn genauso gut gleich umbringen können! Und wie ich die Sache sehe, *hat* Feniston ihn auch umgebracht!«

In der Kuppel war es totenstill. Zum ersten Mal seit Jahren hörte Feniston das sinnlose Grillenzirpen, das Summen und Brummen, das Ticktack der Instrumente. »Tom, ich bin das alles nochmal durchgegangen . . .«

»Warten Sie.« Martell hob die Hand. »Der Junge soll sagen, was er zu sagen hat.«

»Sehen Sie, Major, ich weiß, ich hätte ihn erreichen können. Ich hätte nur ein paar Geräte zusammenbauen müssen – wir haben die Ausrüstung unten. Dann hätten wir das Leitungsnetz auf der Oberfläche für ein paar Minuten aussschalten und in Anzügen herausgehen können. Sir, ich war in der Turnmannschaft im College, ich bin fast ein professioneller Akrobat, sogar in einem Raumanzug. Ich weiß, daß ich an ihn herangekommen wäre. Aber Feniston wollte seinen kostbaren Hals nicht riskieren . . .«

»Es war keine Frage des Risikos, verdammt . . .«

»Lassen Sie den Jungen ausreden, Feniston!«

»Da wir beide in Anzügen draußen gewesen wären, hätten wir das Getriebe im Belüftungssystem abschalten und ihn durch den Schutzschirm in Sicherheit bringen können. Wir hätten eine echte Chance gehabt, ihn nach drinnen zu bringen, und wir hätten alles wieder rechtzeitig einschalten können . . .«

Martell hob seine Hand. »Verschonen Sie mich mit den Einzelheiten«, sagte er. »Ich bin weder Elektriker noch Mechaniker und ganz bestimmt kein Akrobat. Ich will gerne zugestehen, daß eine ausgebildete Rettungsmannschaft irgendwie an den armen Teufel herangekommen wäre. Aber Sie haben genug gesagt, um mich davon zu überzeugen, daß es sich hier nicht um eine Nachlässigkeit Ihres Vorgesetzten gehandelt hat. Feniston, haben Sie ihm nicht gesagt, warum man an den Mechanismen der Kuppel nicht so herumpfuschen darf? Und – wie lange sind Sie schon im Dienst, Rawlins? Bestimmt kennen Sie doch die erste Regel, die besagt, daß nie beide Besatzungsmitglieder der Kuppel gleichzeitig draußen sein dürfen?«

»Oh, Regeln und Vorschriften kennt er auswendig«, sagte Rawlins leidenschaftlich. »Aber ich habe gedacht, alle Regeln wären außer Kraft, wenn ein Menschenleben auf dem Spiel steht! Und das war hier der Fall! Rubichek mußte sterben, weil Feniston nicht für lausige zehn Minuten von seinen verdammten Vorschriften lassen konnte . . .«

Martells Mund war ein schmaler Strich. Feniston wollte etwas sagen, aber Martell bedeutete ihm, still zu sein. »Und angenommen, Sie wären auch getötet worden, und Feniston wäre hier allein gewesen, mit zwei Leichen statt einer, die er hätte beseitigen müssen?«

»Aber ich *wäre* nicht getötet worden . . .« Rawlins schluckte schwer. Seine Stimme gehorchte ihm nicht mehr. Feniston legte ihm eine Hand auf die Schulter, aber Rawlins schüttelte sie ab. »Ich nehme an, wenn ich da draußen gelegen hätte, dann hätten Sie mich da liegen und braten lassen?«

»Ich hoffe bei Gott, daß ich einer solchen Entscheidung niemals gegenüberstehe«, erwiderte Feniston nüchtern.

»Aber Sie würden es tun?«

»Ich müßte es. Ich fände es entsetzlich, aber ich müßte es.«

Feniston biß sich auf die Lippen. »Wir sind hier nicht auf der Erde oder in einer hübschen, sicheren Kuppel auf dem Mars. Hier draußen muß man als erstes lernen, mit den Dienstvorschriften zu leben. Oder man lebt nicht lange genug, um überhaupt noch irgend etwas zu lernen.« Er wandte sich ab und ging, ohne sich noch einmal umzusehen, zur Schalttafel.

»Okay, verdammt, mich hätten Sie also da liegen und braten lassen. Aber mal angenommen, es wäre jemand gewesen, für den Sie etwas übrig haben, Ihr Sohn etwa? Was hätten Sie denn dann mit Ihren kostbaren, verdammten Dienstvorschriften gemacht?«

Feniston wandte sich auch jetzt nicht um. Er sagte: »Sie würden Mike und mich nicht in der gleichen Kuppel arbeiten lassen. Aus eben diesem Grund. Man verlangt von einem gerade so viel, wie die menschliche Natur ertragen kann.«

Martell warf halblaut ein: »Die Bronsons. Das war mein erstes Jahr hier draußen.«

Feniston nickte, drehte sich nicht um, er erinnerte sich, versuchte, sich zu erinnern. Er erwiderte: »Ja, ich war in dieser Nacht an der Leitung. Ich war damals Junior in Siebzehn.«

Lieber Himmel, ja, die Bronsons. Dave und – wie hieß er noch, der kleine rothaarige Bursche? Ach richtig, Toby. Dave und Toby. Brüder. Obwohl er sich dagegen wehrte, spielte ihm sein Gedächtnis die Szene wie unter Zwang noch einmal vor; jetzt, wo er einmal damit angefangen hatte. Die Bronsons waren irgendwie, wie sie es geschafft hatten, wußte keiner, zusammen einer Kuppel zugeteilt worden. Feniston hatte in jener Nacht an der Leitung zwischen den Kuppeln gearbeitet, als Toby in seinem Raumanzug hinausgegangen und irgendwie, weiß der Teufel wie, einen Felsen heruntergerutscht war und sich die Hüfte und – wie sich später herausstellte – das Rückgrat gebrochen hatte. *Er lag da draußen und schrie stundenlang. Weiß der Himmel, warum er nie das Bewußtsein verlor. Bettelnd, flehend. Dann begann er wirres Zeug zu reden und über das Mikro in seinem Anzug mit Dave zu sprechen, als ob sie wieder kleine Jungen zu Hause seien. Jede Kuppel an der Leitung konnte mithören. Stunden. Tage. Der Rettungsdienst erreichte ihn ungefähr eine Stunde nachdem Toby aufgehört hatte zu reden. Und zehn Minuten nachdem Dave sich eine Kugel in den Kopf geschossen hatte.*

Die Kuppel war jetzt auf Maximalstellung verdunkelt, und die Stahljalousien hatten sich wie ein Schildkrötenpanzer über der Relais-

Station geschlossen. Martell schaute über Fenistons Schulter auf einen der Monitore.

»Sieht so aus, als klare es auf.«

»Nicht wirklich«, antwortete Feniston und blickte auf den im Augenblick störungsfreien Schirm. »Manchmal hellt es sich für eine oder zwei Minuten auf, dann fängt es wieder von vorne an; das passiert in regelmäßigen Abständen. Ich kann aber auf draußen schalten, wenn Sie möchten.«

»Ich glaube nicht, daß es da viel zu sehen gibt«, sagte Martell mit schiefem Grinsen. »Ich werde jetzt wohl schlafen gehen.«

»Allmächtiger!« Rawlins sprang auf wie von der Tarantel gestochen und wies auf den Schirm. »Feniston, sehen Sie, an dem großen Felsen da draußen! Ich glaube, ich fange langsam an, zu verblöden, daß ich alles auf dem Bildschirm nur noch für elektrische Interferenz halte. Sehen Sie es?«

»Ich meine, ich hätte etwas gesehen. Ich will noch mal versuchen, es schärfer einzustellen . . .« Auf dem Monitor tanzten schon wieder die rasenden Wirbel. Martell hatten sie völlig vergessen. Jetzt waren sie wieder eine Mannschaft, die konzentriert zusammenarbeitete. »Ich glaube, jetzt habe ich es – ich kann es nicht ausmachen. Ich habe es für einen Felshaufen gehalten. Ist da draußen noch ein Felsrutsch gewesen?«

»Vielleicht bin ich verrückt, Sir, aber ich dachte, es sähe aus wie ein Raupenfahrzeug.«

Sie knieten nebeneinander auf der Bank, probierten systematisch alle Monitore und das Außenradar durch. »Sehen Sie, diese Echozeichen – versuchen Sie doch einmal nacheinander alle Kanäle.«

Wirre Geräusche krachten und piepsten unkontrollierbar, begleitet von flimmernden Bildern, die über den Schirm rasten. Rawlins betätigte schließlich einen Kippschalter und zuckte zurück, als hätte er einen elektrischen Schlag bekommen; durch das atmosphärische Gewirr drang ein lautes, schreckliches Donnern, ein Schrei in die Stille in der Kuppel. Feniston wußte, daß Rawlins' entsetzte Miene nur seinen eigenen Gesichtsausdruck widerspiegelte. »Gott möge uns beistehen«, murmelte er.

»Was ist das, Mr. Feniston?« drang Martells Stimme in ihr Bewußtsein, und Feniston antwortete: »Rettungsdienst-Alarm; ein Notruf von dem Raupenfahrzeug da draußen. Laut und klar.«

»Dann hat also, wer immer auch da draußen ist, Schwierigkeiten?«

»Irgend jemand da draußen hat Schwierigkeiten, Major, aber dieses Signal bedeutet eine besonders schlimme Notlage.« Feniston versuchte fieberhaft, das Bild wieder auf den Schirm zu bekommen. »Das klappt nicht, verdammt noch mal! Öffnen Sie die Jalousien – ziehen Sie zuerst Ihre Tageslichtbrille an, verdammt noch mal! Major, ziehen

Sie Ihre Tageslichtbrille an, oder – mit allem Respekt, Sir – verlassen Sie die Kuppel. Gehen Sie hinunter!«

Mit hastigen Bewegungen gehorchte Rawlins, während der Major nach seiner Tageslichtbrille griff und die Augen vor der mörderischen Helligkeit zusammenkniff.

»Da, auf dem großen Gipfel – mein Gott!« Rawlins flüsterte beinahe. »Sehen Sie sich das an!«

Sie konnten es nun durch den grellen, dichten Staub von Charmides sehen: ein Panzerfahrzeug lag auf die Seite gekippt, mit nach oben gerichteten Raupenketten, da wie ein riesiges Insekt, das hilflos auf dem Rücken zappelte. Feniston holte tief Luft.

»Du lieber Himmel, die armen Teufel!«

Das grimmige Wetterleuchten, das nie nachließ, kam und ging mit grellem Schein. Feniston, dessen Augen tränten, drückte auf den Knopf, der die Jalousien wieder schloß, und empfand die vergleichbare Dunkelheit als Erleichterung. Er ging zum Sender und begann, ohne große Hoffnung, Signale zu geben. Stimmenempfang würde von der Atmosphäre geschluckt werden; er sendete deshalb die archaischen Morsezeichen, die Sprache aus elektrischen Impulsen, die man in solchen Notfällen anwendete. Wahrscheinlich würden auch sie von der Atmosphäre geschluckt, aber er mußte es auf jeden Fall versuchen.

»Relais-Station zwölf ruft Raupenfahrzeug, ruft Raupenfahrzeug – Raupenfahrzeug bitte melden . . .« Er sandte die Nachricht wieder und wieder aus, seine Nerven waren bis zum Zerreißen gespannt bei dem unablässigen, automatischen Schrillen des SOS-Signals, das voreingestellt auf allen Frequenzen ertönte, bis jemand darauf antwortete. Es dauerte lange, bis endlich über die Atmosphäre immer wiederkehrende, schwache Morsezeichen tröpfelten. »Relais . . . brauchen Hilfe . . . Raupenfahrzeug vierzehn-null-neun in Sektor . . . brauchen Hil . . .«

»Raupenfahrzeug, wir haben Ihre Position, wir können Sie von der Relais-Station aus sehen. Können Sie die Kuppel erreichen? Haben Sie Raumanzüge und Bodenausrüstung?« Er wartete endlos lange auf eine Antwort, die nicht kam. Rawlins fummelte an den Empfängern herum, und es gelang ihm, das Notsignal auf eine für das Ohr erträgliche Tonhöhe zu senken. »Verdammt, warum antworten sie nicht?«

»Vielleicht antworten sie, und die Atmosphäre verschluckt ihre Antwort«, sagte Feniston. »Möglicherweise ist aber auch keiner mehr am Leben da drin oder in der Verfassung, um Antwort zu geben.« Feniston ging zu der Reliefkarte des sie umgebenden Gebiets und markierte die Position des Raupenfahrzeugs mit einem Bleistift. »Normalerweise kippen diese Raupen nicht um. Wahrscheinlich ist die

Klippe über der Straße abgerutscht, und alle da drin sind zum Teufel gegangen.«

»Wer hat dann auf Ihr Signal geantwortet?« fragte Martell, aber es bedurfte keiner Antwort. Der, der geantwortet hatte, lag jetzt möglicherweise bewußtlos oder tot in dem zerschmetterten Raupenfahrzeug, oder er glaubte vielleicht, daß er in einer isolierten Raupe sicherer war, als wenn er versuchte, die Kuppel in einem gewöhnlichen Raumanzug zu erreichen. Feniston probierte nacheinander noch einmal alle Verbindungsleitungen durch, aber ohne rechte Hoffnung. Plötzlich, wie durch ein Wunder, beruhigten sich die atmosphärischen Störungen, und über eine Leitung kam die erste menschliche Stimme, die die Männer in der Relais-Station seit Tagen hörten.

»Hier ist der Rettungsdienst. Ich wiederhole: Hier ist der Rettungsdienst. Dies ist eine besondere Notfalleitung; erläutern Sie die Art Ihres Notfalls oder schalten Sie sich sofort aus dieser Frequenz aus.«

»Rettungsdienst, hier spricht Relais-Station zwölf. Ein verunglücktes Raupenfahrzeug liegt direkt in Sicht der Stationsfenster und sendet Notsignal. Besatzung antwortet nicht mehr.« Feniston sprach weiter, gab rasch die Position, die Zeit und die örtlichen Verhältnisse durch, bevor der Sturm wieder heftiger und die Verbindung unterbrochen wurde. Die Stimme des Rettungsdienstes antwortete: »Im Umkreis von zwei Kilometern von Relais zwölf ist kein Raupenfahrzeug erfaßt, aber vielleicht hat jemand mit Instrumenten navigiert, die im Sturm ausgefallen sind. Wir werden das überprüfen, sobald wir können.«

»Wie lange wird es dauern?«

»Wir können nichts versprechen; wir sind hier völlig überlastet, und wir haben auch andere Notrufe aufgefangen; Männer, von denen wir wissen, daß sie noch am Leben sind. Wenn Sie wieder eine Nachricht bekommen, teilen Sie uns die Einzelheiten mit. Ansonsten gehen wir davon aus, daß sie tot sind oder sterben, und unternehmen nichts, bis wir die, die noch leben, gerettet haben. Gehen Sie jetzt aus dieser Frequenz heraus, Relais zwölf, wir können uns vor Arbeit nicht mehr retten. Rettungsdienst Ende.«

Feniston sah, wie Rawlins hin- und herlief und auf die Stahljalousien starrte. »Können wir denn gar nichts tun?«

»Unser junger Held brennt darauf, loszuschlagen.« Martell sah Feniston stirnrunzelnd an. »Können Sie Ihre Schicht noch um eine Stunde verlängern, Feniston? Wenn Sie hier allein mit allem fertig werden, kann ich mit Rawlins hinausgehen. Vielleicht kriegen wir zumindest heraus, ob da drin noch jemand lebt, damit wir den Rettungsdienst überreden können, sie bevorzugt zu behandeln.«

Feniston sah auf seine Uhr. »Natürlich«, erwiderte er, »wenn es sein muß, kann ich sogar Toms Schicht übernehmen; schließlich ist es ein Notfall. Gehen Sie nur.«

Er hörte, wie sie geräuschvoll die Metalltreppe hinunterkletterten, und fühlte sich auf einmal sehr alt und müde. *Sie haben mich noch nicht einmal in Betracht gezogen für die Rettungsarbeiten. Ja sicher, es ist sinnvoller, den jüngeren Mann zu nehmen.*

Aber es hätte mir gutgetan, einmal menschlich zu handeln, Dienstvorschriften oder nicht. Wenn wir alle hinausgegangen wären, die Station sich selbst überlassen und gegen die schwarze Hölle da draußen um das Leben der Männer gekämpft hätten . . .

Aber sie haben mich noch nicht einmal gefragt . . .

Die Zeit kroch erbarmungslos dahin, Minuten zogen sich wie Viertelstunden, und aus Stunden wurden Tage. Ab und zu setzte Feniston die Tageslichtbrille auf, fuhr die Jalousien ein und durchforschte die glühenden Felsen nach einem Zeichen von den beiden Männern im Raumanzug. Einmal sah er sie; sie schleppten sich langsam zwischen zwei großen Felsen entlang, dann verloren sie sich wieder in der Dunkelheit.

Ein wenig länger folgte er ihnen über die wirren, flackernden Schatten auf dem Monitor, dann verlor er sie ein für alle Male. Die Zeit verstrich quälend langsam, dehnte sich endlos, und schließlich verlor sie an Bedeutung und wurde zur Ewigkeit. Stunden später, als die Stahljalousien wieder zurückgezogen waren und die undurchsichtige Flüssigkeit die Kuppel verdunkelte, hörte er ein Geräusch unten an der Luftschleuse, dann schleppende, ungleichmäßige Schritte aus dem Lukengang. Rawlins, schmutzig und erschöpft, hievte Martell in die Kuppel. »Zwecklos«, murmelte Martell und taumelte; Feniston sprang hinzu und half ihm in einen Stuhl, und dort lag er, nach Luft ringend, ohne sich zu rühren. Auch Rawlins sah zu Tode erschöpft aus.

»Hölle da draußen . . .« flüsterte Martell. »Sind fast gebraten worden – Blitze ganz nahe. Kamen einen halben Kilometer weit – ich bin ausgerutscht. Muskelzerrung – Rücken. Wenn der Junge nicht gewesen wäre – ich läge noch da draußen.«

Rawlins setzte sich rittlings auf einen Stuhl, sein Kopf sank auf die Rückenlehne. »Die Raupe ist umgekippt – Tür klemmt, ich brauche einen Schneidbrenner, um sie rauszuholen – ich habe sie von drinnen hämmern hören – sie leben noch – später nehme ich einen Schneidbrenner und gehe zurück . . .«

Martell richtete sich unter Schmerzen auf. Aus seinem Ärger klang so etwas wie Respekt. »So leicht geben Sie nicht auf, was?«

»Nicht, wenn Menschenleben auf dem Spiel stehen! Zum Teufel, nein, Sir! Wollen Sie hier sitzen bleiben und zusehen, wie sie sterben?«

Martell stöhnte und lehnte sich zurück. »In meinem Fall ist das eine rhetorische Frage; bis mein Rücken wieder in Ordnung ist, kann ich nirgendwohin gehen. Ich werde einen Anpfiff von der Zentrale kriegen. Ein paar hundert Fuß mehr, und Sie hätten mich da draußen liegen lassen müssen.« Er lächelte grimmig. »Feniston, dieser verrückte Kerl hat mich halb hier herein getragen. Rawlins, es tut mir leid, es war ein guter Versuch, aber mehr können wir nicht tun. Wir werden dem Rettungsdienst mitteilen, daß sie noch am Leben sind und daß wir getan haben, was wir konnten.«

Bevor Rawlins die bestürzte Erwiderung, die ihm auf der Zunge lag, aussprechen konnte, erklärte Feniston es ihm in freundlichem Ton noch einmal: »Tom, wir haben keine Rettungsmöglichkeiten hier. Wir müssen sie dem Rettungsdienst überlassen. Ich weiß, wie Sie sich fühlen . . .«

»Gar nichts wissen Sie . . .« Rawlins war blaß geworden unter der Schmutzschicht auf seinem Gesicht. »Sie wissen nichts außer Ihren verdammten Dienstvorschriften!«

»Sehen Sie«, sagte Martell, »auf lange Sicht sind solche Vorschriften das Beste für die meisten Leute – und das am wenigsten Gefährliche. Es gibt nur wenig qualifizierte Männer auf Charmides, aber es ist besser, zwei Männer sterben, während sie auf den Hilfstrupp warten, als daß ein wohlmeinender Amateur auszieht, und dann muß man drei Leichen begraben.«

Hektische rote Flecken bildeten sich in Rawlins' Gesicht, und man sah das Weiße in seinen Augen. »Ihr verdammten – Ungeheuer«, brach es aus ihm heraus. »Ihr stinkenden, unmenschlichen . . .« Feniston wußte, daß der Junge hysterisch war, aber auch er konnte sich jetzt nicht mehr beherrschen.

»Jetzt reicht's, Mister. Gehen Sie in Ihr Quartier und schlafen Sie ein bißchen. In zwei Stunden beginnt Ihre Schicht wieder. Verdammt noch mal, das ist ein Befehl. Gehen Sie!«

Rawlins rührte sich nicht. Feniston dachte, fast ungläubig, *er fängt an zu weinen.* Aber er weinte nicht. Schließlich drehte er sich auf dem Absatz um und klapperte die Metalltreppe hinunter.

Armer, verdammter, dummer Junge . . .

Martell sprach es laut aus. »Armer Junge. Verdammter dummer Bengel!«

Feniston verbarg sein Gesicht in den Händen. Schließlich meisterte er seinen Kummer und sagte: »Er wird darüber hinwegkommen.«

»Ja, das wird er wohl. Eines Tages wird er genauso sein wie wir alle, er wird lernen, damit zu leben wie mit doppelter Buchführung. Mit Vernunft, Logik und gesundem Menschenverstand auf der einen und mit Menschlichkeit auf der anderen Seite. Und wenn er es gelernt hat, wird er nachts sogar schlafen können.«

Feniston sah ihn nicht an. Er sagte nur: »In der Bordapotheke ist ein bißchen Kodein. Ich gebe Ihnen besser etwas für Ihren Rücken, Major.«

Während Martell fiebrig auf der Liege vor sich hindöste, überprüfte Feniston müde die Instrumente an seiner Schalttafel. Er war vollkommen fertig; er hatte sechzehn Stunden durchgearbeitet. Nach den zwei Stunden Gnadenfrist, die er Rawlins gewährt hatte, läutete er zu seinem Quartier durch, wobei er sehnsüchtig an eine Rasur, ein bißchen heiße Suppe und einen guten langen Schlaf dachte. *Ja, ich werde eben alt. Wo, zum Teufel, bleibt Rawlins?*

Von unten kam kein Antwortsignal; Feniston fluchte, und Martell öffnete die Augen, wollte sich aufsetzen, stöhnte und ließ es. »Wo ist der Junge? Spielt er immer noch ›Achilles schmollt in seinem Zelt‹?«

»Wahrscheinlich schläft er tief und fest«, antwortete Feniston zögernd, »aber eigentlich würde dieser Summer sogar die Sphinx aufwecken. Seit der Hauptstromgenerator ausgefallen ist, funktioniert nichts mehr richtig.« Er begann sich Sorgen zu machen. Im Dienst hatten die Mannschaftsräume Türen. In einer luftlosen Welt, in der man in Kuppeln lebte, waren Privatbereiche wichtig, damit man bei Verstand blieb. Aber die Türen hatten keine Schlösser. Wenn also der Junior einen Koller bekam und versuchte, sich umzubringen, konnte er sich nicht einschließen, um sein Vorhaben durchzuführen . . . Er drückte heftig und wiederholt auf den Summer, fluchte, polterte die Metalltreppe hinunter und hämmerte laut an Rawlins' Tür. »Rawlins! Hey – Tom, verdammt noch mal, Ihre Schicht fängt an! Kommen Sie endlich raus, zum Teufel!«

Er drückte die Tür auf. Das Bett war eingedellt, aber unbenutzt. Feniston blieb stehen, und ein schrecklicher Verdacht stieg in ihm auf.

Seine eigenen Räume waren karg und blitzblank; die kleine Küche leer und sauber. Schließlich gab es nichts mehr, wo er noch nachsehen konnte, und mit schleppenden Schritten ging er zur Luftschleuse.

Leer, aber auf der Schalttafel brannte das Licht.

WENN DIESES LICHT BRENNT, IST JEMAND *DRAUSSEN.*
TÜR BITTE NICHT VON INNEN VERRIEGELN.

Und auch Rawlins' Raumanzug war nicht mehr da.

Er mußte Martell nicht erst sagen, was geschehen war. Der Major fluchte in den höchsten Tönen. Feniston sackte völlig in sich zusammen.

»Was hätte ich tun sollen? Ihn vorsorglich unter Arrest stellen?«

»Verdammt, ja, ich weiß«, knurrte Martell. »Ich konnte nicht zu grob zu ihm sein, der verdammte Bengel hat mir das Leben gerettet.«

»Na ja, jetzt können wir nichts mehr daran ändern.« Feniston sank völlig erschöpft auf die Bank. Er kam sich vor wie durch die Mangel gedreht. Er zog das Logbuch herunter, notierte die Zeit und fügte hinzu: »Die Instrumentenüberwachung kann dem zweiten Offizier nicht übergeben werden.« Seine Handschrift war, stellte er mit der Klarsichtigkeit, zu der ein vollkommen erschöpftes Hirn fähig ist, fest, unleserlich geworden. Er umfaßte sein Handgelenk und schrieb in Druckbuchstaben: RAWLINS UNERLAUBT ABWESEND.

Martell sagte: »Feniston, Sie haben sechzehn Stunden durchgearbeitet. Sie müssen völlig fertig sein. Soll ich die Instrumente übernehmen?«

»Nett von Ihnen, Sir. Aber – es ist gegen die Vorschriften, einen Fremden an die Instrumente zu lassen. Ich werde mir aus der Apotheke ein paar Aufputschpillen holen.« Er ging und schluckte die Tabletten und wartete darauf, daß seine Energie wiederkehrte. *Das ist auch gegen die Vorschriften, außer in* Notfällen. *Was soll's, zum Teufel, das ist ein Notfall!*

Ich hatte solche Hoffnungen in den Jungen gesetzt. Als ob er so eine Art Ersatz für Mike wäre. Und auch zu seinem eigenen Besten. Wenn ich einmal nicht mehr da wäre.

Als er zurückkam, knurrte Martell: »Ob er sich wohl überlegt hat, daß wir den Rettungsdienst jetzt auch hinter ihm herschicken müssen?«

»Ich weiß nicht, was er sich denkt. Oder ob er überhaupt denkt!« Feniston drückte auf den Knopf. Wunderbarerweise war die Leitung frei. Dieses eine Mal hätte Feniston gewünscht, daß es nicht so gewesen wäre. Aber er wußte, was er zu tun hatte, und das tat er auch. Seine Stimme zitterte ein wenig, als er von Rawlins' unerlaubter Entfernung berichtete. *Ich bin nur erschöpft,* redete er sich ein. Aber er wußte, das war nicht der Grund.

Die Zeit hatte jede Bedeutung verloren. Martell döste, Schmerzen und Kodein waren stärker als seine Sorge. Feniston blieb wach, er fühlte sich elend, teils durch die Wirkung der Aufputschtabletten in seinem Organismus, teils vor Ärger. Einmal versuchte er, Rawlins auf den Monitor zu bekommen, aber der kreisende Schatten der Kuppel nahm ihm das Licht. Mit dem Radar fing er einen kleinen, sich bewegenden Fleck auf, der gerade die richtige Größe für einen Mann im Raumanzug hatte. Als die Stunden langsam verstrichen, mischte sich Sorge in Fenistons Ärger. Gegen seinen Willen übertrug sich etwas von der Begeisterung, der Entschlossenheit von Rawlins' Kampf mit dem Tod auf den älteren Mann.

Er empfand eine atavistische, fast wilde Genugtuung, als der kleine Fleck wie ein Käfer über den Radarschirm kroch. Jeder Zentimeter bedeutete da draußen in der donnernden Hölle eine halbe Meile näher heran. Eine Gefahr überwunden. Wieder einen sicheren Punkt erreicht. Es war eine rein menschliche Regung, fern von jeder Logik, und Feniston versuchte nicht, sie zu unterdrücken. Und als der kleine Punkt sich auf seinem Rückmarsch wieder der Kuppel näherte, vergaß Feniston zum ersten Mal in dreißig Jahren seine Instrumentenprüfung. Die letzten hundert Fuß waren die schlimmsten. Fenistons Bedürfnis an Verzweiflung war gedeckt. Er atmete mit dem Lichtfleck auf dem Radarschirm, der Rawlins war. *Jetzt ist es leicht . . . paß auf die Felsen da draußen auf . . . wenn das hier ein Haus wäre, wärst du jetzt im Vorgarten . . . er kommt zurück, er schafft es . . . mein Gott, er schafft es tatsächlich!*

Erregt stand er auf und rüttelte Martell wach. »Öffnen Sie die Jalousien! Können Sie ihn auf den Bildschirm kriegen?«

Martell humpelte zur Schalttafel und griff nach seiner Tageslichtbrille. »Ich kann nichts sehen – o Gott, sehen Sie, was dieser verrückte Bursche gemacht hat! Er hat meinen Zwölf-B genommen – alle würde er nicht aufnehmen, deshalb hat er die Platte von der Raupe darangebaut – sie sitzen alle oben drauf! Rawlins und – eins, zwei – drei Männer von der Raupe! Auf einem jämmerlichen Zwölf-B!«

Noch ein Anklagepunkt gegen ihn! Ungesetzlicher Gebrauch und unerlaubte Veränderung . . .

»Er hat sich einen Blitzableiter gebaut – ja, verdammt noch mal, ich weiß genauso gut wie Sie . . . Feniston, mein Gott sehen Sie sich diesen verrückten Bengel an . . .«

»Ich hab' Ihnen ja gesagt, daß er ein cleverer Bursche ist«, knurrte Feniston. Aber er sah nicht hin. Er sah nicht einmal hin.

Und dann war es vorüber. Ruhig, da die Spannung nun abgeklungen war, hörte Feniston, wie sich die Luftschleuse öffnete, das Zischen im Druckausgleichsraum, und dann stolperten vier Männer die Stufen zur Kuppel hoch. Rawlins und noch ein Mann trugen einen dritten zwischen sich; der vierte Mann wirkte erschöpft, aber er konnte sich noch auf den Beinen halten. Feniston wandte sich von der Schalttafel um.

»Na, Tom!« Willkommen, Dankgebet und unsägliche Erschöpfung in einem klangen aus diesen zwei Worten.

Rawlins lächelte. Seine Kleider hingen ihm wie nasse Wäsche am Leib. Er trocknete sein Gesicht mit einem tropfnassen Ärmel und sagte glücklich: »Ich hab's geschafft, Sir.«

Der dritte Mann richtete sich auf. »Maydon, Sir. Ich dachte schon, es sei um uns geschehen. Er hat sein Leben riskiert, um uns da rauszuholen.« Er wies auf den Mann, den er mit Rawlins zusammen getragen hatte und der nun schlaff auf der Liege lag. »Ich war sicher, daß der Junge da es nicht mehr schaffen würde, aber nun wird er wohl eine Chance haben.«

Feniston erwiderte kurz: »ich glaube, wir können Sie alle hier versorgen, bis die Männer vom Rettungsdienst kommen. Kann einer von Ihnen einen Generator reparieren?«

»Ja, ich«, sagte Maydon und starrte Rawlins an. »Soll das heißen, Sie sind nicht vom Rettungsdienst? Mann, ich möchte Ihnen die Hand schütteln!«

Rawlins strahlte Feniston an, als Maydon ihm die Hand schüttelte. »Ich habe Ihnen ja gesagt, ich würde es schaffen, Sir. Zum Teufel mit den Dienstvorschriften! Ich habe es Ihnen ja gesagt . . .«

Maydon hörte abrupt auf. Er ließ Rawlins' Hand fallen, sah ihn an und sagte langsam: »Hey, soll das heißen . . .«

»Später, Maydon«, erwiderte Feniston. »Gehen Sie hinunter, Rawlins.«

»Sie verdammter alter Miesepeter«, brach es aus Rawlins hervor. »Na schön . . . dann schlagen Sie Krach, schlagen Sie doch Krach, weil ich mich über Ihre kostbaren Dienstvorschriften hinweggesetzt habe! Ich habe drei Menschenleben gerettet. Kriegen Sie das nicht in Ihren verdammten Dickschädel? Ich habe drei Menschenleben gerettet! Und wollen Sie nicht endlich nach dem Jungen da sehen, bevor er uns hier stirbt? Oder ist das etwa auch gegen die Dienstvorschriften?«

Feniston beugte sich über den Verwundeten.

Und erstarrte. *Das ist nur ein wahnsinniger, ungeheuerlicher Alptraum. Und jetzt kann ich endlich aufwachen . . .*

Aber er wachte nicht auf. Der Alptraum hatte ihn in seinen Klauen, lähmte ihn, und Feniston sah das Gesicht des verwundeten Mannes, verkrustet, blutig und schmutzig, die Augen vor Schwäche und Erschöpfung geschlossen. Feniston sah in das Gesicht seines Sohnes Mike.

»Nein!« sagte Feniston dumpf. »Nein! O Gott, Mike!«

Rawlins war selbst einem Zusammenbruch so nahe, daß er den Schock ohne Überraschung hinnahm. ». . . froh«, murmelte er, »habe von Ihnen seit einem Monat nichts anderes gehört als Mike . . . vielleicht nimmt das den Fluch von uns . . . haben Sie ein Herz . . .«

Mike Feniston schlug die Augen auf. Ein unbeteiligter Betrachter – wenn einer da gewesen wäre – hätte in ihm lediglich einen nett aussehenden Jungen von ungefähr zwanzig Jahren gesehen, der niemals diese Millionen Meilen von der Erde hierher hätte gebracht werden dürfen, um in der Hölle von Charmides in einem verunglückten Raupenfahrzeug zerschmettert und innerlich verbrannt zu werden. Er sah seinen Vater ohne Überraschung an, als ob die letzten Stunden so voller Schocks für ihn gewesen wären, daß nichts ihn je wieder erstaunen könnte.

»Ich habe es geschafft, Dad«, flüsterte er mit blutenden Lippen, »aber dummerweise ist mir was passiert. Wahrscheinlich bist du nicht sonderlich stolz auf mich, daß ich meine Arbeit schon gleich beim ersten Male verhauen habe . . .« flüsterte er und starb.

Rawlins ließ seinen Tränen freien Lauf, ohne sich zu schämen, und sie fielen auf Mikes Gesicht. »Mein Gott! Es tut mir so leid, Sir, so leid . . . ich habe mein Bestes getan . . . ich hätte mein Leben zweimal riskiert . . .«

»Genau das haben Sie doch getan, oder nicht?« Feniston ließ Mikes Hand sinken. Sie war jetzt kalt und schlaff. »Ganz der Held.«

»Ich habe es gern getan, Sir.« Trotz seines schmutzigen Aussehens umgab Rawlins ein Leuchten. »Ich möchte gerne denken, daß irgend jemand im Dienst das gleiche getan hätte.«

Es ist ihm ernst, dachte Feniston. Und zum ersten Mal wurde ihm klar, wie neu und sinnvoll die alten Klischees irgendwie wirken konnten, mit hellen, scharfen neuen Kanten. Er holte tief Luft, fühlte noch den Schmerz und die Qual und wußte, daß seine nächsten Worte dem Jungen für immer dieses Leuchten nehmen würden. Noch nie in seinem Leben war ihm etwas so schwer gefallen.

»Major Martell, ich verlange, daß Sie Rawlins unter Arrest stellen. Gründe: allgemeiner Mangel an Disziplin, Insubordination, direkte Mißachtung eines Befehls und unerlaubte Veränderung von Ausrüstungsgegenständen außerhalb des regulären Arbeitsbereiches.« Sein Mund war trocken, wortleer, Martells Miene war mitfühlend, aber Feniston, in seine eigene Qual verstrickt, sah nur Rawlins. Das Leuchten war aus dem Gesicht des jungen Helden verschwunden; jetzt war er nur noch ein geschlagenes, erschöpftes Kind.

»Habe – habe ich – habe ich Sie richtig verstanden? Arrest? Weil ich – weil ich drei Menschenleben gerettet habe?«

Martell polterte: »Weil Sie Ihr eigenes Leben riskiert haben, weil Sie fast vier Todesfälle verursacht haben und weil Sie ohne Erlaubnis einen Oberflächentransporter Zwölf-B entwendet haben. Sie hatten unverschämtes Glück, Rawlins. Aber hier draußen setzt man nicht auf unverschämtes Glück oder auf Heldentaten! Hier draußen bekommt niemand eine zweite Chance, und Sie hatten Ihre!«

»Ich . . .« Rawlins blickte sich nach irgend etwas, nach irgend jemandem um, aber da war nur Martell, wie ein Gottesgericht. Feniston wußte, er würde diesen verzweifelten Blick nie vergessen können, mit dem Rawlins sich in der Kuppel umsah, als wolle er einen höheren Gerichtshof anrufen, bevor Martell ihn, nicht ohne Anteilnahme, am Arm nahm.

»Sie kommen jetzt besser mit hinunter, Mister. Sie kommen mit mir nach Port Major zurück – und dann wahrscheinlich auf die *Astraea*, zurück zur Erde.«

Rawlins taumelte zu den Metallstufen. »Okay«, murmelte er, und Feniston wußte, daß jetzt die ganze Erschöpfung über dem Jungen zusammenschlug und ihn schließlich überwältigte. »Na schön, in Ordnung. Dürfte ich vorher vielleicht ein bißchen schlafen? Ich bin völlig fertig.«

Und als er die Stufen hinunterstolperte, hörte Feniston, wie das Schluchzen aus ihm hervorbrach, das dumpfe, erschöpfte Schluchzen eines Helden, aus dem man wieder ein geschlagenes Kind gemacht hatte, das nicht wußte, was ihm widerfahren war – und vielleicht auch nie verstehen würde.

Blind vor Kummer wandte sich Feniston an Maydon. »Sie sind ausgebildet, Sie übernehmen die Instrumente. Notfall«, murmelte er. Er fühlte, wie sich seine Züge verzerrten, als er in das Gesicht seines toten Sohnes blickte. Wie Rawlins' Traum, so war auch sein eigenes Leben im Staub und Geröll auf dieser lautlosen Hölle Charmides zerbrochen. Er zog ein Laken über Mikes Gesicht.

Und sie wollen mich noch nicht einmal hier sterben lassen . . . Mechanisch stellte er unter dem schwächer werdenden grellen Licht die Verdunkler ein; über ihm öffnete sich der schwarze Himmel von Charmides, endlos wie das Weltall. Er schaute über die Leiche seines Sohnes hinaus in die Dunkelheit, aber er sah sie nicht.

»Eigentlich hatte ich zwei Söhne«, sagte er wie zu sich selbst mit der heiseren Stimme eines alten Mannes, »und heute habe ich sie beide verloren.«

Er legte seinen Arm über die Augen. Er würde froh sein, wenn er endlich zur Erde zurückkäme.

Der Wasserfall

Die ›Darkover‹-Romane bilden in ihrer Gesamtheit das Hauptwerk Marion Zimmer Bradleys, die Geschichte einer vergessenen irdischen Kolonie auf dem Planeten einer roten Sonne, die ins Mittelalter zurückfällt, aber, nicht zuletzt durch ihre Vermischung mit den Ureinwohnern, parapsychische Kräfte entwickelt und so eine eigene Kultur und ein eigenes Wertesystem aufbaut, das bei der Wiederentdeckung mit der technischen Zivilisation der Terraner in Wettstreit tritt. Dieser Hintergrund dient aber nur als Folie, vor der Bradley ihre Anschauungen und Ideen zum Tragen bringt, und gelegentlich für spontane Einfälle, wie in der folgenden Geschichte. Sie erschien ursprünglich als kleine Dreingabe bei einer Neuveröffentlichung zweier älterer Darkover-Romane.

Die Lady Sybil-Mhari, fünfzehn Jahre alt und so zart wie eine Weidenrute, stand am Rand eines umschlossenen Hofes und starrte aus nachdenklichen grauen Augen in das Tal hinunter, das vom seltsamen Licht der vier Monde durchflutet war. Nur eine niedrige Steinmauer, kaum kniehoch, trennte den Hof, in dem sie stand, von einer steilen, schroffen und gefährlichen Klippe über dem tosenden, schäumenden und reißenden Strom weißen Wassers, der nahezu tausend Fuß tief in das Tal hinunterstürzte. Das gedämpfte Tosen des Wassers unter ihr und die kalte, mondlichtdurchwobene Nacht erfüllten sie mit der Feuchtigkeit, die von dem Wasserfall tief unten emporstieg, schienen heiß in ihrem jungen Körper zu pulsieren und kneteten zur gleichen Zeit einen dicken Klumpen in ihrer Kehle, ein Gefühl, das wie Hunger oder Durst war – oder etwas anderes . . . Etwas, das sie nicht einmal erahnen konnte; ein Hunger, eine Einsamkeit nach etwas, das sie niemals kennengelernt hatte.

Liebe? Nein. Ihre Zofen schwatzten und schnatterten ständig von Liebe, tuschelten miteinander, kicherten Vertraulichkeiten von geraubten Küssen und flüchtigen Berührungen, von forschenden Händen in der Finsternis, von höfischen Versen und Liedern. Und für eine kleine Weile hatte Sybil geglaubt, es sei wirklich Liebe, wonach sie hungerte, doch als die vertraulichen Mitteilungen deutlich geworden waren, hatten sie weder Erregung noch Verlangen in ihr hervorgerufen, sondern nur ein ekelerfülltes Frösteln. Sie, Sybil-Mhari Aillard, *Comynara,* die zarte und königliche kleine Schwester des Lord Ludovic, einsam und vollkommen wie ein Stern am Firmament, sollte sich diesen gierigen Unanständigkeiten ergeben? Sie, die in die Kaste der Comyn geboren war, einmalig und erhaben, das Blut der Götter in sich tragend – so hieß es im gemeinen Volk –, sie sollte in den Armen eines plumpen Edelknaben dahinschmelzen, sich in Korridor oder Flur oder Kapelle geheimen Küssen, tastenden Fingern, geflüsterten Worten der Liebe hingeben? Nein. Und noch einmal nein. Der Hunger, der in ihr schwelte, war ein Hunger nach etwas ganz anderem; er war ein brennendes Feuer, das nach guter Nahrung schmachtete, und dieses Umarmen und Umklammern war feucht und gewöhnlich und erstickte die Flamme, statt sie zu nähren.

Sie blickte hinunter auf das bleiche Wasser, das strömte und stürzte und dahineilte und silbrige Gischt emporwarf, so tief unter ihr, daß das Wasser nur ein Weiß im Mondlicht zu sein schien, und plötzlich stellte sie sich vor, sie würde fliegen, durch diesen weiten Raum fallen, hinein in diesen Strom und Sturzbach; herumgewirbelt, zerschlagen, ertränkt – oder könnte sie, wie es die Comyn-Leute manchen der alten Legenden zufolge beherrschten, plötzlich Schwingen ausbreiten, flügellos weit über der Welt schweben, auf Falkenfittichen kreisen, von hoch oben herabsehen . . .? Sie umarmte sich mit dünnen, bloßen Armen und suchte benommen Halt an der Mauer, nahezu hypnotisiert durch das Getöse und Lärmen des fernen Wasserfalls. Fliegen, getragen von unsichtbaren Flügeln oder den geheimen Kräften der Comyn, hoch oben, über jedem, der danach strebte, sie zu Boden zu pressen und sie erdgebunden zu halten . . . Aber das war lange her. Legende.

Heutzutage waren den Comyn nur mehr die Kräfte des Geistes gegeben, und selbst diese waren ihr verwehrt worden. Die *Leronis*, die große Zauberin aus dem Hastur-Geblüt, hatte Sybil erst in diesem Jahr zu sich gerufen, hatte sie in den Sternstein sehen lassen, so daß sie glaubte, sie stünde nackter da, als wenn ihr diese Frau ihr letztes Kleidungsstück ausgezogen hätte, und dann war die Berührung der *Leronis* in ihrem Geist zu spüren gewesen. Sybil stand bewegunglos, ohne mit der Wimper zu zucken, denn sie wagte nicht, Angst zu zeigen, aber in ihrem Innern hatte sich etwas geduckt, und dieses Etwas konnte den Blick nicht heben, und schließlich hatte die *Leronis* geseufzt und den Stein beiseite gelegt. »Du hast *Laran*, mein Kind. Du trägst die Gabe unserer Sippe. Und doch . . .« Die Frau seufzte wieder und schüttelte den Kopf. »Es ist eine Kraft in dir, Sybil, die ich nicht verstehe, und dabei habe ich geglaubt, ich würde alle Gaben der Comyn kennen. Du bist Telepathin – nicht sehr stark, aber stark genug. Du könntest in einem Turm ausgebildet werden, könntest die Macht einer *Leronis* ausüben, vielleicht sogar einer Bewahrerin. Doch etwas in mir – etwas, dem ich zu vertrauen gelernt habe – sagt . . . *nein.*«

Sybil hatte eingewendet: »Warum, Lady?« Und ein düsterer Zorn glomm in ihr auf. Die Frauen der Türme besaßen Macht und Stärke, sie benutzten die ausgebildeten Kräfte des Geistes . . . doch alle anderen Frauen der Comyn waren machtlos, wurden der Ehe überantwortet und gezwungen, für ihre Sippe Kinder zu gebären, durften keine eigene Macht ausüben . . . Die *Leronis* wollte ihr dies vorenthalten! Wut war in ihr hochgewallt, aber sie hatte ihre Stimme süß und fügsam gehalten, wie es ihr beigebracht worden war, und mit der Stimme, von der ihr Bruder Ludovic, der Lord der Sippe, gesagt hatte, sie sei wie das sanfte Gurren eines grünen Regenvogels, hatte sie gehaucht: »Warum, Lady? Ich bin eine *Comynara*, ich habe *Laran*, Ihr habt es selbst gesagt . . . Warum?«

Aber die Hastur-Zauberin schüttelte nur den Kopf, und ein Blitz traf Sybils Augen, der dem Mädchen sagte, daß die ältere Frau ihre ganze verborgene Wut kannte und sie nicht fürchtete. Sie sagte: »Weil dein Geist nicht der einer Frau ist, Sybil . . . Außer *Laran* enthält er noch etwas . . . Ich weiß nicht, was es ist, aber ich fürchte es. Und ich fürchte dich . . . Und ich will dich nicht in einem Turm haben. Wärst du dazu bestimmt, die Kunst des Umgangs mit den Sternsteinen und damit sämtliche alten Kräfte der Comyn zu beherrschen, so müßte ich absolut sicher sein, daß man dir vertrauen kann. So aber sage ich nein.«

Und dann hatte Sybil ihren Blick erhoben und die Frau angefunkelt und eine Kraft ausgestrahlt, von der sie nicht wußte, daß sie in ihr war, um die Frau zu packen, ihr ihren Willen aufzuzwingen – *ich will diese Macht haben!* Die Frau hatte ihren Geist mühelos beiseite geschoben und mit einem traurigen Lachen den Kopf geschüttelt. »Siehst du, mein armes Kind? Ich fürchte dich nicht, wie du jetzt bist, aber ich fürchte das, was du sein könntest, wenn du die Kunst der Sternsteine beherrscht.« Und sie war fortgegangen und hatte Sybils junge Ziehschwester Rohana mitgenommen, damit sie zum Turm gebracht und in der Kunst des Umgangs mit den Sternsteinen ausgebildet werde, und Sybil war hier zurückgelassen worden, in Einsamkeit und Hunger und Melancholie und diesem brennenden Verlangen nach etwas . . . etwas . . . Sie konnte nicht erraten, was es sein könnte. . . .

Nach einer langen Zeit, als sie merkte, daß sie bis auf die Knochen durchfroren war, richtete sie sich auf und wandte sich langsam ab. Hinter ihr ragte die Comyn-Burg auf, eine große, gedrungene Masse und Stein und hallender Stille; die leeren Höfe stießen widerhallende Seufzer aus, als ihre seidenbeschuhten Füße auf den Steinplatten wisperten, und selbst ihr eigenes Atmen schien ein widerhallendes Flüstern hervorzulocken. Die eisige Kälte der Steine kroch durch ihre steif gewordenen Beine empor und pochte in ihren Brüsten. Aus sehr großer Ferne hörte Sybil etwas zum Stillstand kommen, ein Klirren, einen Ruf, das Echo nachklingender Schritte und Stille; die Wächter zogen ihre nächtlichen Runden. Sie beschleunigte ihre Schritte ein wenig und glitt schattengleich unter einen Torbogen, sich gegen die frostige Nachtbrise zu schützen, dann zuckte sie zusammen, wobei sie mit einem kleinen Laut der Überraschung ihre Hände an die Kehle legte, als ein plötzlich vorgestoßenes Licht grell über ihr Gesicht strahlte.

Halb geblendet preßte sie ihre Finger auf die Augen, und als sich ihre Augen dem Licht schließlich langsam anpaßten, ließ sie ihre Hände sinken und sah über das grelle Flackern der Laterne hinweg das Gesicht eines Mannes.

»Also nein! Sieh an, was ich da entdeckt habe!«

Sybil wich zurück, als sich das unbekannte Gesicht zu einem breiten Lächeln dehnte. Die Stimme war tief und rauh, fast heiser, doch sie klang wohlgesinnt. »Was machst du denn hier, du?«

Das sich ausbreitende Licht war jetzt für Sybils Augen weniger schmerzhaft. Sie konnte schwarze Ledergurte an einem grünen Umhang ausmachen; einer der Wächter, die zur Ratszeit aus ihrer

Heimat kamen, um die Comyn-Lords und -Ladies zu bewachen. Sie hatte sie von Zeit zu Zeit gesehen. Tief verneigten sie sich, wenn sie vorbeikam, und in Demut senkten sie ihre Blicke, wenn sie, wie es manchmal geschah, ein herablassendes Wort zu ihnen sprach oder einen unbedeutenden Befehl erteilte. Aber dieser hier war einer, den sie nie zuvor gesehen hatte – und nie zuvor hatte es einer von ihnen gewagt, sie ungebeten auch nur mit einem einzigen Wort anzusprechen.

Sie sagte kalt: »Scher dich an deine Aufgabe, Bursche!«

»Nur ruhig, mein Täubchen«, erwiderte der Mann und kicherte. »Meine Aufgabe habe ich exakt hier zu tun, weißt du . . . feststellen, wer in diesem Hof ein und aus geht. Also . . . was hast du hier zu suchen?«

Sybils kleine, weiße Zähne gruben sich in ihre Lippe. Es wäre zu erniedrigend, sich diesem . . . diesem Grobian zu erkennen zu geben! Sie sah, daß er ein untersetzter Mann war, mit einem stämmigen Hals und massigen breiten Schultern, und sein Lächeln zeigte durch den unordentlich sprießenden Schnauzbart seine langen, starken weißen Zähne – Pferdezähne!

»Ich wohne hier«, erwiderte sie knapp.

Der Mann lachte. »Und ein Dutzend anderer Frauen ebenfalls, aber ich will es dir glauben. Komm, gib mir einen Kuß, *Chiya*, dann lasse ich dich laufen.« Er bückte sich und stellte die Laterne bedächtig auf den Boden, trat dann vorsichtig auf sie zu, und Sybil – vor lauter Verblüffung zu erstarrt, um sich zu bewegen – fühlte seine rauhen Hände auf ihren bloßen Armen. Die heisere, glucksende Stimme war sehr nah an ihrem Ohr.

»Nach wem hast du denn gesucht, Mädchen . . . würde statt dessen nicht auch ich genügen?«

Gelähmt, während eine entsetzliche Leere in ihrem Bauch tobte, spürte Sybil die groben Arme um ihre Hüfte, fühlte, wie ihre Füße den Boden unter sich verloren, als er sie hochhob und gegen seine Brust drückte, und die stoppelbärtige Wange kratzte hart an ihrer weichen Wange. Einen Moment lang hing sie schlaff in seinen Armen, unfähig, auch nur einen Muskel zu bewegen – dies *konnte* nicht geschehen! Dann, in einem einzigen Ruck des Entsetzens, explodierte sie wie eine rasende Katze, krümmte sich nach hinten und krallte lautlos nach ihrem Widersacher. Sie öffnete den Mund, wollte schreien, aber ihre trockene Kehle erlaubte nur ein kleines Wimmern des Grauens.

»Ruhig Blut, Höllenkatze!« murmelte die fremde Stimme im Halbdunkel. Sie fühlte, wie grobe, wettergegerbte Finger die Seidenstoffe und Bänder durchwühlten, die ihre Brust umgaben, und ihre Stimme kehrte in einem ersticken Schrei zurück.

»Laß mich los! Wie kannst du es wagen? Dafür wirst du bei lebendigem Leibe gehäutet!«

Etwas von ihrem gebieterischen Befehl drang trotz des schrillen Klangs der Hysterie zu dem Mann durch, und er stellte sie abrupt auf die Füße zurück und riß die Laterne hoch. »Zandrus Höllen«, fluchte er. *»Wer bist du?«*

Sie taumelte, als er sie losließ. Benommenheit trübte ihre Augen, und sie suchte an dem schroffen Mauerwerk nach Halt, stützte sich mit einer flach an die Wand gelegten Hand ab. Ihre Stimme klang selbst in den eigenen Ohren hoch und fremdartig. »Ich bin Sybil-Mhari Aillard«, sagte sie heiser, »und der Lord Ludovic wird dir die Haut in zollbreiten Streifen vom Leibe ziehen lassen!«

»Domna!« Die Stimme des Mannes war belegt und voller Unglauben. »Aber . . . « keuchte er protestierend, und dann schien ihn alle Kraft zu verlassen, und er lehnte sich zurück. Ein eigenartiger kleiner Stich, wie ein Krampf in ihrem Bauch, scharf, jedoch nicht unangenehm, schwächte Sybils Knie plötzlich von neuem, als sie sein bleich werdendes Gesicht betrachtete. Nach einer kleinen Weile gelang es ihm, sich ein wenig zu fassen, die heisere Stimme war verwirrt und kleinlaut, doch wenn Sybil erwartet hatte, daß er nun katzbuckelte, wurde sie enttäuscht.

»Meine Lady, ich muß Eure Verzeihung erbitten. Ich hielt Euch für ein Dienstmädchen – und was, im Namen der Gesegneten Cassilda«, endete er in vernünftigem Tonfall, »macht Ihr auch in der Nachtluft hier draußen im Hof, meine Lady, dazu in diesem Kittel, daß Ihr ausseht wie irgendein Weib aus den Küchen?«

Sybil blinzelte, seltsam in die Defensive gedrängt. Sie setzte an zu sprechen, ihm zu antworten: »Ich wollte den Wasserfall sehen.« Dann fiel ihr jedoch ein, daß sie sich einem gewöhnlichen Wachmann nicht zu erklären brauchte. Das Tun einer Comyn-Lady ging ihn nichts an! Er hielt die Laterne dicht vor ihr Gesicht, und seine eigenen Züge traten deutlicher hervor – grob geschnitten und gebräunt, mit einer alten Narbe, die seine Wange durchfurchte, aber mit blinzelnden Augen, die selbst jetzt gutmütig dreinblickten. Sein Atem war nicht gerade gleichmäßig, als er sagte: »Nun, meine kleine Lady, es ist mir vollkommen klar, daß ich zur Bussard-Fütterung verwendet würde, wolltet Ihr mir Schwierigkeiten machen, aber so etwas würdet Ihr doch nicht tun, oder? Ich wollte nichts Böses, wißt Ihr, und wer würde schließlich damit rechnen, daß die Lady Sybil-Mhari nach Mondaufgang noch im Hof umherstreift?« Sein Lächeln war schmeichelnd, fast vertraulich. »Ich kann nur sagen, daß es mir leid tut – oder vielleicht tut es das gar nicht . . .« führte er plötzlich zu Ende. »Wenn Ihr mir nicht gesagt hättet, wer Ihr seid, hätte ich eventuell mehr als einen Kuß gewollt und es mir auch genommen . . .«

Sybil schwankte leicht und spürte dasselbe wie damals, als sie in den Sternstein geblickt hatte – diese seltsame, fremdartige Berührung ihres Geistes ... *Verlangen ... Furcht* ... Seine leidenschaftlichen Blicke waren noch immer auf sie gerichtet, erforschten die gelösten Bänder über ihren Brüsten, aber zögernd, denn er hielt sich zurück ... *Angst.* Sie konnte seine Angst fühlen ... und das Verlangen, das in sie hineinbrannte, durch sie *hindurch*brannte ... Jetzt wagte er nicht mehr, sie zu berühren ...

Sie schwankte leicht, und dieses Mal legte er ohne Entschuldigung seine Arme um ihre Schultern und beugte sich vor, um ihr leichtes Gewicht zu stützen.

»Ich glaube ... ich werde ohnmächtig«, flüsterte sie und ließ sich schlaff gegen ihn fallen, wobei sich ihr Kopf fügsam in seine Achselhöhle senkte. Durch sein Wams hindurch konnte sie das langsame Pochen seines Herzens fühlen, sie konnte fühlen ... Sie vergrub die Stirn noch tiefer in seine Wärme. *Da ist eine Kraft in dir,* hatte die *Leronis* gesagt. Jetzt, da sie ihr Aufbranden spürte, wußte sie, was hinter seiner Furcht und seinem Verlangen verborgen lag ... Ihre Hände fühlten sich eiskalt an, und zitternd ergriff sie eine seiner warmen Hände und preßte sie an ihre Kehle.

»Ich ... ich kann nicht atmen«, wisperte sie und ließ ihre Stimme weich und verführerisch klingen. Bevor sie seine Hand freigab, sorgte sie dafür, daß er sie nicht mehr würde loslassen können. Sie schloß die Augen, als er sie hochhob, hing scheinbar frei in der Luft, zwischen Luft und Feuer schwebend, und spürte wieder diese eigenartige Empfindung von Herumwirbeln, Stürzen, Fliegen, Fallen – während der Wasserfall unter ihr toste.

Als sie die Augen wieder öffnete, hatte er sie auf einem geschützten Rasengrund niedergelegt, der sich von einem der Innenhöfe her öffnete, kniete neben ihr, und seine rauhen Hände zerrten mit geschickten, ungeduldigen Bewegungen an den Bändern, die ihre Brüste gefangenhielten. Sie atmete tief und flüsterte: »Jetzt fühle ich mich wieder besser ... Ich weiß nicht, was mit mir geschehen ist ...« Aber als er im Begriff war, seine Hände zögernd zurückzuziehen, fing sie sie ein und hielt sie fest.

»Nein, nein ... halte mich fest«, bettelte sie, als sie die Kälte, die Leere wieder zurückdrängen fühlte. Sie war verängstigt, krank von der Angst, die sie in ihm spürte, und doch von etwas Mächtigerem gebannt, von etwas Anwachsendem ... Sie wußte nicht, was es war – war es nur dieses eine? Dann waren seine Arme wieder um sie geschmiegt, ungläubig, hungrig, sanft, und sein Mund zwang ihre Lippen auseinander.

Es war fremdartig, erschütternd und fremdartig, dieses Aufwallen und Zittern, das sie überwältigte. Nie zuvor hatte sie eine Berührung wie diese erfahren; der ungeschickte und verschwitzte respektvolle Handkuß ihrer Vettern, die kalte, väterliche Hand des Lords der Domäne auf ihrer Stirn, die kichernde Umarmung ihrer Gefährtinnen – nichts, das diesem rohen Hunger, trotz all seiner Heftigkeit so zärtlich, gleichkam. »Meine kleine Lady«, flüsterte er heiser an ihrer Kehle. »Du weißt nicht einmal, was es ist, nach dem du dich verzehrst, nicht wahr?«

Nein. *Aber ich will es wissen, ich will . . .* Die Erinnerung krümmte sich in ihr . . . *Es ist eine Kraft in dir, und ich fürchte sie . . .* Aber konnte es das allein sein, nur dies! Sie drückte ihren Mund auf den seinen, knabberte ungestüm an seinen starren Lippen, bäumte sich heftig – nicht aus Protest, sondern voller Eifer – gegen den sanften Druck seiner Hände. Da war ein Sichwinden, ein Anspannen, ein Augenblick der Qual . . . Sie spürte den Tau feucht an ihrem Rücken, eisige Kälte durch die dünne Seide ihres Kleides, und seine schwere rauhe Behaartheit ertränkte ihre seidigen Brüste. Sie wand sich und kämpfte, nicht mit dem Verlangen zu entkommen, sondern vielmehr mit derselben wilden Entschlossenheit, mit der sie sich mühte, ein ungezähmtes Pferd mit ihren dünnen Oberschenkeln zu umfassen, dem gleichen verbissenen Streit, den es kostete, einen unbändigen Falken mit einer Kopfhaube zu blenden. Sie wußte, was mit ihm geschah, wußte, was mit ihr geschah, aber es war nicht das, was sie erwartet hatte. Es war nur ein Anfang, und sie fühlte, wie all seine Furcht, sein Respekt, sein Zögern versickerten und unter zunehmendem Drängen, Bedürfnis, Hunger vergingen . . .

Danach schob sie die heißen Küsse des Mannes beiseite, setzte sich auf und band ihre Schulterbänder mit emsigen Fingern wieder zu. War dies die unbeschreibliche Wonne, das unermeßliche Entzücken, worüber die anderen jungen Mädchen quiekten und flüsterten? Sie wischte seine Hand weg, als er ihr zu helfen versuchte, ihr ganzer Körper zuckte in heftiger Abwehr zurück. Sie fühlte sich geschunden und arg mitgenommen, und sie preßte ihre Zähne fest aufeinander, damit sie nicht klapperten. Sie fuhr mit einem schnellen, erschütterten »Bring mich zurück – man wird nach mir suchen!« in seinen geflüsterten Strom von Liebkosungen.

Er hob sie sanft an, wie er wohl ein Kind aufgenommen hätte, das gestolpert war, und sie machte einen tiefen Atemzug, da etwas – sie wußte kaum, was – im Innern ihrer engen, pochenden Brüste, ihres zerschlagenen und schmerzenden Körpers zu schneller Geburt heranwuchs . . . Sie zwang sich, ihr Zittern vor ihm zu verbergen, lehnte dann ihren Kopf an seinen Arm und murmelte: »Du mußt mich zurückbringen – ich bin fast eine Gefangene, weißt du.«

Er stützte ihre wankenden Schritte, wobei er sie fast trug, und flüsterte: »Ja, ja, mein kleiner Seidenvogel, meine Blume . . . « Am

Rand des Torbogens hielt er an, um seine Laterne aus ihrem Versteck zu holen, sah sie an und sagte zögernd: »Kleine Lady, so kannst du nicht zurückkehren!«

Im grellen Licht schaute Sybil auf ihre zerdrückten und zerrissenen Bänder hinunter, ihr zerknautschtes und fleckiges Kleid, während sie gleichzeitig mit leiser Zufriedenheit das Blut auf ihren Lippen kostete. Mit forschenden Fingern berührte sie ihre wirren kupferfarbenen Locken, und er redete weiter auf sie ein: »Komm, Kleine, du mußt dein Kleid zurechtstreichen, glätten . . . und laß mich deine Schärpe festbinden. Niemand darf dich so sehen!« Jetzt glühte wieder Angst in ihm, und sie konnte sie wie einen Geschmack in ihrem Mund wahrnehmen. Sybil neigte den Kopf zur Seite und hörte dann das Geräusch, auf das sie – ohne es bis zu diesem Augenblick zu wissen – gewartet hatte. Das Klirren von Piken, der hallende Schritt und das Rufen. Sie ballte ihre kleinen Fäuste, spürte ihren Atem rauh werden und in ihrer Kehle steckenbleiben – und lächelte zu ihm hinauf.

»Darf man das nicht?« murmelte sie, und dann wirbelte sie unvermittelt herum, riß sich von ihm los und schrie gebieterisch: »Wache! Wache, zu mir!«

»Was . . .« Der Mann machte einen Schritt rückwärts. Gestiefelte Füße, rennend – Schritte hallten in harter Folge auf den Steinplatten, und eine Explosion von Lichtern prasselte in ihre Gesichter . . . Das Gesicht eines Wächters unter einer Stahlkappe . . .

Die Gesegnete Cassilda sei bedankt! Es ist ein Wächter, der mich vom Sehen her kennt!

. . . stürmte durch den Torbogen, und eine erschrockene Stimme keuchte: »Lady Sybil-Mhari!«

Sie streckte in einer dramatischen Geste die Hand und fühlte zugleich die beängstigende Kraft wieder in sich aufsteigen. »Tötet ihn!« befahl sie und hörte ihre Stimme in etwas brechen, das sie selbst für ein hemmungsloses Schluchzen der Scham und der Furcht gehalten hätte, wäre es einer anderen Kehle entflohen.

Beinahe konnte sie sich in den Augen des Wächters gespiegelt sehen, in Bildern aus seiner Erinnerung: wie aus geschwollenen und zerbissenen Lippen ein Blutfaden sickerte, die gelösten Bänder herabgefallen, das Kleid zerrissen . . .

Der Wächter spie einen Schrei der Bestürzung und des Entsetzens aus, rief nach seinen Gefährten. Sybil wandte sich ab, verhüllte verschämt das Gesicht mit ihren Haaren, als ein zweiter Wächter hinter dem ersten auftauchte und sein Gesicht all jene Wandlungen wiederholte, die sie bereits beim ersten gesehen hatte. Ein winziges Lächeln der Verachtung spielte um Sybils Lippen, aber sie formte es zu einer mitleidserregenden Grimasse und weitete die Augen, als sie auf den Mann hinuntersah, in dessen Armen sie noch vor wenigen

Minuten gelegen hatte. Sie flüsterte pathetisch: »Der Lord Ludovic darf es nie erfahren . . . meine Ehre ist in eure Hände gegeben . . . Aber wie . . . wie könnten wir . . .? Aber falls er . . . irgendwie . . . in den Wasserfall stürzen sollte . . .«

Und jetzt sah sie, daß der Mann vor Schrecken erbleichte, sah, wie seine Nasenflügel und Kiefer weiß wurden, während der Blick seiner Augen in wildem Flehen den ihren suchte.

»Lady . . . kleine Lady . . .« keuchte er hilflos, und seine heisere und rauhe Stimme jagte einen Wärmeschauer durch sie hindurch, wie vorher, als er Liebkosungen geflüstert hatte.

Es gibt eine Kraft in dir . . . und ich fürchte sie . . . Oh, dachte sie, *wenn das die Hastur-Zauberin auch nur geahnt hätte . . . sie hätte es mir geraubt . . .*

Sie sah zu, wie die Wachen den Mann ergriffen, folgte ihnen wie ein Schatten, umarmte sich auf dem Gipfel ihrer Erregung mit dünnen Armen selbst, als sie ihn grob auf die Klippe zudrängten. An der Mauer entflammte ein kurzer Kampf, und plötzlich fühlte Sybil einen wilden Schauer durch ihren Körper wogen. Heiß stach er durch ihre Brüste, überwältigend wie ein Kuß, jagte flüssige Wärme durch sie hindurch, ergriff ihre Oberschenkel in einem Schraubstock der Lust. Sie keuchte, ihr Atem stieß zusammen mit der hoch aufwogenden Hitze, die aus ihr herausdrang, und dann schrie sie laut in unerträglicher Freude, als die Gestalt des Mannes auf den Sims hinaustorkelte, wild in der Luft ruderte, um sich drosch, sich irgendwo festzukrallen versuchte und verschwand. Sybil sank ins Gras nieder, in schweren Schluchzern atmend, da sie jetzt wußte, was die wahre Macht, die Freude der Liebe war . . . Verschwommen fragte sie sich in ihrer überwältigenden Woge der Gefühle, welchen Namen er getragen hatte und wie sie ihn herausfinden konnte . . . In ihren Gebeten für die Toten würde sie immer daran denken, an den Namen desjenigen, der die Kraft in ihrem Innern freigesetzt hatte, ihr die Erfüllung gebracht hatte. Sie merkte, daß sich einer der Wächter fürsorglich über sie beugte. Sie ließ sich von ihm hochheben und stützte sich schwer auf seinen Arm.

»Lady Sybil«, sagte er sanft, »Eure Ehre und Euer Geheimnis sind auf ewig bei mir sicher. Ich werde Euch sicher in die Frauenunterkünfte geleiten . . . Sorgt Ihr nur dafür, daß Eure Dienstmädchen nicht schwatzen, und das Geschehen dieser Nacht wird niemals bekannt werden.«

Er leitete ihre unsicheren Schritte mit ehrerbietigen Händen. »Arme, kleine Lady, wenn ich in der Nähe gewesen wäre, dann hätte diese Bestie, diese Schande für die Wachen und ihre Ehre, es niemals gewagt, Hand an Euch zu legen . . .«

Sie senkte ihre langen Wimpern. »Wie heißt du? Ich möchte . . . meinem Retter in meinen Gebeten danken, bevor ich einschlafe.«

»Reuel, Mylady.«

»Reuel. Ich werde . . . mir deinen Namen merken«, hauchte sie. Sie würde diesen Fehler nicht noch einmal machen. »Und ich . . . ich werde nicht . . . undankbar sein, du wirst sehen.« Wieder stieg der unerträgliche Genuß in ihr empor, als sie sah, wie sein schmales, dunkelhäutiges Gesicht von einer jähen, wahnwitzigen Hoffnung dumm und sanft gemacht wurde. Sie murmelte: »Ich gehe oft hier im Hof spazieren. Wirst du mich beschützen?«

»Mit . . . mit meinem Leben sogar, Lady«, stammelte er, und sie sah ihn an und lächelte. Jetzt, da sie ihre Kraft kennengelernt hatte, konnte sie auf ihr Vergnügen warten.

Sie lächelte mit der trunkenen Freude einer Frau, die die wahre Liebe entdeckt hat, und rannte leichtfüßig die Treppe zu ihrer Kammer hinauf.

Ein echter alter Meister

Auch die folgende Geschichte greift einige Grundthemen in Bradleys Werk auf: die Besucher aus der Zukunft, die Relativität der äußeren Erscheinungsformen, die Bewertung sexueller Merkmale. Darüber hinaus ist sie vielleicht nicht unbedingt eines von ihren Meisterwerken, aber sie ist ganz amüsant zu lesen, und sie erscheint hier erstmals in deutscher Sprache.

»Sie dürfen mich Roald Ruil nennen«, sagte der Mann aus der Zukunft.

»Und ich werde gewöhnlich Armaga genannt«, fügte das (vermutlich) weibliche Wesen neben ihm hinzu.

Dan Casey nickte. Er war zu benommen und verblüfft, etwas anderes zu tun, als zu nicken. Immerhin, wenn ein Paar unglaublich große, spinnendürre, grünhäutige, und, geben wir's doch zu, schauderhafte Typen dich aus tiefem Schlaf wecken, gleichmütig durch die Wand hin und her steigen, ohne auch nur eine einzige Rose auf der Tapete zu beschädigen, dich die ganze Zeit »o großer Meister der Vergangenheit« und »o großer Casey« nennen – nun, all das gibt einem schon zu denken. Es gäbe einem sogar zu denken, wenn man viel zu viel über den Durst getrunken hätte; und Dan Casey, der ein erfolgloser Zeichner für irgendein erfolgloses Käseblatt war, hatte nichts Stärkeres als dünnen Instandkaffee getrunken. Nicht, weil er dem Alkohol abgeschworen hatte, sondern weil er – milde gesagt – pleite war. Pleite, blank, abgebrannt. Die Kunstverleger gähnten ihm ins Gesicht und wiesen ihm die Tür. Als Casey heute abend ins Bett geschlüpft war, hatten ihm die Augen weh getan, so lange hatte er die Stellengesuche studiert. Er malte gern, aber er aß auch ganz gern, doch allmählich sah es ganz so aus, als ließe sich beides nicht miteinander vereinbaren.

Zugegeben, er war nicht gerade bester Stimmung ins Bett gestiegen. Ein Alptraum wäre also nicht überraschend gewesen. Aber mit Delirium tremens aufzuwachen – wenn er gar nicht nüchterner hätte sein können –, das ging doch etwas zu weit!

Also starrte er bloß auf die grünhäutigen Typen und murmelte: »So, Sie haben also Namen. Freut mich, Sie kennenzulernen. Setzen Sie sich doch. Bleiben Sie ein bißchen. Ich heiße Casey.«

»Oh, das *wissen* wir«, flötete das Amarga genannte Wesen. Ja, auf den zweiten Blick war sie unleugbar weiblich, man könnte sie vielleicht sogar hübsch nennen – wenn man auf zweieinhalb Meter große Frauen mit grüner Haut stand. Ihr Haar war ein winziges bißchen länger als das von Roald Ruill – wenn man es überhaupt Haar nennen konnte; es sah aus wie Federn. Ein Metallband war um ihren Miniaturbusen gewickelt, und auf die Vorderseite ihres hautengen Bikinidings um ihre Hüften war ein äußerst ungewöhnlich verziertes Dreieck gemalt. Casey blinzelte, blickte davon weg und wieder zurück. Er fragte sich, ob es wirklich darstellen sollte, was es darstellte, oder ob er lediglich eine besonders schmutzige Phantasie hatte.

»Oh, das wissen wir, das wissen wir«, trillerte Amarga erneut und bedachte ihn mit einem seelenvollen Blick. »Bitte halten Sie uns nicht für unverschämt, Großer Casey, weil wir Sie in Ihren Stunden tiefer schöpferischer Meditation stören . . .«

»Hu . . . ho . . . ha . . . wa-as?« stammelte Casey. »Uh – das macht nichts, Miß – uh – Amarga. Ich hab' nicht – wie haben Sie gesagt? – meditiert. Ich hab' bloß geschlafen.«

Roald Ruill und Amarga wechselten riesenäugige, ehrfürchtige Blicke. »Er *schläft* wahrhaftig!« gurrte Amarga, und Roald Ruill bemerkte: »Richtig, richtig! Das hatte ich vergessen. Das Müdigkeitszentrum ist in unserer Rasse natürlich verkümmert, Großer Casey.« Er schaute sich um. »Darf ich mich setzen?«

»Aber ja, sicher.« Zum erstenmal, seit sie ihn aufgeweckt hatten, begann Casey sich wirklich wach zu fühlen und nicht wie Klein-Nemo im Schlummerland. Er überlegte ernsthaft, die Decke zurückzustreifen und aufzustehen, doch dann erinnerte er sich an seinen schreiend getupften Schlafanzug. Wie die meisten Männer hielt Casey Pyjamas für unmännlich und zog es vor, in seiner Sonnenbräune zu schlafen, aber jetzt war Februar, und seine Zimmerwirtin geizte mit Kohle und Decken, also hatte es nur die Wahl zwischen dem Weihnachtsgeschenk seiner farbenblinden Tante Jane oder dem Erfrieren gegeben. Er schwang die Füße aus dem Bett und strich durch das dunkle, schlafzerzauste Haar.

»Hören Sie«, sagte er, »um Ihnen die pure Wahrheit zu gestehen, Freunde, ich werde erst jetzt wach genug, um zu begreifen, was Sie gesagt haben. Haben Sie mir gesagt, daß Sie aus der Zukunft kommen, oder hab' ich das bloß geträumt? Also, was ist?«

Amargas Flüstern war deutlich zu verstehen. »Roald, kann er das sein, was die Geschichtsbücher ein wahnsinniges Genie nennen?«

Roald Ruill runzelte die Stirn. »Nein, nein, mein Liebes, du verstehst bloß die physiologischen Eigenheiten des *Homo neanderthalensis* nicht – nein, ich glaube, es war schon fast Homo sapiens zu Ihrer Zeit, nicht wahr, o verehrter Casey? Sie müssen meiner Tochter verzeihen, Großer Casey, dies ist erst ihre dritte oder vierte Reise in die Zeit, und sie war noch nie weiter von ihrer eigenen Ära, als dem Neunten Zeitzyklus, so ist sie verständlicherweise noch etwas naiv.«

»Aber ich bin sogar durch den Neunten Marsianischen Transitkrieg gereist!« protestierte Amarga.

Roald Ruill setzte sich. Genauer gesagt, seine langen Beine falteten sich wie ein Akkordeon zusammen, und er hockte auf dem Bettvorleger. Amarga saß elegant auf dem Rand von Caseys Kommode. Ihre Beine waren so lang, daß sie genau die richtige Höhe für sie hatte. Der Anblick faszinierte Casey. Er blinzelte erneut. »Ja natürlich. Aus der Zukunft. Zeitreisen. Buck Rogers und Marsianer und was sonst. Haha.« Plötzlich erschauderte er.

»Ohhh, schau!« schrillte Amarga. »Das inspirierte Erbeben kreativer Qual!«

Deutlich sichtbar war die grüne Haut der Eindringlinge jetzt von einem Blau, ähnlich dem von Rotkehlcheneiern, durchtönt.

Casey schluckte. Pyjama oder nicht, er würde jetzt aufstehen, um dieser Sache hochaufgerichtet in die Augen zu blicken. Er setzte seine Füße fest auf das abgetretene Linoleum, warf die Decke zurück, und erhob sich.

»Ohhh«, zwitscherte Amarga und verbarg das Gesicht hinter langen, feinen Händen.

Mit einem erschrockenen Blick stellte Casey fest, daß die schmalen Finger über zwanzig Zentimeter lang waren. Sein Künstlerauge sah eine elegante, surrealistische Schönheit in der langen mädchenhaften Gestalt, aber er wandte sich Roald Ruill zu.

»Sie sagen, Sie kommen aus der Zukunft. »Okay, das nehm' ich Ihnen ab, ich mein', das glaub' ich Ihnen, denn ganz bestimmt sind Sie nicht wie irgendwas, das ich je hier und in dieser Zeit gesehen hab'. Aber würde es Ihnen was ausmachen, mir zu verraten, was Sie in meinem Schlafzimmer suchen, und warum Sie mich dauernd Großer Casey nennen?«

»Großer Casey . . .«, begann Roald Ruill erneut, dann wandte er die Augen ab und sagte sanft: »Ich bin an die unzüchtigen Gewohnheiten der Vergangenheit gewöhnt, Großer Casey, aber würden Sie einem alten Mann den Gefallen tun und sich um ein anständiges Äußeres bemühen?«

Wieder schluckte Casey. Der Schlafanzug war wirklich keine Augenweise. Er griff nach seinem Bademantel. Amarga blinzelte heftig, lief blau an und wandte ihm den Rücken zu.

Roald Ruills Stimme wurde nun streng. »Selbst die Launen eines barbarischen Genies entschuldigen diese absichtliche unanständige Zurschaustellung vor einer jungen Dame nicht!« donnerte er. »Großer Casey, ich flehe Sie an, entfernen Sie von Ihrem Leib wenigstens soviel dieser unzüchtigen und überreichlichen organischen Substanz, um meine Tochter nicht vor Scham erbläuen zu lassen!«

»Sie meinen, Sie wollen, daß ich mich *ausziehe* . . .«

»Wenigstens soviel, daß der Anstand gewahrt bleibt«, befahl Roald Ruill, und Casey schüttelte den Kopf. Na gut, es war ein Traum, ein ganz verrückter, also was spielte es schon für eine Rolle? Er zuckte die Schulter, zog sein Pyjamaoberteil aus, hielt an, zuckte erneut die Schulter und rollte als Kompromiß die Hosenbeine bis zu den Knien hoch, aber er fühlte sich unbehaglich mit seinen etwas lang geratenen Unterschenkeln. Amarga blickte ihn verschämt wieder an; selbst Roald Ruill wirkte erleichtert. »Nun sehen Sie wenigstens zivilisiert aus«, bemerkte er, »nicht wie ein Tier, das mit . . .« Wieder verfärbte er sich bläulich. ». . . organischer Substanz bedeckt ist.«

»Okay, okay«, brummte Casey müde. »Würden Sie jetzt die Güte haben, mir zu verraten, was Sie hier in meinem Schlafzimmer wollen?«

»Oh!« Roald Ruill blickte ihn bestürzt an. »Ich dachte, Sie hätten den Grund für unsere Anwesenheit teleempathisiert. Nun, wir sind auf einer kleinen Spritztour durch die Zeit, um das zweihundertvierzigste Saisonfest meiner Tochter zu feiern. Ja, sie ist zwar noch ein Nesthäkchen, aber sie weiß, was sie will«, fügte er mit väterlicher Nachsicht hinzu, »und sie will sich mit nichts Geringerem zufriedengeben als einem alten Meister, um ihre Sammlung zu vervollständigen. Und dann kamen wir auf diese großartige Idee!« Er strahlte regelrecht. »Alte Gemälde sind so teuer und so selten, daß ich beschloß, mit ihr in die Vergangenheit zu reisen und . . .« Er brachte es gluckernd heraus. ». . . das Porträt des Kindes vom größten aller alten Meister malen zu lassen! Deshalb, Großer Casey, sind wir hier!«

»Nicht zu glauben!« murmelte Casey. Es klang unangemessen.

Und dann sagte er: »Wer, ich?«

Und darauf: »Heiliger Bimbam! Ich, ein alter Meister?« Langsam sickerten Roald Ruills Worte ein. Er, Dan Webster Casey, wurde in einer noch unvorstellbaren Zukunft als großer Maler verehrt – und so, wie sie geradezu katzbuckelten, als alter Meister!

Aber welch ein Einfall! Kunstobjekte aus der Zeit zu holen! Sich einen Stuhl aus Duncan Pfyfes Werkstatt zu bestellen, Leonardo zu beobachten, wie er Mona Lisas unvergleichliches Lächeln malte, und wie die Marmorsplitter in Phidias' Künstlerwerkstatt fielen!

Er schluckte, »Natürlich male ich ihr Porträt gern«, sagte er. »Aber – sind Sie sicher, daß Sie *mich* meinen? Ich bin kein großer Maler! Meinen Sie, daß ich in *Ihrer* Zeit ein – alter Meister bin?«

»Heißt das, daß Sie noch nicht erfolgreich sind?« fragte Roald Ruill erstaunt. »Amarga, stell dir vor, wir haben das unglaubliche Glück, ein Porträt vom Casey des Ewigkeitsfragments zu bekommen! Aus einer Zeit, da er ein noch unerkanntes Genie war!« Er hielt kurz inne. »Kann es wahr sein, Großer Casey, daß die Öffentlichkeit Ihr Können noch nicht zu würdigen weiß?«

»Das kann man wohl sagen«, brummte Casey. »Ich weiß nicht mal, wie ich meine nächste Wochenmiete bezahlen soll.«

Roald Ruill sagte: »Ich teleempathisiere, daß Sie damit übertragbare Werte meinen. Würden Ihnen ein paar Pfund – nun, sagen wir Gold oder Uran oder Platin helfen?«

»Und wie!«

»Nun, wir werden Sie großzügig entschädigen«, versicherte ihm Roald Ruill mit strahlendem Lächeln. »Wann können Sie mit Armargas Porträt anfangen?« Seine Akkordeonbeine richteten sich zur vollen Länge auf. »Wir haben die Zeit zwar in gewissem Maß gemeistert, Großer Casey, doch unser Aufenthalt in Ihrem Kontinuum ist trotzdem etwas beschränkt. Sie sind also einverstanden?«

»Aber sicher.«

Amarga murmelte: »Ist das Ihr Atelier, was ich hier durch die Wand sehe? Oh, wie aufregend! Das Atelier des Großen Casey! Darf ich es mir näher anschauen?«

»Selbstverständlich«, versicherte ihr Casey großmütig.

Amarga stieß einen Freudenschrei hervor und faßte Caseys Hand. »Gehen wir gleich!«

Körperlos schwand Roald Ruill durch die Wand. Amarga folgte ihm und zerrte Casey hinter sich her. Während sie schwerelos durch die Tapete entschwebte, knallte Casey heftig mit dem Schädel dagegen und schüttelte sich benommen.

Amarga streckte den Kopf durch die Wand. Casey, dem Sterne vor den Augen wirbelten, blickte hoch und schauderte, als er den blaßgrünen Hals aus der Tapete ragen sah.

»Was ist denn los?« jammerte Amarga ungeduldig. »Ich dachte, Sie hätten gesagt, daß wir uns hier umsehen dürfen!«

Casey starrte sie immer noch benommen an. »Ich kann nicht durch die Wand gehen«, erklärte er gereizt. Er achtete nicht auf Amargas Zwitschern, das erschrocken, aber auch neugierig klang, sondern schritt zur Tür und schwang sie auf. Er überraschte Roald Ruill dabei, wie er frohgemut einen feinen Zobelhaarpinsel in die Öffnung einer Tube Kadmiumgelb zwängte. »*Nicht!*« brüllte er, um dann etwas leiser fortzufahren: »Wie schaffen Sie diesen Trick, durch die Wand zu gehen?« Aber kaum hatte er die Frage ausgesprochen, sagte er sich, wenn sie so einfach ein paar tausend Jahre überspringen konnten, war es bestimmt kein Trick, durch die Wand zu gehen.

»Heißt das, daß Sie nicht einmal Ihre Atome *umordnen* können?« quiekte Amarga.

Roald Ruil legte den ruinierten Pinsel nieder. »Das ist jetzt nicht so wichtig. Werden Sie meine Tochter malen?«

»Natürlich«, versicherte ihm Casey. »Aber bin ich – bin ich in Ihrer Ära wirklich ein berühmter Maler?«

»Der Größte!« erklärte Roald Ruill feierlich. »Wir haben kaum mehr als ein halbes Dutzend Namen aus der Kunst vor dem Raumzeitalter. Ihrer ist darunger. Sie sind doch in etwa ein Zeitgenosse von Michelangelo, oder täusche ich mich? Sind Sie mit ihm befreundet? Oder ist er Ihr Schüler?«

»Wohl kaum«, entgegnete Casey trocken. Vierhundert Jahre in so ferner Zeit waren für diese Leute offenbar nicht mehr als ein Augenblick. Neugierig erkundigte er sich: »Welches meiner Gemälde überlebte – sagten Sie vierzehntausend Jahre?«

»Mehr oder weniger.« Roald Ruill nickte. »Leider hat kein einziges

Ihrer Gemälde überlebt, Großer Casey. Doch allein die Tatsache, daß Ihr Name über die Äonen weiterlebt, beweist Ihre einmalige Größe. In unserem berühmtesten Museum auf dem Mars befindet sich gut präserviert das Ewigkeitsfragment – allgemein für irdischen Ursprung gehalten –, das eine kurze, kunstverständige Beschreibung Ihrer Gemälde enthält.«

Casey wurde ganz warm vor Ehrfurcht. Dann würde sein Name den Picassos, Renoirs, Gainsboroughs, Rubens' überdauern? Mit fast so etwas wie Demut fragte er sich, ob sein Name nicht vielleicht rein zufällig erhalten geblieben war? War es denn bekannt, wie viele große Griechen oder Römer geschrieben oder gemalt hatten, wenn ihre Werke vielleicht im finsteren Mittelalter verlorengegangen waren?

Aber Stolz und Demut schwanden, als er nach einem Kohlestift griff und ein Blatt rauhes Papier auf die Staffelei heftete. »Ich möchte erst mal eine grobe Skizze machen. Ja, so ist es gut, Miß – Amarga. Genau so . . .« In dieser Stellung sah man wenigstens das obszöne Dreieck zwischen den Schenkeln nicht. Er skizzierte flink mit langen, leichten Strichen. Es war fast lächerlich einfach, die Ähnlichkeit hinzukriegen; die Gefahr bestand höchstens darin, daß sie zu einer Karikatur ausarten könnte.

Amarga gurgelte: »Ohhh, ich bin ja so aufgeregt . . .«

Roald Ruill spazierte im Atelier herum und begutachtete einige von Caseys Skizzen und Gemälden. »Phantastisch, einfach phantastisch«, bemerkte er, als er vor ein paar Modezeichnungen stehenblieb, die Casey für eine Zeitschrift gemacht hatte, die dann aber nicht erschien. »So unglaublich fremdartige Menschen, und ihre – eh . . .« Wieder diese bläuliche Verfärbung der Haut. ». . . Einstellung zur Bekleidung. Mir – ah – gefällt dies sehr . . .«

Verlegen sagte Amarga mit zitternder Stimme: »Vater, du darfst deiner Neigung zur Pornographie nicht nachgeben!«

»T-t-t«, machte Roald Ruill. »Die Universalität der Kunst, mein Liebes – ja, die Universalität der Kunst! Doch jetzt, fürchte ich, müssen wir gehen. Ist es Ihnen recht, Großer Casey, wenn wir morgen für eine Sitzung wiederkommen?«

»Aber klar doch.« Casey konnte sogar schon wieder Witze machen. »Doch verwechseln Sie es nicht und kommen statt dessen gestern.«

»Amarga läßt sich *so* gern porträtieren«, erklärte Roald Ruill in seinem Vaterstolz. »Wir haben bereits zwölf zeitgenössische Interpretationen, jede von einem anderen modernen Künstler. In der letzten, der meines Freundes Cloass Clenture, ist sie als geflügelte Lamia dargestellt, mit all ihrer erotischen Phantasie beschwingt um ihren Kopf. Und Tarnby Torris machte eine Skulptur von ihr in

Speckstein, mit vierzehn Augen und zwei Köpfen, um anzudeuten, daß sie doppelt schön und siebenfach vorausschauend ist. Sind Sie ein Präkubist oder ein Neosurrealist, Großer Casey?«

Casey war so mit seiner Skizze beschäftigt, daß er in seiner Geistesabwesenheit kaum hörte, was Roald Ruill sagte. (Später wünschte er sich, er hätte besser zugehört.) Wie auch immer, Casey wurde erst aus seiner Konzentration gerissen, als Roald Ruill sagte: »Wir müssen jetzt gehen«, und hinzufügte: »Ich teleempathisiere, daß Sie in Zahlungsschwierigkeiten sind. Ich helfe gern jungen, aufstrebenden Künstlern, selbst wenn . . .« Er lachte quiekend. ». . . sie berühmte alte Meister sind. Man fühlt sich, als hätte man Teil an der Kunstgeschichte der Äonen. Ich möchte eines Ihrer Gemälde kaufen.« Er griff nach einer der Modezeichnungen: eine Dame in elegantem Pelzmantel.

»Roald!« tadelte Amarga verlegenen Blickes. »Natürlich wollen wir einen original Casey haben, doch wir sollten einen nehmen, den wir auch voll Stolz unseren Freunden vorführen können.«

»Komm, du darfst nicht so engstirnig sein!« rügte diesmal der Vater, aber er stellte das anstößige Bild zur Seite. Casey beschäftigte sich mit dem Fixativ und kämpfte gegen ein Lachen an. Halb, weil er wirklich helfen wollte, und halb aus heimlicher Erheiterung, kramte er ein paar Pin-up-Girls hervor, die er vor ein paar Monaten als Vorabdrucke für einen Kalender gezeichnet hatte. Man hatte sie jedoch abgelehnt, weil der Auftraggeber ihre Bikinis selbst für Pinups etwas zu gewagt fand.

»Ah!« rief Amarga erleichtert.

»Kann ich denn nicht auch das andere kaufen, mein Liebes? Nur, um es meinen – eh, meinen besten Freunden zu zeigen?«

»Was *hätte* mein weibliches Elter dazu gesagt?« nörgelte Amarga, und Roald Ruill seufzte. »Nun, nun, mein Liebes, wenn du meinst . . . Wird dies als Bezahlung genügen, o Großer Casey?« Mit gleichmütigem Selbstvertrauen streckte er eine Hand in die leere Luft und bewegte die langen dünnen Finger in einem webenden Muster. Auf seiner Handfläche begann etwas wie gelbe Staubkörner zu schimmern und wuchs rasch zu einem Häufchen. Nach einer Weile drückte das Gewicht seine Hand nieder. Roald Ruill schnippte mit den Fingern und gähnte. »Gold, weil ich sehe, daß Sie keine Bleibörse für die Standard-Uraneinheiten haben.«

Er ließt das Gold auf eine unbenutzte Palette fallen. »Wir kehren morgen zu einer Sitzung wieder«, sagte er. »Komm jetzt, Amarga.«

Sie spazierten gleichmütig durch die Außenwand und verschwanden – und ließen Casey mit einem Häufchen Goldstaub zurück, und seiner halbfertigen Kohlskizze eines zweieinhalb Meter großen, federhaarigen, grünhäutigen Mädchens.

»Ja, es ist wirklich Gold«, erklärte der Juwelier, »und eine sehr feine Qualität noch dazu – sieht aus wie Feilstaub von einem Goldschmied. Würde es Ihnen etwas ausmachen, mir zu sagen, woher Sie ihn haben?«

»Ich habe ihn nicht gestohlen, wenn Sie das meinen«, sagte Casey, dann improvisierte er die Wahrheit. Er richtete sich immer nach der Meinung, daß eine Halbwahrheit besser war als eine Lüge, wenn die ungeschminkte Wahrheit unglaubhaft klang. »Ein schrulliger alter Kerl wollte eines meiner Bilder kaufen und fragte, ob ich das dafür nähme. Es sah aus wie Gold, also bin ich das Risiko eingegangen.«

Der Juwelier überlegte kurz. »Na gut, dann gehe ich auch eines ein«, brummte er. »Fünfundfünfzig Dollar für das hier, wenn Sie mir einen Bürgen für Sie nennen können.«

»Aber sicher.« Casey gab ihm den Namen Chad Stantons, des Chefredakteurs einer Reihe Heftserien, der Casey manchmal Illustrationen abnahm. Der Juwelier räumte das Gold weg, und Casey hörte, wie er im Nebenzimmer eine Nummer wählte. Wenige Minuten später kam der Mann zurück und gab ihm das Geld.

Der Geldsorgen für die nächste Woche enthoben, gönnte Casey sich ein anständiges Dinner in einem anständigen Restaurant. Er hatte sein Steak noch nicht halb gegessen, als er Chad Stanton durch die Tür kommen sah. Der Redakteur durchquerte das Lokal und setzte sich an Caseys Tisch.

»Ich habe mir schon gedacht, daß ich Sie hier finden würde«, sagte er. »Wußten Sie, daß Sie eine verdächtige Person sind? Wessen Uhr haben Sie heute verhökert? Jemand rief mich an und fragte, ob ich Sie kenne und ob Sie ein vertrauenswürdiger Bürger seien. Dafür schulden Sie mir einen Drink.«

»Sicher, ich hab's ja. Aber ich dachte, Sie hätten jede Menge zu tun.«

Chad Stanton lachte. »Nur mit dem Redaktionsteam. Und ich bin hier besser aufgehoben, wo ich nicht zuhören muß. Wir bringen nächsten Monat eine neue Reihe heraus – Science-fiction –, und die Burschen kommen mit ihrer Planung eher zurecht, wenn ich nicht dabei bin und *nein* sage. Also, wie ist's mit dem Drink?«

Casey bestellte ihn. Er mußte einen Zwanziger wechseln lassen, und Chad Stanton, der Caseys immer fast leere Brieftasche gewöhnt war, pfiff durch die Zähne. »Die Frage ist wohl nicht, wessen Uhr Sie verhökert, sondern welche Bank Sie ausgeraubt haben.«

»Keine«, brummte Caseys. »Aber es ist trotzdem eine seltsame Geschichte. Ich würde Ihnen gern davon erzählen. Wollen Sie zu mir mitkommen?«

»Ich hab' leider nicht den ganzen Tag Zeit, selbst wenn Sie eine Flasche guten Whiskey zu Hause hätten. Ich muß noch eine Menge Kram für das Science Fiction Magazin durchackern.«

»Und ich erwarte einen – Kunden für eine Porträtsitzung«, sagte Casey. »Aber schauen Sie doch wenigstens auf dem Heimweg ein paar Minuten herein, ja?«

»Mach' ich«, versprach Stanton. Am frühen Abend klopfte er an Caseys Tür. Casey führte ihn ins Atelier.

»Es war ungefähr halb drei in der Früh«, begann er und erzählte die ganze Geschichte. Stanton blinzelte.

»Wenn ich das in den angebotenen Manuskripten läse, würde ich mich bucklig lachen«, sagte er kopfschüttelnd. »Was hatten Sie getrunken?«

»Ein Glas kalte Milch«, knurrte Casey verärgert.

»Dann sollten Sie lieber bei Bier bleiben.«

»Hören Sie, Chad, ich mach' keine Witze. Wenn es nicht wahr wäre – wenn ich verrückt bin –, wo ist dann das Gold hergekommen?«

Stanton blickte blinzelnd auf die paar glänzenden Körner, die noch an der Palette hafteten. Sein Kommentar war nicht wiederzugeben. »Ja, es sieht wirklich wie Gold aus.«

»Und schauen Sie sich das an«, drängte Casey und reichte ihm die Skizze, die er von Amarga gemacht hatte. Straton pfiff schrill und drehte das Blatt in der Hand. »O Bruder! Wenn das diese Farbschmierer im Verlag sehen könnten! *Das* ist Science-fiction-Kunst – in Reinkultur! Das ist ein echtes glotzäugiges Monster, wie es in der Science-fiction längst eingegangen ist! Ich wußte gar nicht, daß Sie auch phantastische Kunst machen, Casey.«

»Ich sag' es Ihnen doch! Das ist ein Porträt von einem lebenden Modell!« erinnerte Casey ihn aufgebracht. »Ich les' so ein verrücktes Science-fiction-Zeug nicht einmal!«

»Nach dem Garn, das Sie da spinnen, sollten Sie vielleicht anfangen, SF zu schreiben«, schnaubte Stanton. »Aber jetzt ernsthaft, Casey – ich habe mit den Titelbildern im Verlag nichts zu tun, aber machen Sie ein Bild nach der Skizze und bringen Sie es zu Donaldson von Vector. Sagen Sie ihm, ich habe gesagt, er soll es sich als Titelbild überlegen, und wir setzen jemand an, der die Story dazu schreibt.«

»Aber, Chad . . .«, begann Casey und hielt inne, als er das Gesicht des andern sah. Stanton hatte den Mund zu einem gedehnten O aufgerissen, die Augen drohten ihm aus den Höhlen zu quellen, und er stierte auf etwas hinter Casey. »Jetzt seh' ich es«, japste er. »Ich muß zu viel von dem Zeug gelesen haben . . . Muß zum Zug – muß mich ausruhen . . .« Er zwickte die Augen zu, drehte sich um und raste die Treppe hinunter. Casey drehte sich langsam um. Er hatte keine Eile. Er wußte, was Stanton gesehen hatte: Roald Ruills fiedrigen grünen Kopf, der aus der Tapete ragte.

»Kommen Sie herein«, forderte Casey ihn bitter auf. Er mußte den Mann aus der Zukunft in Laune halten, er brauchte das Honorar, das er für Amargas Porträt bekommen konnte. Wer weiß, ob Stanton ihm jetzt noch was abkaufen würde.

Er hatte eine Woche dazu gebraucht. Amarga war für drei weitere Sitzungen gekommen, und jetzt war das Porträt fertig. Am Abend würden sie es abholen.

Casey gefiel es, so seltsam es auch war. Amarga *war* schön, keine menschliche Schönheit, natürlich, aber man konnte ja nicht alles verlangen.

Wenn es nur auch *ihnen* gefiel. Keiner von beiden hatte sich die Skizze angesehen. Roald Ruill hatte höflich gemurmelt, er sei nicht würdig, den Inkubationsprozeß des schöpferischen Geistes zu beobachten, und Amarga hatte ihm in ihrer zwitschernden Koloratur erklärt, daß sie Überraschungen liebe.

Es war eine vollkommene Ähnlichkeit. Amarga stand wie lebendig auf dem Bild vor ihm. Casey verspürte eine Minute pure, absolute Selbstzufriedenheit, die Nachwirkung all des schmerzlichen Schweißes, der unausbleiblich ist, wenn man etwas macht, ob nun ein Bild oder einen Kuchen. Casey blickte auf sein Bild und sah, daß es gut war, das beste, das er bisher gemalt hatte. Er würde sich schon bald davon trennen müssen, darum gönnte er sich jetzt die Zeit, noch ein paar Minuten davorzusitzen und es zu bewundern.

Der Materialisationsvorgang erschreckte ihn nicht mehr. Als Amarga und Roald Ruill aus der Wand traten, begrüßte er sie mit einem freundlichen Grinsen.

»Dies ist ein großer Augenblick in der Geschichte – der Geschichte der *Zukunft*«, erklärte Roald Ruill hochtrabend. »Amarga, mein Liebes, dir sei der erste Blick auf dein Porträt vergönnt.«

Casy machte für Amarga Platz. Roald Ruill drängte sich hinter sie.

Einige Augenblicke betrachteten sie das Bild stumm. Roald Ruill erbleichte zum blassesten Grün, ehe sein Gesicht sich plötzlich indigoblau färbte; und Amarga stieß einen schrillen Schrei hervor. »Oh!« rief sie. »Oh, das ist *abscheulich!*«

Sie schlug die langen dünnen Finger vor die Augen und verschwand.

»Es gefällt Ihnen nicht?« fragte Casey verstört, und aus dem Nirgendwo wimmerte ihre körperlose Stimme: »Mir gefallen!«

Roald Ruill kam zornig auf ihn zu. »Ist es Ihre Absicht, Casey, die Generationen zu verhöhnen, die Ihren Namen verehrten? Meine Tochter zu kränken?«

Casey starrte benommen auf das fast atemberaubende Bild Amargas. »Sie – kränken?« stammelte er. »Nichts läge mir ferner! Ich habe mein Bestes getan . . .«

»Sie haben sie als *unmenschlich* gemalt!« donnerte Ruill.

»Nun, sie – sie sieht nicht – gerade wie die – menschlichen Frauen aus, die ich gemalt habe«, stotterte Casey. »Aber ich hab' sie gemalt, wie sie ist, so schön wie . . .«

Roald Ruills Gesicht durchlief eine ganze Skala von Grün- und Blautönen. »Wollen Sie uns unsere Mutationen ins Gesicht schleudern?« grollte er. »Wie können Sie überhaupt eine Frau der Erde anders denn menschlich malen? Sie erbärmlicher Schmierer! Wenn ich Amarga sehen wollte, wie sie *ist,* würde ich in einen *Spiegel* schauen!« Er sprach, als wäre es das Obszönste überhaupt. »Als ob jemand je gemalt hätte, was er *sah!* Fehlt Ihnen denn der künstlerische Sinn für Interpretationen? Sie haben nur ihre Form gemalt – anstößig noch dazu –, ohne jegliche psychologische Einsicht! Wo ist ihre grundlegende Menschlichkeit? Wo sind ihre Gedanken? Wo sind die bezaubernden telepathischen Projektionen ihrer unschuldigen Seele? Dieses – dieses obszöne Gekleckse . . .«

Casey versuchte diesen Wortschwall zu dämmen.

»Hören Sie, Roald Ruill, daran habe ich nicht gedacht – in unserer Zeit ist es üblich, ein Porträt so zu malen, daß es dem Modell ähnlich sieht . . .«

»Lächerlich!« Roald Ruill zeigte verärgert mit einem langen Finger auf die spärlichst bekleideten Pin-up-Girls an der Wand. »Sehen Sie vielleicht *so* aus?«

»Nun, nein, aber sie müssen verstehen . . .«

»Und das beweist es!« triumphierte Roald Ruill. »Ich weiß nicht, warum ich hier herumstehe und mit einem ignoranten Schwachkopf der Vorraumfahrtzeit argumentiere! Eine Richtung der Kritik war schon immer der Ansicht, daß der Mensch der Vorraumfahrtzeit über keine Kreativität verfügte und daß seine sogenannte *Kunst* dem Gekritzel eines Kindes gleichzustellen ist. Nun habe ich einen Beweis für diese Theorie! Sie sagen, Casey . . .« er ließ »Großer« schon zum zweitenmal aus, ». . . daß Sie Amarga gemalt haben, wie Sie sie sahen. Wo haben Sie da ihre weiblichen Attribute gelassen? Nach dem Bild würde ja niemand erkennen, ob sie Frau oder Mann ist! Zumindest hätten Sie die Anstandsregeln befolgen können! Aber das – das hier . . .« Er lief purpurn an und stupste zornig mit zitterndem Finger auf den fedrigen Schopf über Amargas Stirn. ». . . und das, nachdem wir über diese Unzüchtigkeit von organischen Substanzen am Körper gesprochen haben . . . Diese Unverfrorenheit . . .« Sein Gesicht verfärbte sich von Eisgrün bis Tannenzapfenbraun. ». . . sie mit *Haar* und *Kleidung* zu malen!«

Jetzt wurde Casey ärgerlich. »Schließlich hat sie ja Kleidung getragen!« schleuderte er Roald Ruill ins Gesicht. Verdammt, wie hätte er von ihren idiotischen Anstandsregeln wissen sollen?

Roald Ruill schnaubte: »Einige Zugeständnisse müssen des Klimas wegen schon gemacht werden – aber normale, gut erzogene Menschen erwähnen so etwas nicht in besserer Gesellschaft!« Er schmetterte das Bild auf den Boden. »Diese Sudelei wäre höchstens etwas für das Komitee für abnormale Psychologie! Sie können sich darauf verlassen, wenn ich in meiner eigenen Zeit zurück bin, werde ich mit diesem ganzen Casey-Mythos aufräumen. Dieses sogenannte Ewigkeitsfragment, das Sie als Größten bezeichnet, muß Schwindel sein!«

Roald Ruill war verschwunden wie ein Windhauch. Casey fluchte herzhaft, als sich damit sein Honorar in Luft auflöste und er also eine ganze Woche umsonst gearbeitet hatte. Das Atelier war leer. Er fragte sich, ob er etwa schlafwandelte, ob das Ganze ein bizarrer Alptraum gewesen war. Nein, wohl nicht, denn Amargas Porträt lag zu seinen Füßen, wohin Roald Ruill es geworfen hatte. Casey hob den Fuß, um auf dieses unnütze, dumme, trügerische Gesicht zu treten. Doch dann riß er den Fuß so plötzlich zurück, daß er fast fiel. Er fing sich an der Staffelei, bückte sich und hob das Porträt behutsam auf. Nachdem er ein Stück braunes Packpapier und Bindfaden gefunden hatte, wickelte er es ein. Zwanzig Minuten später trat er damit auf die Straße. Die Redaktionen des Vector-Verlags waren bis sechs Uhr offen. Er konnte es gerade noch schaffen.

Alle in der Science-fiction-Szene kennen den Rest – das großartige 6-Farben-Titelbild der ersten Ausgabe von *Eternity Science Fiction Novels.* Die Story, die Theodore Sturgeon zum Titelbild schrieb, den Gastleitartikel »Das Nichtmenschliche in der Science-fiction-Kunst.« Das Originalgemälde wurde auf dem Science-fiction-Kongreß für zweihundert Dollar ersteigert.

Kein weiteres von Caseys Gemälden machte ähnliche Furore, allerdings wurden seine Arbeiten von da an regelmäßig von Science-fiction-Magazinen angekauft, und zweimal bekam er einen Hugo – eine SF-Auszeichnung – als bester Künstler des Jahres.

Er war recht zufrieden mit seinem bescheidenen Erfolg, obgleich seine Verwandtschaft sich regelmäßig fragte, weshalb er sein Talent damit vergeudete, so »blödsinnige Fluchtliteratur« zu illustrieren. Seine nörgelnde, altjüngferliche Tante (von der er den orangegetupften Schlafanzug bekommen hatte) fragte ihn einmal offen heraus:

»Weshalb malst du nicht mal etwas Ordentliches, etwas, womit du dir einen Namen machen kannst? Dieses schnell vergessene Zeug taugt nur für den Papierkorb! Diese irren Science-fiction-Fans mögen dich ja für den Größten halten, aber in fünfzig Jahren wird es keine dieser billigen Magazine mehr geben – und deinen Namen wird man vergessen haben!«

»Ha!« sagte Casey – doch nur zu sich selbst, denn er war fast immer höflich zu älteren Damen. »Das glaubst du!«

Der Preis der Bewahrerin

Die folgende Geschichte entstand in Zusammenarbeit mit Elisabeth Waters, die von einem ›Darkover‹-Fan zu einer engen Freundin Marion Zimmer Bradleys wurde. Die Erzählung ist auch ein Beweis für das Interesse, das die Figuren der ›Darkover‹-Romane hervorrufen, so daß sie auch außerhalb der Romane ein Eigenleben zu entwickeln beginnen. Hilary Castamir findet nämlich Erwähnung in *Der verbotene Turm* (*The Forbidden Tower,* 1977), als eine »Bewahrerin« im System jener Hierarchie von Telepathen, welches sich auf Darkover entwickelt hat, die ihren ›Turm‹ hatte verlassen müssen. Dieses Schicksal hatte sowohl Bradley selbst als auch ihre spätere Freundin so verfolgt, daß beide unabhängig voneinander eine Geschichte darüber schrieben, und Bradley stellte fest, daß die von Elisabeth Waters eigentlich die bessere sei und nur einer gründlichen Überarbeitung bedürfe. Sie erschien zuerst in *Starstone,* der Club-Zeitschrift der ›Friends of Darkover‹, und später als Titelgeschichte zu der von Marion Zimmer Bradley herausgegebenen ersten ›Darkover‹-Anthologie.

Die Schmerzen hatten eingesetzt.

Selbst im Schlaf machten sie sich bemerkbar, doch da Hilary wußte, daß ihr Körper noch mindestens zwei Stunden Ruhe brauchte, versuchte sie, sie nicht zu beachten. Aber das nagende Unbehagen tief in ihrem Innern ließ sich nicht ignorieren; nach einer Stunde gab sie ihre vergeblichen Bemühungen auf, zog einen Morgenmantel über und schlüpfte leise die Treppe hinunter, um sich in der Küche eine Tasse Goldblütentee zu bereiten. Sie wußte aus Erfahrung, daß er die Schmerzen zumindest ein wenig lindern würde.

Vielleicht, überlegte sie, während sie wieder in ihr Bett schlüpfte, machte er sie auch schläfrig. Zumindest behaupteten das die anderen Frauen. Aber bei Hilary schien er nie so zu wirken. Ihre Arme wurden lediglich taub und ihr Kopf benommen, und es wurde unerträglich warm im Raum, während ihr alles vor den Augen verschwamm. Die Wirkung des Tees ließ nur allzu schnell nach, und die Krämpfe, die Leonie als Wehen bezeichnete, wurden immer schlimmer, zogen vom Unterleib über den Magen bis zum Herzen hinauf, bis sie, von Erstickungsängsten gequält, mühsam nach Atem rang.

Sie wußte, daß sie nur zu rufen brauchte, dann würde jemand kommen. Aber in einem von Telepathen bevölkerten Turm würde Hilfe zur Stelle sein, wenn sie sie wirklich brauchte. Und sie wollte niemanden belästigen, wenn es nicht unbedingt nötig war.

Schließlich, dachte sie bitter, *wiederholt sich dasselbe alle vierzig Tage. Sie müßten allmählich daran gewöhnt sein. Es ist nur Hilary, die wieder einmal ihre übliche Krise hat und wie immer alle Welt stört.*

Die Gruppe hatte am Abend zuvor Metall geschürft, und alle, besonders Leonie, waren spät und erschöpft zu Bett gegangen. Leonie von Arilinn war Bewahrerin seit ihren frühen Mädchentagen; jetzt war sie eine alte Frau – Hilary wußte nicht, wie alt – und zog Hilary und Callista Lanart, das neue Mädchen, zu ihren Nachfolgerinnen heran. Im vergangenen halben Jahr war es Hilary möglich gewesen, Leonie bei den härtesten Arbeiten zur Seite zu stehen und der alten Frau einen Teil der schweren Last von den Schultern zu nehmen. Sie würde Leonie nicht aus dem Bett holen, um sich von ihr die Hand halten zu lassen. Man würde sie schon nicht sterben lassen. Vielleicht blieb es in diesem Monat bei den Krämpfen und der Schwäche; schließlich gab es in Arilinn nicht eine Frau, die nicht zu Beginn ihres Zyklus Schwierigkeiten hatte. Das war eben eine der Widrigkeiten, die ihre Arbeit mit sich brachte; vielleicht würde es diesmal, wie bei den anderen Frauen, ohne die schmerzhafte Reinigung der Kanäle abklingen, bevor die Krise eintrat.

Aber sie durften nicht zu lange warten. Das letzte Mal hatte Leonie, um ihr das qualvolle Martyrium der Reinigung zu ersparen, zu lange gewartet, und Hilary war von furchtbaren Krämpfen geschüttelt worden. Aber das würde noch Stunden, vielleicht Tage dauern. Sollte Leonie schlafen, solange es ging. Bis dahin konnte sie die Schmerzen ertragen.

Hilary betete Leonie an; die ältere Frau war wie eine Mutter zu ihr gewesen, seit sie vor fünf Jahren nach Arilinn gekommen war, ein schüchternes, verängstigtes Kind, das die ersten Prüfungen eines Mädchens mit Comyn-Blut über sich ergehen lassen mußte, die Einsamkeit und das Warten, bis sie, wenn ihr weiblicher Zyklus einsetzte, die eigentliche Ausbildung zur Bewahrerin beginnen konnte. Sie war stolz gewesen, daß diese Wahl auf sie gefallen war. Die meisten jungen Leute, die hierher kamen, wurden Überwacher, Mechaniker oder auch Techniker – aber nur sehr wenige hatten die Befähigung und die Anlagen, Bewahrer oder Bewahrerinnen zu werden, und waren in der Lage, die langwierige und harte Ausbildung durchzustehen. Und Hilary war diesem Ziel ganz nah. Ja, sie hatte es fast erreicht, mit Ausnahme eines einzigen Problems. Jedesmal, wenn ihr Zyklus begann, kamen die wehenartigen Schmerzen, die sich rasch zu Todesqualen und manchmal zur Krise und zu Krämpfen steigerten.

Sie wußte natürlich, warum das so war. Wie alle, die mit der Matrix arbeiten, hatte sie ihre Ausbildung als Überwacherin begonnen und alles über die Anatomie der Nervenbahnen gelernt, die neben *Laran* unglückseligerweise auch die sexuellen Energien transportierten. Von dem Augenblick an, als sie ihrer Ausbildung zugestimmt hatte, war Hilary klar gewesen, daß sie den Preis aller Bewahrerinnen zahlen mußte; normale Sexualität war ihr verwehrt, und sie hatte im Alter von dreizehn ein feierliches Keuschheitsgelübde abgelegt. Sie hatte auf komplizierte und manchmal beängstigende Weise gelernt, die leiseste sexuelle Regung in sich zu unterdrücken, damit die Nervenzentren, die diese Energien lenkten, völlig rein und unbeeinträchtigt und die Kanäle, die diese Zentren verbanden, ungenutzt blieben.

Doch aus irgendeinem Grund waren die Kanäle in ihrem Fall nicht rein, und das überraschte sie alle. Hilary, die unter Leonies direkter Aufsicht lebte und kaum einen Atemzug tat, von dem Leonie nichts wußte, war sicher, daß ihre Keuschheit nicht in Frage gestellt wurde; es mußte also eine andere Ursache haben, vielleicht eine unvermutete Schwäche in den Nervenzentren.

Ihr Wunsch, Leonie nicht zu enttäuschen, war das einzige, das Hilary half, jeden Mond von neuem durchzustehen und die Arbeit an den Schirmen wieder aufzunehmen. Sie konnte Leonie nicht die ganze Last allein tragen lassen, jetzt, da sie ihrem Ziel so nah war. Leonie überließ ihr jetzt bereits einen Teil der Verantwortung einer Bewahrerin in der Mitte des Kreises, und Hilary war sich ohne jede Selbstgefälligkeit ihrer Fähigkeit und Stärke bewußt, die es ihr ermöglichten, die verbundenen Energien des Kreises bis zur vierten Ebene zu beherrschen, ohne allzuviel von ihren eigenen Energien zu verausgaben. Schon bald würde Leonie zumindest von einem Teil der Belastung frei sein.

Die kleine Callista zeigte vielversprechende Anlagen; aber sie war noch ein Kind. Es würde noch ein Jahr dauern, bevor sie ernsthaft an den Beginn ihrer Ausbildung gehen konnte, obwohl sie bereits das sorgsam überwachte Leben einer Bewahrerin führte und einige widerrufbare Gelübde abgelegt hatte; es würde noch Jahre dauern, bis sie alt genug war, einen Teil der ernsthaften Arbeit zu übernehmen. Es gab so viel zu tun und so wenige, die dazu in der Lage waren! Und das war nicht nur in Arilinn so; jeder Turm in den Domänen war unterbesetzt.

Der Tee hatte seine Wirkung gänzlich verloren. Vor dem Fenster ging die Sonne auf, aber niemand rührte sich. Die Schmerzen waren jetzt so stark, daß sie sich wie eine Kugel zusammenrollte und vor sich hinstöhnte.

Sei nicht albern, ermahnte sie sich. *Du benimmst dich wie ein Säugling. Wenn es erst vorbei ist, wirst du dich kaum noch daran erinnern, wie groß die Schmerzen waren.*

Ja, aber wie lange kann ich es aushalten?

Solange es sein muß. Das weißt du genau. Wozu ist die ganze Ausbildung nütze, wenn du nicht einmal ein bißchen Schmerz ertragen kannst?

Wieder wurde sie von einer Welle von Schmerzen überrollt, die ihr inneres Zwiegespräch wirkungsvoll zum Schweigen brachte. Hilary konzentrierte sich auf das Atmen, versuchte, sich zu beruhigen, gleichmäßig aus- und einzuatmen, einen Kanal nach dem anderen zu überwachen und den Strömungsfluß zu besänftigen. Aber die Schmerzen waren so heftig, daß sie sich nicht konzentrieren konnte.

Es war noch nie so schlimm wie diesmal! Niemals!

»Hilary?« Es war nur ein ganz leises Flüstern. Callista beugte sich über sie, ein schmales, langbeiniges Mädchen; sie hatte das rote Haar locker zurückgebunden und einen schweren Morgenmantel über das Nachthemd geworfen. Ihre Füße waren bloß. »Hilary, was ist los?«

Hilary rang keuchend nach Atem.

»Nur – das Übliche.«

»Ich werde lieber Leonie holen.«

»Noch nicht«, flüsterte Hilary. »Ich kann es noch eine Weile aushalten. Aber bleib bei mir. Bitte . . .«

»Natürlich«, beruhigte sie Callista. »Hilary, dein Nachthemd ist vollkommen durchnäßt; du solltest es lieber ausziehen. Du wirst dich besser fühlen, wenn du trockene Kleider anhast.«

Hilary setzte sich mühsam auf und streifte das Nachthemd ab, das vor Schweiß triefte. Callista brachte ihr ein trockenes aus ihrer Truhe und hielt es, während Hilary mit dem Kopf hineinschlüpfte; sie war dabei so geschickt und vorsichtig, daß sie Hilary nicht einmal mit den Fingerspitzen berührte.

Sie lernt, dachte Hilary, und ihr Blick fiel mit spöttischer Gleichmut auf die kleinen vernarbten Brandmale an ihren eigenen Händen: Erinnerungen an das erste Jahr ihrer Ausbildung. In jenem ersten Jahr war sie so darauf programmiert worden, jede Berührung zu vermeiden, daß der flüchtigste Kontakt mit einem lebendigen Körper eine tiefe Brandblase hervorrief, ganz so, als handelte es sich um eine glühende Kohle. Callistas Narben waren noch rot und frisch; sie würde sich auch jetzt noch, selbst bei einer nur versehentlichen Berührung, mit einer schweren Verbrennung selbst bestrafen. Später, wenn die Programmierung abgeschlossen war, wurde der Befehl aufgehoben – Hilary war es längst nicht mehr verboten, jemanden zu berühren, ein Verbot war nicht mehr vonnöten; sie *durfte* auch mit aller Vorsicht berührt werden, wenn es nicht zu vermeiden war – aber niemand berührte einen Bewahrer; selbst in der Matrixkammer waren die Bewahrer leuchtend rot gekleidet, damit niemand sie berührte, während die Ladung der Energonen ihnen anhaftete. Und auch untereinander bedienten sie sich, selbst wenn die Programmierung nur noch eine Erinnerung war, flüchtiger Berührungen mit den Fingerspitzen, die mehr symbolisch als wirklich waren. Hilary ließ sich auf das saubere, trockene Kissen zurücksinken – Callista hatte auch den Kissenbezug gewechselt – und sehnte sich nach einer Hand, die sie halten konnte. Doch eine solche Berührung würde Callista quälen und ihren eigenen Zustand wahrscheinlich nicht verbessern.

»Diesmal ist es wirklich schlimm, nicht wahr, Hilary?«

Während sie bejahend nickte, dachte Hilary: *Sie ist noch jung genug, um Mitleid zu empfinden. Sie ist noch nicht entmenschlicht . . .*

»Du hast Glück«, sagte Hilary unter großer Anstrengung. »Bist noch zu jung, um so etwas durchzumachen. Vielleicht wird es für dich nicht so schlimm . . .«

»Ich weiß nicht, wie du das aushältst –«

»Das weiß ich auch nicht«, murmelte Hilary, indem sie sich in einem neuerlichen Anfall heftiger Schmerzen aufbäumte. Callista stand hilflos daneben und fragte sich, warum Hilarys Leiden Leonie noch nicht geweckt hatten.

»Ich habe ihr das Versprechen abgenommen, daß sie in einem der isolierten Räume schläft«, erklärte Hilary, die die unausgesprochene Frage aus dem Bewußtsein des Kindes aufgenommen hatte.

»Habt ihr alles Kupfer gewonnen?«

»Nein. Romilla ist zu früh aus dem Kreis ausgebrochen; Damon mußte Leonie in ihr Zimmer zurücktragen, sie konnte nicht mehr laufen . . .«

»Sie hat zu hart gearbeitet«, sagte Callista, »aber Fürst Serrais wird verärgert sein; er drängt uns schon seit Mittsommer wegen dieses Kupfers.«

»Er wird es überhaupt nicht bekommen, wenn wir Leonie mit zuviel Arbeit umbringen«, entgegnete Hilary. »Und ich bin auch keine große Hilfe, wenn ich an zehn von vierzig Tagen ausfalle.«

»Vielleicht wirst du immer krank, weil du zuviel arbeitest, Hilary!«

»Ich würde auf jeden Fall krank werden. Aber harte Arbeit scheint es zu verschlimmern«, murmelte Hilary. »Ich habe nicht mehr die Kraft, gegen die Schmerzen anzukämpfen.«

»Ich wünschte, ich könnte schneller erwachsen werden, damit ich meine Ausbildung beginnen und euch beiden helfen kann«, erklärte Callista, doch plötzlich überfiel sie ein Gefühl der Angst. Würde es ihr genauso gehen?

»Laß dir Zeit, Callista, du bist erst elf . . . Ich bin froh, daß du so gute Fortschritte machst«, murmelte Hilary. »Leonie sagt, daß du wirklich gut werden wirst, besser als ich, viel besser . . . wir brauchen so dringend Bewahrer, so dringend . . .«

»Hilary, sei still, sprich nicht so viel. Versuch einfach gleichmäßig zu atmen.«

»Ich werde es überleben. Wie immer. Aber ich bin froh, daß du dich so geschickt anstellst. Ich habe solche Angst . . .«

»Daß du nicht mehr als Bewahrerin arbeiten kannst?«

»Ja, aber ich muß, Callista, ich muß –«

»Nein, du mußt nicht«, widersprach das jüngere Mädchen, das sich auf das Fußende von Hilarys Bett niedergesetzt hatte. »Leonie wird dich freigeben, wenn es wirklich zu viel für dich ist. Ich habe gehört, wie sie mit Damon darüber gesprochen hat.«

»Natürlich wird sie das tun«, flüsterte Hilary. »Aber ich will nicht, daß sie wieder allein ist mit der ganzen Last der Arbeit. Ich liebe sie, Callista . . .«

»Natürlich, Hilary. Wir alle lieben sie. Ich genauso.«

»Sie hat ihr ganzes Leben lang so hart gearbeitet. Wir können sie jetzt nicht im Stich lassen! Das dürfen wir nicht!« Mühsam keuchend richtete sich Hilary zum Sitzen auf. »Die anderen – es waren sechs, die es versucht und nicht geschafft haben, und so viele hat sie zu Bewahrerinnen auszubilden versucht, und dann sind sie fortgegangen und haben geheiratet – und sie ist nicht mehr jung, Callista, nicht mehr stark genug. Vielleicht sind wir ihre letzte Hoffnung, vielleicht ist sie nicht mehr stark genug, nach uns noch Bewahrerinnen auszubilden, wir *müssen* durchhalten – es könnte sonst das Ende von Arilinn bedeuten, Callista –«

»Leg dich wieder hin, Hilary. Reg dich nicht so auf. Entspann dich, komm, versuch ruhig zu atmen.« Hilary ließ sich auf das Bett zurücksinken, während Callista herantrat und sich über sie beugte. Durch das Zimmerfenster drangen die erste Lichtstrahlen herein. Sie sagte nichts, als Callista sich zu ihr herunterbeugte, aber ihre Gedanken waren ebenso gepeinigt wie ihr Körper. Es mußte Bewahrerinnen geben, sonst würden sich Unwissen und Dunkelheit über die Domänen senken. Und sie durfte nicht versagen, durfte Leonie nicht enttäuschen.

Callista führte die kleinen Hände über Hilarys Körper, ohne ihn zu berühren, einen Fingerbreit über dem Stoff ihres Nachthemdes. Ihr Gesicht war angespannt und verschlossen. Kurz darauf sagte sie besorgt: »Ich bin noch nicht besonders gut darin, aber es sieht so aus, als wären die unteren Zentren und auch das Sonnengeflecht bereits betroffen – Hilary, ich wecke besser Leonie.«

Wortlos schüttelte Hilary den Kopf. »Noch nicht.« Die Schmerzen zogen sich jetzt durch den ganzen Körper, so daß ihr das Atmen schwerfiel, und Callista blickte voller Sorge auf sie nieder. Dann fragte sie: »Warum passiert es immer wieder, Hilary? Bei den anderen Frauen ist es nicht so – ich habe sie während ihres Zyklus beobachtet –, und sie –« Callista verstummte und wandte die Augen ab; es gab Dinge, von denen wandten die Bewahrerinnen den Geist und die Worte ab, wie sie den Blick von einer Obszönität abgekehrt hätten; aber beide wußten, was der rasche Blick zur Seite zu bedeuten hatte: *und sie sind nicht einmal Jungfrauen . . .*

»Ich weiß es nicht, Callista. Ich schwöre dir, ich weiß es nicht«, erwiderte Hilary, und wieder durchfuhr sie ein beänstigendes Schuldgefühl wie ein Stich. *Was kann ich, ohne es zu wissen, Verbotenes getan haben, daß die Kanäle nicht frei sind? Wodurch kann ich mich vergiftet haben . . . was ist los mit mir? Ich habe mein Gelübde gehalten, ich habe niemanden berührt, nicht einmal einen verbotenen Gedanken gehabt, und doch . . . und doch . . .* Eine neue Welle von Schmerzen überrollte sie; sie wälzte sich herum und biß sich so fest auf die Unterlippe, daß diese aufplatzte und Blut auf ihr Kinn hinunterlief. Sie wollte verhindern, daß Callista es sah, doch das Kind war von der vorhergegangenen Überwachung noch in Verbindung mit ihr, und der Schmerz traf sie so körperlich, daß sie nach Luft schnappte.

»Callista, ich habe mir solche Mühe gegeben, ich weiß nicht, was ich getan habe, und ich kann sie nicht im Stich lassen, ich kann nicht . . .« stieß Hilary keuchend hervor, aber die Worte kamen so verschwommen und unzusammenhängend, daß das junge Mädchen sie nur im Geist hören konnte; Hilary rang nach Atem.

»Hilary, es ist schon gut, lieg ruhig und versuch, dich zu entspannen.«

»Ich kann nicht – ich kann nicht – ich muß wissen, was ich falsch gemacht habe.«

Callista war erst elf; aber sie hatte jetzt schon fast ein Jahr im Turm zugebracht, ein Jahr intensiver und zielgerichteter Ausbildung; sie erkannte, daß Hilary rasch in die erste Stufe des Deliriums hinüberglitt. Sie eilte aus dem Raum und rannte die schmale Treppe hinauf zu der isolierten Kammer, in der Leonie schlief; wohl wissend, daß dies Leonie augenblicklich auf die Beine bringen würde, hämmerte sie an die Tür. Niemand in Arilinn hätte es gewagt, Leonie in diesem Augenblick zu stören, wenn nicht ein wirklicher Notfall vorlag.

Gleich darauf öffnete sich die Tür, und Leonie stand, sehr bleich, die ergrauenden Haare in zwei langen Zöpfen auf den Schultern, vor ihr. »Was ist los! Callista, Kind!« Sie empfing die Nachricht, bevor Callista noch ein Wort hervorbringen konnte.

Mit strengem Blick musterte sie Callistas Erscheinung; den schief geknöpften Morgenmantel, das Nachthemd, das unordentlich darunter hervorschaute, die bloßen Füße.

So darf eine Bewahrerin keinem Menschen unter die Augen treten! Der schroffe Vorwurf des Gedankens war wie eine geistige Ohrfeige, doch laut sagte sie nur mit sanfter Stimme: »Stell dir vor, einer der anderen hätte dich so gesehen, Kind. Eine Bewahrerin muß stets ein Vorbild untadeliger Schicklichkeit sein. Geh und richte dich sofort ordentlich her!«

»Aber Hilary –« Callista war im Begriff, zu widersprechen, doch ihr Blick begegnete Leonies, und sie senkte ihre grauen Augen und murmelte: »Ja, Mutter.«

»Du brauchst dich nicht anzuziehen, wenn du deinen Morgenmantel richtig zumachst. Und wenn du ordentlich aussiehst, dann geh und schick Damon zu Hilary; es ist zu ernst, damit kann Romilla nicht allein fertigwerden. Ich komme nach, sobald ich kann.«

Callista hätte gern widersprochen – *Zeit mit Anziehen verschwenden, wenn es Hilary so schlecht geht? Sie könnte sterben!* –, aber sie wußte genau, daß das alles ein Teil der Erziehung war, die sie im Laufe der Jahre wie Leonie zu einer geschulten, unmenschlich perfekten Maschine machen würde. Hastig bürstete sie das rote Haar, flocht es im Nacken zu einem festen Zopf zusammen und schlüpfte in einen sauberen Morgenmantel und niedrige, samtene Hausstiefel, die ihre bloßen Knöchel bedeckten. Dann klopfte sie an die Tür des jungen Technikers Damon Ridenow und überbrachte ihre Nachricht.

»Komm mit«, forderte Damon sie auf, und Callista folgte ihm die Treppe hinter in Hilarys Kammer.

Eine Bewahrerin muß stets ein Vorbild untadeliger Schicklichkeit sein – dennoch war Callista entsetzt über die Anstrengungen, die Hilary unternahm, um ihre Gliedmaßen, ihre Stimme, ihr Gesicht zu beherrschen. Sie eilte an Hilarys Seite, blickte voller Mitgefühl auf sie hinunter und wünschte, sie könnte irgendwie helfen.

Damon seufzte und schüttelte den Kopf, als er Hilarys gemarterten Körper und ihre aufgebissenen Lippen sah. Er war ein schlanker, dunkler Mann mit einem feinen, asketischen Gesicht, das darauf geschult war, in Gegenwart von Bewahrern keine Gefühlsregungen zu zeigen. Doch durch die Maske der Ruhe hindurch machte sich ein Anflug menschlichen Mitgefühls bemerkbar.

»Schon wieder, *Chiya?* Ich hatte gehofft, die neuen Medikamente würden diesmal helfen. Wie stark ist die Blutung?«

»Ich weiß es nicht . . .« Hilary mühte sich, ihre Stimme zu beherrschen; Damon runzelte die Stirn und schüttelte den Kopf. Er wandte sich an Callista: »Ich nehme nicht an – nein, du kannst noch niemanden berühren, nicht wahr, Kind? Leonie wird bald hier sein, sie wird wissen . . .«

Als Leonie kam, war sie so ruhig, so sorgfältig hergerichtet, als würde sie vor die Ratsversammlung treten. »Ich bin da, Kind«, sagte sie, indem sie die Hand ganz leicht auf Hilarys Puls legte; und die bloße Berührung schien Hilary zu besänftigen, als würde es ihren stoßhaften Atem beruhigen. Doch sie flüsterte: »Es tut mir so leid, Leonie . . . ich wollte nicht . . . ich darf dich nicht im Stich lassen . . . ich darf nicht, ich darf nicht . . .«

»Still, still, Kind. Verschwende deine Kraft nicht«, befahl Leonie, und in ihren strengen Worten schwang ein Anflug von Zärtlichkeit mit. »Callista, hast du sie überwacht?«

Callista biß sich auf die Lippe und sammelte sich, um einen förmlichen Bericht über die Ergebnisse ihrer Überwachung zu geben. Die älteren Telepathen hörten aufmerksam zu, dann wiederholte Damon den Überwachungsvorgang noch einmal, senkte sein Bewußtsein in den gepeinigten Körper des Mädchens und machte Callista auf das aufmerksam, was sie übersehen hatte.

»Die Knoten in den Armen, das sind nur Verspannungen, aber sehr schmerzhaft. Die Blutung ist stark, aber nicht gefährlich. Hast du die unteren Kanäle überprüft?«

Callista schüttelte den Kopf, und Damon forderte sie auf: »Dann tu das jetzt. Und achte auf eine Verunreinigung.«

Die Hände in einiger Entfernung von Hilarys Körper, zögerte Callista, und Damon sagte mit schroffer Stimme:

»Du weißt, was du tun mußt, um sie zu untersuchen. Tu es.«

Callista atmete tief durch, und ihr Gesicht nahm die vollkommene Teilnahmslosigkeit an, die sie beibehalten mußte, wenn sie nicht bestraft werden wollte. Sie wagte nicht einmal, den Gedanken: *Es tut mir leid, Hilary, ich will dir nicht wehtun,* deutlich zu formen – sie konzentrierte sich auf ihre Matrix und senkte dann ihr Bewußtsein in das elektrische Spannungsfeld der Kanäle. Hilary schrie auf. Callista zuckte zusammen und wich zurück, doch Leonie hatte es bemerkt und erzwang schnell einen Rapport, so daß Callista, zur Unbeweglichkeit verdammt, spürte, wie der heftige Schmerz auch durch sie hindurchfuhr. Sie kannte die Lektion, die ihr damit erteilt wurde – *du mußt vollkommene Objektivität bewahren* –, und zwang sich, die Erregung aus ihrer Stimme und ihrem Gesicht zu vertreiben und den Unmut, den sie spürte, zu verbergen.

»Beide Kanäle sind verunreinigt, der linke stärker als der rechte; der rechte nur in den Nervenknoten, der linke vom Mittelpunkt aus vollständig. Im linken gibt es drei Widerstandspunkte –«

Damon seufzte. »Also, Hilary«, sagte er sanft, »du weißt so gut wie ich, was getan werden muß. Wenn wir noch lange warten, wirst du wieder Krämpfe bekommen.«

Innerlich zuckte Hilary vor Entsetzen zusammen, doch ihrem Gesicht war nichts anzumerken, und in einem verborgenen Winkel ihres Wesens war sie stolz auf ihre Selbstbeherrschung.

»Geh und hol etwas *Kirian,* Callista, es hat keinen Sinn, noch jemanden deswegen zu wecken«, befahl Leonie, und als das Mädchen damit zurückkam, war es drauf und dran, davonzulaufen. Doch Leonie hielt sie zurück. »Diesmal mußt du bleiben, Callista. Es könnten Zeiten kommen, in denen du dies hier ohne Hilfe tun mußt, und es ist nicht zu früh, um alle Stufen des Vorgangs zu lernen.«

Callista sah Hilary in die Augen, und sie sah einen Anflug von Aufbegehren darin. Sie dachte: *Nie könnte ich einem Menschen so wehtun . .* doch ungeachtet ihrer entsetzlichen Angst zwang sie sich, ruhig zu bleiben.

Werden sie mich diesmal zwingen, es im Rapport mit ihr durchzustehen . . .?

Damon hielt Hilarys Hand, während er ihr die telepathische Droge verabreichte, die ihre Widerstände gegen den Kontakt, der mit ihrem Geist und ihrem Körper hergestellt werden mußte, damit die Kanäle gereinigt werden konnten, ein wenig schwächen würde. Hilary war jetzt nicht mehr ganz bei Besinnung, sie ging rasch ins Delirium über; ihre Gedanken waren wirr, und Callista konnte sie kaum ausmachen.

Wieder einmal still liegen und mich in Stücke schneiden und wieder zusammennähen lassen, so ein Gefühl ist das . . . und sie machen sogar die kleine Callista zum Folterknecht . . . bringen ihr bei, zuzusehen, ohne mit der Wimper zu zucken . . .

»Sachte, sachte, mein Liebes«, sagte Leonie, und ihr Mitgefühl und ihre Besorgnis teilten sich Hilary mit; dann fügte sie hinzu: »Wenn es vorbei ist, wirst du dich besser fühlen.«

Sie ist so grausam und so gütig, wie soll ich erkennen, was davon echt ist? Callista konnte nicht unterscheiden, ob es Hilarys Gedanken oder ihre eigenen waren. Sie merkte, daß sie verkrampft und betäubt war vor Angst, und zwang sich, ruhig und tief durchzuatmen, aus Furcht, daß ihr Entsetzen und ihre eigene Verkrampfung sich auf Hilary übertragen und ihre Qualen vergrößern würden. Voller Verwunderung und Ehrfurcht sah sie, wie sich Hilarys verzerrtes Gesicht entspannte, war erstaunt über die Selbstbeherrschung, die Hilarys Körper schlaff werden ließ. Callista zwang sich zur Ruhe und Gelassenheit, während sie jeden einzelnen Schritt des langen und qualvollen Reinigungsprozesses beobachtete, durch den die blockierten Nervenkanäle freigelegt wurden.

Als sie sicher waren, daß sie nicht sterben würde, zumindest nicht dieses Mal, ließen sie sie schlafen. Callista, die Hilary unter der Wirkung des Beruhigungsmittels, das man ihr verabreicht hatte, in die Schwere des Schlafes gleiten fühlte, war ganz benommen vor Erleichterung; wenigstens war sie jetzt frei von Schmerzen! Damon entfernte sich, um ein verspätetes Frühstück zu sich zu nehmen. Im Flur vor Hilarys Zimmertür sagte Leonie mit leiser Stimme: »Es tut mir leid, daß du das durchmachen mußtest, Kleines, aber es war an der Zeit für dich, es zu lernen; und du hattest ein wenig Übung in der Kunst der Selbstbeherrschung nötig. Komm jetzt, sie wird den ganzen Tag und vielleicht auch den größten Teil der Nacht über schlafen, und wenn sie aufwacht, wird es ihr gut gehen. Und im nächsten Monat müssen wir dafür sorgen, daß sie sich in dieser Zeit nicht überanstrengt.«

Als sie sich in Leonies Zimmer an dem kleinen Tisch am Fenster gegenübersaßen und Leonie ihnen Tee aus der schweren Silberkanne eingoß, spürte Callista, daß ihr die Tränen in der Kehle aufstiegen. Ruhig sagte Leonie: »Du kannst jetzt weinen, wenn es sein muß, Callista. Aber es wäre besser, wenn du lernen könntest, auch deine Tränen zu beherrschen.«

In stillem Kampf senkte Callista den Kopf; endlich sagte sie: »Leonie, es war diesmal schlimmer als sonst, nicht wahr? Es hat sich verschlechtert, oder nicht?«

»Ich fürchte, ja. Es ist immer schlimmer geworden, seit sie mit den Energonen arbeitet. Das letzte Mal hat es drei Tage gedauert, bis der Energieschwund zur Krisis führte.«

»Weiß sie es?«

»Nein. Sie hat kaum eine Erinnerung daran, was geschieht, wenn sie die Schmerzen hat.«

»Aber Leonie – sie wünscht sich so sehr, dich nicht zu enttäuschen . . .« *Genau wie ich,* fügte Callista in Gedanken hinzu und mußte wieder mit den Tränen kämpfen.

»Ich weiß es, Callista, aber sie wird sterben, wenn es so weitergeht. Sie ist einfach nicht stark genug, um die Belastung auszuhalten. Vielleicht leidet sie unter einer angeborenen Schwäche der Kanäle – es ist meine Schuld, daß ich sie angenommen habe, ohne mich zu vergewissern, daß es eine solche physische Schwäche nicht bei ihr gibt. Aber sie ist so geschickt und begabt . . .« Leonie schüttelte bekümmert den Kopf. »Du glaubst es vielleicht nicht, Callista, aber ich würde freudig ihre Schmerzen auf mich nehmen, wenn es sie heilen würde. Ich spüre, daß ich ihr nicht noch einmal solche Qualen zufügen kann.«

Callista war verwundert und erschrocken über die Erregung in Leonies Stimme.

Hat sie immer noch Gefühle? Ich dachte, sie habe sich dazu erzogen, von den Leiden anderer völlig unberüht zu bleiben. Ich glaubte, sie wäre mir darin weit überlegen.

»Nein«, erklärte Leonie mit trauriger in sich gekehrter Stimme, »das Leiden läßt mich nicht unberührt, Callista.«

Aber du hast mir heute morgen so wehgetan.

»Und ich werde dir wieder wehtun, so oft ich muß«, sagte Leonie. »Aber glaub mir, Kind, ich würde viel lieber . . .« Sie konnte den Satz nicht beenden, doch Callista erkannte bestürzt, daß sie ihre Worte völlig ernst meinte; Leonie würde auch *ihre* Leiden willig auf sich nehmen . . . plötzlich wurde ihr klar, daß sich in Leonies ruhiger Stimme nicht Gleichgültigkeit, sondern qualvolle Selbstbeherrschung ausdrückte.

»Meine Mutter«, brach es widerstrebend aus Callista hervor, »werde ich auch so leiden müssen, wenn ich zur Frau werde?«

Könnte ich es ertragen? Immer und immer wieder von diesem Schmerz zerissen zu werden . . . und dann die Marter des Reinigungsprozesses zu erdulden . . .

»Ich weiß es nicht, mein liebes Kind. Ich hoffe aus ganzem Herzen, daß es nicht so ist.«

Und du, wie war es bei dir? Aber Callista wußte, daß sie es nie wagen würde, die unausgesprochene Frage in Worte zu kleiden. Leonies Selbstbeherrschung ging so tief, daß sie wahrscheinlich die bloße Erinnerung an den Schmerz auch vor sich selbst verdrängte.

»Können wir denn gar nichts tun?«

»Für Hilary? Wahrscheinlich nicht. Wir können sie nur pflegen, solange es möglich ist, und wenn die Belastung wirklich zu groß für sie ist, muß ich sie freigeben.« Callista erschien Leonies Ruhe plötzlich trauriger als Tränen oder heftiges Schluchzen. »Aber für dich – ich weiß es nicht. Vielleicht. Vielleicht willst du es gar nicht. Wenn es nach mir ginge«, erklärte Leonie, »würde jedes Mädchen, das hier zur Bewahrerin ausgebildet wird, neutralisiert, bevor sie zur Frau heranreift!«

Callista zuckte zusammen, als hätte die Ältere etwas Unanständiges gesagt, und tatsächlich war es nach den Begriffen der Comyn auch so. Aber gehorsam sagte sie: »Wenn es dein Wunsch ist, Mutter . . .«

Leonie schüttelte den Kopf. »Die Gesetze verbieten es. Ich frage mich, ob der Rat weiß, was er euch mit seiner Fürsorge antut? Aber es gibt noch einen anderen Weg. Du weißt, daß wir die eigentliche Ausbildung erst beginnen können, wenn sich dein weiblicher Zyklus eingespielt hat . . .«

»Die Überwacher haben gesagt, es dauert noch mehr als ein Jahr.«

»Das ist spät. Es bedeutet aber, daß uns noch Zeit bleibt.«

Callista hatte ungeduldig auf die ersten Spuren einer Blutung gewartet, was bedeutet hätte, daß sie eine erwachsene Frau war und bereit, die eigentliche Ausbildung zur Bewahrerin zu beginnen; inzwischen flößte ihr der Gedanke daran fast Angst ein. Leonie sagte: »Wenn wir deine Ausbildung schon jetzt beginnen, würde das bestimmte Veränderungen in deinem Körper bewirken, und dein Zyklus würde sich wahrscheinlich überhaupt nicht einstellen. Das ist auch der Grund, warum wir diese Ausbildung erst beginnen sollen, wenn die Novizin vom Mädchen zur Frau geworden ist; das harte Training verändert einen Körper, der noch nicht reif ist. Dann hättest du die Probleme, unter denen Hilary zu leiden hat, niemals . . . aber ich kann das nicht ohne deine Zustimmung tun, nicht einmal, um dir Leiden zu ersparen.«

Wenn mir dadurch Hilarys Leiden erspart bleiben? Callista verstand nicht, warum Leonie auch nur einen Augenblick zögerte.

»Weil es dir vielleicht viel bedeuten würde, wenn du älter bist«, erklärte Leonie. »Du wirst dann vielleicht fortgehen und heiraten wollen.«

Callista machte eine abwehrende Handbewegung. Man hatte sie gelehrt, die Gedanken von solchen Dingen abzuwenden; in ihrer kindlichen Unschuld empfand sie nichts als Verachtung für die Beziehung zwischen Männern und Frauen. Aus der sicheren Position ihrer Keuschheit heraus war ihr unverständlich, warum Leonie glaubte, sie könnte je das Gelübde ewiger Jungfräulichkeit brechen.

»Ich werde nie den Wunsch haben, zu heiraten. Das ist nichts für mich«, erklärte sie, und Leonie schüttelte leise seufzend den Kopf.

»Es würde bedeuten, daß du in vieler Hinsicht so bleibst, wie du jetzt bist, da der Zyklus gar nicht einsetzen würde . . .«

»Meinst du damit, ich würde nicht erwachsen werden?« Callista glaubte nicht, daß es ihr gefallen würde, ihr Leben lang ein Kind zu bleiben.

»Oh doch«, entgegnete Leonie, »du würdest schon erwachsen werden, aber ohne dieses Merkmal der Weiblichkeit.«

«Aber da ich ohnehin dazu bestimmt bin, Bewahrerin zu werden«, erklärte Callista, der man ein beträchtliches Wissen über die Anatomie vermittelt hatte, so daß sie zumindest theoretisch wußte, was es mit dieser körperlichen Reife auf sich hatte, »sehe ich nicht ein, wozu ich es brauchen könnte.«

Leonie lächelte flüchtig. »Du hast natürlich recht. Ich wünschte, mir wäre es all die vielen Jahre erspart geblieben.«

Callista warf ihr einen überraschten Blick zu. Noch nie hatte Leonie so mit ihr gesprochen oder auch nur ein wenig die kalte Schranke gelüftet, die sie gegen private Enthüllungen aller Art errichtet hatte.

Sie ist also nicht . . . übermenschlich. Sie ist eine ganz normale Frau wie Hilary, Romilla oder . . . oder ich . . . sie kann weinen und leiden . . . ich dachte, wenn ich erwachsen bin, wenn ich meine Lektionen gut gelernt habe und zur Bewahrerin geworden bin, würde ich lernen, solche Gefühle nicht mehr zu haben und darunter zu leiden . . . Es war ein furchtbarer Gedanke, eine neue Angst unter vielen, die ihr hier begegnet waren, daß sie derartige Gefühle nie vollständig würde überwinden können. Sie hatte immer geglaubt, daß sie nur deshalb litt, weil sie noch ein Kind war und ihr Wissen noch nicht vollkommen. *Ich dachte, man müßte, um Bewahrerin zu sein, diese Gefühle überwinden, daß einer der Gründe, warum ich noch nicht fertig bin, darin liegt, daß ich noch nicht gelernt habe, nicht in dieser Weise zu fühlen . . .*

Leonie beobachtete sie, ohne zu sprechen. Ihr Gesicht war gedankenverloren und traurig.

Sie ist noch ein solches Kind, sie fängt gerade erst an zu ahnen, welchen Preis es erfordert, Bewahrerin zu sein . . .

Aber laut sagte sie nur: »Du hast natürlich recht, Liebste; da du dich verpflichtet hast, Bewahrerin zu werden, wirst du es nicht brauchen und wirst sogar besser ohne es auskommen. Und wenn wir sofort mit deiner Ausbildung beginnen, wird es dir erspart bleiben.«

Noch einmal zögerte sie und mahnte: »Du weißt, daß es gegen die allgemeinen Bräuche verstößt. Man wird dich fragen, ob ich es dir genau erklärt habe und ob es wirklich dein Wille ist; denn das Gesetz, das von denjenigen gemacht ist, die noch nie das Innere eines Turms betreten haben und auch nicht aufgenommen würden, wenn sie es täten, verbietet mir, es ohne dein erklärtes Einverständnis zu tun. Verstehst du das wirklich und wahrhaftig, Callista?«

Und Callista dachte: *Ihre Worte klingen, als wäre es ein hoher Preis, den zu zahlen ich vielleicht nicht gewillt sein könnte. Als wäre es ein Verlust, etwas, das mir geraubt wird. Statt dessen heißt es doch nur, daß ich Bewahrerin werden kann, ohne, wie Hilary, diesen furchtbaren Preis bezahlen zu müssen.*

»Ich verstehe es, Leonie«, erklärte sie mit fester Stimme. »Und ich will es. Wann kann ich anfangen?«

»Sobald du willst, Callista.«

Aber warum, dachte Callista erstaunt, *sieht Leonie so traurig aus?*

Lektion im Gasthof

In ›Der Preis der Bewahrerin‹ wurde vom Schicksal Hilary Castamirs erzählt, jener Bewahrerin aus dem Turm von Arilinn, die aufgrund ihrer körperlichen Schwäche ihre Berufung als Bewahrerin im System der telepathischen Hierarchie von Darkover hatte aufgeben müssen. Selten, schreibt Marion Zimmer Bradley an anderer Stelle, habe eine Figur aus einem ihrer Romane so viele Geschichten nach sich gezogen wie Hilary; sie habe von Fans Erzählungen über ihr späteres Leben, ihre Liebe, ihre Ehe und ihre Kinder zugesandt bekommen. Hier ist ihre eigene Geschichte, die direkt an die vorangegangene anschließt und davon erzählt, wie Hilary ihr Schicksal meistert.

Hilary Castamir ritt mit gesenktem Kopf und hatte sich fest in ihren grauen Umhang gewickelt, so daß die Kapuze ihr Gesicht verbarg. Sie drehte sich nicht um, wollte kein letztes Mal auf Arilinn zurückblicken.

Sie hatte versagt.

Jetzt würde sie nie als Hilary von Arilinn bekannt oder im Dienst des ältesten und angesehensten der Türme der Sieben Domänen alt werden; verehrt, fast angebetet. Bewahrerin von Arilinn. Niemals – jetzt nicht mehr. Sie hatte versagt, versagt . . .

Es würde also Callista sein, die Leonies Stelle einnahm, wenn die alte Zauberin ihre Last endlich niederlegte. *Ich beneide sie nicht,* dachte Hilary. Und dabei wußte sie paradoxerweise, daß sie Callista dennoch beneidete.

Callista Lanart. Jetzt dreizehn Jahre alt. Rotes Haar und graue Augen wie alle Altons – wie Hilary selbst, denn auch sie trug Comyn-Blut in sich. Warum sollte Callista Erfolg haben, wo sie versagt hatte?

Leonie hatte versucht, den Schlag zu mildern. »Mein teuerstes Kind, du bist weder die erste noch die letzte, die feststellt, daß die Arbeit einer Bewahrerin ihre Kräfte übersteigt. Wir alle wissen, was du erduldet hast, doch es ist genug. Wir können nicht mehr von dir erbitten . . .« Dann hatte sie die formelhaften Worte gesprochen, die Hilary aus den Gelübden entließen, die sie im Alter von elf Jahren abgelegt hatte. Und eine Hälfte in Hilary bebte vor zaghafter Erleichterung. Es nicht mehr aushalten zu müssen, nie wieder in hilflosem Entsetzen die Schmerzanfälle erwarten müssen, die sie zur Zeit ihrer Periode heimsuchten, nie wieder die quälende Freilegung der Nervenkanäle ertragen . . .

Oder, noch schlimmer, stets von neuem die verzweifelte Hoffnung, daß es dieses Mal nur der einengende, krampfhafte Schmerz sein würde, die Schwäche, die sie ins Bett zwang, krank und erschöpft und entleert. *Das* konnte sie, hatte sie; sie hatte geduldig alle Medikamente geschluckt, die dagegen helfen sollten und es eigenartigerweise doch nie taten. Sie verlor niemals die Hoffnung, daß sich in diesem Monat der Schmerz einfach legen würde, wie er es bei den anderen Frauen tat. Aber jeden Monat schwelte auch die grauenhafte Angst in ihr – und das Schuldgefühl. Was habe ich nur getan, was ich nicht hätte tun sollen?

Was habe ich getan? Warum muß ich so leiden? Ich habe getreulich alle Vorschriften der Bewahrerinnen eingehalten, habe weder Mann noch Frau berührt, ich habe mir nicht einmal erlaubt, verbotene Gedanken zu denken . . . Barmherzige Avarra, was mache ich falsch, daß ich die Kanäle nicht rein und unbefleckt halten kann, wie es sich für eine Jungfrau und Bewahrerin geziemt?

Die vielen Trainingsstunden, die sie durchgestanden hatte, all das

Leiden, all das Entsetzen und die Schuldgefühle, die Schuldgefühle . . . alles vergebens. Und stets war der Argwohn im Spiel. Immer wenn eine Bewahrerin ihre Kanäle nicht freihalten konnte, gab es Argwohn, der niemals laut ausgesprochen wurde, aber dennoch vorhanden war.

Kanäle einer unbefleckten Jungfrau sind frei. Was stimmt mit Hilary bloß nicht, daß diese Nervenkanäle, ausgerechnet diese Kanäle, die bei einer erwachsenen Frau Sexualität tragen, nicht für einen unvermischten Laran-*Gebrauch freibleiben können?* Selbst Leonie hatte sie in scharfer Frage angesehen, ein- oder zweimal, wobei der unausgesprochene Zweifel für das telepathisch begabte Mädchen so deutlich gewesen war, daß es in hysterisches Schreien ausbrach und selbst Leonie die völlige Aufrichtigkeit der Bestürzung nicht hatte abstreiten können.

Ich habe mein Gelübde nicht gebrochen, nicht einmal daran gedacht, es zu brechen. Ich habe alle Gesetze einer Bewahrerin getreulich eingehalten, ich schwöre es, ich schwöre es bei Evanda und Avarra und bei der Gesegneten Cassilda, der Mutter der Domänen . . .

Und so war Leonie keine andere Wahl geblieben, als Hilary fortzuschicken. Hilary war fast hysterisch vor Erleichterung, daß ihre lange und peinigende Prüfung zu Ende war, aber zur gleichen Zeit war ihr noch immer elend vor Schuld und Entsetzen. Wer würde je an ihre Unschuld glauben, wer würde ihr glauben, daß sie nicht wegen eines Bruchs der Gelübde in Ungnade fortgeschickt worden war? In Elend versunken, drehte sie sich nicht mehr um – sie wollte nicht zurückblicken . . . zurück auf Arilinn.

Sieben Jahre waren also umsonst gewesen. Sie würde nie wieder die karmesinrote Robe der Bewahrerin tragen oder noch einmal in den Relais arbeiten . . . Als sie den Paß überquerten, kamen sie an eine schmale Stelle, wo man absitzen und vorsichtig über den schmalen Pfad weitergehen mußte, während die Pferde dicht am Rande des Abgrundes entlanggeführt wurden. Und als sie hinabblickte in die furchtbare Kluft, kam ihr in den Sinn, daß sie nur einen einzigen unachtsamen Schritt zu machen hätte, nicht mehr. Es wäre so leicht, ein Unfall, und dann müßte sie dem Gedanken an ihr Versagen nie wieder entgegentreten. Dann könnte sie niemand mehr anstarren und – wenn sie nicht mehr im Raum war – tuscheln, sie sei die Bewahrerin, die von Arilinn weggeschickt worden war, aus Gründen, die niemand kannte . . .

Ein einziger unachtsamer Schritt. So leicht. Und doch konnte sie nicht genügend Entschlußkraft aufbringen, ihn zu tun. *Du bist ein Feigling, Hilary Castamir,* sagte sie sich. Ihr fiel ein, daß Leonie selbst und der junge Techniker Damon Ridenow, der manchmal gekommen war, um Leonie beim Freimachen ihrer Kanäle zu helfen, ihren Mut gelobt hatten. *Sie kennen mich nicht wirklich. Sie wissen nicht, was für ein*

Feigling ich bin. Nun, ich werde sie niemals wiedersehen, es spielt also keine Rolle. In Wirklichkeit spielt überhaupt nichts eine Rolle. Jetzt nicht mehr.

Am späten Nachmittag, als sie in ein Tal außerhalb des Bergringes hinunterkamen, der die Ebenen von Arilinn von der Außenwelt abschnitt, hielten sie vor einem Gasthaus an, damit die Pferde sich erholen konnten. Ihr Begleiter sagte, man werde sie in einen privaten Salon im Innern des Gasthauses führen, in dem sie sich wärmen und etwas zu essen bekommen könne, wenn sie dies wünsche. Sie war müde vom Reiten, denn sie war heute morgen sehr früh aufgestanden, und so freute sie die Gelegenheit, absitzen zu können, doch bevor der Begleiter in automatischer Höflichkeit seine Hilfe anbot, war sie heruntergeklettert, ohne ihn zu berühren, so geschickt, daß sie nicht einmal seine Hand gestreift hatte.

Und als ein fremder Mann seine Hand mit einem sanften, höflichen »Vorsicht, Stufen, *Damisela,* sie sind rutschig vom Schnee« ausstreckte, war sie zurückgewichen, als würde die Berührung seiner Hand sie unwiderruflich anstecken, und hatte ihre Lippen geöffnet, um ihn mit scharfen Worten zurechtzuweisen. Aber dann fiel es ihr mit einer dumpfen Empfindung der Müdigkeit wieder ein . . . Sie trug die karmesinrote Robe nicht mehr, die sie gegen eine unabsichtliche Berührung oder gar einen zufälligen Blick schützte. Ihr grauer Kapuzenumhang war die übliche Reisekleidung einer jeden Edelfrau; selbst wenn sie ihr Gesicht tief darin verhüllte, würde er sie nicht gänzlich schützen. Als sie durch den Flur zur Wirtsstube ging, kam es ihr so vor, als könne sie von überall her Blicke auf sich gerichtet fühlen.

Betrachten Männer die Frauen immer auf diese Art und Weise? fragte sie sich. Und doch hatten keines Mannes Blicke länger als einen winzigen Moment auf ihr geruht, so wie sie auf einem Pferd oder einer Säule geruht haben könnten. Es war nur so, daß sie sie überhaupt ansahen, daß ihre Augen nicht instinktiv abgewandt waren, wie es in Arilinn gewesen war, wenn sie mit den anderen Frauen des Turmes ausritt, daß nicht jeder beiseite trat und wartete, bis sie vorbeiging – ein Verhalten, wie sie es gewohnt war.

In dem Raum, in den der Diener sie führte, löste sie ihren Umhang, schob die Kapuze zurück und ging zum Feuer, um sich zu wärmen. Aber sie rührte den Krug Wein nicht an, der für sie bereitgestellt worden war.

Nach einer langen Zeit hörte sie ein leises Geräusch an der Tür. Eine Frau stand dort, rund und körperlich plump, in eine weite Schürze gehüllt. Sie konnte sowohl Frau oder Tochter des Wirts sein – oder eine Dienerin. Mit leiser Höflichkeit sagte sie: »Ich werde das Feuer für Euch schüren, Mylady«, und kam, um neue Scheite aufzulegen. Dann blinzelte sie erstaunt. »Aber Ihr tragt noch Euren Umhang,

Damisela. Ich will Euch helfen.« Sie trat herbei, und Hilary wollte instinktiv zurückweichen. Kein menschliches Wesen hatte auch nur eine Fingerspitze auf ihre Kleidung zu legen, seit Jahren nicht mehr. Dann fiel ihr ein, daß dieses Verbot für sie keine Gültigkeit mehr hatte, und so stand sie regungslos wie eine Statue, ertrug die unpersönliche Berührung der Frauenhände, die ihr den Umhang und den Schal um den Hals abnahmen.

»Möchtet Ihr auch Eure Schuhe ausgezogen haben, Mylady, damit Ihr Eure Füße am Feuer wärmen könnt?«

»Nein, nein«, erwiderte Hilary verlegen. »Nein, ich komme sehr gut allein zurecht . . .« Sie beugte sich hinab, um ihre Reisestiefel selbst zu öffnen.

»Nein, wirklich, Ihr dürft das nicht tun«, platzte die Frau schockiert heraus und kniete sich nieder, um sie abzuziehen. »Ich bin hier, Euch zu dienen, Herrin. Oh, wie kalt Eure Füße sind . . . arme, kleine Lady, laßt mich sie Euch mit diesem Handtuch abreiben . . .« Sie blieb hartnäckig, und Hilary, tief verlegen, ließ sie gewähren, wie sie wollte.

Bis sie mir gesagt hat, wußte ich gar nicht, wie kalt meine Füße sind. Man hat mich gelehrt, Hitze und Kälte, Feuer und Eis nicht nur ohne Klage zu ertragen, sondern sogar das Bewußtsein daran zu verdrängen. Aber jetzt, nachdem sie sich der Kälte bewußt war, zitterte sie, als wolle sie nie wieder damit aufhören.

Die Frau nahm einen dampfenden Kessel von einem Einsatz über der Feuerstelle und goß etwas Heißes in eine Tasse. »Jetzt trinkt dies, kleine Lady«, sagte sie mitleidsvoll, »und laßt Euch von mir wieder in Euren Umhang hüllen. Jetzt wird er Euch wärmen. Hier, legt Eure Füße näher ans Feuer heran«, sagte sie und zog einen Fußschemel herbei, so daß sich Hilary tief in einem Sessel wiederfand, die Fußsohlen gegen das lodernde Feuer gerichtet. »Habt Ihr trockene Strümpfe in Euren Satteltaschen? Ich glaube, Ihr müßt sie anziehen, wenn Ihr Euch nicht erkälten wollt.« Und noch bevor Hilary richtig wußte, wie ihr geschah, waren ihre Füße gründlich warm in trockene Socken gehüllt, und sie nippte an dem heißen, würzigen Gebräu, dem, wie sie vermutete, eine ganze Menge Stärkeres als Wein beigemengt war. Eine Empfindung fast wie Vergnügen beschlich sie.

Seit langer Zeit war mir nicht mehr so behaglich zumute, dachte sie fast mit einem Schuldgefühl, *seit langer, langer Zeit.* Ihr Kopf sank nach vorn, und sie schlummerte in der Hitze ein. Irgendwann später erwachte sie und stellte fest, daß ein Kissen in den Lehnsessel hinter sie gesteckt worden war und jemand eine Decke über sie ausgebreitet hatte. Sie hatte auch seit langer Zeit nicht mehr so gut geschlafen.

Schwach begannen sich die Gedanken in ihrem Bewußtsein zu rühren. *Man hat mir beigebracht, all diesen Dingen gleichgültig gegenüber-*

zustehen, gleichgültig gegenüber Schmerz, Kälte, Hunger, Isolation. Solche Gedanken sind einer Bewahrerin nicht würdig. Ich habe gelernt, all diese Dinge zu ertragen, dachte sie. *Und dennoch habe ich versagt . . .*

Draußen im Flur hörte sie tuschelnde Stimmen, dann ertönte ein zaghaftes Klopfen an der Tür. Schnell zog Hilary ihren Rock über die dünnen Knie herunter. *Auch wenn ich keine Bewahrerin mehr bin,* dachte sie, *muß ich mich so umsichtig verhalten wie eine von ihnen, damit ihnen mein Verhalten keinen Anlaß gibt zu denken, ich sei wegen irgendeines Vergehens aus Arilinn fortgeschickt worden.* Sie stand auf und rief: »Tretet ein.«

Der Anführer der von ihrem Vater entsandten Eskorte stand unschlüssig in der Türöffnung und sagte schüchtern: »Mylady, der Schnee fällt so dicht, daß wir nicht weiterreisen können. Wir werden dafür Sorge tragen, daß wir die Nacht hier verbringen können – wenn es Euch recht ist.«

Wenn es mir recht ist, dachte sie. Aber diese Worte waren nur Ausdruck formeller Höflichkeit. *Was könnten sie denn tun, wenn es mir nicht recht wäre? Versuchen, sich ihren Weg durch den Sturm zu erzwingen und sich vielleicht verirren oder in einem Schneesturm erfrieren?* Sie blickte den Mann nicht an; ihr Gesicht war abgewandt, wie immer in Gegenwart von Fremden, und sie sehnte den Schutz ihres Kapuzenumhangs herbei, der auf dem Stuhl zum Trocknen aufgehängt war. Mit zurückhaltender Verbindlichkeit sagte sie: »Ihr sollt tun, wie Ihr es für das beste haltet«, und der Mann zog sich zurück.

Später hörte sie Stimmen im Flur.

»Sieh mal, mir ist die *Vai Domna* egal, solange sie nicht die Königin höchstpersönlich oder Lady Hastur ist. Ein für allemal, bei diesem Sturm und den vielen Reisenden sind wir hier unten voll belegt und überfordert . . . Niemand hat jetzt Muße, mit Tabletts und Extra-Mahlzeiten all diese Korridore entlang hin und her zu eilen. Die hochverehrte Dame mag ihren ehrwürdigen Kadaver gefälligst zum Gemeinschaftsraum herunterbemühen wie jeder andere, oder sie kann von mir aus in ihrem kostbaren Privatsalon bleiben und ihrem knurrenden Magen zuhören.«

Hilarys Zorn war rein instinktiv. Wie konnten sie wagen, so zu sprechen? Wenn eine Bewahrerin von Arilinn sich entschloß, ihr erbärmliches kleines Gasthaus zu beehren, wie konnten sie es dann wagen, ihr den Schutz ihrer Privatsphäre zu verweigern? Dann sikkerte das Wissen dumpf in Hilary zurück. Sie war keine Bewahrerin mehr, war nicht einmal eine *Leronis* von Arilinn. Sie war nichts. Sie war Hilary-Cassilde Castamir, zweite Tochter von Arnad Castamir, der nur ein unbedeutender Edelmann auf einem Kleingut in den Kilghard-Bergen war. Sie erinnerte sich schwach, wie an etwas in einem Traum, an etwas, das ihr Vater einmal zu ihr gesagt hatte. Es war in dem Jahr gewesen bevor sie nach Arilinn ging, doch sie war bereits geprüft worden und hatte angefangen, davon zu träumen, eine der großen Bewahrerinnen zu sein. Sie war etwa neun Jahre alt gewesen.

»Tochter, die meiste Zeit haben Diener und Vasallen viel schwerere Arbeiten zu tun als wir. Du darfst ihnen niemals unnötig ihr Leben schwermachen. Es ist einer Edelfrau nicht würdig, Befehle zu geben allein aus Vergnügen daran, zu sehen, daß man ihr gehorcht.«

Hilary dachte: *Ich brauche nichts, ich werde ihnen sagen, daß ich nicht hungrig bin, dann kann ich hier in Frieden bleiben, unbehelligt. Sie brauchen niemanden abzustellen, mich zu bedienen.* Aber da war ein guter Geruch von Gekochtem überall auf den Fluren, und Hilary sagte sich, daß sie, um ihnen dies zu sagen, ohnehin in den Gemeinschaftsraum würde hinabgehen müssen. Und sie hatte ihr kärgliches Frühstück sehr früh am Morgen eingenommen und ihrem Magen seither außer dem Getränk, das ihr die Frau gegeben hatte, nichts mehr angeboten. Sie legte ihren leichten Schleier um den Kopf und ging den Flur zum Gemeinschaftsraum entlang.

Als sie eintrat, kam die Frau, die sie zuvor bedient hatte, auf sie zu. Hilary blieb in der Türöffnung stehen, überwältigt von ihrer Schüchternheit und der starken Wirkung des vollen Raumes. Dort hielten sich mehr Leute auf, als sie seit vielen Jahren auf einem Fleck gesehen hatte – Männer, Frauen und Kinder, Fremde, die der Sturm überrascht hatte. Die Frau führte sie rasch an einen kleinen Ecktisch, abseits von den anderen, wo sie im Schatten der schützenden Feuerstelle sitzen konnte, ohne gesehen zu werden. Die vier Männer ihrer Eskorte aßen und tranken tüchtig und lachten bei Speise und Trank. Der Anführer kam herbei und erkundigte sich höflich, ob sie alles habe, was sie brauche. Sie murmelte eine scheue Bestätigung, ohne ihren Blick zu heben.

Schützend stand die Frau neben ihr. »Ich heiße Lys, Mylady. Möchtet Ihr Wein trinken oder heiße Milch? Das Essen wird Euch sogleich gebracht werden. Der Wein kommt aus Dalereuth und ist ganz gut.«

Hilary sagte schüchtern, daß sie lieber heiße Milch trinken wolle. Die Frau ging davon, und nach einer Weile kam eine große, dicke Frau, bis zum Hals in eine große, weiße Schürze gekleidet, und schleppte eine riesige Schüssel, deren Inhalt sie auf jeden Teller austeilte. Sie kam an Hilarys einzelnem Tisch vorbei, schöpfte einen großen Klacks auf ihren Teller und ging zum nächsten Tisch weiter. Hilary blickte starr vor lauter Bestürzung. Es war eine Art Eintopf, große Klumpen von gekochtem Fleisch und eine Art von dick geschnittenem grobem Gemüse, weiß und orange und gelb.

Hilary war selten hungrig. Sie war so oft krank gewesen, daß sie fast nie mit Freude ans Essen dachte. Wenn sie an den Matrix-Schirmen ihre schwere und anstrengende Arbeit getan hatte, war sie stets heißhungrig gewesen und hatte gegessen, was immer vor sie hingestellt wurde, ohne vorher zu kosten, ganz gleich, was es war, solange es nur die Energie ersetzte, die ihr ausgehungerter Körper benötigte. Zu anderen Zeiten machte sie sich so wenig aus Essen, daß die anderen in ihrem Zirkel angestrengt damit beschäftigt waren, sich ganz besondere Leckerbissen für sie auszudenken, die, delikat serviert, ihren unbeständigen Appetit vielleicht doch ein wenig reizen mochten. Dieser Eintopf aus dem Gemeinschaftskessel sah entsetzlich aus. Aber er roch überraschend gut, scharf und köstlich, und sie konnte schließlich nicht einfach dasitzen und so offen die allgemeine Verpflegung verschmähen. Zimperlich nahm sie einen Bissen, dann noch einen. Es schmeckte so gut, wie es roch, und sie aß es ganz auf. Als die Frau namens Lys mit ihrer heißen Milch kam, rührte sie Honig hinein und trank das Glas ebenfalls leer – über sich selbst überrascht.

Während die Erwachsenen im Raum viel zu beschäftigt waren mit Essen und Trinken, waren zwei kleine Kinder herbeigekommen und knieten sich vor den Herd, ihre Tartanröcke um sich herum ausgebreitet. Eines der kleinen Mädchen hatte einen winzigen Beutel aufgezerrt, den es bei sich trug, und ein paar einfache, bunte Kieselsteine ausgeschüttet. Hilary kannte dieses Spiel: Sie hatte es mit Callista gespielt, um das heimwehkranke Kind von seiner ersten Einsamkeit abzulenken. Als sie die Steine auswarfen, fiel einer davon auf den Rand von Hilarys grünem Rock. Sie sahen sie an, zu schüchtern, um ihn holen zu kommen, und so bückte sich Hilary und hielt ihnen den kleinen, polierten Stein hin.

»Hier«, sagte sie, »kommt und nehmt ihn.« Den Kindern gegenüber hatte sie ihre Scheu völlig vergessen.

Das größere der kleinen Mädchen – sie waren etwa sechs und acht, die weißblonden Haare zu langen Pferdeschwänzen gebunden, die über die Schultern fielen – fragte sie: »Wie heißt du?«

»Hilary.«

»Ich bin Lilla, und meine kleine Schwester heißt Janna. Spielst du mit uns?«

Hilary zögerte und begriff dann, daß sie sie in der Finsternis des Raumes wahrscheinlich auch für ein Kind hielten. Da sie an diesem Morgen in Arilinn früh aufgestanden war, hatte sie ihre Haare einfach hinten zusammengebunden, ohne sich die Mühe zu machen, sie hochzustecken. Das kleine Mädchen drängelte: »Bitte. Es macht nicht soviel Spaß, wenn wir beide allein spielen.« Dies erinnerte sie an etwas, das Callista einmal gesagt hatte. Sie lächelte, setzte sich auf der Herdbank neben sie und raffte sorgfältig ihre Röcke zusammen. Lilla sagte: »Du kommst zuerst dran, weil du unser Gast bist«, und bei dieser vorsichtigen Höflichkeit des Kindes wollte sie am liebsten kichern. Sie dankte Lilla und schüttete das Spielzeug auf dem Boden aus.

Nach einer Weile kam Lys zurück, um die Teller und Krüge abzuräumen, und schaute verblüfft drein, als sie Hilary auf dem Boden bei den Kindern sah. In die Wirklichkeit zurückgerufen, wandte sich Hilary nach ihrer Eskorte um; die Männer stritten sich an der Tür lautstark mit dem Wirt. Die Kinder standen auf. Lilla sagte höflich: »Meine Mutter wird nach uns suchen. Danke, daß du mit uns gespielt hast. Ich muß meine kleine Schwester ins Bett bringen«, aber die kleine Janna kam heran, hielt ihre Arme weit ausgebreitet, gab Hilary einen feuchten Kuß und umarmte sie dabei.

Hilary, zu schüchtern, den Kuß zu erwidern, fühlte Tränen in die Augen steigen. Seit so vielen Jahren hatte sie niemand mehr geküßt. *Meine Mutter küßte mich zum Abschied, damals als ich zum Turm ging. Seither niemand mehr, nicht einmal meine Mutter, wenn ich sie besuchte, nicht meine Schwestern . . . Ihnen war von dem Tabu erzählt worden, daß ich niemanden berühren dürfe, nicht einmal mit der Fingerspitze. Callista hat mich nicht geküßt, als wir uns trennten. Callista, die Herrin von Arilinn sein wird. Callista wird eine gute Bewahrerin abgeben. Sie ist kalt, ihr fällt es leicht, alle Gesetze und Regeln des Turmes einzuhalten . . .* Und wieder fühlte sie das Gewicht ihrer Schuld und der Schande, das Gewicht des Versagens. Ein paar Minuten, während sie mit den kleinen Mädchen spielte, hatte sie es vergessen.

Die Männer der Eskorte und der Wirt stritten noch immer, und Lys wandte sich von ihnen ab und kam auf Hilary zu. »Lady«, sagte sie, »mein Herr kann die anderen Gäste nicht umbetten, die vor Euch ein Zimmer bestellt haben. Doch ich habe angeboten . . . Es ist schäbig und schlecht, Lady, das Zimmer, das ich mit meiner Schwester und ihrem Baby teile, aber es hat zwei Betten. Ich werde mit meiner Schwester ein Bett teilen, und Ihr könnt meines haben. Ihr seid willkommen.« Und als Hilary nicht gleich antwortete: »Ich wünschte, es gäbe einen Ort, der Eurer würdig wäre, Lady, doch wir sind völlig überbelegt. Die einzige andere Möglichkeit ist, daß Ihr Eure Decken im Gemeinschaftsraum bei Euren Soldaten ausbreitet, und das kann eine Lady nicht tun . . .«

»Das ist sehr freundlich von dir.« Sie fühlte sich benommen von den vielen Erschütterungen. Sie hatte in einem Raum voller Fremder gesessen, hatte mit fremden Kindern gespielt, und jetzt sollte sie mit zwei fremden Frauen einen Raum teilen und im Bett einer Dienerin schlafen. Aber das war natürlich immer noch besser, als bei ihrer Soldateneskorte zu nächtigen. »Es ist sehr freundlich von dir«, wiederholte sie und ging mit Lys davon, sich der wegen dieser Lösung erleichterten Blicke ihrer Eskorte kaum bewußt.

Der Raum war dunkel und eng und nicht warm, doch Boden und Wände waren sauber geschrubbt und die auf die Betten gehäuften Laken und Decken makellos. Zwischen den Betten stand eine Wiege, weiß bemalt, und auf dem anderen Bett saß eine Frau, hielt ein pausbäckiges Baby auf dem Schoß und zog ihm frische Kleidung an. »Dies ist meine Schwester Amalie«, stellte Lys vor. »*Domna*, ich muß gehen und meine Küchenarbeit beenden. Fühlt Euch wie zu Hause . . . Ihr könnt dort schlafen, in meinem Bett.«

Hilarys Satteltaschen waren herbeigebracht und in den schmalen Spalt am Fußende der Betten gestellt worden, und Hilary begann, nach ihrem Nachtzeug zu wühlen. Die Frau mit dem Baby beobachtete sie neugierig, und Hilary murmelte eine schüchterne Begrüßungsformel.

»Es ist wirklich sehr freundlich von dir, dein Zimmer mit einer Fremden zu teilen, *Mestra*.«

»Ich hoffe, das Baby wird Euch nicht wach halten, Lady. Aber es ist ein braves Baby und weint nicht sehr viel.« Als wolle es sie Lügen strafen, begann das Baby mit seinen kleinen Fäusten zu winken und kreischte lustvoll. Amalie lachte.

»Kleine Schurkin, willst du mich zur Lügnerin stempeln? Aber sie ist jetzt hungrig, meine Lady, sie will ihr Abendessen . . . hinterher wird sie schlafen.«

»Ich habe gehört, daß es gut für sie ist, wenn sie schreien«, bemerkte Hilary scheu. »Es sorgt dafür, daß ihre Lungen stark werden. Wie alt ist die Kleine? Wie heißt sie?«

»Sie ist erst vierzig Tage alt«, antwortete Amalie, »und da mein Mann ein Schwertsöldner bei Dom Arnad Castamir ist, nannte ich sie nach einer der Töchter des Lords – Hilary.«

Dann ist das Baby also meine Namensschwester. Konnte die Frau ihrem Kind nichts Besseres antun, als ihm den Namen einer Versagerin zu geben, einer in Ungnade gefallenen Bewahrerin . . .? Aber das konnte sie ihr nicht sagen. Sie sagte: »Ich heiße ebenfalls Hilary«, und streckte ihre Hände nach dem pausbäckigen schreienden Mädchen aus. Die Faust winkte, fühlte Hilarys Finger und ergriff ihn überraschend und fest. Amalie öffnete ihr Kleid. Sie war dünn, aber Hilary war überrascht, als sie ihre Brüste sah, grotesk angeschwollen fast bis zur Unförmigkeit. Aus den Warzen sickert es bereits weiß. Amalie hob das Baby und summte.

»Da, mein gieriges Kleines«, sang sie, und der winzige, rosige Mund saugte sich so fest an die geschwollene Brustwarze an, daß das Weinen mitten im Schrei erstickt wurde. Das Baby gab leise, keuchende Geräusche von sich, als es saugte, und winkte rhythmisch mit den geballten Fäusten, ganz im Einklang mit den saugenden Schlucken. Nie zuvor hatte Hilary eine Frau ihr Kind stillen sehen – zumindest nicht, seit sie alt genug war, sich zu erinnern.

»Ich habe in der Gaststube gehört, Ihr kommt aus Arilinn«, sagte

Amalie. »Ah, Ihr müßt glücklich sein, daß Ihr nach Hause und zu Eurer Mutter kommt, und sie wird ebenfalls glücklich sein. Ich glaube, mir würde es das Herz brechen, wenn meine Tochter eines Tages so weit von mir fortginge.« Sie streichelte die Stirn des Babys mit einem zärtlichen Finger, wobei sie die farblosen Locken aus dem winzigen Gesicht wischte. »Sie haben ein so trauriges und einsames Leben im Turm, die armen Ladies. Wart Ihr sehr unglücklich dort – und sehr froh fortzukommen?«

Kein Wort, nicht einmal eine Andeutung von Schande. Nichts außer: Ihr müßt froh sein, nach Hause und zu Eurer Mutter zu kommen. *Meine Mutter,* dachte Hilary. *Meine Mutter ist eine Fremde. Sie ist eine Fremde für mich geworden. Und doch standen wir einander einst nahe . . . so nahe wie diese beiden . . .* dachte Hilary, als sie die Frau mit dem Kind an der Brust beobachtete. *Jetzt braucht meine Mutter keine .Fremde mehr zu sein. Vielleicht wird sie mir mein Versagen nicht vorwerfen, wenn sie weiß, wie sehr ich es versucht habe . . .*

Die Fäuste des Babys schlossen und öffneten sich noch immer gleichmäßig, während es saugte, und selbst seine Zehen krümmten sich vor Eifer. Die Augen der Frau waren geschlossen. Sie sah glücklich und friedlich aus. Plötzlich spürte Hilary einen Schmerz in den eigenen Brüsten, einen Krampf, der den ganzen Körper durchzog, jenem nicht unähnlich, den sie zur Zeit ihrer wiederkehrenden Prüfung verspürt hatte, nur war es jetzt aus irgendeinem unerfindlichen Grund nicht besonders schmerzhaft oder auch nur unwillkommen. Es war so intensiv, daß sie für einen Moment lang glaubte, sie würde ohnmächtig werden, und so umklammerte sie den Bettpfosten . . . Dann wandte sie sich schnell ab und begann in ihren Satteltaschen nach dem Nachthemd zu kramen.

Sie ging zu Bett und lag da und beobachtete das Stillen und fühlte sich seltsam entleert. Der Schmerz war verklungen, doch ihre Brüste fühlten sich eigenartig an, straff, als könne sie spüren, wie die Brustwarzen hart an dem dicken Nachtgewand scheuerten. Irgendwann zog die Frau das gesättigte und restlos glückliche Baby sanft von ihrer Brust, schloß ihr Gewand und trug das winzige Lebewesen zu Hilary. »Möchtet Ihr sie einen Moment halten, *Domna?*«

Hilary streckte die Arme aus, und Amalie legte ihr das Baby hinein; sie hielt es ungeschickt an ihre eigenen kleinen Brüste. Satt und schlafend wand sich das Baby, wühlte den Mund in Hilarys Nachthemd, und die Frau lachte, als sich die kleinen, unruhigen Hände um Hilarys Brust schlossen.

»Da wirst du nichts finden, Gierschlund, und außerdem bist du schon so voll wie ein gestilltes Schweinchen«, schalt sie und neckte: »Aber in ein, zwei Jahren, tja, da wird sie vielleicht mehr Glück haben, wenn sie da sucht . . . was meint Ihr, Herrin?«

Hilary errötete, schaute auf das Baby in ihren Armen hinab und zog ihren Finger über den weichen kleinen Kopf. Er fühlte sich wie Seide an, wie Federflaum; nichts auf der Welt hatte sich je so weich unter ihren Fingern angefühlt. Das zarte, schlafende Gewicht an ihrem Körper erfüllte sie mit einer angenehmen Erschöpfung. Als Amalie das Baby hochnahm, um es in die Wiege zu betten, war es Hilary, als seien ihre Arme plötzlich kalt und leer, und als das Licht gelöscht war, lag sie da und lauschte dem leisen Atmen der Frauen und des Kindes und spürte den eigenartigen Schmerz in ihrem Körper. Wie man sich wohl fühlte, wenn man ein Kind stillte, wenn man dieses hungrige Zupfen an den Brüsten spürt? Wieder spürte sie ihre Brustwarzen pochen. Sie war sich ihrer nie zuvor derart bewußt gewesen, sie waren nur einfach vorhanden gewesen, ein Teil von ihr, wie ihre Haare und ihre Fingernägel. Sie legte unbeholfen die Hände darauf und versuchte hilflos, das Brennen zu besänftigen . . . Sie fühlte sich kalt, eine leere Hülle, sie fröstelte, zog schließlich das Kissen an sich und umarmte es in einem Versuch, das Merkwürdige, das nicht verstummen wollte, zu beruhigen. Übergangslos schlief sie ein, erschöpft von eben diesem Merkwürdigen und ihrer Müdigkeit.

Als sie erwachte, war der Raum von Sonnenlicht erfüllt, und Amalie und das Baby waren fort. »Es tut mir leid, Euch wecken zu müssen, Mylady«, sagte Lys entschuldigend, »aber Eure Eskorte hat mich geschickt, und ich soll Euch sagen, Ihr möchtet noch in dieser Stunde zum Reiten bereit sein.«

Hilary setzte sich im Bett auf und blinzelte. Sie hatte ungewöhnlich lange geschlafen.

»Ihr könnt Euch hier waschen, Lady, ich habe Euch etwas heißes Wasser mitgebracht. Ich werde Euch ein Frühstück bringen, wenn Ihr wollt.«

»Ich kann zum Frühstück in den Gemeinschaftsraum gehen«, erwiderte Hilary, »aber ich freue mich, wenn du mir dabei behilflich bist, mein Gewand zu schnüren.« Sie gab Lys ein Geldgeschenk, bevor sie aufbrach. Als die Frau abwehrte und erklärte, dies sei nicht nötig, sagte sie: »Dann gib es deiner Schwester und sag ihr, sie soll dem Baby etwas Hübsches kaufen.«

Auf den Stufen des Gasthauses, die von Menschen nur so wimmelten, da sich die aufgrund des Sturms unfreiwillig gebliebenen Gäste zur Abreise bereitmachten und der Hof von Pferden und Menschen überfüllt war, hörte sie plötzlich um die Ecke herum die Stimme eines Mannes.

»Wer ist denn die hübsche junge Lady in dem grünen Gewand und dem grauen Umhang? Ich habe sie gestern abend im Gemeinschaftsraum gesehen und heute morgen wieder, aber ich kenne sie nicht mit Namen.«

Es war einer aus der Eskorte, der antwortete: »Sie ist die Lady Hilary Castamir, und wir geleiten sie fort von Arilinn. Ich habe gehört, die Arbeit dort sei für sie zu schwer und zu abträglich für ihre Gesundheit gewesen, und so kehrt sie jetzt nach Hause zu ihrer Familie zurück.«

Jetzt kommt es gleich, dachte Hilary, innerlich gewappnet gegen die Scherze über die Bewahrerin, der es zu schwergefallen war, ihre Jungfräulichkeit zu bewahren, die unverschämten Mutmaßungen, das Gerede von gebrochenen Gelübden, von Schande . . . Aber der erste Sprecher sagte nur: »Ich habe gehört, daß diese Arbeit wahrhaftig schwer ist. Es wäre sehr schade um eine so junge Frau, all ihre Tage in einem Turm eingesperrt zu leben und schließlich so grau und hager zu werden wie die alte Zauberin von Arilinn. Heute ist sie nur ein hübsches Mädchen, aber nach meinem Dafürhalten wird sie eines Tages eine der schönsten Frauen sein, die ich je gesehen habe. Ich hoffe, daß die Braut, die mein Vater eines Tages für mich auswählt, nur wenigstens halb so hübsch sein wird.«

Hilary lauschte schockiert – wie konnten sie es wagen, so von ihr zu reden? Dann dämmerte ihr langsam, daß sie sie im Grunde genommen doch lobten, daß sie ihr wohlgesinnt waren. Sie fragte sich, ob sie wirklich hübsch war. Nie war ihr in den Sinn gekommen, darüber auch nur nachzudenken. Sie wußte natürlich vage, daß sich die meisten Frauen eine ganze Menge daraus machten, ob die Männer sie für hübsch erachteten; selbst jene Frauen in Arilinn selbst, die nicht unter den Gesetzen einer Bewahrerin lebten, die Überwacherinnen und Mechanikerinnen und Technikerinnen dort, unterzogen sich großen Mühen, hübsch gekleidet und attraktiv zu sein, wenn sie nicht arbeiteten. Aber sie, Hilary, hatte stets gewußt, daß solche Dinge nichts für sie waren. Sie kleidete sich der Wärme und der Sittsamkeit wegen, sie trug die karmesinroten Roben, von denen alle Männer instinktiv die Blicke abwandten; ihr war beigebracht worden, weder Zeit noch Gedanken an derlei Dinge zu verschwenden.

Die Frauen in den Türmen, diese anderen Frauen, die nicht nach den Gesetzen der Bewahrerinnen zu leben brauchen, sie wissen, wie es ist, an Männer zu denken, und wie Männer an sie denken . . .

Hilary hatte immer gewußt, daß die Frauen und Männer in Arilinn beieinander lagen, wenn sie dies wollten, war sich auf eine nur sehr undeutliche Weise bewußt gewesen, daß die Frauen an solchen Dingen Freude fanden, aber sie, eine Bewahrerin, eine geschworene Jungfrau, hatte man auf alle nur denkbaren Arten gelehrt, ihre Gedanken anderen Dingen zu widmen, niemals einem solchen Gedanken auch nur einen Moment der geistigen Freiheit zu belassen, niemals zu wissen oder zu verstehen, was rings um sie her vorging, alle Reflexe ihres reifenden Körper zu betäuben . . . Hilary stand wie gelähmt auf der Treppe, bewegungslos gemacht von der Wucht eines Gedankens, der ihr soeben gekommen war – soeben, während sie sich an gestern abend, an den eigenartigen Schmerz in ihren Brüsten erinnerte, als sie das Stillen des Kindes beobachtet hatte.

Ich habe mir dies alles vorenthalten. Selbst die Freuden von Wärme und Essen. Ich habe meinen Körper gelehrt, nichts zu fühlen außer Schmerz, den ich nicht leugnen konnte –, und bis auf den Schmerz, den ich nicht leugnen konnte, habe ich mich geweigert zu erkennen, daß ich überhaupt einen Körper habe, habe ihn nur als mechanische Vorrichtung zur Arbeit in den Relais betrachtet, nicht als Fleisch und Blut. Ich lernte, nichts zu fühlen, nicht einmal Hunger und Durst. Und vielleicht war der Schmerz die Rache, die mein Körper nahm, weil ich ihn nicht mehr fühlen ließ als das . . . weil ich ihm kein Wohlbefinden, keine Freude gönnte . . .

Der Anführer ihrer Eskorte kam und verneigte sich.

»Euer Pferd steht bereit, Lady. Darf ich Euch beim Aufsitzen behilflich sein?«

Sie machte Anstalten, ohne Hilfe aufzusitzen – auf die alte Weise. Dann dachte sie überrascht: *Aber ja, warum nicht?* Mit einem Lächeln, das ihn und sie selbst überraschte, sagte sie: »Ich danke Euch, Sir.« Für einen Augenblick – und aus Gewohnheit – verspannte sie sich, als er sie hochhob, aber dann lockerte sie sich und ließ sich von ihm in den Sattel heben.

»Habt Ihr es bequem, Lady?«

Sie war noch zu scheu, ihn direkt anzusehen, doch sie antwortete leise: »Ja, ich danke Euch. Sehr bequem.«

Während sie aus dem Hof hinausritten, schob sie ihre Kapuze zurück und schwelgte in der Wärme der Sonne auf ihrem Gesicht.

Ich bin hübsch, dachte sie trotzig. *Ich bin hübsch, und ich bin froh.* Sie blickte mit einer der Liebe verwandten Wärme zum Gasthaus zurück, und für einen Moment schien es ihr, als hätte sie in der einen dort verbrachten Nacht mehr gelernt als in all den Jahren, die bisher vergangen waren.

Ich kann ein Kind küssen. Ich kann ein Baby in meinen Armen halten und darüber nachdenken, wie es wäre, ein eigenes Baby zu halten, mein eigenes Baby an meine Brüste zu halten. Ich brauche mich nicht schuldig zu fühlen, wenn mich Männer ansehen und denken, daß ich hübsch bin. Und morgen werde ich meine Mutter wiedersehen, und ich werde mich in ihre Arme werfen und sie küssen, wie ich es immer getan habe . . . damals, als ich noch ein sehr kleines Mädchen war.

Ich kann das alles tun.

Arme Callista. Sie wird Lady von Arilinn sein, aber hiervon wird sie niemals etwas haben.

Ich bin frei!

Als sie aus dem Tal hinaus und den Weg emporritt, sang sie.

Den Eid zu wahren

Kein gedanklicher Beitrag Marion Zimmer Bradleys zur Science-fiction hat so viele Wellen geschlagen wie der von ihr geschilderte Orden der ›Freien Amazonen‹ von Darkover, ein Zusammenschluß selbstbestimmter Frauen, die ihr eigenes Leben leben. Nicht nur hat sie von ihren Fans mehr Geschichten zum ›Amazonen‹-Thema erhalten als zu allen anderen Themen zusammengenommen – es gibt sogar inzwischen eine eigene, von ihr zusammengestellte Anthologie dazu –, sondern eine ganze Reihe von Frauen, vor allem in Amerika, hat dieses literarische Modell auf ihr eigenes Leben übertragen, eine Entwicklung, die auch von feministischen Kritikerinnen nicht ohne Vorbehalte gesehen wird.

Bradley selbst sieht sich nicht als Feministin im engeren Sinne; jede Art von Apartheit, sagte sie, sei in ihren Augen von Übel. In welch differenzierter Weise sie selbst dieses Thema angeht, zeigt mustergültig die folgende Geschichte.

Das rote Licht verweilte noch auf den Hügeln. Zwei der vier kleinen Monde standen am Himmel, der grüne Idriel kurz vor dem Untergang und die winzige Sichel Mormallors, elfenbeinblaß, nahe dem Zenit. Die Nacht würde dunkel werden. Kindra n'ha Mhari merkte nicht gleich, was an der kleinen Stadt seltsam war. Sie war zu dankbar, sie vor Sonnenuntergang erreicht zu haben – Schutz vor der regenfeuchten Kälte einer darkovanischen Nacht, ein Bett nach einer viertägigen Reise, einen Becher Wein vor dem Einschlafen.

Aber langsam ging ihr auf, daß hier etwas nicht stimmte. Normalerweise würden die Frauen zu dieser Stunde in den Straßen hin- und hergehen, mit den Nachbarinnen plaudern und für das Abendessen einkaufen, während die Kinder draußen spielten und sich stritten. Aber heute abend war keine einzige Frau auf der Straße und auch kein Kind.

Was war nicht in Ordnung? Stirnrunzelnd ritt sie die Hauptstraße entlang bis zum Gasthof. Sie war hungrig und müde.

Vor vielen Tagen hatte sie mit einer Gefährtin Dalereuth verlassen. Ihr Ziel war das Gildenhaus in Neskaya gewesen. Aber ihre Gefährtin war, was beide nicht gewußt hatten, schwanger gewesen. Sie hatte ein Fieber bekommen, und im Gildenhaus von Thendara hatte sie eine Fehlgeburt gehabt und lag immer noch dort, sehr krank. Kindra war allein nach Neskaya weitergeritten, aber sie hatte einen Umweg von drei Tagen gemacht, um der Eidesmutter der kranken Frau Nachricht zu bringen. Sie hatte sie in einem Dorf in den Bergen gefunden, wo sie einer Gruppe von Frauen half, eine kleine Meierei zu errichten.

Kindra fürchtete sich nicht davor, allein zu reisen; sie war in diesen Bergen schon zu jeder Jahreszeit und bei jedem Wetter unterwegs gewesen. Aber allmählich gingen ihr die Vorräte aus. Glücklicherweise war der Gastwirt ein alter Bekannter von ihr; sie hatte nur wenig Geld dabei, weil die Reise sich so unerwartet in die Länge gezogen hatte. Doch der alte Jorik würde ihr ein Bett für die Nacht und ihr und ihrem Pferd zu essen geben und sich darauf verlassen, daß sie ihm die Bezahlung schickte. Er wußte ja, falls sie es nicht tat oder nicht konnte, würde ihr Gildenhaus der Ehre der Gilde wegen die Rechnung begleichen.

Der Mann, der ihr Pferd in den Stall führte, war ihr auch seit vielen Jahren bekannt. Er machte ein finsteres Gesicht, als sie abstieg. »Ich weiß wirklich nicht, wo wir Eure Stute einstellen sollen, *Mestra,* mit all den fremden Pferden hier . . . was meint Ihr, wird sie sich eine Box mit einem anderen Pferd teilen, ohne zu keilen? Oder soll ich sie dahinten lose anbinden?« Kindra bemerkte, daß der Stall gedrängt voll mit Pferden war, zwei Dutzend oder mehr. Statt nach dem Gasthof eines einsamen Dorfes sah es hier wie in Neskaya am Markttag aus!

»Habt Ihr unterwegs irgendwelche Reiter getroffen, *Mestra?*«

»Nein, keinen.« Kindra zog ein wenig die Stirn kraus. »Alle Pferde in den Kilghardbergen scheinen sich hier in eurem Stall zu befinden. Was ist los, ein königlicher Besuch? Was hast du eigentlich? Du blickst dauernd über die Schulter, als stände da dein Herr mit einem Stock, um dich zu schlagen. Und wo ist der alte Jorik? Warum ist er nicht hier und begrüßt seine Gäste?«

»Nun, *Mestra,* der alte Jorik ist tot«, antwortete der Alte, »und Dame Janella versucht, mit ihren kleinen Töchtern Annelys und Marga den Gasthof allein weiterzuführen.«

»Tot? Die Götter schützen uns«, sagte Kindra. »Was ist geschehen?«

»Es waren diese Räuber, *Mestra,* Narbengesichts Bande. Sie kamen her und stachen Jorik nieder, mit seiner Schürze an«, berichtete der alte Stallknecht. »Stellten die Wirtschaft auf den Kopf, zerbrachen alle Bierkrüge, und als das Mannsvolk sie mit Mistgabeln hinaustrieb, schworen sie, sie würden zurückkehren und die Stadt in Brand stecken. Deshalb ließen Dame Janella und die Ältesten die Mütze herumgehen und sammelten Kupfer, um Brydar von Fen Hills und alle seine Männer anzuheuern, damit sie uns verteidigen, wenn die Räuber wiederkommen. Und seitdem sind Brydars Männer hier, *Mestra,* streiten und trinken und haben ein Auge auf die Frauen. Die Leute in der Stadt sagen schon, das Heilmittel sei schlimmer als die Krankheit! Aber geht hinein, geht nur hinein, *Mestra,* Janella wird Euch willkommen heißen.«

Die dicke Janella sah blasser und dünner aus, als Kindra sie je gesehen hatte. Sie begrüßte Kindra mit ungewöhnlicher Freundlichkeit. Unter normalen Umständen war sie kalt gegen Kindra, wie es sich für eine respektable Ehefrau in Anwesenheit eines Mitglieds der Amazonengilde schickte. Jetzt, vermutete Kindra, lernte sie, daß eine Gasthofbesitzerin es sich nicht leisten konnte, eine Besucherin vor den Kopf zu stoßen. Auch Jorik hatte nichts für die Freien Amazonen übrig gehabt, aber er wußte aus Erfahrung, daß sie ruhige Gäste waren, die sich für sich hielten, keinen Ärger machten, sich nicht betranken, weder Barschemel noch Bierkrüge zerbrachen und ihre Rechnung prompt bezahlten. *Der Ruf eines Gastes,* dachte Kindra mit trockenem Humor, *verändert die Farbe seines Geldes nicht.*

»Habt Ihr schon gehört, gute *Mestra?* Diese schlechten Männer, Narbengesichts Kerle, sie haben meinen guten Mann niedergestochen, und das für nichts – nur weil er mit einem Bierkrug nach einem warf, der Hand an mein kleines Mädchen gelegt hatte, und Annelys ist noch keine fünfzehn! Ungeheuer!«

»Und sie töteten ihn? Empörend!« murmelte Kindra, aber ihr Mitleid galt dem Mädchen. Ihr ganzes Leben lang würde die kleine Annelys sich daran erinern müssen, daß ihr Vater gestorben war, als er sie verteidigte, weil sie sich nicht selbst verteidigen konnte. Wie alle Frauen der Gilde hatte Kindra geschworen, sich selbst zu verteidigen und niemals einen Mann um Schutz anzugehen. Sie war schon ihr halbes Leben lang Mitglied der Gilde. Ihr kam es entsetzlich vor, daß ein Mann hatte sterben müssen, um ein Mädchen vor einer Belästigung zu bewahren, die sie selbst hätte abwehren können müssen.

»Ach, Ihr wißt nicht, wie das ist, *Mestra,* wenn man allein ist, ohne den guten Mann. Bei dem Leben, das Ihr führt, könnt Ihr Euch das nicht vorstellen!«

»Nun, Ihr habt Töchter, die Euch helfen können«, antwortete Kindra. Janella schüttelte den Kopf und jammerte: »Aber sie können nicht in die Wirtschaft zu all diesen rauhen Männern kommen, sie sind erst kleine Mädchen!«

»Es wird ihnen guttun, etwas über die Welt und ihre Sitten zu lernen«, meinte Kindra, doch die Frau seufzte. »Ich möchte nicht, daß sie zuviel darüber lernen.«

»Dann werdet Ihr Euch wohl einen zweiten Mann nehmen müssen.« Kindra wußte, daß es zwischen ihr und Janella einfach keine Verständigungsmöglichkeit gab. »Aber Euer Kummer tut mir ehrlich leid. Jorik war ein guter Mann.«

»Ihr wißt gar nicht, wie gut, *Mestra*«, sagte Janella weinerlich. »Ihr Frauen von der Gilde, ihr nennt euch freie Frauen. Mir allerdings kommt es vor, als sei ich immer frei gewesen – bis heute, wo ich Tag und Nacht auf mich selbst aufpassen muß, falls sich einer falsche Ideen über eine alleinstehende Frau in den Kopf setzt. Erst neulich sagte einer von Brydars Männern zu mir . . . und das ist noch so eine Sache, diese Männer. Sie fressen uns um Haus und Herd, und seht nur, *Mestra,* im Stall ist kein Platz für die Pferde unserer zahlenden Gäste, denn das halbe Dorf hat die Pferde der Räuber wegen hier eingestellt. Und diese angeheuerten Kämpen trinken Tag für Tag das Bier meines guten alten Mannes –« Plötzlich fielen ihr ihre Pflichten als Wirtin ein. »Doch kommt in die Gaststube, *Mestra;* und ich werde Euch ein Abendessen bringen. Oder hättet Ihr gern etwas Leichteres, vielleicht Rabbithorn mit Pilzen geschmort? Wir sind überfüllt, ja, aber da ist das kleine Zimmer oben an der Treppe, das könnt Ihr für Euch allein haben, ein Zimmer, für eine feine Dame geeignet, und tatsächlich hat Lady Hastur vor ein paar Jahren in genau diesem Bett geschlafen. Lilla! Lilla! Wo ist das einfältige Mädchen nur? Als ich sie aufnahm, sagte ihre Mutter mir, sie sei geistig zurückgeblieben, aber sie hat Witz genug, herumzulungern und mit diesem jungen Söldner zu schwatzen, Zandru kratze sie alle! Lilla! Beeil dich, zeig der guten Frau hier ihr Zimmer, hol Waschwasser, kümmere dich um ihre Satteltaschen!«

Später ging Kindra in die Gaststube hinunter. Wie alle Gildenfrauen hatte sie gelernt, sich unauffällig zu benehmen, wenn sie allein war. Eine einzelne Frau forderte zumindest Fragen heraus, deshalb reisten sie für gewöhnlich in Paaren. Das wiederum rief hochgezogene Augenbrauen und gelegentlich anzügliche Bemerkungen hervor, verhütete aber die sehr unerfreulichen Annäherungsversuche, denen sich eine allein reisende Frau auf Darkover aussetzte. Natürlich vermochte sich jede Frau der Gilde selbst zu schützen, wenn es über rohe Worte hinausging, aber das konnte Schwierigkeiten für die ganze Gilde mit sich bringen. Besser war es, sich auf eine Weise zu verhalten, die das Problem so klein wie möglich hielt. Deshalb setzte Kindra sich allein in eine winzige Ecke neben der Feuerstelle und hielt die Kapuze ins Gesicht gezogen – sie war weder jung noch besonders hübsch –, trank ihren Wein, wärmte ihre Füße und tat nichts, was die Aufmerksamkeit irgendeines Anwesenden auf sich ziehen konnte. Es schoß ihr durch den Kopf, daß sie, die sich eine Freie Amazone nannte, in diesem Augenblick größeren Beschränkungen unterworfen war als Janellas hin- und herlaufende junge Töchter, die vom Dach ihrer Familie und der Anwesenheit ihrer Mutter beschützt waren.

Sie beendete ihre Mahlzeit und rief nach einem zweiten Glas Wein, zu müde, die Treppe zu ihrem Zimmer hinaufzusteigen, und, falls sie es tat, zu erschöpft, um einzuschlafen.

Ein paar von Brydars angeheuerten Kämpen saßen um einen langen Tisch am anderen Ende des Raums, tranken und würfelten. Sie waren eine gemischte Mannschaft; Kindra kannte keinen von ihnen, aber Brydar selbst war sie schon verschiedentlich begegnet und hatte einmal sogar zusammen mit ihm den Schutz einer Handelskarawane auf dem Weg durch die Wüste zu den Trockenstädten übernommen. Sie nickte ihm höflich zu, und er grüßte sie, zollte ihr jedoch keine weitere Aufmerksamkeit. Er kannte sie gut genug, um zu wissen, daß ihr nicht einmal ein höfliches Gespräch willkommen war, wenn sie sich in einem Raum voller Fremder befand.

Einer der jüngeren Söldner, ein junger Mann, groß, bartlos und gertenschlank, mit kurzgeschnittenem ingwerfarbenem Haar, erhob sich und kam auf sie zu. Kindra machte sich auf das Unvermeidliche gefaßt. Wenn sie mit zwei oder drei anderen Gildenfrauen zusammen gewesen wäre, hätte sie sich über harmlose Gesellschaft, einen Umtrunk und ein Gespräch über die Gefahren der Straße gefreut. Aber eine einzelne Amazone trank *nicht* mit Männern in öffentlichen Wirtschaften, und, verdammt noch mal, das wußte Brydar ebenso gut wie sie.

Einer der älteren Söldner mußte sich mit dem grünen Jungen einen Spaß erlaubt und ihn angestachelt haben, seine Männlichkeit durch einen Annäherungsversuch bei der Amazone zu beweisen, damit er und die anderen über die Abfuhr, die ihm bevorstand, lachen konnten.

Einer der Männer blickte auf und machte eine Bemerkung, die Kindra nicht verstand. Der Junge knurrte etwas, eine Hand an seinem Dolch. »Paß auf, du . . .!« Er benutzte ein gemeines Schimpfwort. Dann trat er an Kindras Tisch und sagte mit leiser, heiserer Stimme: »Einen guten Abend wünsche ich Euch, ehrenwerte Meisterin.«

Verblüfft über die höfliche Phrase, aber immer noch auf der Hut, antwortete Kindra: »Euch ebenfalls, junger Herr.«

»Darf ich Euch einen Becher Wein anbieten?«

»Ich habe genug zu trinken gehabt«, sagte Kindra, »aber ich danke Euch für das freundliche Angebot.« Irgend etwas, das nicht ganz stimmte, etwas beinahe Feminines in dem Betragen des Jünglings ließ sie aufmerken, und dann war auch sein Vorschlag nicht das Übliche. Die meisten Leute wußten, daß Freie Amazonen sich Liebhaber nahmen, wenn sie es wollten, und nur zu oft legten manche Männer das aus, daß jede Amazone jederzeit zu haben sei. Kindra war erfahren darin, versteckte Annäherungsversuche abzubiegen, ehe es zu einer offenen Frage und Ablehnung kam; bei direkteren Versuchen kam sie ohne viel Höflichkeit aus. Aber das war es nicht, was dieser Junge wollte. Sie merkte es, wenn ein Mann sie mit Begehren ansah, ob er es in Worte kleidete oder nicht. Und obwohl das Gesicht dieses jungen Mannes bestimmt Interesse verriet, war es kein sexuelles Interesse. Was also wollte er von ihr?

»Darf ich . . . darf ich mich zu Euch setzen und einen Augenblick mit Euch reden, ehrenwerte Dame?«

Mit Grobheit wäre sie fertig geworden. Diese übermäßige Höflichkeit war ihr ein Rätsel. Hatten die Söldner einen Weiberfeind damit aufgezogern, er werde niemals den Mut aufbringen, mit ihr zu reden? Gleichmütig erklärte sie. »Dies ist ein öffentliches Lokal; die Stühle gehören mir nicht. Setzt Euch, wenn es Euch beliebt.«

In großer Verlegenheit nahm der Junge Platz. Er war tatsächlich noch sehr jung. Er hatte noch keinen Bart, aber seine Hände waren hart und schwielig, und auf einer Wange hatte er eine längst verheilte Narbe. Nein, er war doch nicht so jung, wie sie gedacht hatte.

»Seid Ihr eine Freie Amazone, *Mestra?*« Er benutzte die übliche und ziemlich beleidigende Bezeichnung, aber das nahm sie ihm nicht übel. Viele Leute kannten kein anderes Wort.

»Das bin ich«, sagte sie, »aber wir wollen lieber sagen: Ich bin vom Eidbund . . .« – sie verwendete das Wort *Comhi-Letzii* – ». . . eine Entsagende der Schwesternschaft Freier Frauen.«

»Darf ich fragen – ohne Anstoß zu erregen –, was der Name ›Entsagende‹ zu bedeuten hat, *Mestra?*«

Im Grunde freute sich Kindra über eine Gelegenheit, das zu erklären. »Weil, Sir, wir im Ausgleich zu unserer Freiheit als Frauen der Gilde einen Eid leisten, in dem wir jenen Privilegien entsagen, die wir haben könnten, wenn wir einem Mann angehörten. Wenn wir die Nachteile nicht auf uns nehmen wollen, Eigentum und Vieh zu sein, müssen wir auch den Vorteilen entsagen, die dieser Stand mit sich bringen mag. So kann kein Mann uns vorwerfen, wir versuchten, uns aus beiden Alternativen das Beste zu nehmen.«

Ernst stellte er fest: »Das scheint mir eine ehrenhafte Haltung zu sein. Ich habe noch nie eine – eine Entsagende kennengelernt. Erzählt mir doch, *Mestra* . . .« – seine Stimme kiekste plötzlich – ». . . ich nehme an, Ihr kennt die Verleumdungen, die über Euch in Umlauf sind – erzählt mir doch, wie eine Frau den Mut aufbringt, sich der Gilde anzuschließen, wenn sie doch weiß, was über sie gesagt werden wird!«

»Ich glaube«, erwiderte Kindra ruhig, »für manche Frauen kommt einmal ein Zeitpunkt, wo sie zu der Überzeugung gelangen, daß es Schlimmeres gibt, als Gegenstand öffentlicher Verleumdungen zu sein. So war es bei mir.«

Darüber dachte er einen Augenblick stirnrunzelnd nach. »Ich habe noch nie gesehen, daß eine Freie . . . äh . . . eine Entsagende allein reist. Seid Ihr nicht für gewöhnlich zu zweit, ehrenwerte Dame?«

»Das stimmt. Aber Not kennt kein Gebot.« Kindra erklärte ihm, daß ihre Gefährtin in Thendara krank geworden sei.

»Und Ihr seid so weit gereist, um eine Botschaft zu überbringen? Ist sie Eure *Bredhis?*« Der Junge benutzte das höfliche Wort für die Freipartnerin oder Liebhaberin einer Frau, und da es das höfliche Wort und nicht der Gossenausdruck war, fühlte Kindra sich nicht beleidigt. »Nein, nur eine Kameradin.«

»Ich . . . ich hätte es nicht gewagt, zu sprechen, wenn hier zwei von Euch gewesen wären . . .«

Kindra lachte. »Warum nicht? Selbst zu zweit oder zu dritt sind wir keine Hunde, die Fremde beißen.«

Der Junge blickte auf seine Stiefel. »Ich habe Grund, Frauen . . . zu fürchten«, sagte er fast unhörbar. »Aber Ihr kamt mir freundlich vor. Und wie ich annehme, *Mestra,* sucht Ihr immer, wenn Ihr in diese Berge kommt, wo das Leben für die Frauen so schwer ist, nach Ehefrauen und Töchtern, die zu Hause unzufrieden sind, um sie für Eure Gilde anzuwerben?«

Ich wollte, das könnten wir! dachte Kindra mit all der alten Bitterkeit. Sie schüttelte den Kopf. »Unser Freibrief verbietet es uns. Eine Bedingung darin lautet, daß eine Frau von sich aus zu uns kommen und einen offiziellen Antrag um Aufnahme bei uns stellen muß. Es ist mir nicht einmal erlaubt, Frauen von der Vorteilen der Gilde zu erzählen, wenn sie mich danach fragen. Ich darf ihnen nur die Dinge nennen, denen sie durch Eid entsagen müssen.« Mit schmalen Lippen setzte sie hinzu: »Wenn wir das täten, was Ihr sagt, und unzufriedene Ehefrauen und Töchter ausfindig machten und in die Gilde lockten, würden die Männer kein einziges Gildenhaus in den Domänen stehenlassen, sondern uns überall das Dach über dem Kopf anzünden.« Es war die alte Ungerechtigkeit. Die Frauen von Darkover hatten sich dies Zugeständnis, den Freibrief für die Gilde, errungen, aber er war so mit Einschränkungen gespickt, daß viele Frauen nie eine Gildenschwester zu sehen bekamen oder mit ihr sprechen konnten.

»Sie werden wohl herausgefunden haben, daß wir keine Huren sind«, sagte Kindra, »und deshalb bestehen sie darauf, wir alle liebten Frauen und seien darauf aus, ihnen ihre Ehefrauen und Töchter zu stehlen. Anscheinend müssen wir entweder das eine oder das andere Schlechte sein.«

»Dann gibt es bei Euch keine Liebhaberinnen von Frauen?«

Kindra zuckte die Schultern. »Doch. Ihr müßt wissen, daß es Frauen gibt, die lieber sterben als heiraten würden, und selbst mit allen Beschränkungen und Entsagungen des Eides scheint es die vorzuziehende Alternative zu sein. Aber ich versichere Euch, wir sind nicht alle so. Wir sind freie Frauen – frei, so oder anders zu sein, wie es unser eigener Wille ist.« Nach kurzem Nachdenken setzte sie vorsichtig hinzu: »Und wenn Ihr eine Schwester habt, könnt Ihr ihr das weitersagen.«

Der junge Mann fuhr zusammen, und Kindra biß sich auf die Lippe. Schon wieder war sie nicht auf der Hut gewesen. Manchmal konnte sie die Gedanken eines anderen so deutlich lesen, daß ihre Gefährtinnen sie beschuldigten, ein wenig von der telepathischen Begabung der höheren Kasten, dem *Laran,* zu haben. Kindra, die, soviel sie wußte, dem Volk entstammte und weder einen Tropfen edlen Blutes noch telepathische Begabung besaß, schirmte sich für gewöhnlich ab, aber von irgendwoher hatte sie zufällig einen Gedanken aufgefangen, einen bitteren Gedanken: *Meine Schwester würde es nicht glauben . . .* Der Gedanke wurde so schnell unterdrückt, daß Kindra sich fragte, ob sie sich das Ganze nicht bloß eingebildet habe.

Das junge Gesicht auf der anderen Seite des Tisches verzog sich bitter.

»Es gibt keine mehr, die ich meine Schwester nennen kann.«

»Das tut mir leid.« Kinda war verwirrt. »Allein zu sein ist eine traurige Sache. Darf ich nach Eurem Namen fragen?«

Wieder zögerte der Junge, und Kindra erkannte mit dieser seltsamen Intuition, daß den zusammengepreßten Lippen beinahe der richtige Name entschlüpft wäre. Aber er schluckte ihn hinunter.

»Brydars Männer nennen mich Marco. Fragt nicht nach meiner

Abstammung. Es gibt keinen mehr, der sich mit mir verwandt nennt – dank jenen dreckigen Räubern unter Narbengesicht.« Er spuckte aus. »Was glaubt Ihr, warum ich mich in dieser Gesellschaft befinde? Für die paar Kupferstücke, die die Dorfbewohner bezahlen können? Nein, *Mestra.* Auch ich bin durch einen Eid gebunden. Einen Racheschwur.«

Kindra verließ die Gaststube bald, aber sie konnte lange nicht einschlafen. Etwas in der Stimme, den Worten des jungen Mannes hatte eine Saite in ihrer eigenen Erinnerung zum Klingen gebracht. Warum hatte er sie so eindringlich befragt? Hatte er vielleicht eine Schwester oder Verwandte, die davon gesprochen hatte, sie wolle eine Entsagende werden? Oder war er, ein offensichtlich verweiblichter Junge, auf sie neidisch, weil sie der ihr von der Gesellschaft zudiktierten Rolle entfliehen konnte, er aber nicht? Phantasierte er vielleicht über einen ähnlichen Fluchtweg aus den Anforderungen, die an Männer gestellt wurden? Bestimmt nicht! Es gab für einen Mann leichtere Lebensmöglichkeiten als die eines Söldners! Und Männer hatten die Wahl, wie sie ihr Leben gestalten wollten – eine größere Wahl jedenfalls als die meisten Frauen. Kindra hatte sich entschlossen, eine Entsagende zu werden, und hatte sich dadurch unter den Bewohnern der Domänen zur Ausgestoßenen gemacht. Selbst die Wirtin tolerierte sie nur, weil sie ein regelmäßiger Gast war und gut bezahlte. Aber ebenso hätte sie eine Prostituierte oder einen fahrenden Gaukler toleriert und gegen beide weniger Vorurteile gehabt.

War der Jüngling, fragte sie sich, einer jener Spione, von denen das Gerücht ging, sie würden durch die *Cortes,* die regierende Körperschaft in Thendara, ausgesandt, um Entsagende zu fangen, die die Bedingungen ihres Freibriefes brachen, indem sie die Vorzüge der Gilde predigten und versuchten, Frauen dafür anzuwerben? Wenn das zutraf, hatte sie der Versuchung wenigstens widerstanden. Sie hatte nicht einmal gesagt, obwohl es ihr auf der Zunge gelegen hatte, daß Janella, wenn sie eine Entsagende wäre, sich durchaus imstande fühlen würde, den Gasthof mit Hilfe ihrer Töchter zu führen.

Ein paarmal in der Geschichte der Gilde hatten Männer sogar versucht, sich verkleidet einzuschleichen. Wenn man sie entdeckt hatte, war ihnen schnelle Gerechtigkeit widerfahren, aber geschehen war es und mochte wieder geschehen. Was das betraf, dachte Kindra, mochte er in Frauenkleidern recht überzeugend wirken, doch nicht mit der Narbe im Gesicht und diesen schwieligen Händen. Dann lachte sie im Dunkeln und betastete die Schwielen an ihren eigenen Händen. Nun, wenn er so dumm sein sollte, es zu versuchen, würde es schlimm für ihn ausgehen. Lachend schlief sie ein.

Stunden später erwachte sie von Hufschlägen, dem Klirren von Stahl, Rufen und Schreien draußen. Irgendwo kreischten Frauen. Kindra fuhr in ihre Überkleider und rannte nach unten. Brydar stand im Hof und brüllte Befehle. Über der Hofmauer war der Himmel rot von Flammen. Narbengesicht und seine Räuberbande mußten in der Stadt am Werk sein.

»Du, Renwal, schleichst dich hinter ihre Wachen, bindest die Pferde los und treibst sie davon«, ordnete Brydar an, »damit Narbengesichts Leute uns standhalten müssen und nicht zuschlagen und fliehen können! Und da alle guten Pferde hier im Stall stehen, muß einer hierbleiben, damit sie sich nicht an unsere heranmachen . . . Die übrigen kommen mit mir. Haltet eure Schwerter bereit . . .«

Janella drückte sich unter das überhängende Dach eines Außengebäudes, und ihre Töchter und Mägde drängten sich wie Hühner auf der Stange um sie. »Wollt ihr uns ohne Schutz zurücklassen, wo wir euch sieben Tage lang beherbergt und keinen Pfennig Bezahlung dafür bekommen haben? Bestimmt werden Narbengesicht und seine Männer hier nach den Pferden suchen, und wir sind ihnen hilflos auf Gnade und Ungnade ausgeliefert . . .«

Brydar wies auf den Jungen Marco. »Du da. Bleib hier und bewache Pferde und Frauen . . .«

Der Junge knurrte« »Nein! Ich habe mich dir auf dein Versprechen hin angeschlossen, daß ich Narbengesicht mit dem Schwert in der Hand gegenüberstehen soll! Es ist eine Ehrensache – glaubst du, ich brauche deine dreckigen Kupfermünzen?«

Hinter der Mauer war nur noch ein tobendes Durcheinander. »Ich habe keine Zeit, viele Worte zu wechseln«, sagte Brydar schnell. »Kindra – der Kampf geht dich nichts an, aber du kennst mich als einen Mann, der sein Wort hält. Bleib hier und bewache die Pferde und diese Frauen, und ich werde dafür sorgen, daß sich die Mühe für dich lohnt!«

»Auf eine Frau sollen wir uns verlassen? Eine Frau soll uns beschützen? Warum keine Maus dazu einsetzen, einen Löwen zu bewachen!« schnitt ihm Janellas Keifen das Wort ab. Der Junge Marco drängte mit flammenden Augen: »Was mir für diesen Kampf zugesagt worden ist, gehört Euch, *Mestra,* wenn Ihr es mir ermöglicht, meinem geschworenen Feind gegenüberzutreten!«

»Geht nur; ich werde mich um sie kümmern«, sagte Kindra. Es war unwahrscheinlich, daß Narbengesicht so weit kam, doch es war wirklich nicht ihre Angelegenheit. Normalerweise würde sie neben den Männern kämpfen und wäre ärgerlich gewesen, wenn man ihr eine ungefährliche Aufgabe zugewiesen hätte. Aber Janellas Ausruf war ihr gegen den Strich gegangen. Marco zog sein Schwert und eilte zum Tor; Brydar folgte ihm. Kindra sah ihnen nach, in Gedanken bei eigenen früheren Kämpfen. Irgendeine Geste, eine Redewendung hatte sie aufmerken lassen. *Der junge Marco ist von Adel,* dachte sie. *Vielleicht sogar ein Comyn, der Bastard eines großen Lords, möglicherweise ein Hastur. Ich weiß nicht, was er bei Brydars Männern verloren hat, aber er ist kein gewöhnlicher Söldner!*

Janellas Jammern erinnerte sie an ihre Pflichten. »Oh! Oh! Entsetzlich!« heulte die Wirtin. »Zurückgelassen mit nichts als einer Frau zu unserm Schutz . . .«

Gereizt befahl Kindra: »Kommt!« Sie wies auf das Tor. »Helft mir, das Tor zu schließen!«

»Ich nehme keine Befehle von euch schamlosen Frauen in Hosen an . . .«

»Dann laßt das verdammte Tor offenstehen.« Kindra verlor die Geduld. »Laßt Narbengesicht ruhig hereinspazieren. Möchtet Ihr, daß ich gehe und ihn einlade, oder sollen wir eine Eurer Töchter schicken?«

»Mutter!« rief ein Mädchen von fünfzehn vorwurfsvoll und riß sich von Janellas Hand los. »So darfst du nicht sprechen – Lilla, Marga, helft der guten *Mestra,* das Tor zu schließen!« Sie kam zu Kindra und half ihr, die schweren hölzernen Flügel zuzuschieben und den dicken Querbalken vorzulegen. Die Frauen jammerten kopflos. Kindra suchte sich eine von ihnen aus, ein junges Ding, im sechsten oder siebten Monat schwanger, das eine Decke über ihr Nachtgewand geworfen hatte.

»Du«, sagte sie. »Bring alle kleinen Kinder nach oben in das Zimmer mit der stärksten Tür, riegle dich mit ihnen ein und öffne nicht, solange du nicht meine oder Janellas Stimme hörst.« Die Frau bewegte sich nicht, sie schluchzte nur, und Kindra befahl scharf: »Beeil dich! Steh nicht da wie ein im Schnee festgefrorenes Rabbithorn! Verdammt noch mal, los, oder es setzt Hiebe!« Sie machte eine drohende Geste, und die Frau erwachte aus ihrer Starre. Dann schickte sie die Kinder die Treppe hinauf, nahm eins der kleinsten auf den Arm und trieb die anderen mit ängstlichen, glucksenden Lauten zur Eile an.

Kindra betrachtete den Rest der verängstigten Frauen. Janella war hoffnungslos. Sie war fett und kurzatmig, und sie starrte Kindra beleidigt an, wütend darüber, daß eine Frau zu ihrem Schutz bestellt worden war. Außerdem konnte sie jeden Augenblick in Panik geraten und alle anderen damit anstecken. Aber wenn sie etwas zu tun bekam, mochte sie sich beruhigen. »Janella, geht in die Küche und macht einen heißen Weinpunsch«, sagte Kindra. »Die Männer werden einen haben wollen, wenn sie zurückkommen, und verdient haben sie ihn dann auch. Danach sucht Leinen für Verbände zusammen, falls einer verwundet ist. Macht Euch keine Sorgen«, setzte sie hinzu, »sie werden nicht bis zu Euch vordringen, solange wir hier sind. Und nehmt die da mit.« Sie wies auf die schwachsinnige Lilla, die sich wimmernd und mit entsetzt aufgerissenen Augen an Janellas Rock klammerte. »Sie wird uns nur im Weg sein.«

Als Janella murrend gegangen war, die kleine Debile hinter sich herziehend, sah sich Kindra unter den kräftigen jungen Frauen um, die übriggeblieben waren.

»Ihr alle kommt mit in den Stall und stapelt schwere Strohballen rings um die Pferde auf, damit sie nicht fortgetrieben werden können. Nein, laßt die Laterne da. Wenn Narbengesicht und seine Männer durchbrechen, werden wir ein paar Strohballen in Brand stecken. Das wird die Pferde ängstigen, und dann kann es gut sein, daß sie einen oder zwei Räuber tottreten. Und während die Räuber mit den Pferden zu tun haben, könnt ihr Frauen entkommen. Im Gegensatz zu dem, was ihr vielleicht gehört habt, suchen die meisten Räuber zuerst nach Pferden und reicher Beute. Frauen sind nicht der erste Posten auf ihrer Liste. Und keine von euch hat Juwelen oder reiche Kleider, nach denen es sie gelüsten könnte.«

Kindra wußte, daß jeder Mann, der sie selbst zu vergewaltigen versuchte, es schnell bereuen würde. Und sollte sie von der Überzahl überwältigt werden, hatte sie gelernt, wie sie die Erfahrung überleben konnte, ohne Schaden zu nehmen. Aber diese Frauen hatten keinen derartigen Unterricht gehabt. Es war ungerecht, ihnen wegen ihrer Angst Vorwürfe zu machen.

Ich könnte es sie lehren. Aber die Vorschriften unseres Freibriefs verbieten es mir, und ich bin durch meinen Eid gebunden, mich danach zu richten. Und dabei sind diese Gesetze nicht von unseren Gildenmüttern gemacht, sondern von Männern, die sich davor fürchten, was wir ihren Frauen erzählen könnten!

Nun, vielleicht finden sie wenigstens Genugtuung in dem Gedanken, daß sie ihr Heim gegen Eindringlinge verteidigen können! Kindra setzte ihre eigene drahtige Kraft ein, um beim Aufstapeln der Strohballen um die Pferde zu helfen. Die Frauen vergaßen bei der anstrengenden Arbeit ihre Furcht. Nur eine murrte gerade laut genug, daß Kindra es hören konnte: »Für *sie* ist das alles schön und gut! Sie ist als Kriegerin ausgebildet und an diese Arbeit gewöhnt! Ich bin es nicht!«

Es war nicht der richtige Zeitpunkt, über die Gildenhaus-Moral zu diskutieren. Kindra fragte nur freundlich: »Bist du stolz darauf, daß du nicht gelernt hast, dich selbst zu verteidigen, Kind?« Aber das Mädchen antwortete nicht. Verdrossen schleppte sie ihren schweren Strohballen weiter.

Kindra fiel es nicht schwer, ihren Gedanken zu folgen: Wäre dieser Brydar nicht gewesen, hätte jeder Mann in der Stadt jeweils seine eigene Frau beschützen können! Diese Art des Denkens war es, dachte Kindra verächtlich, die Jahr für Jahr Dörfer in Flammen aufgehen ließ. Denn kein Mann schuldete einem anderen Loyalität oder würde einen anderen Haushalt als seinen eigenen verteidigen. Es hatte einer Bedrohung wie der durch Narbengesicht bedurft, um diese Dorfleute soweit zu organisieren, daß sie sich die Dienste einer Handvoll Söldner erkauften. Und jetzt beklagten sich die Frauen darüber, daß ihre Männer nicht jeder vor seiner eigenen Haustür stehen und die eigene Frau und den eigenen Herd verteidigen konnten!

Als die Pferde verbarrikadiert waren, drängten sich die Frauen nervös im Hof zusammen. Sogar Janella kam an die Küchentür und hielt Ausschau. Kindra trat an das verrammelte Tor, das Messer locker in seiner Scheide. Die anderen Frauen standen unter dem Dach der Küche. Aber ein junges Mädchen, das gleiche, das Kindra geholfen hatte, das Tor zu schließen, bückte sich, schürzte den Rock resolut bis zu den Knien, ging dann und kam mit einer großen Axt zum Holzhacken wieder. Diese Waffe in der Hand, bezog sie neben Kindra am Tor Posten.

»Annelys!« rief Janella. »Komm zurück! Komm zu mir!«

Das Mädchen warf einen verächtlichen Blick auf seine Mutter. »Wenn ein Räuber über die Mauer klettert, wird er weder an mich noch an meine kleine Schwester Hand legen, ohne kaltem Stahl zu begegnen. Es ist kein Schwert, aber ich glaube, selbst in den Händen eines Mädchens würde diese Klinge seine Meinung auf der Stelle ändern!« Sie blickte herausfordernd zu Kindra hin. »Ich schäme mich für euch alle, daß ihr einer einzigen Frau unsere Verteidigung überlaßt! Sogar ein Rabbithorn kämpft für seine Jungen!«

Kindra grinste das Mädchen kameradschaftlich an. »Wenn du ebensoviel Geschick mit diesem Ding wie Mut hast, kleine Schwester, möchte ich lieber dich hinter mir haben als einen Mann. Fasse die Axt mit beiden Händen dicht nebeneinander, wenn der Zeitpunkt kommt, sie zu benutzen, und versuche nicht, irgendeinen kunstvollen Streich zu tun. Hau einfach fest auf seine Beine, als wolltest du einen Baum fällen. Damit wird er nämlich nicht rechnen, verstehst du?«

Die Nacht schleppte sich dahin. Die Frauen hockten auf Strohballen und Kisten und lauschten voll Angst und mit gelegentlichem Schluchzen und Weinen auf das Klirren von Schwertern, Schreie und Rufe. Nur Annelys stand entschlossen neben Kindra und hielt ihre Axt umklammert. Nach etwa einer Stunde ließ sich Kindra auf einem Strohballen nieder und sagte: »Du brauchst die Axt nicht so fest zu halten, du wirst dich nur vor einem Angriff ermüden. Lehne sie gegen den Ballen, dann kannst du sie im Notfall sofort ergreifen.«

Annelys fragte leise. »Wie kommt es, daß Ihr so genau wißt, was zu tun ist? Wie lernen das die Freien Amazonen – Ihr nennt Euch anders, nicht wahr? Sind alle Gildenfrauen Kämpferinnen und Söldnerinnen?«

»Nein, nein, nicht einmal viele von uns«, antwortete Kindra. »Es ist nur so, daß ich nicht viele andere Talente habe. Ich kann nicht besonders gut weben oder sticken, und meine Geschicklichkeit bei der Gartenarbeit ist nur im Sommer zu etwas nütze. Meine eigene Eidesmutter ist Hebamme; das ist unser am höchsten geachteter Beruf. Selbst Leute, die die Entsagenden verachten, geben zu, daß wir oft das Leben eines Kindes retten, wenn die Dorfhebamme versagt. Sie nun hätte mich ihren Beruf gelehrt, aber auch dafür habe ich kein Talent, und mir wird übel beim Anblick von Blut –« Sie blickte plötzlich hinab auf ihr langes Messer, erinnerte sich an ihre vielen Schlachten und lachte. Annelys lachte mit ihr, ein seltsamer Laut vor dem verängstigten Wimmern der anderen Frauen.

»*Ihr* fürchtet Euch vor dem Anblick von Blut?«

»Es kommt darauf an«, erklärte Kindra. »Ich kann kein Leiden sehen, wenn ich nichts dagegen tun kann, und wenn eine Geburt leicht vonstatten geht, schickt man selten nach der Hebamme. Wir werden nur zu verzweifelten Fällen gerufen. Ich möchte lieber gegen Männer oder wilde Tiere kämpfen als um das Leben einer hilflosen Frau oder das des Kindes . . .«

»Ich glaube, so würde es mir auch gehen«, meinte Annelys, und Kindra dachte: *Wenn ich jetzt nicht durch die Gesetze der Gilde gebunden wäre, könnte ich ihr erzählen, was wir sind. Und die hier würde ein Gewinn für die Schwesternschaft sein . . .*

Aber ihr Eid machte sie stumm. Sie seufzte und sah Annelys nur an.

Schon dachte Kindra, die Vorsichtsmaßnahmen seien umsonst getroffen worden und Narbengesichts Männer würden überhaupt nicht mehr kommen, als eine der Frauen aufkreischte. Kindra sah die Quaste einer grobgestrickten Mütze hinter der Mauer hochkommen. Dann erschienen zwei Männer oben auf der Mauer, das Messer zwischen den Zähnen, um die Hände zum Hochklettern frei zu haben.

»Hier also haben sie alles versteckt, Frauen, Pferde, alles . . .« brummte der eine. »Du gehst zu den Pferden, ich kümmere mich um . . . Was ist denn das?« brüllte er, als Kindra mit gezogenem Messer auf ihn zulief. Er war größer als sie, beim Kampf konnte sie sich nur verteidigen und sich Schritt für Schritt auf den Stall zurückziehen. Wo waren die Männer? Warum war es den Räubern gelungen, so weit zu kommen? Waren sie hier die letzte Verteidigung der Stadt? Aus dem Augenwinkel sah sie, daß der zweite Räuber hinter ihr das Schwert hob. Sie drehte sich und achtete darauf, daß sie stets beide sehen konnte.

Dann hörte sie Annelys schreien, die Axt blitzte einmal auf, und der zweite Räuber fiel heulend um. Aus seinem Bein sprudelte Blut. Kindras Gegner zögerte bei dem Geräusch. Kindra hob ihr Messer und rannte es ihm durch die Schulter. Sein Messer, das ihm aus der schlaffen Hand fiel, fing sie auf. Er stürzte auf den Rücken, und sie sprang auf ihn.

»Annelys!« rief sie. »Ihr Frauen! Bringt Riemen, Stricke, irgend etwas, womit wir ihn binden können – es könnten andere da sein . . .«

Janella kam mit einer Wäscheleine und stand daneben, als Kindra den Mann fesselte. Dann trat die Wirtin zurück und starrte auf den zweiten Räuber, der in einer Lache seines eigenen Blutes dalag. Sein Bein war am Knie abgetrennt. Er atmete noch, aber er war schon so weit hinüber, daß er nicht einmal mehr stöhnte, und während die Frauen standen und ihn anstarrten, starb er. Janella starrte Annelys entsetzt an, als sei ihrer Tochter auf einmal ein zweiter Kopf gewachsen.

»Du hast ihn getötet«, stöhnte sie. »Du hast ihm das Bein abgehackt!«

»Wäre es dir lieber, wenn er mir meines abgehackt hätte, Mutter?« fragte Annelys und beugte sich zu dem anderen Räuber hinab. »Er hat nur einen Stich in die Schulter bekommen, er wird am Leben bleiben, damit er gehängt werden kann!«

Schwer atmend richtete Kindra sich auf und zog die Wäscheleine noch einmal fest an. Sie blickte zu Annelys hin und sagte: »Du hast mir das Leben gerettet, kleine Schwester.«

Das Mädchen lächelte aufgeregt zu ihr hoch. Ihr Haar hatte sich gelöst und fiel ihr in die Augen. Plötzlich schlang Annelys die Arme um Kindra, und die Frau drückte sie an sich, ohne auf das beunruhigte Gesicht der Mutter zu achten.

»Eine von uns hätte es nicht besser machen können. Ich danke dir, Kleines!« Verdammt, das Mädchen hatte ihren Dank und ihr Lob *verdient*, und wenn Janella sie anstarrte, als sei Kindra eine böse Verführerin junger Mädchen, dann war Janella selbst daran schuld. Kindra ließ ihren Arm um Annelys' Schulter liegen und sagte: »Hör mal, ich glaube, da kommen die Männer zurück.«

Und eine Minute später hörten sie Brydar rufen, und sie mühten sich, den schweren Querbalken vom Tor zu heben. Die Männer trieben mehr als ein Dutzend guter Pferde vor sich her. Brydar lachte: »Narbengesichts Leute werden keine Verwendung mehr für sie haben, und wir sind gut damit bezahlt! Wie ich sehe, habt ihr Frauen die letzten von ihnen erledigt?« Er blickte auf den Banditen nieder, der tot in seinem Blut lag, dann auf den anderen, der mit Janellas Wäscheleine gefesselt war. »Gute Arbeit, *Mestra*. Ich werde dafür sorgen, daß du einen Anteil von der Beute erhältst.«

»Das Mädchen hat mir geholfen«, sagte Kindra. »Ohne sie wäre ich jetzt tot.«

»Einer von diesen Männern hat meinen Vater umgebracht«,

erklärte das Mädchen heftig. »Deshalb habe ich nur meine Schuld bezahlt, das ist alles!« Sie wandte sich zu Janella und befahl: »Mutter, bring unseren Verteidigern den Weinpunsch – sofort!«

Überall in der Gaststube saßen Brydars Männer und tranken dankbar den heißen Wein. Brydar stellte seinen Becher hin und rieb sich mit einem müden: »Puh!« die Augen. Er sagte: »Einige meiner Männer wurden verwundet, Dame Janella. Versteht sich die eine oder andere Eurer Frauen auf die Heilkunst? Wir brauchen Verbandszeug und auch Salbe und Kräuter. Ich . . .« Er brach ab, da ihm einer der Männer von der Tür her aufgeregt winkte, und ging eilends hinaus.

Annelys brachte Kindra einen Becher und drückte ihn ihr schüchtern in die Hand. Kindra nahm einen Schluck. Das war nicht der Weinpunsch, den Janella gebraut hatte, sondern ein klarer, feiner, goldener Wein aus den Bergen. Kindra trank ihn langsam. Sie wußte, das Mädchen hatte ihr damit etwas sagen wollen. Annelys saß ihr gegenüber, nahm hin und wieder einen Schluck von dem heißen Punsch in ihrem eigenen Becher. Beiden widerstrebte es, sich zu trennen.

Verdammt sei das dumme Gesetz, das es mir verbietet, ihr über die Schwesternschaft zu erzählen! Sie ist zu gut für diesen Gasthof und ihre törichte Mutter. Die schwachsinnige Lilla ist eher das, was ihre Mutter zu ihrer Hilfe braucht, und ich vermute, Janella wird Annelys so schnell wie möglich an irgendeinen Bauerntölpel verheiraten, nur um wieder einen Mann im Haus zu haben! Die Ehre verlangte, daß sie schwieg. Und doch, wenn sie Annelys ansah und an das Leben dachte, das das Mädchen hier führen würde, fragte sie sich beunruhigt, was denn das für eine Ehre sei, der zufolge sie ein Mädchen wie Annelys an einem Ort wie diesem zurücklassen solle.

Vermutlich war es ein weises Gesetz, jedenfalls war es von klügeren Köpfen als dem ihren gemacht worden. Andernfalls würden wohl junge Mädchen sich für den Augenblick von dem Gedanken an ein Leben voller Aufregung und Abenteuer blenden lassen und sich der Schwesternschaft anschließen, ohne sich ganz klar darüber zu sein, welche Mühsale und Entsagungen auf sie warteten. Sie hießen nicht umsonst die Entsagenden; ihr Leben war nicht leicht. Und wenn sie bedachte, auf welche Art Annelys sie ansah, mochte es gut sein, daß das Mädchen ihr allein aus Heldenverehrung folgen würde. Das hatte keinen Sinn. Kindra seufzte. »Nun, für heute nacht ist die Aufregung vorbei, denke ich. Ich muß ins Bett; ich habe morgen einen langen Ritt vor mir. Hör dir den Lärm draußen an! Ich wußte nicht, daß es unter Brydars Männern so schwer Verwundete gegeben hat . . .«

»Das hört sich mehr nach einem Streit an als nach Männern in Schmerzen.« Annelys lauschte auf die Rufe und Proteste. »Zanken sie sich um die Beute?«

Plötzlich flog die Tür auf, und Brydar von Fen Hills trat in den Raum. »*Mestra,* verzeih mir, du bist müde . . .«

»Ziemlich«, antwortete sie. »Aber nach all diesem Aufruhr werde ich doch nicht gleich schlafen können. Was kann ich für dich tun?«

»Ich bitte dich, mit mir zu kommen. Es ist Marco, der Junge. Er ist verwundet, schwer verwundet, aber er will es nicht zulassen, daß wir ihn verbinden, bevor er mit dir gesprochen hat, Er sagt, er habe eine dringende Botschaft, eine sehr dringende, die er weitergeben müsse, bevor er stirbt . . .«

»Avarra sei uns gnädig«, sagte Kindra erschrocken. »Dann stirbt er?«

»Das kann ich nicht sagen. Er läßt uns nicht an sich heran. Wenn er vernünftig wäre und uns für ihn sorgen ließe – aber er blutet wie ein abgestochenes *Chervine,* und er hat gedroht, jedem Mann die Kehle durchzuschneiden, der ihn berührt. Wir haben versucht, ihn niederzuhalten und gegen seinen Willen zu verbinden, aber seine Wunden fingen so heftig an zu bluten, als er sich wehrte, daß wir es nicht wagten. Wirst du kommen, *Mestra?*«

Kindra sah ihn fragend an. Sie hätte nicht gedacht, daß er an irgendeinem Mann seiner Bande solchen Anteil nähme. Brydar verteidigte sich: »Der Bursche steht in gar keiner Beziehung zu mir, er ist weder mein Ziehbruder noch mein Verwandter und nicht einmal ein Freund. Aber er hat an meiner Seite gekämpft, und er ist mutig. Er war es, der Narbengesicht im Einzelkampf tötete. Und an den Wunden, die er dabei davongetragen hat, stirbt er jetzt vielleicht.«

»Warum kann er nur mit mir sprechen wollen?«

»Er sagt, *Mestra,* es sei eine Sache, die seine Schwester betrifft. Und er bittet dich im Namen Avarras, der Erbarmenden, daß du zu ihm kommst. Und er ist fast jung genug, dein Sohn zu sein.«

»So«, sagte Kindra schließlich. Sie hatte ihren eigenen Sohn nicht mehr gesehen, seit er acht Tage alt gewesen war, und er würde, dachte sie, noch zu jung sein, ein Schwert zu tragen. »Ich kann keine Bitte abschlagen, die mir im Namen der Göttin gestellt wird.« Stirnrunzelnd erhob sie sich. Der junge Marco hat behauptet, er habe keine Schwester. Nein . . . er hatte gesagt, es gebe niemanden mehr, den er Schwester nennen könne. Das mochte ein Unterschied sein.

Auf den Stufen hörte sie die Stimme von einem der Männer, der ausrief: »Junge, wir wollen dir doch nichts tun! Aber wenn wir diese Wunde nicht versorgen, kannst du sterben, hörst du?«

»Geh weg von mir! Ich schwöre bei Zandrus Höllen und bei Narbengesichts da draußen verstreuten Gedärmen, ich steche dem ersten, der mich berührt, dies Messer in die Kehle!«

Im Fackellicht drinnen sah Kindra Marco auf einem Strohballen halb sitzen, halb liegen. Er hielt einen Dolch in der Hand und wehrte seine Kameraden damit von sich ab. Aber er war todesblaß, und auf seiner Stirn stand eisiger Schweiß. Der Strohballen rötete sich langsam von einer Blutlache. Kindra wußte, daß der menschliche Körper ohne ernste Gefahr mehr Blut verlieren konnte, als die meisten Leute für möglich hielten. Doch für jeden gewöhnlichen Menschen sah es sehr beunruhigend aus.

Marco erblickte Kindra und keuchte: »*Mestra,* ich bitte Euch . . . ich muß mit Euch allein reden . . .«

»Das ist keine Art, mit einem Kameraden umzuspringen, Junge«, schalt einer der Söldner, der hinter ihm kniete. Kindra kniete sich neben den Strohballen. Die Wunde saß hoch oben am Bein nahe der Leiste.Das lederne Beinkleid hatte den Schlag etwas aufgefangen, sonst hätte den Jungen das gleiche Schicksal ereilt wie den Mann, den Annelys mit der Axt getroffen hatte.

»Du kleiner Dummkopf«, sagte Kindra. »Ich kann nicht halb soviel für dich tun wie dein Freund hier.«

Marcos Augen schlossen sich vor Schmerz oder Schwäche. Kindra dachte, er habe das Bewußtsein verloren, und winkte dem Mann hinter ihm. »Schnell jetzt, solange er bewußtlos ist . . .« Aber Marco zwang unter Qualen die Augen wieder auf.

»Wollt auch Ihr mich betrügen?« Er hob den Dolch, aber so schwach, daß Kindra erschrak. Ganz bestimmt war hier keine Zeit zu verlieren. Das beste war, auf seine Launen einzugehen.

»Geht«, sagte sie zu den anderen Männern. »Ich werde ein vernünftiges Wort mit ihm reden, und wenn er nicht hören will, nun, dann ist er alt genug, die Folgen seiner Torheit zu tragen.« Ihr Mund verzog sich, als die Männer gingen. »Ich hoffe, was du mir zu sagen hast, ist es wert, daß du dein Leben dafür riskierst, du Schwachkopf!«

Aber ein schrecklicher Verdacht wuchs in ihr, als sie sich auf das blutige Stroh kniete. »Du Narr, weißt du, daß das wahrscheinlich deine Todeswunde ist? Ich verstehe nur wenig von der Heilkunst. Deine Kameraden hätten besser für dich sorgen können.«

»Ganz bestimmt wird es mein Tod sein, wenn Ihr mir nicht helft«, flüsterte die heisere, schwache Stimme. »Keiner dieser Männer ist mir ein so guter Kamerad, daß ich ihm vertrauen könnte . . . *Mestra,* helft mir, ich bitte Euch im Namen der gnädigen Avarra – ich bin eine Frau.«

Kindra holte scharf Atem. Der Verdacht war ihr bereits gekommen – und sie hatte richtig vermutet. »Und keiner von Brydars Männern weiß . . .«

»Keiner. Ich habe ein halbes Jahr unter ihnen gelebt, und ich glaube nicht, daß einer von ihnen eine Ahnung hat – und Frauen fürchte ich noch mehr. Aber bei Euch hatte ich das Gefühl, ich könnte Euch vertrauen . . .«

»Ich schwöre es«, fiel Kindra hastig ein. »Ich bin durch Eid verpflichtet, niemals einer Frau Hilfe zu verweigern, die mich im Namen der Göttin darum bittet. Aber laß mich dir jetzt helfen, mein armes Mädchen, und bete zu Avarra, daß du es nicht zu lange verzögert hast!«

»Selbst wenn es so wäre . . .« hauchte das seltsame Mädchen, »möchte ich lieber als Frau sterben statt . . . entwürdigt und zur Schau gestellt zu werden. Mir ist soviel Entwürdigung widerfahren . . .«

»Still! Still, Kind!« Aber das Mädchen fiel auf das Stroh zurück. Diesmal war sie wirklich ohnmächtig geworden. Kindra schnitt die Lederhose weg und sah sich den ernsthaften Schnitt an, der oben durch den Schenkel und in den Schamberg hineinführte. Die Wunde hatte stark geblutet, war nach Kindras Meinung jedoch nicht tödlich. Sie ergriff eins der sauberen Handtücher, die die Männer zurückgelassen hatten, und drückte es kräftig gegen die Wunde. Als die Blutung schwächer wurde, dachte sie stirnrunzelnd nach. Der Schnitt sollte genäht werden. Nur ungern tat sie es selbst. Sie hatte wenig Geschick in solchen Dingen, und sie war überzeugt, der Mann aus Brydars Truppe konnte es sauberer tun und würde eine ruhigere Hand dabei haben. Sie wußte jedoch, genau das hatte die junge Frau gefürchtet, den Blicken der Männer ausgesetzt und von Männern behandelt zu werden. Kindra dachte: *Wenn es erledigt werden kann, bevor sie das Bewußtsein wiedererlangt, braucht sie es nicht zu wissen . . .* Aber sie hatte dem Mädchen ein Versprechen gegeben, und sie würde es halten. Als sie in den Flur hinaustrat, rührte das Mädchen sich nicht.

Brydar kam halbwegs die Treppe hinauf. »Wie steht es?«

»Schick mir die junge Annelys«, sagte Kindra. »Sag ihr, sie soll Leinengarn und eine Nadel mitbringen – und Verbandszeug und heißes Wasser und Seife.« Annelys besaß Mut und Kraft, und was mehr war, Kindra war überzeugt, daß sie ein Geheimnis zu bewahren wußte, wenn sie sie darum bat, und nicht darüber schwatzen würde.

Brydar sagte mit so leiser Stimme, daß sie einen Meter von Kindras Ohr nicht mehr zu hören war: »Es ist eine Frau, nicht wahr?«

»Hast du gelauscht?« fragte Kindra stirnrunzelnd.

»Gelauscht, Teufel! Ich bin mit einem Gehirn geboren worden, und mir fielen ein paar andere Dinge ein. Kannst du dir irgendeinen anderen Grund denken, warum ein Mitglied meiner Truppe es nicht zuläßt, daß wir ihm die Hosen ausziehen? Wer sie auch ist, sie hat Mumm genug für zwei!«

Kindra schüttelte bestürzt den Kopf. Dann waren alle Leiden des Mädchens umsonst gewesen, der Skandal und die Entwürdigung standen ihr auf jeden Fall bevor. »Brydar, du hast mir versprochen, meine Mühe solle sich für mich lohnen. Stehst du in meiner Schuld oder nicht?«

»Ich stehe in deiner Schuld«, antwortete Brydar.

»Dann schwöre bei deinem Schwert, daß du über dies nie den Mund öffnen wirst, und ich bin bezahlt. Ist das ein Handel?«

Brydar grinste. »Dafür will ich dich nicht um dein Geld bringen. Meinst du, ich möchte, daß es in den Bergen herumkommt, Brydar von Fen Hills könne die Männer nicht von den Ladys unterscheiden? Der junge Marco ist ein halbes Jahr lang mit meiner Truppe geritten und hat sich als Mann erwiesen. Wenn seine Ziehschwester oder Verwandte oder Cousine oder was du willst ihn selbst pflegen möchte und ihn danach mit sich nach Hause nimmt, was soll einer meiner Männer daran merkwürdig finden? Verdammt will ich sein, wenn ich sie auf den Gedanken bringen wollte, ein Mädchen habe Narbengesicht direkt vor meiner Nase getötet!« Er legte die Hand auf das Heft seines Schwerts. »Zandru lähme diese Hand, wenn ich ein Wort darüber spreche. – Ich schicke dir Annelys«, versprach er und ging.

Kindra kehrte zu dem Mädchen zurück. Sie war immer noch bewußtlos. Als Annelys kam, sagte Kindra kurz: »Halt die Lampe, ich will die Wunde nähen, bevor sie wieder zu sich kommt. Und paß auf, daß dir nicht übel wird und du nicht in Ohnmacht fällst, denn es muß schnell getan werden, damit wir sie beim Nähen nicht niederhalten müssen.«

Annelys schluckte beim Anblick des Mädchens und der klaffenden Wunde, die wieder zu bluten begonnen hatte. »Eine Frau! Gesegnete Evanda! Kindra, ist sie eine von Eurer Schwesternschaft? Wußtet Ihr es?«

»Nein – auf beide Fragen. Hier, leuchte mir . . .«

»Nein«, sagte Annelys. »Ich habe es schon oft getan; ich habe eine sichere Hand dafür. Einmal, als mein Bruder sich beim Holzhacken in den Schenkel schnitt, habe ich ihn genäht, und ich habe auch der Hebamme schon geholfen. Ihr haltet das Licht.«

Erleichtert übergab Kindra ihr die Nadel. Annelys begann ihre Arbeit so geschickt, als sticke sie ein Kissen. Als sie zur Hälfte fertig war, kam das Mädchen wieder zu sich und stieß einen schwachen Angstschrei aus. Aber Kindra sprach mit ihr, und sie beruhigte sich und lag still, die Zähne in die Unterlippe gebohrt, die Hand um Kindras Hand geklammert. Dann befeuchtete sie ihre Lippen und flüsterte: »Ist das eine von euch, *Mestra?*«

»Nein. Ebensowenig wie du selbst, Kind. Aber sie ist eine Freundin. Und sie wird dich nicht verraten, das weiß ich«, erklärte Kindra zuversichtlich.

Als Annelys fertig war, holte sie ein Glas Wein für das fremde Mädchen und hielt ihren Kopf, während sie trank. Etwas Farbe kam in die bleichen Wangen zurück, und der Atem ging leichter. Annelys brachte eins ihrer eigenen Nachthemden herbei. »Darin wird es dir bequemer sein, glaube ich. Ich wünschte, wir könnten dich in mein Bett tragen, aber du solltest jetzt besser nicht bewegt werden. Kindra, hilf mir, sie zu heben.« Mit einem Kissen und zwei sauberen Leintüchern richtete sie der Frau ein schönes Bett auf dem Strohballen her.

Die Fremde gab einen schwachen Protestlaut von sich, als sie begannen, sie auszuziehen, war aber zu schwach, um sich wirksam dagegen zu wehren. Kindra sah sie entsetzt an, als das Unterhemd entfernt war. Sie hätte nie geglaubt, daß irgendein Mädchen über vierzehn sich unter Männern mit Erfolg als Mann ausgeben könne. Doch diese Frau hatte es getan, und jetzt sah sie auch, wie. Die enthüllte Brust war flach; die Schultern hatten die harte Muskulatur wie bei jedem Schwertkämpfer. Die Haare, die auf den Armen wuchsen, wären von einer anderen Frau mit einem Bleichmittel oder Wachs irgendwie entfernt worden. Annelys starrte verblüfft auf die Fremde. Diese merkte es und verbarg ihr Gesicht in dem Kissen.

Kindra sagte scharf: »Das ist kein Grund zum Glotzen. Sie ist *emmasca,* das ist alles. Hast du so etwas noch nie gesehen?« Die Operation, durch die eine Frau zum Neutrum gemacht wurde, war auf ganz Darkover gesetzlich verboten und gefährlich, und bei dieser Frau mußte sie vor oder kurz nach der Pubertät durchgeführt worden sein. Kindra steckte voll von Fragen, doch die Höflichkeit verbot ihr, auch nur eine zu stellen.

»Aber . . . aber . . .«, flüsterte Annelys. »Ist sie so geboren oder so gemacht worden? Es ist ungesetzlich – wer würde es wagen . . .«

»So gemacht worden«, sagte das Mädchen, das Gesicht immer noch dem Kissen zugekehrt. »Wäre ich so geboren worden, hätte ich nichts zu fürchten gehabt . . . und ich wählte diesen Weg, damit ich nie mehr etwas zu fürchten habe!«

Sie preßte die Lippen zusammen, als die beiden anderen sie hoben und umdrehten. Annelys keuchte auf, als sie die schrecklichen Narben, die wie die Striemen von Peitschenhieben waren, auf dem Rücken der Frau entdeckte. Aber sie sagte nichts, sie zog nur das Nachthemd herunter, das die Narben gnädig verhüllte. Behutsam wusch sie der Frau Gesicht und Hände mit Seifenwasser. Das ingwerfarbene Haar war dunkel vor Schweiß, doch an den Wurzeln entdeckte Kindra etwas anderes: Dort begann es, feuerrot nachzuwachsen.

Comyn. Die Telepathen-Kaste, rothaarig . . . Diese Frau war eine Adlige, dazu geboren, in den Domänen von Darkover zu herrschen!

Im Namen aller Götter, fragte sich Kindra, wer kann sie sein, was ist ihr zugestoßen? Wie ist sie in dieser Verkleidung hergeraten? Und sogar ihr Haar hat sie gebleicht, damit niemand ihre Abstammung erraten konnte! Und wer hat sie so mißhandelt? Sie mußte geschlagen worden sein wie ein Tier . . .

Und dann hörte sie zu ihrem Schrecken Worte, die sich, sie wußte nicht wie, in ihrem Geist bildeten.

Narbengesicht, sagte die Gedankenstimme. *Aber jetzt bin ich gerächt. Selbst wenn es meinen Tod bedeutet . . .*

Kindra bekam es mit der Angst zu tun. Noch nie hatte sie Gedanken so deutlich empfangen. Bisher war ihre rudimentäre telepathische Begabung immer eine Sache schneller Intuition, einer Ahnung gewesen, als habe sie glücklich geraten. In ihrer Bestürzung flüsterte sie: »Bei der Göttin! Kind, wer bist du?«

Das bleiche Gesicht verzog sich zu einer Grimasse, die Kindra mitleidig als den Versuch eines Lächelns erkannte. »Ich bin . . . niemand. Ich hatte mich für die Tochter von Alaric Lindir gehalten. Habt ihr die Geschichte gehört?«

Alaric Lindir. Die Lindirs waren eine stolze und reiche Familie, entfernt verwandt mit der Aillard-Familie der Comyn. Tatsächlich waren sie zu hoch geboren, als daß Kindra hätte behaupten können, einen davon zu kennen. Sie waren von dem alten Blut der Hastur-Sippe.

»Ja, sie sind stolze Leute«, hauchte die Frau. »Der Name meiner Mutter war Kyria, und sie war eine jüngere Schwester von Dom Lewis Ardais – nicht der Lord von Ardais, sondern sein jüngerer Bruder. Aber trotzdem war sie hoch genug geboren, daß sie in aller Eile mit Alaric Lindir verheiratet wurde, als sich herausstellte, daß sie von einem der Hastur-Lords von Thendara schwanger war. Und mein Vater – der Mann, den ich immer für meinen Vater gehalten hatte – war stolz auf seine rothaarige Tochter. Während meiner ganzen Kinderzeit hörte ich, wie stolz er auf mich sei, denn ich würde in die Comyn einheiraten oder in einen der Türme gehen und eine mächtige Zauberin oder Bewahrerin werden. Und dann – dann kamen Narbengesicht und seine Bande, und sie plünderten die Burg und führten ein paar von den Frauen weg, nur so aus einer plötzlichen Laune heraus. Als Narbengesicht entdeckte, wer sich unter seinen Gefangenen befand – nun, da war der Schaden schon geschehen, aber trotzdem schickte er zu meinem Vater um Lösegeld. Und mein Vater, dieser besagte Dom Alaric, der nicht genug stolze Worte für seine rothaarige Tochter finden konnte, die seinem Ehrgeiz durch eine Heirat mit einem Comyn-Mann förderlich sein sollte, mein Vater . . .« Sie würgte, dann spie sie die Worte aus: »Er schickte die Botschaft, wenn Narbengesicht mich unberührt zurückgeben könne, dann wolle er einen hohen Preis für mich geben, aber wenn nicht, dann werde er nichts zahlen. Denn wenn ich . . . verdorben, vergewaltigt sei, dann sei ich ihm nicht länger von Nutzen, und Narbengesicht könne mich hängen oder einem seiner Männer geben, ganz wie er Lust habe.«

»Heiliger Lastenträger!« flüsterte Annelys. »Und dieser Mann hatte dich als sein eigenes Kind aufgezogen?«

»Ja – und ich hatte geglaubt, er liebe mich.« Kindra schloß schaudernd die Augen. Zu deutlich sah sie den Mann vor sich, der die Bastardtochter seiner Frau mit Freuden großgezogen hatte – aber nur solange, wie sie seinem Ehrgeiz nützlich sein konnte!

In Annelys' Augen standen Tränen. »Wie schrecklich! Oh, wie kann ein Mann nur . . .«

»Ich glaube heute, daß jeder Mann so handeln würde«, erklärte das Mädchen. »Denn Narbengesicht war so zornig über die Weigerung meines Vaters, daß er mich einem seiner Männer als Spielzeug gab, und ihr könnt sehen, wie er mich benutzt hat. Diesen einen habe ich des Nachts im Schlaf getötet, als er glaubte, er habe mich endlich durch Schläge unterworfen. So konnte ich fliehen. Ich ging zurück zu meiner Mutter, und sie nahm mich mit Tränen und mit Mitleid auf, aber ich las in ihren Gedanken, daß ihre größte Furcht war, ich könne Narbengesichts Bastard tragen. Sie hatte Angst, mein Vater werde zu ihr sagen: *Wie die Mutter, so die Tochter,* und meine Schande werde die alte Geschichte ihrer eigenen zu neuem Leben erwecken. Und ich konnte meiner Mutter nicht verzeihen – daß sie fortfuhr, jenen Mann zu lieben, und bei ihm blieb, der mich von sich gestoßen und einem solchen Schicksal überantwortet hatte. Und so suchte ich eine *Leronis* auf, die sich meiner erbarmte – oder vielleicht wollte auch sie nur sicher sein, daß ich meinem Comyn-Blut keine Schande machte, indem ich eine Hure oder eine Räuberbraut wurde –, und sie machte mich *emmasca,* wie ihr seht. Und ich trat bei Brydars Männern in Dienst, und so errang ich mir meine Rache . . .«

Annelys weinte, aber das Mädchen lag mit steinernem Gesicht da. Ihre Ruhe war erschreckender als Hysterie. Sie war an einem Ort jenseits der Tränen angelangt, wo Leid und Befriedigung zu einem geworden waren, und dies Eine trug das Gesicht des Todes.

Kindra sagte leise: »Du bist jetzt sicher, niemand wird dir ein Leid tun. Aber du darfst nicht mehr sprechen, du bist müde und vom Blutverlust geschwächt. Komm, trink den Rest Wein aus und schlafe, mein Mädchen.« Sie stützte ihr den Kopf, während sie trank, und das Entsetzen schüttelte sie. Doch in all dem Entsetzen empfand sie auch Bewunderung. Zerbrochen, geschlagen, vergewaltigt, hatte dies Mädchen die Freiheit gewonnen, indem sie einen ihrer Peiniger tötete, und dann hatte sie die Verstoßung durch ihre Familie überlebt, um ihre Rache zu planen und auszuführen, wie es ein Edelmann getan hätte.

Und die stolzen Comyn haben diese Frau von sich gewiesen? Sie hat mehr

Mut als zwei von ihrem Mannsvolk! Die Art von Stolz und Torheit ist es, die eines Tages die Herrschaft der Comyn in Trümmer fallen lassen wird! Und sie erschauerte unter einem seltsamen Blick in die Zukunft. Mit ihrer erwachenden telepathischen Begabung sah sie Flammen über den Hellers, merkwürdige Himmelsschiffe, fremde Männer, die, in schwarzes Leder gekleidet, durch die Straßen von Thendara gingen . . .

Das Mädchen hatte die Augen geschlossen. Ihre Hand faßte die Kindras fester. »Nun, ich habe meine Rache gehabt«, flüsterte sie, »und jetzt kann ich sterben. Und mit meinem letzten Atemzug will ich Euch dafür segnen, daß ich als Frau sterbe und nicht in dieser verhaßten Verkleidung unter Männern . . .«

»Aber du wirst nicht sterben«, sagte Kindra. »Du wirst leben, Kind.«

»Nein.« Ihr Gesicht verschloß sich. »Was hält das Leben für eine Frau ohne Freunde und Verwandte bereit? Ich konnte es ertragen, einsam und verkleidet unter Männern zu leben, solange ich die Gedanken an meine Rache hatte, die mir Kraft für die Aufrechterhaltung der Täuschung gaben. Aber ich hasse Männer. Ich verabscheue die Art, wie sie unter sich über Frauen sprechen, ich möchte lieber sterben, als zu Brydars Truppe zurückzukehren oder weiterhin unter Männern zu leben.«

Annelys sagte leise: »Aber jetzt hast du dich gerächt, jetzt kannst du wieder als Frau leben.«

Wieder schüttelte die Namenlose den Kopf. »Als Frau leben, Männern wie meinem Vater unterworfen? Zurückkehren und bei meiner Mutter um einen Unterschlupf betteln? Sie würde mir wohl heimlich Brot zustecken, damit ich ihnen nicht noch mehr Schande mache, indem ich auf ihrer Türschwelle sterbe, und mich verstecken. Soll ich mich placken, nähen oder spinnen, wenn ich frei mit einer Söldnertruppe geritten bin? Oder soll ich als einsame Frau leben und von der Gnade der Männer abhängig sein? Lieber will ich mich der Gnade des Schneesturms und der Banshees überlassen!« Sie umklammerte Kindras Hand. »Nein, lieber möchte ich sterben.«

Kindra nahm das Mädchen in die Arme und zog sie an ihre Brust. »Still, mein armes Mädchen, still, du bist außer dir, du darfst nicht so reden. Wenn du dich ausgeschlafen hast, wirst du anders denken«, tröstete sie, aber sie spürte die Tiefe der Verzweiflung in dieser Frau, und der Zorn in ihr wuchs.

Die Gesetze ihrer Gilde verboten ihr, über die Schwesternschaft zu sprechen, diesem Mädchen zu erzählen, daß sie frei leben konnte, geschützt von dem Freibrief der Gilde, daß sie nie mehr der Gnade irgendeines Mannes ausgeliefert zu sein brauchte. Diese Gesetze der Gilde durfte sie nicht brechen. Sie mußte ihren Eid halten. Und doch, brach sie in einem tieferen Sinn ihren Eid nicht gerade dadurch, daß sie dieser Frau, die so große Gefahren auf sich genommen und sich im Namen der Göttin an sie gewandt hatte, das Wissen vorenthielt, das ihr den Lebenswillen zurückgeben konnte? *Ob ich so oder so handele, ich werde zur Meineidigen. Entweder breche ich meinen Eid, indem ich diesem Mädchen meine Hilfe versage, oder ich breche ihn, indem ich ausspreche, was das Gesetz mir auszusprechen verbietet.*

Das Gesetz! Das von Männern gemachte Gesetz, das sie immer noch von allen Seiten einengte, obwohl sie die gewöhnlichen Gesetze abgeschüttelt hatte, nach denen die Männer die Frauen zu leben zwangen! Und sie war zweifach verdammt, wenn sie vor Annelys von der Gilde sprach, und das, obgleich Annelys an ihrer Seite gekämpft hatte. Das gerechte Gesetz der Hellers beschützte Annelys vor diesem Wissen. Die Schwesternschaft würde Schwierigkeiten bekommen, wenn Kindra die Tochter einer ehrbaren Gasthofbesitzerin, deren Mutter ihre Hilfe und die ihres zukünftigen Ehemannes brauchte, aus dem Elternhaus weglockte!

Das namenlose Mädchen an ihrer Brust hatte die Augen geschlossen. Kindra nahm einen dünnen Gedankenfaden wahr. Sie wußte, daß Mitglieder der Telepathenkaste sich durch einen bloßen Entschluß das Leben nehmen konnten . . . so wie dies Mädchen sich durch einen bloßen Entschluß das Leben gegeben hatte, bis die heißersehnte Rache vollzogen war.

Laß mich so einschlafen . . . und ich stelle mir vor, ich liege wieder in den Armen meiner Mutter, damals, als ich noch ein Kind war und dies Entsetzen mich noch nicht berührt hatte . . . Laß mich so einschlafen und niemals mehr erwachen . . .

Schon trieb sie davon, und einen Augenblick lang war Kindra in ihrer Verzweiflung versucht, sie sterben zu lassen. *Das Gesetz verbietet mir zu sprechen.* Und wenn sie sprach, dann würde Annelys, bereits der Heldenverehrung für Kindra verfallen, bereits gegen das Geschick einer Frau rebellierend, Annelys, die einen Vorgeschmack davon bekommen hatte, wie stolz es machte, sich selbst verteidigen zu können, ihr ebenfalls folgen. Kindra wußte es in einer seltsamen Vorausschau, die sie schaudern ließ.

Sie gab dem Zorn in ihrem Herzen nach und ließ ihn überfließen. Sie schüttelte die namenlose Frau wach, die sich bereits dem Tod anheimgegeben hatte.

»Hör mir zu! Hör zu! Du darfst nicht sterben!« erklärte sie wütend. »Nicht nachdem du soviel erduldet hast. Das ist der Weg eines Feiglings, und du hast wieder und wieder bewiesen, daß du kein Feigling bist!«

»Und trotzdem bin ich ein Feigling«, sagte die Frau. »Ich bin zu feige dazu, auf die einzige Weise zu leben, die einer Frau wie mir offensteht – durch die Mildtätigkeit von Frauen wie meine Mutter oder die Gnade von Männern wie mein Vater oder Narbengesicht! Ich träumte davon, wenn ich meine Rache vollzogen hätte, würde ich einen anderen Weg finden. Aber es gibt keinen.«

Kindra konnte sich nicht mehr beherrschen. Verzweifelt blickte sie über den Kopf der namenlosen Frau in Annelys' ängstliche Augen. Sie schluckte. Es war ihr wohl bewußt, wie schwerwiegend der Schritt war, den sie tun wollte.

»Es . . . es mag einen anderen Weg geben«, sagte sie zögernd. »Du – ich weiß nicht einmal deinen Namen. Wie heißt du?«

»Ich bin namenlos«, antwortete die Frau unbewegten Gesichts. »Ich habe geschworen, niemals mehr den Namen auszusprechen, den mir der Vater und die Mutter, die mich verstießen, gaben. Nenn mich, wie du willst.«

Von einer Woge heiligen Zorns mitgerissen, faßte Kindra ihren Entschluß. Sie zog das Mädchen an sich.

»Ich werde dich Camilla nennen«, sagte sie. »Denn von diesem Tag an, das schwöre ich, werde ich dir Mutter und Schwester sein, wie es die gesegnete Cassilda für Camilla war. Und das schwöre ich dir, Camilla, du sollst nicht sterben.« Sie zog das Mädchen hoch. Dann holte sie tief und entschlossen Atem, reichte eine Hand Camilla und die andere Annelys und begann:

»Meine kleinen Schwestern, laßt mich euch von der Schwesternschaft der Freien Frauen erzählen, die die Männer die Freien Amazonen nennen. Laßt mich euch berichten vom Leben der Entsagenden, der Eidgebundenen, der *Comhi-Letzii* . . .«

Das Geheimnis des blauen Sterns

Die Idee des jungen Autors Robert Asprin, eine Anthologie von Geschichten mit einem geheimsamen Schauplatz herauszubringen, wozu jeder der Autoren eine eigene Figur beisteuern sollte, wurde von ihm auf einem Science-fiction-Treffen so enthusiastisch vorgetragen, daß sich auch Marion Zimmer Bradley davon anstecken ließ. Eine Figur kam ihr wie von selbst in den Sinn: der Söldner-Magier Lythande, von dem nichts bekannt ist, nicht einmal das Geschlecht. Doch von der Idee zum Schreiben selbst ist oft ein langer Schritt, und als der Termin näherrückte, stand sie direkt vor einer Flugreise, die sie über mehrere Stationen nach England bringen sollte, zu Recherchen für eines ihrer ehrgeizigsten Projekte, das schließlich in dem Bestseller-Erfolg von *Die Nebel von Avalon* gipfelte. So ist dies die einzige Geschichte Marion Zimmer Bradleys, zumindest aus ihrer Zeit als professionelle Autorin, die nicht an der Schreibmaschine oder am Computer entstand, sondern mit der Hand geschrieben wurde.

Gemessen daran, daß sie als eine der bekanntesten Fantasy-Autorinnen unserer Zeit gilt, ist es bemerkenswert, daß Marion Zimmer Bradley eigentlich kaum ›richtige‹ Fantasy geschrieben hat. Dies ist eine der wenigen Ausnahmen. Bei der Figur Lythandes haben literarische Ahnen wie Fritz Leibers *Fafhrd,* C. L. Moores *Jirel von Joiry* oder Manly Wade Wellmans wandernder Sänger *Silver John* Pate gestanden. Und eine griechische Dichterin der Antike, erkenntlich am Versmaß und im Wortlaut des Gedichtes, das hier an einer Stelle zitiert wird: Sappho von Lesbos, die einer ganz bestimmten Art von Liebe den Namen gegeben hat.

In einer Nacht in Freistatt, als der Silberschein des Vollmonds den Straßen täuschende Pracht verlieh, so daß jede Ruine einem verzauberten Turm glich und jede dunkle Gasse und jeder Platz zur geheimnisvollen Insel wurde, machte der Söldner-Magier Lythande sich auf Abenteuersuche auf den Weg.

Erst vor kurzem war Lythande zurückgekehrt – wenn man so eine prosaische Bezeichnung für das Kommen und Gehen eines Zauberers verwenden kann. Lythande hatte eine Karawane durch die Graue Wüste nach Twand begleitet. Irgendwo auf der Strecke hatte eine Schar Wüstenratten – zweibeinige Ratten mit vergifteten Stahlzähnen – die Karawane überfallen, ohne zu ahnen, daß sie durch Zauber geschützt war, und so hatten sie sich plötzlich gezwungen gesehen, gegen heulende Skelette mit Flammenaugen zu kämpfen und gegen einen hochgewachsenen Magier in ihrer Mitte mit einem blauen Stern zwischen funkelnden Augen, einem Stern, der Blitze mit eisiger, lähmender Flamme schoß. Da rannten die Wüstenratten, so schnell sie konnten, und hörten nicht zu rennen auf, bis sie Aurvesh erreichten, und was sie erzählten, schadete Lythande nicht, außer in den Ohren der Frommen.

So klingelte nun Gold in den Taschen des langen, dunklen Magiergewandes, oder vielleicht war es auch verborgen in welchem Unterschlupf auch immer, wo Lythande Zuflucht gefunden hatte.

Zu guter Letzt nämlich hatte der Karawanenmeister sich mehr vor Lythande gefürchtet als vor den Banditen, was zu seiner Großzügigkeit beigetragen hatte, mit der er den Magier entlohnte. Der Sitte entsprechend hatte Lythande weder gelächelt noch Mißfallen ausgedrückt, doch einige Tage später zu Myrtis, der Besitzerin des Aphrodisiahauses in der Straße der Roten Laternen, gemeint, daß Zauberei – obgleich eine nützliche Fähigkeit und voll ästhetischer Erbauung für Philosophen – als solche keine Bohnen auf den Tisch brächte.

Eine seltsame Bemerkung, dachte Myrtis, während sie die Unze Gold wegschloß, die Lythande ihr in Anbetracht eines lange Jahre zurückliegenden Geheimnisses verehrt hatte. Ja, merkwürdig, daß Lythande von Bohnen auf dem Tisch sprach, wenn niemand außer ihr den Magier je einen Bissen oder einen Schluck hatte zu sich nehmen sehen, seit der blaue Stern die hohe schmale Stirn zierte. Noch hatte je eine Frau im Viertel sich brüsten können, daß der große Zauberer für ihre Gunst bezahlt habe, oder sich auch nur vorzustellen vermocht, wie ein solcher Zauberer sich in jener Situation benahm, in der alle Männer gleichermaßen nur von Fleisch und Blut beherrscht wurden.

Vielleicht hätte Myrtis Licht in die Sache bringen können, wenn ihr der Sinn danach gestanden hätte. Zumindest glaubten einige ihrer Mädchen das, wenn Lythande, wie es manchmal vorkam, das Aphrodisiahaus besuchte und sich lange mit der Besitzerin zurückzog, hin und wieder sogar eine ganze Nacht lang. Man erzählte sich, daß das Aphrodisiahaus ein Geschenk Lythandes an Myrtis gewesen sei, und zwar nach einem legendären Abenteuer – von dem man noch jetzt im Basar wisperte –, in das ein Schwarzer Magier, zwei Pferdehändler, ein Karawanenmeister und einige Raufbolde verwickelt gewesen waren, die sich damit großtaten, nie Gold für eine Frau auszugeben, und sich einen Spaß daraus machten, eine ehrliche, arbeitende Frau auszuschmieren. Keiner von ihnen hatte je wieder sein Gesicht – oder was davon übriggeblieben war – in Freistatt gezeigt. Und Myrtis hatte damit geprahlt, daß sie nun nie wieder ihren Unterhalt mit Schweiß verdienen, nie wieder einen Mann unterhalten müsse, sondern das Vorrecht der Hausmutter in Anspruch nehmen könne, ihr Bett mit niemandem teilen zu müssen.

Und außerdem sagten die Mädchen sich auch, daß ein Magier von Lythandes Statur die schönsten Frauen von Freistatt bis zu den Bergen jenseits von Ilsig haben könnte, und nicht nur Kurtisanen, sondern Prinzessinnen, Edeldamen und Priesterinnen. Myrtis war zweifellos in ihrer Jugend von großer Schönheit gewesen, und sie hielt nicht damit zurück, daß Prinzen und Zauberer und Reisende sie reich für ihre Gunst bezahlt hatten. Sie war immer noch schön (und es gab natürlich solche, die behaupteten, Lythande bezahle nicht *sie*, sondern im Gegenteil, sie gäbe dem Magier hohe Summen, damit er ihre Schönheit mit starkem Zauber vor dem Altern bewahre), aber ihr Haar war ergraut, und sie machte sich nicht mehr die Mühe, es mit Henna oder Goldton von Tyrisis-über-dem-Meer zu färben.

Aber wenn Myrtis nicht wußte, wie Lythande sich in jener elementarsten menschlichen Situation verhielt, dann gab es wahrlich keine Frau in Freistatt, die es zu sagen vermocht hätte. Man munkelte auch, daß Lythande Dämoninnen aus der Grauen Wüste herbeibeschwor, um sich mit ihnen in Wollust zu paaren. Ganz sicher war jedenfalls, daß Lythande weder der erste noch der letzte Magier war, von dem man das behauptete.

Doch in dieser Nacht suchte Lythande weder Essen, Trinken noch die Freuden der amourösen Unterhaltung. Obgleich der Magier häufig Gast in Schenken war, hatte noch niemand einen Tropfen Bier, Met oder Feuertrunk über Lythandes Lippen rinnen sehen.

Lythande hielt sich am äußersten Rand des Basars, umging die alte Grenze des Statthalterpalastes und blieb dabei weitgehend im Schatten, den Taschendieben und Straßenräubern zum Trotz. Der Vorliebe für Schatten verdankte der Magier es, daß man sich in der Stadt erzählte, Lythande könne sich in Luft auflösen und aus dem Nichts auftauchen.

Groß und schmal war Lythande, größer als ein hochgewachsener

Mann, und dünn fast bis zur Auszehrung. Die blaue, sternförmige Tätowierung des Pilgeradepten zwischen schmalen, hochgeschwungenen Brauen hob sich von der Stirn ab, während der lange Kapuzenumhang mit den Schatten zu verschmelzen schien. Glattrasiert war das Gesicht oder überhaupt bartlos – niemand, solange man sich zurückzuerinnern vermochte, hätte zu sagen gewußt, ob das die Laune eines weibischen Typus war oder die Haarlosigkeit eines Mannes, der anders als die üblichen Sterblichen war. Das Haar unter der Kapuze war so lang und seidig wie das einer Frau, doch ergrauend, wie keine Frau in dieser Stadt von Dirnen es zugelassen hätte.

Schnell an einer schattigen Mauer entlanghuschend, trat Lythande durch eine offene Tür, über der als Glücksbringer die Sandale Thufirs angenagelt war, des Gottes der Pilger. Doch so leise, wenn nicht gar lautlos, waren des Magiers Schritte, und so gut verschmolz der Kapuzenumhang mit den Schatten, daß Augenzeugen später festen Glaubens geschworen hätten, Lythande wäre aus leerer Luft erschienen, durch Zauberei geschützt oder eine Tarnkappe unsichtbar gemacht.

Um eine Feuerstelle stießen Männer lärmend ihre Krüge zum Klang eines Trinklieds an, das auf einer abgegriffenen Laute geklimpert wurde. Lythande wußte, daß dieses Musikinstrument dem Wirt gehörte und ausgeliehen werden konnte – was diesmal ein junger Mann getan hatte. Er trug die Überreste eines geckenhaften Staates, dem die Unbilden der Straße nicht bekommen waren, und saß lässig, das eine Knie über dem anderen verschränkt. Als das nicht so ganz feine Trinklied verklang, spielte er ein sanftes Liebeslied aus einer anderen Zeit und einem anderen Land. Der Zauberer kannte dieses Lied, hatte es vor mehr Jahren, als andere sich zurückerinnern konnten, zum erstenmal gehört, als Lythande unter einem anderen Namen bekannt gewesen war und wenig von Zauberei verstanden hatte. Erst als dieses Lied geendet hatte, trat der Magier aus den Schatten und ließ sich sehen. Der Feuerschein brachte den blauen Stern auf der hohen Stirn zum Schimmern.

Ein kurzes Murmeln erhob sich in der Schenke, aber man war hier an Lythandes plötzliches Kommen und Gehen gewöhnt. Der junge Mann blickte dem Magier aus Augen entgegen, deren strahlendes Blau unter dem lockigen Schwarzhaar überraschte. Ein schlanker, geschmeidiger Bursche war er, und Lythande bemerkte das Rapier an seiner Seite, das aussah, als würde es oft benutzt, und das Amulett in Form einer zusammengeringelten Schlange an seinem Hals.

»Wer seid Ihr, daß Ihr wie aus leerer Luft erscheint?« fragte dieser junge Mann.

»Jemand, der Euer Lautenspiel bewundert.« Lythande warf dem Schankburschen eine Münze zu. »Möchtet Ihr etwas zu trinken?«

»Ein Spielmann lehnt eine Einladung nie ab. Singen ist trockene Arbeit.« Doch als ihm der Wein vorgesetzt wurde, sagte er: »Ihr wollt nicht mit mir trinken?«

»Kein Mensch hat Lythande je essen oder trinken gesehen«, murmelte einer der Männer um sie herum.

»Nun, das finde ich nicht freundlich!« rief der junge Minnesänger. »Wenn zwei miteinander trinken, ist das eine Sache, aber ich singe nicht für Bezahlung und trinke nicht außer als freundschaftliche Geste!«

Lythande zuckte die Schultern, und der blaue Stern über den geschwungenen Brauen begann ein bläuliches Licht auszustrahlen. Die Gäste wichen vorsichtig zurück, denn wenn ein Magier mit blauem Stern ärgerlich wurde, war es ratsam, ihm nicht in den Weg zu kommen. Der Spielmann stellte die Laute ab, damit ihr nichts passierte, falls er aufspringen mußte. Aus der peinlichen Bedächtigkeit seiner Bewegungen erkannte der Magier, daß er bereits so manches Glas mit ihm genehmen Kameraden getrunken hatte. Aber der Minnesänger schloß die Hand nicht um seinen Degengriff, sondern um das Schlangenamulett.

»Einem wie Euch bin ich noch nie begegnet«, sagte der junge Mann milde, und Lythande spürte ein leichtes Kribbeln in sich, das einem Magier die Anrufung von Zauberkräften verriet. Lythande schloß daraus, daß das Amulett zu jenen gehörte, die ihren Träger erst dann schützten, wenn dieser eine bestimmte Zahl von wahrheitsgetreuen Feststellungen – gewöhnlich drei bis fünf – über seinen Angreifer oder Feind geäußert hatte. Wachsam, aber belustigt, entgegnete Lythande: »Wie wahr. Auch werdet Ihr nie mehr einem wie mir begegnen, wie lange Ihr noch leben mögt, Spielmann.«

Unter dem bedrohlichen blauen Glühen des Sterns erkannte der Minnesänger den freundlichen Spott um Lythandes Lippen. Er ließ sein Amulett los. »Ich wünsche Euch wahrhaftig nichts Böses, genausowenig wie Ihr mir. Auch das sind Wahrheiten, eh, Zauberer? Und damit genügt es wohl. Doch obwohl Ihr vielleicht wie kein anderer seid, seid Ihr doch nicht der einzige Magier in Freistatt, der einen blauen Stern auf der Stirn trägt.«

Wut funkelte jetzt aus dem blauen Stern, doch nicht auf den Spielmann. Beide wußten es. Die Menge ringsum erinnerte sich plötzlich, daß sie anderswo dringende Geschäfte hatte. Der Minnesänger blickte auf die leeren Bänke.

»Ich fürchte, ich muß für mein Nachtmahl anderswo singen.«

»Es war keine Beleidigung, als ich ablehnte, mit Euch zu trinken«, erklärte Lythande. »Der Schwur eines Magiers ist nicht so leicht umzuwerfen wie eine Laute. Würdet Ihr also als Gastgeschenk ein Abendessen annehmen und zu trinken, soviel Ihr wollt, ohne Euch in

Eurer Würde gekränkt zu fühlen? Und darf ich Euch dafür um einen Gefallen bitten?«

»So ist es Sitte in meiner Heimat. Cappen Varra dankt Euch, Magier.«

»Wirt! Euer bestes Mahl für meinen Gast, und soviel er heute nacht zu trinken vermag!«

»Für so großzügige Gastlichkeit werde ich bei dem gewünschten Gefallen nicht kleinlich sein«, versicherte Cappen Varra und bediente sich von den dampfenden Speisen, die ihm vorgesetzt wurden. Während er aß, holte Lythande aus den Falten seines Gewandes einen kleinen Beutel mit süß duftenden Kräutern, rollte sie in ein blaugraues Blatt und drückte den Ring am Finger darauf, daß die Rolle Funken fing. Lythande hob sie an die Lippen, sog daran, und würziger, grauer Rauch stieg auf.

»Was den Gefallen betrifft, nun, er wird Euch keine große Mühe kosten, ich möchte nur, daß Ihr mir von diesem anderen Zauberer erzählt, der wie ich den blauen Stern trägt. Ich kenne keinen anderen meines Ordens südlich von Azehur, und ich möchte sichergehen, daß Ihr nicht mich oder meinen Geist gesehen habt.«

Cappen Varra sog das Mark eines Knochens aus und wischte sich die Finger säuberlich an dem Tuch unter dem Fleischtablett ab. Er gönnte sich noch eine Ingwerpflaume, ehe er antwortete.

»Nicht Ihr wart es, Zauberer, noch Euer Geist oder ein Doppelgänger. Der, den ich sah, hatte weit breitere Schultern als Ihr, und er trug kein Schwert, sondern zwei Dolche über Kreuz an den Hüften. Sein Bart war schwarz, und an seiner Linken fehlten drei Finger.«

»Bei Ils mit den tausend Augen! Rabben Halbhand hier in Freistatt! Wo habt Ihr ihn gesehen, Spielmann?«

»Er durchquerte den Basar, aber ich sah ihn nichts kaufen. Das zweite Mal bemerkte ich ihn in der Straße der Roten Laterne, als er sich mit einer Frau unterhielt. Welchen Gefallen kann ich Euch tun, Magier?«

»Ihr habt ihn mir bereits getan.« Der Zauberer gab dem Wirt Silber – soviel, daß der mürrische Mann den Schutz von Shalpas Mantel auf den Gast herabwünschte, als Lythande ging – und legte eine weitere Münze, doch aus Gold diesmal, neben die geborgte Laute.

»Holt Euch Eure Leier zurück. Mit diesem Instrument hier tut Ihr Eurer Stimme nichts Gutes an.« Aber als der Spielmann den Kopf hob, um dem Zauberer zu danken, war der bereits unbemerkt in den Schatten verschwunden.

Die Goldmünze einsteckend, fragte der Minnesänger: »Woher hat er das gewußt? Und wie ist er so schnell fort?«

»Das weiß allein Shalpa der Flinke«, brummte der Wirt. »Vielleicht ist er durch das Rauchloch der Feuerstelle geflogen? Er braucht den nachtdunklen Mantel Shalpas wahrhaftig nicht, er hat seinen eigenen, der ihn unsichtbar macht. Er bezahlte für Eure Getränke, guter Herr, was hättet Ihr gern?«

Und Cappen Varra fuhr fort, sich zu betrinken; denn das war das weiseste, wenn man ungewollt in die Privatangelegenheit eines Zauberers verwickelt wurde.

Auf der Straße blieb Lythande stehen und überlegte. Rabben Halbhand war kein Freund, doch bestand auch kein Grund anzunehmen, daß seine Anwesenheit in Freistatt etwas mit Lythande oder Rache zu tun hatte. Hätte es sich um eine Sache des Ordens des Blauen Sterns gehandelt, bei der Lythande Rabben unterstützen müßte, oder wäre Halbhand geschickt worden, alle Angehörigen des Ordens zusammenzurufen, so hätte der Stern, den sie beide trugen, eine Warnung übermittelt.

Jedenfalls konnte es nicht schaden, sich zu vergewissern. Lythande war inzwischen zügig weitergegangen und erreichte nun den alten Marstall hinter dem Statthalterpalast. Es war still dort und der richtige Ort für Magie. Lythande trat in eine der schmalen Seitengassen, faltete den Zaubererumhang um sich, daß kein Licht mehr hindurchdrang, und zog sich immer weiter in die Stille zurück, bis nichts blieb auf der Welt, ja im gesamten Universum, als das Licht des blauen Sterns. Lythande erinnerte sich, wie er angebracht worden war und zu welchem Preis – dem Preis, den ein Adept für Macht bezahlte.

Das blaue Glühen zog sich zusammen, löste sich zu bunten Mustern auf, pulsierte und leuchtete, bis Lythande *in* dem Licht stand. Und dort, an dem Ort-der-nicht-ist, auf einem Thron aus einem gewaltigen Saphir saß der Herr des Sterns.

»Sei gegrüßt, Mitstern, sternengeborener *Shyryu.*« Dieses Kosewort konnte vielerlei bedeuten: Freund, Gefährte, Bruder, Schwester, Geliebter, Gleichgestellter, Pilger. Wörtlich übersetzt hieß es: *Wesen des Sternenlichts.* »Was führt dich in dieser Nacht aus solcher Ferne in das Pilgerheim?«

»Die Bitte um Erleuchtung, Wesen des Sternenlichts. Habt Ihr jemanden ausgeschickt, mich in Freistatt aufzusuchen?«

»Nein, *Shyryu.* Im Tempel des Sternenlichts ist alles in bester Ordnung. Du wurdest nicht gerufen. Noch ist die Stunde nicht gekommen.«

Jeder Adept des Blauen Sterns weiß es; es ist Teil des Preises der Macht: Wenn die Welt stirbt, wenn alle Taten und alles Streben der Menschheit ihr Ende finden, wird das letzte, das unter dem Ansturm des Chaos fällt, der Tempel des Sterns sein. Und dann wird der Herr des Sterns am Ort-der-nicht-ist alle Pilgeradepten aus den hintersten

Winkeln der Welt zusammenrufen, damit sie mit all ihrer Magie gegen das Chaos kämpfen. Bis zu jenem Tag jedoch sind sie frei, alles zu tun, was ihre Kräfte erhöht. Der Herr des Sterns wiederholte beruhigend: »Die Stunde ist noch nicht gekommen. Du kannst weiter durch die Welt ziehen, wie es dir gefällt.«

Das blaue Glühen verschwand, und Lythande blieb fröstelnd stehen. Also war Rabben nicht hierhergekommen, um zu dieser letzten Pflicht zu rufen. Doch Ende und Chaos mochten für Lythande sehr wohl vor der bestimmten Stunde kommen, wenn sie Rabben Halbhand freie Hand ließ.

Es war eine faire Kraftprobe gewesen, von unseren Meistern angeordnet. Rabben dürfte eigentlich keinen Groll gegen mich hegen . . . Rabbens Anwesenheit in Freistatt brauchte wirklich nichts mit Lythande zu tun zu haben. Er mochte aus durchaus ehrbaren Gründen hier sein – wenn Rabben überhaupt zu etwas Ehrbarem fähig war. Keinem der Pilger-Adepten wurde vorgeschrieben, wie er leben mußte. Sie hatten nur die eine Pflicht, am Letzten Tag auf der Seite der Ordnung gegen das Chaos zu kämpfen. Und Rabben hatte bisher keinen Grund gesehen, es schon vorher zu tun.

Vorsicht war vonnöten. Lythande wußte, daß Rabben nahe war.

Südöstlich des Statthalterpalasts an der Tempelallee befand sich ein kleiner dreieckiger Park. Tagsüber wandelten dort Prediger und Priester, denen es an Opfergaben und Andächtigen gebrach, über die Kieswege und die Anlagen; des Nachts fand man dort Frauen, die keine Göttin anbeteten außer der des vollen Beutels und leeren Schoßes. Aus beiden Gründen nannte man diesen Park voll Ironie »Himmlisches Versprechen«. In Freistatt, wie anderswo, wußte man sehr wohl, daß Versprechen nicht immer gehalten werden.

Lythande kümmerte sich gewöhnlich weder um Frauen noch um Priester und kam nicht oft dorthin. Der Park schien verlassen zu sein. Ein böser Wind war aufgekommen, er peitschte Büsche und Sträucher, daß sie wie fremdartige Tiere in widernatürlichen Stellungen aussahen, und ächzte gespenstisch um Wände und Giebel der Tempel auf der anderen Straßenseite. Von diesem Wind sagte man in Freistatt, er sei das Stöhnen Azyunas in Vashankas Bett. Lythande ging schnell und mied die Dunkelheit der Pfade. Da zerriß der Schrei einer Frau die Luft.

Aus den Schatten sah der Magier die zerbrechliche Figur eines jungen Mädchens in zerrissenem Gewand. Sie war barfuß, und ihr Ohr blutete, wo ein Ring aus dem Läppchen gerissen war. Sie wehrte sich gegen den unerbittlichen Griff eines stämmigen, schwarzen Mannes. Das erste, was Lythande auffiel, war die Hand um das schmale, knochige Handgelenk des Mädchens, an dem sie es mit sich zerrte. Zwei Finger fehlten ganz und ein dritter bis zum unteren

Glied. Erst dann – als es bereits nicht mehr nötig war – sah der Magier den blauen Stern zwischen den buschigen schwarzen Brauen und die katzengelben Augen Rabben Halbhands.

Lythande kannte ihn von früher, aus dem Tempel des Sterns. Schon damals war Rabben ein tückischer Mann und für seine Lasterhaftigkeit verrufen gewesen. Warum, fragte sich Lythande, hatten die Meister nicht verlangt, daß er als Preis für die Macht seine Laster aufgebe? Lythandes Lippen verzogen sich zu einem freudlosen Grinsen. So berüchtigt war Rabbens Geilheit, daß jeder das Geheimnis seiner Macht kennen würde, wenn er seine Ausschweifungen aufgegeben hätte.

Die Kräfte eines Adepten des Blauen Sterns beruhten auf einem Geheimnis. So, wie in einer alten Sage ein Riese sein Herz in einem Versteck außerhalb seines Körpers aufbewahrte und damit seine Unsterblichkeit sicherte, gab ein Adept des Blauen Sterns all seine psychische Kraft in ein Geheimnis. Entdeckte jemand dieses Geheimnis, ging alle Macht des Adepten auf ihn über. Also mußte Rabbens Geheimnis etwas anderes sein . . . Aber Lythande dachte nicht mehr weiter darüber nach.

Das Mädchen schrie mitleiderregend, als Rabben heftig an ihrem Handgelenk riß. Als der Stern des stämmigen Magiers zu glühen begann, warf sie hastig die freie Hand vor die Augen, um sie abzuschirmen. Obgleich Lythande sich eigentlich gar nicht hatte einmischen wollen, trat er aus dem Schatten, und die klare Stimme, deretwegen die Zauberlehrlinge im äußeren Hof des Blauen Sterns Lythande »Minnesänger« statt »Magier« genannt hatten, erschallte:

»Bei Shipri Allmutter, laß diese Frau los!«

Rabben wirbelte herum. »Bei den neunhundertneunundneunzig Augen Ils'! Lythande!«

»Gibt es nicht genug Frauen auf der Straße der Roten Laterne, daß du Mädchen, die noch halbe Kinder sind, in der Tempelallee mißhandeln mußt?« Lythande hatte beim Näherkommen gesehen, wie jung Rabbens Opfer war: die dünnen Arme und noch kindlichen Beine und Fußgelenke, den bei weitem noch nicht vollentwickelten Busen unter dem schmutzigen, zerrissenen Kleid.

Rabben wandte sich Lythande zu und höhnte: »Du warst immer zimperlich, *Shyryu*. Keine Frau kommt in diesen Park, wenn sie nicht käuflich ist. Willst du die Dirne für dich? Bist du deiner fetten Hausmutter aus dem Aphrodisia müde?«

»Du wirst ihren Namen nicht in den Mund nehmen, *Shyryu!*«

»So empfindlich der Ehre einer Hure wegen?«

Lythande ging nicht darauf ein. »Laß das Mädchen gehen oder stell dich mir!«

Rabbens Stern schleuderte Blitze. Er stieß das Mädchen zur Seite.

Es fiel schlaff auf den Boden und blieb reglos liegen. »Sie wird dort bleiben, bis wir miteinander fertig sind. Hast du dir vielleicht eingebildet, sie könnte fortlaufen, während wir kämpfen? Wenn ich so recht überlege, ich habe dich noch nie mit einer Frau gesehen, Lythande – ist das dein Geheimnis, daß du mit Frauen nichts anzufangen weißt?«

Lythande behielt das gleichmütige Gesicht bei, doch was immer auch kam, Rabben durfte keine Gelegenheit bekommen, sich weiter mit diesem Gedanken zu beschäftigen. »Du magst deinen Trieben auf der Straße nachgehen wie ein Tier, Rabben, ich tue es nicht. Gibst du sie jetzt frei, oder willst du lieber kämpfen?«

»Vielleicht sollte ich sie dir überlassen. Das ist ja geradezu unvorstellbar, daß Lythande auf der Straße um eine Frau kämpfen will! Du siehst, ich kenne deine Gewohnheiten gut, *Shyryu*.«

Vashankas Verdammnis! dachte Lythande. *Jetzt muß ich wirklich um das Mädchen kämpfen!*

Lythandes Rapier glitt aus der Scheide und richtete sich fast wie von selbst auf Rabben.

»Ha! Glaubst du wirklich, Rabben läßt sich auf eine Straßenstecherei wie ein gewöhnlicher Söldner ein?« Lythandes Degenspitze zerplatzte in dem Glühen des blauen Sterns, und die Klinge wurde zu einer schillernden Schlange, die den Kopf nach hinten drehte und sich wand, um am Griff hochzukriechen, als wolle sie sich um Lythandes Faust wickeln, während Gift aus ihren spitzen Fängen troff.

Lythandes Stern blitzte nun auf. Die Waffe war wieder Metall, aber nutzlos in der verdrehten Schlangenform, in der die Spitze so zurückgebogen war, daß sie fast den Griff berührte. Erbost ließ Lythande das verformte Eisen los und schickte Rabben zischenden Feuerregen entgegen. Schnell hüllte der stämmige Adept sich in Nebel, und das sprühende Feuer erlosch. Ohne sich dessen wirklich bewußt zu werden, bemerkte Lythande, daß sich eine neugierige Zuschauermenge um sie sammelte. Es kam wohl nicht zweimal im Leben vor, daß zwei Adepten des Blauen Sterns ein Zauberduell auf den Straßen Freistatts führten.

Ein heulender Wind peitschte kleine Feuerbrände gegen Lythande. Sie berührten den hochgewachsenen Zauberer und verschwanden. Dann erfaßte ein gewaltiger Wirbelsturm die Bäume, raubte ihnen die Blätter und zwang Rabben in die Knie. Lythande war gelangweilt. Es mußte schnell zu Ende gebracht werden. Nicht einer der glotzenden Zuschauer hätte nachher zu sagen vermocht, was geschehen war. Jedenfalls krümmte Rabben sich, langsam, ganz langsam, wurde Zoll um Zoll auf die Knie gezwungen, dann auf alle viere, langgestreckt auf den Boden, bis sich sein Gesicht tiefer und tiefer in den Staub preßte . . .

Lythande drehte sich um und hob das Mädchen hoch. Ungläubig starrte sie auf den stämmigen Zauberer, der heftig seinen schwarzen Bart in den Schmutz bohrte.

»Was habt Ihr . . .«

»Das ist unwichtig – verschwinden wir von hier. Der Zauber wird nicht lange anhalten, und wenn er bricht, wird Rabben sehr wütend sein.« Leichter Spott sprach aus Lythandes Stimme, und das Mädchen verstand ihn, wie es Rabbens Bart und Augen und blauen Stern schmutz- und staubbedeckt vor sich sah . . .

Sie rannte dicht hinter dem wallenden Umhang des Zauberers. Als sie den Park des Himmlischen Versprechens weit hinter sich hatten, blieb Lythande so plötzlich stehen, daß das Mädchen fast dagegen prallte.

»Wie heißt du, Kleine?«

»Mein Name ist Bercy. Und Eurer?«

»Ein Magier nennt seinen Namen nicht leichthin. In Freistatt bin ich als Lythande bekannt.« Auf sie hinabblickend, bemerkte der Magier mit einem Stich im Herzen, daß sie unter dem Schmutz und der zerrissenen Kleidung sehr schön und sehr jung war. »Du kannst jetzt gehen, Bercy. Er wird dich von nun an in Ruhe lassen. Ich habe ihn in einem fairen Zweikampf besiegt.«

Sie warf sich an Lythandes Brust, schmiegte sich dagegen. »Schickt mich nicht fort«, flehte sie mit weiten, bewundernden Augen. Der Magier runzelte die Stirn.

Das war natürlich zu erwarten gewesen. Bercy glaubte – und wer in Freistatt hätte anders gedacht? –, der Zweikampf wäre um sie ausgetragen worden. Und sie war durchaus bereit, sich dem Sieger hinzugeben. Lythande machte eine abwehrende Gebärde.

»Nein . . .«

Des Mädchens Augen verengten sich voll Mitleid. »So stimmt es denn, was Rabben sagte: Euer Geheimnis ist, daß Euch vorenthalten wurde, was den Mann macht?« Aber hinter dem Mitleid verbarg sich ein Hauch von Belustigung – welch aufregenden Klatsch das geben würde! Ein Leckerbissen geradezu für die Straße der Frauen!

»Schweig!« Lythande bedachte sie mit gebieterischem Blick. »Komm!«

Sie folgte dem Magier durch die krummen Gassen zur Straße der Roten Laternen. Festen Schrittes eilte Lythande am Haus der Nixen vorbei, wo es so exotische Freuden geben sollte, wie sich aus dem Namen schließen ließen, dann am Haus der Peitschen, das von allen gemieden wurde, außer jenen, die nur dies und sonst keines besuchen wollten, und kam schließlich, unter dem Antlitz der Grünen Göttin, die noch weit außerhalb Ranke verehrt wurde, zum Aphrodisiahaus.

Bercy schaute sich mit großen Augen um, bewunderte die Säulen der Empfangshalle, den Schein der hundert Laternen, die prächtig gewandeten Frauen, die lässig auf weichen Kissen ruhten, bis sie gerufen wurden. Ja, wahrhaftig waren sie kostbar gewandet, und es gab keine, die nicht edles Geschmeide trug – Myrtis verstand ihr Handwerk und wußte, wie sie ihre Ware zur Schau stellen mußte. Lythande nahm an, daß Neid aus dem Blick der zerlumpten Bercy sprach. Vermutlich verkaufte sie sich im Basar für ein paar Kupferstücke oder einen Laib Brot, seitdem sie alt genug dafür war. Doch irgendwie hatte sie sich – wie Blumen, die auf einem Misthaufen wuchsen – eine bezaubernde, frische Schönheit bewahrt: gold und weiß und blütenhaft. Selbst halbverhungert und in Lumpen rührte sie an Lythandes Herz.

»Bercy, hast du heute schon gegessen?«

»Nein, Herr.«

Lythande rief den riesenhaften Eunuchen Jiro, zu dessen Pflichten es gehörte, besonders geschätzte Kunden zu den Gemächern ihrer Erwählten zu führen und Betrunkene sowie andere Kunden, die sich unbeliebt gemacht hatten, auf die Straße zu setzen. Er kam herbei – mit dickem Bauch und nackt, von einem schmalen Lendentuch und einem Dutzend Ringen im Ohr abgesehen (er hatte einst eine Liebste gehabt, eine Ohrringverkäuferin, die ihn für die Zurschaustellung ihrer Ware benutzt hatte).

»Wie dürfen wir dem Magier Lythande dienen?«

Die Frauen auf den Kissen und Diwans flüsterten überrascht und bestürzt miteinander. Fast vermochte Lythande ihre Gedanken zu lesen:

Keiner von uns ist es je geglückt, des großen Zauberers Aufmerksamkeit auf sich zu lenken oder gar ihn zu verführen! Und nun findet er Gefallen an dieser zerlumpten Straßendirne? Doch da sie Frauen waren, konnten sie die unverfälschte Schönheit des Mädchens unter Schmutz und Lumpen erkennen, das wußte Lythande.

»Ist Madame Myrtis im Haus, Jiro?«

»Sie schläft, o Magier. Sie hat jedoch angeordnet, sie zu wecken, wenn Ihr hierherkommt, gleichgültig zu welcher Stunde. Ist dieses . . .« Bestimmt kann niemand so hochmütig sein wie der Obereunuch eines vornehmen Hauses. ». . . dieses Ding *Euer*, Lythande, oder ein Geschenk für meine Madame?«

»Beides, vielleicht. Besorg ihr zu essen und ein Bett für die Nacht.«

»Und ein Bad, Zauberer? Sie hat genug Ungeziefer, die Kissen eines ganzen Stockwerks zu verlausen.«

»Ein Bad, selbstverständlich«, pflichtete Lythande ihm bei. »Auch eine Badefrau mit Duftstoffen und Öl. Nicht zu vergessen ein Gewand, denn diese Lumpen . . .«

»Verlaßt Euch auf mich«, sagte Jiro selbstbewußt. Bercy blickte Lythande verstört an, folgte jedoch dem Eunuchen, als der Zauberer es ihr bedeutete. Als beide gingen, sah Lythande Myrtis an der Tür stehen: eine üppige Frau, nicht mehr jung, aber von der erstarrten Schönheit eines Zaubers. Aus dem makellosen Gesicht strahlten ihre Augen Lythande voll Wärme an, und sie lächelte.

»Mein Teurer, ich hatte dich nicht erwartet. Ist sie dein?« Mit einem Kopfnicken deutete sie auf die Tür, durch die Jiro die verängstigte Bercy geführt hatte. »Sobald du sie aus den Augen läßt, wird sie davonlaufen.«

»Ich wollte, es wäre so, Myrtis. Doch fürchte ich, dieses Glück habe ich nicht.«

»Vielleicht solltest du mir die ganze Geschichte erzählen«, schlug Myrtis vor und lauschte danach der kurzen, aber bildhaften Wiedergabe des Vorfalls.

»Wenn du jetzt lachst, Myrtis, ziehe ich meinen Zauber zurück, dann werden alle in Freistatt sich über deine Runzeln lustig machen können!«

Myrtis kannte Lythande zu lange und zu gut, als daß sie diese Drohung ernstgenommen hätte. »Also ist die Maid, die du gerettet hast, voll wilden Verlangens nach Lythande!« Sie kicherte. »Das hört sich an wie eine alte Ballade.«

»Was kann ich bloß tun, Myrtis? Beim Busen Allmutter Shipris, das bringt mich in arge Verlegenheit!«

»Zieh sie in dein Vertrauen und sag ihr, weshalb du sie nicht in dein Bett nehmen kannst.«

Lythande runzelte die Stirn. »Du kennst mein Geheimnis, weil ich es vor dir nicht verbergen konnte, schließlich kanntest du mich bereits, ehe ich zum Magier gemacht wurde und diesen blauen Stern trug . . .«

»Und ehe ich zur Kurtisane wurde«, bestätigte Myrtis.

»Aber wenn dieses Mädchen sich durch ihre Liebe zu mir genarrt fühlt, wird diese Liebe sich in Haß verwandeln. Und ich kann niemandem die Wahrheit sagen, dem ich nicht mein Leben und meine Macht anvertrauen könnte. Nur du hast mein Vertrauen, Myrtis, unserer gemeinsamen Vergangenheit wegen, und das schließt meine Macht ein, solltest du sie je benötigen. Doch diesem Mädchen kann ich sie wahrhaftig nicht anvertrauen!«

»Aber sie schuldet dir etwas, weil du sie vor Rabben gerettet hast.«

»Ich werde mir etwas einfallen lassen«, sagte Lythande. »Bitte beeile dich und bring mir zu essen und trinken, ich bin arg hungrig und durstig.« In einem Gemach, das niemand sonst betreten durfte, aß und trank Lythande, was Myrtis eigenhändig vorsetzte, und die

Kurtisane meinte: »Nie hätte ich wie du schwören können, nichts mehr vor den Augen eines Mannes zu mir zu nehmen.«

»Wenn du die Macht eines Magiers suchtest, würdest zweifellos auch du den Schwur halten«, sagte Lythande überzeugt. »Ich komme selten in Versuchung, ihn zu brechen. Ich fürchte nur manchmal, ich könnte es unbewußt tun. In einer Schenke darf ich nicht trinken, denn man kann ja nie wissen, ob unter den Dirnen nicht einer oder auch mehrere dieser merkwürdigen Männer sind, denen es ein Bedürfnis ist, sich wie eine Frau zu kleiden und als solche auszugeben. Aus diesem gleichen Grund möchte ich auch hier unter deinen Mädchen nicht essen und trinken. Alle Macht beruht auf diesem Schwur und dem Geheimnis.«

»Dann kann ich dir leider nicht helfen«, bedauerte Myrtis. »Aber du mußt ihr ja nicht die Wahrheit sagen. Behaupte, du hättest ein Keuschheitsgelübde abgelegt.«

»Das könnte ich tun.« Stirnrunzelnd beendete Lythande das Mahl.

Später wurde Bercy hereingebracht, und ihre Augen leuchteten. Sie wirkte wie verzaubert durch das feine Gewand, das gewaschene Haar, das sich weich um ihr rosiges Gesicht lockte, und den Duft von Badeöl und Parfüm, der sie umgab.

»Die Mädchen tragen hier so hübsche Gewänder, und eine erzählte mir, daß sie zweimal am Tag essen dürfen, wenn sie möchten! Glaubt Ihr, ich bin hübsch genug, daß Madame Myrtis mich hier aufnehmen würde?«

»Wenn du das möchtest? Du bist mehr als nur hübsch.«

Kühn antwortete das Mädchen. »Ich würde viel lieber Euch gehören, Magier.« Wieder schmiegte sie sich an Lythande, schlang die Arme um des Zauberers Hals und hob ihr Gesicht. Lythande berührte selten etwas Lebendes. Es war ein ungewohntes Gefühl, sie sanft in den Armen zu halten und sich die Bestürzung nicht anmerken zu lassen.

»Bercy, Kind, es ist gewiß nicht mehr als eine vorübergehende Laune.«

»Nein«, wimmerte sie. »Ich liebe dich! Ich will nur dich!«

Und dann spürte der Magier ganz unverkennbar wieder das Kribbeln, diese warnende Anspannung der Nerven, die verriet, daß Zauber gewirkt wurde. Doch nicht gegen Lythande. Dagegen hätte der Magier etwas tun können. Aber irgendwo in diesem Gemach.

Hier, im Aphrodisiahaus? Myrtis, das wußte Lythande, konnte man Leben, Ruf und sogar die Macht des blauen Sterns anvertrauen, das hatte sie oft genug bewiesen. Hätte sie sich wirklich so sehr geändert, um zur Verräterin zu werden, wäre es aus ihrer Aura zu spüren gewesen, als Lythande in ihre Nähe gekommen war.

Also blieb nur das Mädchen, das sich an Lythande klammerte und nun wimmerte: »Ich will sterben, wenn du mich nicht liebst! Ich will sterben! Sag mir, es stimmt nicht, Lythande, daß du nicht lieben kannst! Sag mir, es ist eine böse Lüge, daß Magier entmannt sind, unfähig eine Frau zu . . .«

»Das ist wahrhaftig eine böse Lüge!« unterbrach Lythande sie ernst. »Ich gebe dir meinen heiligen Eid, daß ich nicht entmannt wurde.« Doch Lythandes Nerven kribbelten bei diesen Worten. Magier mochten lügen, und die meisten taten es. Lythande log wie alle anderen, solange es niemandem weh tat. Aber das Gesetz des Blauen Sterns war so: wurde einem eine Frage gestellt, die unmittelbar mit dem Geheimnis zusammenhing, so durfte ein Adept nicht direkt lügen. Und Bercy war, ohne es zu ahnen, nur eine Frage von der ausschlaggebenden entfernt, die das Geheimnis barg.

Mit aller Macht legte sich Lythandes Magie um den Stoff der Zeit. Das Mädchen stand reglos, war sich nicht bewußt, daß eine bestimmte Spanne verging, während Lythande weit genug von ihr weg trat, um ihre Aura zu lesen. Und wahrhaftig, innerhalb des Gewebes dieses vibrierenden Feldes haftete der Schatten des Blauen Sterns. Rabben, der ihr seinen Willen aufzwang!

Rabben! Rabben Halbhand hatte sie in seine Macht gezwungen, hatte den Plan ausgedacht und durchzuführen begonnen. Dazu gehörte auch die Begegnung mit ihm und dem Mädchen, das scheinbar seine Hilfe brauchte. Bercy stand unter seinem Zauber, und mit ihm hatte sie Lythande angezogen.

Das Gesetz des Blauen Sterns verbat, daß ein Adept des Sterns einen anderen tötete, denn alle wurden am Letzten Tag zum Kampf gegen das Chaos benötigt. Konnte jedoch ein Adept das Geheimnis der Macht eines anderen aufdecken – so war der Machtlose nicht mehr im Kampf gegen das Chaos zu gebrauchen, und es war dann möglich, ihn zu töten.

Was ließ sich jetzt tun? Das Mädchen umbringen? Selbst das würde Rabben als Antwort werten. Durch den Zauber, den Rabben über das Mädchen gewirkt hatte, war sie unwiderstehlich für einen Mann. Rabben würde dann wissen, daß Lythandes Geheimnis in diesem Bereich lag, und er würde nicht mehr ruhen in seinem Bemühen, es aufzudecken. Denn wenn dieser Liebeszauber nicht wirkte, mußte Lythande ein Eunuch sein oder Jünglinge statt Mädchen lieben, oder . . . Lythande wagte nicht weiterzudenken. Das Geheimnis war nur sicher, wenn nicht danach gefragt wurde. In der Aura war es nicht zu lesen, doch eine einfache Frage, und das Ende war gekommen!

Ich sollte sie töten, dachte Lythande. Denn jetzt kämpfe ich nicht nur um meine Zauberkräfte, sondern um mein Geheimnis und mein Leben. Ganz sicher wird Rabben, sobald ich meine Macht verloren habe, keine Zeit verlieren, mich umzubringen, als Rache für seinen Verlust einer halben Hand.

Das Mädchen war immer noch reglos durch den Zeitzauber. Wie leicht sie jetzt getötet werden könnte! Da entsann Lythande sich eines alten Märchens, das vielleicht nützlich sein mochte.

Das Licht flackerte, als die Zeit in das Gemach zurückkehrte. Bercy klammerte sich immer noch wimmernd an Lythande, ohne sich des Zeitverlusts bewußt zu sein. Der Magier hatte inzwischen einen Entschluß gefaßt. Das Mädchen spürte Lythandes Umarmung und den Kuß auf ihren willigen Lippen.

»Du mußt mich lieben, oder ich sterbe!« weinte Bercy.

Lythande versprach: »Du wirst mein sein.« Die weiche Stimme sagte sanft: »Selbst ein Magier ist in der Liebe verwundbar, und ich muß mich schützen. Ein Gemach wird für uns vorbereitet, völlig still und ohne Licht, außer dem, das ich selbst durch Zauber rufe. Du mußt mir schwören, daß du nicht versuchen wirst, mich zu berühren oder zu sehen, außer im Zauberlicht. Schwörst du das bei der Allmutter, Bercy? Denn wenn du es schwörst, werde ich dich lieben, wie noch keine Frau je geliebt wurde.«

Zitternd flüsterte das Mädchen: »Ich schwöre es!«

Mitleid erfüllte Lythandes Herz, denn Rabben hatte Bercy auf grausame Weise verzaubert, daß sie vor heftiger Liebe zu dem Magier brannte, daß nichts anderes als ihre Leidenschaft sie bewegte. Lythande dachte: Wenn sie mich nur ohne den Zauber geliebt hätte, dann könnte ich sie lieben ... Ich wollte, ich könnte ihr mein Geheimnis anvertrauen. Aber sie ist Rabbens Werkzeug. Ihre Liebe zu mir ist allein sein Werk und kommt nicht aus ihrem Herzen – ist nicht echt ...

So mußte alles, was sich nun zwischen ihnen zutragen sollte, lediglich ein Schauspiel sein, das für Rabben aufgeführt wurde.

»Ich werde alles vorbereiten.«

Lythande ging zu Myrtis und sagte ihr, was erforderlich war. Die Frau begann zu lachen, aber ein Blick auf das düstere Gesicht genügte, sie sofort ernst werden zu lassen. Es schmerzte sie tief, jemanden, den sie liebte, so leiden zu sehen. So sagte sie: »Ich werde alles vorbereiten. Soll ich ihr ein Mittel in den Wein geben, damit ihr Wille geschwächt wird und du es leichter hast, sie zu täuschen?«

Tiefe Bitterkeit sprach aus Lythandes Stimme: »Das hat Rabben bereits getan, als er ihr den Zauber auferlegte, mich zu lieben.«

»Wäre es dir anders lieber?« fragte Myrtis zögernd.

»Alle Götter von Freistatt spotten meiner! Möge Allmutter mir helfen! Ja, anders wäre es mir lieber! Ich könnte sie lieben, wäre sie nicht Rabbens Werkzeug.«

Als alles vorbereitet war, betrat Lythande das verdunkelte Gemach.

Es gab hier kein Licht außer dem des blauen Sterns. Das Mädchen lag auf dem Bett und streckt leidenschaftlich die Arme nach dem Zauberer aus.

»Komm zu mir! Komm zu mir, Liebster!«

»Gleich.« Lythande setzte sich neben sie und strich mit einer Zärtlichkeit über ihr Haar, die selbst für Myrtis unerwartet gewesen wäre. »Ich werde dir ein Liebeslied aus meiner fernen Heimat singen.«

Sie räkelte sich in unendlichem Glücksgefühl. »Alles, was du tust, ist gut für mich, mein Liebster, mein Zauberer!«

Die Leere unendlicher Verzweiflung erfüllte Lythande. Bercy war schön und voll brennender Leidenschaft. Sie lag in einem Bett, das für sie beide hergerichtet war – und doch trennten Welten sie voneinander. Der Gedanke war schier unerträglich.

Lythande sang mit klangvoller Stimme, die betörender als jeder Zauber war.

Halb vorbei die Nacht, und des Mondes Sichel
Schwindet, und es bleichen des Himmels Sterne,
Zögernd sich ergebend dem nahen Morgen.
Einsam noch lieg' ich.

Lythande sah Tränen auf Bercys Wangen.

Ich werde dich lieben, wie noch keine Frau je geliebt wurde.

Zwischen dem Mädchen auf dem Bett und der reglosen Gestalt des Magiers bildete sich – während des Zauberers Umhang schwer auf den Boden fiel – ein Schatten, eine Geistgestalt: das Ebenbild Lythandes, hoch und schmal, mit blitzenden Augen und einem Stern zwischen den Brauen, und einem Körper weiß und narbenlos; die Gestalt des Magiers, doch diese gewaltig an Männlichkeit. Dem reglosen Mädchen näherte sie sich, wartete. Bercys Geist, von Verlangen erfüllt, wurde gefangen, gehalten, betört. Lythande ließ Bercy das Trugbild einen Augenblick sehen, die wahre Gestalt dahinter erblickte sie nicht. Und dann, als ihre Augen sich vor Lust durch die Berührung schlossen, strich Lythande sanft mit den Fingerspitzen über die Lider.

»Sehe – was ich dich sehen lasse! Höre – was ich dich hören lasse! Fühle – nur, was ich dich fühlen lasse, Bercy!«

Und nun war das Mädchen ganz dem Zauber des Schattens verfallen. Unbewegt, fast versteinert, beobachtete der Magier wie ihre Lippen sich um nichts schlossen und einen unsichtbaren Mund küßten. Und Herzschlag um Herzschlag wußte Lythande, was sie berührte, was sie liebkoste. Hingerissen, von Leidenschaft erfaßt, verzaubert von der Truggestalt, die sie immer wieder auf den höchsten Gipfel der Lust hob, schrie sie ihr Glücksgefühl hinaus. Bitter war es für Lythande, daß dieser Schrei nur dem Schatten galt, der sie besaß. Schließlich lag sie fast bewußtlos vor befriedigter Erschöpfung, und Lythande betrachtete sie voll Qual. Als sie die Augen wieder öffnete, blickte der Magier traurig auf sie hinab.

Bercy hob müde die Arme. »Wahrlich, mein Liebster, du hast mich geliebt, wie noch keine Frau je geliebt wurde.«

Zum ersten und letzten Mal beugte Lythande sich über sie und preßte die Lippen in einem langen, unendlich zärtlichen Kuß auf ihre. »Schlafe, mein Liebling.«

Und als sie in den tiefen Schlaf der Erschöpfung sank, weinte der Magier. Lange ehe sie erwachte, stand Lythande, zur Reise gerüstet, in Myrtis' kleinem Salon.

»Der Zauber wird anhalten. Sie wird sich beeilen, Rabben Bericht zu erstatten – ihm zu versichern, daß Lythande unvergleichlich in der Liebe ist, daß er unermüdlich in seiner Männlichkeit ist und eine Frau bis zur völligen Erschöpfung zu lieben vermag.« Die Stimme Lythandes war rauh von Bitterkeit.

»Und lange ehe du nach Freistatt zurückkehrst, wird sie frei von dem Zauber sein und dich mit vielen anderen Bettgefährten vergessen haben«, pflichtete Myrtis ihm bei. »So ist es besser und sicherer.«

»Stimmt.« Aber Lythandes Stimme war brüchig. »Paß auf sie auf, Myrtis. Sei gut zu ihr.«

»Das schwöre ich dir, Lythande.«

»Wenn sie mich nur hätte lieben können . . .« Des Zauberers Stimme brach, und Lythande schluchzte einen Augenblick. Von Mitleid geschüttelt, blickte Myrtis zur Seite, weil sie keinen Trost für den Magier fand.

»Wenn sie mich nur hätte lieben können, wie ich bin, befreit von Rabbens Zauber. Wenn sie mich hätte lieben können, ohne daß ich ihr etwas vormachen mußte! Aber ich fürchtete, ich könnte Rabbens Zauber nicht brechen – noch ihr trauen, daß sie mich nicht verraten würde, wenn sie erst wüßte . . .«

Myrtis legte die drallen Arme sanft um Lythande.

»Bereust du es?«

Die Frage konnte auf mehr als eine Weise ausgelegt werden. Sie mochte bedeuten: *Bereust du, daß du das Mädchen nicht getötet hast?* Oder sogar: *Bereust du deinen Eid und das Geheimnis, das du bis zum letzten Tag bewahren mußt?* Lythande beantwortete letzteres: »Wie könnte ich es bereuen? Eines Tages werde ich gegen das Chaos kämpfen mit allen meines Ordens, vielleicht sogar an der Seite Rabbens, wenn er bis dahin nicht ermordet wird. Das allein rechtfertigt mein Dasein und mein Geheimnis. Doch nun muß ich Freistatt verlassen, und wer weiß, wann der Zufall mich wieder hierher verschlägt? Küß mich zum Abschied, meine Schwester.«

Myrtis stellte sich auf die Zehenspitzen und drückte die Lippen auf die des Magiers.

»Auf Wiedersehen, Lythande. Möge die Göttin immer bei dir sein und dich bis ans Ende beschützen. Lebewohl, meine geliebte Schwester.«

Dann legte Lythande den Waffengürtel um und verließ ungesehen die Stadt Freistatt, gerade als der Morgen dämmerte. Die aufgehende Sonne dämpfte das Glühen des blauen Sterns auf ihrer Stirn. Nicht einen Blick warf sie zurück.

Ein Fürst der Comyn

Auf die Frage, welcher der Charaktere aus den ›Darkover‹-Romanen am ehesten ihrer persönlichen Stimme Ausdruck gebe, nennt Marion Zimmer Bradley, was manche verwundern mag, eine männliche Figur: Lew Alton aus *Das Schwert des Aldones* (*The Sword of Aldones,* 1962). Er war der Held der ersten Proto-Darkover-Geschichte, die sie als junges Mädchen geschrieben hatte, und er steht für Bradley als ihr »animus«, der versteckte Mann in einer jeden Frau.

Die folgende Geschichte entstand daher als eine Art psychologisches Experiment, nämlich diese Figur – und damit einen Teil von sich selbst – einmal von außen zu zeigen. Sie wurde eigentlich aus einer Laune Bradleys heraus geboren, als sie sich selber an einem Wettbewerb des ›Darkover‹-Fanclubs beteiligen wollte, zu dem man anonym Geschichten einschicken mußte. Doch sie entschied sich dann noch dagegen, was ihre Freundin Jacqueline Lichtenberg so erklärte: »MZB meinte, daß es unfair oder peinlich wirken könnten, wenn sie gewänne – oder verlöre.«

Dennoch ist diese Geschichte insofern interessant, als sie an *Hasturs Erbe* (*The Heritage of Hastur,* 1975) anschließt und den Keim für Bradleys eigene Neufassung jenes Romans aus den sechziger Jahren legte, die als *Sharras Exil* (*Sharra's Exile,* 1981) veröffentlicht wurde. Dort ist sie als ein Kapitel wiederzufinden; aber es ist dennoch eine Erzählung, die für sich allein bestehen kann.

Dio Ridenow sah sie zum ersten Mal in der Halle des Luxushotels auf der Vergnügungswelt Vainwal, das Menschen und Humanoiden vorbehalten war. Sie waren hochgewachsene, kräftige Männer, aber es war das flammend rote Haar des Älteren, das ihre Aufmerksamkeit erregte. Comynrot. Er war jenseits der Fünfzig, hatte ein steifes Knie und einen hinkenden Gang; sein Rücken war gebeugt. Hinter ihm ging ein unauffällig gekleideter junger Mann, groß, dunkelhaarig, mit schwarzen Brauen und einem verdrossenen Blick in den stahlgrauen Augen. Irgendwie haftete ihm der Ausdruck von Mißgebildetsein, von Leiden an, den sie mit Menschen in Verbindung brachte, die von Geburt an verkrüppelt waren, mit Buckligen; dennoch hatte er, abgesehen von ein paar schlecht verheilten Narben auf einer Wange, keine sichtbaren Gebrechen. Die Narben zogen einen Mundwinkel zu einem erstarrten Grinsen hoch, und Dio wandte den Blick mit einem Anflug von Ekel ab. Warum wohl befand sich ein solcher Mensch in der Begleitung eines Fürsten der Comyn? War er ein Höfling, ein armer Verwandter?

Denn offensichtlich handelte es sich um einen Fürsten der Comyn. Es gab Rothaarige auf anderen Welten der Galaxis, aber der Schnitt des Gesichts, die Züge der Comyn waren unverwechselbar in Verbindung mit diesem Haar; flammend rot, jetzt mit Grau durchzogen, aber immer noch – Comyn. Und was hatte er hier verloren? Wer war er überhaupt? Man traf selten Darkovaner anderswo als auf ihrer Heimatwelt. Die junge Frau lächelte und dachte bei sich, daß man ihr diese Frage ebenfalls hätte stellen können, denn sie war Darkovanerin und weit fort von zu Hause. Ihre Brüder kamen hierher, weil sich im Grunde keiner von ihnen für die Ränkespiele der Politik interessierte; aber sie hatten ihre Abwesenheit oft genug verteidigen und rechtfertigen müssen.

Der Comyn-Fürst bewegte sich langsam durch die Halle; hinkend, aber mit einem Hochmut, mit dem er die Blicke aller Anwesenden auf sich zog, obwohl er nichts Ungewöhnliches tat. Dio stellte sich das Bild undeutlich vor: er bewegte sich, also müßten ihm seine Dudelsackspieler vorausgehen, als müßte er eigentlich hohe Stiefel und einen wehenden Umhang tragen – nicht das langweilige graue Terranergewand, mit dem er bekleidet war.

Als sie seine terranische Kleidung erkannt hatte, wußte sie plötzlich, wer er war. Ein Comyn-Fürst, und nur ein einziger, soweit man wußte, hatte legal und mit allen Feierlichkeiten eine Terranerin geheiratet. Es war ihm gelungen, das böswillige Gerede zum Schweigen zu bringen, und das Ganze hatte sich ohnehin vor Dios Geburt zugetragen. Dio hatte ihn nur zweimal im Leben gesehen, aber sie wußte jetzt, wer er war; Kennard Lanart-Alton, Fürst Armida, der in freiwilliger Verbannung lebende Herr der Domäne Alton. Und jetzt wußte sie auch, wer der junge Mann mit dem finsteren Blick sein mußte; es war sein halbblütiger Sohn Lewis, der während eines Aufstandes in den Hellern furchbar verwundet worden war – Dio interessierte sich nicht besonders für diese Dinge und kannte die Einzelheiten nicht; sie hatte noch mit Puppen gespielt, als es geschehen war. Aber sie kannte Lews Pflegeschwester, Linnell Aillard, deren Schwester Bewahrerin in Arilinn war; und Linnell hatte ihr von Fürst Kennards Sohn Lewis erzählt und davon, daß ihr Pflegevater Lew in der Hoffnung nach Terra gebracht hatte, daß man ihm dort helfen könne.

Die beiden Comyn standen neben dem Hauptcomputer am Hotelempfang; Kennard gab den menschlichen Bediensteten, die zur luxuriösen Atmosphäre in dem Hotel der Vergnügungswelt beitrugen, einige ruhige und bestimmte Anweisungen, die ihr Gepäck betrafen. Dio selbst war in einer Welt aufgewachsen, in der menschliche Dienstboten ein gewohnter Anblick waren, und konnte darum ohne ein Gefühl der Verlegenheit damit umgehen, doch es gab nicht wenige Gäste, die ihre Scheu und Bestürzung darüber, von Menschen statt von Robotern bedient zu werden, nicht überwinden konnten. Dios Gelassenheit in diesen Dingen hatte ihr ein gewisses Ansehen unter den jungen Frauen auf Vainwal eingetragen, von denen viele einer Schicht von Neureichen angehörten, die in Scharen die Vergnügungswelten bereisten, ohne die Kultiviertheit und die Annehmlichkeiten des üppigen Lebens zu kennen und sich dem Luxus überlassen zu können, als wären sie hineingeboren. Die Herkunft, dachte Dio, während sie beobachtete, wie Kennard in genau dem richtigen Ton mit den Dienern sprach, läßt sich nicht verleugnen.

Der jüngere Mann wandte sich um; Dio bemerkte jetzt, daß eine Hand in einer Falte seines Jacketts verborgen war und daß seine Bewegungen, als er sich mit einem Gepäckstück abmühte, das kein anderer anrühren sollte, unbeholfen waren. Kennard sagte mit leiser Stimme etwas zu ihm, aber Dio konnte den ungeduldigen Klang der Worte heraushören, und der junge Mann verzog das Gesicht zu einem finsteren, zornigen Ausdruck, vor dem Dio zurückschauerte. Ihr wurde mit einem Schlag klar, daß sie den jungen Mann nicht mehr sehen wollte. Doch von dem Platz aus, an dem sie stand, konnte sie die Halle nicht durchqueren, ohne den Weg der beiden Männer zu kreuzen.

Sie hatte das Bedürfnis, den Kopf zu senken und so zu tun, als wären sie gar nicht vorhanden. Schließlich bestand einer der Vorzüge der Vergnügungswelten, wie Vainwal eine war, darin, daß man anonym und frei von den Klassenzwängen der eigenen Heimatwelt war. Sie war gewillt, ihnen die Ungestörtheit zu gewähren, die sie sich selbst wünschte. Als sich jedoch ihre Wege kreuzten, machte der junge Mann eine ungeschickte Bewegung; er sah Dio nicht und prallte mit ihr zusammen. Das Gepäckstück, was immer es auch enthalten mochte, entglitt seiner unbeholfenen Hand und fiel mit einem metallischen Klirren zu Boden. Er stieß einen ärgerlichen Fluch in ihre Richtung aus und bückte sich, um es aufzuheben. Es war ein langes, schmales, fest umwickeltes Paket, das vielleicht ein Paar Duellschwerter enthalten mochte, kostbare Besitztümer, die niemals den Händen eines anderen anvertraut wurden. Dio trat unwillkürlich einen Schritt zurück, doch der junge Mann bekam das Paket nicht zu fassen, es entglitt ihm wieder, und sie bückte sich, um es aufzuheben und ihm zu geben.

»Rühren Sie das nicht an!« stieß er böse hervor. Seine Stimme war rauh und knirschend; dann streckte er den Arm aus und stieß sie zurück, und sie sah den zurückgeschlagenen leeren Ärmel am Ende seines Arms. Empört und mit offenem Mund starrte sie ihn an; sie hatte ihm schließlich nur helfen wollen!

»Lew!« In Kennard Altons Stimme schwang vorwurfsvolle Schärfe; der junge Mann runzelte finster die Stirn und murmelte etwas vor sich hin, das wie eine Entschuldigung klang, dann raffte er die Duellschwerter, oder was immer es sein mochte, ungeschickt auf und wandte sich ab, um den zusammengesteckten Ärmel zu verbergen. Dio überlief plötzlich ein Schauder, ein tiefer Schauder, der ihr bis in die Knochen drang. Aber warum berührte es sie so sehr? Sie hatte schon andere Verwundete gesehen; eine verlorene Hand war wohl kaum Grund genug, so herumzulaufen wie dieser hier, mit einer stets beleidigten, abwehrenden Miene, einer finsteren Weigerung, den Blicken anderer Menschen zu begegnen!

Mit einem leichten Achselzucken wandte sie sich von ihm ab. Es gab keinen Grund, einen Gedanken oder eine Höflichkeit an diesen ungehobelten Burschen zu verschwenden, dessen Manieren ebenso häßlich waren wie sein Gesicht! Kennard richtete das Wort an sie: »Aber Sie sind ja eine Landmännin, *vai domna*? Ich wußte nicht, daß es Darkovaner auf Vainwal gibt.«

Sie knickste vor ihm. »Ich bin Diotima Ridenow von Serrais, Mylord, und ich befinde mich mit der Erlaubnis meines Bruders und meines Fürsten in Begleitung meiner Brüder Lerrys und Geremy hier.«

»Ich dachte, Sie wären für den Turm bestimmt, Mistress Dio.«

Sie schüttelte den Kopf und war sich bewußt, daß ihr die Röte in die Wangen stieg. »Das wurde so bestimmt, als ich noch ein Kind war; ich wurde dazu aufgefordert. Aber ich habe mich schließlich doch anders entschieden.«

»Nun ja, nicht jeder fühlt sich dazu berufen«, bemerkte Kennard freundlich, und sie verglich den Charme des Vaters mit der finsteren, höhnischen Miene des Sohnes, der mit gerunzelter Stirn und ohne den mindesten Ausdruck der Höflichkeit dastand! War es das terranische Blut in seinen Adern, das ihn auch der geringsten Spuren des Charmes seines Vaters beraubt hatte? Im Namen der Heiligen Cassilda, konnte er sie nicht wenigstens *ansehen?* Das Narbengewebe an seinem Mundwinkel war schuld daran, daß sein Gesicht zum höhnischen Grinsen verzogen war; aber offenbar war es ihm in die Seele selbst übergegangen.

»Lerrys und Geremy sind also hier? Sind sie im Hotel?«

»Wir haben eine Suite im neunzigsten Stock«, erklärte Dio, »aber sie sind jetzt im Amphitheater und sehen sich die Meisterschaft im Nullgravitäts-Tanz an. Lerry betreibt diese Sportart als Amateur, aber er ist frühzeitig aus dem Wettbewerb ausgeschieden, weil er sich einen Muskel in seinem Knie gezerrt hat und die Ärzte ihm darauf die weitere Teilnahme verboten haben.«

Kennard verneigte sich. »Überbringen Sie ihnen meine Empfehlungen«, sagte er, »und Sie sind eingeladen, morgen abend, wenn die Endkämpfe im Amphitheater ausgetragen werden, alle drei meine Gäste zu sein.«

»Ich bin sicher, sie werden entzückt sein«, erwiderte Dio und entfernte sich.

Den Rest der Geschichte erfuhr sie am Abend von ihren Brüdern.

»Lew? Das war doch der Verräter«, sagte Geremy. »Ging als Gesandter seines Vaters nach Aldaran und betrog Kennard, indem er sich diesen Piraten und Räubern von Aldaran anschloß. Immerhin das Volk seiner Mutter, und glaub mir, dieser aldaranischen Sippe ist nicht über den Weg zu trauen. Sie hatten dort damals eine Art Supermatrix, und der junge Aldaran experimentierte damit herum. Brannte halb Caer Donn nieder, als das Ding außer Kontrolle geriet. Dann wechselte Lew, soweit ich gehört habe, wieder die Seiten; er tat sich mit einem dieser Bergweiber zusammen, einer von Aldarans unehelichen Töchter, soweit ich weiß, und verschaukelte Aldaran genau wie uns andere auch; und verlor dann bei dem Brand seine Hand. Geschieht ihm nur recht. Aber ich vermute, Kennard konnte sich, nach allem, was er durchgemacht hatte, nicht eingestehen, welch ein Fehler es war, Lew zu seinem Nachfolger zu erklären. Ist es ihnen eigentlich gelungen, seine Hand zu regenerieren?« Geremy bewegte geschmeidig die drei Finger, die er vor Jahren in einem Duell verloren hatte und die, von Ärzten des Imperiums regeneriert, wie neu nachgewachsen waren. »Nein? Vielleicht fand der alte Kennard, daß er etwas zur Erinnerung an seinen Verrat zurückbehalten sollte.«

»Nein«, widersprach Lerrys, »das siehst du ganz falsch, Geremy. Lew ist kein schlechter Kerl. Soweit ich gehört habe, tat er sein Bestes, um das Feuer unter Kontrolle zu bekommen; und das Mädchen kam dabei um. Soweit ich weiß, hatte er sie geheiratet. Einer der Monitoren von Arilinn erzählte mir, wie hart sie um ihr Leben und um Lews Hand gekämpft haben; aber dem Mädchen war nicht mehr zu helfen, und Lew –« Er zuckte die Achseln. »Zandrus Höllen, was für eine Prüfung! Lew war einer der fähigsten Telepathen, die es je in Arilinn gab; aber ich lernte ihn hauptsächlich im Kadettencorps kennen. Ruhiger Bursche, vielleicht ein bißchen hochmütig; aber er mußte viel Ärger mit Leuten über sich ergehen lassen, die der Meinung waren, daß er nicht das Recht hatte, dort zu sein, und ich glaube, das machte ihn zum Außenseiter. Aber auf seine Weise war er kein schlechter Kerl. Ich mochte ihn, obwohl er verdammt empfindlich und in mancher Hinsicht wie ein Mönch war.« Er grinste. »Er gab sich so wenig mit Frauen ab, daß ich den Fehler beging, zu glauben, er sei einer von meinem Schlag, und ihm ein gewisses Angebot machte. Oh, er *sagte* nicht viel. Aber ich habe ihm *diese* Frage nie wieder gestellt!« Lerrys kicherte. »Ich möchte wetten, er hat dir auch kein freundliches Wort gegönnt. Das ist etwas völlig Neues für dich, nicht wahr, kleine Schwester, einem Mann zu begegnen, der dir nicht innerhalb weniger Minuten zu Füßen liegt?« Neckend faßte er sie unters Kinn.

Dio entgegnete gereizt: »Mir gefiel er nicht. Ich hoffe, er kommt mir nicht noch einmal nah!«

»Oh, es gibt schlechtere Partien«, warf Geremy nachdenklich ein. »Immerhin *ist* er der Erbe von Alton; und Kennard ist alt und lahm und wird es vermutlich nicht mehr allzulange machen. Wir würde es dir gefallen, Herrin von Alton zu sein, Schwester?«

»Nein.« Lerrys legte schützend den Arm um sie. »Wir könnten etwas Besseres für Dio finden als das. Nach der Sache mit Sharra wird der Rat ihn niemals bestätigen. Kenn hat sie gezwungen, Lew anzuerkennen, aber seinen anderen Sohn haben sie nie anerkannt, obwohl der junge Marius doppelt soviel wert ist wie Lew; und wenn Kennard erst tot ist, werden sie sich anderswo nach einem Erben für das Fürstentum Alton umsehen. Nein, Dio –« Sanft drehte er sie zu sich um, so daß sie ihm in Gesicht sah. »Ich weiß, es gibt nicht viele junge Männer deines Standes hier, und Lew ist Darkovaner und in den Augen der Frauen vielleicht gutaussehend. Aber halte dich von ihm fern. Sei höflich, aber wahre die Distanz. Ich mag ihn irgendwie, aber er bringt Unglück.«

»Darüber brauchst du dir keine Sorgen zu machen«, entgegnete Dio. »Sein bloßer Anblick ist mir zuwider.«

Doch tief im Innern, wo es wehtat, spürte sie eine schmerzliche Verwunderung. Sie dachte an das fremde Mädchen, das Lew geheiratet hatte und das gestorben war, um sie alle vor der unbekannten Drohung der Feuergöttin zu retten. Dann war es also Lew gewesen, der das Feuer entfacht und der gelitten hatte, um es wieder zu löschen? Ein Zittern der Angst und des Entsetzens ging durch ihren Körper. Welche Erinnerungen mußte er haben, welche Alpträume mußte er bei Tag und bei Nacht durchleben! Vielleicht war es nicht verwunderlich, daß er sich mit finsterer Miene abseits hielt und für keinen Menschen ein freundliches Wort oder ein Lächeln hatte!

Rund um das Nullgravitätsfeld schwebten kleine Kristalltische in der Luft; die dazugehörigen Stühle hingen augenscheinlich an glitzernden Sternenketten. Sie waren von Energienetzen umgeben, so daß ein Gast, wenn er einmal aus seinem Sitz fallen sollte (und wo Wein und Schnaps so reichlich floß, geschah das manchmal), nicht hinunterstürzte; aber die Illusion war atemberaubend und zauberte für einen Augenblick selbst in Lews verschlossenes Gesicht einen Ausdruck staunenden Interesses.

Kennard Alton war ein großzügiger und liebenswürdiger Gastgeber; er hatte Plätze direkt am Rande des Feldes bestellt und ließ die besten Weine und köstlichsten Speisen kommen. Sie schwebten in ihren Sitzen über dem Sternenabgrund und sahen den schwerelosen Tänzern zu, die im leeren Raum unter ihnen herumwirbelten und sich drehten und wie Vögel im freien Flug emporschwangen. Dio hatte den Platz zu Kennards Rechten, ihr gegenüber saß Lew, der nach dem ersten Aufblitzen einer Gefühlsregung angesichts der perfekten Vorspiegelung des weiten Raums nun reglos und schweigend dasaß, das finstere, narbengezeichnete Gesicht ausdruckslos. Unter ihnen strömten lodernde Galaxien vorüber, und die Tänzer schwebten, halb nackt in losen, schimmernden Schleiern, exotischen Vögeln gleich durch die Sternenströme. Lews rechte Hand – offensichtlich künstlich und bewegungsunfähig – lag, eingehüllt in einen schwarzen Handschuh, reglos auf dem Tisch. Dio fühlte sich unbehaglich beim Anblick der starren Hand; der leere Ärmel war ihr irgendwie ehrlicher erschienen.

Lediglich Lerry schien sich wohl in seiner Haut zu fühlen, und er begrüßte Lew mit einem Anflug aufrichtiger Herzlichkeit; doch Lew beantwortete seine Fragen nur einsilbig, und selbst Lerry war es schließlich leid, eine mühselige Unterhaltung zu erzwingen. Er beugte sich über den Abgrund der Tänzer, betrachtete die Wettkämpfer mit unverhohlenem Neid und kommentierte die Fähigkeiten und Schwächen der Endkampfteilnehmer. Dio wußte, daß er nur zu gerne unter ihnen gewesen wäre.

Als die Sieger ermittelt und die Preise verliehen waren, wurde die Schwerkraft wieder hergestellt, und die Tische schwebten in sanften Kreisbahnen zum Boden hinunter. Musik setzte ein, und Tänzer begaben sich auf die Tanzfläche, die durchsichtig und glitzernd war, als würden die Gäste über demselben Abgrund tanzen, in dem sich die Gravitätstänzer zuvor in freiem Flug gedreht hatte. Lew murmelte etwas vom Aufbruch, doch Kennard bestellte neue Getränke, und in der allgemeinen Verwirrung vernahm Dio, wie er Lew scharf zurechtwies. »Verdammt, du kannst dich nicht ewig verstecken!« war alles, was sie hörte.

Lerrys erhob sich und schlüpfte unbemerkt davon; wenig später sahen sie ihn in Begleitung einer auffallend schönen Frau in sternfunkelndem Blau, eingehüllt in silbrige Gazeschleier, in der sie eine der Schautänzerinnenn wiedererkannten, zur Tanzfläche gehen.

»Wie vorzüglich er tanzt«, bemerkte Kennard liebenswürdig. »Ein Jammer, daß er vorzeitig aus dem Wettbewerb ausscheiden mußte, obwohl es mir wenig passend für einen Comyn erscheint . . .«

»Comyn bedeutet hier nichts«, entgegnete Geremy lachend, »und genau aus diesem Grund kommen wir hierher, um Dinge zu tun, die sich in unserer eigenen Welt nicht mit der Würde der Comyn vereinbaren lassen! Geben Sie's zu, sind nicht auch *Sie* hierher gekommen, Landsmann, um Abenteuer zu erleben, die im Reich als unschicklich oder gar schlimmeres gelten?«

Dio beobachtete die Tanzenden neidisch. Vielleicht würde Lerrys zum Tisch zurückkommen und sie zum Tanzen auffordern. Doch sie sah, daß die Frau, die vielleicht den Wettkämpfer in ihm erkannt hatte, der frühzeitig hatte aufgeben müssen, oder die einfach von seinem Tanz beeindruckt war, ihn zu den anderen Wettkampfteilnehmern hinübergezogen hatte, und Lerrys war jetzt in ein Gespräch mit einem gutaussehenden jungen Burschen vertieft und hatte seinen roten Schopf vertraulich dicht zu ihm geneigt. Der Tänzer hatte nichts am Leib außer einem aus Goldfäden gewirkten Netztrikot mit den denkbar winzigsten goldenen Flecken, um den Anstand zu wahren; sein Haar war leuchtend blau gefärbt. Es war zu bezweifeln, daß Lerrys sich im Augenblick daran erinnerte, daß es überhaupt Wesen wie Frauen, geschweige denn Schwestern gab.

Kennard, dem die Richtung ihres Blickes nicht entgangen war, sagte: »Ich bin schon seit vielen Jahren nicht mehr in der Lage zu tanzen, Lady Dio, sonst würde ich mir das Vergnügen nicht nehmen lassen; ich sehe sehr wohl, daß Sie nur zu gerne unter den Tänzern wären. Und wie ich meine Pflegeschwestern und jetzt meine Pflegetöchter klagen gehört habe, ist es kein großes Vergnügen, mit den eigenen Brüdern zu tanzen. Aber Sie sind noch zu jung, um an einem öffentlichen Ort wie diesem mit einem anderen zu tanzen als mit einem Verwandten –«

Dio warf den Kopf in den Nacken, daß ihre blonden Locken nur so flogen und sagte: »Hier auf Vainwal, Fürst Alton, tue ich, was mir gefällt!« Dann wandte sie sich, einem Kobold der Langeweile oder der Schalkhaftigkeit gehorchend, an den finster blickenden Lew. »Würden Sie mit mir tanzen, Cousin?«

Er hob den Kopf und starrte sie böse an; Dio verließ der Mut, und sie wünschte, sie hätte nicht damit angefangen. Er war kein Mann, mit dem man flirten und höfliche Oberflächlichkeiten austauschen konnte! Er warf ihr einen wahrhaft haßerfüllten Blick zu; dennoch schob er seinen Stuhl zurück.

»Wie Sie wünschen, Cousine. Wenn Sie so gütig sein wollen.« Seine rauhe Stimme hatte einen liebenswürdigen, ja freundlichen Klang – wenn man den Blick tief in seinen Augen nicht sah. Sein Anblick festigte Dios Entschlossenheit. Zum Teufel mit ihm, das war anmaßend! Er war schließlich nicht der einzige Krüppel im Universum, nicht einmal auf diesem Planeten oder auch nur in diesem Raum – sein eigener Vater konnte kaum einen Fuß vor den anderen setzen und machte keinen Hehl daraus!

Er bot ihr seinen gesunden Arm. »Sie werden Nachsicht mit mir haben müssen, wenn ich Ihnen auf die Füße trete. Ich habe seit Jahren nicht mehr getanzt. Es ist kein Talent, dem auf Terra große Bedeutung beigemessen wird, und ich habe den größten Teil meiner Jahre dort in verschiedenen Krankenhäusern zugebracht.«

Er trat ihr dennoch nicht auf die Füße. Er bewegte sich mit einer Leichtigkeit wie ein Windhauch, und schon nach kurzer Zeit überließ sich Dio der Musik und dem reinen Vergnügen des Tanzes. Sie paßten gut zusammen, und nachdem sie sich einige Minuten in dem vollkommenen Übereinklang des Rhythmus gedreht hatten – sie erkannte sofort, daß sie mit einem Darkovaner tanzte, denn nirgendwo im ganzen zivilisierten Reich wurde ein solcher Wert auf die Kunst des Tanzens gelegt wie in der Kultur der Darkovaner – hob sie den Blick und lächelte ihn an; sie senkte ihre geistige Schranke in einer Weise, daß jeder Comyn darin die Einladung zu der ihrer Kaste eigenen telepathischen Berührung erkannt hätte.

Für den Bruchteil einer Sekunde trafen sich ihre Blicke, und sie spürte, daß er, wie von einem Instinkt getrieben, der bestimmt war vom Übereinklang ihrer tanzenden Körper, nach ihr tastete; dann schlossen sich die Schranken mit einem Schlag hart zwischen ihnen, und der Schreck über diese schroffe Abfuhr nahm ihr den Atem. Es bedurfte all ihrer Selbstbeherrschung, beim Schmerz dieser Zurückweisung nicht laut aufzuschreien, aber sie gönnte ihm nicht die Genugtuung, ihn merken zu lassen, daß er sie verletzt hatte. Statt dessen lächelte sie nur und tanzte auf der gewöhnlichen Ebene weiter und freute sich an der Bewegung, dem Gefühl, vollkommen im Einklang mit seinen Schritten zu sein.

Doch im Innern war sie verwirrt und bestürzt. Womit hatte sie eine solche Zurückweisung verdient? Sicher, ihre Geste war sehr deutlich gewesen, aber doch nicht ungehörig. Immerhin war er ein Mann ihrer Kaste, ein Telepath und Verwandter. Da sie also nichts getan hatte, um sein Verhalten zu verdienen, mußte es dem Aufruhr in seinem eigenen Innern zuzuschreiben sein und hatte überhaupt nichts mit ihr zu tun.

Sie fuhr also fort zu lächeln, und als sich der Tanz zu einer getrageneren, gefühlvolleren Bewegung verlangsamte und die Tanzenden dichter aneinanderrückten, die Wangen aneinanderlegten, bis sie sich fast umarmten, schmiegte sie sich instinktiv dichter an ihn. Einen Augenblick lang versteifte er sich, und sie fragte sich, ob er ihre körperliche Berührung ebenso heftig zurückstoßen würde; doch gleich darauf schloß sich sein Arm fester um sie. An seiner Berührung spürte sie die hungrige Sehnsucht in ihm, obwohl seine geistige Abwehr festgeschlossen war. Wie lange war es her, fragte sie sich, daß er eine Frau berührt hatte? Viel zu lange, dessen war sie gewiß. Die telepathisch veranlagten Comyn, insbesondere die Altons und Ridenows, waren bekannt für ihre wählerische Zurückhaltung in diesen Dingen; sie waren viel zu empfindlich für jede zufällige oder beiläufige Berührung. Nur wenige Comyn waren in der Lage, flüchtige Liebesabenteuer zu ertragen.

Der Tanz wurde noch langsamer, die Lichter wurden gedämpft, und sie spürte, daß sich die Paare um sie herum enger umschlangen. Eine ansteckende Atmosphäre der Sinnlichkeit lag fast sichtbar über dem Raum. Lew hielt sie fest an sich gedrückt und senkte den Kopf; sie hob ihm das Gesicht entgegen und ermunterte ihn wieder zu der Berührung, die er zurückgewiesen hatte. Zwar senkte er die geistigen Schranken nicht, aber ihre Lippen berührten sich. Dio spürte, wie ein warmes Gefühl der Erregung in ihr aufstieg, und sie küßten sich. Als sie sich voneinander lösten, waren seine Lippen zu einem Lächeln verzogen, doch in seinen Augen stand immer noch eine tiefe Traurigkeit.

Er blickte sich in dem großen Saal um, in dem sich die tanzenden Paare drängten, von denen jetzt viele in enger Umarmung umschlungen waren. »Das – das ist dekadent«, sagte er.

Sie lächelte und schmiegte sich fest an ihn. »Sicher nicht dekadenter als das Mittsommerfest in den Straßen von Thendara. Ich bin alt genug, um zu wissen, was geschieht, wenn die Monde untergegangen sind.«

Seine rauhe Stimme klang sanfter als gewöhnlich. »Ihre Brüder würden mich zur Rede stellen und zum Duell fordern.«

Sie hob zornig das Kinn. »Wir sind hier nicht in den Kilghardbergen! Lew Alton, ich lasse mir von keinem Menschen sagen, was ich zu tun oder zu lassen habe, nicht einmal von einem Bruder! Wenn meine Brüder mein Benehmen nicht billigen, dann können sie zu mir kommen und eine Rechtfertigung fordern, nicht von Ihnen!«

Er lachte und berührte mit der gesunden Hand den flaumigen Rand ihres kurzen blonden Haars. Sie fand, daß es eine schöne Hand war, gefühlvoll und stark und nicht übermäßig zart. »So haben Sie sich also das Haar kurzgeschnitten und die Unabhängigkeit der Freien Amazone angenommen? Haben Sie auch ihr Gelübde abgelegt, Cousine?«

»Nein«, erwidert sie, indem sie sich wieder an ihn schmiegte. »Dazu gefallen mir die Männer viel zu gut.« Als er lächelte, fand sie ihn plötzlich sehr schön; selbst die Narbe, die seine Lippe hochzog, verlieh seinem Lächeln ein wenig mehr spöttische Wärme.

An diesem Abend tanzten sie lange zusammen, und bevor sie auseinandergingen, kamen sie überein, sich am nächsten Tag zur Jagd in dem weitläufigen Jagdreservoir von Vainwal zu treffen. Beim Abschied lächelte Kennard wohlwollend, doch Geremy war mürrisch und wortkarg, und als die drei allein in ihrer luxuriösen Suite waren, fragte er zornig: »Warum hast du das getan? Ich habe dir gesagt, du sollst dich von Lew fernhalten! Wir wünschen keine Liaison mit diesem Zweig der Altons!«

»Du wagst es, mir Vorschriften zu machen, mit wem ich tanzen darf? Oder mit wem ich schlafen darf, wenn mir der Sinn danach steht? Ich tadele auch nicht deine Auswahl von Unterhaltungskünstlern, Sängerinnen und Huren, oder?«

»Du bist eine Lady der Comyn. Wenn du dich so auffällig benimmst –«

»Paß auf, was du sagst!« fuhr Dio ihn an. »Du bist beleidigend! Ich tanze einen Abend lang mit einem Mann meiner Kaste, weil meine Brüder mir keinen anderen zum Tanzen übriggelassen haben, und schon seht ihr mich im Bett mit ihm! Ich sage es dir zum letzten Mal, Geremy, ich tue, was mir gefällt, und niemand wird mich daran hindern, weder du noch sonst jemand!«

»Lerrys«, wandte sich Geremy hilfesuchend an seinen Bruder, »kannst du sie nicht zur Vernunft bringen?«

Doch Lerrys betrachtete seine Schwester voller Bewunderung. »Das ist der richtige Geist, Dio. Was hat es für einen Sinn, sich in einer fremdem Welt eines zivilisierten Reiches zu befinden, wenn man an den spießigen Einstellungen und Bräuchen seiner hinterwäldlerischen Heimat festhält? Tu, was dir gefällt, Dio. Und du laß sie in Ruhe, Geremy!«

Geremy schüttelte lachend den Kopf. »Ihr zwei! Immer einer Meinung, als wäret ihr Zwillinge!«

»Natürlich«, entgegnete Lerrys. »Warum, glaubst du, liebe ich Männer? Weil zu meinem Unglück die einzige Frau mit dem Geist und der Stärke eines Mannes, die ich kenne, meine eigene Schwester ist.« Er küßte sie lachend. »Amüsier dich, *breda,* aber laß dir nicht wehtun. Er mag heute abend in romantischer Stimmung gewesen sein, aber ich glaube, er kann ziemlich grausam sein.«

»Nein.« Geremy war plötzlich sehr ernst. »Das ist kein Witz. Ich will nicht, daß du ihn wiedersiehst, Diotima. Einen Abend vielleicht, um unserem Verwandten die notwendige Höflichkeit zu erweisen; das gestehe ich dir zu, und es tut mir leid, wenn ich angenommen habe, es sei mehr als Höflichkeit. Aber nicht mehr, Dio, nicht noch einmal. Es gibt genug Männer auf dieser Welt, mit denen du tanzen, flirten, jagen – ja, verdammt, und ins Bett gehen kannst, wenn dir danach der Sinn stehen sollte! Aber laß die Finger von Kennard Altons verfluchtem halbwüchsigem Bastard – hast du mich verstanden? Ich sage dir, wenn du nicht gehorchst, werde ich dafür sorgen, daß ihr es beide bereut.«

»Damit«, fiel Lerrys, noch immer lachend, ein, während Dio trotzig den Kopf schüttelte, »hast du sichergestellt, daß sie sich wieder mit ihm trifft, Geremy; es ist fast so gut, als hättest du ihnen das Hochzeitslager bereitet! Weißt du nicht, daß kein Mensch Dio etwas verbieten kann?«

Am nächsten Tag suchten sie sich im Jagdreservat Pferde und die großen Falken aus, die den *Verrin*-Falken der Kilghardberge nicht unähnlich waren. Lew war gutgelaunt und lächelte, doch sie spürte, daß er auch ein wenig erschrocken war über ihre Reithosen und Stiefel. »Sie sind also doch eine Amazone, obwohl Sie es geleugnet haben?« neckte er sie, und sie sagte, indem sie sein Lächeln erwiderte: »Nein; ich habe Ihnen schon gesagt, warum ich nie eine Amazone werden könnte, und je öfter ich Sie sehe, um so sicherer bin ich mir dessen.«

Er war ein guter Reiter, obwohl ihm die leblose künstliche Hand sehr im Wege zu sein schien. Sie fragte sich, ob er nicht überhaupt einhändig besser zurechtgekommen wäre. Wahrscheinlich wäre sogar ein Metallhaken besser gewesen, wenn es schon aus irgendeinem Grund unmöglich war, seine Hand wiederherzustellen. Aber vielleicht war er zu stolz oder fürchtete, sie würde ihn damit häßlich finden. Er trug den Falken nach Frauenart auf einem speziellen Sattelknauf, statt, wie sie die meisten männlichen Darkovaner vorzogen, auf dem Handgelenk, und als ihr Blick darauf hängenblieb, wandte er sich errötend ab und stieß einen unterdrückten Fluch aus. Mit einem plötzlich aufsteigenden Gefühl der Wut, die er offenbar so rasch in ihr auslösen konnte, dachte Dio: *Warum ist er so empfindlich und läßt sich so gehen deswegen? Welch eine Arroganz! Glaubt er wirklich, ich mache mir Gedanken darüber, ob er zwei Hände hat oder nur eine, oder vielleicht gar drei?*

Die Landschaft des Jagdreservats war sorgsam gestaltet und schön und abwechslungsreich geformt, sanfte Hügel, die die Pferde nicht anstrengten, Ebenen, mannigfaltiges Wild, farbenfreudige Vegetation aus einem Dutzend Welten. Doch während sie dahinritten, hörte sie, wie er leiste seufzte. So leise, daß sie es nur mit Mühe verstehen konnte, sagte er: »Es ist schön hier. Aber ich wünschte, ich wäre zu Hause in den Domänen. Die Sonne hier ist – ist irgendwie falsch.«

»Haben Sie Heimweh, Lew?« fragte sie.

Er preßte die Lippen zusammen. »Ja. Manchmal«, sagte er, doch er hatte seine Abwehr wieder fest geschlossen, und sie wandte ihre Aufmerksamkeit wieder dem Falken auf ihrem Sattel zu.

In dem Reservat gab es eine Vielzahl von Tierarten, große und kleine. Nach einiger Zeit ließen sie ihre Falken frei; entzückt sah Dio ihrem nach, als er sich hoch aufschwang, in der Luft umschwenkte und mit langen, kräftigen Flügelschlägen auf einen Schwarm kleiner, weißer Vögel genau über ihren Köpfen zuschnellte. Lews Falke folgte ihm, stieß blitzschnell nieder und packte einen der kleinen Vögel im Flug. Der weiße Vogel wehrte sich heftig und stieß einen langgezogenen, unheimlichen Schrei aus. Dio hatte ihr Leben lang mit Falken gejagt und beobachtete die Vögel aufmerksam, doch als einige Blutstropfen von dem sterbenden Tier auf sie herunterfielen, bemerkte sie, daß Lews Gesicht verzerrt war vor Entsetzen; sein Blick war starr.

»Lew, was ist los?«

Mit rauher, gepreßter Stimme stieß er hervor: »Dieser Ton – ich kann ihn nicht ertragen–« Damit riß er die Arme hoch und bedeckte die Augen; die schwarz behandschuhte künstliche Hand stieß hart und unbeholfen an seine Stirn. Fluchend zerrte er sie vom Handgelenk und schleuderte sie zu Boden vor die Hufe seines Pferdes.

»Nein, es ist nicht schön«, höhnte er wütend, »genausowenig wie Blut und Tod und die Schreie sterbender Kreaturen! Wenn es Ihnen Vergnügen bereitet, um so schlimmer für Sie, Mylady. Dann haben Sie sicher Ihren Spaß hieran!« Er reckte ihr den vernarbten Armstumpf entgegen und schüttelte ihn wütend vor ihrem Gesicht; dann wendete er sein Pferd, zerrte mit der gesunden Hand an den Zügeln und jagte davon, als wären alle Teufel der Hölle hinter ihm her.

Dio starrte ihm bestürzt nach; dann vergaß sie die Falken und folgte ihm in halsbrecherischem Galopp. Nach einer Weile hatte sie ihn eingeholt; er kämpfte mit einer Hand mit den Zügeln, um das Pferd zum Stehen zu bringen, doch unter ihrem entsetzten Blick verlor er die Kontrolle über das Tier, wurde aus dem Sattel geschleudert und stürzte hart zu Boden, wo er reglos und betäubt liegenblieb.

Dio glitt vom Pferd und kniete neben ihm nieder. Er war ohne Besinnung von dem Sturz, doch während sie noch überlegte, ob sie gehen und Hilfe holen sollte, schlug er die Augen auf und sah sie an, ohne sie zu erkennen.

»Alles in Ordnung«, sagte sie. »Das Pferd hat Sie abgeworfen. Können Sie sich aufsetzen?«

»Ja natürlich.« Mühsam und stöhnend, als würde sein Armstumpf ihm Schmerzen bereiten, richtete er sich auf. Als sein Blick darauf fiel, errötete er und versuchte ihn hastig in einer Falte seines Reitmantels zu verbergen.

»Es ist schon gut, Lew. Sie müssen den Arm nicht vor mir verstecken ...«

Er wandte das Gesicht ab, und das straffe Narbengewebe zog seinen Mundwinkel hoch, als wäre er im Begriff, in Tränen auszubrechen. »O Gott, es tut mir leid, ich wollte nicht ...«

»Was war los, Lew? Was hat Sie so aus der Fassung gebracht?«

Benommen schüttelte er den Kopf. »Ich – ich kann den Anblick von Blut nicht mehr ertragen oder die Vorstellung, daß ein kleines, hilfloses Wesen zu meinem bloßen Zeitvertreib stirbt«, entgegnete er mit kraftloser Stimme. »Ich habe den Schrei des kleinen weißen Vogels gehört und das Blut gesehen, und mir fiel ein – o Gott, mir fiel ein –, Dio, gehen Sie fort, nein, nicht, im Namen der barmherzigen Evanda, Dio, nicht –« Sein Gesicht zuckte heftig, und er weinte, häßlich und verzerrt, und er versuchte die rauhen, qualvollen Schluchzer zu ersticken und wandte sich ab, damit sie seine Tränen nicht sah. »Ich habe ... zu viele Schmerzen gesehen ... Dio, nicht ...«

Sie streckte die Arme aus, umschlang ihn und zog ihn an die Brust. Einen Augenblick lang sträubte er sich heftig, dann überließ er sich den Armen der Frau. Sie weinte ebenfalls.

»Daran habe ich nie gedacht«, flüsterte sie, »daß die Jagd Tod bedeutet. Ich bin so daran gewöhnt, es schien mir nie wirklich zu sein. Lew, was war los, wer ist gestorben, was ist geschehen, woran hat es Sie erinnert?«

»Sie war meine Frau«, erwiderte er mit rauher Stimme, »meine Frau, die unser Kind unter dem Herzen trug. Und sie starb einen entsetzlichen Tod in Sharras Flammen – Dio, Sie dürfen mich nicht berühren, irgendwie tue ich allen Menschen weh, die ich berühre, gehen Sie, bevor ich Ihnen auch wehtue – ich will Ihnen nicht wehtun.«

»Dazu ist es zu spät«, entgegnete sie, und er hob seine gesunde Hand und strich ihr über die Augen. Sie spürte, wie sich seine Abwehr wieder schloß, aber diesmal wußte sie, daß es nicht die Zurückweisung war, die sie fürchtete, sondern der Selbstschutz eines Menschen, der unvorstellbar verwundet worden war, ein Mensch, der keinen weiteren Schmerz ertragen konnte.

»Sind Sie verletzt?« fragte er, indem er mit der Hand zögernd über ihre Augen und ihre Wangen strich. »Auf Ihrem Gesicht ist Blut.«

»Es ist das Blut des Vogels. Es hat Sie auch getroffen«, erklärte sie und wischte es fort. Er ergriff ihre Hand und preßte die Fingerspitzen an seine Lippen. Diese Geste trieb ihr wieder die Tränen in die Augen, und sie fragte: »Haben Sie sich wehgetan bei dem Sturz?«

»Nicht sehr.« Er richtete sich auf und befühlte seine Muskeln. »Im Reichshospital auf Terra hat man mir beigebracht, wie man fällt, ohne sich zu verletzen, als ich . . . bevor das hier geheilt war.« Unbehaglich bewegte er den Armstumpf. »Aber ich kann mich nicht an die verfluchte Hand gewöhnen. Einhändig komme ich besser zurecht.«

»Warum tragen Sie sie dann? Glauben Sie, es würde mir etwas ausmachen?«

Ein düsterer Ausdruck legte sich auf sein Gesicht. »Vater würde es etwas ausmachen. Er glaubt, ich würde meine Behinderung zur Schau stellen, wenn ich mich mit dem leeren Ärmel zeige. Sein eigenes Leiden ist ihm so sehr zuwider. Ich möchte ihn lieber nicht – nicht mit meinem vor den Kopf stoßen.«

Dio suchte angestrengt nach den richtigen Worten. »Mir scheint, Sie sind ein erwachsener Mann und brauchen Ihren Vater wegen Ihrer eigenen Hand nicht um Rat zu fragen.«

Er nickte seufzend. »Aber er war immer so gut zu mir, hat mir nie Vorwürfe gemacht für die vielen Jahre im Exil und die Art, wie seine eigenen Pläne zunichte gemacht wurden. Ich möchte ihm keinen Kummer bereiten.« Er erhob sich und ging davon, um das groteske, leblose Ding in dem schwarzen Handschuh aufzuheben. Dann steckte er es in die Satteltasche und bemühte sich ungeschickt mit der gesunden Hand, den Ärmel über dem Stumpf festzustecken. Sie war im Begriff, ihm ihre Hilfe anzubieten, kam aber zu dem Schluß, daß es dazu noch zu früh war. Er blickte zum Himmel auf und sagte: »Ich fürchte, die Falken haben sich auf und davon gemacht, und wir werden den Verlust ersetzen müssen.«

»Nein.« Sie blies in die silberne Pfeife, die um ihren Hals hing. »Das Gehirn dieser Vögel ist modifiziert, es bleibt ihnen also gar nichts anderes übrig, als der Pfeife zu folgen . . . sehen Sie?« Sie deutete auf die Vögel, die in weiten Kreisen herunterschwebten, auf den Sattelknäufen landeten und geduldig darauf warteten, daß ihnen die Hauben übergestreift wurden. »Ihr instinktives Freiheitsbedürfnis ist ausgemerzt.«

»Sie ähneln einigen Menschen, die ich kenne«, bemerkte Lew, indem er seinem Falken die Haube überstülpte. Keiner von beiden machte Anstalten aufzusitzen. Dio zögerte, dann befand sie, daß er vermutlich genug hatte von abgewandten Blicken und höflich vorgetäuschter Unbefangenheit. »Brauchen Sie Hilfe beim Aufsteigen? Kann ich Ihnen helfen, oder soll ich jemanden holen?«

»Danke, ich komme schon zurecht, wenn es auch etwas plump

aussieht.« Er lächelte unvermittelt, und wieder erschien ihr sein narbenentstelltes Gesicht schön. »Woher wußten Sie, daß es mir guttun würde, das zu hören?«

»Ich war immer sehr stark. Aber ich glaube, wenn ich verwundet wäre, würde ich nicht wollen, daß die Leute so tun, als wäre alles beim alten und völlig normal. Bitte, machen Sie mir nie etwas vor, Lew.« Und dann sagte sie: »Eine Frage möchte ich Ihnen stellen. Antworten Sie nicht, wenn Sie nicht wollen, ich möchte nicht neugierig sein. Aber – Geremy hat drei Finger in einem Duell verloren. Die terranischen Ärzte haben sie nachwachsen lassen, und sie sind wieder genau wie zuvor. Warum hat man das nicht mit Ihrer Hand gemacht?«

»Sie – haben es versucht«, erklärte er. »Zweimal. Dann konnte ich nicht mehr. Das Zellmuster – Sie sind keine Expertin auf diesem Gebiet, nicht wahr? Ich weiß nicht, ob Sie es verstehen – das Zellmuster, die Information in den Zellen, die eine Hand zur Hand macht und nicht zum Finger oder zum Auge oder zum Flügel, war unwiderruflich zerstört, und das, was an meinem Handgelenk wuchs, war – war grauenhaft. Ich – als ich nur einmal aus der Betäubung erwachte und es sah, schrie ich mir die Kehle wund; selbst meine Stimme wird nie wieder dieselbe sein; ein halbes Jahr lang konnte ich nur flüstern. Ich war jahrelang nicht ich selbst. Inzwischen kann ich damit leben, weil ich muß. Ich kann das Wissen etragen, daß ich – daß ich verkrüppelt bin. Was ich nicht ertragen kann«, schloß er mit unerwarteter Heftigkeit, »Ist die Tatsache, daß mein Vater so tut, als – als sei ich völlig normal und gesund!«

Dio spürte eine Weile des Zorns in sich aufsteigen. Also konnte nicht einmal der Vater die Wahrheit dessen, was seinem Sohn widerfahren war, ertragen! Konnte nicht einmal ertragen, daß der Sohn dem, was ihm geschehen war, ins Auge blicken mußte! Mit leiser Stimme sagte sie: »Glauben Sie niemals, Sie müßten mir etwas vormachen, Lew Alton.«

Er zog sie mit unsanftem Griff zu sich heran. Es war alles andere als eine zärtliche Umarmung. Mit seiner rauhen Stimme stieß er hervor: »Weißt du, was du da sagst, Mädchen? Du kannst es nicht wissen!«

Bebend erwiderte sie: »Wenn du ertragen kannst, was du durchgemacht hast, dann kann ich das Wissen um das, was du gelitten hast, auch aushalten. Lew, laß es mich dir beweisen!«

Tief in ihrem Bewußtsein stellte sie sich die Frage: *warum tue ich das?* Doch sie wußte genau, daß am Abend zuvor, als sie sich im Tanz umarmt hatten, ihre Körper, selbst über die Schranken von Lews geschlossener Abwehr hinweg, einen Pakt geschlossen hatten. So sehr sie sich auch gegeneinander abgeschirmt hatten, etwas in jedem von ihnen hatte sich dem anderen geöffnet und ihn für immer in seiner Gesamtheit angenommen.

Sie wandte ihm das Gesicht zu. Seine Arme schlossen sich in dankbarer Verwunderung um sie, und er murmelte, noch immer voller

Zurückhaltung: »Aber du bist so jung, *Chiya,* du kannst es nicht wissen . . . ich verdiene die Peitsche, aber es ist so lange her, so lange . . .«, und sie wußte, daß er nicht vom Offenkundigen sprach. Sie spürte, wie sie im vollkommenen Erkennen seines Wesens aufging, seiner zurückweichenden Abwehr, der Erinnerung an Schmerz und Entsetzen, seines ausgehungerten Verlangens nach Liebe, der Prüfungen, die alle menschliche Leidensfähigkeit überstiegen hatten; sie verstand die finsteren und umfassenden Schrecken der Schuld, den Verlust eines geliebten Menschen, die Selbsterkenntnis, Verstümmelung, Selbstvorwürfe darüber, angesichts des Todes der Geliebten noch am Leben zu sein . . .

Mit einem Gefühl verzweifelter und sehnsüchtiger Hingabe zog sie ihn fester an sich, denn sie wußte, daß es das war, wonach er sich am meisten sehnte: ein Mensch, der ihn ohne Verstellung berühren, seine Leiden akzeptieren und ihn dennoch lieben konnte. Einen Augenblick lang sah sie sich selbst in seinem Bewußtsein widergespiegelt, zärtlich, warm, fraulich, und sie liebte sich um dessentwillen, was sie für ihn geworden war; dann wurde die Verbindung unterbrochen, sie ebbte ab und ließ sie ehrfürchtig und ergriffen, von Tränen und einer Zärtlichkeit erfüllt, die niemals weniger werden konnte, zurück. Jetzt erst küßte er sie, und während sie sich lachend seinem Kuß überließ, flüsterte sie: »Geremy hatte recht.«

»Was, Dio?«

»Nichts«, erwiderte sie unbeschwert. »Komm, Liebster, die Falken werden unruhig, und wir müssen sie in ihren Käfig zurückbringen. Wir werden unser Geld zurückbekommen, weil wir keine Beute gemacht haben, aber ich für mein Teil bin bei dieser Jagd voll auf meine Kosten gekommen. Ich habe das eingefangen, worauf ich am meisten aus war.«

»Und was ist das?« fragte er neckend, doch sie wußte, daß er keine Antwort erwartete. Als sie aufsaßen, berührte er sie nicht, aber Dio wußte dennoch, daß sie noch immer irgendwie verbunden, irgendwie umschlungen waren.

Fröhlich lachend warf er den leeren Ärmel hoch und rief: »Komm, wenigstens könnten wir ein bißchen reiten. Wer zuerst bei den Ställen ist!«

Und weg war er, Dio lachend hinter ihm drein. Sie wußte ebensogut wie er, wie dieser Tag enden würde. Und es war erst der Anfang einer langen Saison auf Vainwal.

Es würde ein wundervoller Sommer werden.

Der Sohn des Falkenmeisters

Literarische Figuren gewinnen oft ein Eigenleben, und so entstanden manche Geschichten am Rande des ›Darkover‹-Zyklus aus dem Bedürfnis heraus, Charakterzüge und Einzelheiten zu erklären, die beim Schreiben gewissermaßen automatisch einflossen. So ist auch die folgende Geschichte aus einem zunächst nebensächlichen Detail in *Hasturs Erbe* entstanden, der beiläufigen Erwähnung, daß die erste Ehe Kennard Altons, einer der Hauptfiguren des Romans, ohne Liebe gewesen sei. Doch dieses Detail nagte an der Autorin, bis sie selbst der Sache nachging und nach einer Begründung suchte. Und erst beim Schreiben ging ihr auf, daß sie eigentlich etwas ganz anderes irritiert hatte, nämlich wie aus dem jungen Helden von *Die Kräfte der Comyn* (*Star of Danger,* 1965) der verbitterte Zyniker aus *Die blutige Sonne* (*The Bloody Sun,* 1964/79) und *Hasturs Erbe* (*The Heritage of Hastur,* 1975) werden konnte. So gesehen schließt diese Erzählung eine Lücke im ›Darkover‹-Zyklus, und sie ist zugleich ein faszinierendes Beispiel dafür, wie Geschichten entstehen.

Dyan Ardais legte sein Bündel auf das schmale Feldbett nieder, über dem eine einzige grobe Decke ausgebreitet war und das nun in der Kaserne der Kadetten ihm gehören würde, und fing an, seine Ausrüstung in die Holzkiste einzuräumen, die am Fußende des Bettes stand.

Drittes Jahr – das letzte Kadettenjahr. Er war gerade soviel älter als die anderen, daß er dem üblichen Kadettenalter entwachsen war. Er hatte seine ersten Kadettenjahre hier verbracht, bis zu der unerklärlichen Entscheidung seines Vaters – und für Dyan waren alle Entscheidungen seines Vaters unerklärlich –, daß er mehrere Jahre im Kloster von Nevarsin verbringen sollte. Nun gut, eine ebenso unerklärliche Laune hatte ihn jetzt wieder hierher zurückkehren lassen.

Seine Familie schien nicht zu interessieren, wo er steckte – in Nevarsin, im Kadettenkorps, in einer von Zandrus neun Höllen –, solange er Ardais nur fernblieb . . . daran dachte er mit einer so tiefen Resignation, daß ihm gar nicht vollkommen klar wurde, wie bitter sie war.

Wie auch immer – er war froh gewesen, Nevarsin verlassen zu können. Er hatte dort vieles gelernt, einschließlich der Bewältigung des ihm verweigerten *Laran* – damals, als die Bewahrerin des Dalereuth-Turmes es abgelehnt hatte, ihn in einen Turm-Zirkel aufzunehmen. Er hatte sich ernsthaft gewünscht, die Heilkunst und die Medizin zu studieren, und in Nevarsin war ihm umfassende Gelegenheit gegeben worden, all jene Dinge zu erlernen, die einem Sohn der Comyn normalerweise vorenthalten wurden.

Mehr als das – er hatte sich dort selbst vergessen können, indem er sich seiner ersten Liebe, der Musik und dem Singen im großen Chor von Nevarsin, hingab. Der Vater Kantor hatte seine klare Diskantstimme bewundert und sich einige Mühe gegeben, sie auszubilden . . . Der Tag, an dem seine Stimme brach und sich die reife Singstimme als ein klarer, melodischer, jedoch ungewöhnlicher Bariton herausstellte, war der traurigste Tag in Dyans Leben gewesen.

Doch im Grunde genommen war es nicht passend, daß ein Domyn-Erbe unter *Cristoforos* lebte. Er hatte ihre Disziplin mit einem stillen, zynischen Gehorsam akzeptiert, als Mittel zum Zweck, ohne die geringste Absicht, ihre Lebensregeln in seine persönliche Weltanschauung aufzunehmen, und als die Zeit kam, hatte er sie ohne viel Bedauern verlassen. So verführerisch es auch sein mochte, sein Leben der Musik und dem Heilen zu widmen, er hatte stets gewußt, daß seine wirkliche Berufung, der für jeden Comyn-Sohn vorgezeichnete Weg, hier zu finden war. Unter den Comyn zu dienen und später zu herrschen. Es wartete ein Ratssitz auf ihn, sobald er alt genug war, ihn einzunehmen.

Und sobald er dieses obligatorische dritte Jahr im Kadettenkorps vollendet hatte, würde es für ihn einen Offiziersposten in der Wache geben. Der Kommandant der Stadtwache von Thendara, Valdir Alton, hatte nur einen Sohn in befehlsfähigem Alter; Lewis Valentine Lanart war neunzehn. Valdirs jüngerer Sohn, Kennard, war vor ein paar Jahren nach Terra geschickt worden, als Austauschstudent für den jungen Terraner Lerrys Montray. Dyan hatte Lerrys während seines zweiten Kadettenjahres flüchtig kennengelernt. Lerrys war erlaubt worden, ein einziges Jahr bei den Kadetten zu dienen, als Zeichen dafür, daß er die Verpflichtungen eines Comyn-Sohnes übernahm. Dyan hatte seine Vorgesetzten sagen hören, der junge Terraner mache seinem Volk viel Ehre, Dyan jedoch hatte dies nur zynisch belächelt. Man konnte einen politischen Gast wohl kaum hinauswerfen oder hart an die Kandare nehmen, und so würde man taktvolles Lob finden für alles, was er richtig machte, und seine Schnitzer ignorieren, und somit wäre weiterhin für ausgezeichnete diplomatische Beziehungen gesorgt.

Dyan fragte sich, weshalb sich die Comyn diese Mühe machten. Es wäre besser, man würde alle diese verdammten Terraner winselnd auf ihre gottvergessene Welt zurückjagen, die sie hervorgebracht hatte!

Dyan hatte Lerrys Montray als nett aussehendes, liebenswertes junges Nichts in Erinnerung, doch er hätte ein dutzendmal so fähig und tüchtig sein können, und Dyan hätte ihn noch immer verabscheut. Denn Larry hatte Kennard Altons Platz eingenommen – und das hätte Dyans Meinung nach kein lebender Mensch, nicht einmal der legendäre Sohn des Aldones, tun dürfen. Ungestüm hatte Dyan beschlossen, daß dieser terranische Eindringling keine Freude an der usurpierten Stelle finden sollte, und er schmeichelte sich, diesem vermessenen Terraner, der glaubte, er könne in Kennard Altons Stiefeln stehen, das Leben verdammt schwergemacht zu haben!

Als hätte ein Hauch von Vorahnung den Gedanken an Kennard Augenblicke vor der Wirklichkeit in seinen Sinn geschickt, sagte eine Stimme hinter Dyan leise: »Du bist vor mir hier, Vetter? Ich habe gehofft, dich hier zu finden, *Janu* . . .«

Sein Dyans Mutter vor zehn Jahren gestorben war, hatte nur ein einziges lebendes Wesen gewagt, diesen kindlichen Kosenamen zu gebrauchen. Dyans Atem stockte in der Kehle, dann wurde er in die Umarmung eines lieben Verwandten gerissen.

»Kennard!«

Kennard umarmte ihn fest, dann hielt er ihn auf Armeslänge von sich. »Jetzt weiß ich, daß ich tatsächlich wieder zu Hause bin, *Bredu* . . . So hast du deine Zeit bei den Kadetten also ebenfalls unterbrochen? Drittes Jahr?«

»Ja. Und du?«

»Ich habe mein drittes Jahr beendet, bevor ich wegging, weißt du noch? Aber Lewis ist in den Arilinn-Turm gegangen, deshalb will mich Vater dieses Jahr als seinen *Seconde*. Ich werde dein Offizier sein, Dyan. Wie alt bist du jetzt?«

»Siebzehn. Genau ein Jahr jünger als du, Kennard – oder hast du vergessen, daß wir am gleichen Tag Geburtstag haben?«

Kennard gluckste. »Tja, das hatte ich tatsächlich. Aber du hast dich erinnert?«

»Es gibt nicht viel, was ich nicht mehr von dir weiß, Ken«, erwiderte Dyan mit einer Eindringlichkeit, die den älteren Jungen die Stirn runzeln ließ. Dyan sah dieses Stirnrunzeln und kehrte rasch zu einem leichteren Tonfall zurück. »Wann bist du zurückgekommen?«

»Erst vor ein paar Tagen – hatte gerade noch genügend Zeit, meiner Ziehschwester und meiner Mutter meine Ehrerbietung zu erweisen. Cleindore ist mittlerweile in Arilinn, und natürlich kursiert jetzt bei uns allen das Gerede von Heirat oder wenigstens von Handreichung. Und wie steht es mit dir, Dyan? Du bist in dem Alter, in dem man beginnt, über solche Dinge zu reden.«

Dyan zuckte mit den Schultern. »Es gab Gerüchte darüber, mich mit Maellen Castamir zu verheiraten«, sagte er, »aber dafür ist Zeit genug, sie spielt noch mit Puppen . . . Es könnte eine Handreichung geben, doch bestimmt keine Heirat, nicht in den kommenden zehn Jahren oder sogar noch auf längere Zeit. Was mir ziemlich gut paßt. Und du?«

»Geschwätz«, meine Kennard, »Geschwätz gibt es immer. Das Zuhören lohnt erst, wenn es etwas mehr als Geschwätz ist. In der Zwischenzeit kann ich meine alten Freundschaften erneuern – und da wir gerade von alten Freundschaften sprechen . . .«, sagte er und brach ab, als zwei junge Männer in den Raum traten.

»Rafael«, sagte er und lachte dann, als er den zweiten Jüngling betrachtete. »Ich meine natürlich euch beide!«

Rafael Hastur, Erbe von Hastur, ein schmächtiger, hübscher junger Mann mit Augen, die dem Blau ähnlicher waren als dem echten Comyn-Grau, lächelte fröhlich und streckte Kennard beide Hände entgegen. »Es tut gut, dich wiederzusehen, Vetter! Und dich, Dyan – kennt ihr Rafael-Felix Syrtis, meinen Paxmann und Geschworenen?«

Kennard lächelte ihn an: »Wahrscheinlich sind wir uns als Knaben begegnet, bevor ich nach Terra geschickt wurde. Aber natürlich kenne ich deine Familie – die Syrtis-Falken sind berühmt.«

»So berühmt wie die Armida-Pferde«, entgegnete der junge Syrtis lächelnd. »Ich habe gehört, Ihr sollt einer unserer Offiziere sein, Hauptmann Alton.«

»Kennard reicht«, meinte er herzlich, »hier gibt es keine Notwendigkeit für Formalität, Verwandter. Du kennst meinen Vetter Dyan, nicht wahr?«

Dyan runzelte die Stirn und schenkte Rafael Syrtis ein höchst distanziertes Kopfnicken, wobei sein Stirnrunzeln Kennards überschwengliche Freundlichkeit mißbilligte. Ein Syrtis, Sohn des Falkenmeisters und auch ein *Cristoforo*, wie es die Syrtis-Leute schon seit Generationen waren, stellte für einen Hastur-Erben keinen angemessenen Paxmann oder Gefährten dar, und wenn Dyan die beiden ansah, spürte er, daß sie nicht allein Paxmann und Herr waren, sondern auch *Bredin*! Der junge Syrtis sprach seinen Herrn in vertrautem Tonfall an, und er sah, daß er zudem, obgleich er nur ein unbedeutender Edler war, in seiner Scheide einen Dolch mit der feinen Hastur-Helmzierde trug. Nun, möglicherweise stand Rafael Hastur der Sinn nach niederer Gesellschaft, doch konnte er seinen bürgerlichen Freund anderen Comyn nicht aufzwingen! Er begann mit Rafael Hastur zu reden, wobei er die speichelleckerischen Bemühungen des jungen Syrtis, freundlich zu sein, auf verletzende Art ignorierte. Der junge Hastur versuchte seinen Freund in die Unterhaltung mit einzubeziehen, aber Dyan gab ihm lediglich kurze, frostig höfliche Antworten.

Nach einer Weile ging Kennard, um seinen Vater aufzusuchen, und einer der Waffenmeister schickte nach Dyan. Rafael Hastur und Rafael Syrtis blieben in der Kasernenstube zurück, wo sie einander dabei behilflich waren, ihre Habe wegzuräumen.

Rafael Hastur sagte entschuldigend: »Du darfst dich an Dyan nicht stören, mein Freund. Die Ardais sind stolz . . . Er war wirklich grob zu dir, Rafe, ich betrachte das als Beleidigung gegen mich selbst, und das werde ich ihm sagen!«

Rafael Syrtis lachte und zuckte mit den Schultern. »Er ist sehr jung für sein Alter«, meinte er. »Ein bißchen war er schon immer so, hat sich benommen, als hielte er sich für weit über jedem anderen stehend, wahrscheinlich, weil er irgendwie befangen ist . . . sein Vater, weißt du. Ich sollte vielleicht nicht auf diese Art über einen Comyn-Lord reden, aber der alte Lord Kyril ist ein widerlicher Säufer, der unangenehmste Trunkenbold, dem ich jemals begegnet bin.«

»Dagegen wirst du von mir keine Einwände hören«, erklärte Rafael, »denn ich trage keine Liebe für meinen Onkel Ardais in mir. Aber Dyan war immer ein netter Bursche.«

Rafael Syrtis zuckte mit den Schultern. »Nun, ich kann ohne seine Sympathie leben. Aber es tut mir für den Burschen leid . . . Er hat nicht viele Freunde. Er könnte mehr haben . . . Niemand würde Dyan für die Fehler des Alten verantwortlich machen, aber er ist kratzbürstig und schnell, wenn es darum geht, beleidigt zu sein oder andere geringschätzig zu behandeln, bevor sie ihn ihrerseits verächtlich von oben herab abfertigen können. Dom Rafael, soll ich gehen und auf der Dienstliste nachsehen, wo wir eingeteilt sind?«

»Geh auf alle Fälle«, antwortete Rafael Hastur, »und bring mir Nachricht, wo ich eingeteilt bin, und vergiß nicht festzustellen, wann wir frei haben, damit wir meiner Schwester Alisa und ihrer Gefährtin respektvoll Ehrerbietung erweisen . . . Ha, Rafael, weißt du, ich kann es spüren, wenn der Wind aus der richtigen Ecke bläst – dafür brauche ich keinen Wetterhahn!«

Rafael Syrtis machte eine Geste lachender Kapitulation. »Du kennst mich, *Vai Dom Caryn* . . . Wirklich, ich brenne darauf, der *Damisela* Caitlin meine Ehrerbietung zu erweisen . . .«

»Aber nicht zu respektvoll, hoffe ich«, scherzte Rafael Hastur und wurde daraufhin ernst. »Nein, ich mache mich nicht über dich lustig, *Bredu*. Ich bin wirklich froh, daß du jemanden gefunden hast, den du lieben kannst, und sie ist deiner in jeder Hinsicht würdig, meine Patenschwester Caitlin.«

»Aber ich . . . ich bin ihrer nicht würdig . . .« Rafes Stimme zitterte. »Wie könnte ich so hoch blicken . . .«

Rafael Hastur legte die Hand auf die Schulter seines Freundes. »Nein, Rafe«, sagte er heftig. »Sprich nicht so. Mein Vater und wir alle kennen deinen Wert und deine Qualitäten. Auch mein Vater schätzt deinen Vater als einen seiner loyalsten Männer. Für mich ist Caitlin nur eine meiner Cousinen, ganz Augen und Zähne, und was du mit diesem dürren, kaninchenzahnigen kleinen Ding willst . . .«

»Dürr! Caitlin dürr!« Rafe Syrtis schrie entrüstet: »Sie ist göttlich schlank, und ihre Augen . . . diese Augen . . .«

»Als sie noch ein kleines Mädchen war, haben Alisa und ich sie immer Kullerauge genannt«, neckte Rafael, »und ich kann wahrhaftig nicht feststellen, daß sie auch nur einen Deut hübscher geworden ist. Aber Rafe – beunruhige dich nicht. Sie ist das Mündel meines Vaters, und Alisa liebt sie sehr, jedoch ist sie nicht reich, so daß sie in dieser Hinsicht nicht zu hoch über dir steht, und obschon ihre Familie sehr gut ist . . . deine ist es ebenfalls. Vater wird sehr zufrieden sein, sie dir zu geben. Ich glaube nicht, daß irgendein anderer um sie angehalten hat, aber selbst wenn das jemand getan hätte, werde ich für dich mit Vater sprechen, und wenn du willst, werde ich bei deiner Handreichung für dich stehen. So wird Caitlin in unserer Familie bleiben und damit meiner Schwester so nahe, wie sie es stets gewesen ist.«

Rafe Syrtis' Stimme zitterte. »Ich weiß nicht, wie ich dir danken soll . . .«

»Mir danken?« fragte Rafael. »Indem du einfach bist, was du immer warst, mein getreuer Paxmann und mein geschworener Bruder. Ich wünschte, ich könnte nur halb so begierig sein zu heiraten, wenn für meinen Vater die Zeit kommt, eine Braut für mich zu finden. Bislang habe ich noch keine Jungfer in ganz Thendara gesehen, die mir besser zu sein scheint als andere; Vater hat von der Tochter des Fürsten Elhalyn gesprochen, aber sie ist noch ein Kind.« Behutsam legte er die Hand auf den Arm des Freundes. »Vielleicht wird etwas von deinem Glück auch zu mir kommen, und ich werde Glück in der Liebe haben. Doch versprich mir, Rafe, daß du dieses neue Band unsere Gemeinsamkeit niemals trennen lassen wirst.«

»Nie«, gelobte Rafe Syrtis. »Ich schwöre es.«

Ehrenwachen, die Begleitung von Comyn-Lords und -Ladies, die Bewertung der Ausbildung neuer Kadetten und die Zuweisung angemessener Pflichten an ältere – diese verschiedenen Tätigkeiten hielten sie während der ersten Zehntage der Kadettenzeit viel zu beschäftigt, als daß sie die Erneuerung alter Freundschaften hätten vorantreiben können. Am Morgen des Festabends begegneten sich Kennard und Dyan in einem kleinen Büro nahe der Wachhalle, in dem Kennard Dienstlisten aufstellte, bevor er aufbrach, um die zeremoniellen Pflichten des Abendballs zu absolvieren.

»Wirst du dort sein, Dyan? Aber natürlich wirst du, schließlich gibt es hier ja keinen anderen Vertreter der Ardais-Domäne.« Er betrachtete den jüngeren Burschen mit Sympathie. Dyans Vater, Dom Kyril, war wohlbekannt dafür, daß er wiederkehrenden Zeiten der Geistesgestörtheit unterworfen war, in denen er wenig Sinn dafür zeigte, was angemessen und richtig war. Doch in einem seiner lichten Momente hatte er dafür gesorgt, daß Dyan die zeremoniellen Pflichten der Domäne wahrnahm, damit er nicht in einem Augenblick der Geistesumnachtung oder des Wahnsinns Schande über die Familie brachte.

Kennard meinte: »Ich habe Glück damit, daß sowohl mein Vater als auch mein Bruder Lewis fähig sind, die öffentlichen Pflichten der Domäne zu besorgen – ich finde an Zeremonien keinen besonderen Gefallen. Die wichtigen Aufgaben im Rat könnten mich Stolz empfinden lassen, aber in aller Öffentlichkeit aufzustehen und wegen meiner Abstammung wie ein Rennpferd angegafft zu werden . . . Nein, das wäre mir sehr lästig.«

»Ich hoffe«, sagte Dyan steif, »daß ich den Comyn gegenüber niemals eine Pflicht versäume, ganz gleich, wie lästig sie sein mag.«

Kennard legte seinen Arm kurz um die Schultern des Freundes. »Das ist es, was ich an dir liebe, *Bredu*«, sagte er. »Aber ehrlich, Dyan, es ist doch eine langweilige Angelegenheit, habe ich nicht recht?«

Dyan kicherte. »In aller Öffentlichkeit würde ich das nicht eingestehen, doch es ist, wie du sagst. Ich frage mich, ob es das prämierte Pferd auch irgendwann satt bekommt, in sein feinstes Geschirr gekleidet und auf den Straßen zur Schau gestellt zu werden . . .«

»Es ist eine gute Sache, daß wir das nicht wissen, nicht wahr, sonst hätten wir wohl nie den Mut, Paraden abzuhalten«, meinte Kennard. »Nein, in der Tat weiß ich es doch ein wenig . . . Eines der Dinge, die ich gerne tue, wenn ich frei habe, ist, unsere Reitpferde auszubilden, und mit *Laran* kann ich – ein ganz wenig – spüren, wie sie die Trense und den Sattel empfinden. Aber sie akzeptieren sie schließlich, genau wie du und ich akzeptiert haben zu lernen, lange genug Wache zu stehen und Berichte zu schreiben und all die anderen Dinge zu tun, die wir tun müssen. Und da wir von lästigen Pflichten reden – Lewis hat behauptet, Vater hätte eine Frau für mich ausgesucht, eine langweilige Tochter aus einer der geringeren Hastur-Sippen . . . hast du irgendwelchen Klatsch darüber gehört?«

Dyan schüttelte den Kopf. »Ich bin an Frauen nicht sonderlich interessiert, und ich bekomme sehr wenig über Hochzeiten zu Gehör.«

Mit einem Achselzucken sagte Kennard: »Frauen, das ist so eine Sache. Das zumindest ist mir klar geworden. Aber was das Heiraten betrifft . . . Oh, ich nehme an, es hat wohl seine Vorteile, ein festes Zuhause, Kinder für den Clan . . . Ich besitze die Alton-Gabe; Lewis hat sie nicht. Daher ist es für mich dringender, zu heiraten und Söhne zu haben.«

»Was das betrifft«, entgegnete Dyan, »so nehme ich an, ich werde – wie immer – das tun, was der Domäne gegenüber meine Pflicht ist, aber als ich noch ganz jung war, haben mich die Frauen meines Vaters angewidert . . .« Er blickte Kennard nicht an, und seine ruhige, wohlklingende Stimme änderte ihren Tonfall nicht, doch Kennard, der ein beachtliches Stück der empathischen Gabe der Ridenows besaß, spürte, daß Dyan diese Worte durch Schichten aus Schmerz und Schmach hervorpreßte.

»Wahrscheinlich weißt du es nicht . . . Es gab Zeiten, da er sie nach Ardais brachte, um sie vor den Augen meiner Mutter paradieren zu lassen . . . und er scherzte über die alten Zeiten, als die Ehefrauen ihre Pflichten noch kannten und, wenn sie ihrem Gemahl im Bett kein Vergnügen bereiteten, andere Frauen auswählten, um ihre Ehemänner zu erfreuen . . . Er zwang sie, sämtliche Bastard-Söhne der Rayna Di Asturien aufzuziehen und sogar die Töchter . . . obgleich diese Frau meiner Mutter gegenüber grausam arrogant war. Und er machte nicht einmal . . . einmal davor halt, selbst ihren eigenen Dienerinnen Avancen zu machen, und das, noch schlimmer, sogar vor ihren Augen, und er zwang sie, Zeugin all dessen zu sein . . . Die Vorstellung, daß ich mich jemals so schändlich benehmen könnte, sie macht mich körperlich krank! Und doch konnte er . . . konnte er nichts dafür! Der Gedanke, ich könnte jemals solch ein Sklave eines . . . eines Konzepts der Männlichkeit, der Virilität sein . . . so sehr, daß ich einer guten Frau weh tun und sie erniedrigen würde, eine Frau, die mir nichts Böses getan hat und der ich Ehre verdanke . . . Ich nehme an, ich werde mich irgendwann angemessen verheiraten und der Domäne gegenüber meine Pflicht erfüllen, aber die Vorstellung, daß ich je so . . . so meinen eigenen Gelüsten versklavt sein könnte . . . Bevor ich mich so aufführen könnte, hoffe ich, daß ich ehrbar genug bin, *emmasca* zu machen, wie es die winselnden *Cristoforos* tun!«

Seine Heftigkeit entsetzte Kennard. Er drückte Dyans Arm mit stummer Zuneigung, aber es gab nichts, was er angesichts der Offenbarung des jüngeren Mannes sagen konnte. Davon hatte er keine Ahnung gehabt . . .! Schließlich, nach einer langen Zeit, sagte er schüchtern: »Dein Vater . . . er ist nicht recht bei Sinnen, *Bredhyu*, du darfst dir von seiner Verruchtheit nicht dein Leben entstellen lassen.«

»Werde ich nicht«, erwiderte Dyan, wieder zurückhaltend und trotzig, »aber ich habe es nicht eilig, das Glück und die Ehre in meine Hände gelegt zu bekommen. Es wäre eine . . . eine furchterregende Verantwortung. Und angenommen, ich würde mich so in das Verlangen nach Frauen versklavt finden . . .«

Halb leichtherzig, halb ernst sagte Kennard: »Oh, ich glaube wohl nicht, daß hierfür sonderlich viel Gefahr besteht. Frauen sind ziemlich angenehm, aber auch ich verspüre nicht den Wunsch, meine Aufmerksamkeiten auf eine allein zu beschränken – ich möchte sie lieber alle glücklich machen, nicht einer von ihnen das Recht auf Eifersucht und Vorwürfe geben.«

»Wie kannst du so zynisch sein!« entfuhr es Dyan entsetzt.

»Dyan, ich habe nur Spaß gemacht! Aber wirklich, mein Bruder, ich bin noch nicht sonderlich an einer Heirat interessiert, ich bin noch nicht einmal lange genug zu Hause, um auch nur alle meine alten Bindungen und Freundschaften erneuert zu haben, und so möchte ich lieber noch eine Weile warten, bevor ich neue knüpfe. Und da wir von alten Bindungen und Freundschaften sprechen – du und ich, wir haben uns kaum gesehen! Sollen wir eine Jagd planen? Oder – Rafael Hastur sprach davon, eine Langwoche in Syrtis zu verbringen . . . Dom Felix weiß mehr über Falken als irgendein anderer Mensch von Dalereuth bis zum Kadarin, und er hat mir einen auf meine Hand trainierten Falken versprochen. Ich weiß, daß sie beide erfreut wären, wenn du dich uns anschließt.«

»Ich mache mir nichts aus der Falknerei«, wehrte Dyan steif ab. Rafael Hastur glaubte also, er könne seinen Freund, den Sohn des Falknermeisters, Kennard Alton aufzwingen, indem er ihn mit dieser Art von Gefälligkeit – dieser Art von Bestechung – verpflichtete!

»Nun, wie du willst«, sagte Kennard. »Dann werden wir in die Berge reiten, nur wir beide, wenn du das vorziehst. Ich kann mir kurz nach der Festnacht drei Tage freinehmen, und du auch.«

Einen oder zwei Tage später kam die Einladung von Rafael Hastur, zu ihnen nach Syrtis zu kommen, tatsächlich zur Sprache, und seine Schwester und Patenschwester sollten der Gesellschaft ebenfalls angehören, aber Dyan lehnte ab, indem er erklärte, er und Kennard hätten bereits andere Pläne gefaßt.

Als Dyan an Kennards Seite die niedrigen Kämme der Venza-Hügel entlangritt, fühlte er sich vollkommen glücklich, als wären sie nach all diesen Jahren in eine glückliche Knabenzeit zurückgekehrt. Auch Kennard schien glücklich zu sein. Er erzählte Dyan – wenn auch nicht allzuviel – von seinen Jahren auf Terra, seinem Kampf gegen die schwere Luft und die erdrückende Schwerkraft, von der langen Reise von Stern zu Stern, den eigenartigen Fremdwelt-Sitten. Und der Einsamkeit unter den größtenteils nicht mit *Laran* Begabten.

»Nur einmal fand ich echte Freunde«, sagte er. »Ausgerechnet auf Terra, Verwandte von den Montrays, die auf Darkover gelebt hatten und wußten, wie jenes Licht dort meinen Augen weh tat . . . Das war das schlimmste, der Schmerz des Lichts, und selbst wenn die Sonne nicht am Himmel stand, glaubte ich manchmal, ich müßte verrückt werden unter der gräßlichen kalten Helligkeit dieses schrecklichen bleichen Mondes . . . Weißt du, daß ihr Wort für Wahnsinn verwandt ist mit ihrem Wort für Mondanbeter?* Da war auch ein Mädchen . . . Ihr Name war Elaine, das heißt in unserer Sprache Yllana . . . aber sie war auch mit Aldaran verwandt. Ich rechne nicht damit, daß ich sie jemals wiedersehe. Aber sie verstand ein wenig . . . wie sehr ich diesen schrecklichen Mond fürchtete.«

Dyan warf ein: »Der Mond-Wahnsinn ist recht leicht zu verstehen . . . Wir haben ein Sprichwort: *Was unter vier Monden getan wird, braucht nie erinnert oder bereut zu werden . . .*«

»Stimmt«, erwiderte Kennard lachend, »und ich sehe, es stehen drei am Himmel, und später am Abend wird auch Idriel aufgehen, und dann werden vielleicht auch wir ein Abenteuer des Wahnsinns erleben!«

Tatsächlich standen alle Monde hoch am Himmel, als sie ihr Lager aufschlugen und ihre Mahlzeit zubereiteten: Sie brieten einen Vogel, den Dyan mit seinem *Courvee,* dem gekrümmten Wurfholz, das in den Hellern zur Jagd verwendet wurde, heruntergeholt hatte. »Ich habe meine Geschicklichkeit eingebüßt«, klagte Kennard. »Es ist so lange her!«

Lange saßen sie vor der Glut des Feuers, beleuchtet von den vier Monden, und sprachen von ihrer Kindheit, den frühen Tagen bei den Kadetten.

»Ich war so unglücklich auf Terra«, sagte Kennard. »Und ich frage

* Gemeint ist »lunatic« (Anm. d. Übers.)

mich oft, ob es Larry an meiner Stelle nicht genauso erging. Seine Verwandten waren so freundlich zu mir und versuchten so sehr, verständnisvoll zu sein. Ich weiß, daß mein Vater wohl ebenfalls freundlich war, aber was ist mit den anderen, Dyan? War er glücklich bei den Kadetten? Hat irgend jemand mit ihm Freundschaft geschlossen? Ich hätte ihn gern deiner Freundlichkeit, dir, meinem geschworenen Freund, anvertraut.«

Dyan sagte schroff: »Glaubst du, irgendein beliebiges anderes Lebewesen könnte deine Stelle einnehmen? Ich denke, wir alle haben ihn spüren lassen, daß wir ihn für einen Eindringling hielten!«

Kennard schüttelte voller Bestürzung den Kopf. »Aber wir waren Freunde, Dyan, ich hätte es gerne gesehen, daß du ihn so behandelst, wie du mich behandelt hättest, als Freund und Bruder . . . Nun, es ist vorbei, ich will dich nicht tadeln«, lenkte er ein, »aber ich wünschte, du hättest ihn so gut kennenlernen können wie ich. Glaube mir, er ist es wert, *Janu.*«

Aber Kennard gebrauchte den alten Kosenamen aus ihrer Kindheit, und Dyan wußte, daß er ihm nicht böse war, natürlich nicht. Wegen eines *Terraners* würde Kennard nicht mit ihm streiten!

Das Feuer war heruntergebrannt. Kennard gähnte und sagte: »Wir sollten schlafen gehen. Andererseits . . . wir haben schließlich die vier Monde . . . Was für eine Verrücktheit sollen wir anstellen?«

Mit einer Schüchternheit, die ihn überraschte, sagte Dyan: »Wohl kaum eine Verrücktheit . . . Aber nach so vielen Jahren, *Bredhyu* . . . sollten wir da nicht unser altes Gelöbnis erneuern . . .?«

Für einen Moment war Kennard bewegungslos, verblüfft. Dann sagte er ganz sanft: »Wenn du willst, *Bredhyu.*« Er wiederholte dieses Wort mit dem gleichen besonderen Tonfall, den auch Dyan benutzt hatte, der nur für geschworene Brüder galt, zwischen denen es keine Schranken gab. »Es bedarf keiner Erneuerung, um so stark zu sein wie eh und je . . . Ich vergesse nicht, was ich geschworen habe. Und du bist alt genug; ich hätte nicht einmal daran gedacht, dich als Jungen zu behandeln, der zu jung ist für Frauen . . . Aber wenn du es wünschst, mein liebster Bruder, dann sei es, wie du willst.«

Er zog Dyan an sich, so daß sich ihre Lippen trafen, die Schranken in der allerintimsten Berührung fielen, bis ihr Geist voreinander so entblößt war, wie dies ihre jungen Körper waren . . . Und in diesem Moment zerbrach etwas tief im Innern von Dyan Ardais, um nie wieder ganz zu werden.

Kennard hatte nicht aufgehört, ihn zu lieben. Er würde niemals aufhören, ihn zu lieben. Er begrüßte ihre Zusammenkunft, und jetzt hatte auch er sich vollständig der Wärme und Zärtlichkeit dieser körperlichen Neubestätigung ergeben, er hielt nichts zurück. Und doch . . . doch gab es einen wesentlichen Unterschied, einen für

Dyan herzzerreißenden Unterschied. Was für Dyan der lebenswichtige, verzweifelt ersehnte Quell seiner Existenz war, der Kern und die Erneuerung seines Daseins, das war für Kennard nichts dergleichen. Kennard liebte ihn, ja, schätzte ihn als Bruder, Freund, Verwandten, schätzte ihn mit tausend freundlichen Erinnerungen. Aber genau das Zentrum ihrer Liebe, diese gegenseitige Bestätigung, die allein Dyans Existenz begründete, war für Kennard lediglich eine angenehme Freundlichkeit – er wäre genauso zufrieden gewesen, hätten sie sich die Hand gereicht und getrennt geschlafen . . . Und vor der Qual dieses Wissens fühlte Dyan Ardais, daß sein gesamtes Inneres zertrümmert, zerrissen, in Fragmente gebrochen wurde.

Noch während er zärtlich in Kennards Armen gehalten wurde, völlig versunken im gegenseitigen Teilen, fühlte er, wie ihn das Eis des Todes umfing, wie die eisigen Krallen von Nevarsin, frostig, allein . . . Selbst die Auflösung in der gegenseitigen Freude war Qual, er wußte, daß er unkontrolliert schluchzte, und durch seine eigene Verzweiflung hindurch fühlte er Kennards verwunderten Kummer und sein Bedauern. Er konnte Kennard nicht einmal böse sein. Kennards Gedanken waren seine eigenen: *Was kann ich tun? Er kann nicht anders sein, als er ist, und ich auch nicht. Ich liebe ihn, ich liebe ihn sehr, aber Liebe allein ist nicht genug . . .*

»Dyan, Dyan . . . *Janu, Bredhyu,* mein geliebter Bruder, trauere nicht so, du brichst mir das Herz«, bettelte Kennard. »Wie kann ich dich trösten, Bruder? Du wirst mir immer teurer sein als jedes andere menschliche Wesen, das schwöre ich dir. Ich flehe dich an, trauere nicht so . . . Die Welt wird ihren Lauf nehmen . . . den Lauf, den sie will, nicht wie du oder ich ihn haben möchten . . . Es gibt niemanden, niemanden, den ich mehr liebe als dich, Dyan, es ist nur so, daß ich kein Knabe mehr bin . . . Dyan, ich schwöre dir, es wird die Zeit kommen, da dies nicht mehr so schrecklich viel Bedeutung für dich haben wird . . . alles ändert sich . . .«

Innerlich wütete Dyan: *Ich werde mich nicht ändern, niemals!* Alles in ihm geiferte in erzürnter Auflehnung, aber langsam schaffte er es, sein Weinen unter Kontrolle zu bringen, sich hinter eine undurchdringliche Barriere der Ruhe, der guten Manieren, fast der Unbeschwertheit zurückzuziehen. Wieder griff er nach Kennard, mit seiner gekonnten, verführerischen Berührung, um ihn einfach seine Gedanken spüren zu lassen: *Wenigstens gibt es dies hier, und Kennard kann nicht so tun, als fände er keine Freude daran . . .*

Kennard, noch immer besorgt, jedoch dankbar für Dyans Ruhe, griff mit sanftem Drängen nach ihm und sprach laut . . . er konnte die tiefere Geist-Berührung nicht ertragen, nicht jetzt. »Ich werde niemals versuchen, das hier vorzutäuschen, mein Bruder.«

Der Sommer zog sich dahin. Eines Tages, als sich Kennard in dem kleinen Raum nahe der Wachhalle umkleidete, nachdem er einigen jüngeren Kadetten Unterricht im Schwertkampf gegeben hatte, sagte er zu Dyan: »Tja, es ist passiert. Vater hat eine Frau für mich gefunden.«

Dyan hob ironisch eine Augenbraue. »Meinen Glückwunsch. Bin ich mit der glücklichen jungen Dame bekannt?«

»Ich weiß nicht! Ich kenne das Mädchen nicht einmal. Vater sagt, sie sei passend, von einer geringeren Hastur-Seitenlinie; er sagt, daß sie nicht besonders schön ist, allerdings auch nicht häßlich, und sie ist liebenswert und gebildet und mit *Laran* begabt – und das ist ungeheuer wichtig für mich. Er hegt überhaupt keinen Zweifel daran, daß wir uns mögen und gut zusammenleben werden. Schönheit mag vielleicht bei den Bettgefährtinnen eines Mannes wichtig sein, aber ein gutes Gemüt und freundliche Veranlagung sind für ein gemeinsames Teilen eines Heimes und Lebens wesentlich wichtiger, und ich bezweifle nicht, daß wir einigermaßen glücklich sein werden. Sie ist die Patenschwester von Rafael und Alisa Hastur . . . Bist du ihr schon einmal begegnet? Sie heißt Catriona, Catrine, irgend etwas in dieser Art.«

»Caitlin?« fragte Dyan, und Kennard nickte. »Ich glaube – ja. Du kennst sie?«

»Nein«, erwiderte Dyan, »aber ich weiß, wer sie ist.«

Innerlich lachte er triumphierend. Das würde Rafael Syrtis lehren, seine Augen nie wieder zu einem Mädchen der Hastur-Familie zu erheben! Jetzt, da man einen richtigen Gatten für das Mädchen gefunden hatte, würde Rafe Syrtis erfahren, daß es Grenzen gab für den Ehrgeiz eines Bürgerlichen!

»Ich wünsche dir alle Glückseligkeit, Verwandter«, sagte er förmlich. Aber seine eigene Glückseligkeit floß über, als Kennard lächelte und erwiderte: »Das Mädchen bedeutet mir nichts, lieber Bruder. Mir ist noch nie eine Frau begegnet, die mir mehr sein kann als ein geschworener Bruder, und ich bete von Herzen, daß sich dies auch niemals ändern möge.«

Er brannte darauf zu erfahren, wie die beiden Rafaels auf dieses Wissen reagieren würden, und er sollte es bald herausfinden. Eigentlich war er außer Hörweite und erledigte eine kleine Aufgabe in der Kasernenstube, während Rafael Hastur und Rafe Syrtis am anderen Ende des Raumes vorgaben, Karten zu spielen. Aber er hörte, wie sie Kennards Namen erwähnten, und spürte nicht die geringsten Skrupel, seine Sinne auszuweiten und telepathisch dem zu lauschen, was sie sprachen.

Ich konnte es kaum fassen, sagte Rafael Syrtis. *Ich wußte natürlich, daß sie erfreut und froh sein würde, mich zu sehen, als ich sie aufsuchte, aber ich hätte niemals geglaubt, daß sie wirklich nach mir schicken, mich bitten würde . . . Rafael, ich konnte es nicht ertragen . . . Sie hatte so geweint, ihr armes, kleines Gesicht war von den vielen Tränen verschwollen, ich glaube, sogar die Steine des Nevarsin-Gipfels wären vor Mitleid geschmolzen! Und natürlich denkt ihr Vater nur daran, was es für sie bedeuten wird, einen Comyn-Erben zu heiraten . . . Was soll ich nur tun, Rafael? Ich kann nicht zulassen, daß ich sie verliere, nicht jetzt, da ich weiß, daß sie dasselbe für mich empfindet wie ich für sie . . .*

Dyan verspürte heftige Genugtuung. Endlich begriff dieser verdammte Bürgerliche, daß er sich letztlich doch nicht in Comyn-Kreise hineinzwängen konnte, indem er eine Pflegeschwester von Rafael Hastur heiratete! Nun, sollte er leiden, es würde ihm eine Lehre sein! Dann hörte er voller Schmach, was Rafael zu seinem Freund sagte. Ein Hastur, der so sprach? Schändlich!

Wenn ihr beide, du und Caitlin, den Mut habt . . . werde ich an eurer Seite stehen. Eine Freipartner-Heirat kann nicht bestritten werden, wenn sie vollzogen ist . . . Würdest du mit meinem Vater sprechen, so hielte er dir vor, es sei nur eine Knabenlaune . . . aber wenn ihr ein Bett, eine Mahlzeit, eine Feuerstelle geteilt habt . . . Ich weiß nicht, ob das Mädchen die innere Kraft hat, den Wünschen der Alten zu trotzen, aber wenn ja, und du ebenfalls, so werdet ihr Zeugen haben wollen, und Alisa hat versprochen, daß auch sie an eurer Seite stehen wird . . .

Und dann diskutierten sie über Pferde und über Mittel und Wege zur Durchsetzung ihres Plans, und Dyan nahm sein Lauschen zurück, als sich Rafe Syrtis umdrehte und ihn unbehaglich anstarrte . . . Hatte der verdammte Bürgerliche also doch einen winzigen Funken *Laran*? Doch er bekam den Treffpunkt mit, *die Hütte des Reisenden an der Straße zu Callistas Quell . . .*

Von Dyan hast du nichts zu befürchten, sagte Rafael Hastur ruhig. *Auch er hat unter den Launen eines überstrengen Vaters gelitten, er wird uns nicht verraten.*

Wirklich nicht? dachte Dyan erzürnt. Selbst wenn er nicht wegen Rafe Syrtis' Vermutung wütend geworden wäre – dieser Rafe Syrtis, der es wagte, seine Augen ehrgeizig zum Mündel eines Hastur zu erheben –, wäre er um Kennards willen zornig geworden. Wer war dieses Mädchen Caitlin, daß sie einen unverschämten Niemand Kennard Alton vorzog? Was für ein Schlag ins Gesicht wäre es für Kennard, wenn im Rat darüber geklatscht werden würde, daß seine versprochene Braut weggelaufen war, um einen anderen zu heiraten! Und für wen dies alles? Für einen Prinzen, für eine edlere Heirat? Nicht einmal das? Für den Sohn des Falkenmeisters ihres Vormunds! Welch eine Beleidigung für Kennard! Dyan dachte wutentbrannt, daß er die Übeltäterin Caitlin – wenn sie vor ihm gestanden hätte – angespuckt hätte.

Kennard mußte dies sofort erfahren – daß Rafael Hastur und sein unverschämter und anmaßender Günstling sich verschworen, ihn um seine Braut zu betrügen!

Während er auf der Suche nach Kennard unterwegs war, probte er in Gedanken bereits, was er sagen wollte, um seinem Freund bewußt zu machen, wie sehr er von dem Hastur-Erben beleidigt wurde! Diese falschen Freunde und Verräter verschworen sich, um Kennard zu betrügen, ihn vor den Wachen und dem Rat das Gesicht verlieren zu lassen.

Doch in seinen Gedanken stand ihm Kennard vor Augen, und zwar dankbar dafür, daß er, Dyan, ihn vor dieser Erniedrigung, die sie ihm zudachten, gewarnt hatte, nein, er war vielmehr wegen seiner Einmischung ärgerlich auf ihn . . . Fast schien es, als könne er Kennards Stimme hören, wie er sagte: *Zandrus Höllen, Dyan, glaubst du, ich mache mir etwas aus diesem Mädchen? In dieser Zeit meines Lebens ist ein Mädchen ganz wie das andere für mich, vorausgesetzt allein, es ist angemessen . . . Ich habe sie noch nie gesehen.* Und je mehr Dyan in seinen Gedanken argumentierte und versuchte, Kennard davon zu überzeugen, daß er nicht zustimmen konnte, seine versprochene Braut an einen Bürgerlichen zu verlieren, desto mehr wiederholte sein Verstand Kennards logische Erwiderung:

Was könnte ich für eine Freude daran haben, ein Mädchen zu heiraten, das rettungslos in einen anderen Mann verliebt ist? Es gibt viele Frauen, die mich ebensogern haben möchten . . . Warum also soll ich dem Syrtis-Jungen diese eine nicht lassen – und gern, wenn sie einander wollen . . . Wer weiß, vielleicht werde ich eines Tages soviel Glück haben, eine Frau zu finden, die mir genausoviel bedeutet wie Caitlin für Rafe.

Verwirrt durch die Stimmen in seinem Geist, plagten Dyan schwere Befürchtungen. Sollte er sich einfach still verhalten? Wenn Caitlin Lindir-Hastur und Rafe Syrtis so sehr daran gelegen war, warum sollte er sie auseinanderreißen, um Caitlin in die Hände eines Mannes zu spielen, dem es gleichgültig war, ob er sie oder eine andere hatte? Dann, in einem letzten Moment quälender Selbsterkenntnis, die noch von dieser unbeabsichtigten Zurückweisung durch Kennard in ihm schwelte, wußte er: Er wollte nicht, daß Kennard eine Frau heiratete, die ihm irgendwann das bedeuten konnte, was Rafe Caitlin bedeutete . . . *was mir keine Frau – das weiß ich jetzt – je bedeuten wird . . .*

Fest entschlossen verwarf er seine Bedenken. Die Loyalität zu den Comyn verlangte, daß er die jungen Hasturs daran hinderte, dem Willen des Rates zu trotzen, daß Kennard Alton Caitlin als Ehefrau haben sollte. Kennard durfte nicht erniedrigt werden – nicht dadurch, daß ihm gezeigt wurde, wie seine versprochene Braut es vorzog, die Frau eines Bürgerlichen zu werden, eines Schmarotzers, des Sohns des Falkenmeisters!

Kennard wird wissen, daß ich seine Ehre als Comyn-Lord so hoch schätze wie meine eigene. Er wird mir dankbar dafür sein, und ich werde ihm noch immer mehr bedeuten als jede Frau . . .

Seine Hände zitterten. Er stellte fest, daß er vor den Hastur-Wohnquartieren angekommen war, und als er dem Diener mit dem ernsten Gesicht zu melden auftrug, daß Dyan Gabriel, Regent von Ardais, mit dem Lord Danvan Hastur zu sprechen wünsche oder, wenn das nicht möglich sein sollte, mit dem alten Lord Lorill, probte er im Geiste bereits seine Einleitungsworte.

Wißt Ihr, Mylord, was sie planen – Euer Sohn und sein schamloser Paxmann, der Sohn Eures Falkenmeisters? Sie beabsichtigen, daß Kennard, der Erbe Altons, um die im Rat beschlossene Heirat betrogen werden soll . . .

Sie waren eine kleine Gruppe. Alle von Comyn-Geblüt oder Wachen, denen großes Vertrauen entgegengebracht wurde und bei denen man sicher sein konnte, daß sie den Skandal nicht verbreiten würden. Danvan Hastur selbst ritt mit ihnen, und Dyan war der Jüngste der Gruppe, die nordwärts zu Callistas Quell ritt. Der alte Hastur hatte diskret Erkundigungen eingezogen. Als er hörte, daß der Lord Rafael und Alisa mit Rafaels Paxmann, dem jungen Syrtis, und Alisas Patenschwester vor Mittag ausgeritten waren und Falken mitgenommen hatten, als sei es nur ein harmloser Ausflug, hatte er den Trupp zusammengerufen und war sogleich aufgebrochen. Jetzt erblickten sie die kleine Schutzhütte für Reisende, und davor sahen sie vier Pferde stehen; eines davon war der weiße Hengst, den Rafael Hastur ritt.

Danvan Hasturs Stimme war tief und bitter.

»Schwärmt aus und umstellt die Kate! Wer weiß, wie sie reagieren werden, diese vorschnellen Jugendlichen! Mit Ungehorsam bestimmt, vielleicht gar mit Schande und Schmach.« Als sein Paxmann neben ihm war, führte er mit seinem Schwertknauf einen schweren Schlag gegen die Tür. Dyan konnte sehen, daß der ältliche Ratslord auf alles vorbereitet war, sogar auf rohen Trotz.

Doch kein Schlag wurde geführt. Dyan sah und hörte nichts von dem, was im Innern der Hütte geschah, aber nach langer Zeit trat Danvan Hastur heraus. Sein Gesicht war kalt und angespannt; er hielt die weinende Caitlin an der Hand. Lord Hastur gab zwei Wächtern ein Zeichen, zu beiden Seiten von Rafe Syrtis zu reiten, dessen Gesicht so weiß war wie sein Hemd.

»Bewacht ihn, damit er sich nichts antut«, wies Hastur sie nicht unfreundlich an. »Er ist außer sich. Er wurde schlecht beraten von jenen, die es hätten besser wissen sollen.« Seine Blicke ruhten auf seinem Sohn Rafael, und sein Gesicht war wie aus Stein gehauen.

»Was dich betrifft«, knurrte er, »so weiß ich, wem ich die Schuld für diese schändliche Affäre geben muß. Du hast Glück, daß dich dein Vetter Alton nicht zum Duell fordert, weil die Comyn-Immunität euch beide schützt. Nein, kein Wort . . .« Er hob gebieterisch die Hand. »Du hast schon genug gesagt und getan, aber mit Glück und schnellen Pferden ist es zu nichts gekommen. Wir sprechen uns später noch. Geh zu deinem Pferd und reite los, und wage es nicht, heute abend auch nur ein Wort an mich zu richten.«

Rafaels Lippen bewegten sich in unhörbarem Protest, aber sein Vater hatte sich bereits abgewandt. Er selbst setzte Caitlin auf ihr Pferd und sagte: »Komm, mein Kind, es ist kein Schaden angerichtet, obgleich deine Torheit groß war. Ich verpfände meine Ehre dafür, daß Kennard niemals hiervon erfahren wird, und zum Glück hat er dir nichts zu verzeihen. Alisa!«

Seine Stimme war plötzlich scharf wie ein Peitschenknall. »Steig in den Sattel, mein Mädchen, oder wir werden dich hineinheben lassen! Nein, kein Wort!«

Alisa zog ihren grünen Umhang vor das Gesicht. Dyan schien es, daß auch sie weinte. Aber seine Blicke waren auf den zusammengesunkenen Rücken von Rafael Syrtis gerichtet. Wahrhaftig, dieser abscheuliche Bürgerliche hatte seine Lektion bekommen!

Am Ende kam nichts dabei heraus; Alisa wurde in Ungnade in die Fremde geschickt – nach Neskaya, sagte man, doch es gab überraschend wenig Klatsch. Nur die Wachhalle war übervoll davon, aber Dyan beantwortete keine Fragen. Er war bei seiner Ehre dazu verpflichtet worden stillzuschweigen. Ein paar Tage später wurde die Handreichung ordnungsgemäß abgehalten, und Caitlin Hastur-Lindir wurde Kennard Alton *Di Catenas* zur Ehe versprochen. Dyan, der zusah, wie Braut und Bräutigam während der Zeremonie mit höfischer Gleichgültigkeit miteinander tanzten, verspürte eine eigenartige hohle Leere. Als er vortrat, seine Glückwünsche auszusprechen, begrüßte ihn Kennard herzlich.

»Ich möchte dich meiner versprochenen Frau vorstellen, Dyan. *Damisela*, dies ist mein Verwandter und geschworener Bruder Dyan.«

Einen Moment lang erwachte das starre Gesicht des Mädchens mit einem Aufflackern von Zorn und Groll zum Leben, und Dyan begriff, daß sie ihn in dem Kreis höflich abgewandter Gesichter vor der Hütte an der Straße zu Cassildas Quell gesehen haben mußte . . . Dann war es wieder ausdruckslos, und Dyan wußte, daß sie sich nicht einmal mehr daraus etwas machte.

»Ich wünsche dir alles Glück«, sagte er förmlich, und Kennard erwiderte etwas genauso Förmliches und Bedeutungsloses. Nur Dyan bemerkte sein kaum wahrnehmbares Achselzucken.

»Hier ist Euer Ziehbruder, um mit Euch zu tanzen, Caitlin«, sagte Kennard und führte sie zu Rafael Hastur. »Kommt bald zu mir zurück, meine Lady.« Doch er sah sie mit einem fast hörbaren Seufzer der Erleichterung gemeinsam davongehen.

»Ich glaube, Caitlin mag mich nicht besonders«, sagte er. »Ich nehme an, früher oder später wird sie sich an den Gedanken gewöhnen. Ich werde versuchen, so freundlich wie nur möglich zu sein, und ich glaube, wir werden wie jedes andere Ehepaar miteinander auskommen. Sie ist gewiß keine Schönheit«, setzte er freimütig hinzu, als er dem Mädchen nachblickte, »aber sie scheint ein liebes Wesen zu haben, selbst wenn sie jetzt schmollt, und sie ist redegewandt und sanft, und sie scheint ziemlich intelligent zu sein! Ich wäre nur ungern mit einer Närrin verheiratet. Ich schätze, ich bin eigentlich gar nicht so unzufrieden«, endete Kennard ohne viel Überzeugung. »Mein Vater hätte es schlechter für mich treffen können, vermute ich. Nun, wenn sie mir einen Sohn mit *Laran* schenkt, werde ich nicht viel anderes von ihr verlangen.« Er zuckte die Schultern. »Oh, tja, es ist ein Vorwand für ein Fest und eine Lustbarkeit – sollen wir also etwas trinken? Dyan – hör mir zu. Von allen meinen Bekannten bei den Wachen ist nur Rafael Syrtis nicht gekommen, um mir zu gratulieren oder mir Glück zu wünschen. Mein Bruder, was kann ich denn wohl getan haben, das ihn verletzt hat – und daß er eine so große Abneigung gegen mich hegt?«

Dyan fühlte eine Enge in seiner Kehle. Es war nicht zu spät, selbst jetzt noch nicht . . . Statt dessen hörte er sich sagen: »Was, zum Teufel, spielt es für dich eine Rolle, was er denkt, Kennard? Wer ist dieser Rafael Syrtis überhaupt, daß er dir Verachtung zeigen darf? Ein Niemand – der Sohn eines Falkenmeisters!«

Ellbogenfreiheit

Trotz ihrer erfolgreichen Karriere als Fantasy- und Science-Fantasy-Autorin kehrt Marion Zimmer Bradley immer wieder einmal zu ihrer ersten Liebe, der Science-fiction zurück. ›Ellbogenfreiheit‹ behandelt ein klassisches Science-fiction-Thema: die Frage, wie ein Mensch die Einsamkeit des Alls ertragen kann, ohne dem Wahnsinn zu verfallen. Daß es sich zugleich wieder um eine Auseinandersetzung mit dem Thema handelt, was eine Frau zu leisten imstande ist, gibt ihr einen zusätzlichen Reiz. Die Geschichte ist vom Handlungsaufbau und der Irritation, die sie bei der Lektüre vermittelt, so perfekt geschrieben, daß es schade wäre, das Ende zu verraten.

Manchmal habe ich auf dem Weg zur Arbeit das Bedürfnis, zur Beichte zu gehen.

Es ist still beim Erstaufgang, wenn Aleph Primus noch nicht über dem Horizont erschienen ist. Es herrscht dann immer eine Dissonanz zwischen dem, was man wahrnimmt, und dem, was man fühlt; denn wenn die Schwerkraftsysteme auf menschliche Erfordernisse eingestellt sind, meint man, die »Tage« sollten einen Planeten von der Größe zeigen, die ein Mensch für angemessen hält, und nicht eine winzigkleine planetoide Raumstation. Zur Zeit des Erstaufgangs ist man also auf einen Tag von normaler Länge eingestellt: zwanzig Stunden oder dreiundzwanzig, irgend etwas, das der inneren Uhr entspricht. Man ist daher überhaupt nicht vorbereitet, wenn Primus zum Erstuntergang ansetzt. Vielleicht im Kopf, aber nicht da, wo es darauf ankommt, unten im Bauch. Beim Drittaufgang ist man dann innerlich schon fast wieder auf einen ganzen Tag auf Checkout Station eingerichtet, und man kann sich mit dem Drittaufgang und dem Fünftuntergang abfinden, und beim Zwölftuntergang ist man bereit für die Schlafmaske, und man zieht die Vorhänge vor und sperrt bis zum Erstaufgang am nächsten Tag wieder alles aus.

Aber beim Erstaufgang hat man so eine Illusion, und ich genieße sie immer eine Weile. Es ist, als wäre man wirklich ganz allein in einer schweigenden Welt, einer wirklichen Welt. Und schon lange bevor ich nach Checkout kam, war ich ein Einzelgänger, habe meine eigene Gesellschaft immer der anderer vorgezogen.

Das ist die Sorte von Leuten, die sie immer für solche Wirbel-Stationen wie Checkout nehmen. Hier gibt es nicht viel Gesellschaft. Und wir lernen, uns gegenseitig Ellbogenfreiheit zu lassen.

Man müßte meinen, daß wir hier, wo wir nur zu fünft sind – oder zu viert; da war ich mir nie ganz sicher, aus Gründen, auf die ich später eingehen werde –, eine Menge gemeinsam machen. Man müßte meinen, wir würden gegen die überwältigende Platzangst im Raum zusammenrücken. Ich weiß eigentlich nicht, warum wir das nicht tun. Ich glaube einfach, daß ein Mensch, der wirklich gern auf Checkout lebt – und das tue ich –, ein Einzelgänger sein muß. Und ich werde nervös, wenn zu viele Menschen um mich herum sind.

Natürlich weiß ich, daß ich hier draußen nicht so allein leben kann, wie ich es gern möchte. Sie haben das in der Anfangszeit der Wirbel-Stationen versucht und eine Frau oder einen Mann allein hinausgeschickt. Sie haben sich mit schöner Regelmäßigkeit selber umgebracht, einer nach dem anderen. Dann versuchte man es mit gut aufeinander eingespielten Paaren, kleinen Gruppen, geselligen Typen, die zusammenhockten und Gemeinschaft pflegten, und sie drehten alle durch und murksten sich gegenseitig ab. Ich weiß, warum: Sie haben zuviel voneinander gesehen und begonnen, sich aufeinander zu verlassen, um ihren Verstand und ihre Selbstbehauptung zu bewahren. Und das hat natürlich nicht funktioniert. Man muß ein Typ sein, der sich voll auf sich selbst verlassen kann.

Also machen sie es jetzt so. Ich weiß immer, daß ich nicht allein bin. Aber ich muß nicht zu viel von den anderen sehen, die hier sind; ich *muß* sie niemals sehen, wenn ich das nicht will. Ich weiß nicht, wie weit die anderen miteinander Umgang haben, aber ich vermute, daß sie genauso große Eigenbrötler sind wie ich. Es ist mir auch gleich, solange sie nicht in *meinen* privaten Bereich eindringen und solange sie Befehle entgegennehmen, wie man es von ihnen erwartet. Ich liebe sie natürlich, alle vier oder vielleicht auch fünf. Damals bei der Psycho-Konditionierung hat man mir gesagt, daß das eintreffen würde. Aber ich erinnere mich nicht, wie ich dazu kam, ob es sich einfach so ergeben hat oder ob *sie* das bewirkt haben. Ich stelle nicht allzu viele Fragen. Ich bin froh, daß ich sie liebe; ich hasse den Gedanken, daß mich irgendein Psychotechniker dazu *gebracht* hat, sie zu lieben! Denn es sind reizende, liebenswerte, wundervolle Leute. Jeder von ihnen.

Solange ich sie nicht zu oft sehen muß.

Denn ich bin der Boß. Es ist *meine* Station! Einen leichten Hang zum Größenwahn haben sie es bei Psycho genannt. Es ist gut für einen Stationsleiter, diesen Hang zum Größenwahn zu besitzen; das haben sie mir ganz genau erklärt. Wenn sie bescheidene, zurückhaltende Typen hier herausschicken würden, dann würden die sich sehr bald für einen winzigen Flohbiß im riesigen Universum halten, und früher oder später fände man sie mit durchgeschnittener Kehle, weil sie sich ihrer Aufgabe, etwas so Gewaltiges wie den Wirbel zu beherrschen, nicht mehr gewachsen fühlten.

Einsam, ja. Aber ich mag das. Ich bin gerne der Boß hier draußen. Und ich mag die Art und Weise, in der für meine Bedürfnisse gesorgt wird. Ich glaube, ich habe die beste Köchin in der ganzen Galaxis. Sie kocht alle meine Lieblingsgerichte – ich nehme an, Psycho hat ihr meine ganzen Vorlieben und Abneigungen eingetrichtert. Ich frage mich manchmal, ob die anderen auf der Station das essen müssen, was mir schmeckt, oder ob sie ihr eigenes Lieblingsessen bestellen können. Es ist mir eigentlich egal, solange ich bestellen kann, was ich mag. Und dann habe ich noch meinen eigenen Bibliothekar, der die beste Musik in der ganzen Galaxis zur Hand hat, die beste Tonanlage, die man sich vorstellen kann, den letzten Schrei der Technik, den ich mir in keinem vergleichbaren Job auf der guten alten Erde leisten könnte. Und meinen eigenen Gärtner und eine Technikerin, die die Arbeit macht, von der ich nichts verstehe. Und sogar meinen eigenen Priester. Das muß man sich mal vorstellen! Einen Priester den ganzen weiten Weg hier herauszuschicken, nur damit er für meine seelischen

Bedürfnisse da ist! Nun ja, zumindest für eine Gemeinde von vier Leuten. Oder fünf.

Oder sind es sechs? Ich denke dauernd, daß ich jemanden vergessen habe.

Der Erstaufgang geht rasch in den Erstuntergang über, als ich den Garten verlasse und in dem kleinen Beichtstuhl niederknie. Ich sage leise: »Vater, vergib mir, denn ich habe gesündigt.«

»Der Herr segne dich, mein Kind.« Pater Nicholas ist da, obwohl seine Messe schon lange vorüber sein muß. Ich überlege manchmal, ob es nicht die Heiligkeit der Beichte verletzt, wenn er nicht umhinkann, zu wissen, welches Glied seiner Gemeinde dort kniet; ich bin die einzige, die jemals vor dem Zweituntergang aufsteht. Und ich weiß auch gar nicht so genau, ob ich gesündigt habe oder nicht. Wie kann ich gegen Gott oder meine Mitmenschen sündigen, wenn ich von diesen Milliarden von Meilen entfernt bin, bis auf die fünf oder sechs hier? Und die sehe ich so selten, daß ich keine Gelegenheit habe, mich mit ihnen oder an ihnen zu versündigen. Vielleicht muß ich nur seine Stimme hören, eine menschliche Stimme, eine helle, nicht ausgesprochen männliche Stimme. Dennoch tiefer als meine, anders als meine. Das ist das wichtigste daran: eine Stimme zu hören, die nicht mir gehört.

»Vater, ich habe Zweifel genährt über die Natur Gottes.«

»Sprich nur, mein Kind.«

»Als ich neulich draußen war im Rad und den Wirbel beobachtet habe, da ertappte ich mich dabei, wie ich mich fragte, ob der Wirbel Gott ist. Schließlich ist Gott unkennbar, und der Wirbel ist so vollkommen jenseits aller menschlichen Erfahrung. Hat die menschliche Rasse hier nicht das gefunden, das dem traditionellen Bild von Gott am nächsten kommt? Etwas vollkommen jenseits von Materie, Energie, Raum oder Zeit?«

Habe ich den Priester schockiert? Erst nach einer langen Pause dringt seine sanfte Stimme wieder in den kleinen Beichtstuhl. Draußen wird das Licht gegen den Erstuntergang hin bereits schwächer.

»Es schadet nichts, den Wirbel als ein Symbol für Gottes Beziehung zum Menschen zu betrachten, meine Tochter. Schließlich sind die Wirbel das vielleicht großartigste unter den Werken Gottes. Es steht geschrieben, daß die Himmel die Herrlichkeit Gottes preisen und das Firmament von den Wundern seiner Schöpfung kündet.«

»Aber bedeutet das denn nicht, daß Gott weit entfernt ist, unfähig, die Menschheit zu lieben? Ich kann mir nicht vorstellen, daß der Wirbel irgend jemanden liebt oder irgend jemanden wahrnimmt. Nicht einmal mich.«

»Ist das ein Fehler Gottes oder ein Fehler deiner eigenen Vorstellungskraft, mein Kind, Gottes Macht Grenzen zuzuschreiben?«

Ich bleibe stur. »Aber macht es einen Unterschied, wenn ich meine Gebete an den Wirbel richte und ihn preise?«

Hinter dem Schirm höre ich ein leises Lachen. »Gott wird deine Gebete erhören, wo immer du sie sprichst, liebes Kind, und wann immer du etwas findest, das der Verehrung und der Bewunderung würdig ist, verehrst du damit Gott, gleich bei welchem Namen du es nennen wirst. Gibt es sonst noch etwas, mein Kind?«

»Ich habe gesündigt und böse Gedanken gegen meine Köchin gehabt, Hochwürden. Gestern abend hat sie sich mit meinem Essen verspätet, und ich wollte ihr am liebsten die Augen auskratzen.«

»Hast du ihr etwas getan, mein Kind?«

»Nein. Ich brüllte sie nur über den Schirm an, daß sie eine faule, selbstsüchtige dumme Gans sei. Ich wäre am liebsten hinübergegangen und hätte sie geschlagen, aber ich habe es nicht getan.«

»Dann hast du dich in lobenswerter Weise in Selbstbeherrschung geübt, nicht wahr? Was hat sie geantwortet?«

»Gar nichts. Und das hat mich noch wütender gemacht.«

»Du sollst deinen Nächsten lieben wie dich selbst, und ich meine damit auch deine Köchin, mein Kind«, sagt er tadelnd, und ich erwidere mit hängendem Kopf: »Ich mag mich zur Zeit selbst nicht besonders, vielleicht liegt darin das Problem.«

Wohlgemerkt, ich bin nicht sicher, daß dort wirklich ein Priester hinter dem Schirm ist. Vielleicht ist es ein Relais-System, das mich mit einem Priester auf der Erde verbindet. Oder vielleicht ist Pater Nicholas auch nur ein spezielles Sprechprogramm im Hauptcomputer; das ist auch der Grund, warum ich manchmal die verrücktesten Fragen stelle und mit mir selbst ein Spiel spiele, um zu sehen, wie lange »Pater Nicholas« braucht, um das richtige Programm für die Antwort zu finden. Wie ich schon sagte, es erscheint unsinnig, für fünf Leute eigens einen Priester hier herauszuschicken. Oder sind es sechs?

Aber andererseits, warum nicht? Wir Leute auf der Wirbelstation halten die ganze Galaxis in Betrieb. Für uns ist nichts gut genug.

»Sag mir, was dir Sorgen macht, mein Kind.«

Immer *mein* Kind. Niemals beim Namen. Weiß er ihn überhaupt? Er muß ihn wissen. Schließlich habe ich hier das Kommando, ich bin der Leiter von Checkout. Der Boß. Oder liegt es nur an der Form der Beichte, ist ein subtiler Weg, immer wieder zu betonen, daß wir vor ihm alle gleich sind, gleich vor seinen Augen und vor dem Angesicht Gottes? Ich weiß nicht, ob mir das gefällt. Es ist beunruhigend. Vielleicht rennt meine Köchin zu ihm und erzählt Geschichten über mich, wie ich ihr gemeine Dinge ins Gesicht geschrien habe und sie durch die Durchreiche der Küche hindurch beschimpft habe? Ich bedecke mein Gesicht mit den Händen und schluchze, höre dabei, wie er besänftigend auf mich einredet.

Ich beneide den Priester um seine Sicherheit hinter dem Vorhang. Er hört von den menschlichen Schwächen anderer und besitzt selbst keine. Ich wäre beinahe selbst einmal Priester geworden. Ich erzähle es ihm.

»Ich weiß, mein Kind, du hast es mir schon gesagt. Aber ich weiß nicht genau, warum du dich entschieden hast, dich doch nicht zum Priester weihen zu lassen.«

Ich weiß es auch nicht mehr genau, und ich sage ihm das, versuche, mich zu erinnern. Wenn ich ein Mann gewesen wäre, hätte ich es sicher bis zum Schluß durchgehalten, aber es ist nicht so einfach für eine Frau, die Weihe zu erhalten, und der Gedanke an das Seminar mit neunzig oder hundert anderen Zöglingen und Anwärtern, alle eng zusammengepfercht, der Gedanke hat mich schon damals nervös gemacht. Ich hätte den Kampf nicht ausgehalten, den es für eine Frau bedeutet, Priester zu werden. »Ich bin kein Kämpfer, Hochwürden.«

Aber ich werde unruhig, als er mir zustimmt. »Nein. Wenn du einer wärst, wärst du nicht hier draußen, nicht wahr?« Wieder bin ich verunsichert; renne ich einfach nur davon? Ich habe mich entschieden, hier am äußersten Rand des Universums zu leben, den Wirbel zu betreuen, im wahrsten Sinne des Wortes am Ende der Welt. Ich sprudele meine ganze Unsicherheit heraus, weiß, daß er mich beruhigen, daß er mich wie immer verstehen wird.

Aber die beruhigenden Laute sind zu schmeichelnd, zu einlullend, sie sollen mich bei Laune halten. Verdammt nochmal, ist da jemand hinter diesem Vorhang? Ich will ihn herunterreißen, um das Gesicht des Priesters zu sehen, sein menschliches Gesicht, oder um sicher zu sein, daß er nur ein freundlicher Computer ist, darauf programmiert, mich zu besänftigen und mich damit lächerlich zu machen. Ich habe die Hand schon ausgestreckt, ziehe sie aber wieder zurück. Ich will es nicht wirklich wissen. Laßt sie doch über mich lachen, wenn es *sie* wirklich gibt, einen Priester auf der Erde, der über diese unvorstellbare Entfernung von Kilometern und Megakilometern hinweg zuhört, laßt sie lachen. Sie verdienen es, wenn sie wirklich so schlaue Programmierer sind, daß sie es mir ermöglichen, dem Klang einer fremden Stimme endloses Mitgefühl und Beruhigung zu entnehmen.

Was immer wir tun, wir tun es, damit du am Leben bleibst und deinen Verstand behältst . . . »Ich glaube, Vater, daß ich ein bißchen – einsam bin. Die Träume sind wieder da.«

»Das ist ganz natürlich«, sagt er besänftigend, und ich weiß, daß er einen der seltenen Besuche von Julian arrangieren wird. Selbst jetzt noch senke ich den Kopf, werde rot und kann nicht zu ihm hinsehen, aber es ist auf diese Art weniger peinlich, als wenn ich die Initiative ganz allein und ohne Unterstützung ergreifen müßte. Es ist Teil meiner Lebensweise, meiner Art von Einzelgängerdasein, daß ich

Julian niemals direkt ansprechen könnte, um dann – vielleicht – eine Zurückweisung oder eine glatte Absage hinzunehmen. Na ja, ich habe nie behauptet, eine ausgeglichene Persönlichkeit zu sein. Eine ausgeglichene Persönlichkeit könnte hier draußen nicht überleben, hier am Rande von Nirgendwo. Daheim auf der Erde *hätte* ich vermutlich überhaupt kein Liebesleben; ich gehe den Menschen zu sehr aus dem Weg. Aber hier wird eben für *alle* meine Bedürfnisse gesorgt.

Ego te absolvo.

Ich knie kurz nieder, um meine Buße herzusagen, obwohl ich weiß, daß dieses Ritual albern ist. Tröstlich, aber albern. Er erinnert mich daran, den Monitor in meinem Zimmer anzustellen, und daran, daß er morgen die Messe für mich hält. Und wieder bin ich sicher, daß da gar niemand ist, daß es nur ein Computerprogramm ist; gäbe es sonst einen Grund, daß wir uns nicht alle in christlicher Gemeinschaft versammeln? Oder teilen wir alle diese Unfähigkeit, die Gesellschaft des anderen zu ertragen?

Aber ich fühle mich gestärkt und getröstet, als ich zwischen den automatischen Sprinkleranlagen durch das kleine Fleckchen Garten schlendere, das so sorgfältig von meinem eigenen Gärtner gepflegt wird. Ich erblicke für einen kurzen Augenblick eine Gestalt im Garten, einen Schimmer in der Luft, wie eine ferne Spiegelung – aber um diese Zeit sollte eigentlich niemand hier sein, und ich wende rasch den Blick ab.

Dennoch ist es tröstlich, nicht allein zu sein und ich rufe zu der unsichtbaren Gestalt ein fröhliches »Guten Morgen!« hinüber, wobei sich mein Magen vor Aufregung verkrampft. Ist das Julian? Ich sehe ihn nur bei den seltenen Gelegenheiten, wenn er im Halbdunkel in mein Zimmer kommt. Ich weiß nicht einmal genau, was er hier macht. Wir sprechen nicht über seine Arbeit. Wir haben Besseres zu tun. Der Gedanke daran läßt mich vor Aufregung zittern und die Beine zusammenpressen, und ich überlege, daß es nicht mehr lange dauern wird, bis wir uns wiedersehen. Aber ich habe noch die Arbeit eines ganzen Tages zu erledigen, und während der Zweitaufgang den Himmel erleuchtet und funkelnde Reflexionen hervorruft, von denen ich den Blick abwende . . . *niemals in einen Spiegel schauen* . . . klettere ich in meinen Sitz, der mich zu dem Rad dort draußen vor dem Wirbel bringen wird.

Es ist amüsant, zu dieser fremdartigen, schäumenden Farblosigkeit emporzujagen. Dort wartet bereits ein Schiff. Wartet auf *mich,* darauf, daß der Wirbel sich öffnet. All die Kraft, das Feuer, die Fusionen und die ungebändigte Energie, all das wartet auf *mich,* und ich genieße meine tägliche Dosis Größenwahn, als ich den Sprechknopf drücke.

»Hier spricht Checkout. Geben Sie Name und Auftrag durch.«

Es ist jedesmal ein Schock, eine Stimme von draußen zu hören, eine wirklich fremde Stimme. Aber ich speichere die Stimme des Kapitäns, den Namen und die Registriernummer, so daß die Programme später mit Checkin übereinstimmen können, meinen Kollegen am anderen Ende des Wirbels, sozusagen. Was den Wirbel betrifft, so haben Nähe und Entfernung, Hier und Dort oder Vorher und Nachher keine andere Bedeutung als – nun, als Ich und Du. In einem der Spiegel auf dem Rad erhasche ich einen Blick auf meine Technikerin, und wartend lehne ich mich zurück und höre ihr zu, wie sie in einem scharfen Stakkato die Koordinaten herunterrasselt. Wir beide haben einander nichts zu sagen. Ich glaube nicht, daß dieses Mädchen für irgend etwas außer für Mathematik Interesse hat. Ich lasse mich treiben, betrachte mich im Spiegel, höre, wie der Kapitän des Schiffes mit der Technikerin diskutiert, und bin verärgert. Wie kann er es wagen, mit ihr zu streiten! Jede Andeutung von Unfreundlichkeit meinem Stab gegenüber macht mich wütend. Ich spreche also den Kode, der den Wirbel in seinen eigentümlichen, raumlosen Strudel, seine Farben und Drehungen versetzt.

All das könnte natürlich von Computern erledigt werden.

Ich bin hier, im wahrsten Sinne des Wortes, um einen Regler von Hand zu schieben, wenn er klemmt. Seitdem es Telemetrieausrüstungen gibt, neigen die Geräte dazu, ihre Launen zu haben und manchmal zu blockieren, und in den zweihundert Jahren, in denen die Wirbelstationen in Betrieb sind, hat man herausgefunden, daß es leichter und billiger ist, die Stationen mit einer kleinen Mannschaft von Eigenbrötlern und Agoraphobikern zu besetzen. Wir werden sogar mit Köchen und Gärtnern und allen geistigen und körperlichen Annehmlichkeiten versorgt. Wir Menschen sind nur Software, die – alles in allem – nicht so oft kaputt geht wie die komplizierten selbsterhaltenden Maschinen. Darüber hinaus können wir im Störfall billiger gewartet werden. Wir sind also dazu da, sicherzustellen, daß wir einen Regler, der sich verklemmt hat, wieder lösen können, bevor dieser Fehler die Galaxis mehr kostet als die gesamten Betriebskosten von Checkout für die nächsten fünfzig Jahre.

Ich beobachte, wie der Wirbel herumjagt, und meine Erfahrung und mein Wissen sagen mir dasselbe wie meine Instrumente. »Sind Sie fertig?« frage ich, erhalte ihre Bestätigung, und dann wird der fremdartige Metallkörper des Schiffes von dem Wirbel erfaßt, wird formlos, ich sehe ihn beinahe in gestaltloses Nichts verschwinden, um dann wieder – jedenfalls nach der Theorie – in der Checkin-Station mehrere hundert Lichtjahre von hier aufzutauchen. Kommen diese Schiffe jemals an, frage ich mich? Kehren sie jemals zurück? Sie verschwinden, wenn ich diese Regler betätige, und sie kommen nie wieder. Schicke ich sie ins Vergessen oder an ihren geplanten Bestimmungsort? Ich weiß es nicht. Und, um die Wahrheit zu sagen, es ist mir auch gleichgültig. Wenn es nach mir ginge, könnten sie ebensogut in eine andere Dimension gelangen wie in die theologische Hölle.

Aber ich bin gerne hier draußen auf dem Rad. Hier herrscht vollkommene Einsamkeit. Dort unten auf Checkout gibt es eine Einsamkeit mit anderen Menschen um einen herum, obwohl ich sie nur selten sehe. Ich stelle fest, daß die kurze Begegnung mit dem Gärtner heute morgen mir immer noch keine Ruhe läßt. Wissen diese Leute denn nicht, daß sie nicht herumlungern sollen, wenn ich im Garten spazieren gehe? Aber auch dieser kurze Adrenalinstoß hat mir vermutlich gut getan. Arrangieren sie es so, daß mir meine Mitmenschen immer nur dann ins Blickfeld geraten, wenn ich ihren Anblick als Aufputschmittel brauche?

Zurück auf Checkout – heute wird kein weiteres Schiff mehr kommen – gehe ich noch einmal durch den Garten, trödele ein wenig herum, bewundere die erstklassige Melone, die ich unter Glas heranziehe, und warne den Gärtner über Intercom, sie nicht anzurühren, bis ich selbst die Anweisung gebe, sie für mein Abendessen zuzubereiten. Ich erinnere mich an das Gefühl der Befriedigung, als das Transportschiff dort wartete, seine Metalltentakel regungslos vor der Schwärze des Raumes, und *wartete*. Es wartete auf mich, auf meinen guten Willen, auf den Torhüter der Leere, den Zerberus vor einer ganz neuen Art von Hölle.

Der Rang bringt seine Privilegien mit sich. Während ich im Garten bin, kommt kein anderer dazu; aber ich bin ein bißchen müde, ich überlasse den anderen den Garten und begebe mich auf mein Zimmer zur Tiefenmeditation. Ich kann sie alle um mich herum spüren, den Gärtner, der an den Pflanzen arbeitet wie ein Fortsatz meines Ichs. Ich sitze wie eine kleine Spinne im Mittelpunkt meines Netzes und beobachte die anderen bei ihrer Arbeit. Mein Geist schwebt frei, meine Alpharhythmen übernehmen das Kommando, ich entschwinde . . .

Als ich später auf mein Abendessen warte, frage ich mich, was das wohl für eine Frau sein muß, die Köchin auf einer Checkout-Station wird. Ich *kann* kochen; ich habe selbst für mich gekocht, ich bin eine verdammt gute Köchin, aber ich hätte keinen derartigen Job übernommen. Hat sie überhaupt keinen Ehrgeiz? Ich sehe sie nicht sehr oft. Wir haben vermutlich nicht viele Gemeinsamkeiten; was könnte ich einer Frau wie ihr schon zu sagen haben? Ich warte, ich schwebe, wie die Spinne in ihrem Netz, ich merke, daß ich mir vorstellen kann, wie sie ihre Pflichten sorgfältig erfüllt, kleine, vertraute Rituale, wie sie frisches Gemüse zerkleinert, das ich heute morgen aus dem Garten geholt habe, die Tabletts erwärmt, all die kleinen, stumpfsinnigen Dinge. Aber so sein ganzes Leben zu verbringen?

Ich erwache aus der Meditation und stelle fest, daß das Abendessen auf mich wartet. Die Mahlzeit ist gut, aber das Geschirr ist zu heiß, ich habe mir die Hand daran verbrannt. Aber es macht mir nichts aus, ich habe etwas anderes, auf das ich mich heute abend freuen kann. Ich genieße die Erwartung, höre, in romantische Träumerei versunken, eines meiner Tonbänder. Heute abend kommt Julian.

Ich überlege oft, warum wir uns nicht häufiger sehen dürfen. Wenn ich ihm so viel bedeuten würde wie er mir, wäre es sicherlich angebracht, wenn wir uns regelmäßig von Zeit zu Zeit sehen könnten, um über unsere Arbeit zu sprechen. Aber ich bin sicher, daß Psycho recht hat, daß es besser für uns ist, wenn wir uns nicht so oft treffen. Auf der Erde könnten wir jemand anders finden, wenn wir voneinander genug hätten. Aber hier gibt es niemand anderen – für keinen von uns beiden. Mir kommt aus dem Nichts ein Ausdruck in den Sinn, *die Ketten mnemonischer Suggestion,* als ich die Vorbereitungen treffe, die es ihm ermöglichen, still und leise in mein Zimmer zu kommen, nachdem ich zu Bett gegangen bin.

Er ist wieder gegangen.

Ich weiß nicht, warum die Regeln so sind, wie sie sind. Vielleicht um zu verhindern, daß wir uns streiten, um die Tragödien aus den ersten Tagen der Wirbelstationen zu vermeiden. Vielleicht einfach, um zu vermeiden, daß wir anfangen, uns auf die Nerven zu gehen. Als ob ich von Julian jemals genug haben könnte! Für mich ist er einfach perfekt, selbst sein Name, Julian, ist mir immer als der perfekteste Name für einen Mann erschienen, und Julian, *mein* Julian, mein Geliebter, ist der perfekte Mann, der zu dem perfekten Namen paßt. Warum dürfen wir uns also nicht öfter sehen? Warum können wir uns nur so treffen, in der Stille der Nacht?

Matt, befriedigt, erschöpft sinne ich schläfrig vor mich hin, frage mich, ob hier irgendein obskures Geheimnis meines innersten Psycho-Profils am Werk ist, ob sich einer von uns im Unterbewußtsein den alten Mythos der Psyche herbeiwünscht, die ihren Geliebten Eros nur so lange empfangen konnte, wie sie sein Gesicht nicht sah? Ich sehe ihn nur einen Augenblick über meine Schulter im Spiegel, aber ich weiß, daß er gut aussieht.

Ich bin so empfänglich für Julians Stimmungen, daß ich manchmal glaube, ich entwickle einen besonderen Sinn für meinen Geliebten, daß ich eine Telepathin werde, nur für ihn. Wenn unsere Körper sich vereinigen, scheint es oft, als ob ich, wenn ich ihn berühre, im Geiste mit ihm eins werde; wie sonst könnte ich mir seiner Empfindungen derart bewußt, seiner Zärtlichkeit und Anteilnahme so vollkommen sicher sein? Wie sonst könnte er so genau meine verborgenen körperlichen Wünsche kennen, wenn ich mich selbst kaum dazu überwinden kann, sie auszusprechen, wenn ich Angst habe oder mich schämen würde, sie laut zu sagen? Aber er weiß Bescheid, er weiß immer alles, läßt mich befriedigt, müde und völlig verausgabt zurück. Mit einem Verlangen so stark, daß es schmerzt, wünsche ich mir, daß die Vorschriften ihm erlauben würden, den Rest der Nacht in meinen Armen zu liegen, daß ich mich behütet und umhegt fühlen könnte, geschützt vor der unermeßlichen, ewigen Einsamkeit; daß er mich in seinen Armen liebkosen würde, daß wir uns manchmal zu einem Drink treffen oder die Mahlzeiten gemeinsam einnehmen könnten. Warum nicht?

Mir kommt ein schrecklicher Gedanke. Sie geben mir sonst alles. Meine eigene Köchin. Meinen eigenen Gärtner. Meine Technikerin. Meinen persönlichen Priester.

Meine ganz persönliche männliche Hure.

Das kann ich nicht glauben. Nein, nein. Nein. Ich glaube es nicht. Julian liebt mich, und ich liebe ihn. Es würde auch nicht zu dem puritanischen Gewissen unserer »Gesetzgeber« passen. Nein, ich kann mir das nicht vorstellen; wie sollten sie das auf einem Anforderungsformular rechtfertigen? *Hure, männlich, eine, Checkout-Leiter, zum Gebrauch von.* Nein, so etwas konnte es nicht geben. Sie haben sicherlich einen männlichen Techniker angestellt, der vom Psycho-Profil her die größtmögliche sexuelle Übereinstimmung mit mir aufweist. Das ist schlimm genug, weiß der Himmel.

Ein noch schrecklicherer Gedanke dringt in mein Bewußtsein ein. Kann es möglich sein – o Gott nein! –, daß Julian, *mein* Julian, ein Android ist?

Sie haben einige davon gebaut, das weiß ich, mit äußerst ausgeklügelten Sexualprogrammen. Ich habe gesehen, wie in diesen Katalogen, über die wir als kleine Mädchen immer so gekichert haben, dafür Reklame gemacht wurde. Mir wird ganz schlecht vor Angst und Abscheu bei dem Gedanken, daß ich während der Tiefenhypnose, die zu vergessen ich konditioniert worden bin, alle Informationen über meine verborgenen Träume und Wünsche und meine sexuellen Phantasien preisgegeben habe, so daß sie das alles in den Computer eines Androiden einprogrammieren konnten – und was dabei herauskam, war . . . Julian.

Ist er dann ein Vielzweckandroid? Nichts als Hardware, sowohl nützlich als auch sparsam; vielleicht ist er der Gärtner, den ich manchmal undeutlich sehe wie ein Hologramm in der Ferne. Er *könnte* natürlich der Gärtner sein, obwohl ich in dem kurzen Augenblick, in dem ich ihn sah, eher den Eindruck hatte, es wäre eine Frau. Wer kann das schon unterscheiden in diesen Arbeitsanzügen, die wir alle tragen, uniform, geschlechtslos? Und es würde auf den Formularen des Kongresses besser aussehen: *Android, einer, multiprogrammiert, Checkout-Station, für den Betrieb der.* Und ein spezielles Sexualprogramm würde nur als Memo in den Akten von Psycho auftauchen. Nichts, das jemanden peinlich berühren könnte – niemanden außer mir, heißt das –, und von mir wird angenommen, daß ich es nicht weiß. Nur ein zusätzliches Teil der Stations-Hardware. Für den Betrieb der Station. Und der Stationsleiterin. Hardware. Ja, ziemlich. O Gott!

Ich habe keine Zeit, mir über Julian den Kopf zu zerbrechen oder darüber, was er ist, oder über meine eigenen Enttäuschungen und Ängste. Ich kann keinen dieser beunruhigenden Gedanken zu dem computergesteuerten Priester mitnehmen, falls er wirklich nur ein hochentwickelter Computer ist, ein mechanischer Priester-Psychiater. Ist er vielleicht auch nur ein Android, mit einem weiteren Programm? Priester und männliche Hure auf Knopfdruck? Bin ich hier allein mit einem Vielzweckandroiden, der all meinen Bedürfnissen dient? Keine Zeit dafür! Dort draußen ist ein Schiff, das auf mich wartet, und noch während ich zu dem Rad hinausfliege und die Nachricht erhalte, zeigen mir meine Instrumente, daß das Schiff in Schwierigkeiten ist.

Vielleicht sind all diese Zeichen, all meine Ängste, daß ich verrückt werden könnte, nur Anzeichen sich entwickelnder telepathischer Fähigkeiten; ich habe nie geglaubt, daß ich eine potentieller Esper sein könnte, aber auf irgendeine Art bekomme ich fast alles mit, was mein Techniker zu dem Kapitän des Schiffes sagt. Ich habe nicht alles verstanden, natürlich nicht, ich besitze keine technischen Kenntnisse. Meine Fähigkeiten liegen alle im Bereich organisatorischer Entscheidungen. Ich schaffe es kaum, meinen kleinen Taschenrechner dazu zu bringen, daß er die Tarife für die Schiffe ausrechnet, die ich in den Wirbel schicke; ich habe im Spaß von der Zentrale einen Buchhalter angefordert, aber sie sind zu geizig. Aber obwohl ich nicht alles verstehe, was die Technikerin sagt, weiß ich, als ich ihren Bericht lese, daß das Schiff, wenn es in diesem Zustand in den Wirbel geriete, möglicherweise nie wieder auftauchen wird; schlimmer noch, es könnte räumliche Anomalien hervorrufen, die die Felder anderer Schiffe stören und den Wirbel sehr nachhaltig beeinträchtigen würden. Ich weiß also, daß sie das Tor nicht passieren dürfen, obwohl ich den raschen mathematischen Berechnungen nicht folgen kann und mich wie ein Trottel fühle. Als ich in der Vorbereitungsschulung war, war ich immer die Beste, auch in Mathematik. Aber ich machte den Abschluß ohne technische Kenntnisse. Ich frage mich, wie das geschehen konnte.

Später habe ich Zeit, mit dem Kapitän über Bildschirm Kontakt aufzunehmen. Er ist ein hochgewachsener Mann, jugendlich, mit sanfter Stimme, sein Lächeln ist seltsam beunruhigend. Und er stellt mir eine seltsame Frage.

»Sind Sie die Leiterin? Seid ihr alle Klone?«

Ich frage ihn, wie er darauf kommt.

»Diese Technikerin, sie sieht Ihnen sehr ähnlich – oh, andererseits sind Sie ein ganz anderer Typ, sie ist so kalt und sachlich, eine Schande für eine hübsche junge Frau! Ich konnte kaum ein freundliches Wort aus ihr herausbringen!«

Ich erzähle ihm, daß ich ein Einzelkind bin. Einzelkinder sind für eine solche Arbeit am besten geeignet. Ein Kind, das in einem ganzen Wurf aufgewachsen ist, unter dem Druck der anderen, der Geschwister und Gleichaltrigen, wird fremdbestimmt, abhängig von den Ansichten und der Zustimmung anderer, ohne die innere Kraft zu haben, die Einsamkeit ertragen zu können, die für mich die Luft zum Atmen bedeutet. Ich bin sogar ein wenig verletzt. »Ich kann nicht die kleinste Ähnlichkeit zwischen uns entdecken«, sage ich zu ihm, und er schüttelt den Kopf und erwidert diplomatisch, daß es vielleicht eine Übereinstimmung in der Größe und der Hautfarbe gewesen sei, die ihn irregeführt habe.

»Auf jeden Fall mochte ich sie nicht besonders, sie hat mich ganz schön heruntergeputzt, blieb stur bei der Sache – man hätte denken können, es wäre mein Fehler, daß das Schiff defekt ist! Sie sind viel, viel netter als sie.«

So soll es sein, ich bin diejenige, die Zeit hat zum Nachdenken und zur Unterhaltung; es wäre nicht angebracht für meine Technikerin, wenn sie ihre Zeit mit Reden vergeuden würde! Also unterhalten wir uns, wir flirten sogar ein wenig. Ich bin mir dessen bewußt, ich posiere und stelle mich ein wenig vor ihm heraus, lasse das Triebhafte an die Oberfläche, das neben den vielen anderen Gesichtern existiert, und stimme schließlich zu, den gefährlichen Schritt zu wagen und ihn auf seinem Schiff zu besuchen.

Es ist ein komisches Gefühl, mit jemandem zusammenzusein, der nicht sorgfältig vom Psycho-Profil her ausgesucht wurde, um mit mir übereinzustimmen. Die Vorschriften enthalten nichts, was dagegen spricht; warum auch, vielleicht glauben sie, daß uns unsere Vorliebe für das Alleinsein davon abhalten wird, so wie es in meinem Fall zuvor immer war. Du bist mir sogar willkommen, Fremder. Aber als ich die Luftschleuse passiert habe, verschlägt es mir beim Anblick der unbekannten Gesichter die Sprache, der fremde Geruch, die andersartige Körperchemie dieses unbekannten männlichen Lebens. Man sagt, daß Männer Hormone absondern, vergleichbar mit den Pheromonen im Tierreich, die sie selbst aneinander nicht riechen können, die nur eine Frau in der Lage ist chemisch wahrzunehmen. Ich glaube daran, es stimmt, das Schiff stinkt nach Mann. Als man mich in einen Raum führt, in dem ich meinen Abzug ablegen kann, vermeide ich den Spiegel. *Schau niemals in einen Spiegel, außer . . . außer . . .,* warum hat Psycho wohl dieses Verbot ausgesprochen? Ich muß doch sehen, ob mein Haar in Ordnung ist und mein Overall frei von Fettflecken. Trotzig sehe ich hinein, mir wird schwindelig, und ich wende den Blick hastig wieder ab.

Angst, Angst vor dem, was ich vielleicht sehen könnte, mein Gesicht, das sich auflöst, meine Identität, die sich verliert . . . ein Fremder; nicht ich selbst, unbekannt.

Ein Drink in der Hand, Schmeicheleien und Komplimente; ich stelle fest, daß ich hungrig danach bin, nach der langen Isolation. Sicher bin ich selbstsüchtig und eitel, es ist eine berufliche Notwendigkeit, so wie mein kleiner Anfall von täglichem Größenwahn. Ich sehe das ein und habe Spaß daran, mit anderen zusammen zu sein, fremde Gesichter vor mir zu haben – *wirklich* fremde, nicht programmiert nach meinen persönlichen Bedürfnissen und Wünschen. Ja, ich weiß, ich muß allein sein; ich erinnere mich an all die Gründe dafür. Aber ich weiß gleichzeitig nur zu gut, wie das schreckliche Antlitz der Einsamkeit aussieht. Meine sorgfältig ausgesuchten Gefährten sind mir alle so ähnlich, daß es, wenn man mit ihnen spricht, so ist, als spräche man . . .

. . . mit sich selbst, als sähe man in einen Spiegel . . .

Zwei Drinks bringen mich wieder ins Gleichgewicht, helfen mir, mich zu entspannen. Ich kenne die Gefahren des Alkohols alle, aber heute abend fordere ich sie heraus; wir sind außer Dienst, der Kapitän und ich, wir müssen uns nicht zusammenreißen. Schon bald fühle ich die Hände des Kapitäns auf mir; sie streicheln mich, erregen mich auf eine Art, die Julian bei seinen Besuchen nie erreicht hat. Ich überlasse mich seinen Küssen, und als er die unvermeidliche Frage stellt, bin ich einen Moment lang verkrampft, aber dann zucke ich mit den Achseln und frage mich: *Warum nicht?* Seine Berührung ist willkommen, ich fege den Gedanken an Julian beiseite. Selbst Julian war zu gut angepaßt, zu stark auf meine Persönlichkeit programmiert; vielleicht hilft ein bißchen Reibung sogar, den eingespielten Trott meines Alltags zu ändern, diese *Andersartigkeit* zu schaffen, die für die Liebe so wichtig ist.

Wenn einem der Partner bei der Liebe zu ähnlich ist, dann ergibt sich nicht die nötige befriedigende Verschmelzung. Selbst die Amöbe, die sich teilt und dabei in alle Ewigkeit genaue Kopien ihrer eigenen Persönlichkeit und ihres eigenen Bewußtseins produziert, hat von Zeit zu Zeit das Bedürfnis, sich zu vereinigen, ihr eigenes Protoplasma und ihr Zellmaterial mit einem *anderen* auszutauschen; ein Zuviel an notwendiger Übereinstimmung ist tödlich und macht aus dem Geschlechtsverkehr nur eine höherentwickelte und ritualisierte Form der Masturbation. Es ist gut, von einem *anderen* berührt zu werden.

Dann sind wir beide zusammen in seinem Zimmer. Und unsere Körper verschmelzen hastig in einem gefühllosen Kampf, auf dessen Höhepunkt er wie im Schock herausplatzt: »Aber du kannst doch nicht *so* unerfahren sein . . .«, und dann, als er mein Erschrecken sieht und spürt, ist er wieder voller Freundlichkeit, entschuldigt sich, sagt, er habe vergessen, wie jung ich sei. Ich bin verwirrt und fühle mich elend. Ich unerfahren? Jetzt fühle ich mich herausgefordert, zu zeigen, daß ich der Leidenschaft gewachsen bin, geübt bin und kunstfertig, erdulde das Fremde und Unangenehme und denke sehnsüchtig an Julian. Es geschieht mir recht, weil ich ihm untreu bin, Psycho wußte es, Julian ist genau das, was ich brauche. Selbst als der Kapitän und ich danach noch dicht nebeneinander liegen, voller Zärtlichkeit, weiß ich, daß ich das nicht noch einmal tun werde. Die Vorschriften sind weise. Ich will nur zurück auf die Station, in mein Quartier, dieses Erlebnis im Schlaf verdrängen, vollständig . . . das Häßliche, den Kampf, wie eine Vergewaltigung empfunden . . . nein, ich werde so etwas nicht wieder tun, ich weiß jetzt, warum es verboten ist. Ich bin sicher, daß ich es nicht einmal meinem Priester beichten werde; ich habe genug Buße getan. Alles in einem unzugänglichen Bereich meines Gedächtnisses wegschließen, die Verletzung, die Demütigung der Erinnerung.

Strandgut von der umfassenden Amnesie des Trainingsprogramms taucht auf, während ich zu vergessen versuche, von der Konditionierung, an die wir uns niemals erinnern dürfen; daß ich für diese Arbeit geeignet bin, weil ich mit abnormer Geschwindigkeit eine innere Dissoziation vollziehen kann . . .

Und am nächsten Morgen, beim Erstaufgang, bin ich sogar noch vor dem Frühstück auf dem Rad; sie sind mit ihren Reparaturen fertig und wollen jetzt keine Zeit verlieren. Der Kapitän will mich sprechen, aber ich lasse ihn nur mit der Technikerin reden, während ich ungesehen zuschaue. Ich möchte nicht noch einmal sein Gesicht sehen; ich möchte nie wieder in einem Gesicht diese Mischung aus Zärtlichkeit, Mitleid und – Verachtung lesen.

Ich bin froh, als ihr Schiff sich in der endlosen Formlosigkeit des Wirbels auflöst. Es ist mir egal, ob ihre Reparaturen ordentlich gemacht worden sind oder ob sie sich irgendwo innerhalb des Wirbels verlieren und niemals zurückkommen. Während ich beobachte, wie der Umriß verschwindet, sehe ich ein Gesicht, das sich im Spiegel auflöst, und ich bin aufgewühlt und habe Angst, Angst . . . sie gehören nicht in meine Welt, ich habe sie gehen sehen, ich habe sie vielleicht sogar zerstört. Ich denke, wie leicht es gewesen wäre, wie froh ich gewesen wäre, wenn meine Technikerin ihnen das falsche Programm gegeben hätte und sie in dem Wirbel verschwunden wären und im . . . Nichts herauskämen. So wie ich alles zerstöre, das nicht ich bin.

Auch Julian ist für mich zerstört . . .

Vielleicht ist gar nichts dort draußen, kein Schiff, kein Wirbel, nichts. Alles erreicht den menschlichen Geist durch die Filter des Ich. Mein Priester, dazu geschaffen, einer Person die Absolution zu erteilen, die es nicht gibt, oder ist es der Priester, der gar nicht da ist? Vielleicht ist nichts dort draußen, vielleicht habe ich das alles geschaffen, selbst den Priester, das Schiff, die Station, den Wirbel, vielleicht liege ich immer noch in der Konditionierungstrance dort unten auf der Erde und bilde mir Leute ein, die mir helfen, die Schrecken der Einsamkeit zu überleben. Vielleicht sind diese Menschen, die ich sehe, die ich aber niemals deutlich erkenne, alles Androiden oder Phantasiegebilde, meinem eigenen Wahn und meiner inneren Not entsprungen . . . Wieder geht mir ein Satz durch den Sinn, zufällig, *die ständige Gefahr des Solipsismus bei der Bewußtseinsspaltung, das Gefühl, daß nur das Ich existiert . . . eine dauernde Beschäftigung mit dem eigenen Innenleben ist morbide, und wir nutzen die Tatsache aus . . .*

Hat es dort draußen jemals ein Schiff gegeben? Hat mein Geist es erfunden, um die endlose Monotonie des Alleinseins zu brechen, des Alleinseins, von dem ich merke, daß ich es nicht ertragen kann; habe ich mir selbst den schwerfälligen Körper des Kapitäns, der auf meinem eigenen lag, nur eingebildet?

Oder habe ich Julian erfunden, meine eigenen Hände auf meinem Körper, Phantasiegebilde . . . ein schwach erleuchtetes Bild in einem Spiegel . . .

Die grauenhafte Einsamkeit, die Einsamkeit, die ich brauche und die ich dennoch nicht ertragen kann, die Einsamkeit, die Wahnsinn ist. Und trotz allem brauche ich diese Einsamkeit, damit ich sie nicht alle umbringe; ich könnte sie umbringen, so wie alle früheren Besatzungen auf den Wirbelstationen sich gegenseitig umbrachten, oder ist es einfach nur Selbstmord, wenn da niemand ist außer mir?

Ist der ganze Kosmos da draußen – die Sterne, die Galaxien, der Wirbel – nur eine Ausgeburt meiner eigenen Phantasie? Wenn das so ist, dann kann ich es auch mit einem einzigen Gedanken wieder ungeschehen machen, genauso wie ich es geschaffen habe. Ich kann das Küchenmesser meiner Köchin nehmen und es in meine Kehle stoßen, und all die Sterne und all die Welten werden vergehen. Was mache ich hier in der Küche . . . das Küchenmesser in der Hand . . . hier, wo ich sonst niemals hinkomme? Sie wird böse werden, ich muß ihr den gleichen Freiraum einräumen, den ich mir selbst zugestehe, ich rufe eine Entschuldigung und gehe wieder. Oder ist das ohne Bedeutung, rufe ich Entschuldigungen und Beleidigungen doch nur mir selbst zu? Ich habe kein Frühstück gehabt, um diese Zeit, kurz vor dem Dritten Untergang macht die Köchin immer, mache ich immer das Frühstück, meditiere ich immer, während das Frühstück vorbereitet und mir auf einem Tablett serviert wird, betrachte ich den Spiegel, aus dem ich hervortrete . . . ich bin die andere, diejenige, die Zeit hat für Meditation und müßige Betrachtung – die Leitende, die Kreative, ich bin Gott, der all diese Welten innerhalb und außerhalb meines Geistes schafft . . . schwindlig greife ich nach dem Spiegel, das Messer entgleitet meiner Hand, mein Gesicht löst sich auf, meine Hand blutet, und all die Universen schwanken, drehen sich um ihre kosmischen Achsen, und das Gesicht im Spiegel befiehlt mit der Stimme von Pater Nicholas: »Geh, mein Kind, und meditiere.«

»Nein! Nein!« Ich wehre mich dagegen, wieder ruhiggestellt zu werden, wieder betrogen zu werden . . .

»Übergeordnetes Kommando!« Eine Stimme, an die ich mich nicht erinnere. »Geh und meditiere, meditiere . . .« *Meditiere, meditiere . . .*

Wie das Läuten einer großen Glocke, beherrschend, aus den Tiefen emportauchend, die Stimme Gottes. Ich meditiere, sehe, wie mein Gesicht sich auflöst und verändert . . .

Kein Wunder, wenn ich die Gedanken der Technikerin lesen kann, ich bin die Technikerin . . .

Hier ist niemand. Hier ist nie jemand gewesen.

Niemand außer mir, und ich bin alles, ich bin der Gott, der Schöpfer und der Zerstörer all dieser Welten, ich bin Brahma, ich bin der Kosmos und der Wirbel, ich bin die langsame Auflösung . . .

. . . die Auflösung des Geistes . . .

Ich stolpere in die Kapelle, die Bilder in meinem Geist verschwimmen wie das Gesicht der Köchin, die das Messer hält, ich stolpere in den Beichtstuhl, den Beichtstuhl, von dem ich immer wußte, daß er leer ist, ich schluchze ein Gebet an den leeren Schrein. *O Gott, wenn es einen Gott gibt, laß einen Gott da sein, laß irgend jemanden da sein . . . oder ist auch Gott nur ein Produkt meiner Phantasie . . .*

Und die langsame Auflösung des Spiegelbildes, die Stimme des Priesters, der beruhigende Dinge sagt, die ich nicht wirklich höre, der Spiegel, der sich wie mein Gott auflöst, die Stimme des Priesters, tröstend und ruhig, meine eigene Stimme schluchzend, flehend, klagend, bittend . . .

Aber seine Worte haben keine Bedeutung für mich, sind Bruchstücke meines eigenen Zerfalls, ich will sterben, ich sterbe, entschwinde, ins Nichts . . .

Das Phänomen der selektiven Wahrnehmung, das früher Hypnose genannt wurde, eine selbst-induzierte Dissoziation oder ein Fuguezustand, dissoziierende Hysterie, die manchmal als multiple Persönlichkeit angesehen wird, wenn sich die fragmentierten, selbstbestimmten Ketten des Gedächtnisses und der Persönlichkeitsstruktur zu verschiedenen Bewußtseinszuständen aufgliedern. Hierbei besteht immer die Gefahr des Solipsismus, aber die Persönlichkeit wehrt sich mit unwahrscheinlich komplexen Schutzmechanismen. Obwohl uns beispielsweise bekannt war, daß sie kurzzeitig ein Seminar besucht hatte, hatten wir nicht mit dem Priester gerechnet . . .

»Ego te absolvo. Übe tätige Reue, meine Tochter.«

Ich murmele die albernen, tröstenden, rituellen Worte. Er sagt: »Geh hin und meditiere, Kind, du wirst dich dann besser fühlen.«

Er hat recht. Er hat immer recht. Ich denke manchmal, daß Pater Nicholas mein Gewissen ist. Das ist natürlich auch die Funktion eines Priesters. Ich meditiere. Das Entsetzen vergeht. Während ich ruhig in Meditation versunken bin, da, wo ich sitze, glücklich im Mittelpunkt, die Fäden spinne, bin ich mir der anderen bewußt, die sich um mich herum bewegen. Ich muß telepathische Fähigkeiten entwickeln, es gibt sonst keine Erklärung, denn ich spüre die beruhigende Vibration des Gartens in meinen Fingern, während mein Gärtner seiner Arbeit nachgeht, still und gelassen köstliche Dinge für meine Mahlzeiten heranzieht. Ich liebe sie alle, alle meine Freunde um mich herum; sie sind alle so nett zu mir, beschützen meine kostbare Einsamkeit. Ich kann die wundervollen Dinge nicht zubereiten, die er erntet, also sitze ich in meiner geschätzten Abgeschiedenheit, während meine Köchin alle möglichen leckeren Sachen für mein Abendessen zusammenstellt. Wie lieb sie zu mir ist, eine wirklich reizende Frau, obwohl ich weiß, daß ich einer Frau wie ihr nichts zu sagen hätte. Ich erwache aus der Meditation und finde das Abendessen auf dem Tablett. Wie schnell der Tag vergangen ist, der Siebtaufgang erstrahlt schon im Siebtmittag, und bald schon wird auf uns allen wieder die Dunkelheit liegen. Wie gut es ist, das Essen aus meinem eigenen Garten, wie süß und frisch, ich rufe meinen Dank zu ihr hinüber, dieser Köchin, die ihre gesamte Zeit damit verbringt, sich köstliche Speisen für mich auszudenken. Auch sie muß telepathische Fähigkeiten haben, sie weiß genau, was ich mir nach einem solchen Tag wünsche.

»Gute Nacht, meine Liebe, vielen Dank, Gott segne dich, gute Nacht.«

Sie antwortet nicht, ich weiß, daß sie nicht antworten wird; sie kennt ihren Platz. Aber ich weiß, daß sie mich hört und daß sie sich über meine Anerkennung freut.

»Schlaf gut, Liebe, gute Nacht.«

Als ich während des Einbruchs der Achtnacht in mein Zimmer gehe, kommt mir der Gedanke, daß ich hier manchmal ein bißchen einsam bin. Aber ich erfülle eine wichtige Aufgabe und schließlich, die Leute von Psycho wissen, was sie tun. Sie wußten, daß ich Ellbogenfreiheit brauche.

Schwert des Chaos

Marion Zimmer Bradley legt in ihren Geschichten immer Wert auf die Feststellung, daß die übernatürlichen Kräfte ihrer Figuren nicht magischer, sondern wissenschaftlich erklärbarer Natur sind, selbst wenn sie die Grenzen der heutigen Wissenschaft überschreiten. Dennoch ist die Trennungslinie manchmal dünn, insbesondere in den Geschichten, die während der Zeit der Hundert Königreiche spielen, dem dunklen Mittelalter Darkovers.

In *Hasturs Erbe* ist von einem Schwert die Rede, auf dessen Klinge geschrieben steht: ›Zieh mich nie, außer wenn ich Blut trinken darf‹. Die folgende Geschichte erzählt die Geschichte hinter der Legende, wie sie wirklich war, ohne ihren Zauber zu zerstören.

Gedanken sind Dinge. Kein Gedanke, der den Äther bewegt, läßt auch nur ein Atom unbewegt, doch der Abdruck dieses Gedankens hinterläßt eine ewige Spur direkt auf dem Stoff des Universums. Was immer man sich mit aller Ernsthaftigkeit und von ganzem Herzen wünscht, prägt sich Zeit und Raum so stark ein, daß es unvermeidlich wahr werden muß. Und deshalb, meine Brüder, sollt ihr darauf achten, um was ihr bittet, denn es wird euch unausweichlich gegeben werden, und hiervon gibt es kein Entrinnen in Zeit oder in Ewigkeit.

Aus dem Buch der Bürden,
Kloster Nevarsin

Eine Vergewaltigung war immer etwas gewesen, das jemand anderem passierte.

Bisher.

Mhari weinte. Sie weinte schon seit langer Zeit, so lange sie sich erinnern konnte, schien es. Sie konnte sich an nicht viel vor ihren Tränen erinnern; die Person, die sie vor vierzig Tagen vielleicht gewesen war, schien auf der anderen Seite eines tiefen Abgrunds existiert zu haben, jemand, der sicher, sorglos, glücklich war, jemand, von dem sie vor einer sehr langen, langen Zeit geträumt hatte.

Es kam ihr so vor, daß die Welten, in denen sie jetzt lebte, mit Schreien und Rufen und wütendem Klirren von Schwertern entstanden waren – und all dem Rest. Sie hatte ihren Vater sterben sehen . . . und zwei ihrer Brüder. Sie hatte nie erfahren, was mit ihrer Mutter geschehen war, und jetzt war sie darüber froh. Ihre Schwestern . . . der Klang ihrer Schreie erscholl noch immer in ihrem Kopf, jedesmal, wenn sie lange genug zu weinen aufhörte, um darüber nachzudenken, sich zu erinnern versuchte, was an jenem Tag geschehen war. Es mußte ein Dutzend Männer gewesen sein, vielleicht mehr. Sie war nicht sicher, was schlimmer gewesen war: sie schreien zu hören oder zu versuchen, nicht daran zu denken, was geschehen war, nachdem das Schreien aufhörte. Dasselbe war mit den besten Frauen ihrer Mutter geschehen und mit der *Barragana* ihres Vaters.

Mhari nahm an, daß sie Glück gehabt hatte. Der Banditenführer hatte sie für sich selbst gewollt. Deshalb war es nur ein einziger Mann gewesen, und da er wollte, daß sie überlebte, hatte er nicht mehr Brutalität angewandt, als sie ertragen konnte. Schließlich war sie sein einziger Passierschein zum legitimen Besitz an Sain Scarp; sie war die einzig lebende Delleray ihrer Sippe, und solange sie lebte und neben ihm auf seinem hohen Thron saß und in seinem Bett schlief, konnte er behaupten, die einzige Überlebende geheiratet zu haben, und von Erbschaft sprechen, nicht von Banditentum.

Jetzt kam ihr durch den aus vierzig Tagen des Nachdenkens über das Undenkbare und des Ertragens des Unerträglichen geborenen Abstand in den Sinn, daß das, was mit ihr geschehen war, möglicherweise nicht viel schlimmer war als das, was jeder aus politischen Gründen mit einem Fremden unfreiwillig verheirateten Frau geschah. Und sie verschloß sich diesem Gedanken, denn *das* war wirklich unerträglich – zu denken, daß der Vater des Vaters des Vaters der vielen, vielen Vorfahren ihres Vaters Sain Scarp durch ein ebensolches Vorgehen erhalten hatte. Während der ganzen Zeit der Hundert Königreiche waren Kronen und Burgen gewonnen und verloren worden, und wer wußte schon, wie oder durch welches Recht ein Herrscher auf den anderen gefolgt war?

Doch selbst für Tränen kam ein Ende, und Mhari, die einst stolz darauf gewesen war, sich Tochter von Lord Farren von Sain Scarp nennen zu können, setzte sich und warf ihre nassen Haare aus dem Gesicht zurück, da sie spürte, daß sie einen Punkt jenseits der Tränen erreicht hatte.

Unter ihr an den Hängen stand noch immer das Schloß, und das letzte karmesinrote Licht von Darkovers roter Sonne lag wie Blut über den alten Türmen. Drei der vier Monde standen am Himmel; während sie zusah, kroch der vierte langsam über die Bäume empor. Vier Monde am Himmel; eine Zeit der Vorzeichen und der Fremdartigkeit. *Was unter vier Monden getan wird* – so lautet das alte Sprichwort –, *braucht nie erinnert oder bereut zu werden.* Vielleicht konnte sie in dieser Zeit der Vorbedeutungen irgendwie erfahren, wie sie sich dem stellen konnte, was von diesem Tage an, da sie endlich die Tiefen des unauslotbaren Brunnens ihres Kummers erschöpft hatte, ihr Leben sein mußte.

Es gab immer eine Wahl, so kreisten ihre Gedanken. Ich kann so leben, wie ich jetzt leben muß, als Gefangene, Kinder gebären für Banditen – ihre Zunge verweigerte den bloßen Namen –, einer Dynastie wachsen helfen, Narthen von Sain Scarp, wo einst der Sitz der Delleray gewesen ist. Leidenschaftslos überlegte sie dies. Manche Frauen waren einem schlimmeren Schicksal begegnet – ihre eigenen Schwestern, ihre Mutter –, und keine Trauer und kein Kummer konnten die Toten ins Leben zurückbringen, Farren Delleray wieder auf seinen hohen Thron einsetzen oder ihre Brüder auf den Platz stellen, den ihr Vater für sie geschaffen hatte. Sie lebte, und andere waren gestorben – sollte sie dieses Schicksal akzeptieren und sich an Sonne und Wind und dem Leben in ihren Adern erfreuen, wo soviel Leben zum Schweigen gebracht worden war? Würde sie eines Tages für ihre Söhne Stolz empfinden, wenn nicht gar am Vater ihrer Söhne, und so einen Kompromiß mit dem Unvermeidlichen schließen?

Nein. Das hieße niedriger sein als der Geringste der treuen Diener, die Vater und Lord und Anführer in die Stille des Todes gefolgt waren. Die Gesichter jener, die für Sain Scarp gestorben waren, wären ihr für immer ein Tadel über das Grab hinaus, sollte sie ein solch trügerisches Vergessen suchen. Besser als das war, den Getreuen zu folgen und sie an den Gestaden des Todes aufzusuchen. Sie wurde jetzt nicht mehr so aufmerksam beobachtet; irgendwie könnte sie an das Mittel zum Tod gelangen. Ihre kleinen Hände konnten vielleicht nicht den Dolch der Rache gegen den Usurpator und Frauenschänder führen, doch sie würden ausreichen, eine Vene in ihrer Kehle zu öffnen, und der rasche Tod, den sie an jenem Tag begehrt hatte, ein saubererer Tod als der ihrer Schwestern und ihrer Mutter, würde ihr nicht mehr entgehen. In Ehre zu sterben, wenn das Leben nicht mehr ehrbar war – das war einer Tochter von Delleray von Sain Scarp würdig.

Nein. Das hieße, ein für allemal jeden Gedanken daran, Vater und Angehörige, Mutter und Schwestern zu rächen, aufzugeben. Das hieße, nichts zu tun, sich demütig dem Schicksal zu fügen, das sie irgendwie am Leben erhalten hatte. Warum hatte sie überlebt, als die anderen starben? Sicher hatten die Götter – wenn es überhaupt Götter gab – ihr Leben für etwas anderes als dies gerettet.

Und doch . . . Mhari schaute verzweifelnd auf den belebten Hof hinunter, der unter ihr lag. Von dort, wo sie saß, sahen die Menschen und Pferde im Hof wie Spielzeugfiguren in der Papierburg eines Kindes aus. Es sah nahezu so aus, wie es ausgesehen hatte, als ihr Vater dort regiert hatte . . . Außer daß ihr Vater niemals solch einen Haufen von Schurken und Halsabschneidern aufgenommen oder gar dienstvereidigt hätte. Nur die Götter wußten, wo Narthen solch eine Ansammlung von Scheusalen gefunden hatte! Und wie er über sie regierte – nur dadurch, daß er ein größeres Scheusal als alle anderen war!

Fliehen? Sie wurde Tag und Nacht bewacht. Auch momentan lümmelte sich ein stämmiger Kerl unterhalb von ihr auf den Hängen, schnauzbärtig, einen großen Schwertschmiß an der Wange, der am höchsten geschätzte Schurke von allen Halsabschneidern Narthens – die Frau des Anführers zu bewachen, ein einträglicher Ruheposten, der diesem Mann für treuen Dienst gegeben war. Sie war auf dem Hügelhang nur deshalb allein, weil es keinen Ort gab, wohin sie laufen konnte, und niemanden, um sie aufzunehmen, wenn sie es schaffte zu entkommen. Vierzig *Vars* der ödesten, verlassensten Wege in den Hellern lagen zwischen Mhari und ihren Verwandten in Scaravel, und sie hatte kein Pferd und würde wahrscheinlich auch nicht nahe genug an eines herangelassen werden, um es stehlen zu können; kein Essen, nicht einmal warme Kleidung, um die bitteren Winternächte zu überleben, die bald näherrücken und Sain Scarp von allen zivilisierten Menschen abschneiden würden. Wenn sie nicht fliehen konnte, bevor die Schneefälle alles zudeckten, gab es keine Chance mehr bis zur Frühjahrsschmelze, und bis dahin, das wußte Mhari gut, war sie tot oder für immer in Unterwerfung geschlagen – oder ihr Verstand würde in Wahnsinn zerbrechen, und sie würde weiterleben, ein geistloses Etwas mit leeren Augen, das ruhig Narthens Bett teilte und seine Söhne gebar, ohne den Willen zu widerstehen oder auch nur in Gedanken zu wünschen, dies tun zu können.

Entrinnen schien unmöglich, doch die Alternative war schlimmer. Entrinnen vielleicht, um ihre Verwandten auf Narthen zu hetzen und Vater, Mutter, Schwestern, Brüder zu rächen . . . Alle ihre Angehörigen durch den Verrat Narthens in einer grausamen Nacht niedergemetzelt . . . Narthen . . . der schließlich einmal Verschworener ihres Vaters gewesen war und alle Verteidigungsanlagen von Sain Scarp kannte.

Keine nahen Verwandten mehr da, nicht einmal für die Rache . . . bis auf den einen Bruder, der mit ihren Vettern in Scaravel aufgezogen wurde und nicht vom Tod seiner Angehörigen wußte oder davon, daß Mhari überlebt hatte und *wie* sie überlebt hatte. Sie gab sich den Gedanken an Ruyven hin, der in Scaravel sicher war. *Wenn er es wüßte, würde er zu mir kommen. Und mit ihm sein geschworener Bruder Rafael. Rafael, der in der Mittwinternacht mit mir getanzt und mir zugeflüstert hat und einen Kuß von meinen Fingerspitzen stahl und schwor, er werde in der nächsten Mittwinternacht bei meinem Vater um meine Hand anhalten, damit Ruyen sein Schwager wäre und nicht allein sein geschworener Bruder.*

Zur Mittwinternacht, wenn die Pässe frei wären, würden Ruyen und Rafael hierherkommen . . . Wenn sie noch lebten. Aber bis dahin – sie spürte es – würde sie für immer in die Unterwerfung geschlagen sein. Würde Rafael Narthens Reste nehmen? Ohne Zweifel war sie bis dahin mit Narthens Kind schwanger; das konnte bereits jetzt so sein . . . Und würde Narthen auch nur einen letzten Delleray leben lassen, damit dieser eines Tages Sain Scarp zurückerobern konnte? Wenn er wirklich nicht in einen Hinterhalt geriet, bevor er die Pässe überquerte . . .

Wenn ich in *Laran* ausgebildet wäre oder wenn die *Leronis* des Haushalts überlebt hätte, würden sie bereits Bescheid wissen, und Angehörige wären schon unterwegs, um mich zu retten . . .

Aber nein. Es würde keine Rettung geben. Es war unwahrscheinlich, daß sie auch nur einen Moment lang Zugang zu den Botenvögeln erhalten konnte, um einen mit einer kurzen Nachricht an sein Bein gebunden nach Scaravel loszulassen. Obwohl vielleicht – wenn sie es irgendwie schaffen könnte, die Ställe in Brand zu stecken und in der Verwirrung die Vögel freizulassen; selbst ohne eine schriftliche Nachricht – wenn drei Dutzend Vögel freigelassen wurden, könnte ein

Dutzend ankommen, und man würde wissen, daß hier etwas nicht stimmte.

Tag und Nacht bewacht, und da sollte sie Zugang zu den Ställen bekommen? Eher könnte sie versuchen, den Hohen Kimbi in ihren weichen Sommersandalen zu erklettern!

Hoffnungslos also, hoffnungslos . . . Ich kann noch nicht einmal meinen Bruder und seinen Vertrauten warnen, ganz zu schweigen davon, sie zur Rache zu führen! Sie schlug die Luft in zorniger Verzweiflung.

Götter! Wenn es überhaupt Götter gibt, wo seid ihr jetzt? Ich würde mein Leben und meine Seele für die Rache verpfänden! Sie ballte die Fäuste, wobei sie zu den bleichen Flächen der Mondscheiben hinaufstarrte. *Omen, Vorzeichen, Götter, wozu seid ihr gut? Rache, Rache, mein Leben für die Rache!* Es kam ihr so, als könne sie die Intensität ihrer Worte *sehen*, und sie zitterten in ihrem Herzen, wie ihre Hände zitterten, zitterten durch den leeren Raum, den die getrockneten Tränen und das Trauern hinterlassen hatten. Sie schrie es laut.

»Götter! Hört mich! Götter oder alle Dämonen!«

Stille. Sie hatte keine Antwort erwartet. Stille senkte sich um sie, bis auf das Wiehern eines Pferdes irgendwo, das ferne Bellen eines Hundes, das Rascheln eines kleinen Tieres im Gras. Sie zitterte – es war kalt. Sie fühlte sich leer, geistlos, als ob der Tod in sie gefahren wäre, dorthin, wo Trauer gewesen war, eine Taubheit, schlimmer als alle Tränen der vergangenen vierzig Tage. Sie machte einen tiefen, bebenden, müden Atemzug. Jetzt bald, da die Monde höher stiegen und sich die Dunkelheit verdichtete und herannahte, würde ihr gewalttätiger Leibwächter sich ihr nähern und sie zu dem Schicksal hinuntergeleiten, das sie erwartete, vor dem sie, nahm sie an, resignieren würde, wenn sie nicht irgendwo genügend Glück haben konnte, um zu sterben. Sie konnte auf keine größere Rache an Narthen hoffen, als bei der Geburt seines ersten Kindes zu sterben, so daß er keinen Sohn einer Delleray haben würde, um seine Lügenbehauptungen damit zu untermauern.

Werde ich also mein Leben geben zur Rache? Werden so die Götter meine Gebete erhören?

Ich weiß nichts von Göttern oder Gebeten, sagte eine Stimme in ihrem Geist, *aber wenn du dich wahrhaft für die Rache hingeben willst, werde ich dir helfen.*

Mhari fuhr auf und starrte wild um sich, fragte sich verwundert, wer gekommen war, ihr Gebet zu erhören.

Sie war allein auf dem halbdunklen Hang. Dann entstand ein mildes Schimmern in der Luft, ein bleiches, bläuliches Leuchten, und ein Mann – ein Mann? – stand vor ihr.

Er war groß, mit dem rostbraunen Haar und den schlanken, scharf geschnittenen Zügen eines *Laranzu*, eines Hexers; ein Ring glänzte an seinem Finger, und er war bleich wie Frost. Schnee lag auf seinem Haar, und seine Augen enthielten den metallischen Schimmer von Eis. Sie starrte ihn an, dann entsetzt auf den trödelnden Leibwächter, der hätte herausstürmen müssen, um sich mit seinem Körper zwischen die Frau des Anführers und jeden männlichen Fremden zu stellen.

Dann stellte sie fest, daß sie Felsen, Bäume, sogar Steine und Gras *durch* seinen Körper sehen konnte.

Nun, er war nicht wirklich da. Ihr Verstand war endlich zerbrochen, dies war nicht mehr als ein beruhigender Traum, eine Illusion . . .

Rache, sagte der Fremde, und einen Moment lang – so deutlich war dieses Wort – schaute sie schuldbewußt den Hang hinunter, da sie befürchtete, der Leibwächter müsse es gehört haben. Doch da war kein Geräusch, bis auf das Summen einiger kleiner Insekten im Gras.

Zweifelst du an deinem Verstand, Mhari, Entfernteste meiner Verwandten? Gut, du mußt ganz, ganz verrückt sein nach Rache, bevor ich dir helfen kann, und du mußt schwören, meinen Preis zu bezahlen.

»Alles«, sagte sie leidenschaftlich. »Aber wie kannst du, der du durchsichtig, körperlos, ohne Substanz bist, mir die Rache bringen, die ich begehre?«

Das soll dir verkündet werden, wenn du mein Schwert nimmst. Gibt es einen Preis, den du nicht bezahlen würdest?

»Keinen«, flüsterte sie. »Ich schwöre es.«

Ein Schwert. In der Kindheit hatte sie an den Unterrichtsstunden ihres Bruders im Schwertkampf teilgenommen, sie hatte Wild gejagt und getötet. Dachte er, sie würde beim Anblick des Blutes eines Gegners zurückweichen?

Folgendes ist es, worum ich dich bitte, sagte er, und seine Lippen bewegten sich nicht. *Mein Schwert will das Blut des Usurpators schmecken. Schwöre, daß du mein Schwert mit ihrem Blut tränken wirst, und es wird dein sein.*

»Ich schwöre es bei meinem Leben«, sagte sie laut und schaute dann besorgt den Hang hinunter, da sie fürchtete, der Leibwächter könnte sie mit sich selbst reden hören.

Wenn das stimmt, dann geh zur Kapelle der Vier Winde und wiederhole dort deinen Eid. Dann nimm, was du dort findest.

Wahnsinn. Mhari raffte ihre Röcke zusammen und floh hinunter. Als sie zurückblickte, sah sie, daß der fremde Jüngling nicht mehr da war . . . War er überhaupt je dagewesen? Gewiß nicht. Sie war verrückt.

Und doch – wenn er nicht mehr als eine Stimme in ihrem Geist gewesen war – warum sollte sie dann zur Kapelle geschickt werden, um zu schwören? Der Eid einer Irren konnte überall entgegengenommen werden!

Sie brauchte nur ein paar Dutzend Schritte zu laufen, als sie bemerkte, daß ihr der Mann, der ihren Schritten folgte, dicht auf den Fersen war. Er sagte, und seine Stimme war dabei eine eigenartige Mischung aus Frechheit und Unterwürfigkeit: »Wohin geht Ihr, *Domna* Mhari?«

»Zur Kapelle«, sagte sie mit bebender Stimme, »um für meine toten Angehörigen zu beten. Wagst du es, mich aufzuhalten?«

Er trat zur Seite, neigte den Kopf und ließ sie ihm vorausgehen. An der Tür zur Kapelle der Vier Winde trat sie gebieterisch an ihm vorbei.

»Warte draußen, Bursche! Sonst werde ich die Geister der Toten herabrufen, dich zu plagen!«

»Geister!« schnaubte er, wobei er durch seinen gesamten großen Bierbauch lachte, aber er zuckte schließlich mit den Schultern, lehnte sich gegen die Wand. »Es gibt keinen anderen Weg hier heraus, *Domna*. Betet in Frieden, ich werde warten!«

Sie war gelehrt worden, sich nur dann in der Kapelle zu zeigen, wenn sie gewaschen und in ihr Bestes gewandet war – dies war nicht mehr als Respekt vor den Göttern. Doch sie wußte in ihrem innersten Herzen, daß es keine Rolle spielte. Und wenn sie verrückt war, welchen Unterschied machte es? Sie ging hinein, blickte sich dabei nach den flackernden Lichtern um – alten, leuchtenden Steinen –, in deren blassem Schimmer sie die Gemälde deutlich ausmachen konnte, die über den Altären der Vier Winde hingen. Avarra, dunkle Mutter der Geburt und des Todes. Evanda im Frühlingsgrün ihrer Blumen. Aldones, von der Sonne hinter seinem Kopf strahlend. Zandru, mit den Waagschalen der Wahl, Gut und Böse im Gleichgewicht ausgewogen. Sie kniete vor den Hauptaltar, und ihre ganze Seele bebte von der Leidenschaft, die sie durchfuhr.

Ich will Rache! Ich schwöre es!

Langsam begann sie auf dem Altar vor ihren Augen ein frostähnliches Leuchten wahrzunehmen, blaß, schimmernd, wie der fahle Glanz, der den fremden *Laranzu* umgeben hatte.

Da war die Form eines Schwertes, wo vorher kein Schwert gewesen war.

Greif zu, sagte die Stimme des Fremden, obgleich sie ihn nicht sehen konnte. *Nimm das Schwert.*

Ihr Herz klopfte so fest, daß sie glaubte, es würde die Wände ihres Brustkorbes durchbrechen. Bestimmt war nichts da, es war ein Wahnsinnstraum. Aber ihre Finger schlossen sich um etwas Festes auf dem Altar, und als sie es zurückzog, verblaßte der frostartige Schimmer, und es war ein Schwert in ihrer Hand. Fest, hart, kalt und real, ein Schwert mit silbernem Griff, umwickelt mit blaß leuchtender blauer Seidenschnur, ein Glühwürmchenschimmer im fahlen Licht. Jetzt lag kein ätherischer Glanz mehr darum. Es war einfach nur ein Schwert, umhüllt von einer ledrigen Scheide. Sie umfaßte den Griff, zog es ein kleines Stück heraus. Verschnörkelte, schimmernde Buchstaben leuchteten in karmesinrotem Licht, und sie strengte ihre Augen an, um sie zu lesen.

ZIEH MICH NIE, AUSSER WENN ICH BLUT TRINKEN DARF.

Als das Schwert hart und real in ihrer Hand lag, keuchte sie tatsächlich laut. Die Stimme sagte in ihrem Geist:

Du brauchst kein Können, um dieses Schwert führen zu können. Es wird das Blut trinken, das ihm bestimmt ist, aus freiem Willen, und das Leben deiner Feinde dazu.

Der gewalttätige Leibwächter stieß sich durch die offene Tür. Er sagte argwöhnisch: »Ich dachte, ich hätte eine Stimme gehört . . .« Und hielt inne, blickte sich um.

»Mach weiter«, sagte sie eisig. »Such hinter dem Altar und den Behängen; vielleicht sind meine toten Angehörigen aus dem Grab auferstanden!«

»Ich hörte Euch reden, *Domna* . . .«

Sie sagte: »Ich habe gebetet.«

Sie bewegte sich so, daß das Schwert hinter dem Altar verborgen war, zwischen dem Stein und ihrem Körper. Er kam herum, starrte, blickte finster drein. Etwas in ihr schrie auf: *Töte, töte, er ist der Schlimmste von ihnen* . . . Es war fast ein Schmerz, dieses hohe Singen in ihrem Verstand. *Zieh mich nie, wenn ich kein Blut trinken darf, Blut. Ich will Blut* . . .

Nein, dachte sie. Nicht jetzt. Narthen wird zuerst sterben. Warum den Mann töten, solange der Herr noch lebt? Wenn es bekannt wurde, daß sie ein Schwert besaß, hatte sie möglicherweise keine Chance gegen Narthen. Und wenn sie *ihn* tötete, was kümmerte es sie dann noch, was danach geschah?

Er drückte sich gegen sie. Es schien, daß das Schwert in ihrer Hand zuckte, und sie dachte: *Vielleicht bleibt mir gar keine Wahl* . . .

Blut! Ich will Blut! Töte ihn!

Er starrte sie direkt an. Er blickte finster vor Verwirrung und sagte: »Ich dachte, Ihr hättet etwas in Eurer Hand gehabt, *Domna* . . .«

»Komm und sieh nach . . .«, sagte sie eisig und dachte: *Vielleicht muß ich ihn töten, ihn töten, sein Blut mit diesem Schwert trinken* . . .

Er legte seine Hand auf sein eigenes Schwert . . . trat dann kopfschüttelnd zurück.

»Muß das Licht gewesen sein . . .«, murmelte er und schob seine eigene Waffe in die schmucklose Scheide zurück.

Mhari stieß ihren Atem aus.

Er konnte das Schwert nicht sehen! Doch es lag kalt und hart in ihrer Hand; ein hohes Summen wie von hundert Bienen ging davon aus.

Er wandte sich um und stampfte aus der Kapelle hinaus. »Dieser Ort verursacht mir verdammt ein Kribbeln das ganze Rückgrat hinunter . . .«

Mhari schluckte. Ihre Kehle war trocken. Sie begann, das Schwert in die Scheide zurückzuschieben.

Zahle meinen Preis! Blut . . . Das Schwert widerstand Mharis Bemühungen, es in die Scheide zu stoßen, und schließlich, da sie intuitiv wußte, was sie tun mußte, legte sie die rasiermesserscharfe Schneide auf ihre Hand und schnitt hinein und strich das Blut auf die Klinge. Dann glitt es lammfromm in die Scheide zurück, als hätte sie den Widerstand nur geträumt.

Wenn ich dich wieder ziehe, beschloß sie, sollst du nicht mehr in die Scheide zurückgesteckt werden, bis Narthens Blut deine Klinge trübt . . .

Niemand sonst konnte das Schwert sehen . . . Nicht Narthen selbst, nicht sein Mann. Mhari gürtete die Scheide um die Hüfte; sie konnte ihr Gewicht fühlen, aber wenn sie hinuntersah, konnte sie es nicht sehen, es sei denn, sie umfaßte den Griff mit ihrer Hand.

Jetzt zu Narthen – und Rache!

Narthen hatte angeordnet, daß sie neben ihm auf dem hohen Sitz am Ende der langen Tafel saß, und dies, obwohl sich Mhari während der letzten vierzig Tage niemals dorthin gesetzt hatte, ohne daß Tränen ihre Augen trübten, da sie in qualvoller Erinnerung das blasse, edle Gesicht von Farren Delleray dort gesehen hatte, ihre Mutter Liana neben sich und auf der anderen Seite seine *Barragana* Stelli, blaß und hübsch und ziemlich genau so, wie Liana als junges Mädchen gewesen war – sie war in der Tat Mharis Kusine und eng verwandt mit Liana.

Jede Nacht, jede Nacht hatten Tränen die Gesichter der Banditen davongeschwemmt, die in flegelhafter Ordnung an der langen Tafel saßen, mit Bierkrügen klirrten und mit den schlimmsten Frauen des Haushaltes und den paar treulosen Dienern, die überlebt hatten, unzüchtige Lieder hinausgrölten, während sie, Mhari, ihren brennenden Augen die geliebten Gesichter ihrer Toten zeigte.

Doch heute abend waren ihre Augen hart, trocken und tränenlos. Es schien, daß sie in Narthens Augen die dankbare Überraschung nahezu lesen konnte, als sie ihren Platz ausnahmsweise ohne Weinen einnahm, und als er ihr einen Teller Fleisch reichte, streckte sie ihre Gabel aus und nahm vier Stücke auf ihren Teller. Eine Hand lag in ihrem Schoß, um den unsichtbaren Griff des Schwertes geballt, und sie aß hungrig, fühlte ihre Zähne auf dem zähen, verbrannten Fleisch mahlen und kauen, als würden sie in Wirklichkeit Narthens Kehle zerfleischen.

Er dachte also, daß sie das Weinen hinter sich hatte, daß sie beschlossen hatte, sich in das Unvermeidliche zu fügen. Sie folgte seinen Blicken, als diese zu ihrer Hüfte abschweiften, und sie konnte auch fast die Mutmaßung in ihnen lesen. Vierzig Tage – Zeit genug für sie zu wissen, ob er ihr ein Kind gemacht hatte, also war es bestimmt Zeit genug, sich zu bescheiden und zu akzeptieren, was sein mußte. Er rülpste, klopfte sich auf den Bauch, wobei seine Hände auf dem feinen, pelzbesetzten Kleidungsstück verweilten, das er irgendwo in den zum Bersten vollen Lagerräumen von Sain Scarp gefunden haben mußte, und er summte tatsächlich vor Zufriedenheit wie eine Katze, die in die Molkerei eingeschlossen wurde, während er über ein Leben guten Wohnens hier in seinem neuen Heim nachsann. Mharis Zähne nagten an einem Knochen. Es war die erste richtige Mahlzeit, die sie seit jenem Tag, an dem sich die Welt um sie herum aufgelöst hatte, genoß, und sie nahm ihren Blick nicht von Narthens dickem rotem Hals, außer einmal, als sie sich umdrehte, um den Leibwächter anzustarren und sich abwägend zu fragen, ob sie es irgendwie schaffen könnte, sie beide zu töten.

Schwert, du wirst ein ebensogutes Mahl bekommen wie ich!

Als sie gegessen hatte, saßen sie lange beim Wein, brüllten trunken ihre Lieder, und ein Mann hob eine der Frauen hoch – sie war eine der dreckigsten Schlampen von den Stalldirnen und trug jetzt schmutzigen Staat, mit Küchenschmier besudelt –, hob sie auf den Tisch und bat sie, für sie zu tanzen.

»Los, Mädchen, wirf deine Beine hoch, schüttle jetzt deine Titten!« schrie einer der Soldaten, und das Mädchen, das sich tölpelhaft zwischen den Tellern drehte, hob ihre Röcke in einer unbeholfenen Parodie auf einen der Tänze, die Mhari beim Mittsommerfest getanzt hatte. Sie biß ihre Zähne in plötzlicher Übelkeit zusammen. Dieses Kleid, violette Seide, mit Schmetterlingen bestickt – es hatte ihrer Schwester Lauria gehört, sie hatte es selbst bestickt, bevor sie fünfzehn geworden war, und jetzt war Lauria tot, tot durch die Hände von Avarra-weiß-wie-vielen Männern, die ihren jungen Körper brutal mißhandelt hatten ... *O Lauria, Lauria, ich tu dies auch für dich* ... Sie klammerte ihre Hände um den Griff des Schwertes, bis ihre Knöchel schmerzten, da sie wußte, wenn sie dies nicht tun würde, würde sie aufstehen und das Kleid von den schlampigen, sommersprossigen Schultern des Mädchens reißen ... *Ich hab's nie gesehen, ich habe Abend für Abend hier gesessen und habe diese dreckige kleine Nutte Beria nie die Kleider tragen sehen, die meine Mutter und ihre Frauen für ihre Töchter gemacht haben ...*

Lauria und Janna und Gavriela. *Und ich, Schwestern, und ich ... Ihr seid gestorben, und ich lebe vierzig Tage später noch immer. Aber ich werde euch alle rächen ...*

Selbst die um die Tafel versammelten Banditen begannen schließlich aus dem Saal zu schlendern, zogen Frauen mit sich und betätschelten sie, als sie, die Arme um sie geschlungen, mit ihnen hinausgingen. Zwei der Männer gerieten im Kampf aneinander, und Messer wurden gezogen. Narthen sprang von seinem Thron an der hohen Tafel herunter und trennte sie mit zwei oder drei gezielten Tritten, wobei er das Messer aus einer Hand wand und es verächtlich zur Feuerstelle schleuderte. »Höllenfeuer, Burschen, was ist der Unterschied zwischen dem einen Rock und einem anderen, wenn die Lampe aus ist? Sucht euch eine andere Nutte oder wechselt euch an dieser ab, doch kein Gezänk an meinem Tisch!«

Meinem Tisch. Wie schnell er sich für den Herrn hält. Genieße es, so lange du kannst, Narthen. Sie fühlte das Schwert in ihrer Hand; es war, als würde es sich anstrengen, sich selbst aus der umhüllenden Scheide herauszuziehen. Doch sie durfte es noch nicht ziehen, nicht bevor der Augenblick reif war, um es mit dem Blut Narthens zu füttern. Sie zwang ihre Hand, sich von dem Griff zu lösen, versprach mit einem Flüstern: »Bald, bald . . . bald wird dein Blutdurst gestillt werden . . .«

»Hast du mit mir gesprochen, *Domna* Mhari?« sagte Narthen in dieser widerlichen Parodie von Freundlichkeit, die ihr verhaßter war als seine schlimmste Brutalität. »Was wird bald sein?«

Sie wollte es ihm entgegenschreien, sich an seinem Gesicht weiden . . . Aber die Zeit war noch nicht gekommen. Sie sagte mürrisch: »Ich habe mit meinem Schoßhund unter dem Tisch geredet und ihm versprochen, daß er bald einen Leckerbissen von meinem Teller bekommen soll.« Sie zwang sich, mit zitternden Fingern ein paar zarte Reste von der gebratenen Keule in der Mitte der Tafel abzureißen – jetzt fast kahl, jedoch mit einigen saftigen Resten, blutroh, die am Knochen klebten – und sich nach vorn zu lehnen, um sie von dem Hund aus ihren Fingern schnappen zu lassen. Der Welpe winselte und wich zurück, verweigerte den angebotenen Leckerbissen, und Mhari spürte, wie das Blut über ihre Finger rann.

»Was stimmt mit der verdammten kleinen Töle nicht?«

»Sie hat Angst vor dir«, sagte Mhari fest. »Ich bezweifle nicht, daß du sie getreten hast, als ich nicht dabei war.«

»Zandru schicke mir Skorpionpeitschen«, fauchte er. »Hältst du mich noch immer für so ein Ungeheuer? Frauen und Hunden kann man nicht gefallen, beide beißen sie einen, wann sie wollen! Komm her!« Seine Hand zog sich fest über ihrer Schulter zusammen. »Geh in dein Zimmer. Laß dich von deinen Frauen auskleiden. Ich werde bald kommen. Ich will noch einen Becher Wein.«

An jedem anderen Abend hätte Mhari dies mit Freude gehört. Einmal oder zweimal hatte er wirklich die halbe Nacht hier verweilt, war eingeschlafen, so daß ihn seine Leibdiener in sein Bett tragen mußten, oder er war dorthin gewankt, zu betrunken, um etwas anderes zu tun, als in einen besoffenen, schnarchenden Schlaf an ihrer Seite zu sinken. Jetzt sah es so aus, als könne sie die Verzögerung nicht ertragen. Sie sagte, wobei sie zu seinem geröteten Gesicht aufblickte und ihre Lippen zwang, sich in einer scheußlichen Parodie eines Lächelns zurückzuziehen: »Bleib nicht zu lange, mein Geliebter.«

Sein Gesicht rötete sich vor Zufriedenheit, und Mhari zuckte vor dem zurück, was er jetzt, wie sie wußte, dachte, aber ihre Hand lag fest auf dem Schwertgriff, und sie fühlte, wie sie flüsterte: »Bald, bald.« Seine rauhe Hand bewegte sich in grober Zärtlichkeit über ihr Gesicht und ihre Brüste. »Oh, ich werde nicht lange bleiben«, versprach er, die Augen schwer vor Glut, und gerade als sie zurückzuckte, fühlte Mhari eine heiße Wollust der Freude, weil sie daran dachte, wie sie zuschlagen und sein Blut über sich, über das Schwert, hinausspritzen sehen würde. Narthen brüllte. »Beria! Lanilla! Kümmert euch um die Lady Mhari!« Und die Frauen kamen kriecherisch und drängelten sich um sie, bis sie ihr Zimmer erreicht hatten.

Seit vierzig Tagen hatte sie Narthens Bett im großen Schlafgemach geteilt, wo ihr Vater mit Stelli geschlafen hatte, seit ihre Mutter dem Tode nahe gewesen war – vor acht Jahren, als ihr letztes Kind tot geboren wurde. Stelli hatte kein Kind geboren, und obgleich es Mhari leid getan hatte – sie hatte die jährlichen Babys geliebt, die im Haushalt geboren wurden, und hätte gern eine kleine Halbschwester oder einen kleinen Halbbruder gehabt –, war sie jetzt froh, daß es keine Kleinen gegeben hatte, die Narthen töten oder seinen Männern übergeben oder, durch *seine* Herrschaft hier verdorben, aufziehen konnte.

Mhari schaffte es, das Schwert auf dem Bett niederzulegen. Sie war sicher: Keine der Frauen konnte es *sehen*, doch es fühlte sich so hart und fest in ihrer Hand an, und sie konnte nicht glauben, daß es, solange es um ihre Hüften gegürtet war, keine von ihnen *fühlen* konnte, als sie sie auskleideten. Sie wuschen sie und steckten sie in ein seidenes Nachtgewand, das der Geliebten eines der Paxmänner ihres Vaters gehört hatte. Narthen, dachte sie gequält, hätte nie geglaubt, daß die Töchter eines Lords in einfachen Leinenhemden und wollenen Bettsocken schliefen, mit heißen Ziegeln zu ihren Füßen. Sie haßte das seidene Nachtgewand, das ihre Brüste für seinen lüsternen Blick entblößt ließ, haßte dessen Kälte. Aber als sie sie ins Bett gebracht hatten, streckte sie die Hand aus, um den unsichtbaren Griff des Schwertes zu umfassen und sich mit seiner Festigkeit unter ihrer Hand zu beruhigen, und wieder setzte das hohe Summen ein, begann in ihrem Verstand zu pulsieren: *Blut, Blut, ich will Blut, zieh mich, damit ich trinken kann . . .*

Als endlich Narthens gerötetes Gesicht in der Tür erschien, konnte sie einen kleinen Schrei nicht zurückhalten, dieses Mal nicht aus Furcht, sondern aus purer Freude. Er verstand sie falsch und sagte in seiner betrunkenen, dünnen Stimme: »Ah, du kannst es jetzt nicht mehr erwarten, nicht wahr, meine Kleine? Ich habe dir gesagt, daß du mich mit der Zeit genug mögen würdest – ich komme zu dir.« Seine trunkenen Finger hantierten an den Verschlüssen seiner Kleider. Er tappte auf sie zu, nackt, auf trunkenen Füßen, sein Glied pulsierte bereits aufrecht, er lehnte sich über sie . . .

Blut! Zieh mich, damit ich trinken kann!

Das hohe Schrillen raste durch den ganzen Raum, und durch den Nebel vor ihren Augen konnte sie den Geist des Schwertes sehen, seine frostigen Augen, das helle, durchsichtige Rot seines Haars, wie ein *Laranzu,* und es schien, daß es eher seine Hand war als ihre eigene, die das Schwert herausriß. Narthen murmelte: »Ah, meine kleine Mhari . . .«

Das Schwert pfiff, als es durch die Luft sauste, und mit einer Kraft, von der Mhari wußte, daß sie niemals in ihren eigenen Armen wohnte, schnitt sie durch Narthens nackten Leib. Er hatte einen Augenblick lang Zeit, um wild zu heulen: »Hilfe! Mord!« dann fiel er blutspritzend nach vorn, über Mharis Bauch.

Sie erinnerte sich nie daran, daß sie das Schwert aus ihm herauszog. Es glitt leise summend in die Scheide zurück. Mhari lag bewegungslos unter dem Körper des Mannes, der ihren Vater getötet und sie geschändet hatte, der seinen hohen Thron geerbt hätte und Sain Scarp ebenfalls. Sie schaute einen Moment lang in die kalten Augen des *Laranzu* . . . dann war er fort. Er war nie dagewesen. Mhari wand sich unter Narthens Körper hervor und sah, als gehörten ihre Hände jemand anderem, daß sie mit Narthens Blut beschmiert war. Sie wischte sie hastig an dem seidenen Nachthemd ab.

Narthens Leibwächter platzte in den Raum und rief: »Mein Herr!« Er blieb an der Tür stehen, starrte mit geweiteten Augen auf Mhari herunter, auf ihr blutbeschmiertes Nachtgewand, ihre rotbefleckten Hände. Das Schwert summte hoch, kreischte, schrie.

Blut! Blut! Ich dürste noch immer, ich bin nicht gesättigt . . .

»Mein Herr!« schrie der Mann, lief durch das Zimmer, um sich neben seinem toten Herrn auf die Knie zu werfen. »Oh, mein teurer Herr . . . Sprecht mit mir, sprecht mit Haddell . . .«

Mhari kreischte: »Er wird niemals mehr mit dir sprechen!«

Haddell riß seinen Dolch aus der Scheide und stürzte sich auf sie. »Du! Du Höllenkatze, ich hab' ihm gesagt, er solle sich hüten. Aber ich habe dies . . .«

»Komm schon! Komm!« schrie Mhari. »Du willst auch etwas abhaben?« Das Schwert pfiff und schien sie von allein hinter sich herzuziehen, hieb durch Haddells Hals und schlug ihm fast den Kopf ab. Er wankte, von seinem eigenen Schwung noch im Tode weitergetragen, und fiel schließlich schwer zu Boden.

Die Frauen Beria und Lanella eilten herbei und drängelten sich gegenseitig, angezogen von den Schreien, doch sie wichen beim Geruch des Todes und des Blutes zurück, der überall im Zimmer zu schweben schien, und liefen dann schreiend davon. Das Schwert schien an ihr zu zerren und zu kreischen: *Blut, Blut, töte sie auch.* Mhari machte einen Schritt, hielt das Schwert in beiden Händen. Dann kam sie rasch wieder zur Vernunft und blieb auf der Stelle stehen. *Nein. Genug. Genug für den Moment.* Besonnen zwang sie das widerwillige Schwert in die Scheide zurück. Die Frauen durften den Alarm nicht verbreiten, doch ob sie dies taten oder nicht, es mußte einen Augenblick der Rückkehr zur Vernunft geben. Sie konnte gewiß nicht jeden in der Burg töten, nicht einmal mit einem verzauberten Schwert.

Sie wusch sich Hände und Gesicht, zog das blutdurchtränkte Nachthemd aus und schleuderte es aus dem Fenster, fand in einer Truhe eines ihrer eigenen alten Wollhemden. Jetzt mußte sie es irgendwie schaffen, zum Stall zu kommen, ein Pferd zu finden, zu fliehen – zumindest jedoch die Botenvögel freizulassen.

Sie rannte den großen Korridor entlang, hörte Stimmen und Gerede.

»Hab' nichts gesehen, ein Tod aus dem Nichts, kein Schwert oder so etwas . . . Nur ein Geräusch in der Luft, und Haddell fiel tot über den Körper des Anführers . . .«

»*Domna* Mhari hat ihn niedergemacht?«

»Nein, nein, sie kann es nicht getan haben, es muß sich jemand im Zimmer versteckt gehalten haben, vielleicht einer der Männer des alten Lords, der entkommen und zurückgekehrt ist . . .«

»Wohin ist sie gelaufen? Wo versteckt sie sich?«

»Paßt auf, wer immer den Anführer und seinen Mann getötet hat, *er* versteckt sich irgendwo . . .«

Mhari beglückwünschte sich mit einer wilden Zufriedenheit, riß eine Handvoll kalter Fleischstücke und Brot vom übersäten Tisch, dazu eine lederne Flasche Wein, und rannte zum Stall. Als sie den verlassenen Korridor entlangstürmte, nahm sie einen Umhang auf, der einem der Soldaten gehörte, ein einfaches Ding aus ungegerbter Haut, auf der Innenseite von lockiger, weißer Wolle bedeckt und grobem, braunem Fries auf der äußeren Schicht. Er kratzte sie und roch stark nach Wolle, doch er war warm.

Draußen schneite es, ein dichtes Gestöber, und ihre Füße knirschten fest auf einer bereits gefrorenen Schneekruste. Sie huschte in den Stall, blickte zurück und sah überall Laternen, Männer, die ausschwärmten und nach ihr suchten. Niemals konnte sie zwischen ihnen hindurchgelangen. Nicht einmal bei Nacht, mit keinem Pferd, das sie im Dunklen finden und satteln konnte. Sie rannte verzweifelt, kletterte die Leiter zum Taubenschlag hinauf. Schläfriges Gurren und Glucken begrüßte sie aus dem Korbverschlag der Botenvögel. Sie riß an der Tür des Verschlages, schlug mit den Armen im Kreis, drängte mit rauhem Unterton in der Stimme: »Husch! Husch! Hinaus, hinaus, fliegt . . .!«

Sie strömten aus dem runden Fenster des Schlages, und sie sah sie kurz als Umriß gegen den Schnee, ein wirbelnder und kreisender Schwarm, verwirrt von der plötzlichen Freiheit. Dann, fast als würden sie alle von einer einzigen Intelligenz kontrolliert, schwebten sie in der Luft, bogen schließlich ab und flogen durch den Sturm – fort, fort über den Paß nach Scaravel.

Dort werden sie bestimmt wissen, daß irgend etwas nicht stimmt. Sie werden kommen, sie werden mich retten . . . Mein einziger Bruder Ruyven, mein Vetter, mein Verwandter, mein Geliebter Rafael . . .

Vor Anstrengung keuchend lehnte sie sich an den Balken des Oberbodens zurück. Das Heu unter ihren Füßen war so weich, daß sie am liebsten darauf niedergesunken wäre, um zu schlafen . . .

»Schau!« rief draußen jemand, der eine Laterne schwenkte. »Da fliegen sie – alle Vögel! Jemand ist auf dem Boden, Männer! Packt ihn! Da oben! Mir nach!«

Ihre Arme, ihre Hände zitterten vor Müdigkeit. Mhari setzte den Beutel voller Fleischstücke und Brot ab, den sie in ihre Tasche gestopft hatte, griff mit müden Händen nach dem Schwert. Sie hörte das Krabbeln von Füßen auf der Leiter, sah das Licht einer Laterne durch die Falltür schimmern. Sie wich von dem Loch im Boden zurück, umfaßte das Schwert. Das hohe Kreischen war überall ringsum, und sie hörte das Heu unter ihren Füßen rascheln, als sie sich bewegte.

»Hier oben!« rief der Mann. »Mir nach . . .«

Sein Kopf versprühte Blut, noch bevor Mhari wußte, daß das Schwert aus der Scheide war. Sein Körper fiel kopfüber auf die unten drängelnden Banditen. Dann herrschte Stille, und nach einer Weile entfernten sich die Laternen.

Das Schwert glitt zurück, summend vor Vergnügen.

Schwaches, graues Licht stahl sich in den leeren Schlag, Schnee wehte durch das Fenster. Mhari rieb sich Schnee aufs Gesicht, um sich zu erfrischen, auf die Augen, die heiß waren und brannten. Narthen war tot, und die Banditen rannten im Hof herum – wie die Bevölkerung eines Hügels von Skorpionameisen, nachdem jemand die Seite herausgetreten hatte und auf der Königin herumgetrampelt war. Ein paar von ihnen ritten davon, andere brüllten und stritten sich darüber, wer sie jetzt anführen sollte. Eine der Frauen, mit einem Sack voller Silbergeschirr vor sich auf einem Esel, deren Rock zu ihren Knien hinaufgerutscht war, da sie rittlings auf dem Tier saß, wobei ihre Beine mehrere Zoll gestreifter wollener Strümpfe zeigten, stürmte den Hügel hinunter. Mhari hörte zwei der Banditen darüber streiten, ob sie ihr folgen sollten, dann jedoch begannen sie, um ein Beutestück zu kämpfen, das jeder von ihnen haben wollte.

Mit Glück werden sie alle streiten, kämpfen, sich gegenseitig töten. Ich kann hier liegenbleiben, bis sie weggehen. Bis heute abend müßten die Vögel in Scaravel angekommen sein . . . Selbst wenn die Hälfte von ihnen durch Kälte, Sturmwind und Raubtiere umkommt, wird der Rest die Leute von Scaravel aufmerksam machen, ihnen klarmachen, daß hier etwas nicht stimmt . . .

Sie aß etwas von dem Brot und trank ein wenig von dem sauren Wein, verzog das Gesicht und wünschte, es wäre Wasser oder Milch. Nach einer Weile hörte sie Schritte im Stall unter sich – aber es war nur jemand, der ein Pferd hinausführte, und sie entspannte sich.

Das hohe Kreischen begann in ihrem Kopf.

Blut, Blut, ich will Blut haben . . .

Nein, sagte sie sich. Nicht jetzt. Sie würde sich hier still verstecken, bis sie weggingen, es bestand keine Notwendigkeit für weiteres Blutvergießen. Führerlos würden sich Narthens Männer nie darüber einigen, wie sie diese Burg halten sollten, und wenn die Retter aus Scaravel ankamen, würde es eine schnelle Arbeit sein, die wenigen loszuwerden, die geblieben waren.

Mich dürstet! Ich will Blut haben!

Mhari biß die Zähne zusammen, zwang die Stimme nieder, doch gegen ihren Willen glitt ihre Hand zum Schwertgriff . . . Er lag in ihrer Hand, und das hohe Kreischen erfüllte ihren Verstand, erfüllte die ganze Welt . . .

Zieh mich nie, außer wenn ich Blut trinken darf! Du hast geschworen, du zahlst meinen Preis in Blut, Blut, Blutblutblut . . . Das Summen war so schrill, daß Mhari dachte, es würde sie taub machen. Schluchzend stellte sie fest, daß sie auf den Füßen stand, daß sich ihre Schritte auf die Leiter zubewegten . . .

»Nein! O ihr Götter, nein, nein . . .«, schrie sie halblaut, doch das Schwert schien zu zerren, an ihr zu ziehen, bis sie fühlte, sie würde kopfüber durch die Falltür stürzen. Blindlings bewegten sich ihre Füße vor, suchten ohne Wollen Trittstellen auf der Leiter, führten sie in den Hof hinunter, zu den streitenden Männern. Das Schwert blitzte . . .

Ein Mann lag tot zu ihren Füßen, dann noch einer. Sie fühlte, wie sie sprang, fühlte ihre Arme sich bewegen, töten ohne Denken oder Wollen. Ein Mann heulte, fiel vor ihre Füße. Ein anderer, den Arm vom Körper gehackt, lag schreiend und blutend da, bis seine Schreie verstummten. Mhari fühlte, wie sie würgte, wandte sich ab und erbrach sich, aber der hohe, kreisende Klang des Schwertes speiste, füllte ihren ganzen Geist und die ganze Welt aus . . .

Der unsichtbare Tod blitzte, spielte, schlug immer wieder zu . . .

Dann drehten sich die Banditen vor Panik schreiend um und rannten wild aus dem Hof, einer stürzte über den anderen. Manche flohen zu Fuß, andere stolperten zu Pferden und flohen so, hatten die Beute vergessen, hatten alles vergessen bis auf den unsichtbaren Tod, der aus dem Nichts kam, um sie zu vernichten. Dann war der Hof leergefegt, und ein junges Mädchen lag schluchzend, ausgebrannt und krank auf den Pflastersteinen im fallenden Schnee, die Hände geballt, nutzlos würgend, und da war kein Geräusch bis auf das satte Murmeln des Schwertes.

Nach langer Zeit stand sie auf und ging in die Burg hinein, wo sich ein paar der überlebenden Diener, die vor dem neuen Herrn ihren Kopf gebeugt hatten, um ihr Leben zu retten, nun vor ihr verbeugten, und ging in ihr Schlafgemach, um die Leichen von Narthen und seinem Helfershelfer herauszuziehen und zu begraben.

Spät an diesem Abend flog ein Botenvogel in den Hof, und Mhari, die das leise Schreien hörte, kam und fütterte den Vogel und nahm die winzige Schriftrolle von seinem Bein, auf der geschrieben stand:

> Falls in Sain Scarp noch jemand lebt: Wir kommen, wir werden am zweiten Tagesanbruch von heute an bei euch sein.
>
> Ruyven Delleray

Mhari weinte, als sie die kleine Rolle in der Hand hielt. *Mein Bruder, mein Bruder lebt noch,* dachte sie, *und er wird morgen hier sein. Aber ich habe meinen Vater und meine Mutter und meine Schwestern und Brüder gerächt!*

. . . an ihrer Hüfte kreischte das Schwert.

Nein. Meine Rache ist vollbracht, flüsterte sie, doch das hohe Kreischen schien den gesamten Raum auszufüllen. Ohne Gedanken hörte sie es durch die Luft schwirren, in sinnlosem Widerstand preßte sie die Hände zusammen.

Der Vogel fiel tot vor ihre Füße, der Kopf vom Körper abgeschlagen, und Mhari, die in Entsetzen auf das Blut des Vogels auf dem Schwert starrte, brach in wildes Weinen aus.

Auf kraftlosen Füßen wankte sie zur Kapelle, legte das Schwert dort nieder und stolperte dann schnell davon, als fürchte sie, es würde ihr folgen.

Als die Reiter auf der Hügelkuppe erschienen, eine kleine Armee, jeder einzelne mit kampfbereit gezogenem Schwert, hatten die wenigen verbliebenen Diener das Blut von den Pflastersteinen im Hof geschrubbt, und frischer Schnee bedeckte den Boden mit einer glatten, weißen Decke. Mhari sprang ihnen entgegen, als sie Ruyen an ihrer Spitze sah. Er hielt an, sprang von seinem Pferd, riß sie in seine Arme.

»Was ist passiert? Ah, gesegnete Avarra, sind alle fort? Wie bist du lebend entkommen? Sind sie alle tot – Mutter, Vater . . .?«

Mhari klammerte sich weinend an ihn, stammelte die ganze Geschichte von Invasion, Verrat, Kampf, Mord, Vergewaltigung hervor. Ruyven weinte, während er zuhörte, wandte dann sein Gesicht grimmig der Brustwehr zu, wo Narthens Kopf hing, flankiert von denen seiner Männer.

»Und du . . . du, kleine Schwester . . . *du* hast sie alle gerächt?«

Sie flüsterte: »Nicht allein. Ich hatte . . . hatte Hilfe durch die Hexerei . . . einer unserer entfernten Verwandten . . .« Und als er sie hineinführte, erzählte sie ihm stockend die ganze Geschichte.

»Und wo ist das Schwert jetzt, kleine Mhari?«

»Es liegt in der Kapelle«, murmelte sie. »Wieder verborgen, wie es war, als ich das erste Mal dorthin ging.«

»Ich habe von dieser Geschichte gehört«, sagte Rafael ruhig. »Einer eurer Ahnen, Ruyven, schloß mit einem Geist namens *Chaos* einen Pakt zur Rache. Es geht die Legende, daß er, falls jemand vom Blute der Delleray nach Rache schreit, zu dessen Hilfe kommen wird. Das Schwert wurde mit seinem eigenen Blut geschmiedet und gehärtet und schreit nach dem Blut der Feinde seiner Sippe . . . Doch ich kann mich nicht an den Rest der Geschichte erinnern. Es ist unheimlich, sich mit solcherlei Dingen zu beschäftigen.«

»Oh, es war entsetzlich«, weinte Mhari. »Es hat immer weiter getötet . . . und weiter . . . Selbst wenn ich es nicht wollte, als sie alle fort waren . . .«

»Arme Mhari«, murmelte Rafael und nahm ihre Hand. »Du hast einen furchtbaren Preis bezahlt – und dies nach allem, was du erlitten hast!« Er zog sie an sich, legte einen Arm um ihre Hüfte und sah Ruyven an.

»*Bredu*«, sagte er sanft, »du weißt schon lange, daß mir Mhari von allen Frauen die liebste ist, wie du mir der liebste Angehörige bist. Mhari hat jetzt keinen anderen Angehörigen mehr – willst du sie mir zur Ehe geben?«

»Gern«, sagte Ruyven, wobei er seinen Freund und seine Schwester in eine große Umarmung nahm. »Nichts kann meinen Schmerz um meine Verwandten beenden, doch man kann sie nicht vom Tode zurückholen, und so wie die Dinge sind, bin ich Lord von Sain Scarp und Delleray. Und die Hochzeit kann gehalten werden, sobald ihr dies wollt.«

Mhari fragte, vor Scham keuchend: »Du willst . . . du willst noch nehmen, was Narthen übriggelassen hat? Ich . . . ich bin von ihm beschmutzt und mit Blut befleckt . . .«

»Ah, Mhari«, murmelte Rafael, zog sie an sich und bedeckte ihre Hände mit Küssen, »du bist mir noch teurer für alles, was du gelitten hast. Und was das Blut betrifft, das du vergossen hast, so wurde es für die Ehre deines Hauses und als Vergeltung für dein eigenes Verwandtenblut vergossen. Ich bin stolz darauf, eine solche Ehefrau wie Mhari zu haben, die tapfere Schwertkämpferin von Sain Scarp! Willst du mich morgen heiraten, damit ich dich deine Sorgen vergessen lassen kann?«

Als sie entspannt an seiner Brust lag, flüsterte sie: »Ich will.«

Mharis gesamte Verwandtschaft war zur Hochzeit gekommen, und sie stand, in ein einfaches, blaues Gewand gekleidet – es war zu schlicht gewesen, um die Flittchen anzulocken, die unter Narthens Regentschaft die Burg bewohnt hatten –, in der Kapelle der Vier Winde an Rafaels Seite. Ruyven schloß lächelnd die Armreifen um ihre Handgelenke.

»Möget ihr ewig eins sein«, sagte er und forderte einen Kuß von seiner Schwester, noch bevor ihr junger Ehemann einen nahm. Mhari, den Kuß ihres Gemahls auf den Lippen, stand wie erstarrt. Auf dem leeren Altar breitete sich langsam ein langes, helles, blaues Leuchten aus, und sie schaute entsetzt in die Augen des *Laranzu* des Chaos. Das hohe Kreischen in ihrem Geist ertränkte sogar Rafaels Stimme.

Blut, ich will Blut haben . . . Du hast geschworen, kein Preis sei zu hoch, um von dir nicht bezahlt zu werden . . .

»Nein! Nein!« schrie sie und legte die Hände auf die Ohren, um den furchterregenden Klang auszuschließen, doch jene gnadenlosen Augen füllten den gesamten Raum aus, und sie spürte das unbarmherzige Zerren des Schwertes, das an ihren Händen zog, zog, kreischte . . .

»Nein«, schrie sie wieder, gerade als das Schwert in einem großen angsterregenden Bogen hochfuhr und herabsauste. Rafael, das freudige Lächeln seines Hochzeitskusses noch auf den Lippen, fiel ohne einen Schrei. Schreiend kämpfte sich Mhari nach hinten, starrte wie wahnsinnig auf den Körper ihres Geliebten hinunter, dessen Hochzeitsgewand über und über mit Blut bespritzt war.

Ruyven schrie vor Entsetzen auf. »Oh, Mhari . . . Mhari . . . oh, du böser Geist der Hölle, was hast du getan?«

Blut! Mich dürstet! Blut, mehr Blut . . . mehrblutmehrblutmehr . . .

Ruyven, dessen Schrei der Wut und der Bestürzung sich plötzlich in Grauen verwandelte, schrie auf: »Mhari – Schwester, nein . . .«

»Nein!« kreischte sie. »Nein! Oh nein, du Teufel aus der Hölle, ich will nicht, ich *will nicht* . . . Zuviel, laß es genug sein . . . Nicht Ruyven, nicht auch noch Ruyven . . .«

Unaufhaltsam raste das Schwert hoch, während ihre Hände mit ihm kämpften, es abdrängten. »Nein«, schluchzte sie. »Nein! Oh nein! Erspare mir . . .«

Ah, jetzt kenne ich den Preis, das einzige Blut, das den Tod stoppen wird . . .

Ruyven, weiß vor Entsetzen, sah zu, rannte vor, um den Kampf zu verhindern, als sich Mhari abmühte, ihre Hände mit dem Schwertgriff umzudrehen, es gnadenlos herunterdrückte . . .

Als das Blut ihres eigenen Herzens hervorspritzte, glitt sie zu Boden und schleuderte das Schwert mit ihrer letzten Kraft von Ruyven fort . . .

Mitten in der Luft verharrte es, leuchtete blau. Darum herum, *durch* es materialisierte die Gestalt, groß, hager, rotschöpfig wie ein *Laranzu*, die Augen blau wie Kupferfeilspäne in einer Flamme. Dann verblaßte die Gestalt, und das Schwert lag, für einen Augenblick sichtbar, auf dem Altar, verblaßte dann ebenfalls und war wieder verschwunden. Ruyven wischte mit der Hand über den Altar.

Doch der Altar war kalt und leer, und Mhari lag lächelnd da, ihr Gesicht unversehrt, und irgendwie war ihre Hand in Rafaels tote Hand gefallen.

Der unfähige Magier

Die zweite Geschichte innerhalb dieses Bandes um Lythande, den Magier mit dem blauen Stern, mit dem zugleich die vorliegende Auswahl schließt, ist zur Abwechslung eine humorvolle Erzählung. Sie erschien zuerst in *Geschichten aus dem Haus der Träume* (*Greyhaven*, 1983), einer Anthologie mit Erzählungen aus Marion Zimmer Bradleys Freundeskreis, in der sie sozusagen ihren Namen als Erfolgsautorin benutzte, um auch anderen begabten Autoren zu einer Startchance zu verhelfen. Dies macht sie sympathisch; zeigt es doch, daß der Erfolg sie keineswegs hochnäsig gemacht hat und daß sie sich immer noch des ersten Gebots jener Art von Literatur bewußt ist, die von vielen gelesen wird: Man muß die Menschen unterhalten können, bevor man sie belehren darf.

Gute Unterhaltung!

Nirgendwo in der Welt der Zwillingssonnen, von der Großen Wüste im Süden bis zu den Eisbergen im Norden, sucht irgend jemand ohne Grund einen Söldner-Magier auf. Niemals geht es zweimal um dieselbe Sache, aber was auch immer der Anlaß sein mag, immer ist der Bittsteller jemand, der bis zum Hals in Schwierigkeiten steckt.

Lythande der Magier blickte unter der Kapuze des dunklen, fließenden Zaubermantels hervor, und unter der Kapuze begann der blaue Stern, den Lythande auf der Stirn trug und der das Wahrzeichen der Pilgeradepten war, zu funkeln und blaue Feuerblitze zu schleudern, während der Magier den dicken, jammernden kleinen Mann betrachtete und sich fragte, in welche Art von Schwierigkeiten dieser Kunde wohl geraten sein mochte.

Wie Lythande trug der kleine Fremde die Robe eines Zauberers, ein Magiergewand nach der Mode, wie sie in den Städten am Rande der Salzwüste üblich war. Er wirkte ein wenig verschüchtert, als er zu Lythandes hochgewachsener Gestalt aufblickte. Lythande, mit Zwillingsdolchen gegürtet, sah eher wie ein Krieger denn wie ein Zauberer aus.

Der dicke Mann jammerte und zappelte und stotterte schließlich: »H-h-hoher Magier, die S-S-Sache ist mir sehr p-p-p-peinlich.«

Lythande half ihm nicht, sondern blickte mit höflicher Aufmerksamkeit auf den kahlen Fleck herab, der den Kopf des aufgeregten kleinen Burschen krönte. Der Fremde stotterte weiter:

»Ich muß Euch b-b-bekennen, daß einer meiner R-R-Rivalen meinen Z-Z-Zauberst-st-st- . . .« Er brach in einen regelrechten Stottersturm aus, ließ dann den Rest des Wortes fallen und stieß hervor: ». . . gest-st-stohlen hat. M-m-m-meine Kräfte s-s-sind nicht g-g-groß genug, um ihn z-z-zurück z-zubekommen. Welche G-G-Gebühr würdet Ihr f-f-fordern, o großer und edler M-M-M-«, er schluckte und schaffte es, »Zauberer« hervorzubringen.

Unter dem blauen Stern zogen sich Lythandes geschwungene, farblose Brauen belustigt zusammen.

»Tatsächlich? Wie konnte das passieren? Hattet Ihr Euren Stab nicht mit einem Zauberspruch gebunden, so daß nur Ihr ihn berühren konntet?«

Der kleine Mann starrte verlegen auf die Gürtelschnalle seines Mantels. »Ich h-h-habe Euch scho-schon gesagt, d-d-daß mein A-A-Anliegen p-p-p-peinlich ist, o großer und edler M-M-Magier. Ich war b-b-b . . .«

»Mit einem Wort«, unterbrach ihn Lythande, »Ihr wart betrunken. Und irgendwie muß Euer Zauber versagt haben . . . Nun, wißt Ihr denn, wer Euren Zauberstab gestohlen hat und warum?«

»R-R-Roygan der Stolze«, antwortete der kleine Mann und fügte hinzu: »Er wollte sich an mir r-r-rächen, weil er mich m-m-mit seiner F-F- . . .«

»Mit seiner Frau im Bett erwischt hat?« fragte Lythande ernst, obwohl, wer den Magier besser kannte, vielleicht einen leichten Hauch von Belustigung in den Winkeln des schmalen, asketischen Mundes bemerkt hätte. Der dicke kleine Zauberer nickte unglücklich und hielt den Blick auf seine Schuhe gesenkt.

Mit jener sanften melodischen Stimme, die Lythande den Namen eines Sängers eingetragen hatte, längst bevor man seine Erfolge als Zauberer weit und breit zu rühmen begann, sagte der Magier schließlich: »Das bestätigt das Sprichwort, das ich immer für recht befunden habe, daß nämlich jene, die sich der Zauberei widmen, weder Weib noch Geliebte haben sollten. Sagt mir, o mächtiger Zauberer und galantester aller Schlafzimmerathleten, wie nennt man Euch?«

Der kleine Mann richtete sich zu seiner vollen Höhe auf – er reichte Lythande gerade bis zur Schulter – und erklärte: »Ich bin weit und breit bekannt in Gandrin als Rastafyre der U-U-Un . . .«

»Unfähige«, schlug Lythande ernsthaft vor.

Mit einem schmerzvollen Blick verzog Rastafyre den Mund und sprach mit großer Würde: »Rastafyre der Unvergleichliche!«

»Es dürfte vergnüglich sein, zu hören, wie Ihr zu diesem Namen gekommen seid«, bemerkte Lythande, und die Augen unter der Kapuze zwinkerten. »Aber mit dem Erzählen komischer Geschichten, so amüsant es zum Zeitvertreib sein mag, während wir auf den letzten Kampf zwischen Gesetz und Chaos warten, kommen wir nicht weiter. Ihr habt also Euren Zauberstab an Euren Rivalen Roygan den Stolzen verloren und wünscht meine Hilfe, um ihn von ihm zurückzubekommen – habe ich Euch richtig verstanden?«

Rastafyre nickte, und Lythande erkundigte sich: »Was habt Ihr mir für meinen Dienst anzubieten, o Rastafyre der Un . . .«, Lythande zögerte einen Augenblick und schloß nachsichtig: »Unvergleichliche?«

»Diesen Edelstein«, erwiderte Rastafyre und zog einen großen funkelnden Rubin hervor, der im Dunkel des schmalen Torweges blutrote Flammen schlug.

Lythande befahl ihm mit einem Wink, den Stein wieder einzustekken. »Wenn Ihr *hier* mit solchen Dingen herumhantiert, könntet Ihr Räuber anziehen, im Vergleich zu denen Roygan der Stolze ein Waisenknabe ist. Ich trage keinen Schmuck außer *diesem*«, Lythande wies flüchtig auf den blauen Stern, dessen blasses Licht aufleuchtete, »und habe weder eine Geliebte noch ein Weib oder eine Freundin, der ich ihn schenken könnte. Ich predige nur das, was ich selbst befolge. Behaltet Eure Juwelen für die, die sie zu schätzen wissen.«

Lythande malte ein Zeichen in die Luft, und zwischen den langen, schmalen Fingern erschienen drei Rubine, in Farbe und Glanz herrlicher als der Stein in Rastafyres Hand. »Wie Ihr seht, habe ich sie nicht nötig.«

»Ich habe Euch nur die übliche Gebühr angeboten, damit Ihr mich nicht für knauserig haltet«, verteidigte sich Rastafyre und schaute überrascht und ein wenig begehrlich auf die Rubine in Lythandes Hand, die einen Augenblick aufglänzten und dann wieder verschwanden. »Es mag sein, daß ich etwas habe, was Euch mehr lockt.«

Der nervöse kleine Mann wandte sich um, schnalzte mit den Fingern und rief: »T-T-Tasche!«

In der dünnen Luft zeichnete sich eine große dunkle Form ab, ein plumper, grober Umriß. Das Ding fiel ihm schwer vor die Füße und entpuppte sich als eine braune, mit Zauberzeichen in Rot und Gold bestickte Tasche.

»Langsam, langsam, T-T-Tasche«, tadelte Rastafyre, »oder du wirst meine Schätze zerbrechen, und dann wird Lythande mich mit Recht den U-U-Unfähigen nennen.«

»Tasche ist fähiger als Ihr, o Rastafyre. Warum schimpft Ihr mit Eurem treuen Diener?«

»Nicht Tasche, sondern T-T-Tasche«, erklärte Rastafyre. »Ich wußte, daß ich wahrscheinlich stottern würde, und ich b-b-benannte sie mit dem W-W-Wort, das ich am ehesten b-b-benutzen würde.«

Diesmal ließ Lythande ein leises Lachen vernehmen.

»Gut gemacht, o mächtiger und unvergleichlicher Magier!«

Aber das Lachen verstummte, als Rastafyre aus T-T-Tasches unergründlichen Tiefen einen Gegenstand von seltener Schönheit herauszog. Es war eine Laute aus dunklem, kostbaren Holz, mit Türkisen und Perlmutt besetzt, und mit Saiten, die silbern glänzten; und auf dem Lautenkörper befand sich, von herrlichen Perlen eingefaßt, ein blaßblauer Stern ähnlich jenem, der auf Lythandes Stirn glänzte.

»Bei Keth-Kethas blutunterlaufenen Augen!«

Plötzlich stand Lythande über den kleinen Zauberer gebeugt, und der blaue Stern begann zornig zu sprühen und zu flammen; die Stimme aber klang ruhig und gelassen wie immer.

»Woher habt Ihr das, Rastafyre? Ich kenne diese Laute. Ich selbst fertigte sie einst für eine, die ich liebte und die jetzt in den Höfen des Lichtes eine Geisterlaute spielt. Und das Eigentum eines Pilgeradepten gerät nicht so leicht in die Hände anderer wie der Stab Rastafyres des Unfähigen!«

Rastafyre, nicht imstande, den blauen Glanz auf der Stirn des zornigen Lythande zu ertragen, senkte sein rundes Gesicht und murmelte, das sei ein Berufsgeheimnis.

»Was, wie ich vermute, bedeutet, daß Ihr sie schlicht und einfach von einem anderen Dieb gestohlen habt!« bemerkte Lythande, und der Ärger verschwand so rasch aus den dunklen Augen, wie er gekommen war. »Nun gut, es mag dabei bleiben. Bietet Ihr mir diese Laute für die Wiederbeschaffung Eures Zauberstabs?«

Der hochgewachsene Magier griff nach der Laute, aber Rastafyre sah den Hunger in den Augen des Pilgeradepten und versteckte die Laute hinter seinem Rücken.

»Zuerst der Dienst, dessentwegen ich Euch aufgesucht habe«, gemahnte er Lythande.

Lythande schien noch größer zu werden und den ganzen Raum auszufüllen, als sich die hohe Gestalt drohend aufrichtete. Die Stimme des Magiers, obwohl nicht laut, hallte wie eine große Trommel.

»Unfähiger Schurke! Ihr wagt es, mit mir um mein Eigentum zu feilschen? Narr, es gehört Euch so wenig wie mir, ja weniger, haben doch diese Hände ihr die ersten Töne entlockt, bevor Ihr auf dem Dunghaufen, auf dem Ihr geboren wurdet, noch gelernt hattet, wie man Ziegenmilch sauer werden läßt! Mit welchem Recht fordert Ihr einen Dienst von mir?«

Der kahlköpfige kleine Mann reckte sein Kinn vor und erklärte entschieden: »Alle Welt weiß, daß Lythande ein Diener des Gesetzes ist und nicht des Chaos, und kein dem Gesetz verpflichteter M-M-Magier würde sich soweit erniedrigen, einen ehrlichen M-M-Mann zu hintergehen. Und was mehr ist, edler Lythande, dieses Inst-st- . . . diese Laute hat sich, seit sie in Euren H-H-Händen war, v-v-verändert. Seht her!«

Rastafyre schlug eine der hellen Saiten auf der Laute an und begann, eine sanfte, melancholische Weise zu spielen. Lythande sah ihn finster an und fragte: »Was tut Ihr da?«

Rastafyre bedeutete ihm energisch zu schweigen. Als die Töne zitternd in der Luft hingen, bewegte sich etwas in dem dunklen Torweg, und plötzlich stand eine Frau vor ihnen.

Sie war schlank und zart, mit wallendem blonden Haar, in ein hauchdünnes Gewand aus Spinnfäden aus den Wäldern von Noidhan gekleidet. Ihre Augen waren blau; sie lagen tief unter den dunklen Wimpern in einem lieblichen Antlitz; aber dieses Antlitz war traurig und voller Schmerz. Mit einer lieblichen, singenden Stimme sprach sie: »Wer stört den Schlaf der Verzauberten?«

»Koira!« schrie Lythande auf, und die sonst gelassene Stimme klang miteins hoch und klagend. »Koira, wie – was –?«

Die blondhaarige Frau bewegte ihre Hände in einer unsicheren Gebärde. »Ich weiß nicht –«, murmelte sie, und dann, wie aus tiefem Schlaf erwachend, rieb sie sich die Augen und schrie auf. »Ich glaubte, ich hörte eine Stimme, die ich einst kannte – Lythande, bist du es? Hast *du* mich verzaubert, weil ich mich der Liebe eines anderen zuwandte? Was wolltest du? Ich war eine Frau . . .«

»Still!« gebot Lythande mit gepreßter Stimme, und Rastafyre sah, daß sich der Mund des Magiers wie in tiefem Leid bewegte.

»Wie Ihr seht«, sagte Rastafyre, »ist das nicht mehr die Laute, die Ihr kanntet.« Das Antlitz der Frau löste sich auf, und Lythandes angespannte Stimme flüsterte: »Wohin ist sie gegangen? Ruft sie zurück!«

»Sie ist jetzt die Sklavin der verzauberten Laute«, sagte Rastafyre und kicherte mit obszön anmutender Begeisterung. »Ich hätte sie für jeden Dienst haben können – aber um Eure anspruchsvolle Seele zu beruhigen, Magier, will ich Euch bekennen, daß ich eine andere Art von Frauen vorziehe.« Seine Hände zeichneten robuste Konturen in die Luft. »Deshalb habe ich von ihr nur verlangt, daß sie hin und wieder zur Laute singt. Wußtet Ihr das nicht, Lythande? Wart Ihr es nicht, der die Frau verzauberte, wie sie sagte?«

Unter der Kapuze schüttelte Lythande abwehrend den Kopf. Das Gesicht blieb verborgen, und Rastafyre überlegte, ob er wohl schließlich als erster den geheimnisvollen Lythande weinen sehen würde. Niemand hatte je erlebt, daß Lythande auch nur die geringste Erregung zeigte; niemals hatte Lythande in Gesellschaft gegessen und getrunken – vielleicht, so glaubte man, *konnte* der Magier weder essen noch trinken, obwohl die meisten Leute annahmen, es handle sich hier einfach um eines der seltsamen Gelübde, die einen Pilgeradepten banden.

Unter der tiefhängenden Kapuze aber sprach Lythande: »Und Ihr bietet mir diese Laute für meine Hilfe bei der Wiederbeschaffung Eures Zauberstabes?«

»Das tue ich, o edler Lythande. Denn ich kann sehen, daß die verzauberte D-D-Dame Euch seit langem bekannt ist und Ihr sie als Sklavin oder Konkubine oder was auch immer haben möchtet. Und das ist es, nicht allein die Musik der Laute, was ich Euch biete – wenn mein Zauberst-st-stab wieder mein ist.«

Der Glanz des blauen Sterns leuchtete für einen Augenblick stärker auf, verblaßte dann wieder zu einem stillen Licht, und Lythandes Stimme klang wieder ruhig und gelassen.

»So sei es. Für diese Laute würde ich die verstreuten Perlen des Halsbands der Fischgöttin zurückholen, wenn sie sie im Meer verlöre; aber seid Ihr auch sicher, daß sich Euer Stab in den Händen Roygans des Stolzen befindet, o Rastafyre?«

»Ich h-h-habe keine anderen F-F-Feinde, niemand sonst haßt mich«, antwortete Rastafyre.

»Glücklich seid Ihr, oh Un-«, Zögern und ein schwaches Lächeln, »Unvergleichlicher. Gut, ich werde Euren Zauberstab zurückholen, und die Laute wird mein sein.«

»Die Laute – und die Frau«, versicherte Rastafyre, »aber erst w-w-wenn mein Stab wieder in meinen H-H-Händen ist.«

»Wenn Roygan ihn hat«, sagte Lythande, »dürfte das für einen *fähigen* Zauberer nicht allzu schwierig sein.«

Rastafyre wickelte die Laute in ihre dicke, geschützte Decke und ließ sie wieder in T-T-Tasches unergründlichen Falten verschwinden. Hastig begann er einen neuen Zauber zu weben.

»Im Namen . . .« Er murmelte etwas vor sich hin und runzelte die Stirn. »Sie wird mir ohne meinen Stab nicht so gut gehorchen«, brummte er. Wieder bewegten sich seine Hände. »G-G-Geh! Verstecke dich im Namen Ind-d-d-, im Namen Ind-d-«

Die Tasche hob sich nur ein wenig, und eine Ecke wurde unsichtbar, das übrige aber blieb unsicher in der Luft hängen. Lythande brachte es zuwege, nicht schallend zu lachen, und warf statt dessen ein:

»Erlaubt, o U-U-, o Unvergleichlicher«, und wob den Zauber mit raschen, schmalen Fingern. »Im Namen Indovicis des Schweigenden befehle ich Dir, Tasche –«

»T-T-Tasche«, korrigierte in Rastafyre, und Lythande wiederholte den Zauber mit zuckenden Lippen.

»Im Namen Indovicis des Schweigenden befehle ich dir, T-T-Tasche, geh!«

Die Tasche verblaßte langsam, erschien für einen Augenblick wieder, erhob sich dann in die Luft, und als sie in Augenhöhe schwebte, verschwand sie endgültig.

»Wirklich, Handel hin oder her«, erklärte Lythande, »ich muß Euren Stab zurückholen, o Unfähiger, damit die Zunft der Magier nicht von der Salzwüste bis zu den Kalten Hügeln zum Gespött der kleinen Buben wird.«

Rastafyre blickte böse drein, hielt es aber für besser, nicht zu antworten. Er drehte sich um und machte sich davon, gefolgt von einem kleinen braunen Schatten, der anzeigte, daß sich T-T-Tasche hartnäckig weigerte, ganz unsichtbar oder ganz sichtbar zu bleiben.

Lythande blickte ihnen nach, bis sie außer Sicht waren, zog dann aus dem dunklen Zaubermantel einen Lederbeutel und entnahm ihm eine geringe Menge Kräuter. Die schmalen langen Finger rollten das Kraut zu einer dünnen Rolle, schnippten einmal, um eine Flamme hervorzuzaubern, und dann atmete Lythande den wohlriechenden Rauch ein und ließ ihn aus schmalen Nüstern in die schwere Luft des Raumes kräuseln.

Roygan der Stolze konnte keine große Herausforderung darstellen. Als dieser Dieb unter den Magiern vor langer Zeit in Lythandes Leben aufgetaucht war, war Lythande noch neu in der Zauberei und nicht in Wachsamkeit geübt gewesen, und so waren mehrere kostbare Gegenstände spurlos aus dem Haus verschwunden, in dem Lythande damals wohnte. Rastafyre mußte ein so leichtes Ziel gewesen sein, daß es Lythande wunderte, warum Roygan nicht gleich T-T-Tasche, Rastafyres Zaubermantel und Kapuze und schließlich auch noch seine Backenzähne gestohlen hatte. Ein altes Sprichwort in Gandrin lautete: *Wenn Roygan dir die Hand schüttelt, zähl deine Finger, bevor er außer Sichtweite ist.*

Lythande war Roygan durch drei Städte und über die große Salzwüste gefolgt und hatte ihn am Ende in seinem Schlupfwinkel aufgespürt, umgeben von Lythandes Zauberstab, seinen Ringen und magischen Dolchen. Einer der Ringe war zurückgeblieben, mit einem unlösbaren Zauber an Roygans Nase gehext.

Trage dies, so hatte Lythande gesagt, *in Erinnerung an deinen Verrat und damit ehrbare Leute erkennen, wer du bist, und dich meiden.*

Jetzt überlegte Lythande, ob Roygan jemanden gefunden haben mochte, der ihn von dem Ring an seiner Nase befreit hatte.

Roygan hegt einen Groll gegen mich, dachte Lythande und fragte sich, ob Rastafyre der Unfähige mit seiner Laute und allem anderen nicht eine Falle war, um hinter das Geheimnis der Magie des Pilgeradepten zu kommen.

Die Stärke jedes Meisters vom Blauen Stern liegt in einem bestimmten, verborgenen Geheimnis, das nie bekannt werden darf; und jemand, der das Geheimnis eines Pilgeradepten lüftet, dem wird alle Magie des Blauen Sternes zuteil. Und Roygan mit seinem Groll . . .

Roygan war es nicht wert, daß man sich über ihn Gedanken machte. *Aber,* dachte Lythande, *ich habe selbst unter den Pilgeradepten Feinde; Roygan könnte sehr wohl ihr Werkzeug sein und ebenso Rastafyre.*

Nein, dazu war Roygan nicht stark genug; er war ein Dieb, kein echter Zauberer oder Adept. Was Rastafyre anging – Lythande lachte laut auf. Wenn irgend jemand sich des unfähigen, plumpen, immer aufgeregten kleinen Zauberers bedienen wollte, würde dessen völlige Unfähigkeit auf seinen Komplizen zurückschlagen. *Ich kann meinen Feinden nichts Schlimmeres wünschen, als Rastafyre zum Freund zu haben.*

Und sobald ich ihm seinen Stab wiederbeschafft habe – es kam Lythande niemals in den Sinn, an seinem Erfolg zu zweifeln –, *werde ich die Laute besitzen und damit Koira. Sie wollte mich nicht lieben; aber nun soll sie trotzdem mir gehören und für mich singen, wann immer ich es will.*

Wenn Lythandes Feinde – der Magier wußte, daß es davon viele gab, selbst hier in Gandrin – es jemals erfahren würden, daß Roygan sich den Zorn eines Pilgeradepten zugezogen hatte, würden sie rasch damit bei der Hand sein, die Neuigkeit jedem anderen Pilgeradepten zu verkaufen, den sie finden konnten. Auch Lythande wußte, wie man sich dieser Taktik bediente.

Das Geheimnis eines anderen Pilgeradepten zu kennen gab den besten Schutz unter den Zwillingssonnen.

Da von den Sonnen die Rede war – Lythande warf einen Blick zum Himmel –, es war kurz vor dem ersten Sonnenuntergang. Keth glühte rot und düster am Horizont, Reth stand wie ein blutiges, brennendes Auge ein oder zwei Stunden hinter ihm. Verdammt! Es war eine jener Nächte, in denen die Dunkelheit lange währte. Nachdenklich runzelte Lythande die Stirn – aber auch die Dunkelheit konnte nützlich sein. Zuerst mußte Lythande herausfinden, wo in Alt-Gandrin, in welchem Winkel oder in welcher Gasse dieser Stadt der Gauner und Betrüger, sich Roygan verbarg.

Gab es einen Adepten des Blauen Sterns, der von dem Streit mit Roygan wußte? Lythande glaubte das nicht. Sie waren allein gewesen, als der Zauber gewirkt worden war, und Roygan würde sich damit wohl kaum brüsten. Wahrscheinlich hatte der Schurke den Ring in seiner Nase als neueste Schöpfung der Schmuckmode ausgegeben! Dann besaß Lythande durch das Große Gesetz der Magie, das Gesetz der Resonanz, immer noch eine Verbindung zu Roygan. Der Ring, der früher Lythande gehört hatte, steckte noch immer in Roygans Nase und würde ihn so unvermeidlich zu Roygan führen, wie es eine Brieftaube in ihren heimatlichen Schlag zurückzieht.

Es war keine Zeit mehr zu verlieren. Lythande zog es vor, nicht in tiefer Nacht in Roygans Schlupfwinkel einzudringen, und der rote Keth war bereits hinter dem Rand der Welt versunken. Zwei Maßstriche vielleicht noch auf einer Zeitkerze, mehr Zeit blieb ihm nicht, bevor die Dunkelheit Roygan in den düsteren, monotonen Straßen von Alt-Gandrin unter ihrem Mantel verbergen würde.

Ein Pilgeradept braucht keinen Stab, um zu zaubern. Lythande hob eine schmale, zarte Hand und führte sie in einer seltsamen, ausladenden Bewegung nach unten. Dunkelheit floß von den Fingerspitzen und bedeckte den Magier mit ihrem undurchdringlichen Schleier. Innerhalb des Zauberkreises saß Lythande mit gekreuzten Beinen auf den Steinen, von einem matten, schattenlosen Licht überflutet.

Lythande streckte eine Hand gegen den Kreis aus und flüsterte: »Ring Lythandes, Ring, der einst meinen Finger umschmeichelte, sei mit deiner Schwester vereint!«

Langsam begann der Ring an Lythandes Hand von innen her zu leuchten. Neben ihm erschien in dem merkwürdigen Licht ein zweiter Ring, der gestalt- und gewichtslos in der Luft hing. Und um diesen zweiten, geisterhaften Ring nahm ein blasses Gesicht Konturen an, zuerst die geschwungene Adlernase, dann die abgebrochenen Zähne, die wie Hauer mit glänzendem Metall beschlagen waren, und schließlich die eng zusammenstehenden Augen Roygans des Stolzen mit ihren langen, dunklen Wimpern.

Er war nicht hier in dem Zauberlichtkreis, das wußte Lythande. Vielmehr spiegelte der Kreis nun Roygans Gesicht wider. Auf ein gebieterisches Zeichen schwenkte das Bild ab und zeigte einen mit Schätzen angefüllten Raum, in den Roygan gegangen war, um sein Diebesgut zu verstecken. Roygan war wie eine diebische Elster! Er benutzte seinen Schatz nicht, um sich zu bereichern – wie Lythande hätte er Juwelen ganz nach seinem Belieben schaffen können –, sondern um Macht über andere Zauberer zu gewinnen. Und da Dinge immer mit ihren rechtmäßigen Eigentümern verbunden blieben, war Roygan jetzt Lythandes Magie ausgeliefert.

Wenn Rastafyre auch nur ein halbwegs fähiger Zauberer gewesen wäre – schon der Gedanke an den dicken kleinen Stümper hob Lythandes schmale Lippen zu einem spöttischen Lächeln –, hätte er an dieses Band gedacht und Roygan den Stolzen ausfindig gemacht. Denn der Stab eines Zauberers ist ein eigentümliches Ding. In einem sehr konkreten Sinn *ist* er der Magier; denn dieser muß von seinen echten Kräften und Sinnen etwas mit in ihn hineinlegen. So wie der Blaue Stern in gewisser Weise Lythandes Gefühl war – er glühte mit blauem Schein, wenn Lythande ärgerlich oder erregt war –, so reflektiert der Zauberstab bei denen, die ihn benutzen müssen, oft die am höchsten geschätzte Kraft eines Zauberers. Wieder lächelte Lythande spöttisch. Keine Schlafzimmerathletik, keine Verführung von Frauen und Töchtern anderer Zauberer, bis sein Zauberstab wieder in Rastafyres Händen war!

Vielleicht sollte ich zum öffentlichen Wohltäter werden und nicht zurückgeben, was Rastafyre für so wichtig hält, damit die Frauen meiner Zauberkollegen vor seinen Begierden sicher sind! Obwohl die Vorstellung ihn belustigte, wußte Lythande, daß Rastafyre seinen Stab zurückhaben mußte und mit ihm die Macht, Gutes oder Böses zu tun. Denn das Gesetz liegt ewig im Streit mit dem Chaos, und jedes menschliche Wesen muß frei sein, sich auf die Seite des einen oder des anderen zu stellen.

Und Lythande war durch den Blauen Stern dem Dienst am Gesetz verschworen. Rastafyre auch nur eines Jotas seiner Macht zu berauben, das Gute oder das Böse zu wählen, hieße die fundamentale Wahrheit zerstören, hieße Lythandes Eid auf das Gesetz an die Stelle von Rastafyres eigenen Entscheidungen zu setzen, und das würde in sich selbst zum Chaos führen.

Und Lythandes Karma würde in alle Ewigkeit die Verantwortung für Rastafyres Entscheidungen tragen. Wächter des Blauen Sterns, seid meine Zeugen, daß ich keine solche Macht erstrebe. Ich trage genug eigenes Karma! Ich habe schon Ursachen genug in Bewegung gesetzt und muß all ihre Wirkungen sehen . . . bis zur letzten Schlacht!

Das Bild von Roygan mit dem Ring in der Nase hing immer noch in der Luft, und rings herum Roygans Schatzkammer. Aber so sehr Lythande sich auch bemühte, das Bild wurde nicht deutlich genug, um sehen zu können, ob sich Rastafyres Zauberstab unter den Schätzen befand. Deshalb weitete Lythande mit einer gebieterischen Geste den Sichtkreis so aus, daß er die Straße außerhalb des Kellers oder Vorratsraumes, in dem sich Roygan und seine Schätze befanden, erfaßte. Der Kreis wurde größer und größer, bis der Magier am Ende einen bekannten Orientierungspunkt entdeckte: den Brunnen der Seejungfrauen in der Straße der Sieben Segelmacher. Offenbar lag Roygans Schatzkammer irgendwo dort in der Nähe.

Und Rastafyre hatte seinen Zauberstab für eine Affäre mit Roygans Frau aufs Spiel gesetzt. Wahrhaftig, dachte Lythande, meine Maxime ist gut gewählt, daß ein Magier weder Geliebte noch Weib haben sollte. Bitterkeit flutete hoch und ließ den Blauen Stern flackern. *Sieh nur, was ich tue für Koiras bloße Erscheinung oder ihren Schatten! Aber woher wußte Rastafyre das?*

Denn in den Tagen, als Koira und Lythande in den Höfen ihres weit entfernten Hauses die Laute schlugen, waren sie beide jung gewesen; weder der Blaue Stern noch die Suche nach Zauberkraft und nach dem Verborgenen Ort der Pilgeradepten hatte ihre Schatten zwischen sie geworfen. Und Lythande hatte einen anderen Namen getragen.

Doch Koira, oder ihr Schatten, kannte mich und nannte mich bei dem Namen, den ich jetzt trage. Warum hat sie mich nicht gerufen . . . Lythande verdrängte die Erinnerung mit einer so großen, fast physischen Anstrengung, daß Schweiß auf die Brauen unter dem Blauen Stern trat. Schließlich löschte die eingeübte Selbstbeherrschung des Pilgeradepten selbst die Erinnerung an den alten Namen aus.

Ich bin Lythande. Was immer ich war, bevor ich diesen Namen annahm, ist tot oder wandert in der Vorhölle des Vergessenen. Mit einer weiteren Geste löste Lythande den Zauberlichtkreis auf und stand wieder in den Straßen von Alt-Gandrin. Auch Reth näherte sich nun gefährlich rasch dem Horizont.

Lythande macht sich auf den Weg zur Straße der Sieben Segelmacher. Die Schatten nutzend, die die dunkle Magierrobe den Blicken entzogen, lautlos wie ein Windhauch, wie der Geist einer Katze, überquerte der Pilgeradept ein Dutzend Straßen, ohne ihren Bewohnern größere Aufmerksamkeit zu schenken. Männer lärmten in den Kneipen und auf den gepflasterten Straßen. Händler verkauften alles und jedes, von Messern bis zu Frauen. Schmuddelige, halbnackte Kinder spielten ihre eigenen unverständlichen Spiele, sprangen über Fässer und Kisten und kreischten dabei vor Vergnügen oder in unschuldiger Wut. Lythande, ganz von dem Auftrag in Anspruch genommen, der erfüllt werden mußte, sah und hörte sie kaum.

Am Brunnen der Meerjungfrauen schöpfte ein halbes Dutzend Frauen, in locker fallende Gewänder gekleidet, wie sie selbst einer häßlichen Frau etwas Anziehendes geben, aus einer sprudelnden Quelle Wasser. Sie zwitscherten und zirpten dabei wie Vögel. Lythande beobachtete sie mit einer seltsamen, schmerzhaften Traurigkeit. Es wäre besser gewesen zu warten, bis sie wieder fort waren; denn über das Kommen und Gehen eines Pilgeradepten sollte lieber kein Gerede entstehen. Aber Reth war dem Horizont jetzt gefährlich nahe, und Lythande spürte in der Weise, wie ein Magier Gefahr erkennt, daß selbst ein Pilgeradept nicht versuchen sollte, bei völliger Dunkelheit in das Haus Roygans des Stolzen einzudringen.

Sich mit leisem Zureden ihrer Kinder bemächtigend, verschwanden die Frauen, als Lythande lautlos wie aus dem Nichts am Rande des Brunnenplatzes erschien. Kichernd hielt sich ein Kind noch an einer der steinernen Meerjungfrauen fest, und seine Mutter, selbst fast noch ein Kind, kam herbeigelaufen, packte es und machte verstohlen das Zeichen gegen den bösen Blick, aber nicht verstohlen genug. Lythande stellte sich ihr in den Weg und fragte: »Glaubst du, Weib, daß ich Fluch über dich und dein Kind bringen würde?«

Die Frau blickte zu Boden, bewegte ihre Füße unruhig auf dem Pflaster, und ihre Hände, mit denen sie das Kind an sich preßte, waren an den Gelenken weiß vor Angst. Lythande seufzte. *Warum habe ich das getan?* Als die Frau das Seufzen hörte, schaute sie auf, warf dem Magier einen raschen, unsicheren Blick zu, wie ein ängstlicher Vogel, und wandte sich ebenso rasch wieder ab.

»Das blinde Auge Keths sei mein Zeuge, daß ich dir und deinem Kind nichts Böses will, und ich würde dich segnen, wenn ich einen Segen wüßte«, sprach Lythande schließlich und verschwand im Schatten. Und die Frau raffte all ihren Mut zusammen und eilte schnell über die Straße, den struppigen Kopf des Kindes fest an sich gedrückt. Die Begegnung hatte einen bitteren Geschmack in Lythandes Mund zurückgelassen, aber mit eiserner Disziplin verdrängte der Magier ihn, um ihn vielleicht wieder hervorzuholen und zu analysieren, wenn einst die Zeit die Bitterkeit gemildert haben mochte.

»Ring, zeige mir, wo ich deine Schwester an Roygans Nase suchen muß!«

Eines der jetzt im Schatten liegende Häuser, die den Platz säumten, schien sich im sterbenden Tageslicht aufzulösen; durch die Mauern hindurch konnte Lythande Wände, Zimmer, Schatten sehen, den sich bewegenden Schatten einer unverschleierten Frau, einer frechen, molligen kleinen Person mit Locken über den niedrigen Brauen und einem Grübchen am Kinn und schwarz bewimperten Augen. Das also war die Frau, für die Rastafyre der Unfähige Zauberstab und Zauberkraft und Roygans Rache riskiert hatte?

Tadle ich seine Entscheidung, weil dieser Weg mir verwehrt ist? Und doch! Welch eine Torheit, sich bei der Wahl zwischen Liebe und Macht für das Zerrbild der Liebe zu entscheiden, das eine solche Frau zu bieten hat. Denn als der Magier sich geräuschlos den Mauern näherte, die für den Blick eines Pilgeradepten nun durchlässig waren, nahm Lythande hinter der Fassade naiver Koketterie die Selbstsucht und Habgier der Frau wahr, ihre Gier nach Schätzen, nicht wegen ihrer Schönheit, sondern wegen der Macht, die sie ihr verliehen. Rastafyre hatte nicht so tief in sie hineingesehen. Hatte ihn Wollust blind gemacht oder bestätigte sich hier nur, wie passend der Name war, den Lythande ihm gegeben hatte: ›Der Unfähige‹?

Mit einer Handbewegung löschte Lythande den Zauberblick. Er war jetzt nicht mehr erforderlich; erforderlich aber war Eile, denn Reths orangefarbener Rand berührte schon den westlichen Horizont. *Aber ich kann noch immer ungesehen hinein- und wieder herauskommen, bevor das Licht völlig verschwunden ist,* dachte Lythande, und Dunkelheit wie einen Zaubermantel um sich legend, trat der Magier durch die steinerne Mauer. Es war, als bahne er sich seinen Weg durch Maisbrei, nicht schlimmer. Trotzdem beeilte sich Lythande, durch den Widerstand des Steins hindurchzudringen. In den äußeren Höfen der Pilgeradepten, wo diese Kunst gelehrt wurde, erzählte man Geschichten, schreckliche Geschichten von einem Meister des Blauen Sterns, der auf halbem Weg durch die Mauer den Mut verloren hatte und steckengeblieben war, daß sein Körper zur Hälfte in der Wand gefangen blieb, und vor Schmerzen schrie, bis er starb . . .

Lythande haßte dieses Schreiten durch Wände und verließ sich für gewöhnlich auf Lautlosigkeit, Heimlichkeit und Zaubersprüche gegen Schlösser und Riegel. Jetzt aber war keine Zeit, die Schlösser auch nur zu finden, geschweige denn, sie durch Zauber zu öffnen und durch Zauber die Türen zu entriegeln. Als Lythande mit dem ganzen Körper im Innern der Kammer stand atmete der Magier vor Erleichterung tief auf; selbst der Geruch von Moder und Spinnweben war dem körnigen Gefühl der Wand vorzuziehen, und jetzt war Lythande entschlossen, was immer auch geschehen mochte, das Haus nur durch die Tür wieder zu verlassen.

In der lastenden Finsternis der Schatzkammer würde das Licht des Blauen Sterns genügen, Lythande fühlte das merkwürdige Prickeln, das halb Schmerz war, als der Stein zu glühen begann. Ein blauer Schein fiel in die Dunkelheit, und bei dieser Beleuchtung konnte der Wandermeister die Umrisse großer Truhen, nachlässig aufgehäufter Schätze und verschlossener Kästen ausmachen. Wo in all diesem Durcheinander gestohlener Schätze, die Roygans Gier nach Elstermanier zusammengetragen hatte, war Rastafyres Stab zu finden! Nachdenklich blieb Lythande vor einem Berg von Juwelen stehen. Rubine flammten wie Keths Strahlen bei Sonnenaufgang. Saphire warfen verschwommen das Licht des Blauen Sterns zurück. Ein herrlicher Halsschmuck aus Diamanten funkelte wie ein Sternbild unter dem Polarstern eines einzigen großen Edelsteins. Lythande hatte Rastafyre die Wahrheit gesagt, Juwelen stellten für den Wandermeister keine Versuchung dar, doch dachte der Magier einen Augenblick fast traurig an die Frauen, deren Schultern, Arme und Finger einmal mit diesen Steinen geschmückt gewesen waren. Warum sollte Roygan aus ihrem großen Verlust Gewinn ziehen, wenn sie das Bedürfnis hatten, mit diesem Spielzeug, diesem Tand, ihre Schönheit zu steigern? Lythande zögerte und überlegte. Es gab ein Zauberwort, das, einmal ausgesprochen, all diese Edelsteine durch das Gesetz der Resonanz zu ihren rechtmäßigen Eigentümern zurückbringen würde.

Aber warum sollte Lythande das Karma dieser unbekannten Frauen auf sich nehmen? Wenn es nicht ihr gerechtes Schicksal gewesen wäre, die kostbaren Steine an einen geschickten Dieb zu verlieren, hätte Roygan ohne Zweifel vergeblich nach den Schlüsseln zu ihren Schmuckkästen gesucht.

Und so gesehen – warum sollte ich mit meinem Zauber in Rastafyres Karma eingreifen, der seinen Zauberstab verlor, weil er seine Begier nach Roygans Weib nicht zügelte? Würde der Verlust des Stabes und seiner Männlichkeit ihn nicht die gebotene Achtung vor der Kunst der Mäßigung lehren? Es wäre ja nicht für lange, nur bis er sich die Mühe machen würde, einen neuen zauberkräftigen Stab zu fertigen und zu weihen . . .

Aber Lythande hatte das Wort eines Pilgeradepten gegeben; bei der Ehre des Blauen Sterns: was versprochen war, mußte gehalten werden. Dem Gesetz verschworen, war es Lythandes Pflicht, einen Dieb zu bestrafen, vor allem, weil Roygan nicht Lythande, nicht einen Magier beraubt hatte, dessen Kräfte zur Rache ausreichten, sondern den harmlosen Rastafyre . . . und wenn Roygans Frau mit ihm nicht zufrieden war, so war auch das Roygans Karma. In der Dunkelheit des Lagerraumes erschauernd, flüsterte Lythande den Zauberspruch, der die Schatzkästen für den Blick durchsichtig machen würde. Beim Licht des Blauen Sterns durchsuchte Lythande Kasten auf Kasten, sah aber nichts, was nur im entferntesten Rastafyres Zauberstab hätte sein können.

Und draußen schwand das Licht rasch dahin, und die Dunkelheit würde alle Kräfte der Magie entfesseln . . .

Und als ob der Gedanke ihn herbeigerufen hätte, war er plötzlich da, obwohl Lythande keine Tür gesehen hatte, durch die er in die Schatzkammer hätte eindringen können: ein mächtiger Schatten, der dem Magier an die Kehle sprang. Lythande wirbelte herum, riß den rechten Dolch aus der Scheide und stieß damit heftig nach der Kehle des Werwolfs.

Der Dolch ging durch die Kehle hindurch wie durch Luft. Keine wirkliche Bestie also, sondern eine magische . . . Lythande ließ den rechten Dolch fallen und griff mit der Linken nach dem zweiten, nach jenem Dolch, der dazu gemacht war, die Mächte und Untiere der Magie zu bekämpfen. Aber die kurze Verzögerung war beinahe tödlich. Die Zähne des Werwolfs schlugen mit feurigen Nadeln in Lythandes rechten Arm und entrissen den Lippen des Magiers einen Schrei. Er verhallte ungehört; die Zauberbestie kämpfte lautlos, ohne ein Knurren oder auch nur das leise Geräusch des Atmens. Lythande stieß mit dem linken Dolch zu, konnte aber das Herz des Angreifers nicht erreichen. Dann riß das unheimliche Gewicht des Werwolfs den Magier zu Boden. Erneut gruben sich die nadelscharfen Zähne der durch Zauber geschaffenen Kreatur wie Feuer in Lythandes Schulter, dann in die zum Schutz der Kehle hochgezogenen Knie. Lythande wußte, daß ein einziger Biß der feurigen Fänge in den Hals Atem und Leben verlöschen lassen würde. Langsam, unter Schmerzen, kämpfte sich Lythande hoch, stieß wieder und wieder zu und bracht es schließlich fertig, das Untier um den Preis unzähliger glühender Bisse zurückzudrängen. Des Werwolfs teuflische Augen schleuderten Blitze gegen das Licht des Blauen Sterns, das schwächer und matter wurde, je mehr Lythandes Kampfkraft erlahmte.

Ist es soweit mit mir gekommen, daß ich in einem finsteren Keller im Rachen eines Wolfs den Tod finde, und nicht einmal eines richtigen Wolfs, sondern einer Kreatur, die durch gemeinen Mißbrauch magischer Kräfte in den Händen eines Diebes entstanden ist?

Der Gedanke machte den Magier rasend. Unter Anspannung aller Kräfte trieb Lythande den Zauberdolch tiefer in die Schulter der Werbestie, um sein Herz zu treffen. Mit der ganzen Wucht der Zauberwaffe, aufgepeitscht durch den tödlichen Schmerz, stieß der Arm des Magiers durch unnatürliches Fleisch und Bein, tief in die Lungen, in das Herz der mörderischen Kreatur . . . der heiße Atem des Wolfs rauchte und verging.

Lythande zog Arm und Dolch zurück, als die Bestie in furchterregender Lautlosigkeit auf dem Boden zusammensank und langsam in Rauchfetzen verging, bis nur noch ein kleiner Haufen von Asche wie ein Fleck von geronnenem Blut auf dem Boden der Schatzkammer zurückblieb.

Keuchend wischte der Pilgeradept den Schleim von der Zauberwaffe, schob sie wieder in die Scheide und suchte dann nach dem zweiten Dolch. Auch an der linken Hand des Zauberers klebte Blutschleim – der Meister wischte ihn mit boshafter Freude an einem Ballen kostbarer Seide ab – Roygan zu geben, was Roygan gehörte.

Als auch der rechte Dolch wieder in seiner Scheide steckte, machte Lythande sich aufs neue an die hastige Suche nach Rastafyres Stab. Es blieb nicht mehr viel Zeit. Selbst wenn Roygan sich seiner Frau widmete, die ihm nun, da Rastafyre seine Kraft verloren hatte, ganz allein gehörte, konnte er doch nicht immer bei ihr bleiben, und wenn seine Zauberkraft den Werwolf geschaffen hatte, würde der Tod der Kreatur, die an Roygans eigene Lebenskraft gebunden war, ihm den Einbruch in die Schatzkammer anzeigen.

Durch den Deckel einer der Truhen konnte Lythande in dem magischen Schein, der nur auf Dinge von magischer Kraft reagierte, einen langen, schmalen Gegenstand sehen, der in Seide eingewickelt war, aber immer noch das Licht durchscheinen ließ, das von allen magischen Dingen ausgeht. Gewiß war das Rastafyres Stab, falls Roygan dergleichen Dinge nicht sammelte – und die Art von Unfähigkeit, die es Roygan gestattet hatte, sich in den Besitz des Stabes zu setzen, war ungewöhnlich unter Zauberern . . . Keths allwissendem Auge sei Dank!

Lythande mühte sich mit dem Schloß ab. Jetzt, da die Erregung des Kampfes mit dem Werwolf sich gelegt hatte, schmerzten Arm und Schultern dort, wo die Zauberzähne in Lythandes Fleisch gedrungen waren, wie Brandwunden. Schlimmer als Brandwunden, dachte Lythande, weil sie wahrscheinlich gewöhnlichen Heilmitteln widerstehen würden. Der Magier hätte gerne das Gewand, das der Wolf zerfetzt hatte, heruntergerissen, aber es gab Gründe, dies in der Hochburg eines Feindes nicht zu tun! Lythande zog die Falten der Magierrobe enger um sich, während die mit Bißwunden übersäten Hände sich mühten, die Riegel zu öffnen. Der Pilgeradept war sehr stark; anders als jene Magier, die sich stets nur auf Zauber verließen und Anstrengungen mieden, war Lythande zu Fuß und allein über alle Straßen, große und kleine, gereist, auf die das Licht der Zwillingssonnen fällt, und die drahtigen Arme, die vornehmen Hände hatten die Stärke der Dolche, die sie schwangen. Nach einer Weile gab der erste Riegel der Truhe mit einem Knall nach, der in dem dunklen Keller wie eine Explosion von Feuerwerkskörpern widerhallte. Lythande schreckte bei diesem Geräusch zusammen . . . sogar Roygan mußte es im Zimmer seiner Frau gehört haben! Aber nun zu dem zweiten Riegel. Mit jedem Augenblick schmerzten die verletzten Hände mehr; Lythande nahm den rechten Dolch, den, der für natürliche Dinge bestimmt war, und versuchte ihn unter den Riegel zu schieben, aber trotz all seiner Mühen wollte es ihm nicht gelingen. War das verdammte Ding durch Zauber geschlossen? Nein, denn dann hätten Lythandes Hände alleine den ersten Riegel nicht bewegen können. Blut tropfte von der zerschundenen Hand, bevor das zweite Schloß endlich nachgab. Lythande griff in den Kasten – und fuhr zurück wie vor den Zähnen des Werwolfs. Mit einem Aufschrei vor Wut, Schmerz und Enttäuschung stieß der Magier mit dem rechten Dolch in den Kasten; ein leises gräßliches Schrillen war zu vernehmen, und etwas Häßliches, Entsetzliches und nur halb Sichtbares wand sich und starb. Lythande aber hielt triumphierend Rastafyres Stab in der Hand!

Schmerzgekrümmt streifte Lythande das Tuch von dem Zauberstab. Ein Ausdruck des Abscheus trat auf das schmale Gesicht, als die phallischen Schnitzereien und Formen des Stabes sichtbar wurden. Aber schließlich war ja die ganze Sache längst klar gewesen –, daß nämlich Rastafyre seinen Zauberstab mit seiner Männlichkeit gewappnet hatte. Nun, das war sein eigenes Problem; es war nicht Lythandes Karma, andere Zauberer Diskretion und Anstand zu lehren. Ein Handel war abgeschlossen worden, und ein Dienst mußte geleistet werden.

Hastig die schützende Hülle wieder um den Stab legend – er war so leichter zu halten, und Lythande hatte keine Neigung, das Ding auch nur anzusehen –, wandte sich der Pilgeradept dem Problem zu, wieder nach draußen zu kommen – und zwar nicht durch die Wand! Es mußte inzwischen dunkel geworden sein, obwohl das in der fensterlosen Schatzkammer schwer zu sagen war. Und irgendwo mußte es eine Tür geben.

Lythande hatte nichts gehört. Doch plötzlich, als das Zauberlicht aufflackerte, stand Roygan der Stolze mitten im Raum.

»So, Lythande der Magier ist jetzt Lythande der Dieb! Wie gefällt Euch denn das Diebsgeschäft, Magier?«

Also eine Falle! Lythandes weiche, gelassene Stimme war ganz ruhig.

»Es steht geschrieben, daß dem Dieb am Ende alles genommen werden soll. Beim Ring in Eurer Nase, Roygan, Ihr wißt, daß ich die Wahrheit sage.«

Mit einem unartikulierten Wutschrei stürzte sich Roygan auf Lythande. Der Magier trat zur Seite, Roygan flog gegen eine Truhe und gab einen wilden Schmerzensschrei von sich, als seine Knie gegen den Eisenbeschlag des Kastens stießen. Er wirbelte herum und sah Lythande mit dem Dolch in der Hand ihm gegenüber stehen.

»Ring Lythandes, Roygans Scham, sei mit diesem verbunden!« murmelte Lythande, und der Dolch flog auf Roygans Nase zu. Roygan stöhnte vor Schmerz, als die Waffe mit dem Ring verschmolz und sich um sein Gesicht legte.

»Ai, Ai! Nehmt ihn fort! Verdammt sollt Ihr sein von allen Göttern Gandris, oder ich . . .«

»Ihr werdet *was*?« fragte Lythande und blickte mit leichtem Grinsen auf Roygans verzerrtes Gesicht.

Der Dolch schlang sich um Roygans Nase und schlug, wie von einem starken Magnet angezogen, gegen die eisernen Spitzen seiner Zähne. Wutschnaubend, heulend, stürzte sich Roygan wieder auf Lythande; sein Gebrüll fand keinen Ausdruck mehr in Worten, da der Dolch immer fester gegen seine Zähne gepreßt wurde. Lythande lachte und entzog sich mit Leichtigkeit Roygans zupackenden Fäusten, aber das Gesicht des Diebes strahlte plötzlich triumphierend.

»Hei!« brachte er hinter der Schneide des Dolches hervor. »Jetzt habe ich Lythande berührt und kenne sein Geheimnis . . . Lythande, Pilgeradept, Träger des Blauen Sterns, Ihr seid . . . ah, *aaah!*« Mit einem grauenvollen Schrei fiel Roygan zu Boden, ohne ein weiteres Wort hervorzubringen, da der Dolch sich tiefer in seinen Mund bohrte, Blut spritzte von seinen Lippen, und im nächsten Augenblick stieß Lythandes zweiter Dolch durch sein Herz und befreite ihn gnädig von seinen Schmerzen.

Lythande beugte sich nieder und zog den Dolch aus Roygans Herz. Dann, während der Blaue Stern magisch aufleuchtete, griff der Meister nach dem anderen Dolch, der Roygans Lippen und Kehle durchbohrt hatte. Ein leise gemurmelter Zauberspruch gab der magischen Waffe ihre ursprüngliche Form zurück, und unter den starken Händen ihres Eigentümers bog sich das Metall wieder zurecht. Langsam und mit einem Seufzer steckte Lythande beide Dolche in ihre Scheiden zurück.

Ich wollte ihn nicht töten. Aber ich wußte nur zu gut, wie seine nächsten Worte lauten würden; und die Zauberkraft eines Pilgeradepten schwindet, wenn das Geheimnis laut ausgesprochen wird.

Warum dann aber diese Trauer? Roygan war nicht der erste, den Lythande getötet hatte, um das Geheimnis zu wahren, das auf Roygans zerfetzter Zunge gelegen hatte: *Lythande, Ihr seid eine Frau!*

Eine Frau. Eine Frau, die in ihrem Ehrgeiz verkleidet in die Höfe der Pilgeradepten eingedrungen war, die, als der Blaue Stern schon zwischen ihren Brauen leuchtete, mit eben dem Geheimnis bestraft worden war, das sie so gut gehütet hatte, daß sich selbst der Großmeister im Tempel des Blauen Sterns hatte täuschen lassen.

Euer Geheimnis soll für immer gelten. An dem Tag, an dem ein anderer Mann außer mir es laut ausspricht, wird Eure Kraft enden. Seid denn für immer mit dem Geheimnis belegt, das Ihr selbst gewählt habt; seid in den Augen aller Menschen auf immer das, was Ihr uns glauben machtet!

Mit einer rauhen Gebärde versteckte Lythande Rastafyres Stab in den Falten ihres Gewandes. Jetzt hatte sie Zeit genug, den Weg zurück durch die Tür zu finden. Die Schlösser gaben unter der Berührung des Zaubers nach; aber bevor sie den Keller verließ, sprach Lythande das Wort, mit dem Roygans gestohlene Schätze zu ihren Eigentümern zurückkehrten.

Ein kleiner Sieg für die Sache des Gesetzes. Und Roygan der Dieb hatte sein gerechtes Schicksal gefunden.

Als sie in den sinkenden Tag hinaustrat, blickte Lythande verwundert drein. Er schien Stunden gedauert zu haben, der lautlose Kampf in der dunklen Schatzkammer. Aber der Abendschein säumte noch den Himmel, und ein kleines Kind vergnügte sich still damit, mit den Füßen im Brunnen herumzuplantschen, bis eine pausbäckige junge Frau herbeikam, es fröhlich ausschalt und ins Haus zog. Lythande lauschte auf das Lachen und seufzte. Tausend Jahre, tausend Erinnerungen trennten sie von der Frau und dem Kind.

Keinen Mann zu lieben, damit mein Geheimnis nicht bekannt wird. Keine Frau zu lieben, damit sie meinen Feinden auf ihrer Suche nach dem Geheimnis nicht als Zielscheibe dienen kann.

Und immer wieder nahm sie die Entdeckung und den Verlust der Macht für solche wie Rastafyre in Kauf. Warum?

Weil ich es muß. Es gab keine andere Antwort als diese: die Entscheidung eines Pilgeradepten für das Gesetz gegen das Chaos. Rastafyre sollte seinen Stab zurückhaben. Es gab kein Gesetz, daß alle Zauberer fähig zu sein hätten. Sie legte ihre Hand an den Stab, bemüht, vor seiner Form nicht zurückzuschrecken, und murmelte: »Bring mich zu deinem Meister!«

Lythande fand Rastafyre in einer Schenke und winkte ihn heraus, weil sie ihre Macht nicht öffentlich zur Schau zu stellen wünschte. Der dicke kleine Mann blickte ängstlich auf den Blauen Stern.

»Ihr habt ihn? Schon?«

Wortlos hielt Lythande ihm den eingewickelten Stab hin. Als Rastafyre ihn berührte, schien er größer, hübscher, weniger dick zu werden. Sein Gesicht nahm Züge von Stärke und Männlichkeit an.

»Und nun mein Lohn!« erinnerte Lythande ihn.

Grämlich sagte Rastafyre: »Wie kann ich wissen, ob Roygan mir nicht nachstellen wird?«

»Ich wußte nicht«, entgegnete Lythande ruhig, »daß Euer Zauber die Macht hat, Tote zu erwecken, o Rastafyre der Unvergleichliche.«

»I-I-Ihr habt ihn get-t-t . . . er ist tot?«

»Er liegt dort, wo seine gestohlenen Schätze ruhen, mit Lythandes Ring noch in der Nase«, sagte Lythande unbewegt. »Versucht von jetzt an, Euren Zauberstab von anderer Männer Frauen fernzuhalten.«

Rastafyre lachte leise. Er fragte: »Aber w-w-was sollte ich sonst m-mit meiner K-K-Kraft tun?«

Lythande verzog das Gesicht. »Koiras Laute«, sagte sie, »oder wollt Ihr neben Roygan liegen?«

Rastafyre der Unvergleichliche hob die Hand. »T-T-Tasche!« stimmte er an, und im Halbdunkel des Raumes aufflackernd erschien die Samttasche, verschwand wieder, kam zurück und verschwand erneut, obwohl Rastafyre schon seine Hand hineingesteckt hatte.

»Verflucht, T-T-Tasche! Komm oder geh, aber flackere nicht so! Bleib hier! Bleib hier, sage ich!« Es klang, so dachte Lythande, als ob er zu einem widerspenstigen jungen Hund spräche.

Schließlich, als Rastafyre erreicht hatte, daß sie ganz materialisierte, nahm er die Laute aus der Tasche. Mit einer tiefen Verneigung nahm Lythande sie entgegen und verbarg sie in den Falten ihres Zaubermantels.

»Gesundheit und Gedeihen für Euch, o Lythande!« sagte Rastafyre, diesmal ohne zu stottern. Vielleicht bewirkte der Stab auch das?

»Gesundheit und Gedeihen auch Euch, oh Rastafyre der Un-«, Lythande zögerte, lachte laut und schloß: »Unvergleichliche.«

Rastafyre machte sich davon, und Lythande fügte leise hinzu: »Und mehr Glück bei Euren Abenteuern«, während sie zusah, wie T-T-Tasche kaum noch sichtbar hinter ihrem Meister her sprang wie ein kleiner, verdrießlicher Schatten, bis sie schließlich völlig verschwand.

Als Lythande endlich allein war, trat sie auf die dunkle Straße unter dem kalten, mondlosen Himmel hinaus. Mit einer einzigen Bewegung löschte der magische Kreis alles aus; es gab weder Zeit noch Raum mehr. Dann begann Lythande leise die Laute zu schlagen. Etwas rührte sich in der Stille, und Koiras schlanke, zarte Gestalt erschien vor ihr, das blonde Haar schimmerte um ihr Gesicht, und ihr Körper leuchtete unter den hauchdünnen Schleiern.

»Lythande«, flüsterte sie, »du bist es!«

»Ich bin es, Koira. Singe für mich!« befahl Lythande. »Singe für mich das Lied, das du gesungen hast, wenn wir in den Gärten von Hilarion saßen.«

Lythandes Finger glitten über die Saiten der Laute, und Koiras sanfter Mezzosopran erklang in einer alten Melodie aus einem Land, das eine halbe Welt und so viele Jahre entfernt war, daß Lythande sich davor fürchtete, daran zu denken, wie viele es waren.

Wie dich der Jahre Last zerbricht,
Dein Licht in ewiger Nacht erlischt,
Wie Wein im dunklem Grund versinkt,
Dein Lied der Mund des Nichts verschlingt,
Und wie der Bäume Laub verweht,
Selbst deines Geistes Bild vergeht.
Ein Spruch es sagt,
Ein Lied es klagt –
Nur die Erinnerung bleibt . . .

»Hör auf!« sagte Lythande mit erstickter Stimme. Koira verstummte. Nach einer Weile flüsterte sie: »Ich sang auf deinen Befehl, und nun stehe ich weiter zu deinen Diensten!«

Als Lythande wieder imstande war, ohne den tödlichen Schmerz der Verzweiflung aufzublicken, blieb auch Koira still. Endlich frage Lythande:

»Was bindet dich an die Laute, Koira, die ich einst geliebt habe?«

»Ich weiß es nicht«, antwortete Koira, und der Geist ihrer Stimme klang bitter. »Ich weiß nur, daß ich ihre Sklavin bin, solange die Laute existiert.«

». . . und die meines Willens?«

»Auch das, Lythande.«

Lythandes Mund wurde hart. Sie sprach: »Du wolltest mich nicht lieben, als du es gekonnt hättest. Jetzt werde ich dich besitzen, ob du es willst oder nicht.«

»Liebe . . .«, Koira schwieg einen Augenblick. »Wir waren junge Mädchen damals und liebten wie junge Mädchen. Und dann gingst du in ein fernes Land, wohin ich dir nicht folgen wollte, denn mein Herz war das Herz einer Frau, du aber –«

»Was weißt du von meinem Herzen?« rief Lythande verzweifelt.

»Ich weiß nur, daß mein Herz das einer Frau war und sich nach einer anderen Liebe sehnte als deiner«, sagte Koira. »Was willst du, Lythande? Auch du bist eine Frau, ich nenne das nicht Liebe . . .«

Lythande hatte die Augen geschlossen. Aber ihre Stimme klang hart: »Nun aber bist du hier, und du sollst für alle Zeit nach meinem Willen singen und für alle Zeit von deinem Wunsch nach der Liebe eines Mannes schweigen . . . Für dich gibt es jetzt niemanden mehr als mich.«

Koira verneigte sich tief, aber es schien Lythande, als läge in der Verneigung eine Spur von Spott. Sie fragte scharf: »Was kettet dich an die Laute? Bist du für eine bestimmte Zeit oder für immer gebunden?«

»Ich weiß es nicht«, antwortete Koira, »oder falls ich es weiß, kann ich es nicht aussprechen.«

So war es oft mit Verzauberungen, Lythande wußte das . . . und nun würde sie Zeit genug haben, und früher oder später, früher oder später würde Koira sie lieben . . . Koira war ihre Sklavin. Sie konnte ihr mit den Händen auf der Laute befehlen zu kommen und zu gehen, mit Händen, die einst mehr gesucht hatten als ein gemeinsames Lied und einen Jungmädchenkuß . . .

Aber die Liebe einer Sklavin ist keine Liebe. Lythande hob die Laute und nahm die Finger von den Saiten. Koiras Gestalt begann zu zerfließen, und dann, ganz plötzlich, bevor sie noch Zeit fand nachzudenken, hob Lythande die Laute höher, ließ sie krachend niederfallen und zerbrach sie über den Knien.

Koiras Gesicht erzitterte zwischen ungläubigem Staunen und grenzenlosem Glück.

»Frei!« schrie sie auf. »Endlich frei – oh, Lythande, jetzt weiß ich, daß du mich wirklich geliebt hast . . .« Ein Wispern und Flüstern ging durch den Zauberkreis, verging und verstummte, und nichts blieb als eine leere Blase aus Magie, leer, still, ohne Licht und Laut.

Lythande stand regungslos, die zerbrochene Laute in den Händen. Wenn Rastafyre das sehen könnte! Sie hatte Leben, Gesundheit, Magie, selbst das Geheimnis und die Kraft des Blauen Sterns aufs Spiel gesetzt für diese Laute und sie in wenigen Augenblicken zerbrochen und die eine freigegeben, die über Jahre hinweg hätte zu ihr hingezogen werden können – als Gefangene, unfähig, sich zu verweigern und Lythandes Stolz noch weiter zu brechen . . .

Er würde mich auch für einen unfähigen Zauberer halten!

Ich möchte wissen, wer von uns beiden recht hätte?

Mit einem langen Seufzer zog Lythande das Magiergewand fester um ihre schmalen Schultern, vergewisserte sich, daß die beiden Dolche sicher in ihren Scheiden ruhten – denn zu dieser Zeit gab es in den mondlosen Straßen von Alt-Gandrin viele Gefahren, gewöhnliche und magische –, schritt über die zerbrochene Laute hinweg und trat ihren einsamen Weg an.

Quellen- und Übersetzernachweise

Jackie Sees a Star
Fantastic Universe, vol. 2, no. 2, 1954
Deutsch von Waltraud Götting

The Crime Therapist
Future Science Fiction, vol. 5, no. 3, 1954
Deutsch von Uta Münch und Helmut W. Pesch

Exiles of Tomorrow
Fantastic Universe, vol. 3, no. 2, 1955
Deutsch von Helmut W. Pesch

Death Between the Stars
Fantastic Universe, vol. 5, no. 2, 1956
Deutsch von Uta Münch

The Stars Are Waiting
Saturn Magazine of Science Fiction and Fantasy, vol. 1, no. 5, 1958
Deutsch von Theda Krohm-Linke

The Wind People
IF: Worlds of Science Fiction, vol. 9, no. 2, 1959
Deutsch von Lore Straßl

A Meeting in the Hyades
Andúril, Summer, 1962
Deutsch von Helmut W. Pesch

Another Rib (mit John J. Wells [Juanita Coulson])
The Magazine of Fantasy and Science Fiction, vol. 24, no. 6, 1963
Deutsch von Theda Krohm-Linke

The Jewel of Arwen
Marion Zimmer Bradley, *The Jewel of Arwen,* Baltimore, Md.: T-K Graphics, 1974
Deutsch von Helmut W. Pesch

The Parting of Arwen
Marion Zimmer Bradley, *The Parting of Arwen,* Baltimore, Md.: T-K Graphics, 1974
Deutsch von Helmut W. Pesch

The Day of the Butterflies
Donald A. Wollheim (ed.), *The DAW Science Fiction Reader*, New York: DAW Books, 1976
Deutsch von Uta Münch

Hero's Moon
The Magazine of Fantasy and Science Fiction, vol. 51, no. 4, 1976
Deutsch von Theda Krohm-Linke

The Waterfall
Marion Zimmer Bradley, *The Planet Savers*, New York: Ace Books, 1976
Deutsch von Martin Eisele

A Genuine Old Master
Galileo Magazine of Fantasy and Science Fiction, no. 5
Deutsch von Lore Straßl

The Keeper's Price (mit Lisa Waters)
Starstone 1, January, 1978
Deutsch von Waltraud Götting

The Lesson of the Inn
Starstone 2, June, 1978
Deutsch von Martin Eisele

To Keep the Oath
Marion Zimmer Bradley, *The Bloody Sun*, New York: Ace Books, 1979
Deutsch von Rosemarie Hundertmark

The Secret of the Blue Star
Robert Asprin (ed.), *Thieves' World*, New York: Ace Books, 1979
Deutsch von Lore Straßl

Blood Will Tell
Marion Zimmer Bradley (ed.), *The Keeper's Price and Other Stories*, New York: DAW Books, 1980
Deutsch von Waltraud Götting

The Hawk-Master's Son
Marion Zimmer Bradley (ed.), *The Keeper's Price and Other Stories*, New York: DAW Books, 1980
Deutsch von Martin Eisele

Elbow Room
Judy-Lynn del Rey (ed.), *Stellar Science Fiction 5,* New York: Ballantine Books, 1980
Deutsch von Karin Koch

A Sword of Chaos
Marion Zimmer Bradley (ed.), *Sword of Chaos,* New York: DAW Books, 1982
Deutsch von Martin Eisele

The Incompetent Magician
Marion Zimmer Bradley (ed.), *Greyhaven,* New York: DAW Books, 1983
Deutsch von Elisabeth Sautter